石原慎太郎の社会現象学

――亀裂の弁証法

森 元孝 著

東信堂

はしがき

本書は、石原慎太郎についての社会学と哲学による探究である。結果として示したいことは、現象として石原慎太郎が析出しているということであり、それが亀裂の弁証法という論理に支えられているということである[1]。文学者としてよりも、「保守派」「タカ派」「右翼政治家」などと呼ばれることも少なくなく、毀誉褒貶《きよほうへん》に満ちた人だが、いわゆる「戦後」という日本の時空において、最も長く好悪ともども取り混ぜてその存在感を持続させてきた希有な人であることはたしかだろう。その点で、単純な好悪や、右か左かという素朴イデオロギー論で勧善懲悪調に論断することにあまり意味はない。敢えて見出し語を振れば、「行為主義」「青年主義」「この国主義」「科学技術立国主義」「利益政治家批判主義」ということになろうが、数多の作品と活動をたどりつつ、その間の日本について問うことに意味があるという前提で、本書は書いてある。この人についての一方的批判でも一方的賛美でもない。社会科学の可能性を信じるひとりとして、それに依拠しこの作業を進めた。「戦後」という時空に、ある個別な人が、どう現象したかを描くことができているとすれば幸いである。

一九九九年以来二〇一四年まで一三回にわたるアンケートを踏まえた経験的な社会学分析から始めてある（第一

1　本書は、「現象としての石原慎太郎」という早稲田大学での二〇一二年度からの講義録がもとになっている。佐伯啓思『正義の偽装』（新潮新書　二〇一四年）第六章に「『石原慎太郎』という政治現象」なる論稿がある。そこにある「石原氏にとっては、『日本』は違和感の対象でしかない」という見方と、私の以下の展開は似ているかもしれない。比較考量されると有難い。

章）。しかしこれだけでは何も言うことはできない。

石原の諸作品を地道に読む人は、よほどの石原ファンである。少なからずファンはいるだろうが、私はいわゆるファンではない。読み漁ることができたとしたら、作品と実践に貫通する緻密な論理と深遠な知性の介在を感じたからである。

最初の長編小説『亀裂』は、三島由紀夫に積極的に取り上げられた。そうした文芸的意味とともに、まだ若かったこの小説家の主題が、たんなる「自分さがし」「私さがし」ではなく、亀裂という、同一性が非同一性に支えられ、かつ新たな同一性が産出するという論理を呈示するものであり、後年に至るまでの機軸となっていると理解したからである（第二章前半）[2]。

そして『巷の神々』は、たいていの社会学研究書を凌駕《りょうが》する。石原自身も触れているが、ウィリアム・ジェイムズ『宗教的経験の諸相』に似ている。小宇宙の多元性という問題を、戦後の新興宗教簇生《そうせい》期にあてはめ、生活と信仰とを、どんな社会学書よりも豊かに表現している（第二章後半）。

「亀裂」と呼んだ分裂の論理と、「巷の神々」という多元的現実論が、この人の基本論理であり晩年まで一貫している。この論理に従う限り、ナショナリズムと保守主義には帰着しないというのが、私の仮説である。しかしながら、なぜ「保守派」「タカ派」「右翼」と、しばしば批判され非難され、またそうしたナショナリスト、日本優越主義者として振る舞えるか、このことが私にとって興味深い課題であった。

亀裂が生む分裂を宥和する媒体、人と人をつなぐそれがどのように可能か。

青年と産業社会の裏側（第三章）

日本という表象（第四章）

恋愛の形式（第五章）
身体性と言語性（第六章）
政治家への転換の論理（第七章）
特異なナショナリズム（第八章）
指導者民主制の実践（第九章）
戦後啓蒙との比較（第一〇章）
という立論で、作品と言動を素材に現象する人を分析していった。

素材のスケールもあるが、大きな本となってしまった。出版にあたり、たいへん好意を持って引き受け素晴らしい本としていただいたことを、株式会社東信堂下田勝司社長と編集・校正に当たられた二宮義隆氏に心より御礼申し上げたい。

二〇一五年一月　逗子にて

著者

2　石原の著作において、ヘーゲル、マルクス、およびこれらからの継承者、あるいは現象学、サイバネティクスへの直接の言及はない。例外は、毛沢東『矛盾論』への言及である（石原慎太郎『新・堕落論―我欲と天罰』（新潮新書　二〇一一年）一三六頁）。

石原慎太郎の社会現象学――亀裂の弁証法　目次

凡例

◆原著者の著作は、単行本、文庫本、全集所収など多数ある。引用および遡及頁数は、複数挙げているものもあるが、原則、著者が利用できたものとなっている。

◆原著引用文中「藝術」「イメイジ」「イニシアティブ」などの表記、「表わす」などの送り仮名は、当然であるが、原著者の表記表現のままとしている。

◆本書で用いているデータは、一九九九年から二〇一四年まで著者が繰り返し実施した一三回にわたるアンケート調査、加えて原著者の書籍と論文、原著者の著作や活動についての二次文献を含む研究書・啓蒙書類、主要新聞・雑誌紙上に確認できる記事、結果に限定している。したがって、ネット等をつうじて種々の情報が流布していても、遡及確認が難しく責任の所在が不明瞭な情報については触れていない。

石原慎太郎の社会現象学

——亀裂の弁証法

第一章　ポピュリズムに抗して

一九六八年七月参議院議員選挙全国区で石原慎太郎は、三〇五万票を得て当選する。当時を報じる新聞には「おどり出たタレント候補」と見出しが付いている[1]。青島幸男、横山ノックら、その世紀末まで日本の政治に関わる最初のタレント議員たちの世代が始まる。

一九七二年一二月衆議院議員選挙東京二区に石原は転じ立候補、やはりトップ当選した。「今の政治家は年齢はともかく、前頭葉が若くなければダメだ」「自民党は大都市の有権者の要求に応えられる政策をもった候補が少ないから衰退するのだ」と、彼の口から出た「自説」が新聞に紹介されている[2]。

ほどなくこの人気と元気に期待した自民党は、美濃部革新都政三選阻止のため石原を候補に擁立。一九七五年四月東京都知事選挙で石原は二三三万票を獲得した。しかし二六六万票を超えた美濃部に敗北する[3]。翌一九七六年一二月の衆議院議員選挙で東京二区から立候補、前回同様トップ当選する[4]。新たに誕生した福田赳夫内閣のもと環境庁長官に就任。初入閣である。一九八七年竹下登内閣の運輸大臣にも就任し、一九九五年四月突然の辞任まで衆議院議員であり続けた。自民党国会議員としての石原慎太郎である。

一九九九年二月一日青島幸男都知事が突然、再選立候補せずと表明。候補者乱立の東京都知事選挙となった。立候補した石原は、四年の空白があったが強かった。一六六万票で当選を果たした。二〇〇三年二期目は三〇八万票、二〇〇七年三期目二八一万票と圧勝だった。二〇一一年四期目も二六一万票を超え当選。東京都知事としての石原慎太郎である。

人気作家であったゆえのその知名度はあろうが、都合四〇年近く、巨大な得票を維持できる人気を、いったいどう理解すればよいか。しかもこの人ほど、毀誉褒貶《きよほうへん》の多い人もいない。しかし私たちはこの人を、どのくらい、そしてどんなふうに知っているか。これが本書の根本にある問いである。

高い人気と、しばしば出てくる過激な発言により、この政治家を「ポピュリスト」と言うのは簡単である。しかし政治家としても、作家としても、この人に「大衆迎合」の要素を見出すのは難しい。

一、政治家ポップチャート──政治家人気調査から

後世の歴史家は、二〇一一年の東日本大震災と福島第一原子力発電所大事故を境に、日本社会がそれ以前とは違う時代に入ったと理解するであろう。二一世紀最初の一〇年、一九九〇年代から続く不況にもかかわらず、まだ日本社会には余裕があった。大震災と大事故を境に、余裕のなさを何とかせねばと皆が思う時代になった。

小泉純一郎の首相在任は、二〇〇一年四月から六年九月まで一九八〇日で、その在職期間は戦後三番目に長かった。小泉に実質後継指名された第一次安倍内閣は三六六日（二〇〇六年九月二六日から〇七年九月二六日）、続く福田内閣は三六五日（二〇〇七年九月二六日から〇八年九月二四日）、さらに麻生内閣は三五八日（二〇〇八年九月二四日から〇九年九月一六日）と短命だった。

図1-1は、小泉政権後首相になった首相二人（安倍と麻生）のポジション推移である。安倍はとくに、麻生もその誕生当時、一瞬だが期待が向けられていた。その後の急落は、失望も大きかったということである。小泉自身が、首相

1 『朝日新聞』（一九六八年七月八日夕刊）七頁。第一面トップは、「社党、地すべり敗北」とある。
2 『朝日新聞』（一九七二年一二月一一日夕刊）一一頁。第一面トップは、「共産第三党、自民現状割る」「社会も浮上に成功」とある。
3 『朝日新聞』（一九七五年四月一四日夕刊）一頁は、「美濃部氏が三選」「大阪で共産単独推薦黒田氏」「神奈川は長洲氏　初の革新」とあり、いわゆる革新首長が多数誕生した、そういう時代であった。
4 『朝日新聞』（一九七六年一二月六日夕刊）一頁は、「自民党大きく過半数割る」とあり、ロッキード事件の影響が顕れた選挙であった。

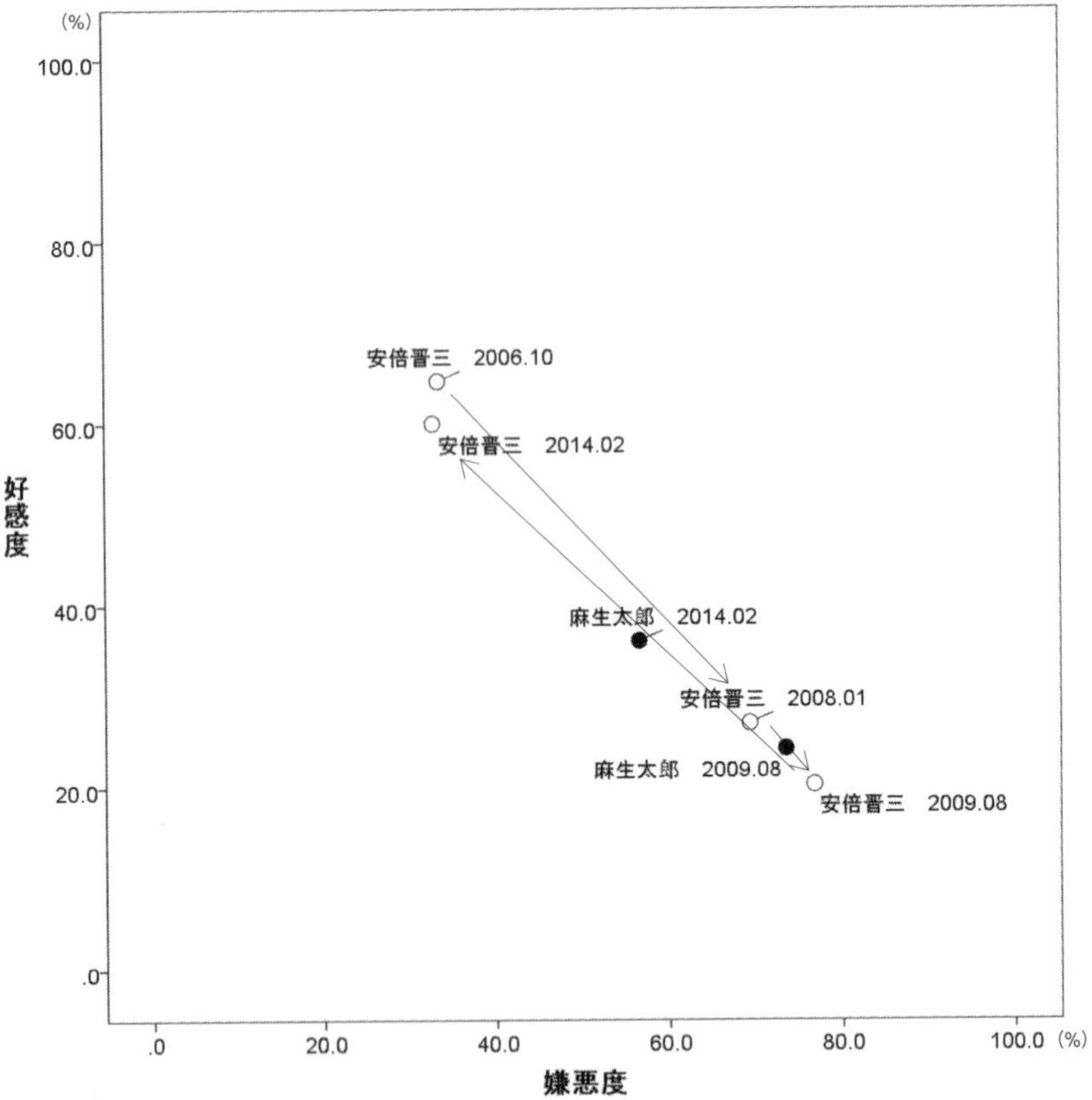

図1－1　麻生・安倍の好感度・嫌悪度

引退後もなおポジションを維持しているのと比べると面白い（図1-2）。

そうした自民党政治に国民の愛想もつき二〇〇九年民主党に政権が代わる。しかし、鳩山内閣二六六日（二〇〇九年九月一六日から一〇年六月四日）、菅内閣四五二日（二〇一〇年六月八日から一一年九月二日）、野田内閣四八二日、（二〇一一年九月一一日から二〇一二年一二月二六日）とやはり短い政権が連続した。

民主党にも同じことが言える。政権交代により首相となった鳩山のポジション推移も自民党の首相たちと似ている（図1-3）。続いた菅も似ている（図1-4）。民主党政権が誕生して、行政刷新担当の大臣となり、仕分けというスクリーニン

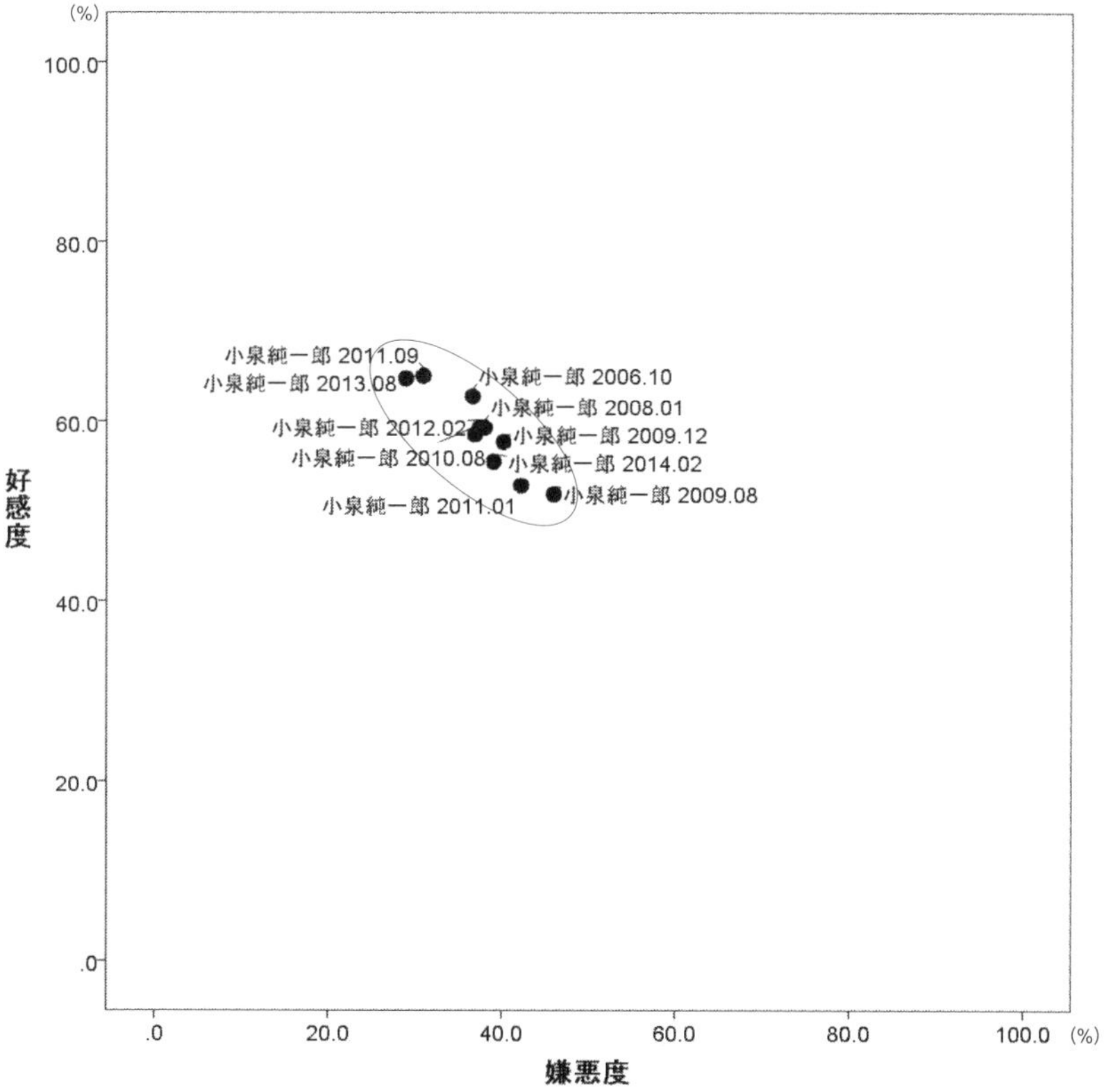

図１−２　小泉純一郎の好感度・嫌悪度

グでマスメディアが取り上げ脚光を浴びた蓮舫も似ている。枝野は、ポジションを低下させているが、まだ範囲に留まっている（図1-5）。

政治家の資質と手腕、そうした人を内閣首班に送り出す政党、そして選挙民の使命と責任が大いに疑われる二一世紀初頭の日本政治だった。

二〇〇一年から二〇一四年まで、ドイツ首相はシュレーダーとメルケルの二人、イギリス首相はブレアとブラウン、キャメロンの三人でしかない。日本が特異なのか、これらが特異なのか。ドイツの社会民主党やキリスト教民主・社会同盟、イギリスの労働党や保守党と比べ、日本の政党は二〇世紀とりわけその後半、党として理念を

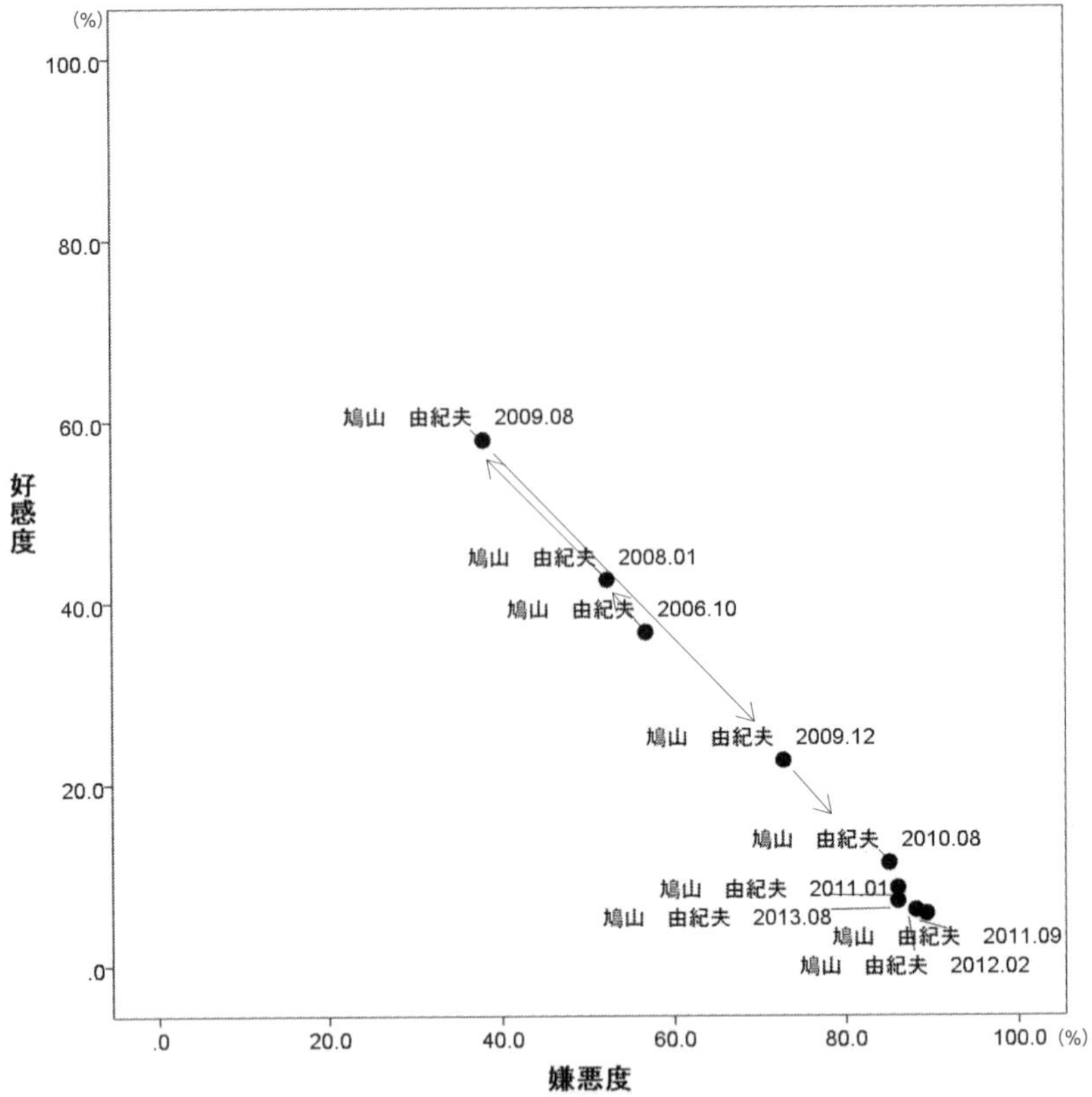

図1－3　鳩山由紀夫の好感度・嫌悪度

陶治していく仕方に欠陥があったということであろう。

自由民主党と民主党の関係は、表面上二大政党だが、顰《ひそ》みに倣う以上のものではない。一九九〇年代初め冷戦が終わり、一九世紀来のイデオロギー、すなわち保守主義、自由主義、社会主義の区別は日本ではますます困難となった。さらに政治社会を理論的に考えようとする社会学者も消え失せた。

社会主義をめぐる理論と実践も、ドイツやイギリスのそれらと日本の対応政党のそれらとは大いに違う。自民に対する軸を設ければ二大政党制となるという浅薄さは、政治における理念そのものを支える理論と実践がないということでもある。

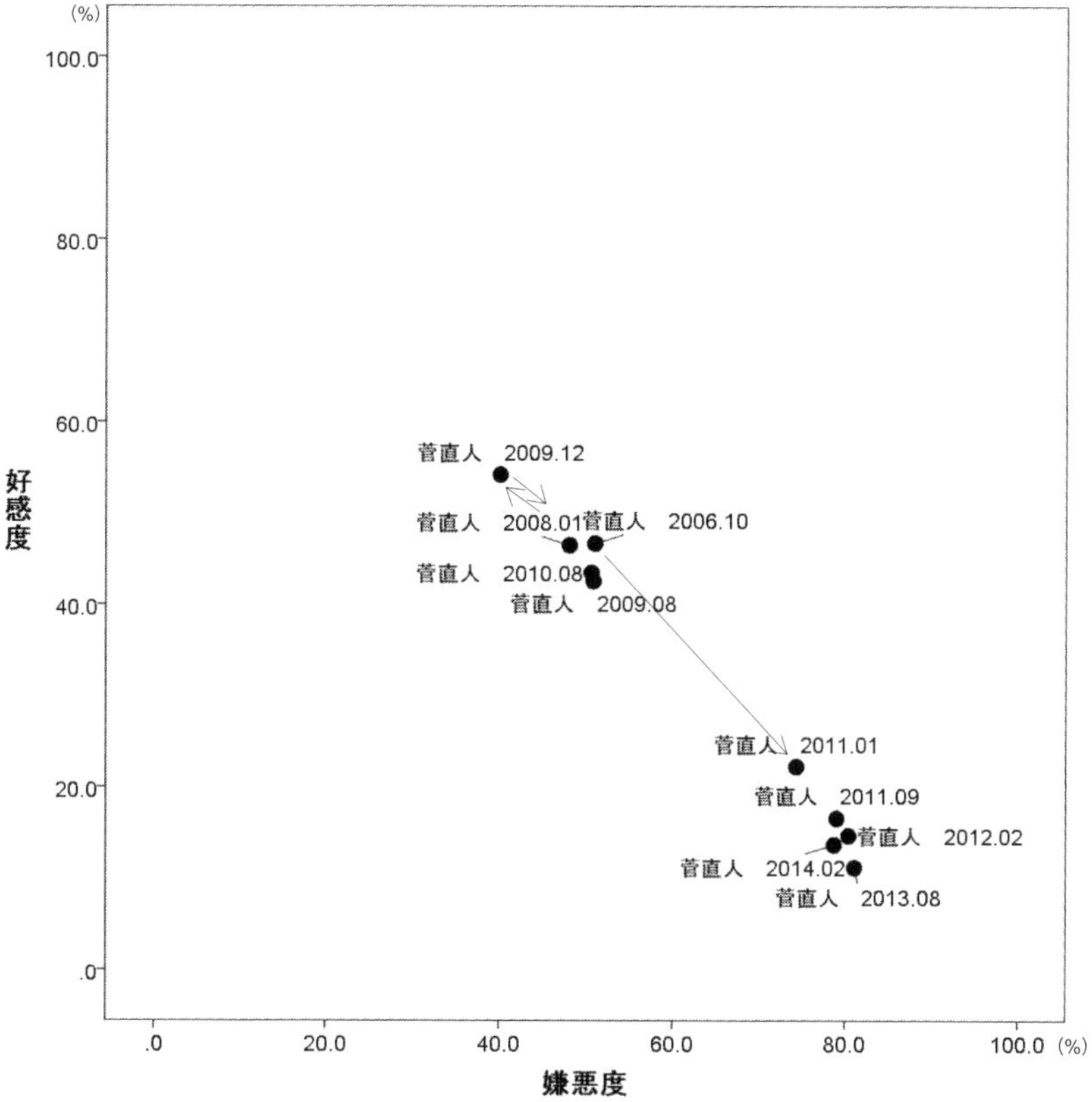

図１−４　菅直人の好感度・嫌悪度

フランシス・フクヤマが『歴史の終わり』で、自由民主主義の勝利という楽観主義を一九九〇年に描いた。その直後に現れ出るブレアの労働党やシュレーダーの社会民主党は、前世紀に由来する社会主義を脱皮し進化させた。日本には、こうした試みがまったくなかった。社会主義についても労働運動についても分配の公正の可能性を理論化しそれを実現する政党というよりも、反自民ということでの統一であり、理念実現よりも利益分配に傾斜した一種の利権集団でしかありえなかった。結果として、欧米にあるとされる二大政党制に倣い、自由民主党を、自由民主党とそれとは違う何かに分け、後者に社会党の末裔も加わるとい

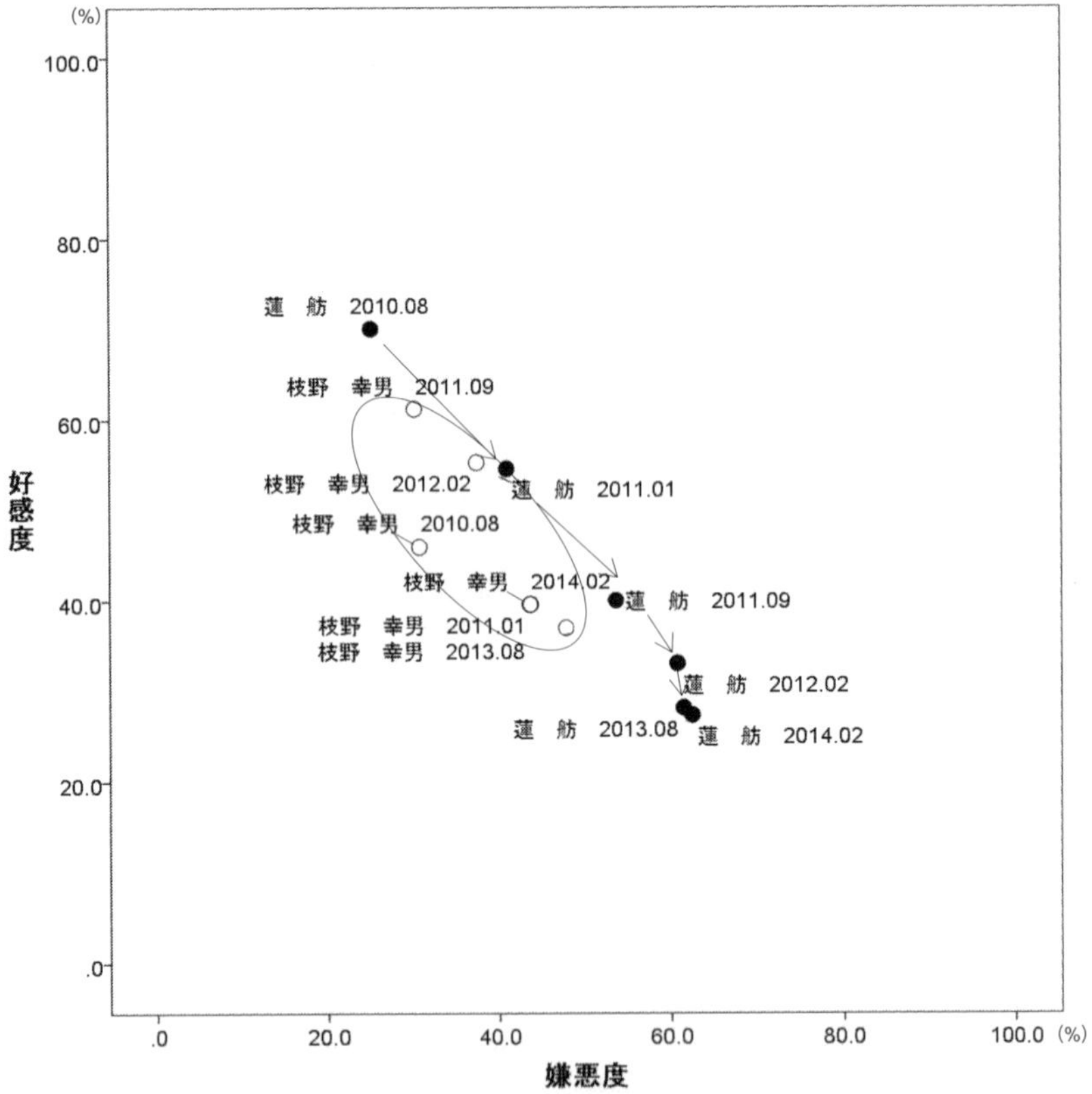

図1－5　枝野・蓮舫の好感度・嫌悪度

う形で二大政党制としたのが、自由民主党と民主党との関係であるが、この関係はまさしくその成り立ちのいかがわしさもあり不安定であり続ける。

　こういう仕儀は、明治以来、欧米こそ進んでいるという憧れか、模倣の産物でしかなく、鍍金《めっき》は早晩はがれる運命だということである。「欧米先進国のように」という、形だけで、理念よりも再選のための離合集散の繰り返しとなり、数合わせを飯の種にした打算政治家の再生産にすぎなかった。

　政治家というものは、その当人のスペアのない存在として、その人こそその仕事をする存在のことであるが、小泉政権後の総理大臣たちはそれぞれつねに他の代わりが

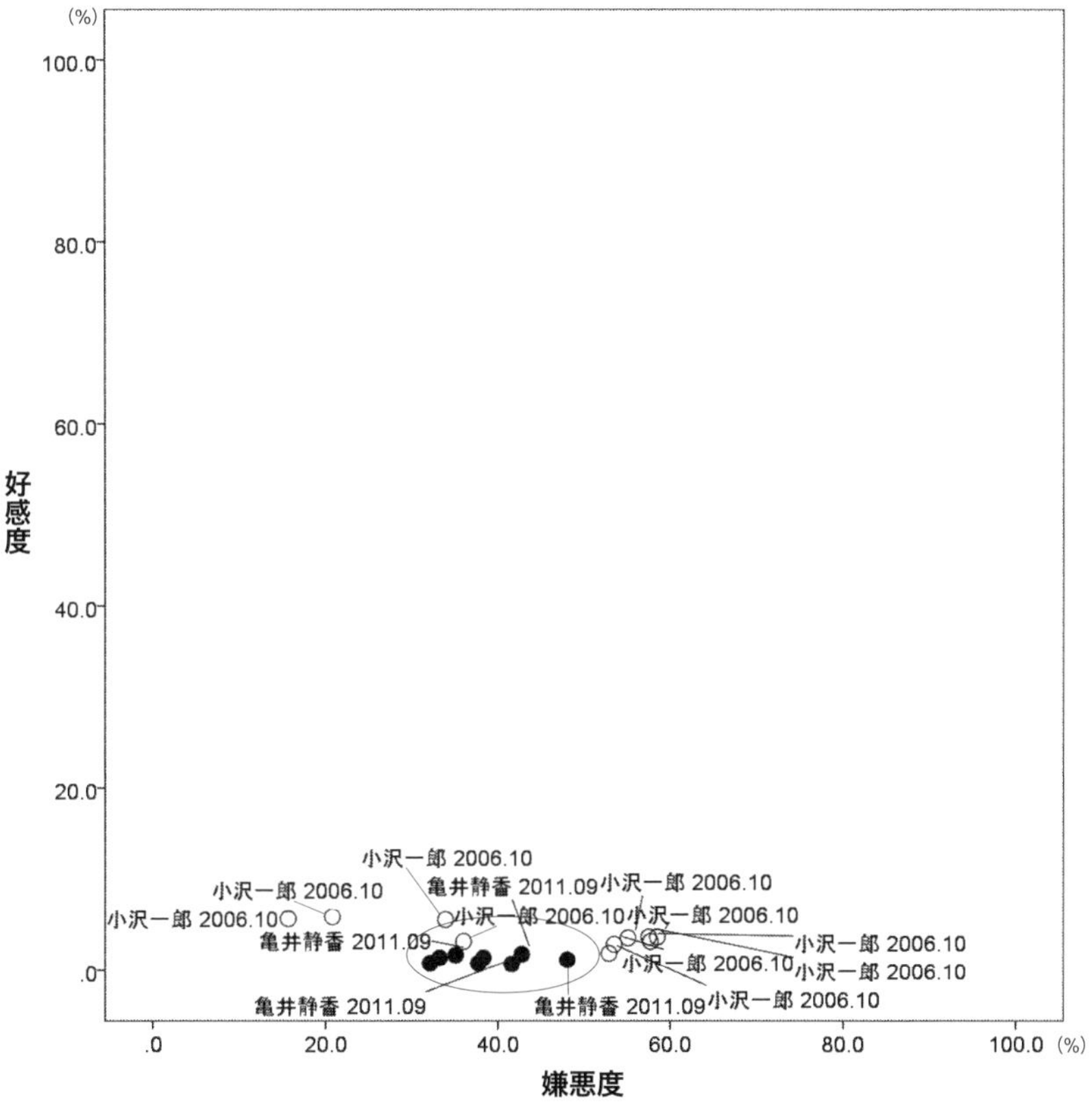

図1－6　小沢・亀井の好感度・嫌悪度

いくらもいる存在でしかなった。

　まわりの情勢に関わらず、確固たる不動点に立ってリーダーシップを発揮できなければならないにもかかわらず、虚構に近い世論に押し流された感もある。虚構に近い世論とは、世論自体が、その不動点を確実にしたいわゆる個人を根にしているのかどうか疑わしいということである。私たち民である個人が、何に依拠しているか、その基盤がそもそもきわめて脆弱《ぜいじゃく》だということでもある。

　そのことは、政治家稼業において、人気など実はあまり重要でないということでもある。小沢一郎と亀井静香は人気が全然ない（図1-6）。それにもかかわらず影響力ある存在であり続けた。とりわけ

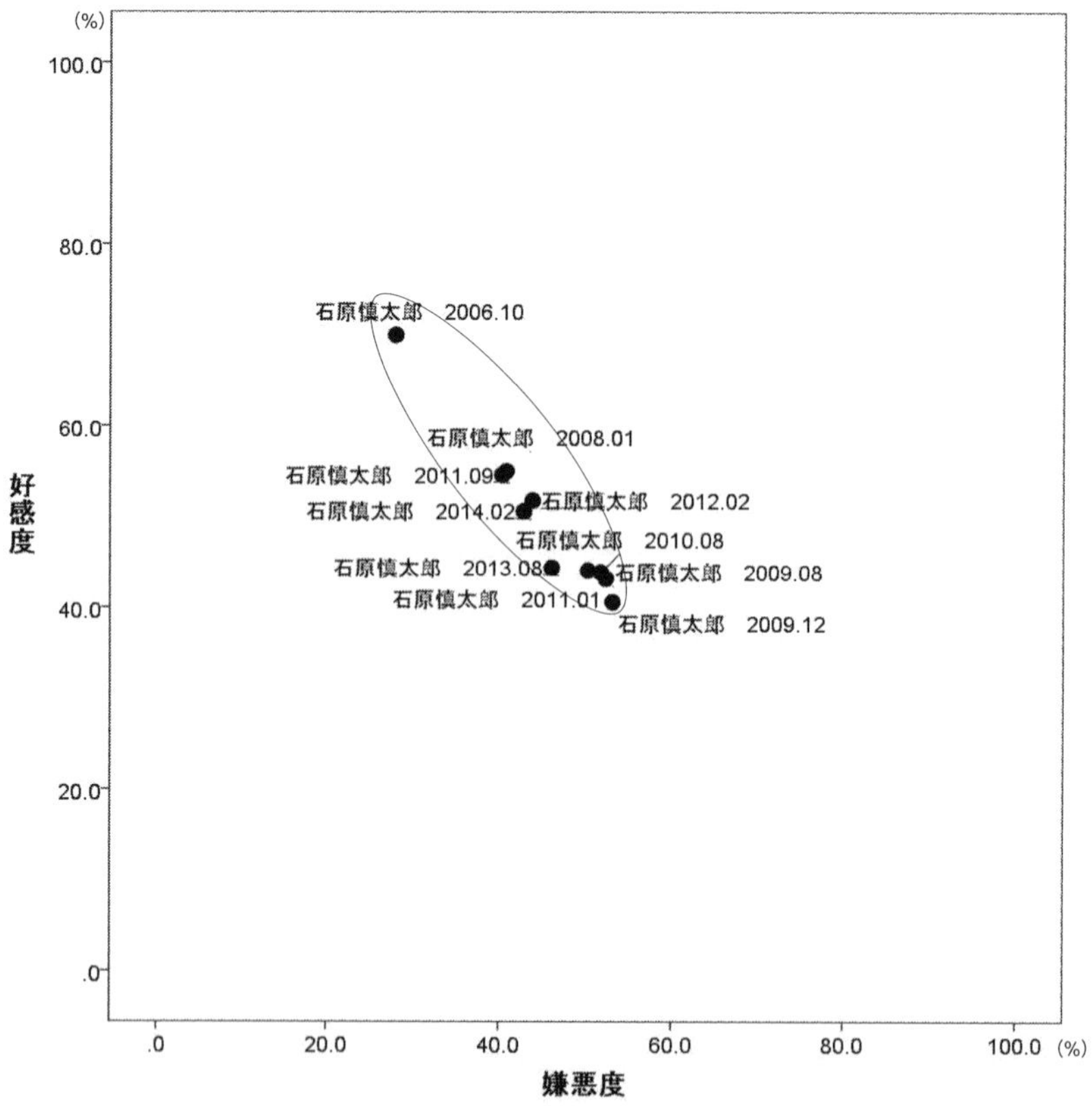

図1－7　石原慎太郎の好感度・嫌悪度

この二人から知るべきは、好印象を保ち人気があることが政治権力維持につねに有利かどうかはまったく別問題ということである。

本書の主題である石原慎太郎のポジションは、図1-7のようである。このチャートにプロットされた石原のポジションは、データのある八年間のうちに一度下降しているが、今一度挽回さえしている。この粘りをどう見るか5。下降していく自民、民主の政治家たちとは違う何かがあるのか。

そのイメージをもう少し細かく見ようとしたのが、表1である。

「石原慎太郎氏は、東京都知事として以外にも多方面で活動をしてこられました。次に掲げるイメージについて、『大いにそう思

表1　石原慎太郎のイメージ(2006年10月から2014年2月)

（%）

	ア　かっこいいと思ったことがある	イ　実行力がある	ウ　自己中心的である	エ　独裁的だ	オ　都民の期待に適う政治をしている	カ　著作や原作映画の多くは面白い	キ　右翼的だ	ク　筋が通っている	ケ　時勢を把握している	コ　時代錯誤だ	サ　リーダーシップがある	シ　パフォーマンスが多い
調査Ⅰ 6年10月	53.1	85.4	75.4	69.3	52.3	35.2	45.0	56.7	55.2	25.2	82.6	56.9
調査Ⅱ 8年1月	51.3	81.6	81.4	76.6	42.4	37.0	53.8	53.8	48.5	30.5	80.5	62.9
調査Ⅲ 9年8月	48.2	78.4	84.6	78.4	38.0	30.8	46.6	48.2	41.1	33.0	75.5	63.7
調査Ⅳ 9年12月	43.4	76.3	89.0	84.5	33.3	31.0	54.4	40.9	32.8	40.0	72.6	72.3
調査Ⅴ 10年8月	37.8	74.0	77.3	75.0	36.9	26.9	51.9	44.4	43.8	40.9	72.6	69.8
調査Ⅵ 11年1月	36.0	69.8	77.3	76.8	34.7	28.6	58.0	46.8	42.7	43.4	71.5	63.6
調査Ⅶ 11年9月	38.9	74.9	71.3	70.9	41.7	25.7	47.7	51.1	49.1	36.5	76.5	61.3
調査Ⅷ 12年2月	40.6	79.6	74.6	73.3	44.5	22.8	53.0	53.8	49.8	37.7	79.1	59.6
調査Ⅸ 13年8月	39.1	74.2	71.8	73.6	47.5	27.1	52.4	49.0	47.1	35.8	73.6	65.9
調査Ⅹ 14年2月	39.3	74.7	73.9	74.2	43.9	25.8	53.8	52.1	45.1	37.3	73.9	61.7

5　ここで主要に用いているデータ（調査ⅠからⅩ）は二〇〇六年から二〇一四年までの推移でしかないが、実はそれ以前に遡ると（調査3）、石原がもっと好印象の高位置にあったことを確かめてみることもできる。

う』『そう思う』『あまりそう思わない』『まったくそう思わない』それぞれあてはまるものをひとつ選んでお答えください」という四点尺度の問いへの肯定的回答（「大いにそう思う」「そう思う」の割合合計）の推移である。

石原は、たいへん毀誉褒貶の多い人である。ゆえに「実行力」がある」「リーダーシップがある」を、そんなはずがないと考える人もあろうし、「自己中心的だ」「独裁的だ」をそのとおりだと、「右翼的だ」をそんな少ないはずがないと思う人もあろう。

まさにイメージでしかないが、これらはこの人の多面性のある存在を実はよく反映していると私は考える。この多面性ゆえに、光の当たり方によりそれまでとは違って鈍い光を発するのである。

石原自身が、これから首相になろうと思ったかどうかは定かではないが[6]、やはり巧くいかなかった民主党政権以降の日本政治には関わろうとした。二〇一二年一〇月、東京都知事を突然辞職し、一二月の衆議院議員選挙に立候補、当選する。この総選挙により第二次安倍内閣が成る。「美しい国」「戦後レジームからの脱却」を掲げたが、わずか一年で政権を降りた二〇〇七年の第一次とは変わっていた。

安倍自身が変わったこともあるが、二〇一一年三月の東日本大震災とそれによる福島第一原子力発電所の大事故は、多くの日本人の意識を間違いなく変化させた。そして今ひとつは、中国の台頭である。これは、二〇〇七年から人口減少も始まった日本の相対的弱体化を加速させている。第一次の時の憲法改正とは異なり、安倍は、アベノミクスという経済政策を正面に掲げた。これが、戦後日本人の機軸だということだろう。図1-1にある好イメージ挽回となった。だが無論、靖国神社参拝、秘密保護法制定、集団的自衛権について憲法解釈変更を閣議決定で進めるなど、ナショナリズム発現は第一次の時より鮮明でもある。

石原の国政への復帰は、こうした変化と動きと無関係ではない。二一世紀最初の一〇年の間に、石原が都知事になった頃や小泉政権時代にはまだあった日本の精神的余裕が失われた。エコノミック・アニマルの想い出を頼りにしつつ、あたかも一九世紀的なナショナリズムをそのままストレートに主張するのがよい雰囲気が、社会に浮遊する時代になっていた。

二、選挙民のリソース　都知事選レベルでみると

そうしたある種の無節操にも見える日本社会の自意識は、金融恐慌に喘ぎながらも対外的には実はまだまだ余裕があったと思われる一九九〇年代にもすでにあった。

一九九九年四月石原が都知事となった選挙は、現職の青島幸夫が二期目立候補せずと唐突に表明したことで、にわかに騒がしくなり選挙は乱戦となった。自民党が推した明石康、自民党員であった柿沢弘治、民主党が推した鳩山邦夫、自民党東京都連の一部が推した桝添要一、共産党推薦の三上満を含め主要候補五人の中から決まると思われていたところに、石原が立候補してきた。国会議員を辞して四年を経ていたが強かった。

この結果で興味深いのは、冷戦時代のイデオロギーを考えれば、石原が青島とは正反対にいた政治家だということである。

冷戦が終わるまで都知事選挙の戦後は、自民党推薦候補に対して、社会党と共産党が共同あるいは別々に候補を

6　一九八九年八月九日の自民党総裁選挙で三位四八票で敗れるが石原は立候補している。共同通信世論調査（二〇〇三年五月一七、一八日実施）では、「首相には誰がふさわしいか」に二七・七パーセントが、時事通信世論調査（二〇〇三年五月一八日）では、「次期首相に望ましい人」に二七・九パーセントで、どちらも二位小泉純一郎、三位安倍晋三、四位管直人を大きく引き離していた。

推し、保守と革新が対決する形で繰り返された。

この繰り返しが綻《ほころ》びるのは、一九九一年の都知事選挙である。現職鈴木俊一が三選立候補した。自民党東京都連はこの人を推したが、国の自民党は磯村尚徳を候補とした。保守系内部の捻《ねじ》れである。ポスト冷戦期に入り、保守対革新という対立軸が消えた。理念がそもそも薄弱な日本政治が露呈、当選で得られる利得目当てに離合集散が始まっていた。

青島都知事誕生の一九九五年は、そうした理念、イデオロギーなきポスト冷戦時代の始まりであり、保革対立という時代遅れの争点は消え、青島の立候補も唐突であり、一九九六年に予定されていた世界都市博覧会開催中止が公約であった。

一九七〇年代美濃部革新都政下生じた都財政問題を、一九七九年から始まる鈴木都政は立て直した。しかし彼の三期目は、臨海副都心開発という巨大プロジェクトとなり、その象徴的な仕上げとして一九九六年世界都市博覧会開催が予定された。この開発自体がその原因のひとつであろうが、一九八九年から九〇年を頂点にしたバブル景気とその崩壊は、一九九五年にもなると都民の意識にも深刻な打撃を与えていた。

一九九六年には住宅金融専門会社が公的資金を投入しつつ清算され、さらにこれに続いてその翌年山一證券廃業、その翌年北海道拓殖銀行破綻、さらに二つの長期信用銀行破綻という金融恐慌に日本は陥っていった。

そうした大不況をすでに感じていた選挙民は、世界都市博覧会中止、臨海副都心開発見直しを公約に掲げる青島に直感的に期待した。青島は、公約どおり当選後四〇日ほどで、都議会の反対を排して世界都市博覧会開催中止を決定した。立候補の公約を正直に実行した。しかし、知事の任期は四年ある。

青島は、テレビとともに歩んだ放送作家であった。石原と同じ年にタレント議員として国会議員となった。テレビ放映される国会委員会での小気味よい弁舌に、多くの聴衆は、彼にイメージを勝手に作り上げた。出来上がった「庶民性」が党人政治家、官僚政治家に対決するというイメージである。都知事になった青島にも、あの小気味良さを期待した[7]。しかしテレビ映像で生まれるイメージに依拠し続けることは難しい。青島都政は、自らのイメージに期待した選挙民には、大きな期待はずれとなった。

一九六八年青島と同じ参議院議員選挙において石原も当選したが、この人が、マスメディア、テレビについて批判的であったことは注意しておく必要がある。

「一台のラジオ対聴衆というメカニズムを通して行われる、こうしたなれあいの操作は、決して人間のイマジネーションを豊かにするなどということはあり得ない。逆にそれはイマジネーションの自殺でもある。テレビジョンにしても同じようなものだ。黒白のモノクロームで平たいスクリーンの偽証性は、文明生活の観念性が持つ平板さに他ならない」[8]。

政治家になる前の作家石原の言明である。この姿勢は、一貫して維持されたと考えられる。それを可能にしたのは何かということである。

しかしながら、選挙民は、こうしたことにはまったく無頓着である。一九九九年秋の結果（調査1[9]）によると、一九九五年の都知事選挙において青島に投票した人五九・二パーセントは、仮に青島が立候補しても青島には投票しなかったと答えた。わからないと答えた人二二・〇パーセントを合わせると「投票しなかった」であろうと答える割合は八割を超える。まさに期待はずれだったのである。

「青島都政の四年間について、感想、意見などご自由にお書きください」と問うと、記入した一一八二人中三七三人（三一・六パーセント）が「期待はずれ」と回答した。

7　これについては論じたことがある。森元孝「代表制のリソース」参照。
8　『価値紊乱者の光栄』一九五八年、五頁。
9　本書で使用している社会調査データの所在は、文献表調査結果に記した。

一九九五年と一九九九年の都知事選挙で投票した候補者について見てみると、九五年に青島に投票した人の三九・九パーセントは九九年には石原に投票しており、九九年に石原に投票した人の五一・二パーセントは九五年には青島に投票していた。青島と石原とは、イデオロギー的には正反対だが、重複を確認することができる。選挙民の節操のなさとも言える[10]。

就任したばかりの石原についても聞いている。青島への「期待はずれ」という回答に対して、同じとき石原新都知事に「たいへん期待している」（三・一パーセント）、「期待している」（二二・九パーセント）合計二六パーセントが期待しているとなる。「期待していない」（五・五パーセント）、「まったく期待などできない」（一・八パーセント）であった。この時から四期にわたる石原都政が始まる。選挙民は、この時の期待をいつどのように満足させていったかである。それは、ディーゼル車の排ガス規制であったのか、銀行への外形標準課税であったのか、二〇〇〇年の東京都総合防災訓練で銀座通りを装甲車が走らせたことであったのか、あるいは東京都青少年の健全な育成に関する条例であったのか、いや三期目の大きな公約であった二〇一六年オリンピックの東京招致、さらにそれが二〇二〇年実現することになったことであったのか[11]。

これらの出来事も、ポップチャートを急降下していった政治家たちの人気同様、消費される項目のひとつにすぎないのか。これらのイッシュー以上に石原には何かがあると考えてみたい。たしかに都道府県知事の多選は珍しくはない。しかし都知事四期は例がない。これを可能にしたフィロソフィーが石原自身にあったかということである。これを問わねばなるまい。

次章以降、多種多様なイシューをバックで支える哲学や思想を探り出せるだろうと考えているが、それらはけっしていわゆる大衆の期待を満たす甘いものではない。四選を可能にしたのは、もっと別次元の事柄だと考えたい。そういう点で、大衆迎合という意味の「ポピュリズム」を、石原に見出すのは難しい。

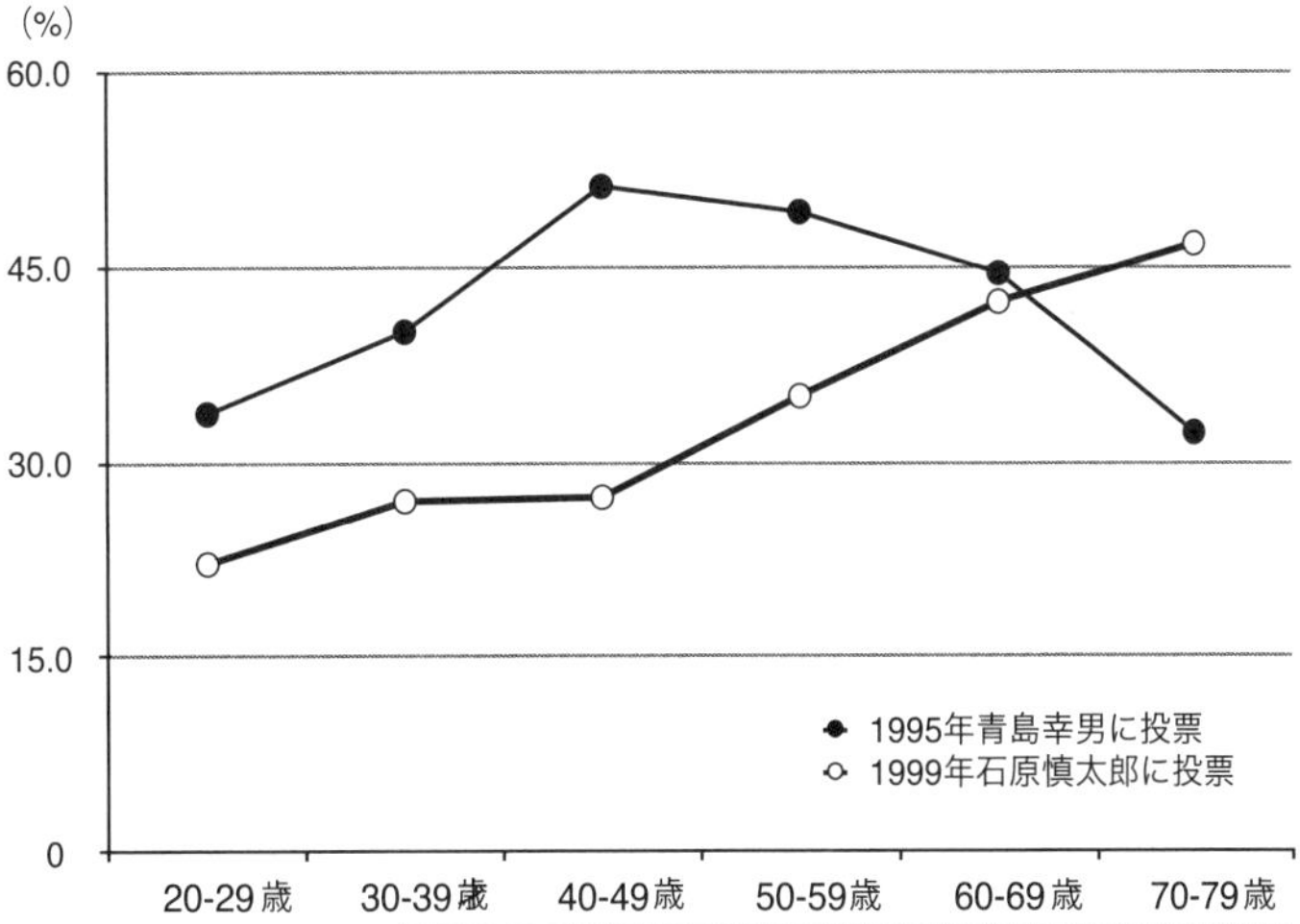

	20-29	30-39	40-49	50-59	60-69	70-79	全体
1995年青島幸男に投票	33.7%	40.0%	51.2%	49.2%	44.5%	32.3%	44.5%
1999年石原慎太郎に投票	22.2%	27.0%	27.3%	35.1%	42.3%	46.8%	33.3%

図2　年齢階級別選好差異

ただし、述べたように、九五年に青島に投票した人の三九・九パーセントは石原を、九九年に石原に投票した人の五一・二パーセントは青島に投票した。これを年齢階級別に整理し直すと、図2のようになる。

これは青島と石原についての年齢階級別選好差異である（調査1）。青島は、その当時の四〇歳代に強い支持を得ており、そこから年齢階級が上がるに応じて支持を弱めていく。石原は、四〇歳代を底にして年齢階級が上がるに応じて支持を強めていく。

いわゆる全共闘世代とも団塊のそれとも言われる世代は、一九九九年当時五〇から五二歳。これに続く年齢階級は、青島主演のテレビ番組『いじ

10　選挙民が青島に期待したのは、自民党の権力者を激しく叱責する映像であろう。例えば、一九七一年三月参議院予算委員会で、青島議員が当時の佐藤総理大臣に対して政治資金規正法改正ができないことを批判し「政府は財界の男メカケ」と発言し紛糾。一九八七年五月やはり参議院予算委員会で、防衛費の対ＧＮＰ比一％突破を認めた中曽根総理大臣らを前に「全員腰抜けだ。責任を全うしていない。アホですよ」と叱責しこれも紛糾。この場面は、テレビで何度も放映されある種のイメージが形成された。選挙民が期待したのは、そうした小気味よい青島であった。

11　これらについては、第九章第三節「指導者民主主義の風」で考察する。

表2　東京都年齢階級別人口推移（推定）

	1995(平成7)	1999（平成11）	2003(平成15)	2007(平成19)	2011(平成23)
20歳台	2,226,512	2,095,288	1,922,311	1,749,799	1,612,191
30歳台	1,635,736	1,774,018	2,045,172	2,225,466	2,162,192
40歳台	1,764,124	1,572,075	1,472,146	1,632,409	1,921,628
50歳台	1,647,922	1,720,171	1,749,847	1,677,424	1,453,463
60歳台	1,249,948	1,338,405	1,450,091	1,462,797	1,646,690
70歳以上	979,952	1,146,019	1,369,149	1,625,558	1,848,853
全　　体	9,504,194	9,645,976	10,008,716	10,373,453	10,645,017

＊住民基本台帳による東京都の世帯と人口（町丁別・年齢別）から著者が作成。

わる婆さん』を見た世代である。それに対して、石原への支持が強くなっていく、より高い年齢階級は、小説『太陽の季節』を青年時代に読んだことがあり、映画館でその映像を見た人たちである。

こうした世代体験の差異を考えると、政治意識は等質ではなく、日本の政治社会は、世代により分断され分節化されている可能性がある。そうであるのに、なぜ石原は一三年にわたって都知事であり続けることができたのかである。

二〇〇三年の都知事選挙では、二期目に入る石原に対して有力な対立候補を立てることさえできなかった。石原はこの時、三百万票を獲得した。二〇〇七年、石原はオリンピック招致を掲げ立候補した。実績があったとされる元宮城県知事浅野史郎が対立候補だったが、浅野は一六九万票でやはり石原が二七〇万票を獲得、圧勝した。

これらの数字は驚くほど大きい。これらの数字を、いったい何が支えているかである。

東京都の年齢階級別人口を、青島都知事誕生以降、石原四選まで四年ごとの推移を見ると、日本社会全体が高齢化社会だとされるのに対し、東京はまだまだ二〇代、三〇代の若者が多いことがわかる。しかしここも六〇歳台、七〇歳以上の人口が増え、二〇歳台の人口一九九五年から一貫して減少し、三〇歳台も二〇〇七年で頭打ちとなる。これに対して、四〇歳台、

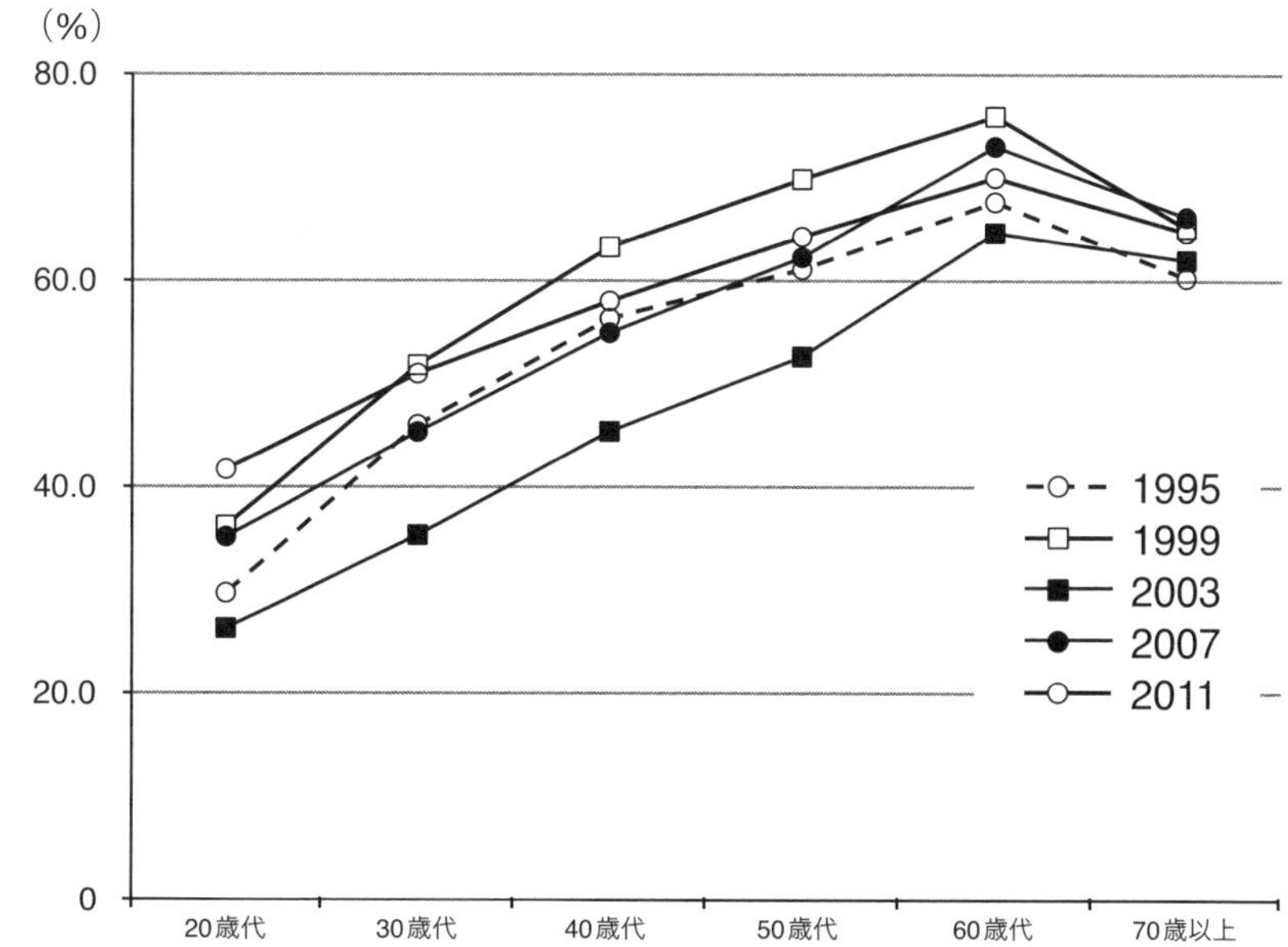

図3　都知事選挙における年齢階級別投票率推移

六〇歳台、七〇歳台のそれが増加している。東京も若者の都市である色彩に陰りが出ている（表2）。

　こうした東京都の年齢階級別人口推移を前提に、同じ時期、すなわちこの五回の都知事選挙での、年齢階級ごとの投票率を見ると年齢階級が上がるにつれ投票率上昇がはっきりしている（図3）。石原と同年代の選挙民は、投票率が高く、石原が大量得票するのに有利に働いていたと考えられる。高齢投票者が絶対数で多ければ、石原は有利だと言えるからである。

　しかし、先に見た青島と石原への投票の関係、それは一九九九年の結果であったが、それから一〇年以上が経過し、青島支持の年代、すなわちいわゆる団塊世代とそれに続く年代の年齢が上がり、石原支持が弱くなったとも考えられる。

　とはいえ、四期一六年というのが、本人さえ認めたように何よりも長すぎる。四選直前の二〇一一年一月の結果（調査Ⅳ）では、「本年四月の都知事選挙にも立候補・当選して四期目に入る」（二〇・二％）、「国政に復帰して総理大臣をはじめ重要なポストに就く」（一三・五％）で、まだ支持が弱くなったとは言えないが、「政治家は引退し、評論家・意見番として活動する」（二二・五％）、「政治から身を引いて、作家としての仕事に専念する」（一五・一％）、「完全な引退が適当である」（二五・六％）となり、石原人気にもはっきりと陰りが出ていた。

そうだが、批判者が少なからずいながら、彼を超える候補がいないのも実際であった。ポップチャートで消費され尽くされる自己保身の政治家しかいないことの裏返しである。そうした自己保身の日本政治に対して、この人が、きわめて毀誉褒貶の多い人でありながら行為主義を貫徹できたというのもリアルだと言える。

三、価値紊乱の見出し語

当初四選はしたくないとしていた石原は、東日本大震災直後、自民党にも強く推され四選を果たす。その二〇一二年六月一七日の「平成二三年第二回都議会定例会　知事所信表明」は次のようであった。基本的内容を損なわないようにしながら、この所信表明を一二の部分に分けそれぞれについて、①「理解できる」、②「どちらとも言えない」、③「理解できない」の三点の割合を示した（調査Ⅶ）。

1　戦後、我々は、アメリカ依存の平和に安住しながら繁栄を謳歌し、かつて無い物質的な豊かさと引き替えに、日本人としての価値の基軸を失ってしまうことになった（①六六・五パーセント、②八・七パーセント、③二四・八パーセント）。

2　国際競争は厳しさを増しており、内向きになって困難な課題を先送りし続けることはとても許されない。少子高齢化という構造変化を冷静に捉え社会保障や税制を痛みに耐えても立て直しながら、世界と伍す戦略と戦術を構えることを求められている（①七二・四パーセント、②八・〇パーセント、③一九・六パーセント）。

3　日本の国政は、自らの保身のために国民の顔色を窺うばかりである。もはや財政は実質的に破綻しており、国家としての命運はこの数年で決せられるところまで窮まってきている（①七七・〇パーセント、②七・四パーセント、③一五・六パーセント）。

4　原発事故によって日本の安全神話は消え、国際社会からも危機管理能力が問われ信頼を失っている。このままでは日本自体が見限られ、ジャパンバッシングが加速し、経済は疲弊し、人材・企業・技術は流出していきかねない（①七四・三パーセント、②七・七パーセント、③一八・〇パーセント）。

5　大震災、原発事故による未曾有の事態をかろうじて救っているのは、名も無き現場の日本人たちである。歯を食いしばり、ささやかな援助にすら涙して感謝する被災者に、医療・福祉スタッフやボランティアが寄り添い、原発事故では命を差し出す覚悟で自衛隊員、警察官、消防隊員、企業の現場作業員が奮闘してきた（①八六・四パーセント、②六・一パーセント、③七・五パーセント）。

6　首都を預かる都政が、何を為すかが我が国の将来を決する。国家にも匹敵する力を持った東京から大震災を乗り越え、将来への確固たる展望を示し、信頼を回復するメッセージも世界に発信しなければならない（①

七一・〇パーセント、②七・九パーセント、③二一・一パーセント）。

7 我が国が真に立ち直るには、単に被った被害の復元に止まらず、再起を通じて生活様式や価値観を転換し、次なる日本への道筋をつける必要がある（①七四・〇パーセント、②八・三パーセント、③一七・七パーセント）。

8 電力不足の長期化や災害の発生はもとより、地球の温暖化も見据えた上で、環境と経済とが高度に両立した社会を創り上げ、節電を機に生活や意識を変えＣＯ２を削減しつつ、必要なエネルギーは低炭素で高効率なものへと多様化・分散化して確保していく戦略的な思考が求められている（①八二・二パーセント、②六・六パーセント、③一一・二パーセント）。

9 着々と整備が進む都市インフラを跳躍台に、東京は金の卵を産む鶏として日本経済を牽引し続けなければならない。成長の旗を振り、雇用を生んで若者の就職を確保し、福祉を充実させる富も生む循環を導かなければ、大震災からの復興は遅れる（①六六・五パーセント、②九・六パーセント、③二三・九パーセント）。

10 大震災を機に人間の絆の価値を再認識し、大都市にふさわしい連帯の形を創り上げる必要がある。これは、過度の権利を主張し責任は軽視する戦後の悪しき風潮を変えることにもなるに違いない（①六二・二パーセント、②一〇・八パーセント、③二六・〇パーセント）。

11 昨今の若者は過保護に漬《つ》かって抵抗力を欠き、ひ弱な内向き志向も見られる。しかし、既に手にした繁栄も空しい夢に終わりかねないこの今、この閉塞《へいそく》を打ち破り国家の希望となり得るのは、若者しかない。世界に飛び出し、摩擦・相克の中で明確に意思表示もしながら、独自の才能を開花させていくような若者こそが、求められている（①七〇・四パーセント、②八・七パーセント、③二〇・九パーセント）。

12　世界史的にもかつて無い今回の大震災からの復興は、戦災からの復興にも匹敵する苦難の道程となろうが、必ずや立ち直り、九年後の日本の姿を披瀝《ひれき》するならば、世界中から寄せられた友情や励ましへの何よりの返礼となる。そのために、都民・国民、被災地をはじめ広く日本全体とスクラムを組んで東京にオリンピックとパラリンピックを再び招致することを考えたい（①三四・二パーセント、②一〇・九パーセント、③五四・九パーセント）。

都知事所信表明というのだが、抽象度が高く具体的に何をなすのか判断が難しい文章である。しかし、そもそも四選は望んでいたわけではないし、総選挙が近づくにつれ民主党政権後の政局が取り沙汰され、事実、石原自身一年余り後に辞職し国会議員に復帰したことを知れば、都知事石原としてよりも、政治家石原の所信表明だった。

余裕のなさを何とかせねばと皆が思う時代になったことを裏付けるかのように、最後の第一二項目を除いて、「理解できる」が「理解できない」を上回っている。第一二項目の内容後半、オリンピックとパラリンピックの東京再招致へとつなげる点に当時まだ反発があったということであろうし、オリンピック再招致などできないという余裕のなさの顕れかもしれない。

所信表明の骨子は次のようである。

1、対米依存の平和主義脱却
2、国際競争力ある国家戦略再構築

3、自己保身政治家批判
4、国の危機管理能力再構築
5、被災者救済に活動した医療福祉スタッフ、ボランティア、自衛隊、警察、消防、現場従業員らへの労い
6、首都東京からの改革
7、次なる日本への価値転換
8、地球温暖化対策に向けた低炭素社会実現
9、若年者の雇用創出
10、戦後の無責任・権利主張偏重の変更
11、強い若者の称揚
12、オリンピック、パラリンピック再招致

これらは、「青年主義」「行為主義」「この国主義」「科学技術立国」「利益政治家批判」などの見出し語で見える作家石原と政治家石原とをよく表現している。

本書で詳論する内容を先取りすれば、小説家石原の作品群、『太陽の季節』（第五章で取り扱う）から『亀裂』（第二章）、『化石の森』『嫌悪の狙撃者』（第三章）、さらに第六章で扱う小品群は、青年主義と行為主義をはっきり表現し続けていた。第四章で扱う啓蒙書『「NO」と言える日本』や、小説『挑戦』『亡国』は、「この国主義」というナショナリズムをよく示しており、同じく小説『日本零年』は、科学技術立国、とりわけ原子力立国が主題であった。第九章で扱う評論『国家なる幻影』や、自ら主宰した青嵐会結成などは、「既成政党批判」であり「行為主義」だと言えよう。

これらの脈絡があって、「首都からの日本改革」という都知事時代の意気込みは、都知事辞職、国会議員再登場、

太陽の党、日本維新の会、次世代の党へと連なる行為ということになる。

この行為主義は、ポピュリストの人気迎合ではなく、躊躇や判断保留を迫るところも少なくなく、石原の存在の特質がここにある。不協和を起こすことが紊乱《びんらん》だとすると、そこから新たな価値創造の可能性もあるとするのが、価値紊乱者の光栄だということになろう。

たいへん面白いのは、石原が一九五八年『価値紊乱者の光栄』で主張し、それをその後も繰り返しテーマとし、またそれを実践するのも、それは当時のみならず今も石原が若者あるいは青年であろうとしているからであろう。翻って現代の若者、その青春は、こうしたテーマ、実践と齟齬をきたしているのを嘆かざるをえぬということでもある。一九三二年生まれの石原慎太郎自身が、かつての青年のままであらんとしているのである。

現在の若い世代にしてみれば、加齢を経た中高老年世代の主題と実践とは違う次元に生きているのだから、そこにはカルチュラル・ラグがあるのは当然である。今の若い世代が、石原の所信表明の内容の一部について、冷ややかに見るとしても、それは不思議なことではない。

四、作品群の帰属点

そういう石原慎太郎という人は、実に長きにわたって、日本人を毀誉褒貶とともに結びつけてきたことは事実である。その意味は、戦後最も長い期間、日本社会のきわめて広い範囲にわたって媒体のような働きをしてきたということでもある。

人が、実はひとつの媒体であり、これが毀誉褒貶も含めてたいへん多くのものを媒介しつないでいくのだが、戦後日本社会の典型的なひとりだということができる。二〇〇三年の三百万という得票も、この媒体が生んだつながりである。しかしながら、この人は、いったいどういう人なのか。それが問いである。

石原慎太郎が『太陽の季節』により芥川賞を受賞したという出来事についてはしばしば言表され、多くの人が知っている。「芥川賞受賞作家」は彼のみならず多数いるが、受賞者名を順に挙げることができる人は、作家、文芸批評家、読書家に限られる。「ああ、あの芥川賞を受賞した人」「『太陽の季節』を書いた人」とは口にするが、私たちは、本当はよく知らない。にもかかわらず「知っている人」だと思う。

作家と読者が作る文芸による公共空間はたしかに存在する。しかし文芸雑誌をつねに購読する人は限られている。よく口にされる挿話の多くは、口にする以上には普通あまり知らないということである。これから見ていくとおり、石原は作家としてきわめて多作であり、その中には有名になった優れた作品もある。作品の成熟度ということで言えば、知られているとされる『太陽の季節』よりもはるかに凄い作品が少なからずあろう。

もうひとつ弟の石原裕次郎が戦後日本の代表的な映画俳優でもあり、兄慎太郎の作品に出ることも少なくなかった。裕次郎主演の映画をつうじて兄慎太郎を「知っている」とする人もたしかに少なくない。

表3は、二〇一一年九月の結果である（調査Ⅶ）。『太陽の季節』は、その原著を読んだのみならず、複数映像化された場合も含めて見知っている割合が、二八・八パーセントである。『狂った果実』、『俺は待ってるぜ』『錆びたナイフ』など、裕次郎主演により映画となった作品は高い割合で知られている。

しかし後述するが、表の中にある例えば『亀裂』や『化石の森』など、文学的に評価されたものは、それぞれの時代にそれゆえに評価されただろうが、現在では限られた範囲でしか読まれていないと考えられる。この調査対象者は、一四四四人であり、一パーセントは一四人であるから、『太陽の季節』の二八・八パーセントというのは大きな数である。五パーセント以下であっても、日本全体を考えれば、その数は巨大なものとなる。

表３　石原慎太郎の作品について

(%)

			原作を読んだことがある。あるいは映像作品化されたものを、映画館、ビデオ、DVD、テレビ放映で見たことがある。	題名は聞いたことがあるが、実際に読んだこと、見たことはない。	題名・作品名についてまったく知らない（聞いたことがない）。
1	太陽の季節	(1955)	28.8	55.0	16.2
2	狂った果実	(1956)	22.2	58.9	18.9
3	処刑の部屋	(1956)	2.7	13.4	83.9
4	価値紊乱者の光栄	(1956)	1.1	10.5	88.4
5	亀裂	(1956)	1.5	10.1	88.4
6	俺は待ってるぜ	(1957)	14.1	42.9	42.9
7	完全な遊戯	(1957)	2.4	13.3	84.3
8	錆びたナイフ	(1958)	15.2	44.8	40.0
9	行為と死	(1964)	1.4	8.9	89.8
10	星と蛇	(1965)	1.4	10.1	88.5
11	化石の森	(1970)	3.5	22.9	73.7
12	光より速きわれら	(1975)	1.0	7.7	91.3
13	生還	(1987)	2.1	11.8	86.1
14	「NO」と言える日本	(1989)	14.8	55.1	30.1
15	弟	(1996)	13.9	52.0	34.1
16	「父」なくして国立たず	(1997)	2.0	13.8	84.2
17	法華経を生きる	(1998)	1.1	11.2	87.7
18	国家なる幻影	(1999)	1.5	11.7	86.8
19	いま魂の教育	(2001)	0.8	11.1	88.0
20	聖餐	(2002)	0.9	10.5	88.6
21	わが人生の時の人々	(2002)	1.9	11.3	86.8
22	老いてこそ人生	(2002)	3.5	22.9	73.6
23	日本よ	(2002)	3.0	16.6	80.4
24	俺は、君のためにこそ死ににいく	(2007)	2.8	15.7	81.4
25	私の好きな日本人	(2008)	2.0	16.1	81.9
26	真の指導者とは	(2010)	1.2	11.1	87.7
27	新・堕落論	(2011)	1.9	19.0	79.1

N＝1444

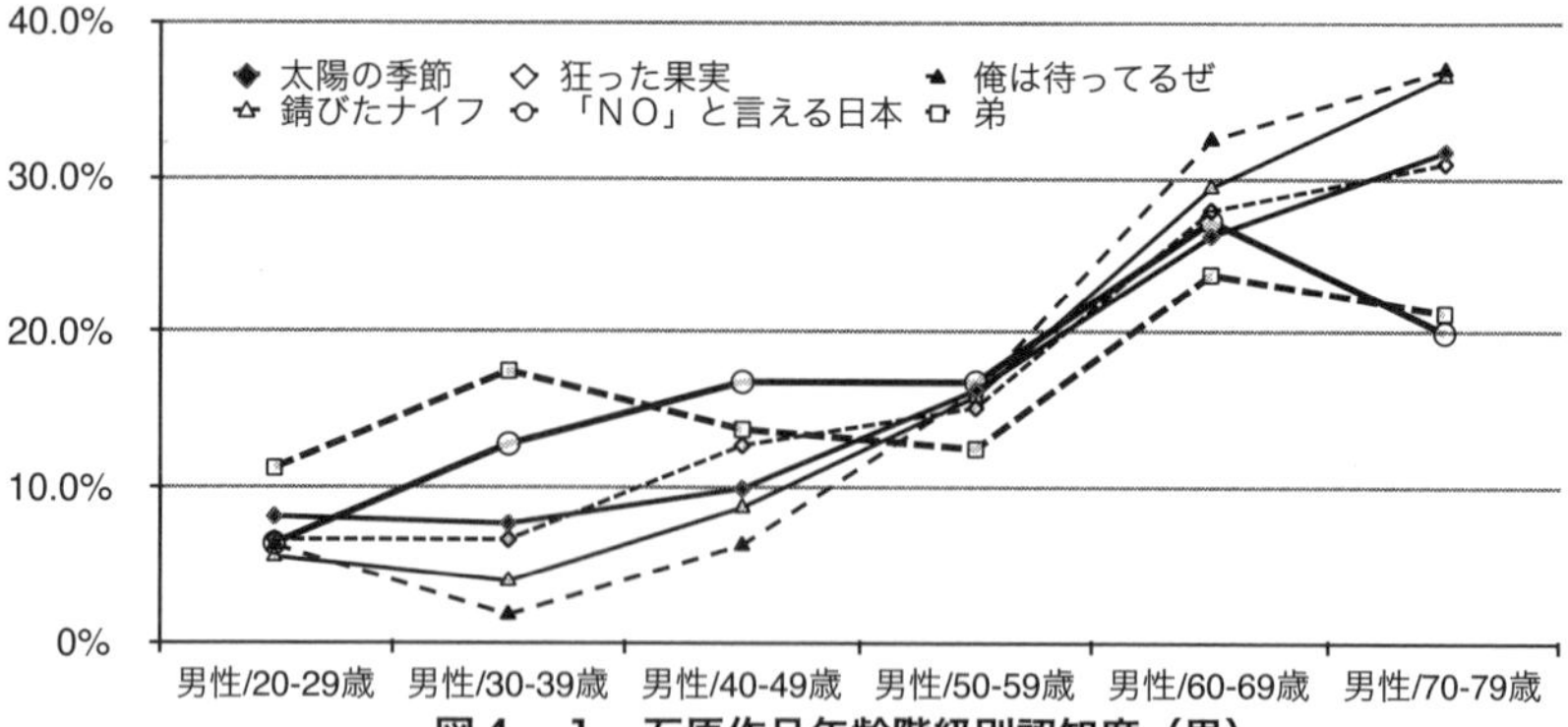

図4－1　石原作品年齢階級別認知度（男）

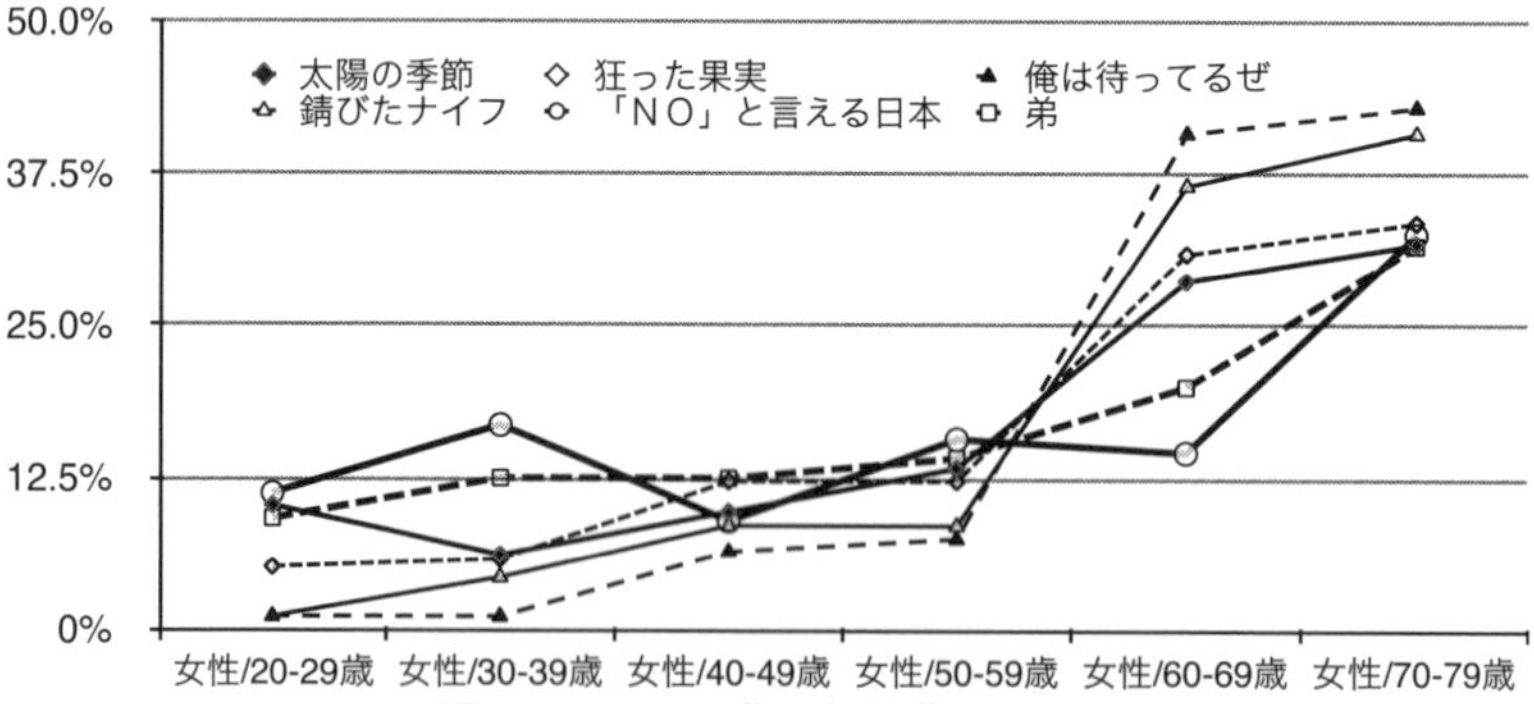

図4－2　石原作品年齢階級別認知度（女）

文芸作品ではないが、啓蒙書『「NO」と言える日本』もベストセラーとなった。これも後述するが、一九九〇年代前半のアメリカン・ドリームの終焉に対して、ジャパン・アズ・ナンバーワンという、その時代のイデオロギーを背景に、自由民主党の政治家であった石原が日本の代表的企業家とともに書いたものである。一九八〇年代末から九〇年代初めの「この国主義」をよく表現したものと言える。

弟裕次郎について書いた『弟』もミリオンセラーとなったという。これは、国会議員を辞したのち、作家に専心すると多くの人が思ったときに書かれたものである。ただし、これがよく読まれたのも、やはり惜しまれて亡くなった裕次郎へのファンが多かったからであり、この兄弟をつうじて、ある世代の日本人がつながっているということであろう。

主要な作品について、男女別年齢階級別に読書および視聴経験を整理してみると、図4-1および図4-2のようになる。ここでも年齢階級との関係を確認できる。とりわけ裕次郎映画は、慎太郎（一九三二年生）と裕次郎（一九三四年生）の世代およびそれに近い世代がよく読書をし視聴してきた。こうした文芸とそれの映像化を介して、人媒体でもある石原慎太郎が、ある時代のある年齢階級と強い関係を形成してきたはずである。

しかしながら、やはり文芸作品というものは、『太陽の季節』も含めて、「読んだことがある」、「映画で見たことがある」というレベルにとどまるのだろう。言い換えると、これら文芸作品およびその映像により、文芸的に公共性が形成され、そこから政治家石原が生み出されていったと言うのはかなり難しい。『太陽の季節』という小説は、後述するとおりだが、それ自体、短いが難しい作品だと私は考える。その点では、読者も聴衆も、全体的な傾向としては、石原を直感的にしか捉えていないであろう。それよりも、興味深いのは、きわめて多い作品群を築き上げた石原自身の行為主義ということであり、その蓄積、沈殿がこの人の行為の機軸となっているはずだということである。

二〇世紀中葉から二一紀前半、日本と呼ばれる枠組みでイメージできる社会が、敗戦、戦後復興、経済成長、バブル崩壊、景気低迷、世界におけるポジション低下、大震災、焦りときわめて多くの出来事と遭遇せねばならなかったが、その七〇年近く、石原慎太郎が、いわゆるオピニオンリーダーというよりは、初めに行為ありきという、行為主義現象の典型としてあり続けてきたこと、その理由について問うてみたい。

この人が著作してきたことをたどりながら、二〇世紀後半から二一世紀初めにかけての日本において、きわめて強い媒介者であり続けた「人」を捉えたいということである。次章以降は、そうした観点で探求しようとした結果である。

第二章　反哲学的省察

石原慎太郎を知るには、そのたくさんの作品をよく知る必要がある。順序として『太陽の季節』について先ず論じるのが普通かもしれない。デビュー作品であり、当時二五万部が売れたという。しかしながら、この作品については後述することにしたい。というのも、石原そのものを主題にするとき、この作品は、その大きな全体のあるトピックのようにしか見えないからである。この人の多くの作品は深く根を張ってつながっていると言えるし、文芸作品のみならず、たいへん広い領域にわたる活動が、さらにこれに連関している。それは、実践哲学体系とさえ言うことができる。石原自身が、同時代のいわゆる学校での講壇哲学には対決的であったから、反哲学的な哲学省察ということになろう。

ここでは、最初の長編小説であり自画像を描いたとされる『亀裂』（一九五六年）と、ノンフィクション作品『巷の神々』（一九六七年）を取り上げ、まずはこの人の認識関心の端緒と方向を確認したい。そしてこれらの後に書かれたエッセイ「孤独なる戴冠」で明確になる、この人の根本論理を確認しておきたい。

一、生の意味

『亀裂』という小説は、堀辰雄の小説『菜穂子』（一九四一年）と同姓同漢字名の都築明という男性が主人公である。それぞれの小説において都築明（ツヅキ・アキラ）は堀辰雄自身であろうし、都築明（ツヅク・メイ）は石原自身であろう。『菜穂子』はサナトリウムを介した男女の愛が主題となっている。肺病と恋愛というと、その時代的テーマであったことは間違いない。

『亀裂』においても主人公の死んだ初恋相手だったとされている京子と、話の中で重要な役割を演じる涼子はともに結核を患っていた。しかしながら、とりわけ涼子の生き方、そして京子を失ったのちの主人公のそれは、堀の時代世界とは明らかに異なっている。

一九五六年『文学界』に連載中の石原による『亀裂』を、三島由紀夫は、論文「現代小説は古典たりうるか」として取り上げ、『菜穂子』との対比で石原の独自性を高く評価した。それは、文学界の新しい時代の始まりを期待したように読める。

戦後混乱期が終わり、高度経済成長が始まろうという頃の日本、そこでどのように生きるか、生きる意味をどう獲得していくのか、これが主人公都築明、すなわち青年石原自身の問いだった。

(二)『亀裂』の人間模様

石原の自画像だとされる都築明、それがこの小説の主人公である。彼は、大学学部課程を終え大学院で学んでいる。父親は病院長であったが亡くなり、その病院は母と叔父が継いでいる。明は、大学院生であったが、すでに小説家であり、その作品が映画になる実力も持っていた。場面に出て来る大学の描出も石原氏自身の出身校一橋大学であることがよくわかる。その意味では、当時も今もたいへん羨ましい環境で学んだ若者ということかもしれない。

そうした状況を、結果的にさらに豊かなものにするように冒険と行動をしていった話である。自身まだ若く、そして日本社会が高度経済成長期に入る直前頃の体験がもとになっている。敗戦の傷がふさがりつつあった一九五〇年代前半ということで、まさしくこの点で、現在とは大きく異なり、登場する人物たちの人生経路は大いに複雑であり可能性を含んでいた。

話は、銀座のさるナイトクラブから始まっており、フィフティと呼ばれるマスターの店を軸にした、明とそこに

江田島にある旧海軍兵学校（現海上自衛隊幹部候補生学校・第一術科学校）

集まる人たちとの出会いから、人とは何か、人と人とのつながりとは何かが主題になっている[1]。

フィフティは、高野という姓が出て来はするが、終始この呼び名で描かれている。かつて酔っぱらった何人もの米兵たちを投げ飛ばしたことがあることで、そう呼ばれているという[2]。小説の時代は、立川、調布など東京都内にも駐留米軍の施設が多数あった。そうした進駐軍の匂いがする。そしてフィフティ自身、太平洋戦争中戦地に行っていた。丁寧で慇懃な男だが、そのクールさにはそうした経験をひきずった怖さが隠れている。

主人公である明については、彼の言葉に「江田島の予科兵に入ろうと思っていたが、一年前に負けちまったんだ」[3]とある。これは石原自身の思いということであろう。兵学校を夢見たが敗戦に終わり、青春の目標は失われてしまったということである。これも戦後の特異な事情に関係していたということである。

スマッシュこと浅井という、フィフティよりももっと怖い感じのする男が出て来る。彼はフィフティと日中戦争において華北で一緒に前線にいた。戦後、共産軍の捕虜となり坑道内の重労働に処されて復員した。出征前、大学で生物学の助手までしていた変わり種であった。復員後出会いフィフティ自身も寄食していた利権政治家である高倉に紹介される。想像を絶する抑留生活の体験で人が変わり果て、まさしく機械のようになってしまっていた彼を、この高倉という政治家は、表向きは深夜バーの店主としたが、実はお抱えの殺し屋として寄食させていたのである。

話は、フィフティの店、利権政治家高倉の娘と、そういう女とは知らず、明は知り合い、それからただちにホテルで情事となるところから始まる。しかし、行きずりの情事から、すぐさま再びフィフティの店に戻り、明はそこにやって来ていたよく知られた女優泉井涼子と知り合う。そして彼女とも情事となる。

涼子は母親も芸人だったが、病気で死ぬ。涼子は一〇代ですでに結婚したことがあったが、その相手も死ぬ。そしてその男が浮気をしていたことも知る。それ以降、彼女は、愛を信じることができなくなってしまう。いつもまわりにツバメを侍らせた生活をしている。中にはプロレスラーもおり、神島というボクサーもそのひとりだった。

明は、よく遊びよく大学の勉強もした。ただし、経済学はじめ社会科学への当初の期待はもうなく、その現実性を欠如した衒学《げんがく》主義に大きな疑問を感じ、思惟や観念を信用しなくなっていた。文芸関連の教授のゼミには興味を

1　後年、石原自身『弟』で、まさしく弟裕次郎とともに学生時代、銀座でどのように遊んだことを詳しく記している。

2　フィフティは、卑語俗語のシクスティ・ナインから来ているという。「二、三年前まで毛唐が今と違ってまだのさばってやがった時分フィフティがある親父の店でボーイ長をやっていた頃のことですよ。店でも外人相手の出入りがいろいろあったんだ。出入りと言っても酔ってのさばりやがって日本人はただ小さくなっておろおろするってだけの時にね、フィフティが全部相手して片をつけたんです。やればとにかく滅法強かったな。奴らを引き出して暴れるのを肩車か何かでかついでね、仕舞に逆さにかかえ直して頭から皆叩きつけちまったんですよ。そこから来たんだあの渾名《あだな》は。ただ相手が野郎じゃあ色気もねえってんで親父が数を十下げて彼のことをフィフティナインて呼んだんですよ」『亀裂』（角川文庫　一九六〇年）八九頁、『石原愼太郎の文学3　亀裂／死の博物誌』（文芸春秋　二〇〇七年）九〇頁。以下後者二〇〇七年版の頁数は（　）に入れて示す。

3　『亀裂』二六頁（二八頁）。この箇所二〇〇七年版では「兵学校」とある。

持ち続け通っていた。

学部時代の友だち山内は、神経症で喘息持ち、明が病院長の息子であったので、その伝《つて》で、発作を押さえる麻薬をもらっていたが、卒業し就職後、彼は自殺する。辰野は、ゼミの先輩で登山家。遭難死する。彼らの死は、明が生きる意味を糺《ただ》すものであった。

明の小説が映画化されることになり、明の希望もあり涼子が演じることになる。この関係で、プロデューサー三谷、同じく富樫、そして監督平山が出て来る。石原氏自身が卒業後、映画会社に就職することが決まっていたこととも符号する[4]。

明自身、思春期に京子という想った女性がいたが、結核で死ぬ。肉体関係のない純粋な恋愛と、彼女の死という経験が今も尾を引いている。こうした設定は、前述の江田島への思いとともに、石原氏の多くの作品に出てくる想いである。後述するが、例えば『刃鋼』の松井澄子、『てっぺん野郎』の上条英子は、プラトニック・ラブの理想の相手である。こうしたイメージの初恋女性が、石原作品にしばしば登場する。

明は涼子と遭ったその夜に肉体関係を結ぶが、肉体関係があればあるほど彼女との距離を感じることになる。この距離を感じるということは、京子の死以後、女性とは肉体でしかつながれない、つながらないという思いを問い返すことでもあった。言い換えればそれだけ、涼子は、明に意味ある女性だということであろう。

しかし、そういう涼子は、彼女に繰り返し暴力を振るうにもかかわらず、ボクサー神島と深い関係になっていく。神島の暴力がきっかけで涼子は、大量に喀血し入院する。明は見舞いにいく。

明の弟である洋は、大学生でラガー。そして右翼団体に入り、そこでの行動主義に傾倒している。明はこれに強く批判的である。兄弟互いに相手の考えにきわめて否定的であり対立し合う。フィフティのクラブに、たまたま洋が連れてきた女が、利権政治家高倉の娘であり、物語最初の明の情事の相手でもあった。決起行動そのものは物語に出てこないが、洋は、行動を起こすことを明に書き置いていく。

ボクサー神島は、賭けていた試合に、セコンドにフィフティがついたが敗れる。試合を観戦していた利権政治家高倉は、神島の利用価値を計算し、自分の仕事人に雇う。神島は、その後、東京を離れ九州で武者修行。明は、友だちの誘いもあり九州へ行き、神島の試合も観戦する。神島が試合に自分を賭けている行為に明は魅了される。

行き先のバーで、明は、プロデューサー三谷と偶然遭い、離島での撮影について行く。そこには涼子もおり、試合後神島も訪れていた。そこで明は、涼子と神島との出来上がった愛の関係を感じ取る。

神島の兄は、高倉が土建やくざから利権を拡大して代議士になっていくときの高倉の腹心であった。高倉は、対立相手を抹殺して勢力拡大をしていった。そして秘密を知りすぎた神島のこの兄もスマッシュこと浅井に殺させていた。

このことを高倉は新たに雇い入れた弟のボクサー神島に漏らし、いろいろ知りすぎてしまっていた浅井を今度は彼に殺させる。フィフティの店で、神島は浅井殺害の事実を、フィフティと明に打ち明ける。フィフティは逆上し、高倉を殺害する。

その後涼子は、再び喀血し入院する。明は見舞いに訪れるが、涼子は精神的に大きなダメージを受け意思疎通ができない状態に陥っていた。そのまま、明は、病院のエレベーターで下界に降りていく。

(二) プラトニズム解体

角川文庫版のあとがきに、石原自身、この小説『亀裂』の主題は三つあると解説している。すなわち、第一は現代における純粋行為の可能性、第二は現代における人間の繋り合いの可能性、言い換えれば恋愛に於ける肉体主義

4　石原慎太郎『弟』（幻冬舎文庫　一九九九年）には、『太陽の季節』の映画化についてその経緯が書かれている。

の可能性、第三は現代に於ける教養の可能性。それら三つの可能性を問うことだとしている[5]。

現代におけるそれぞれの可能性とは、この小説の時代である一九五〇年代前半のそれらということである。前節人間模様でまとめたように、フィフティ、スマッシュは、戦争体験を引きずり続けている[6]。明、すなわち作者である石原の自画像には、「江田島の兵学校に入ろうと思っていたが、一年前に負けちまったんだ」[7]という言葉にあるように、海軍兵学校への思いがどこかに結晶となって残り続けている。

ただしその当時、間もなく始まる高度経済成長に入り込もうとする日本社会であり、新しい社会の芽が吹き出そうともしていた。そうした特徴を、石原は後に「消費社会という日本社会に新しく到来した文明」[8]と表現している。しかしながら、当時の日本社会は、まだ圧倒的に第一次産業人口が多く、一九八〇年代のいわゆる「消費社会」とはまったく異なっていたはずである。ただし、石原の敏感な感性が、そして弟裕次郎とともに銀座を舞台に遊び体験したことを通じて[9]、その兆しをはっきり感じ取っていたということであろう。

そうした予兆は、明らかにそれまでの世代が持っていた価値を崩壊させ喪失させていくことになる。三つの可能性とはそうした価値崩壊と喪失に顕れる限界問題ということである。行為、恋愛、大学という水準で、それらを形作ってきた枠組みが崩れていくとき、明という青年、言い換えれば青年小説家石原慎太郎は、自らが生きていく指針の確立を迫られたということである[10]。

そうした時代の新しい青春小説、冒険小説であるが、それは考えてみれば一九五〇年代前半、旧制高校がなくなり新制の大学が始まり数年が経過し、進駐してきていたアメリカ軍は男女関係、性意識、風潮にも少なからず影響を与えたはずである。そんな何もかもが始まり出した時代に若者が生きる、その意味を探求し指針を明瞭にしようという姿が描かれており、この点で『亀裂』は小説であるが、同時に人生哲学研究だとして読むこともできる。

（ア）行為

「純粋行為」という言葉が用いられている。透き通った動機による行為という言い方でもよいのであろう。小説が書かれてから半世紀が過ぎたのちも、これについて石原自身の思いは変わらぬままである。羨ましいことに、この万年青年性なるものを、この『亀裂』の頃に確立したのだろう。

『産経新聞』連載の「日本よ」、その二〇〇〇年二月一〇日には、石原によるこんなコラムが載っている。一九二四年、当時まだ処女峰であったエベレスト登頂を試みたジョージ・マロリーの遺体が頂上近い北側斜面下で発見された外電を題材にしている[11]。

なぜそんな危険を冒して登頂するのかという問いに、「そこに山があるからだ」と答えたというマロリーの伝説は、ある世代の人たちの心を今も打つ。遺体発見はさらなる神秘を呼んだ。彼がまとっていた遺品でひとつ失われていたものがあるという。登頂成功のときには、頂上に置いてくると約束した愛妻の写真である。マロリーが登頂に成功したのかどうか、これは定かではないが、ここに人の生の意味、わかる人にのみわかるという、人と人とにある

5　あとがき『亀裂』三九五頁。
6　フィフティの店のバーテンダーもまた戦争から戻ったひとりである。
7　『亀裂』二六頁（二八頁）。
8　「未曾有と未知の青春」『石原慎太郎の文学3　亀裂／死の博物誌』二〇〇七年、五六五頁。
9　「私自身はたとえ最後の蛮カラを楽しんでいたといっても、年頃の学生にとってあの頃ようやく兆してきた都会での消費的な風俗がより魅力的でない訳はない。ということで私もまた弟に誘われるまま、寮から家へ帰る途中で下車してしまい、頻々と弟の放蕩のつき合いをするようになっていった」（『弟』一九九六年、一一六頁）。
10　数十年後、おそらくは一九九〇年代が時代設定だと思われるが、短編「僕らは仲が良かった」〔石原慎太郎『やや暴力的に』（文藝春秋　二〇一四年）所収〕は、一橋大学をモデルにしているとわかる設定で、この『亀裂』に登場する明の友人たちと思われる人間たちとの想い出を、その現在から回想する形で物語にしてある。
11　「行為」『日本よ』二〇〇四年、二三―七頁。

つながりを見なければならないのである。

『亀裂』には、ほぼそのままの話が織り込まれている。ゼミの先輩であった登山家辰野は、最期の登山となる出発を前に、明に会いに来た。「俺はもう一度自分を確かめにあの岩へ行くのさ。山は俺にとっての確証なのさ」[12]。商社に入り数年が過ぎサラリーマンとなっていた辰野。卒業し就職、仕事ともに彼にとっての真実はどこかに行ってしまったのであろう。これを問うために、ニューヨーク駐在が決まっていたが、五日間の休暇を願い出て、そしてそのためにかねてより体も鍛え直し、計画を決行する、その前に、友だち明に会いに来たのである。

そして間もなく、辰野遭難の記事を新聞で見た明は、「危険な登攀という、本来無償であるべき行為に、彼は分裂し見失いかけた己という代償を賭けた。それが果たして誤りでないと言えようか」[13]と自問する。

同じく明の友人、学生時代に共産運動に関わっていたが証券会社に就職する山内の話も、この分裂する自己に関わるものである。夜中ナイトクラブを出て神田一橋の如水会館前をタクシーで通ったときに、明は、自分たちの卒業記念パーティであったことを回想する。

そこで共産主義に傾倒していた友人山内が口にしたことである。「要はイデオロギーなどの問題ではない。もっと以前に人間としての生活に対する極人間的な『自由』の理念だけは失うまい。これからの僕たちの生活の指標は決して会社の営利などではなく、自分一個の人間としてのその理念なんだ。その理念に対して誠実に生きるということ、それだけが僕の信じてよい、僕ら自身の生の現実なんだ」[14]。

この種の直情的で真面目すぎる学生を目にすることは、今ではきわめて稀な話かもしれぬが、生きるということと、仕事をするということとの食い違い、すなわち亀裂であり、いわゆるヘーゲル的な分裂がこの青年にとって何よりの難題であった。同じことは、女優をやっていて楽しいかという明の無粋な問いに対して、「楽しい訳ないやないの、そない退屈な商売。うちが女優しているの惰性だけやわ。それと食べるため お金儲けるためにだけよ」[15]

と返す涼子にもあてはまる。

仕事、それが「〜ためにする」でしかなくなってしまっていく社会と、生きるということとの亀裂である。消費社会の始まりは、日本においても一九二〇年代から新中産層の登場として、後にホワイトカラーと呼ばれる層の増加として顕《あらわ》れていく。この層は、大学を出てサラリーマンになる。ただし、今われわれが口にするサラリーマン、そして大学とは、そもそもはずいぶん違ってもいた。住み込みで丁稚《でっち》奉公をして仕事を覚えていくのではなく、同年代で一〇パーセント以下の大学進学者しかいない時代であり、そこを卒業して就職する人間たちである[16]。言ってみれば、「エリート」であった。

しかしながら、石原が主題にしている時代、一九五〇年代からサラリーマン、すなわち食うためにそしてそのための給料のために仕事をする人種は、消費社会の進展とともに急激に増加していく。この友人山内は、後に自殺することになる。

卒業生のクラブである会館のバーにて隣に座っていた同窓生たちの会話に関わることになった明は、小説家だということで、そこにいた商社マンから次のように言われる。

「どうして君らはこの俺たちの変死状態を書こうとしないのかね、社会への自覚と、手前一人という人間への自覚の二つに引き裂かれたまま、くたばり切れないこのサラリーマンたちをさ」

12　『亀裂』一五四頁（一五二頁）。
13　『亀裂』一五六頁（一五三頁）。
14　『亀裂』五五―六頁（五八頁）。
15　『亀裂』九二頁（九四頁）。
16　学校基本調査によると、一九五五年七・九パーセント、一九六〇年八・二パーセントであった。石原兄弟の父親は、山下汽船の重役であったが、彼は丁稚奉公から始まっている（佐野眞一『てっぺん野郎』第一部）。

「それあな、文学なんてものがとうに変死しちまっているんだ。小説家なんて奴らは、変死している人間の屍から顔をそむけるだけで、それを自分の嘴《くちばし》でつついて食おうとあしないのさ」[17]。

『亀裂』をつうじて求め到達することになる石原の答えは、これを克服するためには、強い自我を築かねばならないということだったように読める。

「自分を自分で引きずり、小突いて生きる──、現代にあってそれ以外に自分へ誠実につくす術がどこにある。そうやって生きながら、神島は拳闘で叩き合う時、涼子は酔っぱらって身をすりへらしながら男へ挑む時、ある瞬間、ある瞬間、彼らはある自分自身をつかみ、その存在を信じ、瞬間の純粋な、熱狂的な幸福と自由を感じているのだ。彼らが、いや俺自身が願うことは、いわばその瞬間の現実から出発し、もう一度この現代というただれた時間の上で自分が人間として君臨するということではないか」[18]。

こうした人間像が、その後の石原作品の基本線となっていく[19]。

さて、行為はマックス・ウェーバー以来、社会科学では、目的と手段のカテゴリーにより、言わばプラトニズムの枠がはめられて捉えられてきた。「〜ために、……する」という図式で捉えられるものとなってきた。そして、その手段と目的の連鎖は、終わりなく続いていくとされる。すなわち「〜ために、……する」。それはさらなる「──のためである」という関係につながっていく。高級官僚になるために、○○大学に入る。○○大学に入るために、××高校に行く。××高校に行くために△△中学に行く。そのために◇◇塾に行くという現在の学校社会にある典型的な関係を例にしてもよいだろう。そして高級官僚になるのは、大臣になるためであり、日本のためであり、安定した生活が得られるためであり、また天下りができるためなどと連なっていく。日本社会を徹底的に構造化している、あの定型に出来上がってしまった手段─目的の連鎖関係を思えばよい。

マロリーは有名になるためにエベレストに挑戦したのではない。仮に有名となっても、それはその後、誰かが外側から嵌《は》めた飾りの結果である。彼自身の行為の内部には、そんなものはなく、彼の行為は純粋であり透明なはずである。ゆえに彼は「それはそこにあるから」としか答えなかったのである。

弟洋は、ラグビーに明け暮れる体育会の学生。右翼団体に入ることで、自己実現が可能だと考えている。これにより亀裂を架橋し、癒し宥和してくれると考えるからであろう。明は、こういう弟の安直な考え方にきわめて批判的であった。明は、こうした理念や観念については、もう信頼を置いていないからである。

先の山内は、自分の喘息による神経症と、学生時代に傾倒したイデオロギーとにより、就職した証券会社の中で自らを維持し続けることが出来ず自殺をすることになってしまう。そして登山家辰野は、その死が実は、彼が生きて来たという証しであるようになったということである。

これら分裂、すなわち青年たちの亀裂の例に対して、フィフティとスマッシュのそれらは違ったところがある。彼らは、戦争に行ったという体験がある。スマッシュの場合には、さらに捕虜になり抑留され重労働を科されたという常人の想像を絶する体験がある。スマッシュこと「浅井が坑道の中での生活で得たものは己を無に還すということだけだった」[20]と書かれている。戦前、生物学者になろうとしていたスマッシュであったが、戦争、抑留、重労働ののち、復員した日本社会にもう居場所はなかった。ゆえに殺人マシンとして、完全に己を消し去った生き方

17　『亀裂』二二二頁(二一六頁)。弟洋は明に同じようなことを言っている。「文学は十九世紀の後半でとっくに逃亡しちまってるよ。今あるものは、その形骸の踏襲ですらないじゃねぇか」(『亀裂』二一二頁(二〇七頁))。

18　『亀裂』三四七―八頁(三三五頁)。

19　後のエッセイに次のように書いている。「人間が人間として、この時代を真に獲得するために、作家は時代の一人の人間として、我々の足元に横たわる遅滞した文化のクレバスを覗き込まなくてはならない。その深い間隙を埋める作業こそ、新しい思想家、新しい芸術家に与えられた、そして、彼らにのみ可能なものではなかろうか」(「作家ノート―虚構と真実」『祖国のための白書』一九六八年、五四頁)。

20　『亀裂』一〇七頁(一〇七頁)。

の中に生きていくことになる。これはフィフティの場合にも似ているが、まだフィフティの場合には、抑留、重労働という極限の体験がないだけ周りの社会との接点があったということであろう。また、それゆえに彼は、スマッシュと接し続けようとする。これは友愛である。

「奴（スマッシュ）は、いや、俺は奴の懺悔を聴いてやる坊主みてえなもんさ」[21]とフィフティはスマッシュのことを言うが、そのことが何を意味しているかは、まわりの誰にもわからない。彼とスマッシュだけにしかわからない事柄である。彼らは、始まりつつある戦後社会に対して、すでに死んでしまっていたとも言える。

しかしながら、それぞれの行為遂行において、価値、理念、結果、目的を徹底して削ぎ落としていくことで、行為の純粋性にある本質的な怖さを浮かび上がらせているという点では、彼らの行いも純粋行為ということになろう。

スマッシュは、殺し屋として神島の兄を殺していたことで、やはり殺し屋に仕立てられてしまう神島に殺されることになる。神島を殺し屋に仕立てスマッシュを殺させた土建やくざ上がりの政治家高倉をフィフティは殺すことになるが、彼らの結末は、探していた死に場所に到ったということでもあるのかもしれない。法秩序論では殺人であり、道徳秩序論では悪ということになるが、人の生にはこうしたことも不可避な運命となりうるということでもある。道徳の善悪と法の蘊蓄《うんちく》に塗れた人間にはどうやっても見えないことであるが、人の生とはそういうものであり、そこに純粋さがあるということであろう[22]。

（イ）恋愛

恋愛は、プラトニック・ラブであり、プラトン主義の典型ということになろう。戦前の日本社会にあっても、性愛、肉愛がなかったということはない。しかしながら敗戦、それまでの価値観が否定され、進駐軍とともに異国の風俗、価値道徳が入り込んできたことも事実である。戦中の厳しい軍国社会からの解放としての戦後復興が始まり、高度経済成長社会への端緒にあった頃が、それ以前とは違った世界であったろうとは想像できる。

「セックスの氾濫と言う言葉を明はぎょっとする程身近に感じていた。否、セックスと言うよりは、人間の性器と言う性器が体を離れて彼らだけが街を歩き、ビルに入り、食事し酒を飲んで交わる情景を明は思って見た」[23]。

こういう表現は、まさしくぎょっとするそれであるが、性も愛も消費される、その奔放が行き着いた世界を思えばそのとおりである。当時にあってはこうしたどぎつくデフォルメされた表現も、今やよく知っている現実として人は体験しているとも言えるのかもしれない。

小説自体、その始まりから見ず知らずの女性との肉体関係であり、そしてその直後、やはり知り合って間もない涼子ともそういう関係になって話が進んでいく。これらは当時としてはセンセーショナルであり、今にあってもまただれて見える場面展開かもしれない。

しかし、涼子と明の関係は、彼女と彼ともに以前にそれぞれがそれぞれのプラトニックな関係を持ち、そしてそれをともに相手の死により失った経験を持っていたことにより、そうした点で特殊だと言える。涼子は、早くに結婚し死別するが、ふとしたことからその男の浮気を知り心の面でも相手を失うことになる。このこと以後、彼女にとって男との関係は、肉体的でしかなくなる。明も京子とのプラトニック・ラブが彼女の死により実らなかったこ

21　『亀裂』八三頁（八五頁）。
22　第五章でも触れるが、こうした土建やくざから成り上がった類の利権政治家に対して、石原作品は、一貫してつねに厳しい評価をしている。「政治ってものが現代に真実どれ程働きかけ得るか、人によっては疑いもするだろうが、俺はそれをある程度まで信じる。そしてその政治を動かすものは論理でもなけりゃ神がかりな理念でもない。薄汚ねえ政治家という人間だ。不合理の化け物だよ」〔『亀裂』二一〇頁（二〇五頁）〕と言う、右翼行動主義に走ろうとしている弟洋が抱く変革への理念、妄想に対して強い拒否をしている。
23　『亀裂』二一九頁（二一三頁）。

とを体験している。そしてそのことが涼子の場合と同様の影響を残し続ける。やはり女との関係は、肉体的でしかないようにさせられてしまっているのである。

ボクサー神島は、涼子に暴力さえ振るうが、彼女にとっての彼の位置は彼女のまわりに侍っている他の男の子たちや、明、フィフティら彼女と肉体関係のあった男たちとは異なったところにある。神島は、自分よりも格下に負けてやけになっているところから登場するが、その点では、スター選手というよりも、出来損ないのところがある。しかしながら、そのことで涼子とつながることができるということでもある。

本作品の終わり近く、神島が負けた東京を去り九州で巡業をしつつ充実した試合をするようになってのちの、彼と涼子との愛で結ばれる関係は美しく映像的に描かれている。石原の後の諸作品でも似た描写を堪能することができるが、たいへん美しい情景である。

ともに出来損ないであり、傷を持ち、しかしながらそうであっても自我を懸命に維持しようとして、すなわち先述したように、自分を自分で引きずり、小突いて生きていくこと。身をすり減らしながら、瞬間瞬間の自分自身をつかみ、その存在を信じ、その瞬間の純粋な、熱狂的な幸福と自由を感じようという、そういう姿である。

純粋行為という、それぞれの自我がそれぞれのコスモスを作りそこで生きていく、そういう一種独我宇宙にありながら、そうでしかないものでありながら、自分のそれと同じ、あるいはよく似た独我宇宙と交信できている状態があるということである。愛するということは、したがってここでは、人を理解するということなどではなく、ただ感じるということだというのである。

（ウ）大学

「講義に不熱心になるにつれ俺は一人勝手な小説を書き出した」[24] ということで、石原が実は真面目な学生だったことがうかがえる。すなわち、真面目に生きる学生とは、学校の成績が優良だということではない。どう生きるか、何をするか、そのこと自体を大学に求めたとしても、そこからは今も昔も期待するものは間違いなく何も返ってこない。

「学部のひと頃、明は彼の講義に甚く感動したことがある。今から思えば講義の内容と言うよりは教授の演技にであったかもしれない。社会科学者にとっての現代的社会的関心を説きながら、青白く半盲の教授は絶叫に近い声を上げた。間近なT市の基地へ時間を区切って学校の上を低空でジェット機が過ぎる度、爆音のために一瞬声を断って、見えぬ眼で窓越しに空を仰いでかっとにらみつける彼の姿には皆は心を動かされたのだ。がその講義も結局は、いわゆる危機意識過剰の抽象的な方法論の展開でしかなかった。現状分析を伴わぬ彼の理論の抽象性に明はやがてある危うさを感じ出した。（中略）杖を頼りに帰っていく彼の後ろ姿を見て明はふと、日本という膨大で複雑な現状を背負った社会科学という〈学問〉に絶望的な姿をみせつけられたような気がしてならない」[25]。

期待して大学に入ったものの、こうした思いに陥る学生は今日まで数限りなくいたであろうし、そうした結果は実は普通のことであったとさえ言わねばならないだろう。大学の講義などへ行くよりは、ナイトクラブで、フィフティや涼子と出会うほうが、生きるためには、たくさんのことを学ぶはずである。

さて、そう言うなら、そもそも大学とは何かということにもなるし、そこでの講義とはいったい何なのかということにもなる。

ウェーバー『職業としての学問』を想い出せば、「学問に生きるものは、ひとり自己の専門に閉じこもることに

24 『亀裂』七一頁（七二頁）。
25 『亀裂』六八頁（六九―七〇頁）。

よってのみ、自分はここにのちのちまで残るような仕事を達成したという、おそらく生涯に二度とは味われぬであろうような深い喜びを感じることができる。（中略）それゆえ、いわばみずから遮眼革を着けることのできない人や、また自己の全心を打ち込んで（中略）夢中になるといったようなことのできない人は、まず学問には縁遠い人々である」[26]ということになる。大学や、そして講義は、パフォーマンスではない。しかしながら、こうしたウェーバー風の学問論では今や大学の意味は不明となっていよう。

「大学」とは言っても、小説が舞台にしている一橋大学、そしてその時代の大学進学率と現代のそれを考えれば、事情はずいぶん違う。しかしながらその大衆化が極まりを知らぬところまで来た今の大学においては、危機意識過剰な抽象的方法論などはすでに大学の講義内容としては皆無である。むしろ教壇上の演技、パフォーマンスこそ重要だというのが現代日本の「大学」である。

石原が通った時代の一橋大学には、シュムペータの著名な門下生をはじめ[27]世界的にも著名な経済学者が多く教鞭を執っていた。たしかに一般均衡理論が、その理論としての純粋性にもかかわらず、現実性を欠如したものであることは、その時代にシュムペータらをおよそ半世紀近く遅れ日本で講じる以上に、その故地においてすでに言われていたことでもあった。

しかしながら、そうした人たちに対して、その過度な抽象性、アクチュアリティ欠如を批判的に言えるのは、一流大学生の特権であり贅沢でもあった。その贅沢を味わえることが一流大学の存在意義でもあったはずである。

それからさらに半世紀以上が過ぎて、純粋一般理論を社会科学で求めることは、きわめて限られた数の研究者の世界でしかなくなった。今や、いかに就職に役立つ知か、社会に貢献できる学問か、いかに外部資金が獲得できるかというのが評価基準である。それらこそが何よりも健全なことだと思っている人も少なくない。当時にあっても、そうした抽象的理論の教養などは、生きることにさほど重要ではなかった。それを求めるのであれば、小説にあるようなナイトクラブに行ったほうがよいであろう。

「文学が失格し哲学が落ち、経済学すら失格しようとするこの時代の過酷の枷《かせ》を、インテリはその掌も動かさずお得意の体系的思考でこの上どうやって外そうと言うのかねえ。教養というものは現代じゃ失格している」28。

若い大学生たちが、この小説の時代にあっても、これから生きることと、そうした純粋な学問知識とがどのように関係するかについて答えを求めるとしても、実はその問いそのものにすでに無理がある。また、そうした社会経済学者たちが、シュムペータ自身がそうであったように、仕事として社会を変えることに寄与することができたとしても、それはごく稀なことであり偶然でしかなく、はっきり言えば無理なことだと自覚せねばならないことでもあった。そして理論的教養があるとしても、それ自体はそうしたことのためにはなく、学問のための学問ということであった。

この点、明が唯一好きだと思った老教授上原の感覚のほうが若き石原には優って見えたのであろう。そしてこうした考え方は今も生きているはずである。

「――文明の批判も、新価値の形成も、それが文学でとか学問でとか、芸術でとかいうことも、ともかくそれは仕事であっちゃいけないね。僕は仕事というものを軽蔑する。生きている現実、事実の発散であるということ。それだけに意味があるんじゃないかな。一つの理念形成を自我と結んで行うとか、そこから新しい価値を発見していくとかいう意識はいらないのだ。大事なのは生きているという事実だけで、後はそこからこぼれ落ちる露のようなも

26　ウェーバー『職業としての学問』（岩波文庫　一九三六年）二二頁。

27　オーストリア、グラーツ大学からボン大学に移ったシュムペータのもとで、中山伊知郎は東京大学の東畑清一とともに学んだ。また当時一九四八年から一橋大学では都留重人も教鞭と執っていた。

28　『亀裂』二一一頁（二〇五―六頁）。

のだよ。それはたまたま作品の形もとるだろうし論文の形もとるというだけなんだ。仕事をしようという意識が最初からあればやはり自分の否定しようと思うものでも肯定するようなことになる」[29]。

シュムペータ自身がそうであったが、学者が突如として政治家となり、あるいは大臣となったとき、あるいは専門の領域の中での専門知を、突如として具体的な世界の予測や制御に用いようと仕事をすると、たいてい巧くいかないことはよく知られているとおりである。学者にそういうことを期待してもまったく無駄である。しかしながらそうであるにもかかわらず、変な色気とともに助平な学者ほど、理論や方法を現実に適用することができると口にするものである。そんなことは、そもそもできるはずがないのにである。

敬愛すべき老教授が述べているように、事実として発散され、露として落ちる作品、論文が表す真理、ただそれだけに意味があるということでしかない。理論的な教養に存在意味があるとしたら、そういうことでしかない。石原は触れていないし認めないかもしれないが、この点ではこれらの行いも実は純粋行為のひとつのはずである。学問においても純粋性があるとしたら、「〜のための理論」「〜のための方法」というのはないはずである。

石原の場合にも社会科学のリアリティについては、その理論や体系に対応するごとき具体的対象、具体的社会があるように見ていると感じるが、おそらくはそうではない。社会科学においても、そういう現実はたぶんないであろう。そう捉えてしまう学者には、そもそも理論的学問を行う意味がもうわからなくなっており、理論が、最初の教授のように危機意識過剰のパフォーマンスとともにしか表せないことになってしまう。

重要なことは、この種の理論科学においては、何か具体的なアクチュアリティなどと安直にパフォーマンスで誤魔化すのではなく、徹底してプラトニズムを追究せねばならないということである。社会科学はじめ、大学での講壇実践は、日本ではしばしば翻訳知識伝授でしかあり続けなかった。そのためにその多くはたいへん醜い危機意識過剰なパフォーマンスで充満されてきたということなのである。

正確に言えば、こうした理論や方法について学問的に「プラトニズム」を徹底できずにきた大学が、可能であれば遅まきながらそのプラトニズムを徹底してみようとするか、あるいはパフォーマンスだけのそれへと解体されるべきだというのが今なのである。そうでないと、まさに大学は衒学主義の府でしかないし、今でもまだそのままであり続けている。その原因は、理論科学の多くについて、その担い手たちにしてそうだが、とりわけその紹介者という学者の多くが、プラトニズムを徹底する能力をことごとく欠いてきたからである。その点では、当時も今も、大学教養は更新されねばならないが、今となっては日本の大学ではそれは難しく手遅れとなっている。

(三) 自我の時間論

行為、恋愛、大学という三つの可能性にある観念論を取り払ったとしても、まだなおそこに「俺は、それを成し得るだけのかたくなな自分と言う奴を持っているだろうか？　第一その為にも俺は果たして完全に肉体的に健康だろうか？」[30] と自問する私がいる。

そのようにして現れてくる人間像は、信仰に強く帰依したプロテスタントのようであろうか。あるいはその末裔であるウェーバーがテーマにした資本主義の精神というエートスを体現した近代の産業人であろうか。あるいはウェーバー自身のような大学人であろうか。皮肉な事実として、ウェーバー自身は、長い期間にわたって大学人としては精神的病魔に苦しまねばならなかったが、もしかしたらこれが「正常」だったのかもしれない。精神なき専門人と心情なき享楽人の二〇世紀はすでに始まっていた[31]。

29 『亀裂』七二頁（七三―四頁）。
30 『亀裂』七一頁（七三頁）。
31 ウェーバー『プロテスタンティズムの倫理と資本主義の精神』三六六頁。

おそらくはかつての強く高い理想にとらわれその像に自らを縛ることは、ウェーバー自身や、そうした人間像に縛られた人格の限界であり、亀裂をいよいよ深いものとして修復できなくしていくもののはずである。

石原は、社会科学にはまったく期待をしていなかったようであるし、文学についても過去とははっきり区別して自らの道を進もうということだった[32]。ただし面白いことは、自らの弱さをよく見つめていたことである。完全無欠の硬い自我を纏《まと》おうなどということはまったく考えていなかったのであろう。

「――人生にとって幾十億の出来損いが何であろう? 生み直し、生み変えるための時間と天体は十分にあるのだ」[33]と自らも考えようしたのであろう。この時、まだ二〇代後半の石原は、反社会科学的で、かつ反哲学的に哲学的省察を結論づけようとした。若いゆえに、まだ時間があるという余裕もあったろう。これゆえに青年哲学であり、ありうるさまざまな出来事と体験に対して、自らを柔軟に変化させ姿勢制御していこうとしたのであろう。

「幾十億の個体の内果たして満足に整ったものが一つとしてあり得るだろうか。その一個一個の出来損いが、歪み歪んで自ら形を整えようと切りなく努めるうち、言わばその半永久的な自己調整の運動の上に無数の宇宙という奴が一つ一つあり得るのだ。永続するそうした不完全さの中に宇宙の永遠という意味があるのではないのか――。」[34]。

不確定でかつ不可知でもありうる自我そのものが抱える無数の宇宙。この関係がとどまりなく広がる圧倒的に複雑な世界の中で生きるということ。この意味こそが青年石原が問い、答えを求めようとし続けていくものとなる。それはこの人が、ここから生き歩み続けていくプロセスの端緒そのものであったということになろう。こういう点で、『亀裂』という作品は、石原哲学の起点となっている。

二、宗教社会学を凌駕して

小説『亀裂』での生の意味を問う文学的設定は、不可知なものを辿ろうとする石原の今ひとつの関心へと展開していく。それは宗教の意味ということである。

石原慎太郎と霊友会との関係があれこれ言われたことがあるし、自身もそのことを書いている[35]。しかしながら、宗教へのこの人の具体的な関与は、「宗教」ということで思い浮かぶイメージで見るべきではないようにも思う。というのも、その昔『産経新聞』に連載され、一九六七年に出版された『巷の神々』は、日本の新興宗教に関する宗教社会学研究として見ても当時の金字塔のような業績だということができるかもしれないからである。膨大な面接を踏まえその内容の厚さのみならず、作家であるゆえの読み物としての迫力と面白さがある書物である。

執筆当時の石原の年齢を考えるとその博聞強記には驚く。そして、この宗教社会学を超える書は、ウィリアム・ジェイムズの下位宇宙論を踏まえた宗教哲学論でもある。

社会学の基盤を作り上げたマックス・ウェーバーならびにエミル・デュルケームは　彼らの晩年、宗教社会学の

32　「作家の現実感覚」『祖国のための白書』一九六八年所収」、および「作家の行為」『孤独なる戴冠』一九六六年所収。石原は、これらよりも前の一九五〇（昭和二五）年『文芸』（河出書房）七月号「座談会　戦前派、戦中派、戦後派」で高見順、堀田善衛、吉行淳之介、村上兵衛、三島由紀夫、木村徳三に立場を示している。その中で戦争体験、平和論、革命論、さらには中山伊知郎の経済学について、それぞれのリアリティ欠如についても述べている。

33　『亀裂』六七頁（六八頁）。

34　『亀裂』六七頁（六九頁）。

35　『法華経を生きる』一九九八年。

大作をまとめている。その中で人間思惟をめぐる認識論と存在論を展開したことは、社会学史を少し調べるとよく知られたことだが、それらの業績に対応する、戦後日本社会の認識論と存在論を、新興宗教の社会学研究を超えて展開した内容をこの大作に見ることができる。

「私自身が新興宗教に関心を持ったのは、身の周りに於けるある種の実体験もあったが、大学で学んだ心理学の中で、最も現代的な分野として殆ど未踏のまま残されている、日常生活に於ける神秘現象の心理学的解決からであって、胸さわぎ、予感、或いは一種の霊現象と言うものに興味を抱く内、言わばそれらを信仰の対象としたと言える。(中略) いや新興宗教、と言うより、宗教一般、と言うべきかもしれない」[36]。

石原自身の宗教への関わりは、後段で述べるが、「私と言う人間が世間にどう見られているかは知らぬが、私と心霊現象と言うとり合わせはある人々にはいかにも奇異に映るようだし、こうした問題に興味を抱いているために、私がある新興宗教の幹部であるという噂も飛んだことがある」[37]と言わせるように、こと「宗教」は、日本では、しばしば白眼視扱いされることもよく知られたことであるが、この書は、日本の新興宗教についての詳細な研究書である。

(一)『巷の神々』

「巷の神々」という、この題名の妙は、二つの歴史とひとつの現実に向いているところにある。すなわち、歴史のひとつは、太平洋戦争が終わるまでの国家神道という宗教観であり、今ひとつは、日本が近代化のプロセスでまさに知識として学んできた西洋のキリスト教ということである。これらの歴史にあるのは、どちらもそれぞれひとつの宗教ということである。

国家神道は、まさしく明治以来、帝国国家が、制度としてまとめ作り上げたものである。キリスト教は、それ自身の中に内部分派を含んでいるが、それら以外を異教や邪教として排除する世界宗教である。この場合の世界は、とりあえずは西洋である。日本人は、この西洋世界を範にして明治以来、国家建設をしてきたが、キリスト教そのものは採用しなかった。すでにあった神道を、天皇制中心化のイデオロギーとして作り上げたのが国家神道ということであろう。このイデオロギーが、排除と弾圧の歴史の元凶であったことは、大本教への弾圧、創価学会草創期への弾圧から典型的に知ることができる。排除と弾圧は、敗戦により国家神道とともに終わる。しかし国家神道が終わるという一種の価値の真空状態発生が、新興宗教の簇生《そうせい》ということでもあった。

制度化され作られた国家神道に対して、キリスト教は、西洋社会の生活の中にすでに体系化された宗教であったが、日本では、キリスト教の場合もまず知り学ぶことにより信者となりえたという見方が可能かもしれない。日本におけるキリスト者の殉教、またキリスト教に聖なる体験、神秘体験などないと言おうとしているのではない。しかしながら、永い歴史をつうじてすでに体系として出来上がったものが、種子島以降、そしてペリー以降移入され、それを知り学んでいくという構成は、主題とされる新興宗教の簇生現象とは違った性質を帯びているはずである。

百花繚乱《りょうらん》の新興宗教ということが主題とされ、この書では一四の教団に触れられているが、霊友会とこれを起源に分派し生成していった立正佼成会や、その他の霊友会系の諸派と、弁天宗、そして純粋な意味では当時まだ新興宗教とは言えなかった創価学会[38]、以上三つの宗教について主要に描かれている。

36 『巷の神々』一九六七年、三九頁（四九―五〇頁）。
37 『巷の神々』九五頁（一一六頁）。
38 「創価学会は純粋な意味での所謂新興宗教ではない。言義の問題になるが〈学会〉そのものは〈宗教〉ではなく、言うならば、日蓮正宗という古くからある宗教の、言わば、特別な布教団体、布教組織に他ならない。しかし同時にまた、今日の日蓮正宗が、創価学会の繁栄の上にのみ初めて存在し得る、と言ってもよい程、二つのものは重なりあっていることも確かである」（『巷の神々』三五八頁（四三七頁））。

霊友会についてその教祖であり巫女である久保角太郎と小谷喜美という二人のその独特の純粋さについて[39]、また弁天宗についても、その宗祖である大森智弁のやはり純粋性について、人物像としてそれぞれをたいへん好意的で美的に描写してあり、いわゆる専門社会学的類型記述という羅列描写ではなく、読み手を惹き込んでいく読み物となっている。

弁天宗の大森智弁の場合も同じだが、霊友会における久保角太郎と小谷喜美についても、時に滑稽にも、そして真摯に美しく描写されているが、描かれる純粋性、すなわち彼女らの熱心な行いに、たくさんの信仰者が生まれていくのは、きわめて厳しい貧困に喘ぐ民の多い時代にあって、この人たちに直接向き合っていったというところにあろう。

絶対的な貧困が、時間についても空間についても、それらそのものを思考することさえも解消してしまうものであることがよくわかる。すなわち、そのもとでは、期待はおろか不安さえも生まれえないのである。彼、彼女ら自身もそうした中に身を置いてきたゆえのところもあるが、彼、彼女らが説き、そして信者がそれにより体験として得たものは、今世と前世、そして来世という時間軸の体感であろう。これは、生きるということの意味を捉え直すことでもある。病苦、またそれゆえの貧困、またその逆に苛《さい》まれた民には、今・現在ということさえも実はわからなかったということである。

こうした傾向は、世界真光文明教団や世界救済教においても触れられている。しかしながらそれらとは異質に浮き上がるように描かれているのが創価学会である。この石原の作品が新聞紙上に連載され、それについて創価学会から批判的意見が向けられたことは知られているが、昭和期の新興宗教を論じるとき、創価学会の特異な位置を知っている必要がある。

鎌倉期の仏教において他に比べて七〇年遅かったということが、日蓮正宗をはじめ日蓮を源にする多くの宗派に、独特の教理と布教活動を強いたという。そしてその折伏という方法は、やはり独特であった[40]。

このことについて、当時のマスメディアが否定的に報道したことや社会問題化したことなども触れているが[41]、この石原の書は、そのことを必ずしもただ批判的、否定的に描写しているわけではなく、むしろそこにある本質的なことを切り出そうとしている。

二代目会長戸田城聖の言葉「信仰が現在の生活と無関係ならそんなものはやることない。得であるから信仰するので、得がないならそんなものはやめたらいい。（中略）宗教は効き目がなきゃいけない。困った人のものが本当の宗教なんだ」[42]が引かれているが、この利得さえもが含意している現証される利益は、小谷喜美や大森智弁が求め、そして与えたものとは違っている。

このことは、「創成期から発展期にかかる頃の創価学会の構成人員は、会員の半ば以上が都市の中小企業に働く人たちであった。また、その分布も、霊友会等の他の多くの大手筋新興宗教と対照的に、地方農村よりも都市に集中している」[43]ということにもわかる。

折伏という布教活動は、歩兵操典のようなマニュアルにより理論化方法化されているというし、またそれゆえに

39　「角太郎のもつ精神性を、喜美が体で現わす、と言うことであるが、宗教の誕生に関して、複数の人間が関与すると言う例は多くあっても、霊友会の場合のように、それぞれの役割がこれほど顕著に別れている、と言う例は珍しい」〔『巷の神々』三一二頁（三八一頁）〕。
40　「多くの宗教の場合、布教は、神を見出せず、救われずに苦しんでいる人々を導くことだが、創価学会になると、無信心の人間も対象とすると同時、既成の他の宗教に属している人間も、絶対の真理である法華経への〈謗法〉として折伏是正し、転宗せしめなくてはならないことになる」〔『巷の神々』二九二頁（三五六頁）〕。
41　『巷の神々』三九八頁（四八五―六頁）。
42　『巷の神々』三七三頁（四五五頁）。
43　『巷の神々』三七九頁（四六二頁）。

組織的な活動として展開してなすことが可能であった。そしてこの活動により、現証利益、すなわち御利益を現実に証拠として体験するというのである。折伏教典なるものには「折伏する人は必ず利益を受ける。その利益の中で最も自覚の出来ることは、元気が充満し、生き生きした人生を感じ、強い生命の力が湧き出てくるのである。よく、折伏した人が、うち沈んだ境涯から急に朗らかな自分を見出して驚くことがある」[44]とある。

こういう状況を思い浮かべると、眉をひそめる人もいるであろうが、ある目標を掲げて集団で一心不乱に活動を貫徹していくことで得られる達成感というものは、宗教活動以外にもあって、われわれはそれを体験し心地よいものだと感じることがあるのを、スポーツや芸術など他のことで類比的に体験したことがあるはずである。

この書は『産経新聞』に連載されたものがもとになっているが、出版されたのは一九六七年のことである。石原自身、その後間もなく、政治家への道を進むことになるが、当時就任して間もない第三代池田大作会長の人物像と、学会の拡大成長過程と政治への進出について触れている[45]。高度経済成長期後半となり、多くの教団が成長拡大期を終え、意図せざる結果であろうが蓄えられた資産によって、施設建設に流れ、教団自体が物神崇拝化していく傾向がある中、この学会が進もうとしている方向とありうる事態に強い好奇心を向けている。

(二) 宗教発展原論

「私がお経の話をすると、あなたのような人がなんでまた、お経なんぞに関わりがあるのかとよく聞かれますが、それは尋ねる方の一方的なイメイジの問題で、私という人間がお経を話すに似合っているかいないかなどというのはいかにも皮相なことでしかありません」[46]と石原自ら言うように、時代の寵児であって、それゆえモダンというイメージが先行して、宗教という旧世界との関係に齟齬《そご》を感じさせるとしても、それは必ずしも不自然なことではない。しかし、その多彩な人生に大きな影響を与えていると考えられるのは、父親の死である。

高校二年生のときに愛する父親を失った。高血圧で三〇代の終わりに一度、それから一度倒れ、そして五一歳の若さで亡くなった。初めての身内の死、そして亡骸を見て「自分と親父との仲はこれっきりではない。こんなことがある筈がない」と覚ったと書いている[47]。この出来事は決定的であった。

(ア) 体験と因縁

人はいつか死ぬ。ゆえにその死について人は考える。「それは、他の動物が本能的に死を怖れるのと違って、死というものを、あくまで生との対比に於いて感じ考えることだと言える」[48]。人は死んだらどこへ行くのか、そしてそのことは生まれる前、私はどこにいたのか。そういう問いを誰もが浮かべたことがあろう。死が終わりだとしたら、生は有限である。それゆえの死への不安、怖れがあるとも言える。今というのが、したがって大切なのである。

他の健康な人たちと違い、私はどうしてこのように繰り返し病に苦しめられなければならないのか。私がやろうとする事業は、なぜにいつも失敗するのか。こうした問い、いや苦しみに苛まれ人生を送らねばならない人もたくさんいる。医者やコンサルタントが、その疑問に応えてくれることもあろう。科学的知識、専門的知識が、これら

---

44 『巷の神々』二九〇頁（三五四頁）。
45 「軍隊の無い現在、この日本の国で最大の構成人員を持つ創価学会と言う大組織が、今尚活力に満ちて発展しつつあると言う事実を、組織と言う点からだけ眺めれば、池田大作と言う人物は日本で最も有能な組織指導者の一人であると言えそうである」（『巷の神々』二八五頁（三四七頁））。
46 石原慎太郎『法華経に生きる』一九九八年、七頁（一三頁）。
47 『巷の神々』七三頁（九〇頁）。
48 『巷の神々』七一頁（八八頁）。

に応えてくれるということはある。しかしながら、人の生、すなわち人が遭遇する出来事は、そうした学的な専門知識によりカバーし尽くすことはできない。

「専門の学者たちは、彼らが扱っている学問、知恵が、最高のものと信じているかも知れないが、しかしそれはあくまで、今までの歴史の中での話で、これから先、どれだけのものが残されているかわかりはしない」[49]。

学問とは、たしかにそういうものである。科学における真理の発見は、それ自体は体験としてしか得られないものである。自然科学においても社会科学においてもこのことは同じである。いわゆる公理として、あるいは定理として、あるいは法則として、それが真だとされるものを、それぞれの学問の教科書をつうじてわれわれは教え込まれ学ばされるが、それは結果の追認であり、なぞり、確認にすぎない。知識の伝授と、新しい発見という体験そのものとは異なる。

人の生と死には、公理、定理、法則などはないし、さらにはなぞってみる他人と同一のライフコースなどはありえない。

「メモリアル・アート」という商標があり、あるいは葬儀は今や身内のみで行いその結果を後になって偶然知らされるということも当たり前の時代になった今日の日本社会であるが、死が単純に肉体の消滅と同義にすぎないということにならないのもたしかであろう。在りし日のその人を想い出し、その人を何かで表すことは今も、そしてこれからもある。そのとき、その人の肉体がすでに失われているにもかかわらず、そうしてあった人がそうあった、とはいったい何であり、そしてそれがどのようにあるのかということに問いを向けてみることはつねに可能である。

「人間の肉体は、仮象、とは言わずとも、人間と言う一個の個性の、全宇宙的存在の中では僅かな断片でしかなく、残された他の多くの部分を覆うものとして霊がある、と言う考え方が楽しく深みもあり、未踏の存在論に繋がる可能性もあるように思われる」[50]。

「霊など」と、こうした言い方を一笑に付すことも、忌み嫌うこともできる。ただし、「霊」という語を好む好まざるに関わりなく、生と死は、物質の存在確認を超えたものを感じさせる。普通には見えず、感覚器により知覚しえない現象があるのを信ずるならば、その配置を整理するカテゴリーが必要となろう。親、兄弟、師、友、他人という自分を中心に同心円的に広がっているように、人たちを区別して配置してみることができるだろう。

それゆえ祖先、子孫というカテゴリーは、時間軸の確認である。この上に人たちを区別して配置してみることができる。こうした時間の存在が、因縁という体験連鎖を可能にするということになる。

(イ) 教祖と教理

ただし、この体験連鎖は、いわゆる感覚器をつうじての知覚体験のそれとは違う。神秘体験とも言われるそれであり、知らぬところで、その真っ暗闇にいて、言うに言われぬ恐怖を感じたりすることを想像してみればよい。社会学者は、シンボル―意味連関などと言い換えるが、言うに言われぬ神秘体験というほうがわかりやすい。そういう体験連鎖がある。

前世、現世、来世という時間カテゴリーの三区分と人との関係と、この神秘性の源泉とを考えるとき、それが人に帰属しないこともわかろう。人と人ではない神あるいは仏という区別がなされる。人と人、そしてそれと神あるいは仏という関係があり、その位置関係の遠近がある。神あるいは仏を介して、因縁というものが現れ出ているのである。

こうした連鎖を、神あるいは仏の位置から眺め直してみることができるはずである。ただし、神あるいは仏は、

49 『巷の神々』四九頁（六〇頁）。
50 『巷の神々』九一頁（一一一頁）。

感覚器により直接知覚体験されるのとは違ったふうに体験されるはずである。シンボル―意味関係としたように、媒介者（物）がある。小谷喜美や大森智弁は、その媒介者、霊媒であり巫女である。

そうした「霊的な感情がたえずその人のエネルギーの中心となっているような」聖なる人間[51]を原点に、ある時空上に張られた磁場を考えることができる。宗教教団の原初形成とは、そういうことである。教祖の出現であり、巫女の出現である。「新興宗教にとってその誕生のために必要なものは、霊感鋭い教祖であり、そして、それを助ける組織者である」[52]。しかし、その出発は「霊的」という、感覚器を介しての知覚体験ではない体験の連関にある。

(ウ)布教と組織

「人の困る時は必ず世話をしておくのだ。自分がこの世でそんな目に会わなくとも、あの世にいって会うとか、或いは、先々、その子孫に巡り合って世話になるとか、人間は互いに、決して一代で終るものじゃない。過去も未来もあるんだ」[53]。

角太郎の弟で喜美の夫であった安吉は、こう言って、喜美を督励したという。極貧の人々の集落に住まった喜美の布教は、今の私などには想像を遙《はる》かに超えた行であったはずである。

「ミカン箱の仏壇、板っ片の位牌、屑紙の過去帳、線香も蝋燭もない供養でも、人々は段々に、喜美の説く、過去との因縁に繋がることで今に在る自分と言うものを信じるようになっていった」[54]。

霊友会の草創期、教団として成っていく過程には、こうした布教活動があった。すなわち、教祖、巫女、そして行という自らの実践である。

こうしたまさに新興する宗教に対して、創価学会の位置は特異であったとされる。先に触れたような事情があるが、もともと日蓮正宗の布教組織であったというところに違いがあるということであろう。折伏を組織的に実践する方法をマニュアル化して実践するという点である。

ただし、この石原の『巷の神々』が書かれた時代、すでに創価学会と日蓮正宗との関係は難しくもなっていた。戦時中、軍国政府に妥協した後者と、獄死した二代目会長という関係は、すでにこの時代、両者の齟齬を先鋭化していた。「創価学会の場合、会長は、組織の最高指導者であり、信仰理念の伝達者ではあっても、教祖では決してない。教祖は本尊本仏たる日蓮であって、それに対して、会長は次元としては他の信者と異ならない」55。そうであるにもかかわらず、三代にわたってこの学会を統率することができたところに、この人たちの聖性があったということである。この点は、霊友会や弁天宗などと、違った生成発展プロセスを経ているということなのである。

(三)信仰告白

以上見てきた『巷の神々』において、石原は、たいへん好意的に霊友会を描いているし、後年『法華経を生きる』においては、法華経とともに生きることを説いている。しかしながら、具体的にその神、仏が何であるかについては、それが神であり仏だということしかわからない。

「私自身、問われれば、〈私自身の信仰を持っている〉と答えるだろう。私の神は、私の内に於いて絶対であり、窮極の神である。私はそれを感じ、知ってもいる。立正佼成会の庭野日敬会長は『宗教は符牒だ』と言ったが、私

51 『巷の神々』一四九頁(一八二頁)。
52 『巷の神々』三〇頁(三八頁)。
53 『巷の神々』三〇三頁(三七〇頁)。
54 『巷の神々』三〇一頁(三六七頁)。
55 『巷の神々』三三〇頁(四〇三頁)。

もそう思う」[56]。

立正佼成会は、霊友会から分離していった教団であるが、ここに石原が所属しているということでもない。「宗教は符牒」というとおり、私と神とのそれによる関係である。何か教義体系があるのかと言うと、それは法華経だということであり、この点では自ら言っているとおり仏教徒だということになる。しかしながら、ここにはいわゆる巫女にあたる媒介者がいるわけでもない。私と神との邂逅は、神と私だけがわかる符牒だということである。石原教というのがあるとすれば、彼が教祖ということになろう。しかしながら、そのもとで、教団を教理により組織化し、布教により折伏をして信者を増やすという意図は、彼にはなかったし考えたこともなかったはずである。

三、多元的現実に抗して

さて、最初に扱った『亀裂』に登場してくる人間たちは、それぞれ独特の生活史を負わされて生きていた。それぞれにある差異は、相当に大きなものがあった。とりわけ戦争を経験したスマッシュたちの生き方は、明のそれとは決定的に違っていた。彼らの場合には、満州事変から太平洋戦争にまで至る長い戦争の影響が刻印されている。明は、これを間接的に知っているが、直接体験をしたわけではない。長い戦争に、どのように関わってきたかにより、まさしくきわめて多様な人間が入り乱れていた。

同じことは『巷の神々』においてもあてはまる。戦後、国家神道という重しが取り払われることで簇生してきた新興宗教の諸教団は、信徒集団でありながら、その前提は信教の自由に依拠していた。これらの関係だけを、そのまま受け入れるとしたら、石原の基本思想は、まったくもって自由主義のそれであったということができるし、そうした傾向は間違いなくある。

しかしながら、これら二つの作品の中にも折りに触れて出てくるエピソードから窺われるように、石原はある歴史段階論を前提にしていることがわかるし、これが決定的な特徴だと私は考えている。

それが、彼にとっての世代の問題であるか、あるいはその時代の日本の問題であるのか、あるいはもっとそれについて普遍性を唱えてみることができる一般問題なのかを考える必要がある。

(一) 自由主義的傾向

「私はウィリアム・ジェイムズが信仰に対して示した彼の態度に限りなく魅かれる」[57]と、この書のあとがきにあるように、ジェイムズのサブ・ユニバース論に、石原の世界観の論理が支えられているように推測できる。

しかしながら、社会学理論のコンテクストをあてはめてみるとしたら、たいへん興味深いのは、リアリティの多元性をただ追認するというのではなく、更新されていく自我による統一という立場を切り出している点である。

(ア) 見えない秩序

「最も広く最も一般的言い方で宗教生活を特徴づけるように求められたら、言えることとは、見えない秩序があり、それにわれわれ自身を調和適応させていくことに、われわれの至高の善があるという信仰からそれが成っているということである」[58]。

---

56 『巷の神々』四四六頁（五四三頁）。
57 『巷の神々』四六二頁（五六二頁）。
58 ジェイムズ『宗教的経験の諸相』（岩波書店　一九六九年）上巻八四頁。

見えない秩序（unseen order）とは、視覚に代表される感覚器による知覚体験、すなわち諸物の配置として知覚認識される秩序とは別のそれを言うものである。すなわち、宗教体験であり、霊的体験ということになる。さらに言い換えれば、因縁により編まれているとされる体験連鎖ということになろう。

これは、感覚与件のもとに組み立てられていく科学的知識の水準を超え出ている。ただし、そうした現象にわれわれが絶対に遭遇しないとは言えないし、むしろ実際には身近にそれとともにいるとさえ言えるのかもしれない。「自分で信じてもいなかったこと、馬鹿にしていたことが事実となって示され、考えが変り、人生観まで変ると言う人の例は沢山ある」59。これは間違いのないことであろう。

この点では、不可知なことが人生を変えるというのは、何も宗教だけではないということでもある。この主題、すなわち不可知性への探求が、長く続く石原文学のひとつの軸になっていく。

（イ）媒体と体系

神あるいは仏と、人を取り結ぶ媒体として、こうした霊的な存在があると考えられる。久保角太郎と小谷喜美、とりわけ後者は、霊的な事象を彼女の身体により表現する媒体であったし、前者は教理として霊性を言表する役割を演じたということになろう。

ただし、こうした見えない秩序は、それを構成すると考えられる因縁という因果から捉えられる時間の連関、遠近と親疎《しんそ》から捉えられる空間の連関を、それら連関を可能にしている聖性を帯びている基点から捉え直すと、ひとつの体系として捉えてみることができる。

教祖をつうじて、あるいは巫女をつうじて、人は、見えない秩序を作り上げているつながりが、ひとつの体系のようになっているのを感じ見ることができる。また教祖、巫女は、そうさせることに積極的な役割を演じることになる。

教典としてまとめられたその宗教の体系が先にあることはない。それゆえに「キリスト教の教える神が在ることはおぼろにはわかるが、障子に映る提灯のようなものだ。知識としてはわかっているが、どうも尊いものには思えない」[60]というようなことが言われることがあるということになる。宗教の発生は、霊性を体験することに始まる。これを教典として体系化し言語化していくことで生まれるものは実は最終結果である。

このことは創価学会の場合にもあてはまるだろう。すなわち、すでに日蓮正宗の体系があったわけで、それに基づいての布教組織として創価学会が、そのためにもともと機能していくように位置づけられていたはずである。しかしながら、布教そのもの、とりわけ折伏という行に、一種の聖性が結びついていくことによって、そこに出来上がっていく見えない秩序が、そもそもの日蓮正宗の体系という、ある意味では可視化されてしまった秩序とは乖離していくことになったということであろう。

三代にわたる会長の組織人としての能力と、そしてそのカリスマ性はきわめて重要であるが、信仰にある方向性は、日蓮正宗にある体系性を超えて、日蓮そのものにつながろうとすることになる。組織、そしてこれの帰属点は、カリスマ会長であるが、これらが媒体として、神と信者とを結ぶことになる。これは、聖性を帯び神仏を憑依《ひょうい》する巫女や教祖とは、発達段階においては違う水準にあると考えられるだろうが、神と人とを結ぶという点では同じ媒体的関係になっている。

59　『巷の神々』四三頁（五三一四頁）。
60　『巷の神々』三七一頁（四五二頁）。

（ウ）自我の更新

至高の善として見えない秩序に傾倒することが信仰であり、宗教生活の原理だというのが、ジェイムズの論点であり、石原もこれをそのまま強調している。北米のプロテスタンティズムの諸教派と、そこにおける信仰という関係と似ているのかもしれない。石原は、この諸教派を、日本の戦前から戦後にかけての新興宗教の簇生に重ねつつ、ジェイムズの論に依拠しようというのである。「私は、神と人間との関係を、神という原点から無数に発する放射線の形として考える。その無数の放射線の総体が人間の信仰であり、その放射線のある部分の束が宗教である」61。

ここで言う「神」は、仏か、あるいはキリスト教に言う一神教のそれか、アラーの神か、それはわからない。と言うよりも、ここでの「神」は、きわめて一般性の高い聖性の存在を言っているはずだからである。

神から発せられる放射線は無数。これは、見えない秩序をそれとして信仰するきっかけとなる霊的体験は無数にありうるということであり、そうした信仰という総体に対して、束として考えることができる、さまざまな宗教、教派があるということである。見えない秩序の下位秩序とも言うべきものである。したがって、簇生する新興宗教ということで、神そのものが徹底分化してしか人に関係することができないということでもある。

これまで見てきた例に従えば、霊友会の世界、弁天宗の世界、創価学会の世界など多様で多元的にそれらがあるということである。それぞれにおいて、それぞれの至高の善が存しているということであり、この点で言えば、相対主義の世界像ということになる。

石原自身、法華経への信仰を言うが、こうした場合であっても、その信仰形態は、多々ある束のうちのひとつ、あるいは無数ある信仰のひとつにすぎないということになる。ただし、こうした多様性を備えた総体に対して、石原は批判的であり、この相対性を克服する力を言う。

「信仰の窮極の目的とはあくまで個々の自己統一であり、宗教はそのための便法にすぎない、と言うことだ。むしろ宗教の大きな意味は、そうした自己統一を得、一人の人間としての使命感を自覚した人間たちが、ある連帯性で対社会的に働きかけていくことのためにあるとも言えるだろう」[62]。

こう言う石原がイメージする個の存在は、きわめて複雑に分化した世界に対しても、自らは自己統一していく必要があるということである。そしてその統一する力が、自己統一の力だとされる。石原の宗教論は、宗教を説くのではなく、それが形成する多元的社会を認めた上で、その多元性に柔軟かつ強靭に適応できる自我を調琢《ちょうたく》せよということになると言うことができるだろう。

「自分とは何なのか、この自分がいかにかけがえないか、自分の意味とは何なのか、といったことを我々は考えることなく過しすぎてはいはしまいか。すべての思考や行動がそこから発しなくてはならぬのに」[63]と言うとおり、自我を弛みなく確保せよということなのであり、それは自我が弛みなく更新されていくということでもある。

(二) 歴史主義的傾向

石原が自由主義者だと理解する人は、おそらく「国家主義者」だと決めつける人よりも、少数だと考えられるだろう。そうしたイメージが出来上がるのは、やはり理由がある。それは、独特の「日本」観があるからであり、またそういう「日本」があったということであろう。『亀裂』には、「江田島の予科兵に入ろうと思っていたが、一年前に負けちまったんだ」[64]という主人公の言葉があった。これは、石原自身の思いと重なるところがある。

61　『巷の神々』四五二頁（五五〇頁）。
62　『巷の神々』四五二―三頁（五五一頁）。
63　『巷の神々』四六二頁（五六二頁）。
64　『亀裂』二六頁（二八頁）。本章第一節（一）三六頁参照。

（ア）歴史主体としての青年

石原は、日本の近代について、三つの典型的時代を挙げそれぞれに典型的青年将校の肖像を描くことができるとする。第一に明治、第二に大正から昭和初期、そして第三として現代だと区分する。これは『孤独なる戴冠』（一九六六年）に出てくる類型であるから、現代と言っても、一九六〇年代ということになる。

それから半世紀以上が経過しているので、例えば『新・堕落論』（二〇一一年）で描かれ指摘されている若者ということを考えるとしたら、その間に第四、第五の典型的肖像があったはずだとも言えるかもしれないが、私が見る限り、第一の典型を理想像として、第二については否定的、そして第三の段階にあった青年石原は、その生きる道を、まさしく『亀裂』の主人公明のように決めて、その後、半世紀以上、生きて来たということになる。

第一の典型例は、広瀬武夫海軍中佐である[65]。日露戦争時、旅順港閉塞作戦を敢行し戦死した英雄であるが、この開戦前ロシアの駐在武官であった。駐在中、ロシア海軍軍人令嬢アリアズナ・アナトーリエヴナ・コワリスカヤとの恋愛も、司馬遼太郎『坂の上の雲』などで美しく描かれているが、そもそもはロシアとの戦いを予知してロシア語を徹底習得し武官として赴任していったことそれ自体、そして作戦中の戦死は、彼自身の存立が、国家の存立と同じであった、そういう人間像を想定することになる。明治日本の建国期の私心なく、国家とともにあるエリート軍人という意味での青年将校である。

第二の大正、昭和期の青年将校は、まさにこの言葉の歴史的意味を代表する五・一五事件、二・二六事件における決起将校たちの肖像である[66]。石原ははっきりと言っている、「五・一五、二・二六、そして現代の青年将校たちに比べて広瀬が決定的に違うところは、彼が革命者ではなく、建設者であり推進者であったと言うことである。

後代の青年将校たちが参加しようとした客体である国家社会は、すでに造られて、他与的に在った。そしてまた、必然、彼らがその社会参加を志した改修の理念も他与的であった」[67]。

第二の青年将校は、昭和維新を掲げて「革命」を断行しようとしたのであった。しかしながら挫折する。その原因は、すでに国家社会というその機構装置が、広瀬たちが建設し推進したそれとは比べものにならぬほどに複雑化してしまっており、これを統御するために回していく（レヴォルブする）ことは到底不可能となってしまっていたということである。

そして第三の肖像は、次のように書かれている。「奇蹟とも言われた戦後の日本の復興の、一体どの部分に我々が肩を入れることが出来たろう。（中略）現実、社会が青年に求めるものは、現体制の保安の要員でしかない。将校ではない。あくまで兵卒としてだ。われわれはこの社会へエリートとして参加する機会を封じられ、その資格を剥奪されかかっている」[68]。

石原は、例えば郷正文『蛇行』、柴田翔『されどわれらが日々――』らの作品を引きながら六〇年安保と全学連運動を背景にした、そこでの「革命家」たちを批判的に示している。すなわち、運動の正統派、主流派とさえならず、言わばパルチザンとしてとどまることにこそ最大任務を見出そうとする、萎縮した革命者の姿だと言うのである。

こうした図式論は、概ね直感的に頷くこともできるが、石原は同時に、次のような前提を置いている。「国家社会の年齢が、青年たちのそれに符号する時に青年の至福はあり、その差が大幅に拡がるにつれて悲劇がある」[69]。

65 石原は、広瀬について繰り返し言及している。本書第六章第一節（一）二一四頁、第九章第一節（一）三六三頁も参照。
66 石原の定義によれは、「青年将校は、二・二六以前にもあり、そして現在にもある。それは自ら信奉する理念の現実化に他よりも、誠実に、性急に、行動をとる青年たちである」（「青年将校と現代」『孤独なる戴冠』一九六六年、二五四頁）。
67 「孤独なる戴冠―何が残されているか」『孤独なる戴冠』一九六六年、三九七頁（四九〇―一頁）、および『孤独なる戴冠』一九八〇年、二二八頁。
68 『孤独なる戴冠』三九八―九頁（四九三頁）、および二三〇―一頁。
69 「作家ノート　―虚構と真実」『祖国のための白書』一九六八年、三四頁。

ゆえに『亀裂』の主人公明は、現実と虚構の入り乱れた虚構的現実、現実的虚構にたじろぎながら、最後に進んでいくことを決心したのであった。その方向が何かは、小説には書かれていないし、石原自身についても、一九六八年に政治家となるというところまで時間を必要とすることになる。

ただし気がつくことは、石原にとって広瀬中佐は、五・一五、二・二六の青年将校にはない、理想像であり続ける。広瀬の場合、後述するが秋山兄弟の場合と同様[70]、彼らは昭和初年の国家主義者とは違っている。そうではなく、彼らが国家だったということであり、国家が彼らだったということである。

「広瀬にとっての国家とは、近代化を成就し、明確に分化した階級を持ち、それらを基にした多くの異なった理念と、複雑な組織の集合体としての、一括してとらえにくい、そしてまた不自然に神格化された天皇や国旗にのみ表象されるがごときあいまいな国家ではなく、国家は彼自身の肉体の中に、その血液の源として、その肉の部分として感じとらえられ得るものに他ならなかった」[71]。

石原のこうした類型論が書かれた時代は、六〇年安保から七〇年のそれへと至る頃であり、その点ではさらに触れられていないが、この団塊世代、あるいはその前後の世代は、自らが国家を体現している、国家に自らが体現されていると感じることはなかった。むしろ、彼らに特徴的だったのは、大学卒業とともに就職した会社を体現し、会社に体現されていたという日本的経営の青年将校だったということかもしれない[72]。そしてそうした形態も一九九〇年代には消え失せていく。さらに続く類型がありえたのかどうかはわからない。

そう考えると、それでもなお広瀬中佐を理想例と頼り続けることになってしまうのかもしれないが、それは大いに難しいであろう。

第三類型の早い世代と考えられる『亀裂』の主人公明の決断は、まずは逡巡を踏まえてのことであったように想像できる。しかしながら、今や、第四世代やそれ以降があるとしても、それらは、もうその逡巡すらもなくなっている可能性もあり、別次元の人の可能性がある。

（イ）青年主義

海軍兵学校への思い、あるいは広瀬中佐へのあこがれは、その後の石原の作品にしばしば出てくる。ヨットマンでもあることにより海への思いは人一倍凄いものもある[73]。ただし、ここで重要なことは、青年論を歴史主体の変遷論として仕上げるのがよいか、それとは違って、青年ということの本質論を展開するのがよいかということにあろう。

例えば、先述の『新・堕落論』には、こんな一節が出てくる。

「人間の存在を明かす人生の出来事である恋愛、その以前の男と女の出会いや関わりにおいてすら、ケイタイの出会い系サイトが証するようにことの本質が欠落し、仮象化しています。

それを表象するのが若者たちに人気の村上春樹の小説だと思う。（中略）彼の小説の特性は、いわば無国籍、無

70　第九章第一節（一）『国』を思う」三六四頁参照。

71　「青年将校と現代」『孤独なる戴冠』一九六六年、二五四頁。後年、対談において中曽根は石原に対して、「そうそう。今の政治家を見ると、活字の上で国家というのを教わっている。あなたやわれわれは体でおそわっているからね。私のごときは、体のなかに国家があると、そう言っている」（『東京の窓から日本を』二〇〇一年、二九六頁、および『永遠なれ、日本』二〇〇一年、二六頁）と述べている。実際に戦地に赴いた人ゆえの言辞なのかもしれない。

72　『野蛮人の大学』（集英社文庫　一九七七年、初出『週刊明星』一九六九年から七〇年に連載）は、学生運動を題材にしているが強く風刺批判をしており、この頃にはすでに学生運動の可能性を石原は評価していなかったと読める。これに続く『野蛮人のネクタイ』（集英社文庫　一九七七年、初出『週刊読売』一九六七年から八年に連載）は、石原自身も一〇歳遅れで関わったという「しらけ集団・湘南マフィア」の話であり、主人公ゲンのモデルは、後に有名な実業家となる実在の人物であり、世界を舞台に起業家となる青年像を見抜いていたのかもしれない（鈴木陸三「解説」『野蛮人のネクタイ』五四五―五〇頁）。

73　『私の海』幻冬舎　二〇一四年。

人格などっかが欠落しているような登場人物ばかりで、その恋愛も性行為にも一向に心身性が感じられない」[74]。

こうした心身性を石原が感じることのできない、そして私もそう同意するが、そういう登場人物たちの人間模様が広がっているのが現代だとしたら、広瀬に替わった二・二六の青年将校、そしてそれに替わった全共闘学生、そしてそれに替わる、この新しい若者像ということになろう。これらの順序性や階統性を想定するのは、時間軸上で、青年という人間像が更新されてきたということなのであろう。にもかかわらず、今も広瀬に憧れるとしたら、それは望郷に留まらずひとつの価値判断ということになってしまう。そうではなく、実は、類型像そのものが更新されていくこと、そのことについて考える必要があるということだろう。

「青年とは情念の世界のみに生き、直接コスモスに繋がって生きている人間のことである。青年は、非人間的であることによって、『人間』となる」、石原は、友人谷川俊太郎のこの逆説的な青年の定義を、繰り返し引用している[75]。「この言葉に間違いはない。青年の生き方にとって、彼のもつ実感（詩人は情念といったが）は決定的な意味を持つ。例えば彼が何かを信じ、何かを考えようとする時に於いてもである」[76]。行為の動因と考えればよいのであろう。

人間は、非人間的である青年により更新されていくということであり、その動因がパッションだという。人間となるのは、人間でないものである。人間でないものが人間となり、それまでの人間は取って替わられる。この時制を前提にすれば、青年という、人間を非人間的に更新していく存在があるというロジックは維持できるだろうが、青年そのものは、時とともにおそらくはその様態を変化させていったということでもあろう。

ゆえに、広瀬中佐とも違い、江田島の海軍兵学校に進学を果たした青年とも違う青年が、『亀裂』の主人公明ということになろう。谷川が使っている情念は、石原の言い方では行為ということになろう。そして、これらはそれぞれ直接にコスモスに繋がっているということであり、これは石原が、ジェイムズを引いて示そうとしたサブ・ユニバース論である。

実際、こうした事態は、『亀裂』における複雑多様な人間像が織りなす世界、また『巷の神々』にある新興宗教の簇生ということそのものである。ただし、情念が、直接、何かのコスモスと結びついているということであれば、現出するコスモスの区別は、情念の差異によっているとも考えられる。

しかしながら、情念そのものを区別するという行いが、どのような情念に支えられているのかという問いが生じることになる。言い換えれば、コスモスの多元性や複雑性について、その根拠をはたして明確にできるのかということである。情念とは、いろいろ種類があるということなのか、それともそれの性質として、多元性や複雑性が発生するものなのか、ここまででは不明である。

74　『新・堕落論』（新潮新書　二〇一一年）一九四―五頁。

75　「挫折と虚妄を排す―撞着と欺瞞からの脱却」『孤独なる戴冠』一九六六年、一七頁（一九頁）、および『孤独なる戴冠』一九八〇年、一六頁、「孤独なる戴冠―何が残されているか」（前掲書所収）三八八頁、および二二二頁。

76　「現代青年のエネルギー」（前掲書所収）二九頁、および三九頁。

第三章　疎ましい他者

「青年とは情念の世界のみに生き、直接コスモスに繋がって生きている人間のことである。青年は、非人間的であることによって、『人間』となる」。石原が友人谷川俊太郎のこの逆説的な青年の定義を、繰り返し引用していたことはすでに述べた[1]。

コスモス、すなわち個我の世界を情念が創り出すというのである。そして青年のそれは非人間的であり、そのことによって青年は人間となっていく。しかしながら、情念とは、いったいどのような形をしているのか。

これも繰り返しになるが、『亀裂』には、その文庫版あとがきに作者石原自身が、この小説の主題は三つあり、それは第一に現代における純粋行為の可能性、第二に現代における人間の繋り合いの可能性、第三に現代における教養の可能性だと書いていた。そしてこれらの課題は、石原が晩年までほぼ一貫して問うていくものと考えることができる。

これらと、情念とはいったいどのように関係しているのか。おそらくそれが前章では解けなかった問題である。この答えを、一九六一年の短編『鴨』、そして一九七〇年の『嫌悪の狙撃者』と同年の『化石の森』へと進んでいく作品展開に見出すことにしたい。とりわけ後の二作品はともに長編であり、純文学の小説家石原慎太郎の実力を確実なものとしていくものとなったと考えられるものである。

『亀裂』は、一九五〇年代日本の高度経済成長がまさに始まる頃の時代を描いたものであったし、石原自身がまだ青年の最中にあったのに比し、その後、経済社会は、急速に変化していく東京を象徴とする消費文明化と、それとともに変質せざるをえない家郷との矛盾を顕すことになる。このきわめて歪《いびつ》な狭間に挟まった人間たちに焦点をあてた作品が、これらである。そして家郷は消え去っていくが、消費文明化と人との関係は、形を変えながら残っていく。このことについて、一九八四年の『秘祭』を題材に考えてみることにする。

これらの諸作品は、時代を超える重要な問題を提起するものとして読んでいきたい。

一、嫌悪という情念

情念を仮に「パッション」と言い換えても、それが何かはわかりにくい。しかし、こうしたある種のベクトル性を備えたものが、世界を創っていくということなのであろう。もっと哲学用語を用いて「志向性」とでも言い換えてみてもよいのかもしれない。それが個我を創り出していく。ゆえに、世界というのは、個々の自我とともに創り出されていくコスモスの集合だというのであろう。ジェイムズのサブ・ユニバース論を範型に読んでみることができる。

私にしろ、そしてこの読み手のあなたにしろ、それぞれ別個にそれぞれの世界があるということから、こうした多元的世界論を想像してみることはそれほど難しくはない。しかしながら、「志向性」として仮に設定してみたものは、そもそもいったいそれが何なのかを問うと、それを明快に答えるのは難しい。それについての解答も、それぞれの世界の数だけあって多元的だということになろう。それはわからないということと同義かもしれない。

石原が情念とは何かという問いで到達した解答は、「嫌悪」ということである。「〈嫌悪〉こそが、今日、すべての人間に共通して在る、生きるための情念である」[2]という前提であり、さらに「嫌悪が憎悪となり、憎悪が凝縮されて一つの行為に結晶する時にのみ、真実の破壊があり、革命があり創造があり得る」[3]とさえ言うのである。

1　「挫折と虚妄を排す―撞着と欺瞞からの脱却」『孤独なる戴冠』一九六六年、一七頁（一九頁）、および『孤独なる戴冠』一九八〇年、一六頁、「孤独なる戴冠―何が残されているか」（前掲書所収）三〇頁、および二一二頁。
2　「〈嫌悪〉―現代の情念」『祖国のための白書』一九六〇年、一〇頁。
3　「〈嫌悪〉―現代の情念」九頁。

先の青年の非人間性が、人間の前提であるという谷川の命題の延長上にあるこの答えはたいへん強烈なところがある。個我の創出は、言い換えれば他の個我の拒否ということでもありうる。そもそも他我が何か、そういうものがあるということも排除しているところがあろうからである。

しかしながら、他者を理解することが可能であるという前提で、われわれの観念世界は編成されている。さらには、親子だから、友だちだから、仲間だから、人間だからなどと、その観念の言説は、他者理解可能を積極的に前提しているところがある。こうした観念性についての言説は、しばしば厳しい現実に裏切られる。そういう点でも、石原のここで扱う作品には鋭いところがある。

『嫌悪の狙撃者』と『化石の森』が世に出た一九七〇年、石原はすでに国会議員であり政治家としても活動をしていた。皮肉ではなく、そこでもこの人の行動原理は、この情念、すなわち嫌悪だったという。すなわち、「私はみずからの純粋に個的な〈嫌悪〉を意識化し、それをも時代の心情としてとらえ直した時、それを時代的に、歴史的に、社会的に一つの意志として表現しつくすために、現代の社会力学の中で政治という手段を選ぶ気になった」[4]というのである。しかも「私は公認候補の指名紹介のために生まれて初めて出席した自民党大会なるものに、ある戦慄と激しい嫌悪を禁じえなかった」[5]とも言う。いささか戯言のようにも聞こえるが、「嫌悪」が政治家石原のその推進力となったということのようである

「嫌悪」という語感は、消極的であるが、行動原理としては、積極的に設定されている。すなわち、「今の時代に何よりも必要なことは、みずからの内に埋没している、しかし埋もれながらあきらかに存在する嫌悪を意識化し、精神化することに他ならない。それが精神化された時、〈嫌悪〉は新しい願望と創造の酵母たり得、明確に意識化された時、願望と創造の現実的行為の方法を与えるに違いない」[6]。

これはなかなか逆説的な選択でもある。一方でこれを作家として推し進め、政治家としても行為遂行していった

ということなのだろう。『化石の森』と『嫌悪の狙撃者』、これら二作品は、非日常的あるいは反日常的な出来事が主題であるが、日常どこででもありうる可能性のあることに私たちは震撼させられもする。その点でも、これらは時代を超えて存在しうる重要な作品だと言える。

二、『化石の森』

「この作品は私が文学に重ねて、政治という方法を選び議席を得てから初めての書き下ろしの長編として書いた」[7]。完成までに五年が必要であったという大作であり、またたいへん錯綜した複雑な筋から成っていながら丹精に織られた、きわめて技巧に富んだ作品である。作家石原慎太郎という人が、その作品の多さのみならず、きわめて精巧な作品を生み出していることに、読む人は大いに気づかされ、感服させられる作品である。一九七一年第二一回芸術選奨文部大臣賞受賞作品である。

ストーリーは、以下のごとくである。

主人公緋本治夫は、大学病院の病理学教室の助手。小説は、上司であるが遠縁にもあたる助教授市原が出席する国際学会用原稿の翻訳をホテルに持っていくところから始まる。東京都心の立派なホテルのロビーがその場である。

4　「〈嫌悪〉―現代の情念」一三頁。
5　「〈嫌悪〉―現代の情念」一四頁。
6　「〈嫌悪〉―現代の情念」一五頁。
7　「他者のおぞましさ」『石原慎太郎の文学2　化石の森』二〇〇七年、五四二頁。

その助教授、先客の用が終わらず、治夫は待たされる。暇つぶしにホテルを地階に降りていったところ、偶然にも高校時代の同級生井沢英子に声をかけられることになる。この種の立派なホテルには、必ず高級客、外国人客向けの理容店がある。彼女は、そこでマニキュアガールをしていた。高校時代、男の子の性的な憧れであった彼女だが、途中で転校していって、それきりであった。

仕事が終わったあと久しぶりだったということもあり彼女と会う約束をして、治夫は市川のところに書類を渡しに戻る。そこで市川から、治夫の母親多津子が東京に出てきていること、しかも生活にも苦労していることを聞かされる。治夫は、家に男を招き入れ情をつうじていた母親多津子を、その現場に踏み込み蹴り倒していた。多津子は、こののち家を出ていっていた。治夫が高校生のときである。

治夫は、大学に入学することで家出同然のように東京に出て、経済学を学んだのち、医学部に入り直し医者の道に進んでいた。医者であった父親が学資を出していたのである。

さて、約束どおり仕事が終わった後、英子と落ち合い、その夜、彼女のアパートで彼らは結ばれる。そしてデートを重ねるうちに、治夫は、英子の仕事場である高級ホテルの理容店のマスターが、英子もその姉をも金で縛り手籠めにしていることを知る。

治夫は、大学病院の仕事で、たまたまさる化学会社製造の毒薬とその被害を受けた作業者の事例に関わっていて、その毒薬のことを知る。これを使えば、普通の検死ではわからないので、英子が使うマニキュア液に混ぜて、マスターに使い彼を殺すことを考えるのである。性欲と暴力に塗《まみ》れたマスターは、それとは知らず、英子のマニキュア、ペディキュアを受ける。ささくれの傷などもあり、二回ほどで彼は心臓発作ということで死んでしまう。治夫と英子とは、これにより結ばれる。

しかしながら、この小説の筋は入り組んでいる。今ひとつの別の筋が入り組んでいる。英子と出会った頃、病院で、治夫は子どもの脳を切開し腫瘍を取る手術に立ち会う。そして、この子どもの母親塩見菊江の相談に乗る。子どもは、一命は取り留めたが聾となる。その当時、治夫は東京練馬のアパートに住んでいたが、区画整理で保谷に引っ越すことになる。塩見の家族は、保谷に住んでいた。ある日のこと、治夫と、その保谷の新居にやってきていた英子が散歩をしていると、線路端で遊んでいる子どもたちが見えた。しかしながら、ひとりの男の子だけが、後ろから近づいてくる機関車に気づかないまま線路の上を歩いているのが目に入った。

治夫は、走り寄って自らも怪我をしながら、この子を助ける。手術を受け聾となった菊江の子どもであった。菊江は、奇蹟であり、神さまがあなたをお遣わしになったのであり、それは初めて会った時からそうなるはずだったことだと治夫にいう。

菊江は、事業で苦境に陥っていた夫のこともあり、そして重い病を患ってきた子どものこと、さらには手術により聾となってしまったことによる、病院の医療への不信から、さる宗教に入信していた。信仰により必ず治るのだという因縁を悟ったと菊江はいう。治夫は菊江に病院へも子どもを連れて来ることを勧めるが彼女は聞きいれない。治夫は、彼女の信仰を確かめにその教団に赴く。老女と、辻という元医者であった男に会い、辻と医学と信仰について議論をする。近代医療と信仰をめぐる議論である。

その後のある日、治夫は、菊江から、土地売買ですべてを失うことになった夫について相談を受ける。夫の家は、この地の人、すなわち保谷の人間であった。保谷も急速に都市化が進行し、古い武蔵野が失われていく一九五〇年代後半から六〇年代前半という時代であった。夫は、悪徳不動産屋三津田に土地を騙し取られていたのである。治夫は、弁護士と相談しつつ、三津田に会い示談で損失を取り戻そうとする。夫ではなく、菊江と直接であれば交渉するという三津田の誘いに乗ったが、実は三津田は、それを機会に菊江を手籠めにしようと謀ったのであった。間一髪、治夫は、その場に踏み込み、かつて母親を蹴りつけたときと同じように、三津田を半殺しにする。しかしながら、このとき菊江と治夫の間に関係ができることになる。三津田は邪悪で、この顛末を脚色して、菊江の夫に話を漏らし焚きつける。逆上した夫は菊江に暴力をふるう。さらに英子と過ごしていた治夫のアパートにまでやってくる。

さて、上司であり遠縁でもある市川とその妻のおせっかいもあって、治夫は、彼の姉と弟とともに、市川の家で彼らの母と会うことになる。姉はすでに嫁ぎ、弟も家を出て大阪で大学生となっていた。治夫が高校生のときに家を出ていった母について、形の上だけだが、「家族」として元に戻ったということにして、治夫の父が、治夫をつうじて、母にも生活費の一部を仕送りし援助するという話になる。さらに市川夫妻の手助けで、この母は、ある住み込みの賄い婦をやり独立した生活がやっていけるように整えてもらってもいた。

しかしながら、この母、その住み込みの仕事場に情夫を連れ込み、これが原因で仕事を失うことになり、また市川の家に厄介になることになる。困った市川は、治夫に引き取りを頼むが、治夫は応じるはずもなかった。しかも母多津子は、すでに英子にも近づいており、治夫と英子が一緒になり、母と三人で住んでもよいような話さえも持ちかけていたのである。

今一度、菊江の話になるが、ある日、英子が治夫のアパートにいる時、菊江が治夫を尋ねてきた。このとき以来、英子は、治夫にとって私が何であるかを問いただすようになっていく。治夫は、英子のことがしだいにうっとうしくなっていく。英子は、菊江に直接会おうとする。あいにく菊江に会うことはできなかったが、菊江の夫に会い、三津田に吹き込まれていたその夫から、治夫と菊江の関係について知らされることになる。

英子は逆上してしまい、かつてマスターを謀殺したことを菊江に手紙で教えてしまう。菊江は、ふさぎ込んでしまい、間もなく、合わせたように子どもの容体も悪化していく。さらに英子は、謀殺の件を警察にも自首するとまで言い出す。

治夫が夜、酔って帰宅すると、母多津子が、アパートの管理人室で待っていた。そして、英子が死んだことを伝える。治夫との関係にすきま風が入り込んで寂しい英子は、多津子に、治夫と一緒にマスターを謀殺した話を打ち明け、さらに残っている毒薬の場所も教えてしまっていたのである。謀殺が警察などにばれないようにと、多津子が彼女を毒殺してしまったのである。

驚き尋ねる治夫に対して、多津子は、治夫に対して「それはお前、私はあなたの」と言い笑う。治夫は「これは回帰だ、どうどう巡りだ、結局、おれは帰ってきた」と思い、母ににじり寄り、その片手をとるのであった。

この小説は、篠田正浩監督により、主人公緋本治夫を萩原健一、母親多津子を杉村春子、英子を二宮さよ子、治夫の姉を岩下志麻という配役で映画化されている。小説がたいへん複雑な作品であるということもあり、原作とのズレを少しは感じるが筋は概ね忠実にたどられている。ただし、萩原健一、杉村春子と個性の強い俳優が演じていることもあり、映像がもたらすイメージは、著作がもたらすそれとおそらく違っているだろうと私は感じる。

(二) 個の遮断

主題は、治夫という人間を軸に展開していく人間関係である。そして家族、とりわけ母と子の相当に歪んだ関係が初発条件としてある。

すなわち登場する母多津子は、肉親であり家族でありながら、疎ましく不潔であり、そのことが治夫のみならず読み手にもそのおぞましさとともによく伝わってくる。話の前半の展開だけをいうなら、すなわち英子を金で性欲の慰み者としていたマスターを殺害し治夫と彼女が結ばれるとすれば、それは「殺人」という犯罪でありながら、ハッピーエンドでさえあった。しかしながら、そこで終わらないところに、人間の怖ろしさがある。

患者である子どもの母菊江への治夫の肉体関係は、この主人公の人間としての締まりのなさが、母多津子に由来しているようにも読めてしまう。とは言いながら、人の人への繋がりとは、せいぜいこの程度、すなわち性の交わりでしかないのかということなのかもしれない。

情夫と通じていた母を、現場で蹴り倒した高校生の時の治夫には、母から、家から、郷里から脱出することがそのすべてであった。高校生治夫にとってはすべて嫌悪すべき対象であり、唾棄すべきそれらであった。そのために選択した方法が、大学で勉強をして道を拓いていくということであった。

ところで、石原は、よほど社会科学を嫌悪しているのであろう。上述の概略で触れたように、治夫は、最初は大学の経済学部で学んだ後、すなわち「経済学をひっくるめて、社会科学というふやけた領域の中に埋没し、その経済数式の美的な（中略）架空モデルビルディングとやらにうつつをぬかして、それが現実に一向作用していかぬもどかしさをとうにあきらめ、政治の支配は最早、科学の領域ではないと超俗したつもりでいる手合い」[8]に訣別して医者となろうと考えたとある。

大学、学問への関わりが、嫌悪からの離脱を決行し、自らが解放される手段であると不貞の母を蹴り飛ばした後に考えついたことだったのかもしれない。しかしそうした最初の大学での社会科学との出会いが、実はさらなる嫌悪を惹起させたということである。ゆえに、先に引いたとおり「嫌悪が憎悪となり、憎悪が凝縮されて一つの行為に結晶する時にのみ、真実の破壊があり、革命があり創造があり得る」ということなのかもしれない。

そして新たに進んだ道が医者になるということだったのだそうだ。最初に経済学を学んだという部分は、必ずしも『化石の森』での展開には必要なエピソードでもないように思うが、『亀裂』において、アカデミズムの意味を問うという問題の延長線上にある関心だということはよくわかる。

医学の道に進み、初めの学問への嫌悪から離脱ができたようでいながら、そもそもの嫌悪すべき母の影が離れることはなく、最後にはすべてを失い、結局は母と二人ということになってしまうところに落ちがある。それゆえ、「これは回帰だ、堂々巡りだ、結局、俺は帰ってきた」[9]ということになってしまうのであろう。

この結末に遭遇するおぞましさは、創作されたものだとされても、似たようなことがしばしばわれわれの人生にもありそうでもあると思わせられるところに、予言の自己成就という何とも気味の悪さがある。母であれ肉親であれ、人はおぞましく恐ろしいということにもなろう。人の関係が、肉欲と物欲によってのみ可能であるような人間社会のあることを、ある種のデフォルメとともに理解させてくる。そういう怖さは、実はわれわれの社会の現実だと知る必要があるということなのだろう。

確認しておくべきは、治夫が母を蹴り飛ばし、家郷を飛び出してきたところは、治夫という個我の、他の世界からの遮断ということである。「家を出、故郷を出ることで、彼はもっと本質的に、住むところを換えたつもりだった。彼が居を換えた世界で学んだものは、いわば氾濫した馴れ合いからの、自分の遮断だった」[10]。ゆえに彼の医局での存在は、異様なひとり孤独なそれだった。ただし、練馬、保谷でのアパートでのひとり暮らしも実は、その時代、東京に出て来ていた多くの青年たちが普通にしていたことではある。

個我を、外から遮断する。すなわち「他人が自分の内側を覗こうとすることへの遮断」[11]とは、遮断せざるをえない嫌悪の対象が満ちあふれているということである。それは英子の場合も同じである。英子も家郷を飛び出してきているし、仕事場は、金と性に塗れた嫌悪すべきところであった。こうした意味での個我の遮断を惹起させる嫌悪は、通常、排除回復されるべきものとされるが、人の世界は、なかなかそう簡単には、それをさせてくれないということでもある。

8　『化石の森』二七頁。
9　『化石の森』五三九頁。
10　『化石の森』二九頁。松原新一「人間関係のくずれと回復」『読売新聞』一九七〇年一〇月二一日夕刊、読書欄。
11　『化石の森』三四頁。

遠戚でもある市川助教授から「君、君の立場を一歩出て、お母さんの身になって考えて上げたまえ、何といっても君はまだ若いんだ」と言われても、治夫の答えは、「だから、その、立場を一歩出ることが意味ないということを教わったということですよ。人間は誰の身になってやることも出来やしません。自分以外はね。皆ただそのふりをしているだけです。立場を出ないよりも、そのことの方が実は罪が重いんですよ」[12]というすげないものだったし、本質的には、「親子なんか鍍金《めっき》をはがしてみりゃそんなものですよ。ただ皆そんな地金を見たがらないだけなんだ」[13]ということになる。

ただし、この主人公治夫の異常さは、家郷を飛び出す原因となった、母の不倫現場で母を蹴り飛ばしたという事件から来ている。精神医学者斎藤環は、これをこの物語の原光景とし、こうした根源的な外傷[14]の治癒回復の難しさを言っている。実際、物語は、この原体験へと繰り返し回帰していくことになっている。菊江を手籠めにしようとした三津田を、やはり蹴り飛ばした光景もそうであるし、そして治夫自身が菊江と性的関係を持っているところを菊江の息子に目撃されるという光景も、この原体験のヴァリエーションだと言える。こういう点では、治夫は、通常とはずいぶん違う異常者だとも言える。しかしながら、そういう「異常者」である人が、氾濫しているということでもある。

こうしたある種の病理状態は、もう一方で石原が画家としての才もあってか[15]、その丹念になされた風景描写がバックになって、それを背景に人間の醜悪さがくっきりと描き出されてもいる。

「東京郊外の武蔵野は今では瀕死の床の中にある。嘗ての豊かで広大だった自然は、時かけて執拗に蝕む人間たちの勢力に、無惨に形を変え、大きな櫟や欅の林は切り株も残さず大工場や、学校の敷地となり、林に換えて構内には余り熱心に手をかける者もいないまま、発育の悪い芝生が敷かれているが、埃っぽい運動場に変り果てた。嘗ての沃野を今覆っているものが文明だとしても、天上から眺めればそれは地上の瘡にしか見えぬに違いない。(中略)

蝕まれ、切り裂かれ、ずたずたにされたのは自然だけではなく、辺りの人間の暮し向きも、その歴史、というのは大袈裟にしても、その習慣、形もおよそ違えてしまった。都心に見られる混淆、混乱はここにも持ち込まれている。辺りの変化が都心に比べ急だったために、整理や調整が追いつかず、あちこちに不思議としかいいようのない併存が見られた。（中略）

となると、人間はこの先どこまで逃げていったらいいのか、想像がつかない。それでもいまだ夕方のラッシュが過ぎれば、都心にはない田園的な平穏さの断片のようなものが窺われはした。

治夫が引っ越して来たアパートは旧道に近い郊外線の駅を降り、旧道を横切り、さらにバイパスを渡って、まだ開拓の手から残されている小広い農地に沿っていった、これは戦前からある、最近ではむしろ他の施設に比べて古び、見劣りしてきた旧兵器工場の広い構内にかかる手前にあった。果樹が植えられた農地と大工場の間の産土の杜には、神威にかけて守り抜かれた境内の木立がある。木立の持主の農夫が、流行に応じて神社に続いた自分の敷地にアパートを建て、その一室を治夫が借りた。治夫が下見にいった時すでに一室しか空いておらず、それも先口があったが、彼が病院に勤める医者と聞いて、持主の農夫はその場で前者を差し置いて承諾した。どうやら持ち主なりの思惑があったようだ」[16]。

東京、西武池袋線練馬から石神井公園、大泉学園を過ぎて保谷へとつながる沿線の風景は、一九六〇年代急速に

12　『化石の森』二八七頁。
13　『化石の森』四七二頁。
14　斎藤環「解説―超越性と情動の倫理」『石原愼太郎の文学2　化石の森』二〇〇七年、五五〇頁。
15　勅使河原純『絵描きの石原愼太郎』フィルムアート社　二〇〇五年。
16　『化石の森』三二二―五頁。

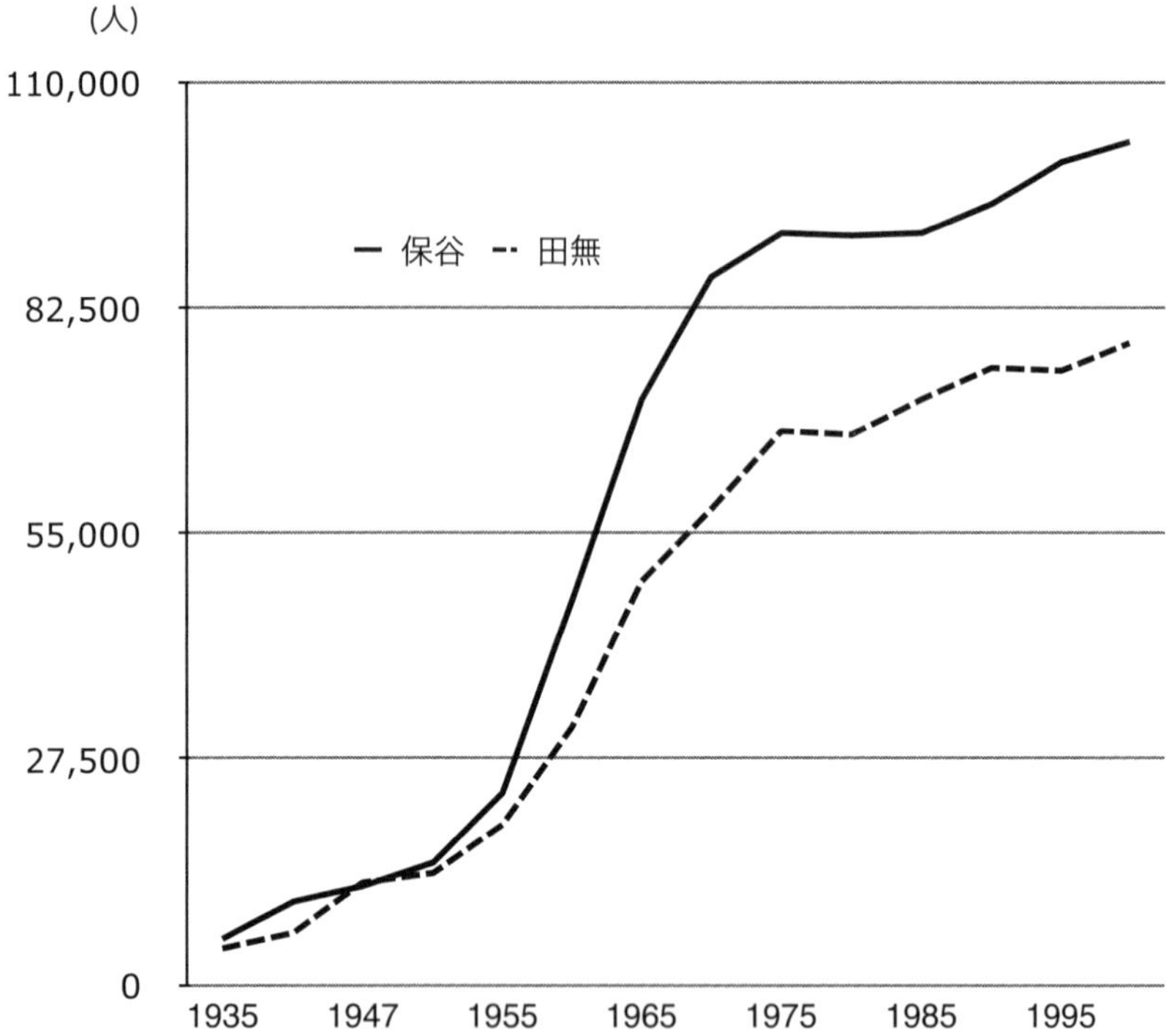

図５　（現・西東京市）保谷市と田無市の人口推移

＊1947年とあるのは、昭和20年の記録がないため。

変わっていく。都市化に続く郊外化の進展は著しく、このことは同時に個人主義化の進展へと続いていくということでもあったし、それは消費社会の徹底ということでもあった（図５）。

治夫は、練馬のアパートから保谷に移り住むことになるが、英子が時々訪れてくるものの、基本的には一人住まいである。英子自身もそうであった。

「下宿の部屋で時折突然に感じる、あの水の底に一人沈んでいるような気持ちに襲われたのだ。いつか、近くの大通りの建築工事で、深夜クレーンで杭を打つ音に寝つかれず坐り直した時も同じものを味わった。その騒音が、杭ではなく、水の底に沈んだ自分を上で封じて尚深くとじこめようとするものの音のように響いて感じられ、叫びたい衝動に駆られながら、しかしそうすることの無駄を知ってじっと我慢し続けた。今、叫べば、何かに自分が負けるのだといい聞かせながら」[17]。

木賃アパートあるいは軽量鉄骨アパートに、上京してきた若者が住む街、それが東京であり山手線外側から始まり、この頃には都区内から都下への郊外化が拡大し、そうして空間を構成していった。ここから都心の仕事場、治夫の場合には大学病院、英子の場合にはホテルの理容室に郊外電車を使って通うのである。

仕事場は仕事場で、ひとり遮断した個我としてあり、下宿に戻ればそこも個我。そして通勤する途中も、満員の通勤電車、人でごった返すターミナルであっても、実はひとりきりというのが実際である。すなわち、「風のそよぎもない街頭でゆきずりに、突然見知らぬ相手の強い汗の臭いを嗅ぎ、初めてそんな他人のいることに気づいたり、走るまま風の通っていた電車が止まると、急にたちこめる同族の汗のいきりの中で、咎《とが》めるいわれもなく互いに胡乱《うろん》に見交わし合う。街の喧噪《けんそう》も、それを作り出した人間たち当人にも今日だけは関わりなく感じられ、その中をみんな肩をすぼめ喘ぎながら自分の道を一人で歩く」[18]というのが実態である。

高校生を最後に捨ててきた家郷からは自由になったが、その自立性の基盤は、まだなお薄弱なままである。治夫が関係するもうひとりの女性菊江は、この郊外化のプロセスで財産を失う地付きの家に嫁いだ人間である。人口の急速な増加が、不動産業を潤わせ、またそのプロセスで悪徳なそれに身ぐるみはがされ没落していく古くからの住人という事例は少なからずあったはずである。

そして菊江が、自らにふりかかってきた不幸が救済されるために新興宗教に救いを求めていること。この新興宗教に求める救済と、現代医学との関係は、『巷の神々』でわかるように石原自身が関心を持ち続けている課題の延

17 『化石の森』三五頁。
18 『化石の森』六頁。

長でもあった[19]。

嫌悪という情念の、誤解を恐れず、その積極的な可能性について触れたが、この小説に出て来る人間たちは、個我への遮断ということでの嫌悪の実践を遂行した。こうした防衛的な遮断しか選択できないほど、社会が激しく変化したということを意味している。それが化石ということである。治夫に、そのことを言わせているところがある。

「憎いやつははっきり憎むことだ。殺すまでな、俺たちがやったように、嫌いなものは嫌い、好きなものは好き、しかし案外そうなってないんだ。どいつもみんな自分をごまかしてる。大方自分なんていなくなっちゃってる。相手に感じていることをむき出しにしてやるのが、自分を助けることになるのにな。どうにも嫌いなことや、憎いことがあるのにみんなそれを隠して、押えて、化石みたいになっちまってるんだ。だけど一体何のためにだ。他人のためか、馬鹿さ、自分にとっての他人なんて、大方憎むか、嫌うかの相手でしかないのにな」[20]。

治夫が英子にそう語っている場面であり、憎悪として成就し金と性欲のマスターを毒殺することに成功するが、二人の関係はこの成就により微妙に変化していくことになる。

(二) つながりの「回復」

治夫と出会って、その夜、懐かしい再会とはいえ、そのまま性関係となってしまうのは、英子にしても「嘘じゃないわ。私、誰も友だちがいないんだもの。いつもなんだか張り合いがなくって、なんのためにこんな風に暮らしているんだかわかんないわ」[21]という青春時代であったからであろう。

氾濫した馴れ合いを遮断した個我が、同種の個我と、どのようにつながることができるのかが問題である。哲学的なモナドは身体性を持っているが、そこには生物体にあるような性器は考えられていない。しかしながら、こうした木賃アパート、通勤電車、ターミナル、仕事場にうごめくモナド、すなわち孤独な単子体は性器を持っている。

それらにとっての最もたやすい結びつきは、性交ということである。性交が、性愛に先行してあるというようなことではなく、そもそも別々のものだということであろう[22]。ただし、この小説は、性交という行いとその描写を主題としようというのではない。

例えば、メディアチオンなる毒薬をマニキュア液に入れて、マスターのマニキュア、ペディキュアを英子がする場面がある。その時、その理容室には治夫も客としてそれを見ている場面がある。

「中指か、薬指か、いずれかの指をにぎりながらそこにあるさか剥けをそっと掘り起こし、その上にあの薬を塗りつける英子の指の動きを、彼は白布の下[23]の自分の手の指に移して感じようとしてみた。倒錯した奇妙な快感があった。（中

---

19 石原の母は、信仰があった。『弟』には、闘病入院中の裕次郎について次のような出来事が描かれている。「私にとって今になっても印象的なのは件の仏像と、私自身が会話を交わしたせいだろうが、弟の収容されている病棟の下の庭で思いがけぬほど数多くの人たちが地上から弟のいる十階に手をかざして霊波を送り続けてくれていた光景だった」（『弟』三三五頁）。ここだけ読むと何かと思うが、「私の幼い頃、母は腎臓に持病があって時折強い痙攣を起こしていた。（中略）父が出張で留守のある夜また発作が起こって、深夜二時苦しみ余った母に頼まれてかなり遠くの医者を、当てのないまま呼びに走っていったことがある。（中略）いくら戸を叩いても医者は起きず、無念に涙して帰ってみたら幸い発作は治まっていて、母はつらい使いから戻った私にわびてねぎらってくれたが、私は私でこのままいったらいつか母は呆気なく死ぬに違いないと改めて怯えていた。
　そんな母が戦後間もなくある人から教えられて、ある教団のほどこす浄霊という、ただ手をかざして人間が神からの霊波を中継するという治療で奇跡のように全快したのだった」（『弟』三三七頁）ということで、石原の母はこの教団に帰依することになる。そして石原自身、こうした事柄に敏感になったということなのであろう。

20 『化石の森』二五三頁。

21 『化石の森』九八頁。

22 原作小説についても、例えば江藤淳は「うまいなぁと感心したのは、英子という女主人公が登場するところ。（中略）早熟で、性的な臭いをムンムンさせていた」（「〈嫌悪〉からの出発―『化石の森』の提示するもの」『波』一九七〇年九月・一〇月号、および『石原慎太郎論』（作品社　二〇〇四年）二四五頁）と、石原との対談で述べているとおりエロチックな場面がある。前述した映像化された『化石の森』の場面も同様である。

23 その理容室の別の椅子で散髪をしてもらいながら、彼はこの状況を観察している。

略）英子の手の動きを眺めながらその感触のひとつひとつに彼はときめき、初めて味わう快感が次第に高まっていくのを覚えた。勃起する自分を感じ、同時に離れたところで、じかにはとどかぬ自分の指によって、濡れて、興奮していく英子を感じたのだ。それは、彼が今までに知っていたどのみそかごとよりも完全に、二人きりの行為だった」24。

マニキュアに混ぜたものを使っている限りでは即死はしないが、毒殺のプロセスの進行ではある。人を殺しつつあるのである。その時の、この倒錯した奇妙な快感とはいったい何か。同様の表現は、相手がいよいよ死ぬ場においても出てくるのだが、これらをグロテスクでリアリティ希薄だということも可能かもしれない25。しかしながら、遮断して得られた個我のコミュニケーションとは、こうしたもののはずである。治夫は、現実には英子とともに同郷、そしてそれぞれ個我を遮断によってとりあえずは確保していたものの、東京に出てきている孤独な同類ということでしかない間柄であり、具体的なつながりは、肉体を通じて性的な快感に限られている。

二人の共同作業、目的達成は、おそらくはこうした性行為の代行のように想像体験されるものでしかないはずである。

「彼女の作業の感触を自分の指に感じながら、彼は、彼女を通じて、今あの男を感じることが出来たのだ。つまり、英子もあの男と同じように、彼の体の内にあった。数メートル離れたところにいながら、彼と英子はその作業を通じてぴったり重なり、やがて後に行う行為の時以上に確かに繋がり合っていた」26ということなのである。

マスターが実際、中毒発作を起こして倒れた時にも客としていた治夫は、医者であるということで立ち会うことになる。このときは、治夫自身が、この男に触れることになる。

「英子を通じ、彼が毒を注ぎ込み手にかけた男は、今こうして確かに彼の生贄として手の内にあった。辛うじて脈を打っている男の手首を握りながら、自分が今間違いなくこの男と確かな絆《きづな》で結ばれているのを感じた」27。

こういう表現も、ここだけを読んでみるなら、異常者、変質者ということもできるが、これまでの前提を踏まえれば、ある種の当然の帰結、当然の振る舞いだったということにもなろう。この点で、人ひとりを殺したということについて、治夫は淡白でさえあった。そしてこのことは、皮肉というか、当然のことであるが、英子との関係が微妙になっていったとき、治夫が英子に感じることは、「すくなくとも俺が彼女に求めたものは、あの理髪店の主人を殺した時と同じような、セクスの中でのパートナーシップ。煎じ詰めるとその他に何があっただろうか」[28]として暴露されるのである。

そうなってしまうのは、遮断して獲得した個我が、それほど確かなものではなかったということである。治夫の場合には、解決不能な原光景という外傷を負っているということであろう。治夫が高校生時代に受けた体験は、必ずしもありえないものではないであろうが、誰でもが体験することのあるそれではない。その意味では、治癒できないままに、そしてそもそもそれが難しいにもかかわらず、その時なお、問題の母親が、治夫の周りをうろつくことで、実は個我は遮断して救出されきってはいなかったということなのであろう。

あの強欲のマスターと英子、そして母親と治夫という「二つの人間関係は、治夫を芯にした同心円だった」[29]。しかしながら、これはとりあえずのそれであり、治夫と英子との関係が、性交により結びついているという点、そしてそれに基づいて共同で謀殺しているということで結びついているという点は、不動の点ではなく、原光景への回帰がちらつくと、すなわち問題の母親がうろつくと、不動性を急速に失い不安定になっていくのである。

24 『化石の森』二一一頁。
25 鈴木斌『作家・石原慎太郎―価値紊乱者の軌跡』（菁柿堂　二〇〇八年）一九頁。
26 『化石の森』二一二頁。
27 『化石の森』二一六頁。
28 『化石の森』四六三頁。
29 『化石の森』二四二頁。

「数式の中で向いあった二つの項の分母分子を相殺していったら、結局あの男がなくなり、彼が残った。治夫の項に、英子を掛け合わせたせいか、或いは彼の項を左側のプラスの位置に移し、相手をマイナスに移してみたら相手が消去されたのか、ともかくこうやって数式は解け、彼だけが残った。案外他のどんな問題も、皆こんな風に解けていくような気がする。要するに人間同士の関係なんぞつき詰めていけば、どれもこの変形にしかすぎないのではないか。自分という項を、正にして残そうとすれば、思い切って相手を負の項に消去していくしかない。殺さなくともだ。そして自分が残り、自分にとっての正の属項の、英子が残った。あの男が死んだ、というより、その結果自分がこうして残っているという感じの方が強くあった。ただ、忘れていた自分を久しぶりに見出せたような気持ちだった。（中略）こうやって、俺はもう一度俺としてこの世間に戻って来た、彼は思った」[30]。

まさしく嫌悪が、この移項を可能にして、一瞬、治夫と英子のリアルな関係が浮かび上がったのだが、菊江との情交を知った英子が、今度は治夫には脅威となっていくのである。

「項を移したことで、絶対値は変らず、正負だけを違えた人間の感情を、彼はようやく理解した。それは感情というより、正負の転じた人間の関係そのままだった。そして彼はようやく、眼の前にいる女を、他人として、生れて初めて心から恐れた」[31]。

しかしながら、母親はもっと上手であった。英子を息子のために殺してしまうのであるから。しかも、彼らが行ったと同じ薬を使って行うのだから、それはそれでたいへん恐ろしい。寂しさに打ちひしがれた英子は、この母親に近づくしか方法がなかったということであり、遮断して得たと思った個我は実は、たいへんはかないものでしかなかったということでもある。母親は、はるかにあくどく、そしてしたたかであった。

すなわち、「あの人が、私を信用しすぎたんだよ。あれが、どこにあるかまで教えてみせたんだからね。結局あの人には他に打ち明ける誰もいなかったんだね」[32]という具合にであるが、これにより治夫は、再び母に、嫌悪を抱きながらも回帰することになるのである。

最後に、この毒薬メディアチオンという実に直喩的な名前が付けられていることに籠められたブラックユーモアに触れておく必要があろう。

「しかしメディアチオンとはつけたものだ。余談だが、これはギリシア神話の、新婚の贈り物に毒の衣装を贈って、恋敵を殺した魔女メディアの名をつけたのでしょうな。メディアは、薬物の世界では有名な、間接致死の方法を使った殺人犯の元祖だからね」[33]。

と、この薬品で中毒死をした化学薬品工場の社員の検死において、この薬品の解説をする薬学教授に言わせている。メディア、すなわち媒体、媒質が毒だということである。遮断による個我への到達は、その一方でつながりを求めさえすることになる。そのときの媒体は、性交をひとつに、多々考えていくことができる。しかしながら、この薬品名がよく示しているとおり、つながりへの効能だけをあてにしていると、英子のような可哀相な死に方をすることになる。薬学教授は、次のようにも言っている。

「正直な話、こうした危険な薬品に関しては、製造元はその生理的な影響力について、必ずしも充分に研究を重ねず、需要に追われて、いたずらにより過激な新製品の製造をつづけているという現状です。薬と抵抗力を増す害虫と、この競争は、私たちの眼から見ると必ずしも人間の知恵の方が勝っているとは言い切れない」[34]。

30 『化石の森』二二四頁。
31 『化石の森』五一四頁。
32 『化石の森』五三五頁。
33 『化石の森』一七三頁。
34 『化石の森』一七三頁。

メディアそのものが、そのものの論理で、すなわちつながりが求められるという、ただその需要によってだけ増殖していくということである。遮断して得られる個我の析出とともに、いやそれなどをはるかに凌駕して増殖していくということであり、社会の様態を、実によく表現していると言えるかもしれない。

三、『嫌悪の狙撃者』

この小説は、一九六〇年七月に神奈川県高座郡で一八歳の少年が警官を誘《おび》き出し待ち伏せし射殺、奪った拳銃で今ひとりの警官に重症を負わせ、その後、車を運転者とともに奪い、渋谷駅前の銃砲店に店員を人質に立てこもり乱射。多数の重軽傷者を出した実際にあった事件を題材としたものである。

作者石原も、事件発生を知り渋谷まで見に行った。事件後、裁判記録、精神鑑定記録など詳細な調査を行った上で成った小説である。

観客のひとりとしての作者石原の位置を明確にし、犯人の少年が立てこもった銃砲店内での人質たちと犯人とのやりとり、そして警官隊との銃撃場面が再現されていく。「観客」→「偶然」→「観客」→「戦闘」→「回帰」→「事実」→「行為」→……という章の順序でそのことが描かれている。

現在に至るまで繰り返し起こる劇場型犯罪のまさに走りであり、この点では一九六〇年が時代に比して早いそれであったとも言えるかもしれない。このことについて、観客のひとりであるが、他の観客たちを背景に下げて、作家石原は、「それに、一人の若い男をあの出来事に駆った衝動が何であれ、それが時代に比べて早すぎたということは一体どういうことだろうか」[35]という問いを向けている。

そして石原を除く観客たちは、五年後、犯人が死刑になるまでのうちに、この事件が何であったのかを忘れていくのであるが、こうした今もよくありうる人の社会についても石原は問いかけている。

「私があの事件に抱いていた興味の内訳や、私なりの分析の筋だてが当っているか否かは別にして、この社会にとっては文字通り初めてだったあの種の出来事でありながら、それから僅か五年足らずの月日が流れただけで、あの出来事の帰結が、荘重ではあるにしてもひどく空疎なあの部屋[36]の中で、僅か三分にも満たぬ終幕として、壇上から申し渡された言葉の木霊さえ響かずに終ってしまうということに、ふと不条理なものさえ感じられた」[37]。

一審は無期懲役であったが、二審は死刑となり、執行される。この食い違いは、「事実」と「行為」での章に続けて、「第一審鑑定書」→「第一審鑑定人」→「第二審鑑定書」→「第二審鑑定人」という形で、石原が鑑定書を詳細に吟味し、さらにその後、鑑定人に面接した上で再構成した章のつながりを経て明らかになるようになっている。

食い違いの要点は、犯人に潜在する癲癇と統合失調症をどう捉えたかという相違にある。ただし、第二鑑定書には、「問題は、被告の銃器に関する価値的情操が何故このように強固に形づくられたかという点であろう。それは所詮被告人の生活史によって判断する以外に術はなさそうである」[38]とあり、すでに第一鑑定人も、「ま、私たちに与えられた課題は、結局、被鑑定人の、犯行時における状態が病理学的にどうであったか、ということにつきてしまううらみはありますね。実は大事なことは、何が彼をそうさせたのか、ということなのでしょうに」[39]と精神

35　『嫌悪の狙撃者』一四二―三頁。本書は、『海』（一九七〇年二月号から六月号）連載ののち、加筆され一九七〇年単行本として出版される。ここでは、『石原愼太郎の文学5　行為と死／暗殺の壁画』（文藝春秋　二〇〇七年）に収められた頁を挙げている。
36　判決が下された法廷。
37　『嫌悪の狙撃者』一四二―三頁。
38　『嫌悪の狙撃者』三七九頁。
39　『嫌悪の狙撃者』三七七頁。

鑑定の領域外の問題所在を指摘している。

ゆえにこの生活史を作家石原自身が再構成していくというのが、「回帰」というこの作品全体の中では、大きな比重を占める章として起こされているのである。そしてその上で、今一度「彼の行為にある種の代行快感を感じた大衆は、それを正確に捉え直すこともなく事件を他と同じように一つの出来事として簡単に忘却してしまった」[40]として、犯罪を劇場化する社会、そしてその観客である「大衆」の存在を、この事件の最終審に実際に立ち会ったのちに、再び「観客―後書きに代えて」として問うているのである。

こうした主題化は、とりわけ日本社会学史のエポックメイキングの仕事として知られている見田宗介の『まなざしの地獄』[41]と似ているところもある。

作家石原自身、最後に永山則夫事件についても触れている。

「例えば、彼の事件の何年か後、二二口径拳銃による連続射殺魔として騒がれた永山則夫の事件などは、事件の推移にいくつかの姑息な窃盗がからんでい、逮捕された後、犯人を妙に持ち上げる一部ジャーナリズムや文化人の軽挙に便乗し、犯人自身も獄中で偏ったイデオロギーの哲学書を読み事件の後から自分で自分の犯罪の理屈づけ、正当化までしかねないありさまだった。

私は決して、無意識に行われた犯罪を、意識化されたそれよりもどう評価したりするものではないが、犯罪、特に殺人というまぎれもない事実に関る極限的な行為に、言葉や理屈で因果律をほどこすことは、その犯罪そのものの存在とは本質的に関りないような気がするのだ」[42]。

二つの事件を簡単に並べて比較してみることには慎重でなければならないが、一方で社会学者見田は、「まなざし」として視線とそれが生む地獄を主題にした。これに対して石原が主題にしているのは、行為の純粋性というものである。

「今となってみれば、尚更、片山が起した事件は早すぎたといえるくらい時代に先行していた。あの出来事の後、この社会に進行していったものごとの悪しきとしか言えぬ進化は、それに即応する意味で、それらの悪しき変化とどうにも調和出来ず悲鳴を上げる人間の反撥を、さまざまな異常な犯罪事件として導き出してきた。しかし、そうした事件に比べて片山が起したことがらは、何といおう、ある純粋な何かを持っていたような気がするのだ。犯罪に純粋という修飾は不適かも知れぬが、出来事の経緯、その無償性、それを行った人間の人格等からして、私には事件自体が透明な結晶体のように感じられる」[43]。

はっきりと「犯罪に純粋という修飾は不適」であろうとしているが、どうしてこうしたことが起こったのか、この行為の原的な意味があるとすれば、それは何なのかを問わねばならないということである。生活史の再構成という点でも、また行為の動機理解の再構成ということでも、この仕事は、たいへん社会学風なそれに対応するものになっており、かつそれよりもはるかに雄弁であった。

（二）回帰への恐怖

「少年ライフル魔事件」と呼ばれるが、これが起こった原因は、この時代、そしてそれ以降の社会矛盾と無縁ではない。ここでは、石原が再構成していったロジックを辿ってみたい。

40　『嫌悪の狙撃者』四〇八頁。
41　見田宗介「まなざしの地獄」『展望』一九七三年五月。見田宗介『まなざしの地獄―尽きなく生きることの社会学』（河出書房新社　二〇〇八年）に再収。
42　『嫌悪の狙撃者』四〇八頁。
43　『嫌悪の狙撃者』四〇七頁。

それは、少年の主観性内部に進行していく内的な時間軸と、それを繰り返し干渉し疎外していく社会の外部時間軸であり、それらの絡み合った関係ということになろう。

(ア) 嫌悪の記憶連鎖

作家としての石原が、「時代の寵児」だとされるその希有な才能が発現された作品のひとつとして、この作品より九年先だって『鴨』という短編小説を出していたことを知らねばなるまい。

鴨撃ちの案内、つきそいを生業とする「家族」の話である。そしてまさしくその家族の問題である。主人公となるやはり少年は、身内を失い、言わばもらい子として育てられている。子どもながらその家の生業の手伝いをさせられる。鉄砲の掃除等である。育ての父母は彼のことを「ダボ」と蔑称で呼ぶ。

こうした父母からの抑圧が、ある時、爆発する。主僕の逆転ということである。育ての父母はそろって少年に撃ち殺されるのである。命乞いをする育ての母を射殺する場面や、そののち東京へ行こうと車で、女友だちと逃げ、最後に警官隊に取り囲まれ終わるというストーリーは、『嫌悪の狙撃者』や、その後の日本社会に、劇場型犯罪と呼ばれ実際に繰り返されていく事件を先取りするものであったと言える。ただし、発生した事件がきわめて残虐なそれであることは間違いなく、そうした事件としてだけ捉えればその凄惨さには何とも耐え難いものであるが、『鴨』の場合も、そして『嫌悪の狙撃者』の場合もそこに描かれている少年の行為にひとつの純粋さ、内面に封じ込められたそれを描いているところに石原の凄さがある44。

『嫌悪の狙撃者』の主人公の少年の場合も、家郷への嫌悪が引き金となっている。その第二鑑定書には、「特に親子関係について見ると、それに対する共感関心がはなはだ欠如している。父母ともに拘束や圧迫を加える権威者の一人にすぎないような捉え方をしており、それに対して反抗的な態度をとっている。ここからは過去の対人的傷つきが推測される」[45]とある。

少年は、幼いときに実の母を交通事故で失っており、大工の父の後添いが育ての母であった。彼にとって存在の薄い兄が話には出てくるが、知的障碍のある次姉、そして彼には生みの母親の代わりとなる長姉がいる。場所は、東京近郊である[46]。

実母の事故死に、その加害者は補償をしたわけだが、父も兄も、母を殺した加害者への恨みよりも、その補償の内容に気持ちが行く。

父は、そしてその後添いの母同様、子どもへの関心は薄い。それゆえでもあるが学校での少年の成績は悪い。ただし頭が本当に悪いというのではない。機械いじりには熱心であった。

そうした興味もあり中学生のときに、町工場に置いてあってシリンダーを盗み、後に警察に自首をして始末書を書かされそこに署名捺印をさせられている。

二つの鑑定書にはない特異な体験が小説では再構成されている。慕う長姉が輪姦される場面を目撃してしまうことである。ただし、それは集団暴行というのではなく、ある儀式張った整然さとともになされている。その後、この姉は、自ら芸者となり家を出て行く。次姉は、欲得だけで地元の不動産業とは名ばかりの高利貸しの男に嫁がされる。それは性的な慰み物としてのそれであった。彼女は、三度妊娠し三度堕胎させられている。

父、兄の何も言わぬ無関心な生活、少年本人の学校での勉強ができないこと。そしてそれにより学校で仲間に軽

44　江藤淳は、石原の作家としての声の純一さについて、とりわけ『鴨』を評価している（江藤淳「〈肉体〉という思想」『石原慎太郎論』一一〇頁）。
45　『嫌悪の狙撃者』三五頁。
46　小説に収められている第一鑑定書によれば、被告片山は神奈川県下某町のあまり豊かでない大工の家で育ったとある。

んじられからかわれること。署名捺印を迫った警官のきわめて強圧的な態度、長姉についての特異な体験、そして次姉のこと等々は、この少年にとって地獄のような嫌悪の記憶連鎖であった。

こうした嫌悪の連鎖的な醸成は、育った家庭の経済状態によってもずいぶん違う結果を生むであろうが、『化石の森』の主人公治夫の場合と似ている。家郷から、いかに脱出するかが治夫にも、そしてこの少年にも最大の関心事となっていった。

つまり彼らにとっては、家族とは、愛で結ばれたところなどではなく、故郷は顔見知りの親しさで包まれたところなどではない。性欲と物欲に塗れたそれらは、呪詛し、唾棄すべきところでしかなかったということである。

（イ）解放の夢想

『化石の森』の主人公治夫は、東京の大学に出て勉学をつうじて、これを達成しようとしていった。しかしながら、この少年の場合には、その道はなかった。彼の前に開けていった道は、鉄砲への関心であった。電子化されたゲームに夢中になるように、木で作った鉄砲、あるいは刀などは、その時代の男の子が遊ぶに不思議のないものである。こういうことが、どのような意味とともに子どもを成長させていくかが、この小説ではたいへん興味深く、説得力をもって展開されている。

中学友だちと語らって銃器のカタログを集めそれに熱中した。友だちの家の物置から出てきた古い空気銃を解体し修理し、遠く離れた友だちの祖父の家裏の雑木林でその友だちと発射した。

中卒後就職し自動車修理工場で働いた給料を貯め、すでに外に出ていた長姉に頼み彼女の名義で三〇口径のライフルを購入する。父も兄も、無頓着であり無関心であるゆえに、これを咎めることさえなかった。そしてさらに猟銃も同様にして購入する。ライフルと猟銃、どちらも鉄砲であることしかわからない、私をはじめ知らない人にはわかるまいが、少年の心をつうじて次のような違いのあることを教えられるなら、ある種の納得をすることになる。「かけ声をかけた後は、向うまかせで間近から飛び出す動く標的を撃つトラップやスキートには、腹這いの銃座で遠く動かぬ標的を撃つライフル射撃に感じる集中や凝縮はなかった。

それはライフルに比べてがさつで、いかにもただ殺戮のための術という気しかしなかった。ライフルの標的射撃では、的が外れたなりに、その軌道を銃口にまで戻し、更に、弾丸を装填した時にまで遡行してすべてが納得できた。射撃の度に起承転結があり、一発一発に自分を賭ける準備があり試みがあり結果があったが、散弾の射撃には、飛んでいく的が逆に人間を引き廻し、外れた射撃の訳を考える間もなく次の標的が飛び、外れた一撃に加えて焦りながら二撃を放ち、それが当っても当たらなくても焦りと悔いのようのものが残った」[47]。

ライフルの標的射撃の場合とされる、的、弾道、銃口というひとつの流れ、そして一発一発に賭ける自己という関係は、目標を企図し手段を選択し目的を達成し、かつ結果責任を考慮するという、行為の軌道に類比してみることができる。

人は、身体をベースにし、またそれの延長として考えられる道具、機構を操りながら社会生活をすることになる。裸一貫から始めても、知恵が道具を生み、道具は機械となり、他者を諸々組織して社会が成っていく。そしてその中に人は埋め込まれている。この点では、ここでのライフルは、この関係をたいへんシンプルに表現している。「銃はそれだけで、なまじな人間よりもしたたかな意志を感じさせた。それは人間たちが無意識に希んでいる実在のある表象とさえいえた」[48]。

47 『嫌悪の狙撃者』三一八頁。
48 『嫌悪の狙撃者』二六二頁。

少年にとって社会への積極的な関わりは、まさしくこのライフルに始まっているのである。それまでは、むしろ彼の身体空間とそれをベースにした機構編成は、干渉と抑圧により押し黙らされてきたということである。この点は、ともに空気銃を撃った友とは違っている。

一人でいられることが、そして家郷を捨てるために、将来ブラジルに移民することを考えもして、見習い船員になる。第一鑑定書には、次のようにある。

「船における勤務態度は極めて良好であった。三十X《ママ》年三月には調理員に昇進し、月給は手元に小遣いとして三、四千円ばかりを残し後は全額を実家に送金した。義母はそれに手をつけず彼のためにすべて貯金していた。船内では一室が与えられ仕事が終わるとそこで一人で過ごすことが出来た。船員同士のつきあいはあまりなく、温和で口数の少ない男と見られていた」[49]。

こういう事実には、それなのに「なぜ」と問いたくなる。船員をやめることになったのは、大事に持ち込んでいたライフルで海を撃っていたところを咎められたことにある。年輩の同僚甲板員は、ある種のいぶかしさも感じながらも、ライフルがどんなふうかに興味を抱いたが、若い航海士はこれを取り上げる。甲板員は「いいじゃねえか」とたしなめるが、航海士は「よかねえ」と凄みもぎとってしまう。油槽船での引火ということもあろうが、「あいつは、学校出たてで、うるさいからな」[50]という甲板員の言葉に、すべてが含まれている。この事件の後、少年は船員をやめる。

少年自衛官になろうとしたこともあった。まさしく鉄砲をさわることができるからである。残念で稚拙なことであるが、それだけが動機であったため、彼は合格することができない。「それは彼にとって初めての、はっきりした挫折だった。しかし彼はいつものように、それをこらえてかわした」[51]。学校で仲間に軽んじられからかわれたときに笑ってそらしたのと同じように。

ライフルと、こうした蹟《つまづ》きの繰り返しは、標的に嫌悪すべき対象、すなわち憎むべき人間を置いて想像の処刑を創り上げていくことになる。

「彼は、彼らを射ち続けた。次々に彼らは倒れた。想像の射撃の中に痺れるような何かがあった。彼は、今突然解き放たれる自分を感じた。打ち倒し終った彼らを、更にもう一度ゆっくりと標的に据え直し、ゆっくりと照準し直し、とどめを刺した。（中略）射ち倒すべき人間は沢山いた。興味がつのりすぎ焦りかかる自分を抑えて、彼はまず、その人間たちの順位を決めようとした」52。

こうして膨らんでいった夢想は、警官の職務質問が引き金となり爆発することになる。運悪く、銃砲店で購入した弾を持っていた。

「若い方の警官が空いた片手をのべ彼（少年）が抱えたものに手をかけた。

彼は呆気ないほど簡単にそれを渡した。

重さに怪訝そうに、

『何だよ』

警官は尋ね、

『鉄砲の弾です』

49 『嫌悪の狙撃者』三六一頁。
50 『嫌悪の狙撃者』三〇七頁。
51 『嫌悪の狙撃者』二三頁。
52 『嫌悪の狙撃者』二六〇－一頁。

『弾』

警官はぎょっとしたように彼を見直した」[53]。

交番で説明をすることになる。銃そのものの持ち主が姉であることを言い、姉の電話も教えるが、たまたま姉は留守であった。

「明日、本人にここに弾をとりに来るようにいうんだ。未成年にこんな買いものを頼むのは違反だといってやれ」「お前ら馬鹿だな。何であの時素直に持ちものを見せて答えない」「あれで逃げでもしたら、こっちは射たなきゃならん」[54]。

こうした「オイ、コラ」に始まり、尋問側の優位を楽しみながら、渋面、含み笑い、脅しの睨みなどの弄びは、かつて中学生の時、町工場でシリンダーを盗み、怖くなって警察に自首したときに受けた辱めを想い出すことになった。

「そうなのだ。いずれにしても周りの自分に対する疎外はあの出来事から始まったのだ。閉じこもり、耐えてこらえることを、あの時から彼らが強いたのだ。

意識の下に知らずに負うてきた、自分を無為に繋ぎとめる後ろめたさのような重しを、彼らがあの時、繋いでとりつけたのだ。あの時無理に手をとって証しの拇印をつかせることで、彼らは彼自身の最も大事なものを奪ったのだ。

何をしようと彼はそれを心か体のどこかで感じていた」[55]。

そう、あのときに再び戻っていくことに彼は恐怖を感じたのであろう。

「俺はまた元のところに戻ってきたのだ」[56]と少年は心に思うのである。これは、『化石の森』の主人公治夫の「これは回帰だ、堂々巡りだ、結局、俺は帰ってきた」と同じ意味がある。脱出した屈辱、嫌悪に再び戻っていくことへの恐怖である。いつまでも解放されることのないことへの苛立ちである。この場合にも、嫌悪は動力であったが、自我そのものを積極的に更新することには働かなかったと言わねばなるまい。

(二) 劇と観衆

第一鑑定書には、次のようにある。

「金を出しても買えない拳銃が欲しい。それを、被告としては彼自身の特別な能力を発揮することで手に入れられるかも知れぬと思うことは、彼にとって今まで味わったことのない強い興奮であったに違いない。しかもそれによって学業の成績が優れず、絶えずひけ目を感じて来ていた劣等感なり自分に対する不満が一挙に回復され、他人に自分の優越性を誇示することが出来るのだという短絡的な論理構成による自覚があった」57。

劣等感を克服し、閉塞する状況を超え出ようという強い自己意識は、ライフルとともに自己設計されていく。拳銃は、今も日本ではその個人所持は禁じられている。この拳銃を手に入れるために少年は、緻密に計画を立てていくことになる。警官を誘い出し、ライフルで射殺して奪うというそれである。ライフルを使うことができるという自信そして強がりが、警官に貶められた想いの代償と錯綜して膨らんでいくのである。

一種の密室での自らの解放だった射撃が、今や現実化させられるのである。「それは、彼が期待していたものとは、どこかで何か少し異なるような気がしたが、それでもなお、彼は満足だった。いずれにしろ彼はやったのだ。今、彼

53　『嫌悪の狙撃者』三二二―三頁。
54　『嫌悪の狙撃者』三二三頁。
55　『嫌悪の狙撃者』二二頁。
56　『嫌悪の狙撃者』三一四頁。
57　『嫌悪の狙撃者』三六三頁。

の足下に血を流しながら身じろぎもせず打ち倒されているのは、制服を着、ヘルメットをかぶった警察官だった」[58]。警官に対して顕在化していった歪んだ復讐は、残酷であるが、少年にとっては、ある種の透明性が存してもいる。「彼は一人でつぶやいた。見下した相手の胸と額と口から、とめどもなく血が流れていた。彼はそれを美しいと想った。それを眺め下すことで、彼は落ち着き、安らぎ、充たされていくような気がした」[59]というのである。

さらに、「相手はなお何かいおうとしたが、彼はこの相手と会話することが、妙にうとましかった。打ち倒されながらなお何かいっている相手が尊大にも思えた」[60]ともいう。

このように観察をしている少年の所作を、作家石原は、今一度観察する観察者として、そして分析者として、「今、まさしく劇の中にいる自分を彼は感じた。これこそ彼が憧れ希んだ劇ではなかったか」[61]としている。

その後、日本の社会で繰り返されていく劇場型犯罪の原型成立がここにあったということである。学校、仕事場、そして何よりも家族内において居場所のなかった人間、抑圧されてきた人間が、語弊があるが「自由に」演技していくための行為軌道を可能にしていく道具を偶然操ることができたとき、これが成立する。

観客のひとりとして、半ば野次馬のように参加した作者石原が、他の観客と違うところは、『鴨』で主題化した問題を、この実際の事件の中で再確認していることであろう。ほとんどの観客は、ただ一度限りの劇の観客で終わった。同種の事件は、今に至るまで繰り返し、まさしく忘れた頃に起こるのだが。

すなわち、「彼の行為にある種の代行快感を感じた大衆は、それを正確に捉え直すこともなく事件を他と同じように一つの出来事として簡単に忘却してしまった」[62]のである。しかしながら、本質的な問題は、次のとおりであり、今もこの問いは存在している。「いずれにしても、この現代、自らを規制する自らの周囲にいかなる嫌悪も抱かぬ人間がどこにいるであろうか」[63]。そういう嫌悪し唾棄すべきところから逃れようとして、また再びはまり込んでいくことへの恐怖であり、そこからの必死の脱出行である。この脱出行には、実はある種の純粋性があるということなのであろう。

そしてそれゆえにか、純粋性に乏しく、社会に配置された目的と手段の中に埋め込まれた大部分の人間にとっては、こうした事件は、劇場の演目のように、ある時注目されるが、間もなく忘れ去られる。しかしながら、そもそもの嫌悪が発生する限りにおいて、同種の事件は繰り返し起こされ、そして観衆は、それを自らにもある嫌悪が果たすはずだった所作の代行として眺め間接的に代償されることを繰り返していくことになる。

『化石の森』において重要な役割を演じるメディアチオンは、『嫌悪の狙撃者』においては、まさしくマスメディアになりつつある。毒薬が、より強い効能を期待され開発され続けるのと同様、メディアが、より高性能となっていくように、事件と劇場観衆とは連関して変化していくことになっていったのである。

四、物欲への復讐

家郷からの脱出は、家郷に前提にされている因襲的な支配関係からの生理的な脱出ということである。『鴨』においては、育ての父母への屈従、そして貧苦と無知からの脱出であるが、『化石の森』『嫌悪の狙撃者』においては、

58 『嫌悪の狙撃者』三四七頁。
59 『嫌悪の狙撃者』三四八頁。
60 『嫌悪の狙撃者』三五〇頁。
61 『嫌悪の狙撃者』三五二頁。
62 『嫌悪の狙撃者』四〇八頁。
63 『嫌悪の狙撃者』四〇九頁。

それらはもっと複雑なプロセスで描かれている。この作動因である嫌悪は、消費文明化の急激な進行による人と家郷そのものの変質ということにあった。そして、これらの変質は、けっして止まることなくどこまでも進行していった。

たしかにそれは、時に積極的に自我更新をしていくためのエネルギーとなりえたこともあったのかもしれない。しかしながら、扱った作品が主題にしている出来事は、ハッピーエンドではなく、その後もいつまでも、そして時と場合によっては、誰にでも起こり続いていく恐怖でもある。

そうではあるが、崩れていく家郷、唾棄され見棄てられるそれと、そこから逃れた人間という関係は、一九八〇年代にもなると違った段階に入っていく。前節までは石原の初期の重要な三作品を読んだ上での整理であったが、これらに続いて、一九八四年に出された『秘祭』を読むと、石原が家郷と嫌悪という問題を今ひとつ別の関心から描こうとしたものだと見ることができる。この小説は、「葬祭」64を原題に一九八三年『新潮』二月号に掲載されたものである。

消費文明化がさらに進行し、まさに極まった時代の話であるが、舞台の設定は、今まで見てきた家郷と人との関係は、異なった形でなっている。消費文明の開拓前線は、この頃には日本の辺境にまで到達しきっていた。そうした開拓前線の果てに観光開発という仕事で送り込まれたビジネスマンと、今まさに消滅せんとしている離島の小集落という関係から組み立てられている。しかも、ここで牙を剥くのは、若い者たちに捨て去られていった家郷、すなわち辺境のほうである。

主人公高峯敏夫は、東京の開発会社の営業マン、事故で遭難した前任者に代わりやってきた。場所は、八重山諸島の無数にある島のひとつとされている。「この作品は八重山に想を得たが、特定の島や人物とは全く関わりない」65とある。彼の仕事は、この島に住む一七人の住民を説いて、観光リゾート地とするため島をすべて買収することであった。

島に到着したとき、たまたまその船で本島に戻ろうとしていたこの島に本島から来ていた校長が、時間を作って散策がてら案内してくれる。彼が俊夫を「ユンチュ」という島の長である宮良部とタカ子という女に紹介してくれる。島に地権を持つ離島者たちとはすでに所有地売却や永久貸与で話がついていたが、残る六家族一七人に対して、便利な地に転居させ仕事を保証して土地を取得するために敏夫はやってきたのである。離島者が残したくたびれた空き屋だらけの中、人の気配がありそうなところをたどりながら挨拶まわりをしていくことになる。先に会った宮良部の裏庭にある物置の裏手で、動物のように鎖につながれたミノルという男と出会うことになる。やってきた宮良部ヨシオに、この男、頭が弱く乱暴するのでこうなっていると聞かされる。タカ子に茶を入れてもらい、その後ほどなく、すべての家族への挨拶まわりをしていくことができた。

数日後、戻ってきた校長にいろいろ問う敏夫であった。ただし、離島の小集落、近親関係で密《ひそ》かな世界以上のことを聞くことはできず、結局はぐらかされることになる。

ある日、敏夫はタカ子と性的関係を結ぶ。後にタカ子が島に住む他の男とも性的関係があることを知る。敏夫は、半年が経過する頃、一度東京の会社に報告に戻る。校長からは豊年祭が終わるまでは戻らないほうがよいと言われていたが、タカ子に髪留めの土産を持ってすぐに戻ってきてしまう。

豊年祭が行われるのは夏休みであり、島を離れていった島民たちも島に帰ってきてそれが行われるが、これは秘

64　河野多恵子「文芸時評（上）　石原慎太郎『葬祭』　読後ひろがる作中世界」『朝日新聞』（一九八三年一月二四日夕刊）五頁）は、要点を押さえた好意的な書評である。

65　『秘祭』『石原慎太郎の文学６』二〇〇七年、三六七頁。

祭である。その一部が公開されるようになってテレビクルーや学生たちが島にやってくる。日頃と異なり、島には多くの人がいるが、島民と戻ってきた人たちと、秘祭目当てにやってきた人間たちとの間の溝、すなわち彼らの間にある不信、疎ましさは甚だしい。

島の長である宮良部の家にいるタカ子が、巫女、祭司であることがわかる。公開される部分以外についても、学生、そしてテレビクルーが禁忌を犯して見ようとする。当然のことだが、厳しい制裁を受けることになる。学生のひとりは目を潰され、自衛隊のヘリで本島に運ばれるほどであった。テレビクルーが冒した禁忌により、多くが怪我をし、敏夫も怪我をする。その後、敏夫とタカ子とが一緒であるところを、祭のために島に戻ってきた元島民だった男たちに知られ、タカ子も激しい暴行を受ける。タカ子は、敏夫にミノルの秘密をはじめ多くの秘密を教える。

敏夫は怒りとともに、島の長たちに迫り、土地の売却の契約に捺印をさせることに成功する。しかしながら、契約成ったということで、呑まされた酒のため意識を失い、気がついたら縛られ、どこか漆喰で塞がれた穴に閉じこめられてしまうのである。

台風がやって来たとき、宮良部ら男たち、そしてタカ子も含め島の人間たちが黒い布を頭に巻いて、閉じこめられた敏夫のところにやってくる。そして、敏夫は撲殺されるのである[66]。

「あんたは、もうこの島から出られない。あんたは、私らのことを知りすぎたん。でもね、あんたは、私らと同じ人間じゃない」

そう認めるのが悲しげに、説いて諭すようにいった。

「あんたらは、私らを憐れみもしようが、私らはその逆よ。あんたらの真似して、ここを出て行ったものを憐れむのよ。あれらも、やがては帰って来よう。なんが本島よ。なんが琉球よ。なんが東京ち。ここは、この島よ。この島だけが私らの住むところよ」

体の奥からしぼり出すような、訴えて泣き出しそうな声で宮良部はいった。

「あんたらの憐れむ、私ら片輪ものの集まりが、どうしてこの島を出ようね。私ら、ここで絶えてもいい。だから、島は出ない、出たいとも思わぬ、他所の人間もいれはしない」[67]。

共同体の存続は、その外の人間には不可知なタブーとともに可能となっている。このことを、近代的な論理、技術、制度でもって脱矛盾化し尽くすことは不可能であろう。

今や崩壊寸前の家郷だからとしても、それをただちに崩壊させることができるかどうか、このことも実はわからない。人を結びつけているそのつながりの不可知性は、個人主義と産業化が徹底してもあり続ける可能性がある。島を離れていたが、夏の祭りに戻ってきた者たちとは、まだなお共同体の紐帯は存在していた。それがいつまで存続し続けるかは不明だが、ここにある嫌悪は、面白いことに共同体を維持しようという成員の側にある。

消えゆくはずだった共同体であるが、まだある以上、そこでの自他の分節化はありえない。消費文明化の進展、リゾート資源開発にさらされ、共同体が、共同体維持のために、敏夫にはやや都会的で個人主義的な個体として接しつつ、しかし復讐をするということなのである。

それとは対照的に、敏夫のような開発会社の先兵、秘祭を観光資源に取り込もうとするテレビクルー、無垢な大学生たちは、誰も嫌悪とは無縁で、無知でさえある。一九七〇年代に主題可能であった嫌悪は、一九八〇年代消費

66　この小説も新城卓製作・監督により映画化されている。敏夫を大鶴義丹、タカ子を倍賞美津子が演じている。
67　『秘祭』三六五頁。

社会が飽和状態に達する頃には、都会人に、もう嫌悪さえ抱かせないようにしたということかもしれない。都会に人が流れ、もはや脱出する家郷すらその存立がはっきりしなくなったということでもあろうし、人々は、完全な劇場観衆になりきり、代行で満足することが常態となったということであろうか。秘祭をネタにやってくるテレビクルーの存在は、そのことをよく示している。

この小説の始まり部分で、主人公敏夫は、島に最初に上陸し、樹木と岩の蔭にある一メートルほどの土饅頭に目が行く。周りの砂地とは違い、おそらくは掘り返されたと思われる黒い土の盛り土であった。

敏夫が撲殺され、二つ目になるということだろう。小説の最後の部分で、かつての敏夫のように、またまた若い男が敏夫の後任としてやって来る。そこに二つある土饅頭について、かつての敏夫と同じふうに案内人に聞いているのである。案内人は、敏夫に答えた時と同様、「人魚の墓ち、昔から人はいうね」と答える。

もちろんそれは人魚などではなく、敏夫とその前任者が埋葬されているということである。そしてこの第三の質問者もおそらくは同じ運命をたどることになるのだろう。

第四章　人と仕事

『亀裂』から、『化石の森』を経て『嫌悪の狙撃者』へと行く道は純文学者としての石原の位置を明確にしていくものであったと言える。しかし、そこへと至る一九五〇年代末から六〇年代初めは、この人の多様な行動と思想を分節化していく時であったようにも見える。

ここで取り上げたい『日本零年』と、その直前に出された『挑戦』とは、国としての「日本」が小説の題材とされている。国ということへの思いは、政治家石原の主要なそれであり、数多の啓蒙書で宣言としても繰り返されていくそれである。作家石原ということに着目するなら、『亀裂』においてそれは暗示的でしかなかったが、『日本零年』、そして『挑戦』においては明示されている。

「国としての日本」という主題は、国会議員になることで別の形で現実化されていく。結果として純文学者としての石原と、政治家としての石原とが分節化していくということであり、もっと言えば分裂し、とりわけ後者の強烈さが、前者を世間的には背景に追いやっていったようにも見える。

『亀裂』では、一九五〇年代日本の高度経済成長がまさに始まる頃の時代が描かれていた。そこの主人公は当時の石原自身の自画像であり、まだ彼も学生を終えたばかりの青年であったが、消費社会の始まりを鋭く嗅ぎ取っており、その物質文明化に対して、純粋な行為の存在可能性を問うことが主題であった。

その後一〇年ほどが経過して、日本の経済社会の復興は、現象面で変化していく。『化石の森』、そして『嫌悪の狙撃者』は、その暗い陰の部分について、鋭く主題化したものであった。

しかしその一方で、経済復興から高度経済成長へと向かう物質的な成功は、それを明るい陽の部分としてポジティブに捉えさせることも可能にした。エコノミック・アニマルと揶揄された日本人だが、そうした驚異の高度経済成長を実現していくのは、名もない技術者たち、営業マンたちの、仕事への驚異の忠誠ということであったのかもしれない。

石原自身が、次のライフステージに立ったということであり、『日本零年』で描かれる日本人は、『亀裂』でのナイトクラブを舞台にした学生の生き方探しとはずいぶん違っている。

一、科学技術と政治

『日本零年』は、雑誌『文学界』一九六〇年一月から六二年二月に連載された長編小説であり、日本の原子力開発に関わる物語である。後述するが、この作品について江藤淳は、その連載が終わるところで、手厳しい批評を加えている。

ただし文学作品としての良し悪し以上に、その後の政治家石原慎太郎への道を重ね合わせるなら、例えば参議院議員に当選した際の新聞への発言「議員として、まずやりたいことは核の問題。新しい生産手段を開発しない国民は一八世紀のスペインのように必ず衰微する。政治家として国民の核アレルギーを替えていきたい」[1]という発言に重ねるなら、『日本零年』という意味もよくわかろう。

それは、原子力立国の言い換えである科学技術立国日本ということであるし、かつすでにその時代にそこにあった保守政治が抱える深刻な問題であり、これらに焦点を当てようとしたということである。

この点でも、『亀裂』における世の中の裏舞台と若者の生き方さがしということから、日本の保守政治の表舞台

1 『朝日新聞』(一九六八年七月八日夕刊)七頁。

にリアルに迫って行こうということかもしれない[2]。

(一)『日本零年』

さて、この小説には、主人公椎名という新聞記者、企業家である北村、原子力工学者矢代、そしてピアニスト良子が登場する。登場人物が多く話の筋が複雑だという点は、『亀裂』とよく似ている。

小説は、共立というコンツェルンを統帥する北村が秘書とともにペルーへ出張する飛行機で、良子という女性に偶然会う場面から始まる。飛行機はブラジル、ボリビアの緑豊かな上空からチチカカ湖の上を過ぎ、そしてアンデスを越えていく。そこには茶褐色から紅い褐色の土だけが連なる沙漠が広がっている。この緑と茶の大きな相違を目にして、北村は波だった青いチチカカ湖の水をアンデスの西側に流すことはできないかと壮大な灌漑計画に思いをめぐらす。

ピアニスト良子は、夫とヨーロッパに暮らしていたが夫の不倫、そして死により、遠回りの傷心旅行での帰国途中に北村と知り合いになる。良子の羽田到着は、偶然昔の恋人椎名と出会いともなっている。椎名は、さる新聞社の政治部記者であり、原子動力のアメリカからの輸入について、さる保守政治家に期待を抱いてその協力者となっていた。ただし利権欲ではなく、科学を正確に報道しようという理念に支えられていると信じ、東海村の工学者矢代の誠実さを保守政治家に代弁しようとしていく。

理想主義を夢見る記者椎名の思いは最終的には破られていく。祓川は、アメリカからの巨大な輸入に関わるブローカーである。矢代自身が世界に先駆けて独自に進めていた核融合の技術開発との関係で有効だと考えられ、当初はそれが決定される見込みであったアメリカのさる会社の原子動力の輸入が、政界内の利権駆け引きの中、不実に終わってしまうからである。

矢代は、国の研究所を辞め、北村のコンツェルンの研究機関で働き、新しい技術開発をすることにする。しかしながら、この開発の進捗が、政界内の利権誘導で決まった輸入そのものの意味を近い将来に失わせる可能性を怖れた人間たちにより悪意に満ちた臨界爆発事故が引き起こされ、矢代はそれにより被爆し最終的に命を落とすことになる。

この間、良子との復縁を期待する椎名、また良子に好意を抱き関係もできる北村、さらに椎名の妻との関係などが織り込まれている。

(三) 孤高の唯一無二

かなり複雑なストーリーからなる大きな作品である。良子への二人の男の恋愛という主題もあるが、『日本零年』の基本テーマの軸は、科学技術、すなわち原子力開発と政治の関係である。

(ア) 科学者

原子力がテーマにされているのは、この作品が書かれた時代をよく示している。茨城県東海村に原子力ならびにその関連施設が設置されるのは、一九五七年のことであった。それ以来、二〇一一年三月の東日本大震災による東京電力福島第一原子力発電所大事故により、科学と政治との不健全な関係を多くの人々が知るようになるまでの半世紀を越える間に、科学者の意味は、さまざまに変わっていった。とりわけ一九九〇年代以降、地球温暖化との関連で原子力発電はクリーンエネルギーとさえ言われたが、フクシマ以降、その意味は大きく揺らぐ。それに伴い、日本社会における原子力と科学者、そしてそれらにさらに関係する政治家についての意味も大いに変化していった。

2　石原自身「系列としては、最初の長篇『亀裂』の次篇とも言える」(石原慎太郎「零の〈存在証明〉」『孤独なる戴冠─全エッセイ集』(河出書房新社　一九六六年)一六一頁)としている。

しかしながら、作品は、当時の日本の科学者の純粋さを抽出しようとしている。この意味では、科学ということ、またそれに関わる人である科学者のプロトタイプが提示されていて、それが政治に塗《まみ》れてしまうことが、すでにこの時には始まっていたことが描かれているのである。

作品に設定されている問題は、原子力発電のプラント輸入をアメリカのどの会社から求めるのかということが一方にある。そしてもう一方で、小説でありおそらくフィクションということなのであろうが、原子工学者矢代が開発中の核融合技術を進展させているということがある。知られているとおり、核分裂の制御技術に対して、核融合の制御技術が実用化することで、より大きなエネルギーを安定的に獲得できるということは言われてきた。

したがって、仮に一方でのアメリカのいずれかの会社から輸入をするとしても、それが核分裂の制御技術によるものである限り、他方での矢代が核融合技術を実用化することに成功してしまうと、その輸入も無用の長物となってしまう。巨額の費用をかけて、はたしてこれを導入することが必要であったのかということが政治問題となろう。導入を前に、政治家に呼ばれ、矢代は次のように語る。

「アメリカで現在活用されている原子動力は機械設備その他の改良では、今の次元に於ては一応の限界に来ています。それを次元的にもっと高度なものにする研究が各国で、勿論アメリカでも行われている。ここ数年、或いはもっと近い将来にそれが完成するかもしれません。その研究が出来れば原子動力の利用は船にせよ飛行機にせよもっと価格を安く、機械的に簡単な構造で出来る筈です」[3]。

これはフィクションだろうが、科学技術と政治決定との関係を考える材料となる。科学技術が、ただ科学技術としてだけ自立しているとすれば、その世界において真理の追究さえしていけばよい。それを貫徹することがまさに科学という営為になる。しかしながら、科学の応用は、科学外の社会的コンテクストを必要とする。矢代はかつてすでにそうした脈絡で外国に先を越されたという苦い経験をしたというストーリーになっている。次のように描かれている。

「口惜しさに歯がみはしたが、矢代は日本の科学のおかれた状況の中で一度は覚悟しなければならなかった結末として眼をつむった。同時に、外国の研究所にいる時には感じることのなかった、自分が身を預けようとしているこの〈科学〉が決してそれ自体一個で存在し得るものではなく、煩雑で低次な周囲の他の何ものかの関連に於て在り得るのだという当たり前の事実を改めてつきつけられた」4。

こうした問題は、二一世紀に入った現在でも、程度の差こそあれ、日本ではまだなお存在し続けている問題である。小説は、こうした日本のきわめて誠実な科学者のおかれた悲哀をさらに別なふうにも描いている。記者椎名が、実験に目途をつけた矢代とその二人の助手の「祝宴」に居合わせる場面である。

「祝宴が始まった。それは宴と呼ぶにはいかにもみすぼらしいものでしかなかった。薬罐にわかした酒をみんなはてんでに牛乳やジュースの広告の入った安手なガラスのコップにあけた。

『おめでとうございます』

助手が言い、

『ありがとう』

矢代が頭を下げた。（中略）くみ交わしたグラスをわずかにかかげ合い、みんなは黙って酒を飲んだ。

（中略）

〝この貧しさ、これは何なのだ〟

それはまがいなく貧しさだった。貧しさ以外に何と言い表せるものでもなかった。

3　石原慎太郎『日本零年』（文藝春秋新社　一九六三年）四七頁。
4　『日本零年』四二頁。

国家が億という金を費やして手にしようとしているものよりも、より高次の発明を手がけてそれに半ば以上成功した人間が、その祝いに上げる盃がこれなのだ」[5]。

大学教員をはじめ学者、研究者が貧乏であったというのは、たしかにあった事実である。一九七〇年代後半頃まではそういうことは事実であった。

(イ) 企業家

かの時代の日本のそうした科学者の金銭的な貧しさを思い返すと、実はその健気な品行方正にこそ純粋さが見える。実際、科学という営為にある純粋行為を石原は考えようということなのであろう。これは『亀裂』において問われていた教養をめぐる問題とは少し違った視点から眺める必要ある事態だと理解せねばならない。しかしながら、このことはお金があれば、もはや純粋ではありえないということでもない。というのも、もうひとりの主人公とも言える企業家北村にも、そうした純粋さを見ることができる。

アンデスでの灌漑計画を事業化しようとする彼のアイデアについて、彼のもとにある取締役会は消極的であった。この点で言っておかねばならないのは、「北村は自分が心の内で会社と言うもの、その組織と言うもの、或いは、その機能的な運営について、全く信じていないことを知っていた」[6]し、そもそも企業家という人は孤独でしかありえないということである。言い換えると、取締役会というのは、取締役という人の形をした者たちの集まりではあるが、そこにいる人たちは人の形をしているが、もう人ではない、すなわちすでに人そのものとは違う組織となっている。

それゆえに企業家北村は、強く確信していた。

「確かに今度の事業は他の誰の指示にもまたず、俺一人がそれを感じ、考え、手をつけた。今度の仕事に向かって、今までになかった俺の何か内なるものが働いた。それだけが、この仕事の決定的な動機だ。（中略）事業家は事業を成し終えなくては仕事にならぬ。事業が己の方法としてだけあることは許されない。しかし、己を分散させてまで仕事をし終えなくてもいい筈ではないか。

大事なことは、人間が、俺が、生きて来たと言う事実だ。その事業の表示だけでいいのだ。それがたまたま仕上がった事業の形をとれば、それでいいのだ。

が、それは俺に関しては許されまい。いや、許されなかった。（中略）

相撲の優勝額みたいに、会社や工場の玄関にかかっている歴代社長の肖像画なぞ俺は残す必要はない。俺は結局俺しか知れぬ肖像を自分の手で描く。この肖像がこの新しい事業であればいい。たといそれが未完や失敗に終わっても、それでいいのだ。その肖像を己以外の誰が描けると言うのか――」[7]。

利益を度外視しても、企業理念に忠実であろうとする、こうした北村の思いに対して、父親は言う。

北村の父寛治は、立興という自らのコンツェルンの社長に据えた北村の兄だけに留まらず、さらに北村にも彼の事業哲学を植え込もうとした。しかし、これを嫌って北村は独立していったという設定になっている。立興―共立コンツェルンとも書かれており、この家族が、大きな実業家一族であることがわかるし、当然政治家とのつながりがあったことも描かれている。

北村の妻和子は、父が娶らせた、戦後没落失脚した戦前の大政治家の娘であった。父親の目算では、次男もその

5　『日本零年』一六七頁。
6　『日本零年』四四二頁。
7　『日本零年』四四三頁。

兄同様に、自らのコンツェルンを、自らのように統帥させようということであった。

そういう点では、父の政商としてのコンツェルンとは違う事業を、その次男坊北村は考えていたということになろう。戦前の政商とは違い、もっと現代的な、あるいはこれもまたプラトン主義的な、企業家として北村は生きようということであったのであろう。

それゆえにアンデス灌漑という北村の壮大な構想に心配をした共立コンツェルンの取締役の誰かが父親に告げ口をしたのである。父に料亭に呼ばれて次のように言われる。

「いいかね、これはまだお前には早い話だろう。言っても聞こえぬことだから尚、言っておこう。事業家などと言うものはないのだ。そう思うのはわれわれの自惚れなのだ。私たちが事業を作るのじゃない。事業がわれわれを呼んでいるのだ。それだけのことだ。そうわかった時でなければお前の疑問は無くなりゃしない。今の仕事を総て投げて捨てない限りはない。お前は今虚しい、虚しかったなどと言う、そうではない。ただ不満なだけだ。事業家の虚しさとは、私の言った事実を知った人間の内にだけあるものだよ。(中略)

地上に爪痕を残す。新しい国を造る。そんなことは考え違いなのだ。そんな観念は、その実この仕事以前のどれとも変りはせん。そうではない、誰に造り挙げることなど出来るものか、本当に造るなどと言えるのは、定量を持たぬ、型を持たぬ芸術家どもくらいのものだ」[8]。

まさしく「事業は、芸術とは違うさ。違うからこそ芸術ではなし、仕事なのだ」[9]。

しかしながら、こうした政商であった父に対して、北村は違ったフィロソフィーを持っていた。ピアニストという芸術家良子について、椎名と話しているときにいうことであるが、「仕事などと言うものはありはしないのだ。あるものは方法に賭けてきた自分の堆積だ。そして殆どの人間にとっては、その堆積が無いということだろうな。違うかね」[10]。

この北村の言葉は、後でもう一度、椎名が祓川という政商ブローカーが言うことに対して思い出されて繰り返される。すなわち「仕事は型ではない。その大きさではない。それをしたと言うことだけだ。それに賭けるものはただ原寸大の自分だよ」[11]。

政商として、あるいはブローカーとして、欲望の力動する環境に適応しながら自らが制御されていくというのではなく、結果としての自我、すなわち行ったことの結果の堆積としての自我を確認しようというのであろう。これは、石原が若い時代より理想としてきたジャイロを内蔵した自我であり、また彼自身その実践者とあろうとした人間像であるように見ることができるやもしれない。

この意味では、スーパーコンピューターの開発は、世界一でなければならない。二番じゃ駄目なのである[12]。「世界一」が意味しているのは、一番、二番という順番ではない。唯一無二という意味なのである。

8 『日本零年』四五三頁。
9 『日本零年』四五四頁。
10 『日本零年』一四四頁。
11 『日本零年』一九五頁。
12 二〇〇九年民主党政権が誕生し、いわゆる「事業仕分け」というものが行われそこにおいて官民で開発中のスーパーコンピューターについて、さる議員が発言したことが報道された。これに対して同年一一月二七日の東京都知事定例記者会見において石原都知事は次のように発言している。「歴史の文明工学というところから眺めて、技術というのは絶対に必要だし、これは大事なもんなんです。それを、何か知らんけど、だれかが、〈スーパーコンピューター、どうして一位じゃなきゃだめなんですか、二位でいいじゃない。〉二位はないんだ。スーパーコンピューターは二位はないの、一位しかないの。その一位を、とにかく獲得して続けようと思ってるときに、ああいう、もう全く文明工学的に白痴的な、だれがどう言ったか覚えてませんけれど、新聞の報道読むと、そのスーパーコンピューターが何で二位でいいのか、二位はないんですよ。先端技術というのは二位はないんですよ。これを、歴史の原理というものを知らずに、ああいうただ金目を減らせばいいということだけで、国家の本当の原動力というものを阻害するような予算組まれたら、これはこの国はもたないと私は思います」『石原知事定例記者会見録』平成二一年一一月二七日一五時三分から同二三分。

二、政治

(一) 非在の政治

主人公の椎名は、学生時代にコミュニストの政治活動に関わり、その党本部にまで発言権を持つようになった人物だと設定されている。と同時に、この小説が書かれ、また舞台として想定されていた時代にはしばしばありえたことだが、そうしたコミュニズムへの政治活動に幻滅した人物が、保守政治家に急接近していった新聞記者として設定されている。

一度挫折を味わったという点では、「椎名は政治と言うものがイデオロギーの左右を問わず、非論理非理性な、実体のないエネルギーの導体であることに無責任な軽侮と絶望だけを感じていればよかった」[13]はずである。

しかしながら、有力紙政治部の新聞記者にしばしばあると言われるように、リアル・ポリティクスという意味での政治の実在に直接関係し、政治というよりも政界に入り込むことになり、さらに「革新的」「革命的」な理念を抱いた保守政党の有力政治家に取り込まれてしまい、原子力開発、当該設備輸入問題に、そもそも報道する記者としてというよりも、実際に関わってしまうのである。

すなわち「学生時代に続けて来た政治活動の、椎名自身の内部における挫折によって、彼は政治と言う不可知な対象から遠ざかるために記者を選んだ。たまたまその選択は、皮肉に彼を記者として再び政治にしむけた」[14]のである。そういう新聞記者は、まさしくある理念を抱いてこのプロジェクトに関わっていくことになったのである。

(ア) 政治家

椎名が、原子力開発に期待しつつ、神吉という大臣経験もある有力な保守政治家に議員会館に会いに出かけていく。そこで政治家神吉は言う。

「ああしたものは政府でも民間でもいい、もっと早く思い切った金を使ってやり出すべきことだ」

「今度あんたが返り咲いたらひとつまたやって下さいよ」

「そうだ、この前のそれを準備する段階を整えるだけで終わりになったが、今度やれば徹底した原子科学の振興をやってみせるよ。科学が政治家に必要としているのは、生半可な知識じゃなしに、政治家以上に滅茶滅茶なあの学閥の整理を思い切ってやって日本の科学の動脈硬化を直すための政治としての権力だよ。それが今の日本じゃ本当の科学行政なんだ」15。

こうした言辞は、要するに現代に至ってもまだなお繰り返されている。すなわち、役所という行政組織における学歴エリートの高級官僚が牛耳る世界を、政治家主導で変革し、本当に必要な政治を実現しようという、例のあれである。

13　『日本零年』二〇頁。

14　『日本零年』二〇頁。小説では、椎名同様に実在政治の豹変に置き去られた椎名の恩師が、その病床で記者になった椎名に語った言葉が長く記されている。「君が今守っている認識の態度は、君にとっても過渡的なものだよ。我々のつまずきは、現実とその認識とを、自覚と行動とを、余り性急に結び過ぎたことだ。

君が真実の人間的自覚を希むのなら、それは歴史的でなくてはならない。歴史的自覚とは、その生の歴史的現実に於ける生命個々の問題構造に関心を向けるだけでは決して成り立たない。その個々が、更に、『社会』として『民族』として、その生の歴史的現実を、あくまで社会をふまえて知覚しなくては歴史的自覚は生まれて来はしない。

君が今、記者として具体的な政治に与っているというのはいいことだ。その内の生々しい、卑しい、非論理的な現実を足がかりに、君はきっともう一度、ただ自覚ではない、その歴史的自覚の上の行為のための情熱をとり戻すだろう」（『日本零年』二一〇―一頁）。「しかし椎名自身の内部の問題は、未だ教授の予言した次元にまでは到らなかった。ただ、彼がこの数年、記者として知覚して来た政治的現実は、彼の内に生理的な嫌悪ばかりを育てて来た」（同二一一頁）。

15　『日本零年』五八頁。

小説には「椎名はある意味でこの男を信じていた。神吉が椎名たち若い記者との会話で見せる直截な、始原的とも言える行政への情熱を椎名はある意味で評価した。そうした情熱を彼が具体的に表示しようとする方法にはいろいろ誤りも危惧も感じられたが、それが形は違え、椎名が嘗て政治的行動をしていた時のそれと殆ど次元を同じにしていると言うこと、政治家だけではなしに、現代の殆どの人間がそれぞれの〈方法〉に絶望し、或いはそれを見喪なったままに過ごしている今、彼が、考えてみれば滑稽とも、自身のために危険とも言えるほどの自分の方法に執着し、それが完全に可能であることを夢見ていることに、椎名はある種の共感を感じることが出来た」[16]とある。

この点では、理想主義と言うよりは、たいへん無垢だと言ってしまいたくなるところがある。こうした「政治家」に「理想」を見ようとしてまうところに実は問題があるが、この種の現象は現在も方々で繰り返されていることでもある。しかしながら、椎名、いや石原がここで抽出しようとしているのは、政治においても純粋行為がありうるということであろうし、純粋な政治家がいるかもしれないという、ある種プラトン主義的な思いであるようにも読める。ただし必然的な帰結でもあろうが、こうした純粋ゆえの無垢な思いは間違いなく裏切られることになり、またまた挫折を味わうことになる。

すなわち「政治、と言うよりは端的に政権、権欲と言うものに固執する度合は方法に相違はあれ、他のどの人間とも同じに醜かった。その醜さを卑屈につくろおうとするか、傲岸に打ち消そうとするかの差はあれ、得体の知れぬ政治と言う沼が彼らの足をすくってとらえていることには所詮変りない」[17]からであり、「今の総理、そしてほぼ同質の他の人間、その誰かが政権を握り、〈政治〉に捕われ、自らは逆にそれを動かそうと計りながら、政治は質的にどう変わらぬままに在りつづけるのだ。それは人間には関わりのない茶番とは確かに呼ばれもしようが、それが規制しているいろいろなことがらの中には、人間にとって関わりの多い、或いは確かに必要ないくつかの事柄がある」[18]とされて、理念も期待も、どこかに置き忘れさられていくのである。

この意味で、プラトン主義的なモデルでもって「政治」の実在を考えることは、愚かなことであるのかもしれないし、そもそもそんなものは存在しないと言い切ったほうが正常なのである。あるのは、権力欲の実在ということだけであろう。

(イ) ブローカー

「政治」は、実はこうした人間の皮を被った権力欲の媒体が作動するプロセスである。このことをよく知っているゆえに、「政治屋」なるブローカーが生きていくことができるのであるし、ブローカーあってこそ、「政治家」があると思っている人がいられるのである。

小説では、祓川という防衛省の何やら嘱託というそれが出てくる。原子動力の輸入は、戦闘機のライセンス生産などと同様、莫大な予算が投入される。当然、この時代も、そして現代も想定はアメリカの軍産複合体に組み込まれた企業との取引ということであり、ブローカーは莫大なコミッション料を取って生きていくのである。彼らは、これで生きていくゆえに、椎名のような理想主義に燃えた記者同様に、しかしながらまったく違う視点で「政治」をよく観察している。

理想主義の政治記者とは違って、理念や理性というレンズは持ち合わせていない。むしろ、欲望の力動そのものをよく見据えて意思決定をしているのである。原子動力にしても、また戦闘機にしても、それが必要なのは、「簡単ですよ。この国に、必要だからだ。国とは言いますまい。われわれなどと言う言葉はいやだが、人間にとって大

16 『日本零年』五九頁。
17 『日本零年』六七頁。
18 『日本零年』六七頁。

変便利なことに違いありません。しかし、私は何も人間に恩を売るつもりも必要もない。私は矢っ張りそれをただ商売にしている」[19] だけであると割り切って生きていけることが必須の能力となる。

したがって、「政治と言うのは、あれだけの代物ですよ。人は政治の貧困などと申しますな。しかし貧困などではなくもともと政治などと言うものはありはしないのだ。あるものはそれを信じたり、裏切られたりするわれわれだけ」[20] だということになるのである。

「今、政治の主題として起こりつつある原子動力の問題を通じて、矢代が願っているように、それを科学と人間の現実との正しい融合に持っていくために、的確にどのような方法を取るべきか」[21] などと考えて、政治の理想を思うことは青い書生気質にしかすぎないということなのである。実際、祓川がすべてを動かしていき、矢代は命さえ落とすことになる。

(二) 影と光の観察

祓川のようなブローカーの目は冷徹であり、新聞記者の理想主義のそれとは違い、本質を突いているとも言える可能性がある。すなわち「おそらく原子動力が着目された動機は純粋に近いものだったでしょう。しかし一旦そのための経費が大まかなりにも計上され、それに必要な手順が考えられた瞬間にそれは政治と言う技術のコンベアの上に載せられますよ」[22]。そして、政治家と政治屋とは、さらに言えば、化けものとしての「政治」がこれを逃すわけがないというのである。政治が、科学技術とはまったく違った水準で、まさに操作技術として機能していくということである。

祓川は続ける。「政治という言う奴はね、主体を持ったある機構の総体などでは決してない。あれはただの技術ですよ」[23]。したがって、そこにいったい「何の目的がいります。理念を遮断するために。目的などいらない、と言うより始めからない。しかし結果はありますな。ある政治家がその技術を使う――、そうじゃない。その人間自体もその技術の付属物としてしかないのだ。当人が何と思おうと確かなことだ。つまりね、政治という化けものはただそこにごろりと転がっている何かだ。見るもののいない茶番なのだ。それがそうして在ること自体が、政治と言う奴がわれわれにとってどこにも在りはしない、と言うことです」[24]。

政治屋祓川も、新聞記者椎名も、「政治」を観察している。後者が、他方で造り上げた「理想政治」というプラトン主義モデルに従って、現実政治と比較対照して批判する批判理論に従った公共性モデルに依拠しようとするのに対して、前者は、欲望の力動というそのプロセスの中に自らの欲望プロセスを重ね合わせて実を得るということで、実際をよく観察しているのである。すなわち、後者の批判的行動に対して、前者のそれは適応行動である。

(ア) ジャーナリスト

新聞記者は、作者石原自身ではないが、おそらく『亀裂』以来の、自分の知っている人がモデルなのであろう[25]。学生時代には共産主義運動に関わり、新聞記者になり保守派政治家とも密接に関わるということや、まさしく原子

---

19 『日本零年』一二八頁。
20 『日本零年』一二七頁。
21 『日本零年』六九頁。
22 『日本零年』一五三頁。
23 『日本零年』一五〇頁。
24 『日本零年』一五一頁。
25 そこでは当時の如水会館と思われるバーカウンターで明が、隣に座った商社マンと新聞記者の会話で、前者が後者に次のように言っていた。「新聞屋が嘘をつかんでどうする」「おっ。—だがそれだけは嘘じゃねえ。報道される記事にはな、印刷に値する程値打ちのあるものは何ひとつ有りゃしないんだ。この国の新聞には目的がない。方法がない。理念なんてものはこれっぱかりもない。あるのは記者と活字と輪転機だけだ」『亀裂』二二〇頁（二二一四頁）。

力推進、科学技術庁の設置などを思えば、具体的に著名な新聞人のことが頭に浮かんできてしまう。

そのように重ね合わせてみたくなるのも、新聞がいったいいかなる機能を果たしているかという問いがつねにあり続けるからである。すなわち、「一体、どれだけの記者が、自らその記事を書くことによってそれが伝達される末端に、確実な実感で自分と繋がれる他者を感じたりするだろうか」[26]という自問自答である。

椎名の出発は、学生時代の共産主義運動への参加である。この運動により、社会につながる、人々がつながり合えると信じたのであろう。しかしこれへの幻滅が、卒業後の新聞社への就職ということになのであろう。ただし、この自問自答のような問題は、記者につねに向いている問いであり、実際には末端にはつながっていないであろうし、記事をつうじて他者を感じることができることは皆無とは言えないであろうが、たいへん稀であろう。

むしろ小説の中で椎名が部長から言われることがしばしば起こっているはずである。

「しかし妙なものでね、新聞と言う奴は事実を報道することになってはいるが、かと言ってそれを強調する訳にはいかんのだ。世間の印象はそんな風には飼い馴らされてはいない」[27]。

当初の矢代の開発中の研究に合わせて予定されていたプラントの導入が、政府の裁定で白紙還元され別の会社からの導入が決まっていくとき、椎名はまさしく新聞記者として事実を報道しようとしたのである。それへの部長の言葉であった。小説にもあるが、保守派政治家筋からの圧力もありうるということである。このことは、保守派か革新派かの問題は絶対にない。どちらでも、またしばしば起こりうる問題であり、面白いことに部長の言辞には、はっきりと報道と世間とが区別されている。新聞は、世間とは違う水準に立っているということになろう。このことは、とりあえずは善悪ではく、新聞とはそういうものだということなのであろう。

おそらくそれゆえに、石原は『亀裂』においても、自らの自画像である小説家都築明と、新聞記者とを対比し、ジャーナリストではなく作家の行動性をより評価し、その道を選んだということなのであろう。ただしその小説家の行動性について、椎名に批判的に語らせているところがある。

「現実具体的な行為より、作家が、自分の意志によって書き、表現することの方がより行動的だ。小説と言う方法を信じ、それに全的な行為をかける作家こそ行動的なのだ、と仲間は言いますがね。しかしそれは所詮行動的なだけなのであって、何ら現実に対する行動としての作為にはなっていないんだ」[28]。

だが小説家が行う行動性は、この大作を可能にした調査能力のみならずもの凄い構想力により支えられていることでよくわかる。その点では、この『日本零年』は今も読み返される必要のある作品であるように思う。おそらくこの小説が持っている説得力であろう。

（イ）芸術家

ピアニスト良子は、椎名のかつての恋人であり、そして北村とも恋愛関係が生まれる。良子の演奏旅行をやはり仕事でヨーロッパに赴いた北村が追いスペインで過ごす一時の二人の関係は、『亀裂』の涼子とボクサー神島が過ごす九州の島での情景や、あるいは後述する『火の島』の英造と礼子のそれのようにたいへんロマンチックで美的な描写がなされている。

小説家石原もまた、芸術家であることがよくわかる描写である。ただし問題は、芸術家、ここでの良子というピ

26　『日本零年』二一一―二一二頁。

27　『日本零年』二五四頁。この裁定による白紙還元より前に同じ案件ですでに局長、部長から「けど一体今まで、この国の新聞が実際に政治を引き廻してやったなどと言うことがあり得たかね、いや、あり得るかね」（『日本零年』一五八頁）と、実直すぎる解説記事について言われ没にされたことがあった。

28　『日本零年』二一二頁。

アニストのような芸術家と、企業家との類比がありうるかということである。

とくに北村はたいへん理想主義の企業家である。アンデス山脈にトンネルを掘り荒れ地を緑にする事業を考え、さらには実行しようとするのはそういうことを示していた。その若い理想主義の息子に父親は諭して言っていた。「地上に爪跡を残す。新しい国を造る。そんなことは考え違いなのだ。そんな観念は、その実この仕事以前のどれとも変りはせん。そうではない、誰に作り上げることなど出来るものか、本当に作るなどと言えるのは、定量を持たぬ、型を持たぬ芸術家どもくらいのものだ」[29]。

芸術と仕事とは違う。「事業は、芸術とは違うさ。違うからこそ芸術ではなし、仕事なのだ」[30]、このことを会社経営者としてわきまえよというのが父親の言葉であった。そしてここに、芸術というものの世界がある。定量性のない、大きさのない創造ということであろう。ゆえに時間性も、また空間性も超え出ていく。これに対して、仕事、事業は、定量的であり、ある時間、ある空間が設定されており、そこでの成果がつねに問われるということであろう。だが、芸術がそのとおりであるのか、そしてとりわけ石原の作品には、女性ピアニストが他の作品にも出てくるのだが、芸術家が定量性を超えた創造の人であり続けているかどうか、それは当時も今も難題である。

(三) 批評の彼岸

連載がほぼ終わる頃、江藤淳は『朝日新聞』の「文芸時評」でこの小説について酷評している。「『日本零年』は、『亀裂』の主題をもう一度『挑戦』[31]ばりのプロット（筋立て）のなかで展開しようというような作品である。話の中心になっているのは、〈原子動力機関〉の米国からの購入にからむ保守政界の派閥争いで、舞台は東京、箱根、東海村から、南米、スペイン、米国にまで及ぼうという大がかりな道具立てであるが、石原氏が試みているのは世界をまたにかけた大冒険小説などではなく（中略）、いわば生き方探求というようなことである」[32]という具合にである。

実際、『亀裂』を引き継いだ生き方探求小説という延長線上にあるとも言える。椎名は、たしかに都築明の姿を変えた、生き方を探す人間である。ただし、『亀裂』において設定されていた空間とは異なり、日本の政治そして「日本」という社会空間にコミットせねばならない人間という具体性が明確になっている。これは後で見る『挑戦』と共通している。生き方探しは、国としての日本に結びつけられている。

江藤は後にこの小説にさらに次のような解説も加えている。「『亀裂』にあらわれた氏の分身都築明《つづきめい》とは、もちろん〈ツヅクメイ〉という自嘲と自己嫌悪の反映にちがいない。が、それにもかかわらず氏は職業作家としてつづいた。その結果、現実や他人が氏の前から脱落していったとすれば、氏は職業作家としての成功とひきかえに、一個の人間として何か重要なものを失ったことになる。（中略）

作者は、この特殊な喪失感を、現代人全体の宿痾として一般化してみせる。現代人は、職業という〈方法〉によってしか他人とつながれないが、職業に従事すれば必然的に自己は破壊される。したがって現代人は決して他人とつながれず、自己回復が可能だとすればそれは職業の放棄、あるいは破壊による以外にない。ところで職業を拒否すれば現代人は生存できないから、彼は結局意味のあることは何もなし得ず、かつ孤独なままでいるほかはない」[33]。

『亀裂』のあとがきに石原自身が主題とした、人がいかにつながることができるかという問いに関連した重要な指摘である。『日本零年』において、解答として職業によるつながりと、それによる不可能性というパラドクスが

29 『日本零年』四五三頁。
30 『日本零年』四五四頁。
31 本章四節で扱う。
32 江藤淳「文芸時評〈上〉」『朝日新聞』一九六二年一月二六日。
33 江藤淳『石原慎太郎論』一七三頁。初出は、江藤淳「『日本零年』について」『石原慎太郎文庫5　日本零年』（河出書房新社　一九六五年七月）。

示されているというのである。

「本当に人間を繋げる方法なんぞないと言うことですよ。仕事と言うものの中には、自分孤りと、後は他人しかないと言うことですよ。あなた御自身を自分の方法に密着させられる、と言う。それは可能でしょう。しかしそうすることで自分を他人に向って拡げるとか他人に繋がるなどなどと言うことはありはしないのだ。仕事と言うもの、と言うより仕事とか方法と言う観念の罪は、たずさわる人間にそんな錯覚を与えることだ」[34]。

ブローカー祓川は、うぶで純情に方法探しをしている椎名にこう言ってのける。仕事にある不可能性というパラドクスは、このようにたしかに言えるのであるが、石原はひとつの解答をすでに持っていたように思う。

すなわち、前章で見た家郷の疎《うと》ましい紐帯からの脱出、これは回帰への恐怖というやはりパラドクスをひきずっていた。しかしながら、産業化そのものへの職業的献身は、そうした暗く疎《うと》ましき回帰とは異なって、国としての「日本」により一種の脱パラドクス化がなされると感じていたのであろう。その点で、石原が現実に向き合う方法は、国として日本にいかに関わるかという大命題にすべてのパラドクスが小さなものとして吸収され消失していくことになるのであろう。

江藤は「ここに一貫しているのは、石原氏の発想の底にひそんでいる一種の功利主義である。どこかにうまく行く〈方法〉があるはずだ、それはどこにあるか。これが椎名のくり返す問である」[35]として批判的だったが、その功利主義は、ヨットマンであり続け、種々のスポーツをこなしつつ、そもそもの作家も続けていくマルチプル・リアリズムを保持しながら、国としての日本に特異な保守政治家として関わろうとする方法となっていくのである。言い換えれば、多元的現実を十分に許容できる保守主義ということになるのであろう[36]。

三、「NO」と言えた時

『日本零年』から四半世紀が過ぎた一九八九年、石原は、創業者のひとりでもあり当時のソニー会長であった盛田昭夫とともに『「NO」と言える日本』を書いている。折しも、日本はバブル経済、その頂点に達した時であった。経済的に逆転に成功した一瞬の日本をよく表現するものである。ただし、この本に石原が含み込ませたように、成功していく日本経済の強さに対して、いつまでも育たぬ日本政治という主題もある。

一九九〇年代前半とは、一方でアメリカ社会の文化的停滞をアラン・ブルームが『アメリカン・マインドの終焉』として皮肉り、他方でエズラ・ボーゲルが『ジャパン・アズ・ナンバーワン』という文句で日本の経済社会を奇妙なふうにたたえた時代であった。日本の経済が世界を席巻し、戦後の驚異的経済発展が、二回の石油ショックも克服し、その絶頂期に到達したということだったのかもしれない。

後述する盛田が問題にしたことを思い返すと、実はこの時が日本の花であり、それからどこまでも転げ落ちていく始まりであったようにも見えるところがある。

これが出版された頃、石原は自民党総裁選挙に立候補した。石原自身にどれだけ勝算があったかどうかわからな

34 『日本零年』四六九頁。
35 江藤淳「文芸時評〈上〉」『朝日新聞』一九六二年一月二六日。
36 しかしながら、石原は「江藤淳は作品評の中で、完全なる人間の方法への志向は私の功利主義だといっていたが、それは見当が違っている。逆に私は、多分江藤も含めて他の文学者たちのように文学という自身の方法を社会が戴冠保障してくれているままに割合に素直に信じることが出来ない。そしてまた多分私には､文学しかないのだ」と控えめに応えていた〈石原慎太郎「零の〈存在証明〉わが小説『日本零年』」『孤独なる戴冠―全エッセイ集』（河出書房新社　一九六六年）一六二頁〉。

いが、立候補は、その前年明るみに出たリクルート疑獄事件の影響を受けて、その七月の衆議院議員選挙で自民党が大敗、有力後継と思われていた政治家たちがこの事件への関わりを問われ、さらに時の首相の女性スキャンダル事件も起こり政治の混乱が極みに達したことと関係しているはずである。

有力な総裁候補が出ることができない結果として、最大派閥の竹下派に推されて海部俊樹に票が集められ首相となるが、石原は、こうした理念なき金権政治に反対して総裁選挙に立候補したということなのだろう。ただしそれは立候補による抗議表明ということだったようにしか見えないが。

(二)『「NO」と言える日本』

金権政治による、日本の政治混迷も深刻であったが、国際的な視点で日本を見つめると、盛田の率いるソニーがその一九八九年秋、アメリカのメジャー映画会社コロンビア・ピクチャーズを買収したことに起因する事件がある。企業買収は、アメリカではよく行われてきたことである。しかしながら、ソニーによる、このコロンビア・ピクチャーズ買収は、ハリウッド映画という二〇世紀アメリカ文化を代表するものを、言い換えれば現代アメリカの心を、日本人は金に物を言わせて買い取ったとして、アメリカの政界、マス・メディアから激しいバッシングを受けることにもなる。

滞米生活も長く、自らの子どもたちの教育も米国で与えてきたし、また何よりアメリカをよく理解してきたと思っていた盛田には大きなショックであっただろう。この点では、『「NO」と言える日本』は、盛田のアメリカへの弁明書のようなものとして読むこともできる。

正当かつ誠実な商業活動をしてきたにもかかわらず、なぜにバッシングを受けるのか。それは、ただ日本人だという、ただそれだけの理由ではないかというのが盛田の、そして石原にとってはいっそう強い反論であった。イギリス人、フランス人、ドイツ人なら、さほど問題にされないことであるだろうに、黄色人種ゆえに言われることだとして、アメリカこそアンフェアだという反論書だと読むことができる。

この本の英訳は海賊版が複数あり、また録音テープ版などもある。石原の写真が表紙に載って、彼だけの著作のように流布していった。企業活動へのさらなる強い反撃を怖れた盛田が敢えて翻訳版に加わらなかったということもあろうが、アメリカのバッシングがそれほどに激しいものであったということでもある[37]。

原本は、石原の文章から始まっているが、その時代を知れば、まさに盛田が基調を述べ、石原がそれをフォローしていくというスタイルになっていると読むべきであろう[38]。

ここで気がつくのは、盛田がそのモデルというわけではないが、言ってみれば『日本零年』における企業家北村のような存在だったということであろう。そして矢代にあたるのは、ソニーの研究所での研究からノーベル賞へとつながる江崎玲於奈のような世界的な工学者である。東京通信工業と言っていた時代のソニーで研究していた江崎

37　英訳は、もともとアメリカ国防総省の内部文書として作られたものだとされ、やがて議会関係者にも知れ、アメリカ国内で問題にされたという。石原は、アメリカ版『PLAYBOY』紙のインタビュー・スタッフに、「現在の形であの本をアメリカで出すつもりはまったくありませんでした。私の意思に反して、海賊版がアメリカで出回ったんです」とインタビュー記事で答えている〔「PLAYBOY　INTERVIEW　石原慎太郎　アメリカ人記者に語った『NOと言える日本』の真意」『日本版プレイボーイ』第一六巻一一号（一九九〇年一一月）三二頁〕。このインタビュー記事の中で、日本へのアメリカのレイシズムの偏見を述べる中で、「日本軍が南京で虐殺をおこなったと言われていますが、これは事実ではない。中国側の作り話です。これによって日本のイメージはひどく汚されましたが、これは嘘です」という、多くの反論と批判を呼ぶ発言が出てくる（同三三頁）。石原自身、このことについての疑念と検証の必要性を論じている〔「歴史の改竄を排す―〈南京大虐殺〉の虚構」『諸君』一九九四年七月号。『石原慎太郎の思想と行為8』（産経新聞出版　二〇一三年）所収〕。

38　この本のきっかけについて、石原は運輸大臣在任中の一九八八年のさるシンポジウムでの盛田による、アメリカの日本批判への反論、物を作らなくなった国は必ず衰えるという警告が印象的だったことにあったと書いている〔石原慎太郎『国家なる幻影―わが政治への反回想』（文春文庫　二〇〇一年）下巻三一七頁〕。

は、アメリカに招聘されたときに、日本での給与との差に驚愕したと後に書いている[39]。盛田を郷里から呼び寄せた同じく創業者井深大も、まさに物質的には何もない中、叡智と工夫によって品川御殿山のバラックから始めたという[40]。

こうした戦後の焼け跡から、叡智と工夫によって世界企業へと育っていった姿は、明治以来の北海道、台湾、樺太開発などや、武力による領土拡大にぶらさがって利益を上げていった政商のそれとは決定的に異なっているところがある。

盛田は、インダストリーのために不可欠な三種類の創造力を説いている。一つ目は根本的な科学技術の発明と発見である。二つ目の創造力は、大量に使いやすいものにするようにプロダクト・プランニングをしていくことと、それを大量生産として実施することである。そして三つ目に、それがどのように使われることでわれわれの生活のためになるかというマーケッティングだと書いている[41]。

第一の基礎技術は、日本は当時もまだ外国のものを多々使わざるをえなかったが、とりわけ第三の、どのように生活に役立てるかというソフトの部分については、戦後日本の努力に抜きん出たものがあり、それがこの一九八〇年代後半の日本経済の隆盛を現出させたと言うことができる。

井深や盛田が、戦後、無の中から虎の子の資金を使って購入したのは、大量生産を可能にするためのアメリカ製工作機械であったという。規格化した部品生産に不可欠の工作機械をまずアメリカから導入したのは、戦後復興を始めた企業家、工学者たちに共通していた。太平洋戦争中、規格化され大量生産されなければならない軍用機などの品質性能に日米の歴然とした差を、軍に技術者として加わった彼らは体をもって理解していた。それゆえの行動であった。精巧な工作機械なくしては、大量に同一の良品を作ることができないことをよく理解していたのである。

盛田は、ソニーのトランジスタラジオについて書いている。トランジスタは、ベル研究所での基礎技術の産物である。そしてその生産技術もアメリカから学んだものであったし、そのトランジスタラジオ自体、すでにアメリカで作られてもいた。しかしながらアメリカは、やはり規模のアメリカであった。真空管を使った大きなラジオが、アメリカの家庭にひとつあれば、それでよい。なぜにトランジスタを使わねばならないかということで、アメリカではこのアイデアはそのままとなっていった。

ソニーは、トランジスタを用いて、ラジオを小型化するとともに、一家に一台ではなく、個人ひとりひとりがラジオを持つというアイデアとともに、製品の開発と普及を進める。この発想は、まさしく消費社会のもとでの個人主義化の進行であり、その後のほとんどあらゆる商品にあてはまるアイデアであった。

マーケッティングにより、個人消費をターゲットに商品開発していくという戦略とともに、盛田は、工場生産の様式についても、ソニーが日本的経営をカリフォルニアの工場で実施していたことにも触れている。

景気の上昇下降によりレイオフが発生するアメリカ的な経営とは違う工場経営。一〇分先の未来を見て、金融市場での収益の増減を気にする経営と、会社とは共同体であり、一〇年後を考えて苦しいときも、みなで協力していく日本の働き方の違いが説かれている。これは文化の差異である。そうであるにもかかわらず、こうした文化的差異に対して、フェアかアンフェアの二分法をあててバッシングしてくるアメリカに対して、日本は「ノー」と言わねばならないというのが、盛田の言いたいところであった。

この「ノー」と言えることを、盛田もそして石原も日本政府の姿勢に求めているのであり、また日本人の意識変

39　江崎玲於奈『限界への挑戦―私の履歴書』（日本経済新聞出版社　二〇〇七年）八〇頁。
40　井深大「私の履歴書」（日本経済新聞社編『私の履歴書　第一八集』（日本経済新聞社　一九六三年））三六頁。
41　盛田昭夫・石原慎太郎『「ＮＯ」と言える日本』（光文社　一九八九年）六〇―一頁。

革にもつながらなければならないことを期待していたのである。太平洋戦争敗戦以後の、あらゆる水準での対米追従が、こうした本来、バッシングされるべきではないレベルの問題においても明白なアンフェアが現れることについて、国も、そして国民ももっと意識を明確にしてアメリカに「ノー」と言うべきだというのが主旨であった。

(二)「グローバリズム」という罠

しかしながら、こうしたオピニオンリーダーの高揚した雰囲気は長続きしなかった。間もなく、日本はバブル崩壊となり、金融恐慌となる。日本的経営さえも、続く一〇年間のうちに時代遅れのものとされ放棄されていくことになる。盛田が二一世紀を前に急逝する頃には、日本企業の雰囲気は一変してしまい「グローバリズム」という名のもとでの対米追従が徹底していくことになる。

個人主義化はさらに徹底していくし、ソニーはSONYとしてグローバル化の中で世界企業化していったが、ソニーが世界に誇ったウォークマンは、二一世紀に入ると、例えばiPodに取って代わられ、ゲーム機プレイステーションも、その王座を別の企業に奪われ、ゲーム機というもの自体がモバイル化し進化し、ソニー自体がこの技術世界から取り残されていってしまうことになる。

アメリカ化が、グローバル化であり、企業のスタンダードもそれに合わされ、かつての日本的経営が昔のものとなり、「日本」という土着性は、どこか狭いところに追いやられ閉じ込められていくことになる。製造業において孤高で唯一無二という称号は、これからもありえようが、その根が降りているところが「日本」であるかどうかは不明となりつつある。

バブル崩壊、そしてベルリンの壁崩壊後、ポスト冷戦期のグローバル化というイデオロギーとともに、とりわけ一九九〇年代半ばから後半へと、日本の企業は、それまでの経営形態を大きく変えていくことになった。ソニーの場合も例外ではなく、むしろソニーこそが、そうしたグローバル化とともに自らを決定的に変化させた典型であったようにも見えるところがある[42]。

「グローバル化」と言われながら、このまさに作り上げられたイデオロギーに対して日本は、ベルリンの壁崩壊以降、はたしてどのようなことをしてきたのかが問題であろう。おそらくは、この言葉に呑まれあたふたしてきたということだけのはずである。

後述するが[43]、石原は一九八〇年代末の大きな作品『亡国』において、ソ連による日本への侵攻を描いている。ソビエト連邦が崩壊したことを思えば、それはまさにその書の扉に石原自身が書いたとおり杞憂に終わったとも言える書なのだが、石原のその後の『宣戦布告「NO」と言える日本経済』のような「啓蒙書」を見ると、後述の『亡国』においてソ連が日本に対して生物化学兵器を用いるなどというよりも、実はもっともっと高度に知能的なテクニックで日本は侵攻を受けていたということになるのかもしれない。

それは、ソ連やロシアや、あるいはまた中国など仮想敵ともされる国々ではなく、一九九〇年代のアメリカによる金融工学による侵攻だったということになろう。これは、『「NO」と言える日本』において、盛田がアメリカのバッシングに対して日本の文化性を説いたことを思い出せば、痛烈な皮肉のようにも感じられる。というのも、日本経済自体が、物作り経済を離脱し金融経済化していくことになるからである。

一九八五年プラザ合意以降の日本における金融自由化は実は仕組まれたものであり、日本の経済システムも、実物経済から金融経済へと切り替えられていき、結果として日本とアジアの経済システムは、一九九〇年代後半には

42　日本経済新聞社『ソニーとSONY』二〇〇五年。
43　第七章第二節（二）「日本の突然の死」。

アメリカの支配下に完全に組み入れられることになったことが、この石原の「宣戦布告」からは読み取れる。「日本経済はアメリカに纏足された妾だ」44 というような表現も出てくるが、こうした激しい表現がかえってこの書を読もうとする気を削ぎ、ある種の誤解を生じさせる可能性も感じさせるが、ここで発生している嫌悪はよく理解できるところもある。

とりわけ後述する『亡国』と重ね合わせて読むと、一九八〇年代ブレジネフドクトリンのもとソ連膨張の脅威にのみ気を奪われていた日本は、実はアメリカの世界金融経済支配に知らぬ間にはめ込まれてしまっていたのであるから、そうした結果への石原の憤りにはたいへんなものとなるのも確かであろう。「ジャパン・アズ・ナンバーワン」と持ち上げられて間もなく、「第二の敗戦」ということになったのだからである。

「金融自由化」という金融システムの急激な緩和策が、一九八〇年代後半のバブル景気を引き起こした要因のひとつであることは間違いない。そしてその後の景気の急激な引き締めが、今度は金融恐慌を招くことにつながっていたのも事実であろう。こうしたことをアメリカが意図して行ったかどうかは不明だが、日本がそのように行動すると予測するアメリカがあったことは確かであろう。その意味で、アメリカと密接に関係していることで起こってしまったことだと言ってみることができる。

一九九〇年代は「失われた一〇年」とも、「第二の敗戦」とも言われることになった。この結果として、日本的経営と言われた経済システムは現在に至るまでに完全に変化させられていくことになった。そして製造業は生産拠点を海外に移転し国内での物づくりは収縮していくことになった。

『「NO」と言える日本』において、盛田は、アメリカ経済が金融経済となり物づくりをしなくなったことをなじって抗弁をしていたのだが、それから、さほど時を経ずして日本も同じことをしている経済になっていったのである。これが、グローバル化ということへの対応に他ならないが、企業は身軽になるために、終身雇用制度、年功序列制度は一部で簡素化させ、非正規雇用者の数が急増していくことにもなる。

二〇〇一年からの小泉政権下、一時的に景気回復の兆しは見えたが、この政権後は政治が経済を統御していくには、あまりに脆弱な政権のみが年替わりメニューのように交代し、日本の将来への舵取りは今や多くの人の目にきわめて危ういものと映るようになっていくこととなった。

石原は、アメリカの金融自由化という侵攻に対して、「大東亜強円圏」[45]なる語を使って、ヨーロッパ連合が導入した通貨ユーロによるその域内経済の確保を範にして、アジアでの円圏の確保を論じてはいる。ただし、こうした石原一流のナショナリズムによる「円圏」は、まさにそれであるゆえに、露骨な通貨ナショナリズムであることははっきりしている。ユーロの意味での、脱国民国家主義とは違っており、「大東亜共栄圏」の焼き直しのようなアイデアとしても非難されるものでしかなかったように読める。しかしながら、それを言いつつも、それを担う日本国は、石原自身が理想とする日本国とは大きく違ってしまっており、それを憤り嘆かねばならなくなるのである。

「植民地支配によって成り立っていたヨーロッパ近代主義が終焉し、到来しつつある歴史の新しいうねりの中で、新しい文明秩序が期待されている今、歴史的必然としてアジアに回帰し、他の誰にもまして新しい歴史造形の作業への参加資格のあるはずのこの日本は、いまだに国家としての明確な意思表示さえできぬ、男の姿をしながら、実は男としての能力を欠いた、さながら去勢された宦官のような国家になり果てています」[46]。

こうした上品さを欠いた表現に眉を顰《しか》める人もいようが、そもそも「グローバル化」とはアメリカ化という意味

44 石原慎太郎・一橋総合研究所『宣戦布告「NO」と言える日本経済』（光文社　一九九八年）第一章の題名はこうなっている。
45 『宣戦布告「NO」と言える日本経済』第四章。
46 石原慎太郎『国家なる幻影』下巻四二二頁。

でしかないということは確かである。アメリカの内部経済に日本やアジアが取り込まれてしまったというのは、アメリカの格付け会社が、日本の銀行や企業の格付けをしていき、それが大きな影響力を発揮するという点ではそのとおりである。

(三)「円」の源泉

この節を終わるにあたって、確認をしておく必要があるのは、こうした「グローバル」化というアメリカ経済のイデオロギー下において、日本という国家社会が、まだどのようにありうるかということである。言い換えれば、国家社会と国民との関係である。というのも、「国家意志のある〈円〉」[47]という時、「国あっての国民」か、あるいは「個人あっての国家社会」か、という二項対置について考えねばならなくなるからである。

貨幣の本質について、貨幣法定説と貨幣商品説というパラドクシカルな区別があることはよく知られている。金本位制を前提にして兌換紙幣と不換紙幣を区別することは国家が法と制度により貨幣を貨幣として機能させるということに他ならない。すなわち、貨幣は、法制度により可能となるという考えである(貨幣法定説)。ただし、仮に価値が金により測られるのだとしても、価値そのものがいったい何により生み出されるのかと問うとき、その価値の源泉とされる金や財宝が略奪取得されるのではなく、人々の活動によってしか生じないのだとすれば、経済活動の基本は、商品の生産と交換により成り立っていることになる。貨幣は、生産と交換される商品の価値関係の指標だということである(貨幣商品説)[48]。

例えば日本銀行がまとめている資金循環統計の様子を見るなら、アメリカのそれと日本のそれとは、二一世紀に入り一〇年を経過する頃までは、まだ大いに違っていた。日本の経済社会の特質ははっきりしていた。この点では、日本は、アメリカとは違っていたということである。これがどこまで維持できたかということである。高い貯蓄性向という日本的性質が、どのように残り続けたかということである。預貯金、これらが、まさしく日本人の日々の活動の集積だったからである。

こうした日本人に共通する永年の積み重ねが、日本の円を支えてきたところがある。『日本零年』の中で、北川が椎名に言っていたことがある。「仕事は型ではない。その大きさではない。それをしたと言うことだけだ。それに賭けるものはただ原寸大の自分だよ」[49]という点を思い出す必要がある。

『「ＮＯ」と言える日本』が出た一九八九年、その年の末、日経平均が史上最高値に達していた。その後、現在に至るまで、その水準に回復することはないし、これからもないだろう。盛田は、物づくりを忘れたアメリカの将来について、当時悲観的に書いていたが、実は、日本もすでにその時、土地投機とそこで生み出された余剰資金が、株式、債券への投機へと繰り返されていく金融経済へと変質をしていたということである。

金融経済化の進行は、人々の意識の個人主義化以上に、物を作るということの意味を霧散させたところがある。盛田とソニーは、あの時までに実に大きな仕事をしてきたが、それはもともとその大きさなどではなかった。そこに賭けてきた彼ら原寸大の自分たちだったということである。しかし大きくなった企業体は、その大きさを維持していかねばならなくもなっていく。大きさゆえに集まってくる人の世界となってしまったところもある。

物作りよりも、財テクが豊かさの源泉となり、働く意味が変化し、かつ大きくなった企業の規模を維持せねばならないゆえに、雇用形態は急速に変更されていくことになる。そこでは、賭けるべき自分の原寸さえわからなくなったということである。仕事は、その大きさではない。あるのは行為に賭けてきた、そうした自分の堆積だけだった

47　石原慎太郎・一橋総合研究所『国家意志のある「円」』光文社　二〇〇〇年。
48　森元孝『貨幣の社会学――経済社会学への招待』（東信堂　二〇〇七年）第一から三講。
49　『日本零年』一九五頁。

はずなのだが、日本人には、その堆積さえなくなりつつあるということである。

四、「NO」と言える人

一九六〇年の小説『日本零年』と、一九八九年の『「NO」と言える日本』に始まるいくつかの啓蒙書とは、石原にとっての「日本」が何か、その政治思想の断片を知る手がかりとなる点では同じだが、それらの表現様式は当然まったく違う。とりわけ前者の文学作品でありながら、そこに籠められた「日本」への思いという図式は、実はそれ以前の『亀裂』から始まっていた。そこでの主人公都築明はその小説の終わるところで何かをしていくだろうという予兆を残し、話は終わっていた。

『日本零年』の主人公椎名や、企業家北村の場合には、すでに小説の中で、仕事をつうじて信ずるところを行おうとしていた。ただしその結果は、政治に翻弄されるということであった。その点では例えば椎名が求めた方法も、北村のそれもハッピーエンドにはなっておらず、再び『亀裂』の結末の何かあるだろうという予兆に戻ったということでもある。すなわち、渡米しそこの研究所で事故死した矢代の墓参に北村は椎名とともに行くが、北村は、そこからようやく始まったアンデスでの灌漑事業の現場へ向かい、椎名は日本に戻っていくという形で終わっている。

さて、石原は『日本零年』とほぼ同じ時期、雑誌『新潮』(一九五九年一一月から一九六〇年七月号)に『挑戦』を連載している。これは『日本零年』が一九六〇年一月から連載されたことを思えば、それよりも前の作品ということになろう。

これも、『日本零年』あるいは『亀裂』に似た、生き方探しという印象のある作品であるが、一九八〇年代末よりもずっと前に、「NO」と言える日本があったことを教えてくれる。ここでの主題も、やはり仕事をつうじての自己実現であり、他者とのつながりということではある。だが、それ以上に、石原自身がひきずる過去への想いを籠めた、まさに情熱で命を賭ける商社マンの姿にそのことがより鮮明に表現されている。

(一)『挑戦』

この小説は、一九五三年五月に実際にあった日章丸事件がモチーフであり主人公伊崎の会社社長沢田は、当時の出光興産社長の出光佐三である[50]。

物語は、さる支店で仕事をしていた伊崎への女の電話から始まる。相手は伊崎と関係のあるその町の芸者であった。伊崎はその夜、電話のとおり会う。そこで彼は一緒に心中を迫られ睡眠薬を飲む。朦朧としていく中、太平洋戦争中、スラバヤ沖で油槽船護衛のため乗船していた巡洋艦が被爆轟沈、戦友二人とゴムボートで漂流する。ひとりはすでに瀕死の重傷で間もなく死ぬ。もうひとりの重傷者沢田中尉は、苦痛の余り伊崎にナイフで刺すように求める。辛い逡巡の後、伊崎は刺して殺してやることになる。

睡眠薬により心中自殺をはかったが、女だけが死に伊崎は助かる。伊崎が仕事していた極東興産は、世界の石油を支配するメジャーから独立した日本の石油業者であった。戦後の立て直しに際しても戦前からの社員を誰ひとり整理することなくやり抜いていてきた。伊崎は、戦後沢田の父であるこの社長に子息の死について報告に行く。それが縁となって極東興産で働くことになったのである。

ただし戦争での体験が、彼を精神的に殺してしまっていた。仕事はできたが、腑抜けのようになっていた。実は、

50 百田尚樹のベストセラー小説『海賊と呼ばれた男』(講談社 二〇一二年)は、この出光佐三その人と会社をモデルにしている。

今回の心中よりも前に、この会社で仕事をするようになって、そこで働く女性と関係ができたが、その女性を自殺に追いやってしまってさえいた。

総務部長、役員も否定的であったが、そんな伊崎を、沢田は東京勤務に呼び寄せる。沢田の秘書も、伊崎が死に追いやった女性の友だちだったこともあり、伊崎にはきわめて厳しい接し方をした。

生き甲斐を失った伊崎は酔いどれの日々。あるバーで喧嘩をしていた。偶然、沢田の娘早枝子が飲みにやってくる。以前、父の会社の社長室で会ったことのある伊崎とわかる。この後、二人のつきあいが始まる。

一九五〇年代初めの日本は、外貨もまだ占領軍に割当制限を受け、石油はメジャーすなわち国際石油資本によるカルテルに支配されていた。ある営業会議において、可能な企業戦略の提案を求めた役員に対して、ふと伊崎はイランからの石油の輸入を口にする。イランは一九五一年モサデグが首相となり、それまでメジャーのひとつアングロ・イラニアン石油が独占していた石油利権と石油産業の国有化を断行していた。イギリス、国際石油資本は、イランから各国への石油輸入を封鎖しイランは経済的に窮地に陥っていた。

沢田は、伊崎のアイデアをただちに具体化しようとは思わなかったが、ある時、実業人のクラブで会った、戦前の石油業界の大立者工藤という老人から奇しくも言われる。沢田が自前のタンカーも造って石油輸入をしているなら、「安いところから石油を買いなさい、イランはどうだ」と言われ、イランから石油を購入し、日本の石油価格を消費者のために下げ、メジャーのカルテル支配にも風穴をあけることができると考えるようになる。そして伊崎を呼び社運を賭けたプロジェクトを打ち出す。

経済発展を画策する通商産業省は前向きであったが、対英関係を案ずる外務大臣は非協力的であった。沢田は伊崎を同行させて自ら、極秘にイランを訪れモザデクにも会い、交渉をまとめる。

しかしながら保険会社も政府の圧力とリスクのため否定的で引き受け手がなかった。工藤老人の斡旋によって、さる保険会社が引き受けた。予定していた船会社もリスクを怖れてタンカーを回すことができず、沢田は虎の子の自社の大型タンカー極東丸を使うことになり、伊崎を臨時パーサーとして乗船させる。これにより、伊崎は再び生きがい、命を賭けている自分を見出すのであった。伊崎は仕事が成ったときには、沢田の娘早枝子と一緒になろうと考える。ただし早枝子のほうも、生きる道を見つけた伊崎を見て、自分も思案模索していた計画に決断をつけようと思う。

沢田をはじめ多くに見送られ極東丸は出港していく。早枝子は、港の岸壁から離れた倉庫からひとり見送る。そしてフランスへ給費留学生として絵の勉強をしに行くことを決する。

極東丸は、乗組員にも途中まで行き先を伝えず、とりわけイギリスに動きを捕捉されないようにしてイランの港アバダンに到着する。イランでは、大歓迎を受け、程なく石油を満載し日本に向かう。イギリス海軍の動きを嫌って、マラッカ海峡、シンガポールを避けて、インドネシアから南シナ海に入っていく。伊崎は、そこでかつて戦友たちを失ったことを想い出す。

石油の所有権を主張するアングロ・イラニアン石油が求める仮処分によってタンカーまで差し押さえられることがないように日本の入港地も極秘とし、当初は宇部と見せかけてきた。また、裁判所休日を考慮して土曜午後入港とし日曜のうちに石油を貯蔵施設に移すように計画し、最終的には川崎に入港し、予定のとおり実行していく。

予想どおりアングロ・イラニアン石油は訴訟を起こし、石油の差し押さえを求めるが、裁判での判決は極東興産勝訴となる。

しかしながら、実はプロジェクトを始める頃から、主人公伊崎が喀血するようになっていた。早枝子は気がついたが父沢田には秘密とし、それを出航後打ち明けていた。航海中、結核の病状はさらに進み、帰国して間もなく激しい喀血を起こし、入院するが、間もなく死ぬことになる。死の床で、伊崎は沢田に、イラン入港のとき歓迎の飛行機から投下され贈られた花束、そのほんの一部のもう枯れた花の入った箱を、極東丸の次のイラン行に際して、戦友たちの死んだ海に投げ入れてくれと頼む。

沢田は、このことを船長に託す。船長は、次のイラン行に際して、インドネシア海域を回る航路をとり、乗組員一同整列して、伊崎を思いながらこれを海に投げ入れる。

(二) 媒体としての仕事

あらすじにまとめたとおり、主人公伊崎の提案を沢田は工藤老人の言葉をきっかけに積極的に実現に向けていく。伊崎と沢田は、この点では同じ目的に向いていたようであるが、仕事ということについては当初決定的に異なっていた。その場面を見てみよう。


「君は何の関心でそんな思いつきをしたのかね」

伊崎は黙って笑った。

「え?」

「油をかわなきゃなりません」

「何のために」

「そのことだけでいいはずです」

外すように言った。

「そうではない」

圧えるように沢田は言った。(中略)

「君はいつもどんな耳でわしの話をきいているか知らないが、事業というものは、仕事という奴はそれだけのものではない。ただ油を買い、それを売る。それだけのことでは決してないのだ。国家とか民族という言葉が大きすぎるなら、君自身の人間一人を考えたまえ。ものごとを自分一人への集約から考えるやり方はなにも戦争の時の生や死の問題だけではない。むしろそうした態度の中に戦争が与えてくれなかった今と言う現実の状況に向かう方法があるのだ。安い油を安く消費者に売る、そのための努力ということが、実質的に隣の人間に君自身を結びつけるということを考えてみたまえ。そんな実感は何も経営者だけのものでは決してない。特に我々の努力が不利であり同時に絶対に正しいものである限り尚さらそうだ」51。

小説では極東興産となっている出光興産は、この物語でもそうだが、戦後再出発のとき戦前からの社員を自主退社した者以外誰も整理解雇しなかったという。その意味は、仕事をして皆がつながってきた。そしてこれからもつながっていくということである。言い換えれば、商品をつうじて消費者とつながるということである。仕事をつうじてこそ人とつながることができなければならないと沢田は、伊崎に説いているのである。

石油を買って売れば、石油商社だということではない。消費者ともつながり、隣の人間ともつながり、そうすることが、民族、そして国家のためにも実は意味あることだと言うのである。したがって、極東丸（実話では第二日章丸）がイランから石油を安く買ってくるということは、国際石油資本から独立したイランのナショナリズムへも寄与し、そして同じく国際石油資本から厳しく制約を受けている日本経済の独立にも寄与する大プロジェクトだということにもなる。事業とは、そして仕事とはそういうものでなければならないというのである。「誰もが仕事をしている。

51 『挑戦』一〇三―四頁。

それがどんなに小さなつまらんものに思えようとも、そのことにはその人間の責任がある」[52]。

戦争で友を失い、生きる意味も失ってしまって腑抜けになり、毎日自堕落に生きながらえているような生活をしていた伊崎は、この言葉で、そしてこの事業をまかされるようになることで元の生きている人間へと戻っていく。モデルになった日章丸事件と小説の物語は、作家石原自身の創作によって脚色されてはいるが、出光興産という会社が、独特の社風を持ち[53]、今もアポロのマークでしか給油をしないドライバーがいるというのはわれわれは知っているとおりである。

世界が、国際石油資本に牛耳られ、そのカルテルにより価格統制されていたことは事実であり、サンフランシスコ講和条約が前年にあり日本が独立して一年を経過したところで起こった、この事件は、独立国日本の企業の気概と存在を示したことで、日本中の人々を結びつけたということでもある。そして孤立していたイラン人が大歓迎をしたのも事実であった[54]。仕事が人を結びつけるということをよく表しているということであろう[55]。

(三) 生と死

小説では、伊崎という主人公は、戦友を失い戦地から戻った世代のひとつの特徴としてか、価値観喪失とそれによる自暴自棄に陥っていた状態から[56]、任務に就いた後は、いわば広瀬中佐のように仕立てられていく。これは、作家石原が最も好きな仕立てではあるが、言おうとすることは明確である。実際に当時の出光興産や、出光佐三をはじめとしたこの企業の経営者、社員たちの気概と考えられるものを、今一度濃縮して表現しているのである。

臨時パーサーとして乗船する伊崎が、結核であったというのは創作であろうし、沢田の娘と恋仲であったというのも創作であろうが、出港前に娘早枝子が、伊崎の病気を知ったとき、伊崎は沢田に言わぬように懇願する。

「わかってくれ、僕は今、生きたいんだ。或いはだから今までいつも僕一人が死なずに残って来たのかも知れない。

恭[57]の時も、あの心中の時もだ。僕にとって、健康は今第二の問題だ。死んでいる人間になんで健康が必要だろう」[58]。

実際、物語では航海を終え帰国後、伊崎は死ぬことになるが、この時、死ぬかも知れないが生きなければならないと言う、この生と死の逆説的な関係は、戦地において友人沢田恭を伊崎自身が殺さなければならなかったことと重ね合わされている。すなわち「人間が人間を愛し、愛されるということに決った様式なんぞのある筈はないのだ。ある時には、人間はそのために相手を刺し殺さなくてはならないことだってあるじゃないか」[59]ということである。

この場合には、友愛の貫徹ゆえにこそ死もあるということであるが、重病を隠して出港することは、仕事に賭けるということであり、それゆえの死であった。そして伊崎は、この物語では死ぬのであるが、この死が人のつながりを可能にしたという意味では無意味ではなかったと言いたいのであろう。そして、これはたしかにそういうことでもあろう。

52 『挑戦』二四〇頁。
53 橘川武郎『出光佐三—黄金の奴隷たるなかれ』ミネルヴァ書房　二〇一二年。
54 『朝日新聞』（一九五三年五月一〇日朝刊）一頁および（一一日朝刊）三頁。
55 しかしながら、一九五三年八月、アメリカとイギリスの諜報機関の謀略によりモサデグ政権は転覆させられ、親英米のイランが作られる。
56 『亀裂』に出てくるスマッシュこと浅井を思い出す。
57 沢田の息子。早枝子の兄。
58 『挑戦』二二七頁。
59 『挑戦』九六頁。

五、政治思想と思想

『挑戦』は、『日本零年』とともに、石原が政治家となる道を進むことを表明したものとして読める。政治家へと進んでいく決心をしたと考えられる一九六七年『週刊読書新聞』の連載に、自らの作品について述べているが、自宅のある逗子に帰る途中、横須賀線の車内で、アメリカ人と談笑していた三人ほどのサラリーマン風の男たちからこんなことを言われたと書いている。

「石原さん、僕はあなたの『挑戦』という小説を読んで感動しました。今までいろいろな小説を読んだが、あなたのあの作品だけが僕らに勇気を与えてくれました。なんであんな小説をもっともっと書いてくれないのですか」60。

出光の日章丸事件が与えた刺激は、こうしたある層の日本人には間違いなくあったはずである。これをナショナリズムの覚醒と考えてみることもできるだろう。

他方でこんなことも言われたという。「しかし、現実に行われて成功し、国民的な喝采を受け、ある日本人たちを精神的にインスパイアした事件が、小説の中で、小説の主題として描かれると、奇妙に、そのリアリティを喪ってしまうのだ。

ある批評家は、それをパチンコ屋で聞く軍艦マーチだといい、ある者は、滑稽なヒロイズムと非難した」61。

「挑戦」は一九五九年から六〇年にかけて雑誌『新潮』に連載され、単行本もその年に出ている。そしてこの石原自身の作品へのコメントは、一九六七年である。そもそも日章丸事件は一九五三年であるから、「パチンコ屋で聞く軍艦マーチ」だとする批評家、そしてそもそもこの事件に興味さえないという世代もいたということでもある。

石原は分析している。

「作家からのいいがかりでなく、それはむしろ読む人間の側にある問題ではないか。

つまり、出光興産の事件そのものが、われわれにとっては虚構的なのだ。われわれはそれを現実の事件として受け取りながら、なお、そのうちに、われわれの内的なものに呼応して是認されるリアリティを感じることが出来ないのだ。

われわれがそこに認めるリアリティは、ただ、それが現実にあったのだ。という皮相なものでしかない。

今日の人間には、国家的、民族的な出来事はあっても、事件はあり得ない」[62]。

日章丸事件という起こった出来事を事件として体感できないのは、この小説がなった一九六〇年安保闘争を事件として体感した世代の人間が、時代を知覚するということでもある。国会前において後者を事件として体感した人にとっては、「滑稽なヒロイズム」ということになるということだろう。そして、この亀裂は決定的である。

『挑戦』について、当時、江藤淳も否定的な批評をしている。

「伊崎の〈けなげさ〉―破滅的な〈純粋さ〉は、元来社会的な掟や人間関係の力学と激しく相剋する性質のものである。（中略）伊崎は、衆人環視のなかで、ダイヴィングの選手ででもあるかのように、いともやすやすと破滅してのけ誰からも非難されない。このような〈小説〉はありはしない。破滅を希もうが希むまいが、人はこのように生きられるわけがなく、そうであるからには、ここに描かれた人間関係が単に虫のいい絵空事にすぎぬことは明白である。要するに石原氏は、実際家を描いてもいず、理想家も描いているわけでもない。この非小説が辛くも只

60 石原慎太郎「作家ノート―虚構と真実」『祖国のための白書』（集英社　一九六八年）二一七頁。
61 前掲書二一一頁。
62 前掲書二一二頁。

の悲劇的成功美談の域を超えているのは伊崎的英雄の実在を信じ、民族主義を信じる作者の無意識の倨傲さのためであろう」[63]。

江藤は、さらにこの無意識の倨傲を石原の志だとも言っている。まさしく伊崎的英雄は、石原が理想とする広瀬中佐であり、『亀裂』にもあったように、海軍兵学校に行きそびれたという思いである。そして、これを背景に、実際にあった日章丸事件という事件を一種の政治舞台にして伊崎という人物を文学的に描き出したということである。ここでの江藤の批判は示唆に富むものである。というのも、石原が自らの政治思想をこの文学的描出において披露しながら、思想そのものには至っていないと指摘しているからである。

すなわち、「伊崎的英雄の活躍を可能にする民族主義への批評が欠けているからにほかならない。これは換言すれば、石原氏における個人的なものと集団的なものとの接点のあいまいさ、ということでもある」[64]。

江藤は、こうしたナショナリズムへの批評を欠くことを無意識とも見ており、またそれゆえに思想そのものではなく、個別政治思想のダイレクトな開陳でしかないとしているが、石原自身は、この方向を、政治家になることにより表現しようとしたということであろう。国会議員となって間もなく、江藤との対談で、石原は次のように述べている。

「政治というのはひとつの表現の方法だと思う。ただ、小説の場合にはどんな小説だろうと表現する情念や理念がある。それも情念だけだろうとも作家にとっては、それが理念なんだ。政治も理念がなくちゃいけないし、政治とは、理念を政治的に表現する方法だ。(中略)ところが、理念がなくても政治という機能は動いているんだよ。それが現代の日本の政治の悲劇で、政治が表現になってないんだ。表現すべき理念がないのに政治の機能だけがあるんだよ。ここに日本の官僚化した政治の性格があるわけで、政治をほんとうの表現にするためには、政治というものは政治の実態である理念をもたなくちゃいけないし、それを標榜しなくちゃいけないのだ」[65]。

『日本零年』に出てくるブローカー祓川のように、政治は理念などではない、権力が機能するというリアルにすぎないということに、石原は違ったポジションを取ろうということだろう。そういう政治家をめざそうということなのだろう。政治という舞台で、直接自ら表現をしようということで、ここに小説家石原と、政治家石原とが分節化し結合するということだとも言える。

　こうした政治家石原の誕生は、文学者石原の再生ということでもあったということのようである。実際、『化石の森』をめぐる二人の対談において、次のような応答がある[66]。

「『日本零年』なんかに比べると、今度のは上《あが》りがずっとすっきりしている。それは君が政治をやっていることと関係があるんじゃないか。つまり、『日本零年』には政治青年的言説が非常に出てきたろう。あれはもういまはいう必要がなくなったんじゃないか」と問う江藤に対して、「いう必要ないね。やっぱり政治をやったことで、自分の文学のテーマというのが濾過されてとても見えてきた。絶対に必要なものと不必要なものとがわかってきたし、自分のいちばん好きなものがわかってきた。結局他人のために小説を書く必要が全くないということが、単純なことだけど、わかったよ」と石原は応答している。

---

63 江藤淳『石原慎太郎論』一五九―一六〇頁。初出は、江藤淳「政治と純粋」『文學界』（河出書房新社　一九六〇年）八月号。晩年、江藤は、靖国問題を文化問題として展開するが（第八章第一節（二）「靖国問題」参照）、自己発見・自己追求と日本を重ねることに、石原に対して終始批判的であった（石原慎太郎・江藤淳・橋川文三・浅利慶太・村上兵衛・大江健三郎「座談会　怒れる若者たち」『文学界』（文藝春秋　一九五九年一〇月号）一三九頁）。

64 前掲書一六〇頁。

65 江藤淳『石原慎太郎論』二一四頁。初出は、江藤淳・石原慎太郎対談「人間・表現・政治」『季刊藝術』一九六八年一〇月。

66 江藤淳『石原慎太郎論』二四四頁。初出は、江藤淳・石原慎太郎対談「〈嫌悪〉からの出発　『化石の森』の提示するもの」『波』一九七〇年九月、一〇月号。

しかしながら、分節化とはいっても、やはりひとりの人の中での問題である。この文学者石原と政治家石原という二つの顔は相互に浸透し続けるし、実は多くの人たちにとっては政治家としての顔がより目立っていくことになっていったように見える。それだけ、表現としての文学が、社会において後退していったということでもあるのかもしれぬが。

第五章　恋愛と人生

前章の『日本零年』においても、また『挑戦』においても、恋愛と人生の問題は、小説の主たるモチーフではなかったが、どちらの作品においても、当然のことであるが人間を見せるための重要な要素として描かれていた。とりわけ青年が生きるということに焦点を当てれば、この問題に触れないわけにはいかないだろう。『亀裂』においては、すでに見たとおり人のつながりということが主題にされ、恋愛の意味は重要なそれでもあった。人間のつながりと肉体とがいかに関わるのか、人の愛に、肉体の介在が不可欠かそうではないかという問いはつねにあろう。

二一世紀日本、今や「希望格差社会」と言われ、人の人生はそれぞれ先の先まで見えてしまっている可能性がある。「情報化社会」と言うように、「生きる」ための情報が大量に用意され氾濫し、人はそれに踊らされ自分を見失ってさえいる。自分が虚構か実在かさえ不鮮明となっている。人生の選択、そしてよきパートナーとの出会いは重要なテーマであるが、恋愛すらも回避すべきリスクとして捉えられる時代となった。

『太陽の季節』以来、石原は男と女の問題を繰り返し扱ってきた。それをたどりながら日本社会の現代までを考える糸口を見つけたい。

一、恋愛ゲーム

『太陽の季節』(一九五五)が石原の作家デビューとされているが、「灰色の教室」(一九五四)、「冷たい顔」(一九五五)、「透き透った時間」(一九五六)、「乾いた花」(一九五八)など同時代の短編作品の多くは、『太陽の季節』の習作のようにも読むことができ、これらにも、恋愛、死、スポーツなど共通した素材が用いられている。一九五〇年代、新しく始まる社会の断面を描くものであり、その構成は、作者の年齢を考えれば、たいへんに分析的で透徹した眼

逗子海岸にある「太陽の季節」文学記念碑

で物事を捉えていたと私は感じる。まずは『太陽の季節』を中心に、何が描かれているのかを明確にしたい。

（一）『太陽の季節』

「竜哉が強く英子に魅かれたのは、彼が拳闘に魅かれる気持ちと同じようなものがあった。

それには、リングで叩きのめされる瞬間、抵抗される人間だけが感じる、あの一種の驚愕の入り混った快感に通じるものが確かにあった」[1]。

『太陽の季節』は、この書き出しから始まり、竜哉と英子の関係を拳闘というゲーム・モデルで解析していく形で組み立てられている。この小説により石原は第三四回（昭和三〇年下半期）芥川賞を受賞し、作家として歩んでいくことになるが、やはり一橋大学在学中、自ら中心になって復刊した『一橋文芸』なる雑誌に、「灰色の教室」という処女作を載せている。この小説の筋は、『太

1 石原慎太郎『太陽の季節』（新潮文庫 一九五七年）八頁。

陽の季節』とも重なるし、その中にあるエピソードのひとつはまさに『太陽の季節』の原型である。

「拳闘選手の樫野が、試合の度にリングサイドにつれて来た啓子と言う女を殆どの友人が知っていた。（中略）その啓子に対する樫野の態度が段々素っ気無くなって来、反対に彼女が彼に一言々々女の奴隷が主人に媚びるような様子に変って、終《しま》いにははらはらしながら暴力よりも残酷な彼の言葉を待ちそれでもじっと我慢して彼についてくるように二人の仲が変わって来ても、そんなケースにはなれてしまっている仲間達は（中略）全く気に留めなかった。（中略）がやがて啓子は樫野の子供を生みそこない、余病を併発してあっけなく死んでしまったのだ」[2]。

拳闘選手樫野は、津川竜哉であり、啓子は英子となって『太陽の季節』ではヒーローとヒロインとなっているが、『太陽の季節』のアウトラインは実はこれだけである。

『灰色の教室』においても、『太陽の季節』においても、男性は高校のボクシング部の選手、女性は年上の女性ということになっている。酒も飲み、車も運転する。後年、石原が『弟』において、「放蕩の季節」と題して、弟石原裕次郎の慶応高校時代のことを縷々《るる》書いているが、題材はこの弟を介してか、あるいは自らも弟と銀座で見知り体験したそれであろう。

出来事の真偽のみならず、高校生の飲酒、相手に堕胎させ死なせてしまうことの善悪や、高校生がヨットを買い与えられていること、その相手も東京に住むが葉山に夏の別荘を持つ富裕な家庭の子女のする火遊びなどについて、くそ真面目な道徳論を掲げてあれこれ批評批判するのはさほど難しいことではない。

風呂から出て体一杯に水を浴びながら竜哉は、この時初めて英子に対する心を決めた。裸の上半身にタオルをかけ、離れに上ると彼は障子の外から声を掛けた。

「英子さん」

部屋の英子がこちらを向いた気配に、彼は勃起した陰茎を外から障子に突き立てた。障子は乾いた音をたてて破れ、それを見た英子は読んでいた本を力一杯障子にぶつけたのだ。本は見事、的に当って畳に落ちた。その瞬間、竜哉は体中が引き締まるような快感を感じた。彼は、リングで感じるあのギラギラした、抵抗される人間の喜びを味わったのだ。

しばしばセンセーショナルに引用される、竜哉と英子が最初に結ばれるこの場面は、英子に惹かれることと、拳闘に惹かれるのと同じようなものという冒頭の前提を受けている。ここで二人は交わるのであるが、「好きだ」と竜哉は初めて女に言ったとあり、この勝負、竜哉の負けということになる。

描出のされ方、そしてそもそも描出される行動のはしたなさについて批評批判することも今や好き嫌いの問題でしかない[3]。むしろ面白いのは、美的形象としての愛を描出することでも、道徳論として愛の有り様を言おうなどというのではなく、恋愛とは精神遊戯[4]であるとしてゲーム論のごとく分析している点である。

「英子さん」という呼びかけに始まり、障子に勃起した男根をつきたてる、これに対して英子は本を力一杯障子にぶつけたという情景のシークエンスは、まずは二人のコンティンジェントな身体運動の関係に支えられている。性愛を基調にした遊戯関係は私秘性に包まれるとしても、つねにありうることである。

性的欲求だけが先行して障子など関係なく強姦ということもありうる。たまたま暑い夏、離れもある金持ちの家、

2　石原慎太郎「灰色の教室」『太陽の季節』（新潮文庫　一九五七年所収）一〇四―五頁。
3　鈴木斌『作家・石原慎太郎―価値紊乱者の軌跡』（菁柿堂　二〇〇八年）五四頁以下にあるように、芥川賞受賞時の選評に遡ってみることもできるが。
4　「灰色の教室」一〇六頁。

風呂に入ってさっぱりしたあと、そして英子が投げつけることのできる本を手にしていなければ、こんなふうにはならなかったであろう。詩的とは言わないが、状況依存的な身体運動のシークエンスがこの場面を作り上げている。ゆえに「好きだ」という竜哉の発語は、いわば「参った」であり、このラウンドの終了ということになる。

恋などと言うものにしても、彼はすっかり諦めることにしていた。（中略）大体彼は、嘗て交渉した数多い女達に何も求めはしなかった。彼が通って来た世界の女達は、所謂玄人も素人も、彼が女に求めるべきと信じた夢を一つ一つ壊しただけであった。だから、彼が新しい女を追い廻すのは、女達が新しい流行を追ってやたら身の飾りを取り替えるのと変りはないのだ[5]。

と、特性を記述されたひとりの男竜哉が「好きだ」と口にした。ラウンドの終了のみならず、英子という相手は竜哉にとっては今までに対戦したことのない相手だったということである。

竜哉は拳闘選手である。ゲームは続く。それは言葉の意味理解、意味解釈のシークエンスではない、弛まぬ練習と試合経験にのみ支えられる。いわゆる拳闘ということについての想念などではない。そんな観念を頭で抱きながら拳闘などできない。

英子は、竜哉たちが東京で、今で言えばナンパしたひとりであり、この問題の場面の時は、夏前に葉山のサマーハウスの準備に来て逗子の竜哉の家に寄ったということになっていた。夏になり「東京の遊び人達は何処かの高原へ出掛けるか、さもなくば湘南の海岸に彼等の戦場を移すのだ。英子は葉山の別荘にやってきた」[6]という世界、そしてそういう時代、そういう階層の話である。

竜哉は英子を夕凪となる前にヨットに誘う。江ノ島に向かうが、稲村ヶ崎沖合で風が止み、投錨し帆をおろし、由比ヶ浜から逗子の海岸に続く灯を見ながら、ポータブルラジオからスローミュージックが流れ、持ってきた簡単な夕食を取り酒を飲み、海に入って二人は戯れる。ヨットに戻り再び結ばれる。

やがて月は明るくなった水の上を風が伝わって来る。前帆がゆっくりはためく。上気した頬に夜風は爽やかであった。暫くして竜哉は主帆を上げた。二人は抱き合ったまま梶棒を握った。湊のポールライト目指して船はすべって行く。その灯は行けども行けども果てなく遠く思われた。潮の干いた逗子の渚にヴィラやホテルの灯が幾すじも縦に延びて光り、遠くの水の上まで伝わっている。

「一寸したリヴィエラ風景だな」

そう言って竜哉は英子に接吻した[7]。

ここは「好きだ」という言語行為ではなく、接吻という非言語コミュニケーションでクローズしている。ただし物語は、こうしたロマンティック・ラブのシークエンスが行き着いたところで、彼と彼女との関係は残酷にも変わっていく。「やがて、英子は竜哉の行く所何処へでも姿を見せるようになった。彼には段々それが煩わしくなった」[8]。

作者は竜哉をつうじてはっきりと、この意味変化を解説風に確認している。すなわち、「人間にとって愛は、所

5　『太陽の季節』三六頁。
6　『太陽の季節』四九頁。
7　『太陽の季節』五三頁。
8　『太陽の季節』五六頁。

詮持続して燃焼する感動ではあり得ない。それは肉と肉とが結ばれる瞬間に、激しく輝くものではないだろうか。人間は結局、この瞬間に肉体でしか結ばれることが無いのだ。後はその激しい輝きを網膜の残像に捕えたと信じ続けるに過ぎぬのではないか」9。

恋愛は、婚姻のごとき制度とも、さらにはそれが文書で根拠づけられ、離婚に際して財産分与のもとになる契約関係の一種のようなものとは違う。発語という言語行為が、恋愛の過程においてもつねにあろうが、それは行為であってもまさに発語でしかなく、それが生じるところは身体運動的である。「好きだ」は、その時点の竜哉の心の発露であり、観念の言語表現やその語義解釈とは違う。「ちょっとしたリビエラ風景だな」もロマンチックだなという体験の発露であり、それへの体験の呼応である。これらは発語を伴っているが非言語的である接吻と同じ発語媒介効果にこそ本質がある。

恋愛は、体験と行為の非相称、そして知覚体験、感覚体験と、観念連鎖とが非相称な関係でしか維持できず、つねにコンティンジェントに連関してしかいない。道徳についての論議は、行為とその帰結の帰属関係を意味の定義と解釈を施した言語行為により成り立つものである。つまり道徳とは、恋愛とはまた別の人間世界の水準で開ける下位世界でしかない。したがって、恋愛を生起させるコンティンジェントな関係を、意志や観念で統御することはしばしばきわめて難しくなるということである。その点で、まさしく精神遊戯ということになるのであろう。遊戯と言っても、今風の言い方で「ゲーム感覚」で恋愛をしているということではない。コンティンジェントにある恋愛というゲームそのものにはまり込んだということである。しかしゲームは終わる。

すでに勝負はついていた。それにもかかわらず、竜哉はさらに英子にパンチを加え続けるのだ。

「英子に抵抗するものが無くなった今、彼が尚彼女に執着するのは何故であろう。この残忍さは唯英子だけに向けられ、その裏にあるものは当の彼にもわからなかった。あの夜英子に抱いた感動を彼がこういう形でしか現わし得ないとしたらそれは何ということだろうか。自分の悪戯が前と変って彼女に恐ろしく堪《こた》えるのを見ると、彼はますます手の込んだあくどいいじめ方を考え出した」[10]。

サンドバックが壊れるまで殴り続ける。ロープに寄りかかった相手に、まだ執拗に連打を続けるごとく英子は竜哉に苦しめられる。挙げ句の果てに、竜哉は兄道久に英子を五千円で払い下げる。そうした悪辣な企みを知らされても英子が彼から離れようとはしないことを知りながらである。

残酷な売買を知った英子は涙して言うが、ゲームはまだ続いている。

「どうしてそんなに私をいじめたいの。本当に、心から私が嫌いになったら貴方はそんなことしないでしょう。貴方がその気なら、私は抱いてもらえるまでお金を出すわ。(中略) 貴方は私を売ったつもりでも、結局私に買われるのよ」[11]。

ゲーム終幕は、英子が妊娠していたことを告げるところから始まる。竜哉は逡巡し、また時間を経過させることで英子が苦しむことを知りつつ結局は堕させることになるのだが、そのきっかけは竜哉がゲームの終わりを予感してのことでもある。

「こんな風にして、彼は一月の間英子を引っぱっておいた。がある日新聞で、家庭で子供を抱いたチャンピオンの写真を見て彼は顔を顰めると思いたった。丹前をはだけたその選手は、だらしない顔をして笑っている。リングで彼が見せる、憂鬱に眉をひそめたあの精悍な表情は何処にもなかった。竜哉は子供を始末することに決心した。

9　『太陽の季節』五三頁。
10　『太陽の季節』五七頁。
11　『太陽の季節』六六頁。

赤ん坊は、スポーツマンとしての彼の妙な気取りの為に殺されたのだ」[12]。

ゲームを続けるためには、赤ん坊は必要ないということなのであろう。ゆえに堕させるのであるが、逡巡とじらしにより時が経過し掻爬手術は困難となってしまっており、さらに骨格の都合で帝王切開ということになる。これが腹膜炎を併発し英子を死なせることになる。ゲームは、予期せぬ結果を招いてしまう。それゆえに竜哉は、「チェ、どじをしやがって」と言う。もうゲームができなくなるじゃないかという意味である。

葬儀では、当然のことながら英子の家族、友人の竜哉への眼差しは厳しかった。しかし、そのこと以上に、そして竜哉の予期に反してゲームはまだ続いていたのである。

「花に埋もれて英子の写真が置かれている。それはあの蓮っ葉な笑顔と、挑むような眼つきであった。(中略) 笑顔の下、その挑むような眼差しに彼は今初めて知ったのだ。これは英子の彼に対する一番残酷な復讐ではなかったか、彼女は死ぬことによって、竜哉が一番好きだった、いくら叩いても壊れぬ玩具を永久に奪ったのだ」[13]。

竜哉が香炉を写真に叩きつけ、祭壇はめちゃめちゃになってしまう。そして真っ直ぐ学校のジムに戻りパンチングバックを打つのである。英子が浮かび上がってくる。「——何故貴方は、もっと素直に愛することができないの」という英子の言葉と彼女の幻影に彼女の笑顔を見たのである。

(二) 新しいモラル

こうした小説を、ありきたりの道徳論で批判することは無粋の極みとなろう。

「太陽の季節」という題名は、燦々と照らす太陽とリビエラ海岸、そしてヨットなど何やらブルジョアの明るい生活臭のない世界を描いているようであるが、その翌年「もはや戦後ではない」という『経済白書』の表現が象徴しているごとく、実はこの時代から始まる新しい人間の暗い影の部分を描こうということなのだろう。美しき恋愛というよりも、人の世界にありうる新しい残酷さが主題だとも言える。リビエラという観光地がそうであるとおり、余暇を金で消費できる人々のいる社会の普及ということである。しかしながら、石原がこうした「世界」の誕生を積極的に肯定しているということではない。このことは注意しておいたほうがよいように思う。

後年、『弟』には、湘南中学休学中読み耽り憧れた文学のために考えた京都大学文学部への志望よりも、父の急死による生活の急変、弟裕次郎の高校時代の放蕩に悩まされ、生活のため父の知人に勧められた公認会計士をめざして一橋大学商学部へ、そして何よりようやく寮に入り奨学金を得ることのできた生真面目な兄慎太郎の自画像が描かれている。

「灰色の教室」には、K学園とあるが、弟が通ったその高校にいたとされる、金に苦労しない生徒たちと石原との距離が、この作品ではっきりする。すなわち彼らを非常に批判的に見ていることがわかる。そういう生徒たちには、ありうることだが、万引きも、まさにゲームであった。

「殆ど、何ごとであれ金が解決をしてくれ得る境遇に育った彼等にとって、唯《ただ》でものを取ると言うことは常に新鮮な体験であった。店のものを失敬する時の一寸した緊張と、成功した後の自分には悪の意識はこればかりも無いにしろ、世間では立派な一つの罪として通る悪事を働き得たと言うことに対する満足は、猛獣狩りとかスポーツに近い快感と興奮を彼等に与えるのだ」[14]。

「もはや戦後ではない」と形容されても日本の経済社会が裕福などとは到底言えない時代であったことはたしか

12 『太陽の季節』七二頁。
13 『太陽の季節』七四頁。
14 「灰色の教室」一〇八頁。

なはずである。しかし、こうした非常に富裕な階層の子女がいたこともまたたしかである。

さらに重要なことは、石原がこうした「ライフスタイル」が世の中を変えていくだろうと見ていたことである。この点では、『太陽の季節』は、たいへん社会科学的な作品だとさえ言える。文化遅滞[15]という概念を後年に至るまで繰り返し石原はよく用いるが、かの時代に一握りでしかなかった富裕階層の不良青年のライフスタイルが普遍化していくということである。石原は、弟のその希有なメンタリティと放蕩の学校生活により、自らもその前衛に立つことができた。それゆえに、価値紊乱者としての光栄に浴することができた。ただし、これはそうしたライフスタイルの肯定でも否定でもない。むしろそうした趨勢を明確に観察しえたというところに凄さがある。

万引きは反道徳以上にすでに犯罪であるが、自殺も同様にあってはならぬこととされる。「灰色の教室」には、主人公義久の友人で自殺未遂を繰り返す者が出てくる。この彼が言うには「面倒くさくて死にたくなったんだよ」[16]とある。すでに当時、ある限られた青年たちには終わりなき灰色の日常が始まっていたのである。こういう「面倒くささ」というのは、雨風をしのぎ、空腹に堪え、ひたすら過酷な労働に喘ぐ人々の世界には出てこない言葉である。石原は、この高校生たちの日常を彼らの一世代前の旧制中学、旧制高校のそれとは違っていたと見ている。

「友情と言うことにせよ、彼等は仲間同士で大層仲は良かったが、昔の高等学校の生徒達に見られたあのお人好しの友情とはおよそかけ離れたものなのだ。彼等の示す友情はいかなる場合にも自分の犠牲を伴うことはなかった。その下には必ず、きっちりと計算された貸借対照表がある筈だ。何時までたっても赤字の欄しか埋まらぬ仲間はやがては捨てられて行く。彼等の言動の裏には必ず、こうした冷徹で何気ない計算があった」[17]。

こうした生態は、今となれば日本社会の常態であるが、その走りをよく捉えていたということである。貸借対照表で計算された人生は、その意味では面倒くさい退屈なそれのはずである。

「キザな奴は、人生は賭だなんて言うがそうかも知れない。しかしとても僕にはそんな悠長な賭の結末を待ってる気がしないな。今僕が生活している中でしているどんなちっぽけな事でも、この退屈な賭の中の一手々々なんだとしたら、それが今みたいに皆自分の想い通り運べないんじゃあ尚更つまらないじゃないか」[18]。

だから、こう口にして自殺を繰り返す友人は、賭け事だけは好きなのだと言う。遠く人生の先が見えてしまうと、それはつまらない。そして人生がたとえ賭けだとしても、遠いその結果が見えるまでは待てないということであろう。

そもそも人生などは先が見えるものではなく、何が起こるかわからないものである。しかしながら、貸借対照関係で整理されていく人生は、先が見えないにもかかわらず、実は見えてしまっているのである。作品が書かれた時代、いわゆる社会階層間の移動は、大いに活発な社会であった。親の職業は農業、その子が大人になってからの仕事が会社員という移動は大いに有りえた[19]。

しかし二〇世紀の最後の四半世紀の間に、日本社会は、何もかもが組織化され何をするにも、ほぼ学校歴だけにより事前に決定されるところとなり、その学校歴自体、親の学校歴と経済状態にいつもすでに強く決定されさえしている。人生はわからないと言いながら、その先が見えてしまっていると感じさせられるのである。本当は見えないはずなのだが、見えてしまっていると感じるのである。だから、見えてしまう遠くに対して、もっとタイムスパンの短い見えない賭けが際だつということであろう。

15　一橋大学の有名な社会心理学者南博のもとで社会心理学に傾倒した石原は、このオグバーン、アレキサンダー、フロムらにある、存在は意識を規定するという、マルクス主義風の理論の変形を大事にし続けた。「夢々々」『やや暴力的に』〔（文藝春秋二〇一四年）一七四頁〕によると、オグバーンの存在を教えたのは一緒に映画会社を受け合格したゼミの友人北村だとある。

16　「灰色の教室」九二頁。

17　『太陽の季節』三三頁。

18　「灰色の教室」九七頁。

19　「社会階層と移動に関する全国調査」は、一九五三年から始まる。

睡眠薬の量を計算して自殺を決行するのも、完遂できるかどうか、それがひとつの賭けなのである。たしかに死を賭したそれであり、本人は真剣である。だが、そのまわりの友人たちは、彼の自殺行と繰り返しの失敗をある種の期待と幻滅とともにさえ見ていたのである。

「生徒達にとって、自殺を計って死んだ筈の嘉津彦と、奇蹟的か何かは知らぬが生き返って来た嘉津彦とは全く違った二人の俳優のようなものだ。自殺した嘉津彦という役者は彼等が近づくことの出来ぬ世界に入って行った、と言うより皆は嘉津彦に扮し彼の舞台を通してその世界に入れたような気がしたのだ。しかし生き返って来たこの男はその見事な雰囲気を、悲劇で馬鹿笑いをする役者のように滅茶々々にしてしまった。生徒達はぶち毀された舞台を眺める観客のように白けきった顔つきになったのだ。芝居の舞台とは観客にとって汽車の切符のようなものである。それは一種の約束手形なのだ。観客は目指した目的地に速く心地良く運ばれることを望み、汽車がやたらに止ったり遅れたりするといらいらする。途中の未知な風景に彼等は興奮しはするが、到着すれば当たり前のような顔をして列車を降りるのだ」[20]。

社会とともに人生も整備され尽くしていく。ここでの約束手形は、先ほどの貸借対照表と同じことであり、人生は、そのように汽車の切符のように決まっており、そのようにダイヤにより操車されているということである。人生そのものを賭けてみることは難しい。将来が見えないにもかかわらず、見えてしまっていると皆が思う、そういう社会が始まったということである。そこでは大多数の人たちはひたすら演技をしているのである。命懸けの賭けに出る人は、舞台に上がった役者である。この役者をつうじて、大多数の人間は、その賭けは劇中の演技として興じ、さらには批評するのである。そういう社会が始まっていたということである。

こうした劇を消費する人たちにとって賭けとは、遊戯として、つまりゲームとしてしかない。ただし、遊戯はそもそも、その原型は賭けであり、世俗化したとは言っても、時に人を死なせることにもなる代物ではある[21]。予定された人生において役割を演じつつ、人々は、遊戯の即時的に得られる満足に興じる、そういう社会の出現である。しかしながらそうして出現した、貸借対照表や約束手形で予定された新しい人間たちの友情は、冷徹に計算された上にセットされたものでしかなかった。

「何時までたっても赤字の欄しか埋まらぬ仲間はやがて捨てられていく。（中略）彼等は日常、これを大きく狂わす恐れのある大それた取引はしようとしなかった。（中略）彼等の友情はあくまでこうしたものの上に生れて行くのだ。そして更にこの友情を荒々しいまで緻密にして行くのは、その年齢にまかせてとは決して言い切れぬ、彼等の共同して行う狼藉と悪事を通じて結ばれる共犯者の感情だった。

女、取引き、喧嘩、恐喝と彼等の悪徳が追求される大罪は限りが無い。それは決して、若気の至りなどと言うものではないのだ。恐ろしく綿密に企《たく》まれた巧妙きわまりない罠があった。人々はこれに、唯若年と言う曖昧なヴェールをかぶせて見て見ぬふりをするのだ。

（中略）彼等はこの乾いた地盤の上に、知らずと自身の手で新しい情操とモラルを生み、そしてその新しきものの内、更に新しい人間が育って行くのではないか。沙漠に渇きながらも誇らかにサボテンの花が咲くように、この地盤に咲いた花達は、己れの土壌を乾いたと思わぬだけ悲劇的であった」[22]。

この一面に咲き乱れていた乾いた花が、褐色に色を変え枯れきっているのが、まさしく今われわれがいる二一世紀日本社会ということなのだろう。

20 「灰色の教室」二一六頁。
21 「冷たい顔」（一九五五）は、サッカーの練習中の事故死とそれを取り巻く人間模様、『透きとおった時間』（一九五六）は、ラグビーの練習中の事故死とそれが取り扱われている。
22 『太陽の季節』三三一―四頁。

(三)「乾いた花」

さて、乾いた地盤、サボテンの花という『太陽の季節』に現れる、こうした表現は、同じ頃に書かれた「乾いた花」という作品に目を向けさせる。この作品は、『太陽の季節』のネガのようでさえある。

主人公村木が不思議な少女冴子に出会うのは、彼が刑務所を出て半月ほどしてからであった。村木は、さる組員であり博徒。ある賭場で張り手が足りず場が成り立たないでいる時、突然、まだ一〇代のあどけなさが残る少女が張る。彼女は、賭場へ博打を楽しみにやって来たのではない。

「私が刑務所《なか》で渇えたものは、他の仲間たちのように娑婆の女や食い物などではなくて、賭場の空気の中で知覚出来るあの自分自身だった。(中略)多くの人間は博打への集中に自分自身を忘れることは出来る。彼等はそれを楽しみにやって来るのだ。しかし私や冴子は賭場の中で逆に自分を見つけることが出来た。少なくとも賭場の中での私は私にとって本物に思えた」[23]。

少女は、そういう雰囲気で賭場に来ていた。そしてそういう少女への主人公の想いは純愛である。住み家を証さずスポーツカーに乗って来る彼女、そしてふとしたことからドレスアップをした彼女を主人公はさるホテルで目にする。金持ちの令嬢なのだろう。メンタリティは、「灰色の教室」で自殺未遂を繰り返す男の子と似ている。彼女は、命懸けの賭場で博打をつうじて自分を知覚するのだ。

二人が出向いていたさる賭場、警察の手入れを受ける。とっさの機転で隠れた小部屋、暗闇の中、押し入れから布団を出し、服を脱いで同衾する。連れ込み宿のようなところでもあり、入ってきた刑事は、博打とは関係ない男女として見逃す。村木は彼女に惚れていたが、そして肌が触れ合いながらも、この時、彼女に手を出さなかった。「いずれにしろ俺は、冴子という女のお蔭で生まれて初めて床の中で獣にならずにすんだ」[24]と苦笑いして思う。何とも純愛ということである。

もめていた組同士の出入りで仲間が殺される。当然、向こうのひとりを殺して落とし前をつけることになる。村木は冴子と離れることを憂いながらも組長に志願しそれを果たす。「距離の上では私と冴子を遠ざけはするだろうが、私はそれで彼女の何かへ自分が近づいていけ、それに結ばれているような気がした。それは言いようのない決定的な感慨だった」[25]。それゆえの決断だった。これも純粋である。

しかしながら刑務所で二年後、冴子と顔を出していた賭場の知り合いに会い、冴子が殺されたことを知らされる。村木が強く止めたにもかかわらず、冴子は薬に手を出しそれにはまってしまっての結末であった。

この物語は、金持ちの不良少年の遊戯に根を持つ消費社会のモラルとは違っている。正真正銘、裏社会の話であるが、遊戯と演技ではない本当の自分を見つける賭けに生き、そして死んだ勝負師の物語であった。石原は、こうした生き方を「本物（genuine）」と呼ぶ[26]。

二、成功と恋愛

石原がまだ学生であったということもあり、『太陽の季節』をはじめとした初期の作品は、若者の世界、生き方探しに関わるものであった。しかしながら、その長い作家活動をたどっていくと、拳闘との対比で精神遊戯として

23 石原慎太郎「乾いた花」『石原慎太郎集　新鋭文学叢書8』（筑摩書房　一九六〇年所収）一八二頁。
24 「乾いた花」二〇五頁。
25 「乾いた花」二〇六頁。
26 第六章第三節（三）「本物とは何か」二三八－四〇頁参照。

恋愛を分析しつつ新しき人間社会を切り出すことだけにこだわっていたわけではないこともわかる。作者自身が経験を重ねていくことにより、恋愛という点結するシークエンスの問題は、人生というさらに連鎖発展したコース性のある時間軸のそれへと拡張されていく。

ここでは、一九六二年の『てっぺん野郎』、一九六四年の『刃鋼』、そして二〇〇八年の『火の島』を、主要な題材としてみたい。というのも、これら三つの作品は、「もはや戦後ではない」以降、日本の戦後経済社会の発展段階にある局面をそれぞれ適切に描き出しながら、それを背景にした人生物語、まさにライフストーリーが描かれていると読めるからである。

そうした経済社会における人生の成功と挫折、そして屈折と、必ずそれらと微妙な形で、人間の愛は関係してもいるからである。言い換えれば、人は人といかに何によってつながることができるのかという問いである。仕事が切り開く可能性については、前章で見た。これ以外につないでくれる媒体、例えば愛はどのように考えることができるのかということである。また、人生そのものは、どのように愛を含めてさまざまな出来事をつなぎ止めてくれるのかということである。

（一）経済社会の異同

先ずは表現描写という点で、今挙げた三つの作品を読んでみて先ず気がつくことだが、『てっぺん野郎』が、多くの石原作品と違って、切った張ったの出入り場面がないという点で少し特殊であるかもしれない[27]。物語の書き出しもほのぼのとしており、またユーモアに満ちたところがあり、結末も夢膨らみ、主人公は豊かさを我が手にしていくであろうと応援したくなり、またきっと明るい未来がやった来るように終わっている。

この娯楽小説風の作品に対して『刃鋼』は、その作品の大きさ、緻密さ、迫力という点では、紛れもなく小説家石原慎太郎の記念碑的な作品だと私は考える。「この作品は、発表後数十年経過したいまも、まったく古びていない。自己確立のための村上卓治の闘いは、欺瞞が欺瞞ですらなくなった現代においては、神々しくさえある」[28]と、著名なハードボイルド作家の高い評価を私もそのとおりだと考える。フィクションという非現実にある、そのリアルさが読み手を圧倒するということであろう。

凄惨な暴力シーンは、一九五六年の「処刑の部屋」、一九五七年の「完全な遊戯」にもあるが、これらと違いこの作品においては、その表現力に圧倒され引き摺り込まれ読み手として言葉を失うところがある[29]。ただし、そうした芸術的な美醜を、政治的、道徳的な善悪に置き換えて言うつもりは毛頭ないが、『てっぺん野郎』にあった純朴な明るさが、粗暴さに変わってしまわざるをえないのは、日本の経済社会の裏面の起伏がより激しくなったことによるからかもしれない。

すなわち、作品が舞台にしている時代が違うということで、日本の経済社会の急激な変化がよく反映されているということであろう。『てっぺん野郎』は、『挑戦』ですでに見た、戦後の高度経済成長が始まる直前にあった、鉄鋼、石油など戦略物資への進駐軍下の統制経済において、闇取引からのし上がっていくひとりの男の物語であるのに対して、『刃鋼』は、同様に田舎から東京に出てきたが、その田舎は、すでに高度経済成長下の日本の矛盾、すなわち東京を代表する大都会への集中と、急激に寂《さび》れていく炭坑と漁港の町留萌との対比に支えられている。漁業が振るわず、エネルギー転換により石炭が必要なくなったのちの斜陽する町から東京へと出てきた若者が、主人公

27　ただし、後述するように戦後の裏社会の縄張り争いで顔に傷跡のあるその筋の人が、主人公朗太を助け株主総会に登場しその種の威嚇をする場面がある。また、『日本零年』にあったように、仕組まれた事故がありそれにより人が死ぬという場面もある。
28　北方謙三「解説―伝説ののちに」（『石原慎太郎の文学1』文藝春秋　二〇〇七年）六六八頁。
29　これらの作品と暴力については、第六章第二節（一）「性と暴力」二二六頁以下において詳述する。

卓治であるが、彼は、鯟と石炭の町留萌から尋常では考えられない経路で東京に出てくる。

希望に満ちてサラリーマンになるというのではなく、小説の時代背景を思えば集団就職が全盛の時だった頃だが、彼がたどらざるをえなかった道は、炭坑の不用になったがまだ使える設備機械を九州に移設するために留萌にたまたま寄港停泊した貨物船に密航するところから始まっている。発見され釜石で下ろされるときに、船中たまたま可愛がってくれた船の料理人が、横浜に弟がいるから困ったら行ってみろと言ってくれた縁で、それを頼って角田というやくざに厄介になり、自らもやくざとして生きる道を拓いていくという話である。

卓治の場合も、疎ましき家郷からの脱出という運命を背負わされている。これはすでに触れた『鴫』『化石の森』『嫌悪の狙撃者』とよく似ている。戦後の経済成長期の日本における周縁に対する中心、すなわち地方に対する東京という関係は冷酷である。卓治の場合には、『鴫』『嫌悪の狙撃者』の主人公たちと同様に経済的にたいへん貧しかった。生きていく道を、何によりもぎ取っていくのかが至上命令であった。選べぬ親、選べぬ時代を恨む以外になかった。そしてそのことは、ある種のあこがれとともにやってきた都会に、到着のその瞬間から幻滅するという、実は当然の帰結から「あこがれの地」でありながら、そうではなかったというところから、生きていくということは始まらなければならないということでもあった。

密航がばれて釜石で降ろされ警察に突き出され北海道に列車で戻されるが、途中脱走する。長距離トラックに拾ってもらい東京に入る。運転手花井から到着して東京・新宿を見せられた場面が描かれている。


「どうだい、にぎやかだろう。けど朝より、夕方の方が凄いぜ」

花井は言った。

〝違う〟私は思った。

〝これが東京である筈がない〟と。

（中略）

「ああ。なんならお前も言ってみな、いきゃわかる。人間が大勢いてもがらんとした感じでな、俺には馴染めねえな。あそこには人間以外の主がいるらしい、そんな気がするよ」

花井が思わず言った言葉は私を打った。

（中略）

確かに、それらのものは故郷の町や、或いは来る道過ぎてきたどの町々にもありはしなかったろう。しかし、それらは私が想い夢見ていた大都市の城壁の輝かしい部分ではなかった。美しいどころか、それら汚れてい、実際の大きさにも似ず見かけは矮小だった。

（中略）

眼の前にそそり立つ百貨店の乳色の壁を見上げた眼で、私は空を仰いだ。晴れて雲の無い空までが、ここでは青ながら尚くすんで見えた。

「どうだ」

私の感嘆を促すように花井はまた言った。

答えず、

〝これではない、こんなではない〟

私は想い続けた30。

30　『刃鋼』六四―六六頁。

留萌　冬の海空

この時代、そして今も、東京に出て来たものの、同じ思いをする若者は少なくないかもしれない。しかしながら、そうであってもここから始めねばならないのである。「つまり私はもう、この水の際からどこへ船出することもないのだ。私の到りついた大都会が、いかに漠々と平たく連なっていようと、ここがその端なのだ、と。私は、この水際から踵を返し、今背にしているものの中に踏み込んでいかなくてはならない筈だった」[31]。

卓治は、密航船の料理人に言われたとおり、横浜へ行き角田を頼り彼に育てられ、一人前のやくざとなっていく。そうした世界ゆえに、敵対する組への仕置きをすることになる場面につながっていく。

殺人が肯定されるはずなどないのは間違いないことだが、作者はひとつの説明を試みている。

「定かな遺恨ではなく、俺が生まれつき負ってきた、何ものかに対しての遺恨であり、仕返しだった。俺にとってそれは、或いは、故郷のあの町から華やかな伝説を奪い、代りに死んだ鈍色の海を与えた何かへの遺恨であり、仕返しだった。

足下に動かなくなった三津田[32]を見下しながら、自分がその復讐の一歩を遂げたことを感じていた。満足と、安息があった。

あの紅い混沌からようやく這い出し、焦りと、自らに課した侮蔑から救われた自分を感じていた」[33]。

こうした理屈は、先にも触れた疎《うと》ましき家郷からの脱出の論理でもあろうが、こうしたことが起こってしまう必然性に、「純粋性」「透明性」を見ようということなのだろう。これらは、『亀裂』以来のテーマが継続されているということでもある。

『てっぺん野郎』においては、田舎を出て東京の呉服問屋に丁稚奉公する少年の立身出世がストーリーであったが、『刃鋼』では、密航し家郷を出る少年の人生が主題となっている。家郷を家出で捨てるこの少年卓治の時代には、もうすでに丁稚奉公がなくなっていたということでもある。いや、それ以上に、卓治の場合には、丁稚奉公の口さえありえない家だった。

二つの小説の舞台は、おそらく一〇年から一五年ほどの差があるが、日本の産業化の進展が急速であったということを示しているし、また貧しさの中にも、そこにさらに格差があったということも示している。

これらに対して、『火の島』という作品は、一九三二年生まれの石原ということを考えれば、七五歳のときの大作である。その主題は、彼のほぼすべての作品を貫通している、やはり青春と恋愛である。この点では、石原慎太郎という人の、その衰えることのない若さを強く感じさせもしてくれる。そしてこの作品は、前二作品以後日本の経済社会がさらに大きく変化していったことをよく捉えており、それとともにその表裏にある任侠の世界の変化もよく分析して描き出されている。

31 『刃鋼』七六頁。
32 卓治が角田に銘じられて殺した相手。『化石の森』に登場する悪徳不動産屋も同姓であった。
33 『刃鋼』二八六―七頁。

『刃鋼』の後半、すなわち主人公卓治がのし上がり大物やくざとなり、県知事を強請《ゆす》り、県知事の娘とも同衾する関係になり、地方公団の土建を牛耳ろうとするところには、すでに暴力団も『てっぺん野郎』にあるような、盛り場の飲食店の用心棒のようなやくざとは違い、それが企業ビジネス化していき、頭脳と組織の犯罪の時代にすでに入っていっていたことをよく教えてくれる。

火の島、すなわち三宅島の噴火が主人公の少年と少女ふたりの人生を変えてしまう。ここでは自然災害が人生に決定的な影響を及ぼすことを教えてくれる。この噴火は、一九六二年のものと考えられる。作品で描かれている現在は、バブル経済、あるいはその後、一九九〇年代半ば以降かと考えられる。

『火の島』は、やはり土建業者に関係しているが、大きな建設会社であるが同族企業であり非公開の株式会社であるために、一部の人間が牛耳る取締役会、そしてそこにある不正、それをネタに強請る知能暴力団という関係がある。急速に大きくなっていった同族企業が、その体質をかつてのままにしながら、株式の過半数を維持しきれなくなり身動きができなくなるということは、大いにありうることであり、日本の経済社会が、実業から虚業、すなわち実物経済から金融経済へと急速に移行していった時代に到ったことをよく教えてくれる。

『てっぺん野郎』の主人公上杉朗太がいみじくも「僕は株屋になるつもりだけはありません。（中略）ただわかることは、僕自身の手で、何かを創り出していきたいということだけです」[34] と繰り返し口にするが、そうした、かつての日本の経済社会は、いつの間にか大きく変化してしまったということでもある。

こうした異同は、前章で見た『「NO」と言える日本』における盛田のアメリカへの反論が書かれた頃を頂点にして、その後間もなく、日本の経済社会が急速にしぼんでいったことを思い出させる事柄である。

(二) 成功譚と悲劇

日本の高度経済成長は、日本輸出入銀行設立や長期信用銀行制度ができた一九五三年から第一次石油ショックの一九七三年までの二〇年ほどの成長期間が言われるが、それが人々の生活や意識に与えた影響ははかりしれない。そして、一九七三年と七九年の二回の石油ショック以降八〇年代末のバブルに至るまでの個性化進展を生み出した大衆消費社会の到来も同様に日本人の生活や意識を大きく変えた。こうした外的な状況の急激な変化は、人生の意味や、そこにおける成功の意味も間違いなく変化させているはずである。しかし同時に、そこには変化しない何かもあるはずだ。

たしかに『刃鋼』の主人公卓治の人生が、いわゆる世間的な意味での成功などとは言えない内容であろうが、『てっぺん野郎』の朗太とともに、成し遂げたという意味でそれぞれ男主人公のまさしく成功物語が描かれているとすれば、『火の島』は、成功後の、すなわちその後日談だということもできる。

『てっぺん野郎』の主人公朗太は、丁稚であった。ただそれだけで終わりたくはなかった。若旦那から株式の専門書を借りて読もうと努力していた。たまたま主人の使いで料亭の女将に反物を持って行った際に、その女将の旦那である金持ちの株屋にその専門書を見られてしまう。株屋にすればそんな専門書は役になど立たないものではあったが、この若者の心意気を面白く思い、この金持ちは道楽で朗太に金を貸す。借りた金を半年で巧く運用益を出したら話を聞いてやるとしたのである。こうして与えられたわずかな僥倖から、会社社長になっていくというサクセス・ストーリーがこの物語前半の軸になっている。

『刃鋼』の卓治の場合、疎ましい家郷において身につけた唯一のスキルは唐手であった。これが彼の道を切り拓

34 石原慎太郎『てっぺん野郎』(集英社　一九六五年) 一一七頁。

いていく。シマの争奪で力量を発揮する。敢えて言えば、出入りの世界での成功譚と言うべきものかもしれない。石原が好んでいると思われる場面がある。


私は待つように立っていた。暗がりの中で、私が向かいあった人影は三人だった。

「何とか言え、何とか、この野郎」

彼らの言ったことの意味はよくわかった。しかし私はこらえるように黙っていた。言葉にまとまらぬ答えを返す前に、私はたった今起きた、いや起きつつある出来事についてもっとよく理解したいと思った。

そのために、私は反復して言った。

「俺が立ってたら、そっちが、走って来て」

がその時、

「あやまりなよ」

誰かが後ろから気づかうように言った。

(中略)

「この、野郎」

相手は何故か上ずった声で叫び、私の襟元を圧えるように摑んだ。

相手の叫ぶ息が顔にかかった。

私はゆっくりと、が、強くその手を払った。

相手は何か叫び、吐息よりももっと固く熱いものが耳元を過ぎた。

その時、私の五体は私の意識や知覚を離れ、ひとりで動いたのだ。

体を　開きながら私は蹴り上げていた。

故郷の町で、あの当麻[35]が私に教え込んだ通り、暗く狭いながら、その路地の地面の一点に確かに支えた軸足の上の体を回転させて、瞬間に力一杯縮めた足を同じ瞬間に力一杯相手に蹴込んだ。

当麻の働いた造船所で仕上げられた修理の船が、積み上げられた架台の上から、打ち込まれたハンマーでたった一本のくさびを外されると同時に、音もなく崩れるように水へ滑り込んでいくように、相手は飛びもせず、暗く、重くその場に崩れた。

次の瞬間私は横へ飛び、もう一人を右の拳で教わった通り突いた。暗く狭い路地の中に、水に降りる船のように、黒く崩れていったものを確かめ、ようやく、私は自分が生まれて初めて教わった術で人間を打ち据えたことを知っていた[36]。


これは唐手により人を制圧する場面であるが、こうした人の姿に、石原フィロソフィーを見出すことができるのかもしれない。すなわち、生きていくため、自ら身を守りきることができる能力を身につけているということである。

「絶対の価値なるものが、この世に在り得るのかということですが、人間は感性がありそこから派生するそれぞれの情念がある限り、人間には他の動物とは違ってそれぞれの存在を反映させるそれぞれの価値観はあるといっても、なおその違いを超えた時代や立場をも超えて垂直な、というよりこの地上を生命的存在の場として与えられている者としての絶対的な存在の軸、つまりジャイロが明かす鉛直な価値と真実が在るはずです。端的にいって、そ

35　師匠の名前。
36　『刃鋼』七八―九頁。

れが人間の道、つまり世の道徳ということでしょう」37。

これは、二〇一一年に出版された『新・堕落論』に記されている文章であるが、社会心理学者ディヴィッド・リースマン『孤独な群衆』を思い出させるジャイロを内蔵した古典的な個人主義の人間類型である。こういう社会心理学的な人格モデルも、文化遅滞という概念同様に、彼が一橋大学在学中に、当時高名な社会心理学者であった南博から学んだのかもしれぬが、リースマンの時代においてさえ、すでに古典的な人間類型の代表だと言うこともできるように私は思う。

『てっぺん野郎』は、「朗太が言った」「朗太が思った」「朗太にはわからない」という観察者である石原が、朗太を描くというスタイルで書かれている。『刃鋼』は、その前半第一部は「私」、後半第二部と第三部は「俺」が語るスタイルで描かれている。描き方は違うが、一人の人間の人生を稠密に描いていこうということである。そこには、その人生航路の進路を確実なものとするジャイロがあり、それがこの人たちには内蔵されているということであろう。

これに対して、『火の島』は、英造と礼子という二人のライフコースによって編まれている。そして、二人のライフコースは、一九六二年の三宅島噴火という自然災害により大きく曲折させられていく。

小説は、礼子が嫁ぎ、もうすでに成人に達する娘もある建設会社の会長である義父の葬儀から始まる。この葬儀に、この建設会社を強請る知能暴力団の土建会社専務英造が参列するところから始まる。この場面では読み手には、二人にあったかつての関係はわからない。英造の頬に大きな傷跡がある。その傷跡で礼子はそれが英造とわかる。三宅島噴火による溶岩流出により中学生英造の父と兄が死に、住んでいた集落、漁港は全滅する。英造は母と着の身着のまま東京に避難するが、母は気が狂ってしまう。おそらく、そうした英造にとって生きる道は、この道しかなかったのかもしれない。

小学生礼子は、本土から来た気象庁職員、灯台長の娘であった。中学校でのピアノ練習が、偶然、漁師のせがれとの出会いを取り結ぶことになった。そしてその後の噴火がなければ、彼女と彼との関係は、間違いなく違っていたであろう。

(三) 裏社会

石原作品は、その草創期から、若者文化とそのはみ出しという関係を踏まえて、不良、そしてチンピラによる殴る蹴る刺すという話がつねに出てくる。

『てっぺん野郎』には、先述のとおり、その種の暴力シーンはほとんどない。ただし、新宿において、本文の表現によれば「三国人」のやくざとの抗争に明け暮れる勘太という、朗太が上京してきた時に助けてくれたその筋の友人が出てくる。また、朗太自身も、警察の取締課そのもの、さらには所轄官庁の官僚をすべて買収してしまうということもやってのける。これは、違法行為であり犯罪である。しかしながら「三国人」という言葉が何度か出てくるとともに[38]、そもそもなぜに闇取引が横行せねばならないのかという原因を、戦後のアメリカ進駐軍による統制経済にあると描き出している。この点では、こうした裏社会が統制経済による副産物であり[39]、かつ必要悪であり、正統だとされてきた為政者、支配者の側がこれを実は生みだしているのであり、コンテクストのあて方によっ

37 石原慎太郎『新・堕落論—我欲と天罰』(新潮新書　二〇一一年)一六五—六頁。
38 都知事就任後石原のいわゆる「三国人発言」事件については、後述する。第九章第三節(一)「艇としての知事、そして批判の嵐」三九八頁以下参照。
39 こうした発想は、ルートヴィヒ・フォン・ミーゼスやフリードリヒ・フォン・ハイエクに依拠してグレシャムの法則の本質を考えればよい。実質価値の異なるものを、統制により貨幣価値だけで調整しようとすることにより、価値の乖離が生じ、市場が二重化するという現象である。

ては、犯罪だとされる行いが実は正義だと考えることも可能なように描出されている。これは、しばしば当を得た話であることもある。

これに対して、『刃鋼』においては、卓治は、この道でしか生きることができなかった。家郷を捨て貨物船で密航したときの料理人が、横浜へ行ったら頼れと行ったその弟角田に拾われ、その組の仕事をするようになってから知り合った百貨店の店員由紀との青い性関係は、暴力的であり、捨てられ麻薬中毒となり首をくくる由紀の末路はたいへん哀れである。

また、この角田のもとで、まだその世界のことを何も知らない卓治のことを何くれとなく面倒みてくれる正己は、出入りで潰された九州戸畑の一家の御曹司であったが、彼の最期も、たいへん凄惨な描写となっている。そして何よりも、シマ争いが原因で起こる先の由紀への集団凌辱を行った敵対する組員への卓治の復讐は、当然、文章で表現されているのだが、その場面描写は凄惨を極め言葉を失い引き込まれていく迫力がある。

こうした暴力場面が、必ずしも興味本位のバイオレンス活劇を意図して仕組まれたものでないことはもちろんである。言い換えれば、高度経済成長という光のあたる物質的には豊かな表の社会に対して、こうした「裏社会」とされるものがあるということを知らねばならないということであり、そうした陰を抱き込んだままに日本の経済社会は成り立っているということでもある。

次章で触れるが石原が『太陽の季節』の頃、若い時代に書いた短編である「処刑の部屋」や「完全な遊戯」においても、そうした暴力が持ちうる意味を理解しようとしてみる必要がある。言い換えれば、バイオレンスを興味本位で描いたということではないと私は理解している[40]。石原は、『刃鋼』をまとめた後、次のように作品をふり返っている。

「私はこの作品の中で、ありていにいって、一人のやくざものを描いた。無頼でやくざな人間の誕生と生育、そして、背徳漢としての彼の自覚の過程を描いて来た。美学的に言えば、この作品は私のオデッセイだが、私がこの虚構の中で志したものは人間に対して、社会に対して、みずから選んだ方法を十全に信じることができ、その方法をつうじて過酷な現実に打ち克つことのできる人間、道徳的な価値観は離れて、その方法を通じてその人生に対して真に勇気があり、確信があり、勝ちを収めることができる人間、己れの人生に戴冠者として臨むことのできる人間を描くことだった」[41]。

こうした鉛直倫理を備えた人間への賞賛は、「日本という国家社会は、どうやら、敗戦によって、一挙に西欧なみのそうした混沌に陥ちこんだ。国家の復興が皮相の外面でととのえられていくに反比例し、人間がその文明の主体者ではけっしてない。と、いう虚妄は濃くなっていった」[42]という日本の大きな変化と裏表の関係になっている。『火の島』の場合には、礼子の義父の建設会社、そして脱税をネタに強請りで強引にそこに常務として入り込んで来た英造と、この男と確執する礼子の夫でありこの建設会社の会長である義之の関係は、しばしば日本の各所で噂された頭脳暴力団による事態に重ね合わせて読み進めることもできる。

増長していく強請りに、義之とその弟は、同族会社ゆえに個人レベルで処理できる金もあって、外国人の殺し屋を雇い、英造の殺害さえ試みるが、当然ながら失敗する。とりわけ、無垢な二代目の坊ちゃん経営者たちの甘さと、生きるために人をさえ殺してきた英造との人間の迫力の差がはっきりと見えるところでもあるが、そうした場面は、拳銃とナイフによる、やはり重苦しい場面でもある。

40 おそらくこうした意見と異なった論評は、武藤巧・牧梶郎・山根献『石原慎太郎というバイオレンス—その政治・文学・教育』(同時代社 二〇〇三年)を参照するとよいであろう。
41 石原慎太郎「作家ノート—虚構と真実」『祖国のための白書』(集英社 一九六八年)二一四頁。
42 「作家ノート—虚構と真実」二一一頁。

後述するが、とりわけ、噴火前の礼子と英造とのたいへん美しい関係描写がその第二章に展開されており、その美しい人物描写と対比させると、愕然とさせられるところがあるが、表と裏とが実は一体となっているということが、いかに残酷であるかを知らしめられるし、リアリティが、虚像の側にあるということでもある。

こうした『火の島』の凄い表現力は、朗太の立身出世のそれより格段に質の高いものだと言えるだろうが、このことは、『てっぺん野郎』の時代背景が、石原自身、まだ若い時代の出来事であること、描写すべき日本社会自体が、まだかなりシンプルな状態にあったということでもあろう。『刃鋼』と『火の島』は、ともにやくざの立身出世を描くものであるが、このことは、「逆に眺めれば、現代では〈背徳〉すらがすでに虚構でしかないと言える。人間はこの現実の中で背徳する自由と勇気をすら喪いつつある」[43]ということでもあろう。

(四) 恋愛の音楽性

『てっぺん野郎』『刃鋼』『火の島』を並べることにしたそもそもの発見でもあるが、これらどの作品についても、主人公たちの初恋への恋焦がれという、恋愛の反省性とでも言うべき出来事があって、それが主人公たちの生きる基調になっていると言えるところがある。

株で儲け、さる子会社を引き受けることになる朗太、その親会社の高村の許嫁となる上条英子を、同郷であった朗太は故郷にいた時からすでに憧れていた。完全な片想いの初恋の相手ということになる。朗太が株で儲けて金持ちの株屋のはからいで半玉の羽丸と同衾するのも、ミュージックホールのグラマーな美人踊り子ユカと肉体関係になりながらも、英子とはプラトニック・ラブのまま、と言うよりも一方的な片思いが続いていく。小説は、タフで綺麗なユカ、あるいはもうひとり女優の美波とどうなるのか、わからぬまま終わるが、英子の許婚者高村は事故死し、彼女は世の中から身を引くことになる。しかしながら朗太の彼女への想いは、いつまでも忘れられないままに続いていったように読める。これは、プラトニック・ラブということへの恋い焦がれとでも言うことができよう。恋愛への恋愛ということの美的な典型だと言ってみたい。

そして『刃鋼』の場合にも、卓治は、先に述べた由紀、その前には買春により、そしてのし上がった後には知事の娘麗子とも肉体関係が生まれるが、この小説は、その始まりに、やはりプラトニック・ラブへの恋愛という出来事が埋め込まれている。

「その出来事の記憶は未だに、いつまでも生々しい。おそらく一生、私はある必要な瞬間に、あの出来事の記憶を、あの瞬間と同じ鮮やかさで思い起こすだろう」[44]。

何をかと言うと、中学校の卒業旅行で見舞われたバス事故のことである。この事故で、クラスメートでずっと憧れていた松井澄子が死ぬ。転落したバスの中から彼女の亡骸を背負って登っていくのは卓治であった。「澄子は私にとって、恐らく他の級友たちにとってと同じように、この一年間に見る間にその美しさを整え、私たちを追い抜いて大人に育っていこうとしている、遠見の花のように美しい少女だった」[45]。

『てっぺん野郎』においても同じような描写がある。「予科練から帰って一年ほどし、朗太は通学のいきすがりに見る少女に生まれて初めて恋をした。それが恋愛だということに、その子を見ると妙に胸さわぎし、息苦しくなるようになって暫くしてから気がついた。(中略)少女の名は、上条英子といった。町で一番金持ちの、機問屋の娘だった」[46]。

43 「作家ノート——虚構と真実」二二五頁。
44 『刃鋼』一九頁。
45 『刃鋼』二二頁。
46 『てっぺん野郎』一九頁。

英子への憧れ、そして澄子への憧れは、一方で父が死に兄が継ぐが潰してしまった小さな機屋の弟朗太、他方で海を失い山に追い上げられた元漁師のせがれ卓治にとって、まさにどこまでも遠見の花であり続ける女性であり、彼らにはどこまでも手の届かない高嶺の花であり続けたという設定になっている。この心の距離が、体の距離を維持し、プラトニック・ラブを恋することを可能にしていたということだろう。

これに対して『火の島』は、もっとロマンチックであり凝って描写されている。向井礼子は、東京から父親の仕事でやって来た。出会いは、小学五年生礼子と中学二年生英造という関係で始まっている。その父親が三宅島の灯台に赴任してきたこともあり、ピアノを中学校で弾かせてもらっていたのである。そのピアノの音に惹かれ、窓から覗いたのが漁師の次男浅沼英造であった。

「楽譜、読めるの？」

聞いた礼子に、

「読める訳ねえ。でもお前は全部わかるんだろ、英語とどっちが難しいのかな」[47]から始まっていく、この小さな恋のメロディーと呼んでみることができそうな、『火の島』第二章は、この作品の圧巻部分であり、何とも美しい相互作用が描かれている。

練習する礼子は、長く難しい曲を弾くにあたって、楽譜のページをめくって欲しいと英造に頼む。楽譜を知らぬ英造であったが、繰り返しやっていくうちに、「指が進んでいくにつれ、読めもしない楽譜を懸命に彼もたどった。聞き慣れた旋律が流れ出し、何かに賭けたかのように彼女の指が今までにない強い抑揚で曲を弾いていくのを聞きながら、彼は自分の体の中にある楽器を一緒に弾いているような錯覚の中で立ち尽くしていた。

演奏は進んでいき、彼の耳にもはっきり感じられるほど、さっきに比べ彼女は居直ったように大胆に弾きつづけ、彼もまた最初の頁を彼女の合図も待たず楽々とめくりその後につづくハードルを彼女も簡単に越えていった」[48]。

二人を結ぶものは音楽であった。そしてこの描写は、音楽が楽譜を読めるか、読めないかのそれではないことをよく教えてくれる[49]。しかも、この恋愛は、「乾いた花」における冴子への、『てっぺん野郎』における英子への、『刃鋼』における澄子への男の側からの一方向的な恋愛ではない。恋愛の相互作用がそこには描かれているのである。

こうして出来上がっていった英兄ちゃんと礼ちゃんの関係は、たいへん美しい文章でつづられている。しかし、この美しい関係は、噴火により無残にも途切れさせられてしまうことになる。英造は、母と東京に、そして母は気が狂い、彼ひとりで生きていくことになる。物語では、礼子が後に回想して三宅島ののち、北陸の灯台に移ったという。その後、彼女は音楽学校に進み音楽家をめざすうちに、音楽の教育を受けた金持ちに見初められ結婚し子をもうけるということになる。

その夫を、前述したかかる事情から、助けてもらうために礼子は英造と会うのだが、逆に英造と関係が出来てしまう。礼子が、英造との関係を夫に告げる場面がある。

「私たち、いえ私だけが記憶を喪ったままあなたに出会い、その後突然記憶が戻ってしまった人間だと想ってくださいな」

「それは、ずいぶん勝手ないい方じゃないか、なら、俺に今までのことを君と同じように忘れろというのか、なら娘はどうする。君は明恵のことを考えたことはないのか」

47 『火の島』一一〇頁。
48 『火の島』一一九頁。
49 社会科学においてこのことを、やはり美しく主題化したのは、アルフレート・シュッツである。「音楽の共同創造過程―社会関係の一研究」『アルフレッド・シュッツ著作集　第3巻　社会理論の研究』（マルジュ社　一九九一年）所収。

（中略）突然彼女の目には涙があふれた。しかしそれを否むように激しくかぶりを振ると、「その前に、あの子を生む前に、あなたと会う前に、私の別の、別の人生があったんです。それを、それだけはわかって」叫ぶようにいった[50]。

英造の言葉を拾うと、

「あの島が火を吹いて崩れさえしなけりゃ、私にはもっと別の人生があったんですよ、それがどんなものかは知らないが、そしてその前に俺は彼女に会ってしまった。
いい訳するつもりもないが、好んでこんな世界に入った訳じゃありませんからね。ただそれしか無かった、それをこの今になって」[51]。

人生が稠密なただの一本道ではないということである。ライフコースというような表現で、人の経路をまとめて整理していくことなど、そう簡単にはできないきわめて難しい世界に人は生きているということである。たまたま物語は、噴火という大きな自然災害がきっかけとされているが、よく考えると、われわれの人生は、一人称でまとめることはできるが、相互作用のシークエンスは切れ切れになっているということでもある。だから時にひらりと舞い上がり、どこかに付着する。

したがって、ことさら過去の恋愛への恋愛は、しばしば厄介でもある。卓治の初恋への恋愛は、もはやかなわぬ記憶として沈殿しているのであろう。朗太のそれも、物語上どうなったかはわからないままとなっているが、英子が嫁ぐ際に贈答した真珠の馬車は桁外れに高価なものであった。そして、新しい仕事に精を出す、この青年実業家の心にはいつまでも沈殿したままになっていたはずである。

　しかしながら、英造と礼子の場合には、密会が重なり肉体関係も生まれる。礼子は、家を出て、英造もこうした事情に陥り、組からふけることになる。頭脳暴力団の頭脳部分が流出してしまい、別の同業者が、獲物としていた同族企業に入り込んでくることになる。英造は足を洗い礼子とメキシコに渡る前に、二人で最後に三宅島を訪れる。しかしそこへは当然のことながら刺客がやって来る。英造を可愛がり一人前にし、娘さえ嫁がせた組長が、その息子を刺客に送ったのである。組長の実の子、英造の義理の兄だが、組長は、この実の子よりは英造の頭脳を買っていたのである。送られた刺客、その名は卓治であった。逃げ遂せることはできない。英造は礼子の胸を突き、もろともに断崖から身を投げるのである。

　『刃鋼』では、やはり最後の場面で、卓治は、利益分配で揉めた、育ての親分を殺し、網走へと送られることになるが、『てっぺん野郎』の場合と同様に、その先の話がまだ続いているように余韻を残して終わっている。これらに対して、礼子と英造の物語には、その先はない。悲恋の結末ということか、恋愛は恋愛することでしか維持できないということを、実はよく示しているのかもしれない。

　礼子と英造の物語は悲劇である。しかし、実はこうして描かれる悲劇が意味しているのは、それが幻想ではなく、リアリティを持っているということである。

　昨今のいわゆる企業倫理なるものに従えば、夫の企業の音楽財団の理事をしていた礼子が、英造に会うことや、その後の情事はあるまじきことだということになる。人生とは、今や完全に社会制度にはめこまれたものでしかな

50　『火の島』四四一頁。
51　『火の島』四二〇頁。

く、そこからの逸脱は、強い制裁を受けるものだということにされている。そういう意味では、物語はファンタジーのようにも見えるが、実はこうしたある種の雁字搦《がんじがら》めで先が見えてしまいそうな社会におけるリアルさとは、実は企業倫理なるものを生み出したプラトニズムの鬼子でしかなく、実はそちらのほうがリアルを欠いている可能性がある。

むしろ、ありえそうもないことがありえるということこそリアルだということであろう。人生は、その意味では、稠密に経験が積み重なって一本道のように出来上がっていくライフコースのようなものではない。そうではなく、われわれがそれを一本のように捉えようとしすぎてきたのである。

石原は、作家を始めて一〇年を経たところで『孤独なる戴冠』というエッセイ集を出しているが、その冒頭「非時間的な目次」とあり、次のように書いている。

「作家に限らず、人間の精神的変貌と言うものは、覚醒者の明晰な足どりよりも、むしろ酔った人間の左右前後に振れ動く蛇行に似ている。（中略）

精神の変遷と言うものは、線の軌跡ではなく、もっと有機的な、経路、と言うよりも、その初めから終わりまでの総体そのものでしかあるまい。（中略）作家にとって、書かれた文章は、その瞬間の彼の総てであり、同時に微細な断片でしかない。（中略）

私にとって必要なのは、かつてのいつ何時の私ではなく、この十年をかかえた今この瞬間の私でしかない」52。

誠に気障に聞こえてくる言い方であるが、こういう人生が理想であり、人とはこういうふうに生きよということであり、それを前提に、『てっぺん野郎』の朗太、『刃鋼』の卓治、『火の島』の英造と礼子は描かれていた。

三、人生航路の指針

二〇〇三年に書かれた『僕は結婚しない』を読むと、人生経路の構成のされ方が、われわれの日本社会の変化とともに、大きく変質してしまった時代に入ってしまったことを教えてくれる。

というのは、『てっぺん野郎』の朗太も、『刃鋼』の卓治も、そして『火の島』では礼子と再会するまでの英造は、大きな賭けとともに人生経路を歩んできた。朗太の器用さ、卓治の唐手、英造の頭脳などは、その賭けをある意味で確実にしたスキルであった。そうした秀でた能力を持ち合わせてはいたが、これら三人の主人公たちは、ある時点でそれぞれのすべてを賭けて生き抜いてきたところがある。

この三人に共通しているのは、物質的な富の増大でその成功を測ってみることができたということかもしれない。しかしながら、物質的な幸福の拡大は、二〇世紀最後の一〇年を残す頃まで日本ではまだ確実であったが、これは今やわからなくなったとも言える。

さて、石原作品には、自身が名うてのヨットマンであるということもあり、ヨットに関わる話が多々出てくる。例えば、後述するが、一九六五年の小説『星と舵』は、自らがパンパシフィック・ヨットレースに参加した競争の航海物語でもある[53]。これはヨットマンのたんなる自慢話というのではない。そうではなく、海の恐ろしさであり、予測することのできない自然との格闘であり、そのために如何にチームワークとリーダーシップが必要であり、そ

52　石原慎太郎『孤独なる戴冠―全エッセイ集』(河出書房新社　一九六六年) 非時間的な目次。
53　第六章第一節（二）「アスリート」で後述する。

の時々の決断が重要かということを教えてくれる。まさしく神々に抗する「リスク」の物語を、石原自身の成功譚と趣味のヨットとから展開しようという作品である。

そして、人生航路も先の言い方では、一種のランダムウォークであり、リスクとともにあるとなぞらえてみることができるということであろう。どのようにそれをヘッジしながら、進んでいくのかということである。

『火の島』の少し前二〇〇三年に書かれた『僕は結婚しない』にも、やはりヨットと人の話が出てくる。しかし二一世紀に入って、われわれ日本人の時代が大きく変わったことがそこには面白く表わされている。建築家である主人公の僕とその高校からのヨット仲間の商社マンとが沖に出て行った時のひとこまである。

しかしヨットというのは大きいにせよ小さいにせよしょせん限りのない海の上を行く道具だから、我々のような乗り手にとっては逆に、いざ乗りこんでみるとにわかにこれから先どこへ行ったらいいのかわからない。とにかく真っ直ぐ沖まで出て、周りにクルーザーのような大きな船しかいなくなった辺りまできてしまうと、これからさらにどこを目指していいのか思いつかない。

などというところは、この頃の出来のいいようで実は頼りのない我々世代の通弊で主体性の欠陥を露呈する以外にない。

最初のうちは、

「やっぱり、海は広くていいなあ」

などと他愛ない感動を狭くコックピットの中でヒレキし合っていたものだが、その内になんとはなしに沖合で船を止めてしまい二人とも何もいわずにただぼんやりと周りを、つまり果てしもない海を眺め回しながら、溜め息じゃないが、ま、それに近い言葉にもならぬぼやきをもらし合って、まさかここでまた将棋をというものではないとは心得てはいるから、持ち込んだ缶ビールなどをきりなくすすりながら、会話と言えばここにいない仲間の噂54。

彼らは、三五歳を過ぎた、いわゆる「結婚適齢期」を超えようとしている「青年」たちである。題名にあるように、未婚と言うよりは非婚を選択しようという生き方を表している。書かれた時と主人公たちの年齢の関係を考えると、一九八〇年代最も大きな割合を占めた、夫婦と子どもふたりの核家族の子どもたちであり、まだ同居しているとしたら大人家族と呼ばれるカテゴリーに属することになる、社会成員の世界のひとつということになろう。

こうした情景は、シャカリキに追いつき型工業化をめざしていた半世紀前とは様変わりした、現代社会そのものの断片をリアルに描いている。ただしこうして描かれるリアルというものが、実はたいへんヴァーチャルだということでもある。どういうことかと言えば、こういう状況においては何も得るものもなく時のみが過ぎていくからであり、実体があるようで何もないのである。

『太陽の季節』が著された頃以来の消費社会が行き着いた先にいるということであろうか。すなわち、今そこから、さらにどこを目指していいのか思いつかない、主体性以降の時代とでもいう状態に陥っているということである。恋愛は、プラトニック・ラブとして、プラトニズムと形容され、きわめて観念的なものであるようにも考えられるが、高嶺の花にあこがれを感じるというその体感を、まさしく感じ、かつそこで留まろうという点では、それはむしろ行為だったということができる。得られないままの状態に留まりたいという行為である。

恋愛におけるこうした行為のパラドクスが、恋愛への恋愛という再帰的関係を可能にしている。そしてこれが、ヨット同様に、人生をも鉛直に安定させ、荒れ狂う荒波にも艇を進めていく原理ともなると言いたいということで

54　『僕は結婚しない』二四―五頁。

あろう。それは、もともとは「乾いた花」において主題化されていたことでもある。村木は、この再帰性により「いずれにしろ俺は、冴子という女のお蔭で生まれて初めて床の中で獣にならずにすんだ」[55]のであった。ここに村木は、果たすべき行為を安定化させ、生きる指針を確認できた。

『僕は結婚しない』における二人の別の場面での会話に、次のような一節が出てくる。

「セクスなんてものはキリもないが、しかし限りもあるんだよな、しょせん観念には及ばないのよ。純愛なんてものがどんなものかモハヤ俺たちにはわからんこったが、しかしそんな繋がりというか、そんな相手が在ったとしたら、そいつらにはセクスなんぞよりそんな観念の方がはるかに確かな現実、はるかにリアルなものなんだろ。特攻隊員の遺書を読んでみろよ、連中は手も握ったこともない、でも愛してると確かに感じ合ってる相手のためにこそ死ねたんだからな。彼らがそれを守るために死んだ国体ってものは、まさにそういう相手の女たちだったんだよな」[56]。

鹿児島県南九州市知覧にある特攻観音に行き、そこの特攻平和記念館に足を運び遺書や遺品を目にすると、沖縄、広島、長崎など日本の各所にある慰霊施設で思うのと同じように、その遺品、遺書が伝えるものはリアルだと感じる。とりわけこのかつての特攻基地跡に残された遺書、遺品は、手を握ったこともない相手にも愛は伝わり、体感されることを示している。肉体の交わりがなくとも、相手との愛を確かめることができたということである。

これはけっして虚構でも想像でもない。このリアルを体感できることが、愛だということだと言うのであろう。彼らにはこれが決定的にリアルであり、彼らの決死行への決断は、純愛が可能にしたリアルに支えられていたということである[57]。それは「乾いた花」の村木の決断と類似している。ただし、そう感じるのは、村木の決断とは違い、そう感じようと思う、もう観念をつうじてである可能性が大いにある。

小説『僕は結婚しない』の二人は、すでにとうを過ぎた青年たちである。この小説には、あるエピソードが収められている。すなわち、この世代を相手にした会員交流クラブの援助交際についてである。この援助交際、すなわち売春について、主人公の僕が言う。

「世も末とまでは思わないが、少なくとも健全とはいえないわな。じゃ何が健全といえば、結婚して家庭作って子供作ってということでもなかろうがそれにはそれである目的性のようなものが感じられるけれど、噂の連中のやってることはなんだかただハシタナイって感じがするね。

彼女らの目的とはただ、瞬時の物欲か。しかしそればっかり追いかけてると、しまいにはタンタロスみたいになって切りがつかず、結局、食い足りずに自分で自分の手足を食う始末になるんじゃないのかね、それもまた現代では許容される自我の発露の一つだとするなら言い返すつもりもないが、その先の先に何があるのかということを他人ごとながら考えちまうよ。

といってこの僕に何が確固たる人生の指針、さしずめ女とのマミエカタについての信条がある訳でもありはしない」[58]。

実際にあった、こうした会員制結婚交流クラブの援助交際、すなわち売春斡旋事件を題材にもしているが、こうした事件は、まだなお「結婚」がそれぞれの人生において、リアルなある位置を持ち続けているから起こるとも言える。そしてそれだから、それを餌にしてカモにしようという企みが出てくることでもある。

55 「乾いた花」二〇五頁。前述一八〇頁参照。
56 『僕は結婚しない』一七一頁。
57 石原自身、この知覚からの特攻について、映画『俺は、君のためにこそ死にに行く』を制作するが、これについては後述する（第八章一節「映像という媒体」）。
58 『僕は結婚しない』一四一―二頁。

しかしながら、こうした事態は、結果として男女がペアになればよいということが先にあって、そこへと自分を演じさせようとするから、こういうことが起こるということでもある。その点では、人々は、それぞれに演じる、あるいは演じさせる「自我」を持って、そのための状況を探しているということでもある。

「乾いた花」にあった、「彼等はそれを楽しみにやって来るのだ。しかし私や冴子は賭場の中で逆に自分を見つけることが出来た。少なくとも賭場の中での私は私にとって本物に思えた」[59]という言葉を思い出すなら、自我の現れ方が逆になってしまっていることに気づくであろう。石原は、主人公の僕にそのことを言わせ、溜め息をついているようでもある。

「みんなけっこう底抜けに明るい節もあり決して自暴でも自棄でもなくって、ある種の自我はお持ちでいられるから話しづらいとこもある。

とにかく男と女のかかわりに関しちゃ、性愛の自由化で時代世代を超えた垂直[60]倫理なんてものは消滅してしまったんだよな。案外それが人間の進化の明かしの一つかもしれないけど」[61]という具合に。

今や『太陽の季節』において、はっきりとした前兆としてあった物質文明化は、行き着くところまで行き着いたということなのであろうか[62]、そして鉛直倫理なるものはもうありえないのか。またそもそもそれは純愛の場合にしか見えないものなのだったのか。

---

59 「乾いた花」一八二頁。
60 「鉛直」ではなく、「垂直」が使われている。
61 『僕は結婚しない』一四二頁。
62 斎藤環は、『僕は結婚しない』の解説「非婚という倫理のために」において、この小説を、太陽族の後日談、ちょっとしたタイムスリップ小説で、あの時代の放蕩児が、意識だけは当時と変わらないままワープしてきたと書いている。

第六章　行為と感覚

繰り返しになるが、恋愛は、プラトニック・ラブとして、プラトニズムと形容され、きわめて観念的なものであるようにも考えられるが、高嶺の花にあこがれを感じるというのは、まさしく知覚を今一度知覚し、かつそこで留まろうという点で、知覚というよりは、むしろ行為だということができる。得られないままの状態に留まりたいという行為である。

体感体験と、それをする行為とのコンティンジェントな関係は、肉体の交わりを欠いても可能であろう。体験に直接、体験でコミュニケートして互いに通じ合えるなら、それは美しいだろう。『火の島』に描かれていた礼子と英造との音楽を介してのチューニング・インは、たいへん美しい情景であった。

さて、体感体験と行為とのこうした関係は、恋愛以外においてもありうるのだろうか。音楽性という、愛とは別なふうに、人と人をつなげる媒体が機能していたことを知れば、恋愛以外にもあるだろうと考えられる。人と人のつながりについて、石原が恋愛だけをそのモデルとしていなかったこともたしかである。

体験と行為との複雑な絡み合いの可能性を捉えるために、行為について、そもそもその基本型はどのようにあるのかを確認する。次にそうした行為の基体として考えられる身体性と、そのレベルでのコミュニケーションという問題へと展開をしていきたい。

これらのことについて、前章でも触れた『刃鋼』（一九六四年）と、その後の諸作品である『行為と死』（一九六四年）、『星と舵』（一九六五年）、『光より速きわれら』（一九七五年）、『肉体の天使』（一九九六年）、『再生』（二〇一〇年）を取り上げ確認していく。

一、行為のジャイロ

『刃鋼』というその題名が物語っているとおり、そしてこれは第一章皮金、第二章心鉄、第三章造刀となっており、そのプロセスと卓治の人間形成とが重ね合わされている。そしてそうした強い人間を示す典型例は、あの言いがかりに対する圧倒的な反撃であった。

ジャイロを内蔵した個人という人間像が、社会心理学者リースマンの『孤独な群衆』にある類型のひとつを思い出させると述べたし、後年この人間像が『新・堕落論』にも現代の若者に向けて吐露されていたことについても触れた[1]。もうひとつこんな例も挙げることができる。弟石原裕次郎は、戦後日本の代表的な映画スターであった。彼の人生については、『弟』に詳しく描かれているが、その中にこんな件がある。

弟が文字通り日活の王様になったいきさつについては、私だけが客観的に捉えて知っている。

彼が井上梅次監督の『明日は明日の風が吹く』という作品に出ている時、他の所用で世田谷の馬事公苑のロケ現場を訪れたことがあった。

丁度弟の出番は休みで、ロケ隊をちょっと外した道端の草むらに腰を下ろして話し込んだ。ところが私たちの斜め向こうに土地のちんぴらが四人やってきていて、何やら粋がって弟の名を叫びながら手招きしている。話を終えてスタッフの近くに戻りかけ背を向けた弟に臆したと思ったかさらに嵩にかかって、「ちょっと顔貸せよ」とか、

1　第五章第二節（二）「成功譚と悲劇」一八九―九三頁。

「ぶっ飛ばしてやる」とか口汚くいってくるので、

「あんな奴らかまうなよ。うるさきゃ警察を呼んだらいい」

私はいい、出番が近いのか二人の様子をみにきたアシスタント・プロデューサーも、

「ほっといた方がいいよあんなの」

いわれて弟も頷いてカメラの近くまで戻ったが、一度腰を下ろした弟にちんぴらがまたえげつなく毒づいてきて、顔色を変える弟に周りが気遣ってはらはらするのを、弟は弟でいらいらして我慢しているのがわかった。

そしてまた仲間の誰かにたしなめられ、天の邪鬼の彼がそれでさらにかっとなって、何か叫んで立ち上がり彼等に向かって飛び出していこうとしたら、その途端うっかり忘れていた足もとの小さな水溜まりに足を取られて転んでしまった。

それを見て、弟が臆して転んだと思ったのか連中がもっとはやしたてた。次の瞬間立ち上がった弟がもう誰も止める暇もなくまっしぐらに彼等に向かって走っていき、連中の退路を断つように 逆側に回り込み、いきなり二人を右と左の拳で殴り倒し、呆気にとられているもう一人の股間を蹴り上げ（以下略）[2]。

あとはご想像のとおりであるが、まことに小気味よいと感じるか、暴力的と感じるかそれは分かれようが、『刃鋼』のあの場面によく似ている。

天性のもの凄い身体能力があってこういうことが可能なのではあるが、リースマンの人間像、すなわち古典的個人という像と明らかに違うところは、まさにこうした身体運動あってのその人の独立だという点である。リースマンの類型は内的な意識論や観念論による個人であろう。社会心理学のモデルとは異なって、行為の前提にあるのは、こうした身体性、行動性だと考えねばならない。これらなしには行為はありえない。意識が行為を作動させるとい

う観念論ではなく、初めに身体とその運動である行動があるということである。

そしてこの身体性と行動性という行為の基本性質について、石原の作品の基調となっていたのは、精神遊戯として捉えられた恋愛と言うよりは、明らかにそれは戦士とアスリートだと考えられる。

（一）戦士

作品の大きさ、そして迫力ということで言えば『刃鋼』にはかなわないが、同じ一九六四年に小説『行為と死』がある。

この小説は、一九五六年から翌年にかけての第二次中東戦争、いわゆるスエズ動乱を題材に、現地駐在していた日本の商社マン皆川が、ナセル率いる革命軍に義勇兵として関わり[3]、英軍の兵員輸送を阻止するためスエズ運河で輸送船を爆破し閉塞する作戦に志願するという筋と、東京にいる店を持ち一本立ちしかけた服飾デザイナー美奈子との男女関係の筋とが交互に、すなわちスエズ―東京という順に出てくる。

この点では、スエズ赴任前に知り合った美奈子との関係は、日常の生活の中で出会う恋愛であり、スエズでの志願、そしてそこで知るファリダという女性への愛は、非日常下でのそれということとなろう。これらの対比で構成されている。この点では、この両極への揺らぎの中から、皆川が自らの生きる道を発見しようという、『亀裂』以来続いている生き方発見の延長にある物語である。

ただし、『亀裂』においてはその主人公が、「江田島の予科兵に入ろうと思っていたが、一年前に負けちまったんだ」

2　『弟』（幻冬舎文庫　一九九九年）一七四―五頁。
3　『亀裂』の主人公都築明の弟洋は、右翼団体に所属しナセルにも傾倒していたとあった。

と口にしていたこと、そしてこれが石原自身の思いであり、この小説が彼の自画像であり、自分の生き方探しとその亀裂ということだと述べたが、この『行為と死』は、東京でのある意味で日常に埋没した、ただれてしまった性愛関係に対して、死を賭した行為とそこでの愛という関係を描き出そうというのが読み取れる。

ナセルによるスエズ運河国有化に対して、英仏の軍事介入があり、またイスラエルの参戦もあり圧倒的に不利となったエジプトがスエズ運河に自国の船を沈めて運河閉鎖を試みたことは史実のようである。そこに日本の商社マンが加わっていたというのは、現実味を欠いたフィクションに思えるが、石原が好んで小説にしていったことはよく理解できる。

まさしく日露戦争における、広瀬武夫中佐による旅順港閉塞作戦を思わせるストーリーであるし、『挑戦』の場面のいくつかにもつながる。『挑戦』においては、イランの石油国有化であり、また出光興産が米英メジャーに対抗してイランから石油を輸入したのと同様、スエズ戦争は民族自決主義の象徴的な事件であったという意味であろう。

スエズでの主人公の行動と、東京にいる恋人との関係が、交互に出てくる形式になっていて、やや落ち着かないところがあるのだが、そしてこんな話は、今となっては、いやそもそも荒唐無稽だと言う人も出てこようが、民族自決をかかげてアラブ独立の革命を起こしたナセルを高く評価する石原自身の政治信条が、たんなる政治プロパガンダということではないように読みたい。すなわち、もっと人間の生き方という意味で読んでみることができればということである。

皆川の心を動かすことになった、エジプト人の恋人ファリダの祖国への愛と、彼が彼女に向けた愛とが重なり合っているということにそれがある。それゆえに、東京にいる恋人美奈子と彼との関係は微妙となっていく。

国や民族への愛が、人への愛、あるいは性愛とどのように違うのか。人と人とのつながりという問題を考えるときに、おそらくは非日常を体験したことにより、この区別が生まれてくるということなのかもしれない。どれも愛のはずである。区別可能なのか、重なり合っている時こそ、真の愛ということなのか。そもそも別のものなのかという問いがある。開戦を前にした皆川とファリダとの会話である。

隣りの部屋のラジオは昨夜と同じ声でニュースを報せている。イスラエル軍はシナイ半島をなお西進しつつあった。そして英仏の兵団はまがいなくポートサイドを目指していた。

「あなたは今日帰るべきだわ」

「それは、君も同じことだ。君もイスマイルも、ヘムディもみんな」

「あなたはわれわれに裏切れと言うのですか」

「裏切りじゃない。危険をさけ、生きて助かることは忠誠だ」

がイスマイルは嘲笑するように微笑った。浅黒い彼等の顔の上に浮かぶそうした影は、何故かもの悲しそうにも見えた。

「要するにそれはあなたには関わりないことです。始まろうとしているものに対する立場の違いは、われわれとあなたの肌の色の違いなんだ」

「あなたは、この前の世界戦争に参加しましたか」

「しようとした時戦争は終わったがね。お蔭で助かった」

「年齢が年齢ならあなたは必ず出て行った」

「或いは。しかしあの戦争には、少なくとも始めは勝味はあった」

「われわれは勝つ」

（中略）

「勝てなくてもいい。われわれは戦うことで示せばいいのです。ナセルはそう言っています」

「何を示すんだ」

「われわれがエジプト人であることを。彼らと同じ、人間であることを」[4]。

主人公皆川は、これにより一緒に戦いに加わり、ファリダたちと爆破に赴く。フィナーレは、爆破により沈む閉塞船が浸水しファリダとともに水の中、溺れている状態と、東京に戻り美奈子との性愛が入り乱れた絵巻のようになっている。すなわち「眼の前にあの白い泡だった粘液の海が感じられて在った。そして今、抗いようなくその海に引き込まれ、溺れ海に向かって溶け込んでいこうとする自分を感じていた」[5]という戦場の主人公が一方にいる。これは、もう一方でこの小説の東京での場面にある「精液とバルトリン腺の粘液の海に、泡立ち溺れて消滅していったままへの知覚」[6]という独特の露骨な表現ですでに描かれていた世界と重なり合うようになっている。

照らし出される浮遊物の一つ一つに向かって光の尾を引いた弾道が集中した。流れて来た材木へ、隠れるように彼はすがった。

その時、右肩と腕に、殴られたような太く熱い衝撃があった。冷えきろうとしていた体がにわかに熱かった。苦痛はふと心持ちよくさえあった。

「ファリダ！」

呼びながら彼は彼女にすがろうとした。抱いていた胸を乗せた固い材木の上に、彼は彼女を感じることが出来た[7]。

『亀裂』以来、そもそもの問いは、人をつなぐということとは何なのか。そしてそこに言われる「愛」とは何かということであった。その結論は、「これが愛か、これが愛の行為だと言うのか。違うさ、違うんだ。違うということだけを俺は知っている。そんなものは在りはしない。今は、在りはしない。まがいなく愛に繋がる行為が、行為に繋がる愛が、どちらが先なのか、いや、いずれにしろ、そんなものはどこにも在りはしない」[8]という自問であり、「何も見えないじゃないか、今は、だが、泳いでいくんだ」[9]という、亀裂した裂け目の間を、とりあえず泳いでいく彼ということになっている。

これは、『亀裂』の都築明の最後の決心をする場面とよく似ている。言い換えれば、一貫して「愛」そのものへのペシミズムが続いているということである。しかしながら、『亀裂』での「江田島の予科兵に入ろうと思っていたが、一年前に負けちまったんだ」の吐露あるいは、先に引用した会話「あなたは、この前の世界戦争に参加しましたか」、「しようとした時戦争は終わったがね。お蔭で助かった」という、石原自身がおそらくは感じていたある種の喪失感の心情表現は、具現化され創作されている。

すなわち、スエズ運河閉塞行とは、まさに広瀬中佐の世界である[10]。後年、石原は『私の好きな日本人』[11]とい

4　『行為と死』七〇―一頁(一〇四―五頁)。
5　『行為と死』八八頁(一三二頁)。
6　『行為と死』五二頁(七五頁)。
7　『行為と死』九〇頁(一三四―五頁)。
8　『行為と死』九〇頁(一三五頁)。
9　『行為と死』九一頁(一三六頁)。
10　『星と舵』においても、初島レースでの経験が書かれており、レース途中、アメリカ海軍のライバルに抜かれ、これを抜き返す際に「広瀬中佐、われわれをアメリカに負けさせないでください」と祈ったとある〔『星と舵』二七五頁〕。一九六二年秋の初島レースは天候のため参加艇が複数遭難し惨事となり、犠牲者が多数出たとある〔石原慎太郎『私の海』(幻冬舎　二〇一四年)六頁、二二頁〕。
11　石原慎太郎『私の好きな日本人』幻冬舎新書　二〇〇九年。

う書の中に広瀬武夫をそのひとりとして入れている。軍神とされる広瀬中佐については、石原より上の世代の日本人はおそらく皆が知っていたし、広瀬中佐にあこがれて海軍に入った軍人たちも少なくなかったという。

そして、広瀬中佐が、駐在武官として赴任していたモスクワにおいて、ロシア海軍人の娘アリアズナ・アナトーリエヴナ・コワリスカヤと相思相愛の仲であったことは、司馬遼太郎『坂の上の雲』などでもよく知られている。これは、美しい恋の物語である。石原は広瀬とアリアズナとの書簡を手に入れて所有しているそうで、国を愛し、かつひとりの女性への愛を信じたこの武人について、次のように書いている。

「かつては、こんな日本人もいたのだということを私は忘れたくない。

国家というものの意味合いは時代によって随分違おうが、しかしなお、広瀬武夫のような自らとその国をかくまでも重ね合わせて生きることの出来た者の至福さを、その美しさを、私はつくづく羨ましいと思う」[12]。

この武人に比して、主人公皆川自身の生が、東京とスエズという交互する舞台に置かれて描かれているのは、ただれ切った日常と、命を賭して、しかも国と自己とを重ね合わせて生きた、私に言わせれば非日常との揺れ動きであり、当時のエジプトとは異なり、日本は、すでにこの一九六〇年にあって、その国家というものの意味合いを変えていってしまったということであろう。偶然にも、一九六〇年はその五月、いわゆる六〇年安保闘争の時であった。この運動の基調には反米があり、一種のナショナリズムの香りもないわけではないが、反政府、反国家という色彩も強く、国家に自己を重ね合わせることができる人ばかりではない、そういう日本社会になっていたはずである。

この時、そうであっても、まだなお戦士の類型はありうるのか、それはドンキホーテのようであるのか、もっと現実味があるのかについてはさらに問わねばならない。

(二) アスリート

海軍士官になろうと思っていたというのは、石原の著作に繰り返し出てくるのであるが、そうした国と自己を重ね合わせた軍人という戦士ではなく、冒険者、シングルハンターのヨットマンとしての人生は、たいへん厳しいが子煩悩な父親が兄弟におそらくはかなり無理をしつつヨットを買ったとき、そしてそのヨットで間もなくひとり葉山御用邸の先、佐島が浜木綿の北限だと聞いて一輪摘みに行ったときから始まっている[13]。

一九六五年の『星と舵』は、パンパシフィックのヨットレースへの経験をもとに書かれたものである。そこでは、『化石の森』で見た武蔵野の自然描写の美しさとは、描かれている風景はまったく異なるが、広い海の姿がふんだんに描写されている。

海は、前節で扱った『行為と死』で見たように、おそらくは豊穣な女性性という意味がこめられているであろう。さらにヨットは、女性の名前がつけられる。さらに次のような表現を読むと、そこにイメージされていることはよくわかる。

息づき、ういういしく身を震わせて走る彼女のときめきが、握った舵に伝わって来る。僕は舵を握り、他のあるものはシートの端を、あるものはステイを、あるものはドッグハウスのハッチに頬杖ついて、一心にそれを感じ、その律動の内に自分を溶け込ましていく。(中略) 今、僕らは彼女と重なり合って在る。僕らの結婚はこうして行われ、僕らは契り合った。

12　石原慎太郎『私の好きな日本人』(幻冬舎新書　二〇〇九年) 一二六頁。
13　『弟』七三―八〇頁。

彼女は今、女になった。そして彼女は素晴らしい女だった[14]。

戦場に赴く戦士とは違っているが、冒険者として、そしてアスリートとしても国ということが関わってくることがある。国際レースであり、「いつの日か、イギリスカップがアメリカカップと名を変えたように、アメリカカップは、僕らの手でその名を変えるだろう。いつの日か、いつの日か、いつの日かきっと――」[15]というのは、アスリートの私と、国とを重なり合わせようということであろう。

『行為と死』での、スエズ戦争への関わりと商社マン、そこでの恋人への愛と、国への愛という関係は、ここでは国際ヨットレースという戦いと、やはり久子という夫のいる女性との関係になぞられている。彼女はヨットには乗っていない。したがって主人公がクルーたちとする会話の中に、あるいは彼が独り、もの想うその中にだけ主要には登場してくる[16]。結末は、彼女は夫との関係を解消するが、かつ彼との関係も清算してヨーロッパに音楽を学びに行くということになっている[17]。

彼女の最後の手紙には次のようにある。

「この前に、あなたが私から離れて旅立っていった時以上に、私はある瞬間、苦しいくらい、あなたが欲しいと感じます。そしてこの次はもっと更にそうでしょう。丁度私たちが結ばれ合う度、同じくり返しをしながらその度に未知の息苦しいほどの歓びを作り上げ分かち合えたと同じように。

あなたはそのことについて、二人の結びつきが完璧であるからとおっしゃっていました。そうかもしれません。でも私が怖れ、おびえていたものは、結局、そのことだったと思います」[18]。

「完璧な結びつきとしての愛」を確証するとなると、それほど難しいことはないであろう。若い渦中の本人たちには、そのことがしばしわからないことになろう。この亀裂ゆえに、彼女は去っていくことになる。

基本モチーフは、前節で取り上げた『行為と死』と連続しているが、戦場からヨットへと変化した点は、それぞれにある行為の様相を考えると、ひとつの転換だとも言える。『弟』に次のようなくだりが出てくる。

「やがて二人兄弟の私たちには新しい別の絆が育まれていった。それは父にせがんで買ってもらったヨットを通じて耽溺した、海だ。

（中略）

当時のその金が今ならいくらになるかはわからないが、いずれにせよその買い物は当時の湘南地方では、当節の金持ちの馬鹿親が子弟に買い与える外国製の高級車などとは全く意味合いの違うステイタス・シンボルだった。それはそうだろう、車なら借りれば免許なしでもなんとか乗れようが、ディンギとはいえヨットは誰にもそう簡単に乗りこなせるものではない。それが出来る私たちは家柄や財産なんぞと関わりなしに、湘南にあってはまぎれもなく選ばれた者だった」19。

多少鼻持ちならぬようにも読めてしまうのが、言おうとしていることはよくわかる。ヨットを乗りこなす、すなわちこの道具を使いこなすために、操舵法のみならず、自然、それは海であり風であ

14 『星と舵』一六七頁。この部分については、江藤淳の詳しい解説を参照（江藤淳「解説」『石原慎太郎集　新潮日本文学62』（新潮社　一九六九年）四四五―六頁）。
15 『星と舵』一一九頁。
16 それ以外に、次に見るように手紙での登場もあり、電話での会話もある。
17 こういう女性のキャリアイメージはすでに見たとおり繰り返し出てくる。『日本零年』ではヒロインがやはり音楽家としてヨーロッパへと最後ひとり旅立つ。『挑戦』ではそのヒロインが美術の勉強にフランスへと旅立っていった。
18 『星と舵』三一〇―一頁。
19 『弟』六六―七頁。

り、それらの変化を読み取ることも必要だということである。『星と舵』には、天測法について、『太陽出没本位角法による自差測定法』を読み習得する意味が書いてある。

「僕が日常書いて扱い、また僕の同業者たちが書き出し、僕の周囲に溢れているあの文章たち。それらは、僕をただ焦だたせ、虚しくさえするが、ここに記された文章は、雑多な情念の色彩や、精神の乱響音を伝える代わりに僕にこうして昇っていく太陽と僕と、彼の支配している宇宙の関係を、実感だけではなく、事実として証しだててくれるのだ。

それは、日頃僕が読んでいる多くの本が決して与えてくれることのない、確実な贈りものだ。

それは、奇蹟的に簡単に習得することの出来た外国語のように、僕に向って突然、これまで想ってもみず不可能に近かった宇宙の天体たちとの会話を可能にしてくれるのだ」[20]。

人が自然と交信するための人の側の言葉ということである。ヨットをつうじて、外的自然と人の交信はこうした天測法という人の側の叡智とその体得にあるということになる[21]。

石原が、ヨットに限らず、サッカー、テニス、スキューバ、登山とたいへん幅広いスポーツに万能であることはよく知られている。後年、石原は、二〇〇〇年のシドニー・オリンピック女子マラソンを五輪最高記録で優勝した高橋尚子と小出監督に格別の祝辞を送っている。すなわち「高橋選手と小出監督が示したものは日本人が本来持っていた戦略と戦術の構築力に他ならない。国家同士の競い合いもしょせん人間たちの総力を束ね収斂した結果でしかありはしない」[22]と。

オリンピックは、ワールドカップと同様、平和時のナショナリズムのぶつかり合いとも言える。そういう意味では、そこでの勝利に、アスリートと国家とを重ね合わせて見ることもできる。

マラソン選手が体を鍛え上げ、コースをそして競争相手をよく理解することは、ただ走るのが早いということとは違う。ヨットは身体運動の延長にある道具であり、乗りこなすとは道具と一体に、逆に言えば道具が身体の一部になるということだろうが、マラソンの場合、道具は自らの身体そのものであろう。内部のように見えながら自らの身体を完全に操舵することは不可能に近い。これは肉体の天測法ということにもなろう。それが戦略であり戦術となる。ただし、戦士の場合にはこう言えるだろうが、その意味合いが一九六〇年代には随分変わっていった国と、一九世紀的な国民国家と国軍という関係が、どのように重なるのか、重ならないのかはさらに考える必要がある[23]。

新進気鋭の小説家として文壇に登場したとき、石原は、亀井勝一郎の文章に反論している。亀井は「文学者の在り方の変化」と題するエッセイで、現代小説への疑問として、そもそも「日本の文学者の在り方については、（中略）それは大宮人（中略）、僧侶、半僧半俗、隠者、無頼漢といった型態である。（中略）つまり「世捨人」「浮浪者」「社会外の存在」「余計者」意識などというかたちでつづいたわけで、たとえば私小説家の多くはこのタイプにぞくし、そこに誇りを抱き、また世俗への一種の反抗的ポーズを宿していたといってもよかろう」[24]と書いた。

これに対して石原は、「作品を生むに必要な閑暇のなさ、確かにそれは今日いかなる芸術家にとっても、一応はいわれ得る悩みだろうが、私の場合にはその暇をつくるために、逆に小説以外のいろいろなことをやっているつも

---

20 『星と舵』一一七頁。
21 この小説は、一九六三年のロサンゼルス—ホノルル・トランスパシフィック・ヨット・レースへの参加経験がもとになっている。一九六五年にも参加しているが、この時は予定していたナビゲイターが急用で不参加になり石原自身が代理で行ったとあり、その時の苦労話が書かれている（『弟』二〇二—四頁）。石原慎太郎『私の海』（幻冬舎　二〇一四年）五五—六四頁には、当時の写真が収められている。
22 「高橋尚子さん、小出監督、本当にありがとう！」で始まるコラム。石原慎太郎「やれば出来る」『日本よ』（扶桑社　二〇〇四年）六七頁。
23 第八章「国の形象」参照。
24 亀井勝一郎「文学者の在り方の変化」『価値紊乱者の光栄』所収九一—二頁。

りだ。一人の芸術家の中でのジャンルの混交は、私の場合互にリクエートし合って、双方の仕事に新しいエネルギーを供給してくれる」[25]と返した。

当時、まだ国会議員となることや、国務大臣、あるいは東京都知事になることは考えていなかったであろうが、リアリティの多元性に敢えて関わっていかなければならない、そういう行動主義を明瞭に意識していたと理解できるし、その後のこの人の人生の実践がそれを示してもいる。

すなわち、「世捨人」「浮浪者」「社会外の存在」「余計者」意識ではなく、行動こそ何より重要であり、世界を相手に打って出ていく人間である。そうした意味で、華やかな入場行進や国際交流云々と言うよりも、スポーツをつうじて鍛え上げた人がナンバーワンになるという姿が重要だということである。ある種の強者の哲学だが、これはそうだからと言ってただちに非難されるべきものでもない。そしてこの人が、ナショナリストだと言われることと、後に東京都知事となりオリンピック招致をすることにも結びつく。

先の高橋選手についてのコラムで、「高橋選手と小出監督が示したものは日本人が本来持っていた戦略と戦術の構築力に他ならない。国家同士の競い合いもしょせん人間たちの総力を束ね収斂した結束でしかありはしない」[26]と結論づけるのだが、石原の場合、人の生きる指針と、国のそれとを重ね合わせるところが自然だというのが特徴的である。

二、身体感覚の限界域

社会システム論や分析的行為論のような抽象的な学問に訴求するまでもなく、行為は、そもそもは出来事である。それは体験も同じである。

『行為と死』において、美奈子への愛の知覚はまずは心の中の出来事であった。この出来事が、次の時点で、性の交わりに帰属するとしたら、愛は体験のみならず行為ともなっている。その行為は、交わりをするということである。愛することで愛を感じるということである。

「乾いた花」において冴子への愛も心的な出来事である。そこでは主人公は、この知覚をその心的出来事という体験のままに留めた。体験に留めるという行為であり、この主人公に帰属することになる。この場合の愛するは、何もしないという行為である。

再び『行為と死』において、ファリダへの愛の知覚は、やはり心的出来事である。それは、美奈子へのそれと同じで、皆川にあるが、皆川は自らの行為の意味を国というものにも結び付けていた。当然、国も政府も、企業や役所も、人ひとりと同じように行為主体となりうる組織であり、それらもまた行為する可能性がある。

石原のたいへん多くある作品は、行為する人を、国そのものと重なる人に求めることができる場合と、その帰属先が明確とならず、ゆえに生き方探しになる場合とがあり、それらの間を揺れ動いてきたようにも見える。とりわけ作家だけであった間、言い換えれば政治家となるまで、その傾向が強かったように取れる。

そういう点では、「国」という帰属先については括弧に入れてさらに問わず、行為と体験との前提になっている身体性とその運動性について、石原の純粋理論的なポジションを、もっと明瞭に見ることにおそらく意義があろう。以下では、そういう前提で、先ずは国に帰属点が求められない生き方探しに明け暮れる青年という初期の作品をたよりに、続いて政治家となった後、国については政治家としての石原の中で完結させることができ、言い換えれば

25 「俗物性との闘い」『価値紊乱者の光栄』九六頁。
26 「やれば出来る」『日本よ』六七頁。

政治と文学とを分節化することができ、身体性とその延長に関する純粋論を徹底していくことができた作品をたよりに、行為と体験との関係を考えることにする。

(一) 性と暴力

『刀鋼』、『行為と死』、『星と舵』を読み通してみると、「処刑の部屋」(一九五六年)や「完全な遊戯」(一九五七年)といった、しばしば批判的に話題にされてきた若い時代の作品の意味がわかるように思う。

すでに触れたように、『刃鋼』は、その長編のストーリー性ゆえに、出入りの場面は、その凄惨さには圧倒されるが引き込まれ押し黙り読み進むことになる。「処刑の部屋」におけるリンチ、「完全な遊戯」における女性への集団凌辱と殺害は、それらだけの短編であり、筋だけを追うとしたら、読み手は暗澹たる気分にさせられるのみともなろう。暴力的だとされるこれら二つの作品の意味を考えてみたい。

暴力は、身体による身体の毀損、さらに言えば、身体あるいはその延長物、道具、さらにはその延長物による、身体への毀損ということになる。

「処刑の部屋」は、当時専門家たちの間では評価が高かったとされるが、酒場の閉じられた一室でのリンチがストーリーである。主人公克己は学生、今で言えば企画サークル、今もある話だろうが、ダンスパーティを興業する。しかしその上がりをめぐってのトラブルでリンチされることになる[27]。私刑が進行していく、すなわち椅子に縛られ暴行を受けつつ、人が出入りしてそれに関係して、克己自身の記憶や想いが、ひとつの世界を描いていくという筋になっている。

この小説冒頭にはエピグラムがあって、そこには「抵抗だ、責任だ、モラルだと、他の奴らは勝手なことを言うけれども、俺はそんなことは知っちゃいない。ほんとうに自分のやりたいことをやるだけで精一杯だ」[28]とある。

自分のやりたいことを精一杯やる、と若い人は口にし、大学生になってくるというのは今もしばしばある。しかしながら、自分のやりたいことが、そもそもいったい何なのかわからないという問題は、この小説を読むと、今同様、当時もよくわからなかったことがわかる。この点では、この私刑の場面のようであるかどうかは別にして、もめ事と恨み辛みは今もありうる事柄である。そう考えると、リンチという限界例を描くことで抽象化と一般化がよくなされているということになるのだろう[29]。

「やりたいことをする」という、その何かやりたいことをするという、行為の基底には身体がある。縛られて受ける暴行の連続は、その基底の毀損であり、身体性のそもそもの存立を問うということになる。思い出さねばならないのは、『太陽の季節』冒頭書き出し部分である。すなわち「竜哉が強く英子に魅かれたのは、彼が拳闘に魅かれる気持ちと同じようなものであった。それには、リングで叩きのめされる瞬間、抵抗される人間だけが感じる、あの一種の驚愕の入り混った快感に通じるものが確かにあった」[30]という文章である。

暴行が、行為の基体となる身体を感じさせる。ここにある暴行と抵抗の関係が、抵抗と抗しがたく魅きつける力という関係を生むということでもある。竜哉の英子への執拗な苦しめも、こういうことであった。

「処刑の部屋」は、次のような克己の想いで終わっている。

27 直接こうした事件があり、それに関わったかどうかはわからぬが、弟ともに学生時代の銀座で体験した消費風俗の下での生活については石原自身文章がある（『弟』一一六―九頁）。

28 石原慎太郎「処刑の部屋」『石原慎太郎集 新潮日本文学62』（一九六九年所収）三四八頁。

29 「「処刑の部屋」には、『太陽の季節』のようなブウルジョア家庭の背景が排除され、従って矛盾なく主題が提示され、舞台と登場人物は特殊化され、いきいきとした写実的な会話で物語りがつながれながら全体は抽象化されてゐる。かういふところがこの作品を批評家に受け入れられやすくしたものであろう」〔三島由紀夫「解説」『新鋭文学叢書8 石原慎太郎集』（筑摩書房 一九六〇年）二六一頁〕。

30 石原慎太郎『太陽の季節』（新潮文庫 一九五七年）八頁。

「これに比べりゃもっと死に甲斐のある何かがあるじゃねえか、いや確かにある。それが何だ、何だかわからなくたっていい、前よりは急に近づいて来たぞ。がこれだけじゃ未だ御正解とはならない。そいつを掴むまで、こんな下らねえ殺され方で満足してたまるかっ。

俺が死ぬ？　としたって、未だに俺は何のためにどうして死ぬんだかわからないじゃないか」[31]。

放蕩に身を任せたあげくのこの覚知は、先に見た『行為と死』にある旅順港閉塞の任務で戦死した広瀬中佐に重ねた行為、『星と舵』にある国際レースにおける競技という行為とは違い、ひ弱な自己に帰属する。『亀裂』の結論と同じふうである。しかしながら、これが前提なのであろう。これらの作品が、石原自身の加齢により、登場人物の成長として、放蕩学生から商社マンへ、石原自身、トランスパックに参加する自前のクルーを擁したヨットの艇長となる年齢になっていき、さらには政治家にもなったということである。

さて、暴力の主題化が、行為の基底を問う際の重要な糸口となるのと類似して、性行動についても、とりわけ「愛」という媒体そのものを捨象した場合、極限的に考えてみることができるはずである。逆に言えば、「愛」をこの限界例から問うことが可能だということなのかもしれない。

「完全な遊戯」は、さる実話がもとになっているということだが、作品への評判は芳しくなかったともいう。たしかに三島由紀夫が、「それは小説といふよりは詩的な又音楽的な作品なのである」[32]と解説をつけてくれても、そこに描かれている情景を思い浮かべようとすれば、普通の人であれば、この話にはやりきれないものがある。

バスもなくなった夜、雨の中、バスストップで待つ女性を、車で通りかかった二人の男が乗せるというところから始まる。この女性、精神に障碍があった。そして女性への暴行となる。宿に泊まると犯行が露見するからである。男の一方の兄貴夫婦の夏用別荘に連れ込み暴行。そして翌日、さらに連れを二人呼び寄せ暴行。「仕舞いに女は呼吸をするただの道具のように横たわっているだけだった」[33]という状態になる。

「愛」が、これにより主題化できることなどまったくないと考えるが、人のつながりに、性欲と暴力が、しばしば関わりのあるものだということはよくわかる。この時、彼らには、彼女は、もはや人間ではなく息をする「道具」だったのである。

最後に、この女性を崖から突き落として殺すことで話は終わる。悪趣味の度も過ぎた小説のようにも読めるが、「完全な遊戯」という題名は、「灰色の教室」において恋愛を精神遊戯としていたことの延長上にある。

敢えて、分析理論的に意味づけてみるなら、身体と欲望による人間のつながりの限界例を実験的に抽出したと理解できるということであろう。

（二）舞踏

こうした初期作品にある身体の限界域描写は、その後、すなわち政治家となり、政治と文学とが石原において分節化されそれぞれ完結するようになったことで、もっと別なふうに主題にされていく。もっと本質的な素材で、社会科学的に言えば、より分析的に理論的に掘り下げたと言ってもよいかもしれない。

例えば『光より速きわれら』（一九七五年）は、良という名の、ある興行師が語っていく体裁で成っている。とくにこの興行師と、暗黒舞踏の主宰者土方巽がモデルだとされる舞踏家との会話が軸になって構成されているのだが、肉体というものが何かということについて大いに教えてくれる作品である。

踊るというと、私などはたいへん素朴に、体を動かして踊るということをイメージするが、そんなものではない

31　石原慎太郎「処刑の部屋」『石原慎太郎集　新潮日本文学62』（一九六九年所収）三八〇頁。
32　三島由紀夫「解説」二六五頁。
33　石原慎太郎「完全な遊戯」『石原慎太郎集　新潮日本文学62』（一九六九年所収）三九四頁。

という。それでは踊るということの本質は何なのか。

「他の誰かにそれを踊ってみろといえば、それを踊ってみせようとして、すぐどうにか動こうとする。たった一人が動いて、そんなものが踊り切れる筈はない。まずじっと動かずにいるということから踊りの表現が始まるのだ」[34]。

ここでの舞踏家と興業師の話題は、広い花畑や千羽の孔雀を踊ることができるかというものであったが、言われてただちに「踊ってみせよう」と動くことではなく、まずじっと「動かず」にいることができるか。この難しさだと言う。

「本当の踊りというのは、肉体の物体化の限界に一度つき当たらなければ、次のどんな動作も出て来はしない。つまり、動くべきものが本当に動きはしないのだな」[35]。

「言い換えれば、ぎっちりした窒息空間の中に自分を入れ、逆にその窒息空間をひきつけ、もっと縮めたり、或いは突然自由に思い切って拡げてみせる。それが出来れば、世界が体の内に入ったり、また引っくり返って外から自分を包んだり、どうにでもなる。ただ拡散とか凝縮とかそんなことじゃないんだ」[36]。

踊り手が、頭の中で考えて、身体を作動させる。すなわち、空間を表現していくという意味で、広がりがあり、また収縮があるのかというと、そんなことではないということである。頭が、踊りをさせるのではないということである。

「踊りの中で自分の肉体の完全な管理が出来た人間にだけそれがわかる。わかるのじゃなし出来るのだよ。踊って、死にもの狂いで突っ立って屍体に成り切れた人間だけに、屍体とは何かがわかるんだ」[37]。

屍体になることができなければならない。随意筋のみならず、不随意筋をも管理することができる場合に、それが可能だということであろう。

この場面は、ポリオで障碍を持った二人の女性がこの舞踏家の弟子として登場している。この舞踏家は、なぜそのように筋肉が痙攣し萎縮して、不自由に見えるかを、筋肉から語り、自らその痙攣をやってみせる。随意筋が動くとき、それに応じて不随意筋は、それを支えているという。にもかかわらず、随意筋だけで踊ろうとするから、不自由に見えるのだという。

興行師は、そうだとしてもなぜ、そのことを医者は知らないのかと問う。舞踏家は、すげなく「奴らは踊れない」からだと応える。まさしく、筋肉を不随意筋も含めて完全に管理できるという境地への到達が必要だということである。そして、それはけっして頭が考えて管理するというのではない。

「あんたは筋肉というものを信じられないからそうとしかいいようない。舞踏するものは、肉体でしか、つまり筋肉でしか感じないし考えられないいんだ。いいか、実際には、肉体を損って汚すのは観念や精神なのだよ。俺のいう感覚のエクトプラズムとは観念や精神から完全に離れた筋肉のことだ。それを捉え、その容れものでしかない抜け殻の自分を捉え切れれば、何分の一死んだり生きたりすることも自在なんだ。あの二人の大脳のどこかにウィルスの与えたショックなんぞ、筋肉を蘇らせることで逆に消えてしまう」[38]。

34　石原慎太郎『光より速きわれら』『石原慎太郎の文学6　光より速きわれら／秘祭』（文藝春秋　二〇〇七年所収）一五五頁。
35　『光より速きわれら』一五五頁。
36　『光より速きわれら』一五九頁。
37　『光より速きわれら』一六三頁。
38　『光より速きわれら』一六三―四頁。

エクトプラズムと言っているが、これは心霊物質のことであり、石原の書いたものでは『巷の神々』でも触れているが[39]、舞踏に見る、その筋肉運動が、見る者の筋肉運動に感覚として伝達されるということであろう。石原自身、後年「常人が会得も獲得も出来ぬ肉体の極意、というよりも秘儀を体得し備えた人間といえる」[40]としている。この点では、この限界例に到達し体得できる人間は限られている。しかしながら、この限界例は、行為の帰属点を人や、その人の頭、観念などではなく、筋肉に帰属させていることを押さえなければならない。こういう水準では、いわゆる個人、さらには国に、出来事の帰属先を安易に求めてしまう想念は不必要なはずである。

(三) ライディング

舞踏家の超人的技巧は、頭で読んで理解するものではない。それを言葉で説明して頭でわかったような気持ちとなっても、それは頭でわかったということでしかない。

こうした舞踏に比して、『肉体の天使』(一九九六年)は、天才ライダー片山敬済をモデルにして書かれている。この天才ライダー「私」が主語であり、読み手はこの天才ライダー自身の語りをたどって、この人のライフヒストリーと、そこに鏤められた技法を、常人がやってみることなどはできないが、具体的に思い浮かべてみることはできる。

「もともと他人から強いられて考えることが嫌いだった。子供の頃から勉強が、学校へいくことそのものが嫌いだった。何がといって黒板ほど嫌なものはなかった」[41]という語りに始まり、それに読み手は引き込まれていく。

日本人で初めてグランプリを取った天才ライダーが自らのライディングを語っていく。中学生の頃、高い木に登りそこから飛び降りたという話は、『てっぺん野郎』の朗太を想い出させるが、ライダーというのが、身体とその延長にある道具という関係で、道具と一体となっているというところに、舞踏家が口にした感覚のエクトプラズムと共通のことが思い浮かぶ。

ヨットマンである石原のヨットについての経験と知識も、時折現れ、『星と舵』からのモチーフは連続している。ここではヨットではなくバイクであるが、これも身体とその延長、それらと重力との関係が前提となっている。「私の肉体は私にとって考えるということのための鏡であり、考えを引き出す磁場であった」[42]。このことは、ヨットでも同じようにあてはまることのはずである。

さて、このライダーのライフヒストリーは、実際にあったイモラ・サーキットでの大事故を境に変わっていく。この事故をきっかけにして彼は間もなく勇退する。

しかしながら、奇しくもこの大事故での生還の場面を映像で見ていた映画制作者と映画監督が、本当のスタントマンをやってもらえないかと彼に近づいてくる。

この出会いがきっかけとなり、映像をつうじて、またスタントマンという、ライダーとはある意味で反対のことをする仕事をすることによって、ライディングそのもの、レーシングということ、さらにはこの人の前半生を、客観的に捉え直させ、この人自身にさらなる厚みを与えていく物語となっている。

わからなくてはならないのは、「人間の肉体というのは、通常の人間たちは必要とはしないような能力を実はどこかに秘めているのだ」[43]ということであろう。

39　『巷の神々』五九頁。
40　石原愼太郎「不可知なるもの」（『石原愼太郎の文学6』文藝春秋　二〇〇七年）五九四頁。
41　石原愼太郎『肉体の天使』『石原愼太郎の文学6　光より速きわれら／秘祭』（文藝春秋　二〇〇七年所収）四四五頁。
42　『肉体の天使』四四六頁。
43　『肉体の天使』四四六頁。

この点でも、冒頭の「子供の頃から勉強が、学校へいくことそのものが嫌いだった」という導入が効いている。すなわち、道を極めるということの意味を、とりわけ若い世代に理解してもらうために、客観化して描いてあり、私はたいへん美しい小説だと考えている。

三、身体と言語

勉強が好きでない中学生や高校生がこの本を読んだらよいと私は思う。ただし少し難しい。というのは、この小説、多分に分析哲学的だとさえ言えるからである。身体と言語ということを考えるための題材を与えてくれる書である。

(一) 天使の言葉

世界一に達したライダーに、興味深い体験を語らせている。

一九七四年の鈴鹿の大会で私は予選でも連戦連勝していた。当然本戦のポールポジションをとって試合の開始前真っ先に選手紹介を受けた。(中略)

斜め前方に海が見えた。陽に映えて淡い青色に輝く海だった。

鈴鹿でもう何度となく走っていながら初めて見る海だった。

「ああ、あれは伊勢湾だ。豊津浦あたりだろうか。(中略)

そして突然悟ったのだ。

「今ここにいる者の中で海を見ているのは、あれが見えているのは俺一人だろう。（中略）」

そして私は、今日のこれからのレースで自分が間違いなく勝つことをとうに知っていた。

（中略）人は不遜ととるかもしれないが、決して高ぶった気分ではなかった。（中略）

そしてあの時私は初めて、試合場を包むもっと巨きな世界の中に、自分こそがその芯となって在るのを感じていたのだった。

それは最高のライディングの中で車輪のただ一点として自分を感じつづけるあの感覚を、さらに私の生命に重ねて感じさせる揺るぎない存在感だった。（中略）

その日のそれからのレースは完璧だった。試合の中で私は自分の作ったコースレコードまでを塗り替えた。

そしてもう一つ、あの日ライディングに関して未曾有のことがあった。私だけがあの時あの遠い海を眺めていたということに関わりあるに違いない。

スタートフラッグがふり下ろされ車が最初のコーナーにかかる頃から私は音楽を聞いていたのだ。生まれて初めてのことだった[44]。


この音楽は天使の羽音であり、神の声かもしれない。まさに達人の境地に達した者、そしてその者にも、ある

44　『肉体の天使』四七三—四頁。この話は、「レースの最中になぜか音楽が聞こえる」として後年、紹介している（石原慎太郎『エゴの力』（幻冬舎新書　二〇一四年）一〇五—九頁）。

ときにしか聞くことができない。邪念となる観念や思考いっさいが消え、「それは完璧な行為が獲得されることで初めてもたらされる真の存在感覚だ。それこそが実在の精髄というものだ。肉体の神秘のみが証す、言葉によるどんなに凝ったレトリックだろうと説明できぬことを、ある技に関しての解脱と会得は直截に神秘として伝えてくれる」[45]。

これは極意の水準にある言葉の体系であり、その水準においても、言葉の最も象徴的な本質として音楽が流れているということである。音楽が聞こえてこない時のライディングと比べてみると、その差異がよくわかるとも言う。観念的あるいは概念的な反省がそこにはさまって、自らの存在を感覚として捉えられていないということであろう。

逆に言えば、「なまじイメイジを引きずって走るとライディングは必ず阻害されてしまう。自分が行おうとしている行為についてのイメイジなどしょせん自意識のもたらしたもので、人間は往々自意識と体がまみえなくてはならぬ現実の間の誤差に気づかずにいてしまう。つまり自分が作ったイメイジに酔って縛られてしまうのだ。そしてその誤差のもたらすものは、ある時には端的にイメイジを追って行為する者の死ともなる」[46]。

このことは舞踏の場合にあったとおりでもある。すなわち、踊るということは、まず静止するということから始まらなければならないし、書かれた言葉、規則を理解して行為をするということでもないということである。

（二）自意識の魔

そういう彼であったが、事故が起こり転倒し、それがもとで引退することになる。イタリア、イモラ・サーキット、二四〇キロを超える高速でカーブにさしかかった、千分の一秒という単位で彼は他の車が落としていたオイルのしみを視認していた。しかしながら、これを避けることができなかった。転倒に至るまでのライディングの描写、そして転倒後、彼が生還していく過程描写は、実写を超える言葉の表現力が駆使されており、この小説全体を展開していく圧巻部分である[47]。

というのも、この転倒は、普通であれば死を意味していたし、観客もそう信じた。両足四カ所を骨折することになるが、実は転倒後、金属フェンスに激突するまで滑っていくきわめて短い間に頭をかばうために体の向きを変えていったところから、新しい彼の人生が始まるからである。

引退後、彼は、さる映画制作者と映画監督にこのサーキットの場面の映像を見せられることになる。二人は、この転倒に本質的なことを見抜いていたのである。そして、映像を見た彼は、そこに違う自分を見出す。

「同じものを二度見届けた後、戻った明りの下でたった今見たものを体の内で反芻してみた。その時私は不思議な自分を発見したのだ。私は初めてライディングについて怖れていた。

（中略）

レースでの自分自身の映像を目にしながら、レースでは決して見ることのなかったものを私はようやく今になってはっきりと目にしていた。それは画面一杯にたちこめた死であった」[48]。

観客は死を見ていた。ライダーという演技者と、その観客との関係は、ライダーの道を極めていった彼には見えるものではなかったであろう。それは遠くの海であり、そしてほのかにひとり聞こえてくる天使の羽音であった。しかしながら、そうした自分が、置かれた客観化された状況において、死の色を塗られて見られているということであった。

ここから石原は、肉体ということについて、石原自身と三島由紀夫との差異を、批判的に展開している。三島由

45　『肉体の天使』四六七頁。
46　『肉体の天使』四七六―七頁。
47　『肉体の天使』四九二―五頁。
48　『肉体の天使』五〇九頁。

紀夫『太陽と鉄』から引用しながら、批判哲学と言える展開がなされている[49]。

すなわち、自意識、とりわけ存在している自らと、その自らを自ら見るということの決定的な差異のことである。自らが味わう、あるいは耽溺する存在感は、自らのまなざしか、他人からのそれあるいは言葉に支えられてありうるものでしかない。このことは、ライディングが一点に支えられていると感覚しているということとは決定的に異なることである。

この身体感覚の極意は、時に天使の羽音が聞こえる状態であり、外側から祝福されるかどうかはわからない、まったく別の次元、別の世界にリープして抜け出ているのである。しかしながら、この存在感を完全なものとして肉体そのものに事前に求めようとすると、それは破滅することになってしまう。

(三) 本物とは何か

転倒とその後のプロセスを、まさしく生還だと理解した映画プロデューサーとディレクターの二人も、この点で映像の世界における本物のプロだった。そして面白いことだが、彼らが期待したものは「本物の」転倒ということであった。それは、観客に死さえ信じさせるものでなければならない。彼らは、このことを本物のライダーにスタントマンとして求めたのである。

転倒せずにライディングすることを求めてきた彼に、転倒、しかも本物の転倒を求めるというのは、逆説的であるが、この逆説に論理性がないわけではない。

身体活動を極めるとは、肉体を見せることでもないし、それに酔うことでもない。すなわち、「スポーツの観客が眺めにやってくるのは選手の肉体じゃない、彼等の筋肉じゃない。君らは裸じゃサーキットを走りはしない。彼等が眺めにくるのは君たちの体の動きを作る技なんだ」[50]。

観客と競技者（演技者）との間には、映画の場合には、さらに映像という媒体が介在している。映像が媒介し映し出していく物理的形象そのものではなく、その動きそのもののであり、引用文中でいう「技」であり、それが見えるのが本物である。

そしてこの本物は、すでにイモラ・サーキットでの転倒においてわかることであるが、「死んだ」と皆が信じたが、実は死んでいないという逆説にあった。「死」の現存在が、「不死」の実在に依拠していたところにあった。したがってスタントマンとして演技に求められたのは、生きて死ぬことを行うということである。ライダーとして正真正銘の本物に到達した彼には、これができる。また、このことを見抜いている彼らにもそれができるということである。そしてこの「本物」への到達、あるいは獲得は、選ばれし人にのみ可能だということになる[51]。ただし、この「本物」の獲得、そしてそれを得る選ばれし人は、ある種の厄介を抱え込まざるをえない。道を極めるとは、最終的に天使の羽音、音楽が聞こえてくるというように、徹頭徹尾、自らの身体への自らの働きかけであり、そこに至るまでの他にはわからぬ鍛錬の連続があるからである。

「肉体的に自分は駄目なのだと信じて動かぬ連中は、受け継いだ農地を耕そうとしない怠惰な農夫のようなものだ。意識という家をとり囲んでいる肉体という農園には、努めれば自分でも思いもがけぬ果実や野菜が必ず実るものなのに」[52]。

49 『肉体の天使』五一一―二頁。
50 『肉体の天使』五三六頁。
51 第五章第一節（三）一八一頁参照。
52 『肉体の天使』四四六頁。

「その歓びは自分の肉体の中に突然孵化した天使の羽ばたきを聞くようなものだ。

（中略）

いってみれば第七感ともいえる肉体の本能は、もちろん天与のものであるはずはない。因果なことにしょせん自分で培ったものでしかない」[53]。

それゆえに、こうした内的なコミュニケーションは、それをわかる人だけのコミュニケーションを可能にする。

彼は、当時世界的なライダーであったケニー・ロバーツに尋ねる。

「そういう君は、音楽が聞こえるかい」

（中略）

「そうなんだ、時々音楽が聞こえてくる。出来たらいつもいつも聞きたいと思うけど、そうなったら神になれたということかも知れないな」[54]。

ある水準に到達した人、選ばれし人たちの間だけでのコミュニケーションということになろう。こうしたことは、その水準に達していない人とのレースでは、ライダーの場合しばしば事故、そして死につながる。スタントマンの場合も同様である。「だから果敢とか剛毅、あるいは冷静などといった観念の作る内的な状況だけでは技でのステイジの向上はあり得ないし、習得すらが危ういのだ」[55]。

これは、まさしく自意識の魔ということである。ここからいかに解脱するかということが、またそうできることが、選ばれし人への道ということである。何かしたことの帰属点が、「私」だという自意識を滅却できるかということである。

四、喪失と再生

身体感覚が、行為の作動点の軸であるという理論の前提は、五感がいわゆる健常者の場合であった。石原の長い作家生活で驚かせられるのは、この一貫した問いについて、つねにさまざまな事例にあたり問い直し、これを文学により表現描写し続けてきたことである。この点では、気の遠くなるような長い期間にわたる知的好奇心の持続とそれへの誠実さがあり、それには教えられるところがきわめてたくさんある。

『再生』(二〇一〇年)においては、視力と聴力を失った人が取り上げられている。この作品も、『肉体の天使』同様に、実在の人をモデルに「私」の一人称で書き綴られている。福島智東京大学教授がモデルである。

(一) 盲聾者

牛眼により五歳のとき右目を摘出、九歳のとき左目も摘出。盲学校在学中に左の耳が聞こえなくなり、そののち右の耳も聞こえなくなる。誰よりも母親の愛の力が大きいが、この人は前に向かって生きていく。大学に入り、そして研究者をめざし、結婚をし、学位を取得、金沢大学准教授をへて東京大学教授に迎えられることになる。

天才ライダー同様に選ばれし人には違いない。しかしながら、天才ライダーの場合、己の観念を捨象し、鍛錬に

53 『肉体の天使』四四七頁。
54 『肉体の天使』四七九—八〇頁。
55 『肉体の天使』四七一頁。

より到達した天使の羽音が聞こえるという世界は、五感を研ぎ澄ましかつ、筋肉を神技の発現点としていったものである。これに対して、盲聾者の世界は、意志と鍛錬により内的に研ぎ澄ますそれではまったくない。

「盲聾者は他人と触れあっていない限り、完全に静かな完全に一人きりの世界にいるのです。しかし誰かと会話が通じれば閉じ込められていた壺の蓋が開いて現実の世界と繋がることが出来る。完全な孤独から他人のいる現実の世界にいわば呼び戻される。それは気を失っていた人間の蘇生にも似ていると思います。しかし自分一人の意思だけではそれはおぼつかない」[56]。

哲学者は、モナドとして、さらにモナドとモナドとのコミュニケーションが、いかに可能であるのかを主題にしてきた。ただし、フッサール『デカルト的省察』においても、そのモナドは、外を見る覗き窓を持っていた。そもそもそのモナドも、現象学的還元という方法により導かれた観念により作り出された状態でさえある。しかしながら、この主人公「私」は、光と音を失っている。その状態は、いわゆる「健常者」なる人にはまったく想像できない状態である。

「目と耳の感覚を失い他者とのコミュニケイションが断たれるということは、今までいた世界を失うということ、生きてはいても完全に自分一人ということ、それは果たして人間として在るということなのだろうか、と。

（中略）

そんな日々の中で家族に、特に母に手をとられて出かける時だけは、自分の存在なるものをかろうじて信じることが出来るような気はしていましたが」[57]。

音を失い、こんな状態になったときに、母親は、ふとしたことから、後に「指点字」と呼ばれ、広く普及する方法に気がつく。盲人が使う、点字タイプライターを使って、母と私は会話をしていたのだが、あるとき彼の背中にタイプライターの指使いを打ったところ、それがそのまま通じたことに始まっている。

点字タイプライターのキーを習熟していれば、指をつうじて、空気振動が鼓膜を振るわすのと同じように、指が代表する記号が伝わるということを体験する。この発見は画期的であり、盲人間のコミュニケーションが大いに活性化されるのに寄与した。

ただし、これはいわゆる対面コミュニケーションである。三者以上の関係になると、ただちには難しい。しかしながら、これも主人公私と、その友人たちの会話の中で克服されていく。

親しくなった、やはり盲人女性の友人が、盲人同士のコミュニケーションを、指点字で私に伝達するという関係が、やはり偶然生まれたのである。私だけが、ここにおいて聾であったので、盲人二人の言葉をつうじてのコミュニケーションは聞こえない。これを、彼女が指点字で伝えてくれるということであり、また彼の言葉が指点字を経て伝えられるということである。

対面コミュニケーションが、その一対一の関係から、一対複数の水準へと拡張していったのである。「会話そのものはいかに他愛ないものだろうと、私は私自身が会話の当事者ではない会話にも参加することが出来ていたのです。それは自分が間違いなくこの世界の中に在る、彼等と同じようにいるのだという実感でもありました」58。

社会を知覚するということであろうか。盲聾者は、残された感覚器をつうじて知覚をする。しかしながら、光と音という、最も基底的な媒体の不全は、触覚をつうじての接触がないとしたら、独りでぽつんといるという状態であり、それはいわゆる健常者が自ら沈黙することや、孤独に陥るということとは本質的に異なった状態である。

56 石原慎太郎『再生』(文藝春秋 二〇一〇年)七八頁。
57 『再生』六八—九頁。
58 『再生』八二頁。
59 『再生』九五頁。
60 『再生』一〇八頁。

先に引用したように、生きていながら、自分が存在していないという感慨、ひろい宇宙にひとり放り出され、さらには死と間近に接した状態に陥ることになるということである[59]。この意味で、「盲聾者にとっては他者とのコミュニケイションの欠落は精神が死んでしまうということ」[60]だということになる。

ここで何よりもわかることは、コミュニケーションが精神に先行しているということなのであろう。

(二) 愛の符号

主人公私は、大学院を修了し非常勤講師の職を得て、専門学校で教壇に立つ。そこでの熱心な教え子のひとりと、後に結婚をすることになる。

しかしこの場合にも、盲聾者の場合、特異なことがある。なぜかと言えば、「愛なるもののとっかかりはいろいろあるでしょう。相手の外見、才能、見識。それらはやはり視覚、聴覚を経て伝わり受け入れられるものでしょうが、私にはその能力はありません」[61]ということである。

これまで見てきたように、愛は、体験と行為の非相称的な関係を構造化していく媒体である。愛を感じるのは、この引用にあるように、その視覚、聴覚をつうじたまずは知覚に基づいている。そしてそう感じさせた相手への好意であり、すなわち知覚を今一度、知覚して確認しているのであるが、この時点で知覚体験の帰属点は、相手から自分に転移している。こうした知覚と行為の特異な関係と転移が「愛」という媒体を可能にして、人を結びつけていると考えられる。しかしながら、こうしたコミュニケーションを可能にする媒体も、その前提に知覚を引き起こす光と音という、より基底にある媒体を自明とすることができるゆえ考えることができたところがある。

この私の場合にも、子どものときに光をそして音を知覚してはいた。しかし今はそれがない。私は言う、視覚、聴覚によって相手へののめりこみ、重なり合いを超えた何かが愛だと。

「思いこみもあるかもしれないが、やはりそれを超えた、互いにとってのあるかけ替えのなさというものがなければ、結婚という人生の選択などあり得ないと思います。その意味では視覚も聴覚もない私にとっての彼女の存在の重さは、とにかく彼女の姿も見えず声も聞こえないのですから私の心の中だけで計るしかないのです」[62]。

このことは、私の側だけではない、相手は視覚、聴覚を健常者として持っている。彼女の側からのこれらの水準での応答は彼にそれらの感覚器を通しては伝わらないのである。それについて彼女はあとになって明かす。

「なぜ、といって、私はあなたよりももっと不安なんです」[63]と。彼女の側の不安も当然のことである。愚痴のようなほんの彼女の独り言も、彼らの場合「彼女が私の手をとって指で点字として打ちこまない限り私には通じませんから、愚痴ではすまなくなる。愚痴というのはあくまで健常者の間での特殊なコミュニケイションにすぎない」[64]。

おそらく『亀裂』以来の「現代における人間の繋り合いの可能性、言い換えれば恋愛に於ける肉体主義の可能性」[65]という問いは、ここにひとつの結論に到達することになろう。

肉体ということの意味である。視覚、聴覚を介して相手を体験することがなくとも愛は可能である。この私と彼女の場合には、指点字を介して、すなわちこのレベルでの知覚応答をつうじて、相手を互いに捉えることができるということである。これは、接触を通じてのいわゆる性愛に還元できるものではないであろう。そうではなく、今

61 『再生』一一七頁。
62 『再生』一一七頁。
63 『再生』一一八頁。
64 『再生』一二八頁。
65 あとがき『亀裂』新潮文庫　三九五頁。

どこかの感覚器をつうじて交信し互いに相手と共にさらに生きていきたいという関係であろう。

「結婚ということはともに人生を生きるということで、その相手への本当の理解といおうか、相手のあるものを見て見ぬふりをして過ごすという、ある種の寛容さがなければ出来ないことだと思う」[66]。

これは健常者同士の結婚でも同じであろう。ただしつねにいつでも喧嘩も含めて応答が自由にありうるのではないとき、彼らを彼らとしてつながり合わせることを可能にする交信を続けたいという思いが、愛ということになるのであろう。結婚後、彼らにも危機があった。家を出て行ってしまった彼女に対して私は自問する。

「夫婦喧嘩の中で私は一方的にまくしたてても、私と同じように話すことも出来る彼女はそれに応えるために、あくまで指で点字を打つという、普通の会話に比べればまだるこい術で答えなくてはならない」[67]。

しかしながら、これは決してこの私に障碍があるということで、健常者の彼女に卑屈になるということではない。

「私が否定したいのは、能力の差とその人間の存在の価値や意味を連動させて相手を捉えることです」[68]と。

愛が媒介する関係では、この差別は絶対に感覚されることはない。これが感覚されるとしたら、愛はすでに破綻している。それはいわゆる健常者かどうかという問題ではない。

「そう思ったら、自分の身に比べて他人をうらやましいと思ったら、その瞬間私の存在が消えてしまいますからね。見える、聞こえるといことを羨ましいと思ったら、もう生きてはいけません。盲聾者は、聞こえさえすれば、見えさえすればと思う、そのための『さえ』という助詞さえ使えないんです。生きるためには人を羨む感情を無意識のうちに殺しているのだと思います」[69]。

おそらく彼女も無意識のうちに殺している何かがあるであろう。愛が媒介しているという状態は、意識してそういう関係になっているということではない。この意識よりも前に、互いがある形での交信と応答を続け相手を確認している関係をすでに愛が媒介している。しかも、その場合、シンボル化されて交信する互いの心は、そのシンボル化され伝わる結果と完全に一致しているかどうかはわからない。これは、健常者が、聴覚と視覚を働かせて交信をしている場合もやはり同じはずである。

愛が媒介するとは、交信し相手を相手として感覚し続けているということである。そのコミュニケーションで交わされている相互の思いは、最終的には暗号である。その暗号が正しく解読されたかどうか、それは神のみしか知らない。解読結果の成否ではなく、交信が続き相手を相手として感覚し続けるという状態が愛ということなのである。

66 『再生』一二九頁。
67 『再生』一三九頁。
68 『再生』一四九頁。
69 『再生』一五一頁。

第七章　人と政治

第四章において『日本零年』と『挑戦』を題材に見たとおり、作家として歩み出した石原には、日本と政治への指向性がはっきりとしていた。これらの作品は、ともに大作であるが、江藤淳が指摘していたように、『挑戦』の場合、石原が抱く個別政治思想と、思想そのものとの二律背反を感じさせるところがあった[1]。『挑戦』の場合、『日本零年』とは異なり、太平洋戦争への思い入れをひきずり、それを現実の事件に結びつけているところがある。

しかしながら、第三章「疎ましい他者」を受けて第五章「恋愛と人生」と第六章「行為と感覚」と論じていく中で、石原自身が、『亀裂』以来、人が生きる、人が人とつながるという純粋論をそれそのものとして展開しようとしてきたことも確認できたとおりである。

本章では、政治思想そのものについて、『日本零年』や『挑戦』の場合とは異なり、もっと抽象度を高めた政治思想史の一般論として、とりわけ日本の政治を題材にした諸作品を見ながら、政治とは何か、そしてそれに対して、職業としての政治家を選んだこの人は、どのような姿勢を取ろうとしたのかについて考えてみたい。

前半は、政治家と政治に関わる小品を二つ取り上げ、それに続いて「狼生きろ豚は死ね」という、石原らしい題名の処女戯曲を中心に取り上げる。これは彼がまだ政治家になる前の作品であった。これを詳細に見ながら、政治に現れるさまざまな人格類型について石原の立場を整理したい。

これに続いて、『亡国』(一九八五年)という想像力に満ちた読み物を題材に、一九八〇年代日本について石原が、どのような危機意識を抱いていたのかについて考える。そうした上で、最後にこの人は、いったいどのようなスタンスで政治家であろうとしたのかについてまとめたい。

一、公人と行動

さて、「狼生きろ豚は死ね」について論じる前に、政治家になってから書いた二つの作品について見ておく必要がある。そのひとつ「公人」（原題は「桃花」）（一九七三年）は、代議士となったのち、しばらくしての作品である。今ひとつ「ある行為者の回想」（一九九二年）は、一九九五年に議員在職二五年永年勤続表彰を受けてのち国会議員を辞職したことを考えると、代議士生活の終わりに書いた作品ということになる。

「公人」と「ある行為者の回想」とは、前章で扱った『肉体の天使』や『再生』のように実話をもとに創作されたものであり、石原が、その作中人物に成り代わって描きながら、その人の姿、そして生き方を明らかにしていくというスタイルでなっている。

事実に忠実であらねばならないとする社会科学あるいは歴史学の格率だけに依拠しようとすると、これら二つの作品は、その事実性に関して一定の批判を加えることもできよう。しかしながら、文芸的創作が生み出す想像力は、社会科学における価値中立性や「客観性」よりもしばしば多くのことを教えてくれるし、石原自身の政治観を考える上でも重要である。

ひとつは、政治においても純粋行為があるのかということであろう。これは『亀裂』において、都築明と弟洋との議論以来の問題でもある。そして今ひとつは、政治とは、ひとりで演じることのできない場であり、舞台がある

1　第四章第五節「政治思想と思想」参照。

ということである。その舞台に、人と状況は、どのように現れたのかということである。これら二つの論点は、二つの作品どちらについても言える事柄である。

(二) 官報が拓く親密空間

「公人」は、戦前戦後の保守政治家賀屋興宣がモデルとなっている。この人の戦前の高級官僚そして政治家として、さらに戦犯としての経歴、そして戦後、自由民主党の政治家としてのそれについてはここでは論判しない。あくまでも石原が描き出した「公人」ということについて見る。

この実在の人物をモデルに小説化した主要なモチーフは、さる子弟のみが通う高等小学校での、のちに官僚、政治家となる主人公靖胤と、美しい同窓生美穂との生涯にわたる、まさに純粋な恋愛を編み込むことと、戦犯として獄につながれるその意味を切り開こうということにあったと考えられる。

自らの欲望と仲間、取り巻きの利権にのみ生きる官僚、政治家とは異なり、私を滅し公に奉ずるひとりの男と、短い同窓期間の後、転校し旧制高校フランス語教官に嫁いでいった初恋の相手との、官報をつうじてだけの関係、そしてその後の数通の手紙による親密空間の再構成で成っている。たいへん美しい物語である。

美穂は、『刃鋼』の松井澄子や『てっぺん野郎』の上条英子に漂う雰囲気を感じさせ、石原にとってまさに理想の初恋の相手ということなのであろう。そのような人として描かれている。その清楚、美しさはよく伝わってくる。

たいへん面白いのは、『官報』が、彼と彼との間に、このメディアに本来予定されていた機能とはまったく違う機能を発揮させ、ひとつのプラトニズムを結晶化させたということである。ある限られた階層の子弟のみが通った、その当時の高等小学校。主人公は、一高を経て東京帝国大学法学部、そしてそこを首席で卒業して大蔵官僚へと進んで行くキャリアエリートである。相手はその町の師団出入りの御用商人の娘であった。

今風のエス・エヌ・エスなどとは違い、確かめたいときにアクセスして相手の様子を知るというのではない。風の頼りのようにふとした偶然に『官報』に掲載される異動者の名を目にして、その人を懐かしく想い出し今を想像するという関係である。こうした関係が、まさに関係としてあったことが、晩年、同窓会において二人がともに同じ思いで『官報』を目にしていたこと、彼女は彼の出世を、そして彼は彼女の夫の赴任先を、それぞれ消息として確かめ合っていたことを知るところで明らかになる。石原が、この種のロマンチックな関係をたいへん大事にしていることは、第五章「恋愛と人生」において確かめてきたことであるが、こうした美しい相互作用があることも確かなことである。

こうした美しい親密圏を可能にする人の心の豊かさとともに、今ひとつの主題は、優れたテクノクラートとしての靖胤についてである。「すでに当時から靖胤は日本が遠からず戦争に突入し、そしてその戦さに敗れるだろうことを予測し、近しい仲間にはそう語っていた。戦争抑止がきかぬならば、戦さを効果的に戦わせしめ効果的に敗れさすための努力をするだけである。（中略）

太平洋戦争の開始間際、彼は軍の戦略に経済的な保障をあたえるために、戦時内閣で再度大蔵大臣に返り咲く前の二年間自ら北支那開発株式会社の総裁となって、来るべき太平洋戦争下、中国における戦時経済体制の確立に努めた。

戦後、彼が戦争犯罪人としての容疑で最も指弾を浴びたのはこの努力にあった。しかし法廷における靖胤のいい分は、ここまで来てしまった限り、誰かがやらなくてはならぬ仕事を、自分が職務として一番効果的に行っただけでしかない、ということだった。そうした言葉が、特に法廷における釈明としては甚だ損であることを同僚は説いたが、靖胤は肯じなかった」[2]。

2　「公人」『石原慎太郎の文学10　短編集Ⅱ　遭難者』（文藝春秋　二〇〇七年）三四三頁。

先述のとおりこの内容とモデルとなっている政治家についてここで論判するだけの力量を持ち合わせていない。要点は「私はただ与えられた公けの仕事を役人としてやっただけです。その限りで、私はいい公人であったと思います。もし私の裁判が有罪になれば、敵もそれを認めたということになるでしょう」[3]という潔さである。

官僚機構という没人格的なシステムに徹底的に自己同一化することで機能を果たしたこと、その逆説的な強い意志は賞賛されるべきだということであろう。公けの仕事を役人として「言われたとおりに」ただやっただけだから無罪だというのではない。有罪となったとすれば、それは自分の能力が役人として秀でていたからだということであり、保身だけに生き利益を貪っている役人にも、杓子定規だけが取り柄の役人にも、こういうことは言えまい。

「政治とは、情熱と眼力を共に働かせて堅い板にしっかりと着実に穴をあけていくことだ」[4]とするなら、靖胤はまさに官僚から政治家へと進んでいく過程で、このことに専心したと言うことになろう。ここには、政治行為における美的断片を見ることとさえできるのかもしれない。しかも、政治という行為の結果について自ら考慮するということでもある。無論、戦犯となったという点で、東京裁判史観のコンテクストにおける責任性を言うこともできるが、靖胤自身、行為とその結果について自覚的だったし、その結果について自らは明確な姿勢を貫いたということである。

さらに言えば、再構成される親密空間の美的形象を思えば、もっと違った人生も有りえたのだが、「公人」を貫いたということである。きわめて深く豊かな内面があるにもかかわらず、これを殺して公けにすべてを捧げたという生き方があったということなのであろう。

(二) 行動主義は美的に可能か

「ある行為者の回想」は、創作であると断りが書かれているが、戦後の新右翼の大物である野村秋介がモデルであるとされている[5]。政治家邸宅放火、経団連会館人質籠城などの事件も実際にあった話であること。また石原との関係も諸処調べることができる。

これらの犯罪の源泉を義憤にあったとして読むことができるかどうか、行動の純粋性、その美的断片を文芸により救出する作業に意味があるのかと疑う意見もあろう。しかしながら、政治における直接的な行動はきわめて多様であり、この場合だけを他に比べてより悪い、より良いということは難しい。

この作品も『刃鋼』のように「私」が主語で語っていく体裁となっている。前者の政治家邸宅放火により一二年、出所後二年弱世間に戻ったが、間もなく後者の人質占拠により六年の獄に入ることになる。

最初の事件の直前に長女が生まれ、その時抱いた子の記憶が、二〇年を経てその子の子、すなわち私の孫を抱いた感触と同じだったというエピソードから始まっている。妻の「私のことは心配しなくてもいいのよ。こうして子供も出来たし、私はいつまでも待てるわ。だから好きなようにして下さい。いわれて止めるあなたじゃないでしょ。それより、やろうとしたことをやらずにしまって、それで一生後悔するのを見るのはいやだわ」[6]という言葉に、私は迷いを絶ち決行することになる。離婚届に私の判を押し入獄する。一〇年目に妻は、これを使うことになるが、二度目の入獄中にその別れた妻と再婚する。夫婦愛が、そこには表現されており、私もこれを美しいと感じる。

創作であるので、主人公私のモデルもそのようであったのかどうかはわからないが、いやそれよりもむしろ、石原がどうしても入れておかねばならないと思ったことだと考えられるが、こんなエピソードが埋められている。

3　「公人」三四四頁。
4　ウェーバー『職業としての政治』（岩波文庫　一九八〇年）一〇五頁。
5　福田和也「解説―美、豪奢、静寂、そして逸楽」（『石原愼太郎の文学10』文藝春秋　二〇〇七年）六四九頁。
6　石原愼太郎「ある行為者の回想」『石原愼太郎の文学10　短編集Ⅱ　遭難者』（文藝春秋　二〇〇七年所収）四四二頁。

それは短編の始めに出てくる。主人公私の母方の従兄が「だって、誰かがやらなくちゃならない仕事だものな」[7]と言って、終戦直前に特攻隊に志願して死んだ話である。特攻隊は、石原の文章によく出てくる話題であり、彼にとってはっきりさせておきたい重要な事柄だということである。

戦後まもなく「校長以下実は教える当人たちもよくわかってなかったようだが、自由主義と民主主義はいかに違うのかなど」[8]について聞かされた学校のある授業で、教師がもっともらしく戦争批判をして、特攻隊で死んだ人間は皆無駄死にで馬鹿だと言ったことに対して、主人公の私は食ってかかったという。

「お前はああいう突撃が無駄だったとは思わないか。今町の映画館でやっているニュースを見てこいよ。みんな途中で撃墜されてしまってるよ」

「俺も見ましたよ、でも最後に一機だけは当たったじゃないですか」

「あんなもので敵艦が沈むと思うか」

「思いませんよ、でも沈まなくてもいいんですよ」

「なぜだ」

教師はいびるような目で見返していいました。

「なぜだよ」

その時私の体の中の何かが突然私にいわせたんです。いった後で私は自分で驚いていました。

「先生、あの最後にぶつかった飛行機に従兄が乗っていたんですよ」

「いい加減なことをいうな」

教師はいい、

「いい加減とはなんだよ」

私はいった。教師の顔にたじろぐような影がありました。それを見たらにわかに体の中がかあっとなって、

「あんた、俺の家にきて仏壇の克己兄の前でそう言ってみろよ」

いったら教師の顔がまた歪み、それを見てまたいっそう体がうずくようにかあっとなった。多分あの時に私のそれからの人生が決まってしまったのかもしれない[9]。

石原自身の後年の文章にもよく似た話は出てくる[10]。ある行為者に、石原自身の想いが重ねられている。「体の中の何かが突然私にいわせた」、まさにこの何かという不可知が人にはあるということだ。そして、ここでは戦争で自ら死ぬことを決めた人たちの意味を問わせることであり、石原自身が自ら総指揮をして映像化する映画『俺は、君のためにこそ死ににいく』[11]にも通じている。

「私は」とは、創作として描かれる、ある行為者の「私」であるが、同時に石原自身にも部分的に重ねられている。ある行為者である「私」に語らせながら、その重なりとずれから、石原の位置と、ある行為者の行為との絡み合い

7　「ある行為者の回想」四二六頁。
8　「ある行為者の回想」四二七頁。
9　「ある行為者の回想」四二八―九頁。
10　石原が戦後まもなく、住んでいた逗子に進駐してきたアメリカ兵からアイスキャンデーを投げつけられ、それを払いのけたこと。これについて通っていた学校の教頭、幹部教師にかえって叱責されたこと。それへの反撃。そしてとりなした僧籍を持つ復員してきた教師の言葉が、石原にとって個人的だがきわめて印象的な出来事だったとしている。石原慎太郎『新・堕落論』（新潮社二〇一一年）一五―六頁。
11　この作品については次章で扱う。

が浮かび上がってくることになる。

「刑務所にいってからがつがつと手当たり次第に本を読みましたが、中でも印象的だった柳生流の極意書（中略）。しかしとどのつまり最後はすべて相打ちとあった。相手も強いこちらも強い。となればすべては相打ちという剣の極意、というか人生の原理でしょう」[12]。

五・一五事件で無期懲役、戦中釈放された実在の活動家に、ある行為者のモデルとされる人は強い影響を受けたとされている。その文脈で、「彼はよく、『しょせん、天命も人為からしかなりはしないさ。誰が先になって道をつけるかなんだよ』といっていました。ですから私も、自分一人でやってみよう。そのためにもまず自分でそれをやるための道具を整えようと思った」[13]と語らせている。

最初の事件後、逮捕され取り調べでの言辞。「検事たちはただことをけっして美化させまい。やった人間はただのちんぴらで浅薄な功名心にかられてのことという印象づくりに懸命になっていました。こうした事件の跡を絶って社会の安寧を計ろうということでしょうが、しかしその安寧なるものがいま在る国家あってのことということを、彼らはどれほど自覚していたのだろうか。ただ目先の安寧だけを守ろうとすることへの腐心が、下手すれば国家そのものを毀損しかねないだろうに」[14]。

さらには一般論として、「はみだす人間、はみだす出来事があるからこそ逆に、大方の人間が安心してこもっていられる社会の枠が保たれているのじゃありませんか」[15]と語らせ、さらには二度目の行動、すなわち経団連会館人質籠城事件は、水俣病に代表される公害問題への義憤でありゆえに経済界が攻撃目標となったという。

すなわち「あの頃から流行りになってきた公害問題というのは、結局我々にとって国家とか社会というのはいったい何なのだという、他でもない自分自身への問い直しでしょう。経済が膨れあがり人間たちは飽食して太り、その上で政治は退廃していく」[16]ことが語られている。

天命も人為からしかなりはしないという、こうした論理とそれを実際に行動により具現化する、その実践が美的である場合は、おそらく限られているはずだし、ほとんどありえない。

その姿にある種の痛ましさを感じざるをえないのは、「国家」に投射し重ね合わそうとする「私」が、おそらくつねにその「国家」から裏切られることになるということであろう。目先の安寧にさらに汲々とする国家を作り上げていくことになる可能性さえある。

(三)「狼生きろ豚は死ね」

公人と、ある行為者は、政治舞台に陰に陽に現れる人の諸類型のそれぞれであるし、二つの作品のそれぞれは最も典型的な純粋型であったと考えられる。これらどちらの出現も、今では難しくなっている。しかしながら、原理的には、これからも、ありえそうもないことがつねにありうるのが社会である。この二つの純粋類型を思い浮かべながら、戯曲「狼生きろ豚は死ね」を読む。

明治維新前夜、坂本龍馬と中岡慎太郎暗殺についての物語は多い。龍馬暗殺説として、見廻組説、薩摩藩説などいろいろな説が知られている。坂本龍馬は、しばしば歴史のヒーローということにされてきたし、中岡との遭難は歴史の悲劇ともされてきた。ただし同時に、維新前夜の物語は、登場人物が多く、その筋が錯綜しわかりにくくな

12 「ある行為者の回想」四二九頁。
13 「ある行為者の回想」四三八頁。
14 「ある行為者の回想」四四九頁。
15 「ある行為者の回想」四五三―四頁。
16 「ある行為者の回想」四六二頁。

り、それゆえにさまざまな物語が書かれるということでもある。

石原はこの歴史的事件を、一幕三場、二幕五場の創作劇として仕立てた。石原の処女戯曲であり、劇団四季の浅利慶太の依頼により書き下ろしたものである。初演成功以来、この劇団の当時の演目に加わったという[17]。小説以外にも、さまざまな表現様式の可能性をさぐろうという石原自身の積極的な活動を示すものだとされるが、ここでは政治そのものとそこに現れる人たちという関係に焦点をあててみたい。

というのも、この創作劇の主題は、政治理念と権力ということであり、坂本龍馬をはじめ登場人物は、石原によりそれぞれ独特の脚色がされているからである。言い換えれば、石原の政治についての考えを、ここに見ることができると考えられるからである。

（ア）政治の舞台

主人公は久の宮清二郎という架空の人物。彼は土佐を脱藩してきたという点では、坂本龍馬、中岡慎太郎と同じであるが、脱藩の理由は違っていた。

もともと彼は、郷里土佐で約束を交わしていた女を、彼が江戸詰をしている間に、その兄、家老となる久の宮伊織に取られてしまう。この女が土佐藩を倒幕に動かす重要な家の娘であったこともあり、野心家後藤象二郎がその恨みを利用し清二郎にその兄伊織を殺させていたのであった。この時、伊織の妻、すなわち清二郎が愛していた女も自刃する。その遺書には兄を愛していたとあった。

こうした経緯は知らず、ただ不都合なことをして脱藩させられたということしか坂本も知らなかったが、同郷者で腕が立つということで用心棒として居候をさせていた。ただし、とらえどころのないある種のニヒリズムに坂本も中岡もある怖さも感じていた。

ある月夜、茶人の折華の住まいの離れから舞台は始まる。中岡慎太郎と、松平帯刀という幕府老中とが、坂本の帰りを待っている[18]。途中、清二郎は坂本とともに見廻組と斬り合いになり、血のついた刀を抜いたまま戻ってくる。そこにいた帯刀が幕府の老中であると清二郎が知り、なぜこんなところにいるのかといぶかしがる。実は帯刀、清二郎の兄を昔知っていた。兄の遺志を継いでここにいるのかと尋ねる。清二郎は、俺は他人に興味はない。人を傷つける嘘と裏切りだけの政治はさらに興味はないと吐き捨て、ただ雇われているだけだと答える。帯刀は「政治がお前の何を傷つけたかは知らぬが、生きている限り何かに向かって眼をつむり、無理にもそれを信じこまねばならない。例えば政治という理想だ。人が生きると言うことはそうしたものだ」とさとす。

間もなく難を逃れた坂本も戻ってくる。幕臣帯刀は、坂本に、岩倉具視からの情報として、薩摩と長州が彼をつうじて幕府を討つ詔勅を天皇から引き出そうとしていることを明かす。幕府消滅は時間の問題だが、正面から戦火を交えることは国にとって得策でない。大政奉還、列藩会議が開かれ平和に新しい時代に移行できるように武力倒幕回避のために、薩摩と長州を説いて欲しいと頼む。坂本はこれに同意する。

ただし帯刀は、老中にまでなったが、本当は人間が嫌いであり、大袈裟な理想などない。今やっていることは自分への義務でしかないとも言う。

17　江藤淳「〈肉体〉という思想」『石原慎太郎論』一一一頁。

18　この戯曲の主旨は前述のとおりであろう。浅利慶太との対談で石原は、「気難しい人に言わせると老中がこんな所に出てる訳がないとかさ、その作中の実在人物の年がどうのこうのとなんか、それは問題ないんでね、或いはあの時代に生きた人間が話す台詞自体にしてもそうだ。そうした時代意匠を無視したアナクロニズムはこの際、何の問題にならない」（「〈狼生きろ豚は死ね〉初演に際して―浅利慶太との対談」『孤独なる戴冠―全エッセイ集』（河出書房新社　一九六六年）二〇〇頁）と述べている。

帯刀が帰った後、同じ場に長崎の武器商人山九こと、山井九兵衛が来訪し、後藤象二郎の使いに会って欲しいと告げる。清二郎はいきり立つ。

その後、坂本は、清二郎を外に遣いに出して、中岡とともに後藤本人と山九に会う。幕府が長州征伐に惨敗し、土佐藩も佐幕一辺倒から方向転換を模索しているが、そのために力を貸して欲しいと後藤は請う。倒幕が成功しても、その後の受け皿は、おまえたちがどれほど高い理想を持っていようとも、藩の後ろ楯がなければ難しいだろう。権力の裏付けは力だと説く。坂本は、土佐藩の軍制、海援隊を坂本、陸援隊を中岡に任せ、捕らえられている勤王派志士すべての釈放をするなら応じようと条件を出す。後藤は了解し、薩摩、長州と土佐の盟約にも助力して欲しいと頼む。

坂本は、政府の実権を天皇の下にある藩主の諸侯会議に移し将軍を議長とし、今ひとつ家柄に関係なく人材を選んだ別の議会を設けて二元政治を進めるという、船中八策を披露し、松平帯刀をつうじて幕府も動かしていることを明かす。

そして坂本は、山九に、土佐を、とりあえずは薩摩、長州と並ぶようにするために、すでに長州に売る予定の小銃、大砲、火薬を一割掛けで土佐に売るように勧める。

場が、山九の奥座敷に変わる。

帯刀が客人として来訪、そこで今は山九の女、昔帯刀の恋人お藤に出会う。坂本が清二郎をつれて入ってくる。帯刀は、大政奉還に向けた列藩諸侯会議が巧く進まず、また幕府内にも強硬派がおり予定どおりに進まない。このままでは薩摩と長州が武力倒幕に出るであろうから、岩倉を説いて天皇を動かして欲しいと頼む。

帯刀は帰るが、身辺警護のために坂本は、清二郎をつけてやる。その途中、帯刀は、清二郎に、俺は昔、お前のようであったと言う。清二郎は、帯刀と坂本との先ほどの話を持ち出し、政治の理想など信じていないと言いながら、物欲し気に政治の中を動き廻っているではないかと糺し、お前も小野派一刀流の使い手ならば、俺の剣を受けてみよと迫る。

帯刀は、今は政治を行うことで人間につながるよう自分の生き方を選んだ以上、どんな恥でも忍べるとして膝をついて助命を乞う。そして実は、もっと違う生きる道があったが、兄が藩の政治には向かぬという、その理由で兄を殺し、また好いた女も捨て、家を継ぐことになったことを明かす。政治という仕事に自分を賭けて、多くの人間につながっていけると考えたからだと言う。そしてお前が後藤との間に何があったかは知らぬが、それも政治には日常茶飯の事ではないかと問う。

清二郎も、兄を殺した過去を明かす。帯刀は、「政治のむずかしさ、人間の汚ましさなど分かっている。努力がどんなに空しいかも知っている。こんな国などどうなろうと構いはしない。しかし自分に卑怯に生きたくはない。裏切られても、それを超え他人と繋がること。友情、恋、政治に裏切られようとその裏切りこそ人間の絆であり、お前も人生を信じ直し賭けろ」と説く。「信じ直したその理想の中で、坂本を超えて政治の理想をつうじて人間に繋がるのだ」と続ける。

場が変わり、再び折華の離れ。

仲間の平木が斬られ、中岡が、土佐から急遽戻って来る。途中、事もあろう土佐者に狙われたと帰ってくる。後藤が、海援隊も陸援隊も重要部署をすべて配下で押さえ藩の実権を完全に牛耳り、船中八策も自分の発案だとふりかざしていると坂本と清二郎に話す。清二郎は、かつて後藤に利用され兄を斬ったことを明かす。そして今度は、後藤をこの手で斬ると口にする。さらに坂本に、あなたの理想に賭けようとも言う。

岩倉がやってきて、各藩藩主、家老了解のもと、薩摩、長州、土佐の間で交わされた密約の写しを見せる。倒幕後、事態を収拾し新しい政治を司る候補の名前が書き連ねられているが、大久保、桂、西郷の名前もなく、土佐は後藤象二郎の名しかないと明かす。後藤が起草し各藩にはかったものだと言う。このままいくと、公武合体が成り落着するだろうが、権力の分配は、結局、藩を単位になされることになる。元の黙阿弥になる。武力倒幕しかない。大政奉還前に、武力倒幕するには天皇の詔勅が必要だが、天皇は和宮のことがあり武力倒幕には反対であり公武合体を求めている。どうしたものかと問う。

坂本は、天皇にその意志がなければ、天皇を変えるしかないと言う。岩倉、中岡ともに驚くが、変える方法はいくらでもあり、山九が香港で手に入れた薬を見せる。坂本いわく「岩倉さん、方法はそれしかない。それが正義だ。並の罪悪もより大きな目的、理想のためには正義だ。戦争、暗殺、すべて正しい方法だ。それが正義だ」と言う。

場が変わり、山九の屋敷。

帯刀が、山九に戦争を遅らせるために、討幕派への武器の受け渡しを遅らせるように頼んでいる。山九は、これも商売だとして、一ヵ月遅らせるが商いの総額分の保証を求める。帯刀はこれを呑む。帯刀が帰ったあと、坂本が来る。坂本は坂本で山九に、薩摩や長州に入る武器を先に回せと求める。山九は、長州が薩摩に入れる値に四割五分の掛け値を言ってきていると明かし、どんどん吊り上げ、坂本に六割で請け負う。

場が折華邸の離れに変わる。

坂本が清二郎を呼び、居合いで人が斬れるかと聞く。斬れると答える。坂本は、帯刀と幕府が裏切り、平和を説き、協力を誓いながら、油断に乗じて蓄えた武力で不意打ちしようとしていると言う。山九が、討幕派への武器の荷下ろしを一ヵ月延期させたことを、討幕派たちに内通してきたことを明かす。さらに岩倉が、和宮と孝明天皇が兄妹だったのを利用して薩長征伐の詔勅を策動しているという話を伝えてきたとも明かす。清二郎はまたそのかされたと知り、帯刀を斬ると口にする。

場が変わり、山九邸の奥座敷。

帯刀が訪れるが、山九は長崎に出ており、お藤と話すことになる。お藤は、山九が約束を守って荷を遅らすことなどしないだろうし、幕府から得た商いの総額の遅延料で実はさらに武器を買い込み、値をつり上げ坂本に売り渡すだろうと告げる。

清二郎が坂本の書状を持ってやってくる。書状には、薩長の説得は難しいと書いてあった。清二郎は、帯刀に、「私は本当に坂本を信じてもいいのでしょうね、あの人の政治の理想を信じて」と尋ねる。帯刀は、「私はまちがっていた。政治に理想などない。政治にあるのは茶番だけだ。嘘と裏切りだけだ」と言う。清二郎は、「もう沢山だ」と叫び、居合で帯刀を斬る。しかし、清二郎は、お藤から、武器の荷揚げを遅らせることを約束しながら、その間にもっとたくさん武器を売りつけ、買い占め、戦を用意しているのは、山九と坂本であり、そのために天皇も殺すつもりだと教えられる。お藤は、清二郎の刀の先を握り、自分の胸に突き立てて死ぬ。

場が変わり、折華邸の離れ。

山九、中岡、坂本が話をしているところへ、清二郎が入ってくる。帯刀を斬り、お藤も死んだことを伝える。そして無駄な政治の理想などに賭けた自分の馬鹿を口にし、坂本、中岡、山九を切り倒していく。

（イ）政治と理想

政治を仕事とするということは、人が人を、あるいは人と人の間をいじるということで特別な意味がある。芸術作品にせよ、農産物にせよ、工業製品にせよ、何らかの物や事を生み出す仕事とは異なる。人間など嫌いであると口にする帯刀に対して、坂本は言う。

「なるほど、この茶碗はこれを作った一人の人間と素直に重なりあって存在し、人々の手の内に残っていくだろう。それは人間にとって間違いなく確かな、ある生き方の領域だ。それにくらべて、われわれが追いかけ作ろうとしているものはなんと粗野で、不確実なものだろうか。が政治とはそういうものです。だがとらえようのない政治という奴だけが、われわれにとっての現実なのだ」[19]。

物を作るということ、その技法を完全に習得し作品を生み出すことにより出来上がる芸の世界。これに対して、政治における不確実性、この対比が言われている。しかし、政治に賭けた限り、これが現実だというのである。

政治が、人と人の関係を人自身が制御するという関係である以上、ある人が、他人にその人の意志とは別に、何かをさせる力があるということになる。とりわけ複数、多数の人たちに、その人たちの意志とは別に、何かをさせる力がある。ゆえに不確実なのであるが、これを権力と呼ぶ。この意味で、政治とは権力である。

「政治というものは理想でも方法でもない。権力だ。権力が理想であり最上の方法なのだ。そして、権力を裏づけるものは力だ。私は今、その力を土佐藩のために、いや、あなた方や私自身のためにたくわえたいのだ」[20]。

後藤象二郎が坂本たちを前にこう口にする。主人公久の宮清二郎は、土佐でこの後藤の口車に乗せられて兄を斬って、自らも藩を追われることになった。この過去の暗い出来事により、清二郎は醜い現実政治に強い不審を抱いて生きているのである。坂本の警護も、その政治理念などに共鳴してではない。ただそれにより自らも守られるという実利で引き受けていただけである。

後藤は、藩主に取り入って土佐の家老となり、薩長に遅れを取らぬように、そして間もなく実現するはずの新政府において自らの権力を維持し続けたいということで、坂本や中岡に近づき、かつて弾圧した者たちも必要となればすぐに赦免した。こうしたたいへんおぞましい姿をさらしながらも、政治は権力であり、その不確実であいまいな中にあって力を行使できるポジション確保に汲々としていったのである。こういう人間は今もあちこちにいる。

坂本が、船中八策を書き、新しい体制をその理想とともに構想していたということは、よく言われることである。この戯曲においても、坂本の理想主義と、後藤の権力願望政治とは明らかに区別されている。

すなわち「政治の方法というものは、二者択一でもなければ、始めから図式で決っているものでもない。時に応じ状況に応じて方法を変えねばなるまい。大切なことは始めと終りが一貫していること、その終りとは、国を救って立て直すということだ」[21]と坂本は言っている。そこには国というものを救うという、はっきりとした目的があり、これは後藤の場合の、土佐藩のため、いや己の権力のためというのとはまったく違う。

最も重要な登場人物は、松平帯刀という老中であろう。彼は、坂本、中岡と密かに会って、戦さが日本全体に広がり収拾できなくなることを最後まで怖れこれを防ごうとしていく。その点では、彼の目的も国のためということである。ただし、彼は政治の難しさ、人間のおぞましさ、そして政治に努力することの虚しさを、彼自身がちょうど清二郎と同様の過去を背負っていることにより、よく承知していた。その上で政治に没入しているという点で、坂本がいだく「国のため」という理想主義とは異なっている。

19 石原慎太郎「狼生きろ豚は死ね」『狼生きろ豚は死ね・幻影の城』（新潮社　一九六三年所収）一七頁。
20 「狼生きろ豚は死ね」三二頁。
21 「狼生きろ豚は死ね」二〇頁。

清二郎は、当初、帯刀について、「坂本のように盲滅法政治を信じている人間は愚かしいが許せもしよう。だがあなたのように何も信じておらぬと言いながら、さかし気に、もの欲し気に政治の中を動き廻る人間は目障りだ」22として斬ろうとさえする。しかしながら、次第にさとされその意味を理解しようと思ったところもある。

清二郎 あなたは政治の中で一体何をしようとしているのだ。（中略）何のためにそれをするのだ。

帯刀 私のためにだ。（間）いつかもあなたに話したことがあったな。生きている限りいずれにしろ人間は何かに向かって眼をつぶり、それを信じようとしなくてはなるまいと。私は政治を選んだ。実を言えば、私はもっと別の確かな生き方を知っていたのだ。だが、若気の至りと言おうか、ある時政治の理念などという幻を信じた。それ以来自分の選んだ政治というもの、その愚かしさに私は耐えてきている。（中略）この仕事を通じて自分に賭けたのだ。私はこの仕事できっとより多くの人間に繋がっていけるだろう23。

選んだ理想政治のために藩において兄を殺し斥け、そして死ぬほど愛していた女も捨て、政治に賭けた人物として、松平帯刀という人物は設定されている。その点では、清二郎と似たところがあるとも言える。ゆえに、自暴自棄の清二郎に、坂本のもとにいるのであれば、坂本自身にではなく、坂本が抱いている理想にお前も目を向けよと説くのである。「久の宮さん、あなたを見ていると、私は怖れる。私の胸の一番奥底にあるものだけをあなたは持っている。しかし私はそれに眼をつむり、自分に強いて賭けたのだ。その方が勇気だと信じて。あなたには、今の私と同じことをするために、私以上の強い動機がある。私にはきっと政治も人間も救えまいがあなたには出来る筈だ。あなたが政治を通して人間の中に繋がり、蘇ることが、あなたに背を向けた人間や政治を蘇らせることになるのだ」24。

これにより、清二郎は、自らの気持ちを変えようとしたのである。おそらくは、自らの政治、人への不信に目を瞑ろうとしたのであろう。しかしながら前節でまとめたとおり、状況が変化していく。政治は、人が人と人との関係に関わる事柄であるから、つねに状況は変化し続ける。後藤象二郎のような人間が、坂本らを出し抜いて維新の主導権を握ろうとする。幕府と諸藩というこれまでどおりの関係だけで動いていくことを恐れて、西郷、大久保、桂、そして坂本さえも、倒幕を先行するよう動き出す。

そうした時、戦さを避けつつ密会を重ねてきた帯刀は、坂本にとって邪魔な存在になってしまう。この戯曲では、そのため坂本は清二郎に「久の宮、お前が賭けたのは誰だ。帯刀か、この俺か？（中略）俺や帯刀という人間か。それとも政治という理想なのか、どちらだ」[25]と迫り、帯刀を斬るように仕向けていく。目的のためには、仕方がないということであろうか。この部分は、いわゆる坂本龍馬像とはずいぶん違っているようにも見える。先に引用したように「政治の方法というものは、二者択一でもなければ、始めから図式で決っているものでもない。時に応じ状況に応じて方法を変えねばなるまい。大切なことは始めと終りが一貫していること、その終りとは、国を救って立て直すということだ」ということであろう。

こうした坂本の変化に、裏切り、まやかしに目を瞑ることとしてきた帯刀さえも愕然とさせられることになる。それゆえそんな状況になった中、「本当に坂本を信じていいのか」と問う清二郎に対して、帯刀は「私はまちがっていた。政治に理想などないのだ。政治にあるのは茶番だけだ。嘘と裏切りだけなのだ」[26]と口にする。

22 「狼生きろ豚は死ね」四六頁。
23 「狼生きろ豚は死ね」四八頁。
24 「狼生きろ豚は死ね」五一頁。
25 「狼生きろ豚は死ね」八二頁。
26 「狼生きろ豚は死ね」八八頁。

逆上した清二郎は、坂本の指示どおり帯刀を斬ってしまうことになる。しかしその場で、清二郎は坂本に騙されていたことをお藤から知らされ、戻って「権欲の泥の中を這いずり廻っている豚どもが」27とののしり、坂本と中岡、そして商人の山九を斬ることになる。

これは、まさしくある行為者の行動である。政治が、その目的に向かって、一本道で進んでいくものではなく、状況を考慮して、さまざまに変化する可能性を、ここに関わる人間は粘り強く信じなければならない。それが政治である。このとき「権力」というもの、すなわち「政治は権力である」という、先ほどの後藤の言説とは意味が微妙にずれていくことになろう。帯刀の言葉に従えば、「他人に傷つけられ、世をすねることはやさしい。傷つけられてもなお人間に繋がってゆこう、他人と関わってゆこうとすることがはるかにむずかしいのだ。（中略）足蹴の屈辱に怒り、その人間を斬るのはやさしい。その屈辱に耐え、その人間に繋がろうとすること、それがどんなにむずかしいことか、あなたにはわかるか」28と帯刀が、清二郎に説いたことを思い出さねばならないのである。つまり、力とは、この人を動かすそれのことなのである。

哲人による理想政治などが降って湧いてくるものなどではなく、おぞましさ、難しさにまみれた愚にもつかぬ沼の中を歩き回ることになっても、政治に賭けよということである。

それによってしか、国を救って立て直すことはできないと考えるからであろう。国を救うということに関して言えば、坂本と帯刀とは似た思いがあったろう。しかし、坂本が帯刀を邪魔だと考えるようになったのは、政治の不確実さのゆえであり、薩長というもっと大きな力がそうさせたということになる。そうした状況下での幕臣松平帯刀の位置は難しい。すでに政治の舞台から消えざるをえなかったということである。ゆえに、政治に賭けるとは、それにより命を落とすこともあるということである。その覚悟と勇気があって初めて政治を仕事とすることができるということである。

石原は、この松平帯刀という創作上の人物だが、その政治を仕事とするということへの賭けと決断を評価している。石原の捉える公人賀屋興宣をそこに重ねてみることができる。重要な点は、政治がその理想を直接的に実現するものではないということである。むしろ、そのことを敢えて仕事として選択し、それに賭けるということであり、それにより、難しさにまみれた愚にもつかぬ沼の中を歩き回ることになっても、それに耐え、人のつながりを作り出していくことに徹するということに他ならない。

二、政治と愛国

さて、それでは「国のため」というのは、どういうことなのであろうか。松平帯刀と坂本龍馬のそれは、当初どちらもいたずらに戦火を交えてはならないということであった。しかしながら、局面が変わるにつれ、坂本は、帯刀を清二郎に斬るように仕向ける。この時「国のため」は、二人の間で意味が変わっている。

維新前夜の混乱の中、「国のため」は、まさしく状況により大いに意味を変えることになったのはたしかだろう。帯刀の「国のため」という理想主義は、坂本の「国のため」にはならなくなったということであろう。ゆえに「政治の方法というものは、二者択一でもなければ、始めから図式で決っているものでもない。時に応じ状況に応じて方法を変えねばなるまい。大切なことは始めと終りが一貫していること、その終りとは、国を救って立て直すとい

27 「狼生きろ豚は死ね」九三頁。
28 「狼生きろ豚は死ね」五〇頁。

うことだ」[29]ということになった。

石原は、一九六八年参議院議員に当選し政治家となる。一九七二年衆議院議員に鞍替えする。高度経済成長を果たし物質的に豊かな日本の中で議員活動が始まる。そうした時代にあって「国のため」というのは、どのようにあったのか。そして今、もうそういう問いすらないのか。このことを考えねばなるまい。

続いて短編小説「院内」と、読み物として長大な『亡国』を取り上げたい。前者は、自身の政治家としての体験から風刺として生まれた作品である。これは、議会制民主主義という制度装置が持っている根本的難点を教えてくれる。その帰結は、たんなる風刺に終わらず、太平の中、惰眠を貪る日本という、そのうちにやってくるだろう危機を言おうとしている。そして、これが次の『亡国』という大きな読み物と結びつく。

（一）議会制と代議制

短編「院内」は、国会議院内の観察である。

この幻想めいた小説の結末は、こんなふうになっている。

「彼女が今、扉のノブに手をかけるのを私は感じた。それが廻され、扉がひそやかに、が、はっきりと開かれるのを私は固唾を呑んで待っていた。ノブが廻された。そして突然、それは割れるように、片側ではなく、両の扉が一文字に開かれた。そこに、小さな紙片をたずさえた水色のカーディガンを着た少女はいなかった。私が見たのは、扉の背後の廊下一杯にひしめいた、いずこかの制服を着、着剣した見知らぬ兵隊たちであった」[30]。

水色のカーディガンを着た少女とは、議院内での委員会審議、閉ざされた空間での審議中に、議会事務員が代議士に伝言を持って入ってくる様子を、石原好みに仕立てられた人のことである[31]。

この短編冒頭にある「室内にはいつものように荘重な怠惰が横溢していた。それはここに居合わせる人間たちの責任というよりも、ここで行われていることがらの抜本的な仕組みそのもののせいなのだ。私たちがその仕組みを真似た西欧のある国の宰相は、嘗てそれを、最悪のものであるが他にそれしかないといった」[32]、その非存在の存在を打ち破る清涼剤のような存在だと言うのである。

水色の少女とは違い、着剣した兵士たちが現れるというブラックユーモアのリアリティは考えねばなるまい。作家から代議士への転身というよりは、作家であり続けながら代議士となった石原の見た民主政の装置とは、次のようなものだとされている。

「話されている言葉に対して、誰もがみな本質的に同じ微笑と頷きで向い合い、慎重で公平な審議という一幅の絵をつくり上げているのだ。丁度、芝居のあるクライマックスを舞台と全く同じ装置の中で演じて凝固した人形館の蝋人形たちのように。速記者たちの速記がそれを証している。話され流れる言葉を、約束された符号で全き形で記録する行為こそ、実は、この部屋で費される言葉が、この部屋で話すということだけのために話されていることの、権威のある証しなのだ」[33]。

そしてそこにいる石原にとっては、「この隔てられた時間と空間の中では、ふと、世界の終焉への私の不安さえが怪しくなっていくのだ」[34]ということにもなろう。たぶん国会内とはそういうところである。

29 「狼生きろ豚は死ね」二〇頁。
30 石原慎太郎「院内」『生還』（新潮文庫 一九九一年所収）二〇六頁。
31 石原慎太郎『雲に向かって起つ』（集英社 一九六二年）は、駆け出しの国会記者が主人公の話であるが、そこに出てくる国会職員中藤礼子と重なるのかもしれない。
32 「院内」一七八頁。
33 「院内」一八九頁。
34 「院内」一八七―八頁。

この幻想小説が、一九七四年に書かれていることを思うと、代議士になってそれほど間もなく、この時空の非存在という存在を捉えている。

前節で取り上げた、ある行為者の私に従えば、こうした凝固しカプセルに入ったような空間こそ打破されねばならないということであろう。

すなわち、「相手にせよこちらにせよ、犠牲を払わずにする改革なんぞこの世の中にある訳はない。誰がなんのために誰を犠牲にし、自分もまた何を支払わされるかのとり合わせは、運でしかない。人間の歴史なんてみんなそうだ。だからこちらも、その運を信じていくしかない。

つまりそれは肉体言語とでもいうべきもの、いうべきことなんです。どんな理念だろうと、結局はこの体で表す以外にありはしない。行為のともなわぬ理想理念なんぞある訳もない」35 ということにもなろう。

民主制という、プラトン自身これに期待をしていなかったが、二〇世紀前半社会科学のプラトニズムによるモデルで作り上げられた装置は、言説による時空を編成するはずであったのに、そこでの言説は身体性が失われている。しかしながら、今度はこれを意識しようとすると、政治家はパフォーマンス過多により、かえって足下を掬われ続けることになる。そうかと言って、そのままであると、ますます凝固する蝋人形館ということになる。

民主政は「話すということだけのために話されていることの、権威づけ」ということになり、ここから肉体言語を逐次的に使うと、パフォーマンス過多の政治家となって疎まれ消えていくということである。

こうした民主政の一種形骸化は、第一章において政治家ポップチャートとして述べた問題として存在し続けている。これは最悪であるが、そのままとしておかなければならないのか、他の選択肢があるのか、このとき「国のため」という「理想」はどのようにまだありうるのか大きな問題である。

(二) 日本の突然の死

政治家が命を賭して国のために仕事するとは、何を意味しているのか。いつものように荘重な怠惰の横溢した部屋で費やされる言葉が、それなのか。その部屋で話すということだけのために話されることの権威に生き、切羽詰まったときには、「だって、誰かがやらなくちゃならない仕事だ」として、増税、社会保障削減から戦争までを、「国のため」「将来のため」とされるとき、そうしてなされた結果が、どのように「ために」につながっているか、多くの人には不明なままである。

税制にしても、社会保障制度にしても、それぞれが何のためにあり、それらに政治家は、何をどのように賭けているのか、大いに知りたいところである。

とりわけ冷戦後、日本の政治は、ごく例外を除いて、年替わりメニューのように総理大臣が交代していった。ただ時が過ぎていくだけであり、残るは蓄積する莫大な財政赤字と、あらゆる社会構造の疲弊劣化である。それが二一世紀日本の始まりであった。まだ何とかなる。まだ大丈夫だという、何の根拠もない呪文を唱えているとき、突然、国の死がやって来ないと、いったい誰が言い切れるだろうか。

石原は、この種のシミュレーションを小説にしている。『亡国』という大きなそれである。

一九七四年から一九九六年まで角川書店が刊行していた異色の文芸誌と言われる『野生時代』に一九七九年から一九八一年にかけて連載された。これをもとに一九八二年、単行本として、さらに文庫として出版された。文庫本は上下二巻千頁を超える。たいへん長く大きな作品である。

35　「ある行為者の回想」四六四頁。

（ア）『亡国』

扉に「私の政治的想像が、杞憂に終らんことを切願する」と記されている。あらすじは概ね次のようである。

プロローグとして、さる少年（読んでいくと前科学技術庁長官の息子であることがわかる）が趣味の天体望遠鏡で空を眺めている場面から始まる。頭の上に静止衛星が輝いている。

続いて、この衛星は日本政府が開発した、赤道上空のみならず地球のあらゆるところに移動し静止することのできるそれであり、内之浦から発射され制御されていることがわかる。場面は内之浦の発射基地にかわる。そこには、防衛大臣、科学技術庁長官のみならず中国政府の要人も実験視察として来訪している。

時は、アメリカ大統領ロナルド・レーガンの一期目が終わった後と考えられる、すなわち一九八五年以降の次の大統領という設定である（実際にはレーガンは再選して二期八年務めた）。前提は、レーガンの前任者カーター政権下での「人権外交のもと、とりわけアメリカの軍事力、中央情報局の削減と弱体化があり、これに対してソビエト連邦が長年にわたるブレジネフ体制もその晩期に至り軍事的に膨張するという事実があった。一九七九年のイラン、テヘランのアメリカ大使館人質事件の発生とその救出作戦失敗、またその前年から一〇年を超えてソ連によるアフガニスタン軍事介入を許したことなどが当時を知っている読み手の記憶を呼び起こすものである。

レーガン政権の登場で強いアメリカの立て直しがなされ始めたが、彼を継いだ架空の大統領のもと、それはまだ不十分で、冷戦時代の想定、ヨーロッパと東アジアでの二正面のソ連軍との全面戦争に備えた戦略を再建するまでには至っていなかった。アジアに展開する第七艦隊もその主力を中東に移している状態であった。これらについて、当時政治家であった石原の意見が十分すぎるほど論じ込まれている。

たいへん面白いのは、これも架空の話だが日本が開発したという新しい静止衛星の実験に、中国の要人が迎えられていることである。一九七二年の日中国交回復以後、日本が中国に接近し蜜月関係になって、尖閣諸島周辺において共同で石油開発を行い、すでに原油生産を始めている状態とされている36。

当時の中ソ関係は険悪であり、中国は日本の技術に期待していたという設定である。新型静止衛星の意味は、これに核兵器を搭載すれば、世界のどこにでもピンポイントでそれを発射することができるということでもあった37。

この衛星は、その実験最中に某国のキラー衛星により撃墜される。そして間もなく、かつて『挑戦』において日章丸が進んできた航路にあった超大型タンカーが、やはり某国の潜水艦により撃沈される。さらにそれに続いて、小笠原に備蓄をしていた石油施設がやはり某国の潜水艦からのフロッグメンにより爆破され、備蓄石油を失う。日本という国の生存が石油に完全に依存していながら、そのことについてのリスクを考えない無頓着さに強い警鐘が鳴らされているということでもあろう。これは堺屋太一『油断』を思わせる38。

こうした一連のフレデリック・フォーサイスのミリタリー小説のような展開と平行して、海員組合の委員長岩切一馬とロシア女性ナターリヤの情事がはめ込まれている。

岩切は、労働組合のトップとして当時はまだありえたことなのだろう、ソビエトに視察旅行に行く。このときの通訳、エスコートが若いナターリヤという女性であった。この関係は三年にもわたり、ついには肉体関係にもなる。

36　こういう事態に陥ったことについて事変が起こってからの閣議において時の総理に次のように言わせている。「一九七八年に、我々が日中で性急な選択をして以来、私にはこうなることがわかっていた。だからあのときも私たちは慎重を唱え反対もしたのだ。ニクソン以来、アメリカが我々をここまで追い込んだともいえる。そして、それがわかっていながら、我々は本気で備えて来なかった。責任は政治家にもあるし国民にもある。そして今、全員がその高いつけを払おうとしているのだ」〔石原慎太郎『亡国―日本の突然の死』(角川書店　一九八五年) 上巻一八四頁〕。

37　「自在に飛行も静止も出来る衛星に、核弾頭が搭載される、ということは、従来のすべての核兵器を上廻る、最も直截で効果的な新戦略兵器の誕生を意味した。それは優秀なＭＯＢＳ (Multiple Orbital Bombardment System ＝多数軌道爆弾) を、日本なり中国がソビエトやアメリカに先んじて持ち得るということだった」〔『亡国』上巻六八頁〕。

38　堺屋太一『油断』から啓示を受けたと石原による注記がある〔『亡国』下巻五三一頁〕。

そうしたある意味での濡れ場は、石原の他の小説にもあるように、艶めかしく描かれている。これは悲恋に終わるのだが、スパイ小説にもよくあるように、岩切はナターリヤのアパートでの情事を写真撮影され、さらに警察に逮捕までされることになる。ソビエトへの繰り返しの視察旅行の接待責任者である男に助けられ日本にようやく戻ったという恥ずかしい過去が、この岩切という男には残った。

超大型タンカーが行方不明になった事件後、岩切に電話がかかってくる。パノフという名前のソ連外交官であるが、実はかつての視察旅行の接待責任者と同一人物であった。ナターリヤも諜報員であったことを岩切は知らされ、海員組合がストライキに入るように迫られる。巧みな計略にはまり込み、海員組合委員長岩切は書記長の意見を押し切って売国奴となってストライキを決行する。これにより日本への日本船籍の船による石油をはじめとする物資は途絶えることになる。当然、保険会社が原因不明の沈没ゆえに外国船についても日本への航海を保証せず、日本は完全に孤立することになる。

ソ連の謀略は、長年にわたって練られたものであり、日本国内の過激派にも、実は日本語を十分に習得したアジア系の工作員が潜入して先導してきたとして描かれている。ある世代の日本人には、よく知られた内ゲバでの殺人事件が、少し意匠を変えて描かれているが、これも工作員の仕業であった[39]。そしてこうした工作員は、千葉県の袖ヶ浦と姉崎の大きな火力発電所、福島県の福島第一、第二原子力発電所を爆破し、天竜川の佐久間周波数変換所も破壊する。これにより、東京とその周辺の電力は停止することになる。

物資不足は深刻となり、エネルギー停止による薪、焚き火による火災頻発。その過程で、これまでもけっして幸福な生活をしてこなかった人々が、さらに不幸な目に遭うことになる。病院が機能不全のために、普通であれば助かったものがそうならず最愛の妻を失う。火災で身内を失うなどの不幸である。

政府は、第一次、第二次と緊急対策を打ち出し、金融機関のモラトリアムも実施していくが、打開の道はふさがれている。

ソ連は、日本へ矛先を向けると同時に、アフガニスタンから中東へ、またヨーロッパに向けて軍を進め出し、アメリカはそちらに釘付けにされてしまう。ようやく護衛のごくわずかの軍艦を日本に派遣するのと、わずかな物資補給をするにとどまる[40]。ここで創作されているソ連の戦略は、アメリカをヨーロッパと中東に釘付けにして、日本を手に入れ、それにより中国に対しても有利なポジションを取るということであった。そのために日本の施設設備を完全に破壊することは考えず、限定的に破壊するだけに留めているという設定になっている。

東京都内で暴動が起こり、皇居内の宮殿も火災に見舞われることになる。自衛隊の治安出動で一時的には都内は沈静化するが、事態の悪化はとまらない。大阪においても同様の暴動が発生していく。

日本は、対馬海峡、宗谷海峡、津軽海峡を封鎖する措置をとる。小説では、架空にこれら海峡には、海峡を封鎖する特殊な基地を日本政府が秘密裏に築いていたという設定になっている。津軽海峡の封鎖に対して、ソビエトはソビエト国旗をかかげた輸送船を無人操縦にて敢えて進め、これを触雷させ沈没させる。沈没と乗組員の死亡をかかげ、日本を非難、直接に介入の口実としようとする。

さらにソ連は、生物化学兵器を使用し、九州から西日本にかけて肺ペストが蔓延していく。ソ連は、この特殊な肺ペストの抗体を、条件を呑めば日本に提供すると、次期の内閣の首班に対してと、指名した社会党の党首を介して、政権に迫ってくる。

39　一九七七年四月埼玉県で発生した車両放火内ゲバ殺人事件（『亡国』上巻三九〇―三頁）のみならず、同年九月のダッカでの日航ハイジャック事件もこうした工作員の仕事だという設定になっている（『亡国』上巻一六九頁）。

40　これについても、一九六二年のキューバ危機においてソ連がアメリカに譲歩せざるをえなかった時点から、その巻き返しをブレジネフは企図していたということとされている（『亡国』上巻三二九頁）。

万策尽き、内閣は総辞職をし、ソ連が指名した首相が組閣する。日米安全保障条約の一方的破棄も迫られ、また憲法の改正も実施させられることになり、「非武装中立」が実現することになる。ソ連は、日本の新政権の新しい基本路線を歓迎評価する声明を出し、あらゆる協力を惜しまないと表明する。

韓国へは北からの侵略が始まるが、アメリカをはじめ世界はなすすべもないままとなる。日本国内でも在日朝鮮韓国人の抗議行動がエスカレートし、首相は狙撃され命を落とす。これによる混乱のために、憲法改正が国会議決後の国民投票手続きにも影響し、政府提出のみで行われることになる。自衛隊は国軍となり、三軍の司令官が内閣に入ることになる。いわば軍事独裁政権が出来るという設定になっている。

ソビエトの指示により、前政権の葛城元首相と経団連会長が逮捕されいずこかへ連行される。エピローグでは、天体観測をしていた少年の父も逮捕されいずこかに連れ去られたとなっている。

(イ)杞憂の現実

「私の政治的想像が、杞憂に終らんことを切願する」と扉にある。これに書かれたことに続く二〇世紀末までの歴史的事実を知れば「杞憂」にすぎなかったということになる。

事実とのずれを言えば、たくさん挙げることができる。ソ連の書記長は、小説にはブレジネフとは書かれていないが、この人の一九八二年没後の後継書記長アンドロポフ、チェルネンコが病気によりそれぞれ二年に満たず没したこと、そしてその後に登場するミハイル・ゴルバチョフが、ペレストロイカ、グラスノスチという、それまでとはまったく異なる新しい政治を展開したことにより東ヨーロッパの民主化が加速度的に進展、ソ連領内のバルト三国が独立、ソビエト連邦そのものが一九九一年末に解体消滅したことなどは、決定的に大きな相違である。

また小説では、レーガン大統領後のアメリカ大統領の時代とあるが、実際にはレーガンは二期務めており、東西の緊張緩和であるデタントを退け、力による平和を戦略として打ち出し、世界中の反共運動を支援し、結果的にソ連の解体に寄与したとさえ考えられている。これも大きな相違であろう。

日本が、軍事目的に特殊な静止衛星を開発したこと、あるいは津軽海峡など三海峡を封鎖する施設を秘密裏に構築していたなども、ミリタリー小説ゆえの創作にすぎない。

さらに尖閣諸島での油田開発を日中共同で行い、すでに生産が開始されているという記述も事実とは大いに異なる。

これら事実との相違は多々挙げていくことができるが、「杞憂」と言いながら、そうした空想が描くリアリティは今もありうる。堺屋太一『油断』において、すでに主題とされていたように、日本の石油、とりわけそのすべてを海外に依存していること。これが絶たれたときには、日本の産業経済のみならず、ごく普通の日常生活すらもほんの短い期間に完璧に崩壊するという現実は、この小説が描いた内容そのとおりになるかは別として、今もなお存在し続けている。

レーガンが「悪の帝国」と呼んだソビエト連邦という国はもうないが、ソ連に占領されてきた北方領土はロシアによりそのまま占領されており、日本漁船が銃撃、拿捕されることは今もあり続け、四島のとりわけ二一世紀に入ってからのロシアによる急速な開発は、日本に対して脅威であり続けていることも事実であろう。

日中友好はひとつの理想ではあったが、尖閣諸島をめぐる問題はむしろきわめて深刻になっており、さらに中国の急速な経済発展と軍備増強が日本列島に大きな脅威であることも事実である。小説が書かれた一九八〇年代初頭と、二一世紀世界第二の経済規模となった中国の存在は、日本にとって全然違うものとなった。

駐留する在日米軍についての日本政府の対処の仕方も、また在日米軍の存在、日米安全保障条約の存立意味に関する国民の理解も、沖縄をはじめ限られた地域負担の問題にすぎないとする無関心と無責任が二一世紀に入ってもそのまま残り続け、かつ中国の台頭が、日本の安全保障についての国民意識を不安定化させてもいる。

東ヨーロッパが民主化されヨーロッパ共同体が拡大され東西ヨーロッパ間の軍事的緊張は低減したが、ロシアと国境を接する国々との緊張は現前しており、アジアにおいても中国の海洋進出が、近隣諸国との緊張を高め続けるようになっている。

核ミサイル攻撃や地上軍の上陸による直接攻撃という脅威が現実的でないとも言えるが、それ以外の侵攻の可能性が実は少なからずあることも示している。生物科学兵器は現実に保有されているはずであり、小説の内容が荒唐無稽だと一蹴してしまうのは難しいところもある。まだなおこの小説のリアリティは存在しているとも言えるところがある。

(ウ) 物質主義と観念論

『日本の突然の死』という題名で単行本となるが、この突然死というリスクを負うようになったこと、またそういうふうにしてしまったことを、石原は強く批判しようということなのだろう。

ストーリーの中で、暴動が発生し始めた日本について、ホワイトハウスにおいて大統領を前に国務長官、国防長官らが議論する中で、国防長官とされる人物が次のように言う。

「例えば、国家が経済でしかない、という日本人にとって、その経済が危機に瀕した時どんな事態があの国に起こるだろう。つまり、相手は一兵も動かさず、彼らの経済にとどめを刺すことで、日本全体にとどめを刺すことが出来ることになりはしないかね」[41]。

国家が経済でしかなくなってしまったことへの原因究明、それへの告発は、文学者石原のそもそもの基本テーマでもあった。それは、物質主義文明の蔓延と、国家や社会についての観念論的知識人の跋扈にあったとされる。そして物質主義と観念論とが対立関係にないというのが、石原の重要な指摘であった。

小説において、いよいよソ連に屈する時になって日本共産党本部での議論の場面が出てくる。ソ連の傀儡政権ができていくという「現実」への対応である。そこにおいて石原が描いている日本の共産主義者の状態はこの主義者たちがみな観念論者であり、かつ物質主義は受け入れてきたということである。

「第二次大戦後数十年間、奇蹟の復興後の異常な経済繁栄の中で、物質文明の恩恵を拒否もせず徒らに甘受しつづけ、思想への弾圧も偏見もない自由極まりない日本の社会で、現実性のない観念を弄ぶだけですんで来た党幹部たちにとって、まして過去に、基本理念の全く異なる現実社会の歩み具合に同調し、自己批判の後大転換し暴力革命路線を放棄し、党そのものも社会の成熟の中で安定を計ることに腐心し、目指すとは異なる大衆社会の道徳律に迎合して来た」[42]。

実践なき革命思想という観念論と、戦後経済成長の物質的成果は受け入れ享受するという姿勢は、既成の左翼政党においても、そして労働組合運動においてはとくに、そして体制批判派を自負する知識人の中にも存在し続けてきた。

物質への強いフェティシズムが蔓延しながら、その物質商品が、どのように生産されていくのか、またそのためにありうるリスクについて、あまりに無頓着であり、その当該社会についてきわめて観念論的な思想と言説しかなかったということである。観念論的なこれらは、何も共産党の政治スタンスや思想にだけ向いているのではなく、『亀裂』においても挙がっていたとおり、社会科学全般に、すなわち計量的、数理モデルを前提にしたそれらについて

41 『亡国』下巻一七七頁。
42 『亡国』下巻四五七頁。

も同じことがはっきりと言えるということである。

（三）国家の身体性―日常性の基底

観念の妄想だけでは生きることはできない。そしてただ飽食のみに生きることもできない。この石原のテーマは、人の生き方のそれと同時に、国、国家についてもあてはまるということである。彼がナショナリストであるゆえであるが、その論点は明瞭である。小説において、もう万策尽きた日本について、次のようなたとえで表現がされている。

「人間はいつかは死ぬのだと誰もが知りながら、一方じゃまだこの若さで、俺に限ってと思っているのと同じことだ」「しかしそれが突然、癌だと宣告されたんだよ。治療不能の癌だとな」[43]。

日本が、ひとつの人のように考えられているのである。そしてそれゆえに、まだ一縷の望みにすがろうとするのである。

宣告されなくとも自らの病が癌であるとすでに知ってしまった患者が、医者が違う病いへの効能を説きながらすすめる薬を口にする時のように、すでに諦めたようにもの憂げに、しかし万々が一の可能性にすべてを賭けてもいるように、全員はおずおずとテーブルに置かれた資料に向かい直した[44]。

前段は、海員組合の委員長と書記長の会話、後段は、経営者団体の会議の場面である。まだなお可能性を探ろうというのである。小説では、万策尽き日本は死ぬことになる。死ぬと言っても、「ここで奴らに膝を屈しても、当分、いや、或いは一世紀二世紀手ひどい目に会おうと、その後、何かの機会が訪れるかもしれない。いずれにせよ、死滅するよりは、今見られる東欧の衛星国のありさまででも過す方が、後々の子孫に対していい訳は立とう――」[45]という形での死、いや生きながらえるという状態での存在ということである。

この末期癌患者は、性別未詳である。ただし気がつくのは、石原は、日本を擬人化し、女として、また男として見ているということである。次のような表現は、日本が女であることを示している。

「アメリカもヨーロッパもかつては自分たちが手とり足とりして教えた顔の黄色い生徒にすっかり追いこされたことに腹をたて、人種偏見で取りあえず日本を差別しようとしていたが、喪った時になって初めて、日本という髪の黒くて長い肌の綺麗な情婦がどんなに大切だったかを覚るだろう」[46]。

まさに石原には、愛すべき美しい日本ということである。ヨットマンである彼にとっては、ヨットがShe であることと重なっているのであろう。そのことは、次のような場面、葛城首相が、船員組合委員長岩切一馬に直接、ストを解くように頼みにいく場面でも象徴的に描かれている。

「このままいけば、日本という船は沈む。必ず沈む。私たちは身動きならぬ大きな怖しい罠に落とされてしまったのだ」

しぼり出すような声で自らに説くように葛城はいった。

43 『亡国』上巻四四一―二頁。
44 『亡国』下巻四九頁。
45 『亡国』下巻四八〇頁。
46 『亡国』上巻三四九頁。

（中略）

「あなたは、以前船に乗っていたことがあるのかね」

葛城は尋ねた。

「勿論。一等航海士まではやりましたよ。何故です」

一寸の間、試すように正面から見つめ直し、ゆっくり微笑し直すと、

「あなたに、自分で船に乗ってもらいたいのだ」

「何ですって」

「このままでいけば間違いなくこの国は沈む。だからストを止め、あなた自身も船に乗っていってほしいのだ」

「それじゃ、私に死んでくれ、というのですか」

「そうなのだ」

（中略）

「海の上で、また新しい犠牲が払われるだろう。それは確かだ。しかしあなたの部下をたとえだましてでもそうしてほしい。私たちの活路は、誰かが生命という高い犠牲を敢えて払うこと以外にないと思う。私が外に出向いていってするどんな呼びかけや頼みごとよりも、我々が決心し甘んじて払う犠牲の方が有効な方法であり、強い武器となるに違いない、この国を沈めぬために、敢えて船を沈める以外にないのだと私は思う」[47]。


こうした表現は、石原の最も美しいとする内容を含んでいる。すなわち、広瀬中佐の話が重ね合わされているし、この場面は、そのまま特攻隊の話であることがはっきりわかる。小説では、葛城首相は、大西瀧治郎海軍中将と同郷であったとさえされている。大西中将自身、広瀬中佐に憧れて海軍に入ったという。この葛城首相は、岩切に次

のようにも言っている。「あなた方が敢て払ってくれる犠牲を、絶対に無駄にはさせない。（中略）一国の首相が抗議のために腹を切って死ねば、世界は必ず注目してくれるだろう」[48]。

こうした「美学」は、石原自身が脚本、総指揮により二〇〇七年に公開された映画『俺は、君のためにこそ死ににいく』の映像ではっきりと再現されることになる。悲劇であり、日本人は忘れてはならない出来事であることには違いないが、このことをどう理解するかの視点の相違は明瞭にせねばなるまい。

死を賭して事を行う。このことの純粋性という意味が時にきわめて強い威力を発揮するのは間違いない。しかしながら、石原が他方で、問い続けてきた死を賭した純粋行為の問題は、ありうる問題ではあるが、ある人が、国に重ねて行いうるかどうかについては疑問が残る。私は、それは不可能なことであり、ある種の信仰を必要とするだろうと考えている。

『鴫』あるいは『嫌悪の狙撃者』に登場する殺人者の純粋性と、軍神の物語としての広瀬中佐、あるいは大西中将の関行男大尉らへの命、この小説での葛城首相の岩切への懇請、これらを「純粋性」でひとくくりにすると、それは再び観念論の魔に実は陥ることになるだろうと私は言いたい。

私が社会学者であるから、そのように観念論でもって解釈してしまうところに、問題があると指摘できるかもしれないが、石原の場合、小説であればそれが言語表現する想像力であり、映画であればそれが映像表現する想像力だということであり、それらによる体感が可能だということなのだろう。

だが、これらにある差異が、どのように同じであるのか違うのかについては、言葉にすることはできない。読み

47 『亡国』下巻一三六―八頁。
48 『亡国』下巻一三九頁。

手として、それぞれ、すなわち社会科学、言語芸術、映像芸術それぞれの作品中に身を置くことで、それぞれの状況を体感できるかどうかということなのだろうと考えるし、それが政治世界においてそのままリアリティを持ち続けることができるかどうかは、そう単純なことではない[49]。

三、孤高の選択

本章の前半で見た「狼生きろ豚よ死ね」における松平帯刀は、坂本の裏切りに狼狽することになり、清二郎に殺される。幕臣であったことによる制約もあるが、この人にあった人間味であり優しさでもある。これは、描かれた「公人」の主人公にもつうじる。政治と、人、そのつながり、愛という主題である。

石原は、征韓論、西郷下野、そして西南戦争という明治初めの権力闘争についても、同様に戯曲にしている。「若き獅子たちの伝説」がそれである。ここでは大久保利通とその部下という関係で、「狼生きろ豚よ死ね」の主題であった政治とは何か、それに対して人の愛とは何かという問題を、繰り返して題材としている。

これらの芝居、ともに主人公たち相果てて幕ということになっているが、前者の松平帯刀と、ここで扱う大久保利通は、少し存在意味が違って見える。このことについて明らかにしておく必要がある。

(一)「若き獅子たちの伝説」

二〇〇九年『私の好きな日本人』[50]と題して、石原は一〇人を紹介している。先述の賀屋興宣もそのひとりであり、もちろん広瀬武夫も入っている。こうした人たちは、例えばよく知られた今のベストテン本には登場しない[51]。この種のランキングのトップは、現在も織田信長であり、西郷隆盛であるようだが、石原のこの本、織田信長は出てくるが、西郷隆盛は出てこない。西郷ではなく、大久保利通が入っているのが面白い52。

これにはそれなりの深い理由がある。石原は、一九六七年「若き獅子たちの伝説」と題して、大久保利通と彼に関わる三人の若者たちについて戯曲を書いている。そしてその少し後一九七一年『信長記』も戯曲として書いている。どちらもやはり浅利慶太の演出で劇団四季により上演されている。

好きな日本人と言っても、ただ好きという生半可な人気投票のレベルではなく、「狼生きろ豚は死ね」の場合と同様に、芝居という形式に、さる人物とその状況が仕立てられており、そこに石原がこれらの人たちに織り込んでいる思想を見ることができる。

(ア) 政と愛

政治家大久保を高く評価する石原は、戯曲「若き獅子たちの伝説」において、大久保に次の台詞を言わせている。

49 石原は、二〇一二年末の総選挙で衆議院議員、さらに日本維新の会共同代表となり次のように述べている。「日本は周辺諸国に領土を奪われ、国民を奪われ、核兵器で恫喝されている。こんな国は日本だけだが、国民にそういう感覚がない。日本は強力な軍事国家、技術国家になるべきだ。国家の発言力をバックアップするのは軍事力であり経済力だ。経済を蘇生させるには防衛産業は一番いい。核武装を議論することもこれからの選択肢だ」「橋下君を首相にしたい　軍事国家になるべきだ」『朝日新聞』(二〇一三年四月五日朝刊) 四頁。このインタビューについて、次のようなコラムがある。「自民党の高村正彦副総裁は『私は石原さんを政治家とは思っていない』と語っている。政治家なら、あんな乱暴な憲法論は言わない、彼は芸術家なのだ、という趣旨だろう」と「天声人語　『暴走老人』は政治家か」『朝日新聞』(二〇一三年四月一八日朝刊) 一頁。

50 石原慎太郎『私の好きな日本人』幻冬舎新書ゴールド　二〇〇九年。

51 NHK放送文化研究所世論調査部『日本人の好きなもの—データで読む嗜好と価値観』日本放送出版協会　二〇〇八年。

52 ただし、この本では、西郷が大久保のように海外を見聞する機会があれば変わっていただろうと書いている。

鹿児島市にある大久保利通像

「そうさ、不平士族との戦さの片がつけば、その先いつかこの国にも民選の議会が作られよう。その議会議員が、私の作った官僚たちを小突き廻す日が来る。だがまだまだ、そんなものの前の地固めに必要なことが多すぎる。私はそれを行うつもりだ。そんな私を人は、今も、後世も、やり手だが陰険な政治家と呼ぶだろう。多分、私の銅像は建つまいよ」**53**。

この戯曲は、征韓論をめぐる政変から西南戦争を経て紀尾井坂において大久保が暗殺されるまでの時期が背景となっている。大久保と三人の若き獅子たちの関係に、政と愛という、ともに人と人とを結びつける媒体（つながり）の意味と、この二つのつながりの相違、そしてそれらに関わる彼らの葛藤を描き説いている。

三人の獅子とは、大久保の秘書官である柴司、大久保の庶子であるが西郷の秘書官であった宮原理一郎、そして江藤新平の秘書官であった堤斎三の三人である。彼らは、戊辰戦争においては幕府側であり函館五稜郭に立て籠もった者たちである。彼らは函館戦争が始まる前、宮古湾に集結した新政府軍に奇襲攻撃をした回天丸に乗りこんでいた。しかし維新後、新政府にそれぞれ出仕してそれぞれの職に就いたという設定になっている。

三人には、竹内清子というその父と兄を尊皇派に殺された、共通に慕い想うひとりの女性がいた。三人はいずれ誰かが彼女と結ばれるであろうとそれぞれ想いながらも、抜け駆けで彼女に告白をすることをしないできた。こうした言葉にすることを自制する愛の形を美とするのは、これまで見てきた石原のひとつの世界である。

男と女の間にある恋愛、戦友であったということでの友愛、そして理一郎と大久保の間には、きわめて微妙な関係ではあるが父子間の愛の裏返しとして憎を考えてみることができるし、西郷と大久保の間にも友情があったと言えるだろう。問題は、これら諸々の愛と、政治を貫徹していくこととの関係である。

第一幕は、プロローグであり、大久保の秘書官である柴が紀尾井坂の変において大久保を暗殺したひとりであり、そしてとどめを刺した者として彼を詮議する声とともに始まる。

岩倉使節が日本を離れている留守中は、重大な政治決定をしないことになっていたが、征韓論が主流派となっていた。使節団とともに帰国した大久保は、西郷を朝鮮へ全権として派遣すると決定していた留守政府の案を、巧みな計略によりひっくり返す。いわゆる明治六年の政変である。ここまでが第一幕である。

この政変により、西郷や江藤は下野し、このことが遠因となって新政府に対して、それ以前の支配階層であった旧武士階級の不満が糾合され士族の反乱が起こることはよく知られた歴史である。

53　石原慎太郎「若き獅子たちの伝説」『信長記』（河出書房新社　一九七二年所収）二〇三頁。

最初に起こる佐賀の乱において、江藤とともに、部下であった堤斎三は、そこを死に場として逃げることなく捕らえられる[54]。大久保の秘書官であった柴司は、大久保が政変後、内務卿も兼ねるため内務省中輔局長となり、佐賀に赴き友である堤を裁くことになる。若き日、互いに友愛で結びつけられた関係と、裁かねばならない仕事という葛藤がここに示されている。その獄舎には、西郷下野の後、『評論新報』という自由民権派の新聞記者となった宮原理一郎と清子も面会に来る。

その後、理一郎は、風雲急を告げる鹿児島に向けて出立していくことになるが、その途中、京都にいる母、すなわち大久保の妾に会う。しかしながら、大久保に捨てられたことを母が恨んでいると思っていた理一郎だったが、そうではなく母が大久保を理解していることを知る。理一郎はこれに愕然とする。そうした理一郎にはもはや何も残されていないことを、清子は柴司に話をする。

柴は、理一郎のことを想い、彼自身、清子に好意を持っていたのだが、大久保の娘（理一郎の妹になる）を娶ることになったと言って、清子を遠ざけ、清子が理一郎と結ばれるようにする。こうしたやりとりも、友愛と恋愛との重なり合った、人が愛により結ばれていることを、ある種の犠牲的な愛によって結ばれた美として、描写しているということになろう。ここまでが第二幕である。

第三幕は、西南戦争最後の戦場となる城山から始まる。西郷の側にいた理一郎は、西郷に「いいか、理一郎、おいの首をかざして、この戦を止めるのだ」と命じられ、西郷の最期に立ち会った後、西郷の首とともに捕らえられる。柴司は、理一郎の名前を捕虜名簿には載せず、彼が生きていることを大久保に報告する。「馬鹿め、何故死なぬのだ。何のために生き残った」と大久保は口にするが、柴が理一郎を懸命に救おうとし、さらに柴の奥方である理一郎の妹と母、すなわち大久保の妾とその娘とが、大久保のところに理一郎の助命嘆願にやって来る。

大久保は、一旦は助命を考えるが、やはり処刑を命ずる。理一郎が処刑されて後、紀尾井坂の変が起こり大久保は暗殺される。ここで、プロローグでの問い、すなわちなぜに大久保の信任厚きはずの部下がその暗殺の手引きをし、さらにとどめを刺したのかが明らかになる。

こうした主君と側近の悲劇的関係は、同じく戯曲「信長記」（一九七一年）における信長と森蘭丸との関係にも繰り返され描かれている[55]。しかしながら、政治家としての石原を考えれば、大久保の位置は、信長よりも、もっと日本の現実政治に関係ある事柄となる。

大久保いわく「これが政治というものだ。あるものを得るためには、あるものを捨てなくてはならぬ。そうせぬものが負けるのだ。息子やその友人をだました後味の悪さなど、政治には在りはしない」[56]。

こうした厳格さに対して、柴は言う。

「あなたは、人を愛してはおられない。あなたが愛しているといわれる歴史は、愛しい女などではない。人間ではない。あなたが手にかけられているものは国民のための新しい歴史ではない。血の通わぬ、ただの政治です」。

大久保いわく。「そうだ、これはただの政治だ。だからこそ、歴史なのだ。だが、私も人を愛しているよ。ただ、頭ではなく、心ではなく、この手で人間を愛しているのだ。これは人間の愛ではないかも知れぬ。しかし、少なく

54 堤には、柴、理一郎とともに戊辰戦争でともに戦ったことが青春であった。「あの純白の朝霧のたちこめた宮古湾こそ、俺たちの歴史の胎内だった。そして敵艦にせまっていく回天丸のあの白い航跡こそ、まがいもなく、俺たちの青春の軌跡だった。生れる筈だった新しい歴史の姿だったのだ。あの時の恍惚、あの時の幸せが蘇るにはこれしかなかったのだよ」（「若き獅子たちの伝説」一六四頁）と、捕らえられ処刑される前に友に語る。

55 小谷落城後、浅井、朝倉の髑髏を盃に酒を呑む場面から、本能寺の変までが描かれ、信長の妹お市の方、荒木村重、オルガンチノ、明智光秀らと、怖しき主君との関係が描かれている。この戯曲では、森蘭丸は自分の父を信長の慈悲なき見殺しにされたことを恨み、明智が謀反を起こすように仕向けるように設定されている。

56 「若き獅子たちの伝説」一四一頁。

とも政治家の愛だ」[57]。

言ってみれば、政治家という一種の機関か、おそらくはそれにある種の身体性が備わっているということであろう。それゆえに愛だと言うのであろう。

柴司の純粋さは青い。すなわち、ともに宮古湾への決死行で戦い、五稜郭で戦った友たちとのつながりを愛とし、生を賭けた尊いものと見ている。大久保が言う、大久保自身が生身の人を超えて、人々を愛すゆえの、国への愛ということを理解できない。

このことは、『亡国』において、日本がひとりの女性として喩えられていたこととつながっている。大久保は言う。「そうだ。これは私の女だ。私が愛し、共に寝てきた歴史という女だよ。私がそれを宿し、生んで育て、一緒に寝て来た。親と子よりも、みそかごとの恋人たちよりも、もっと濃い危うい仲なのだ。この女がどのように病む時も私が看とり、惚れぬき、添いとげるつもりだ。君らと同じ年頃に出逢って愛したこの女を、私は一生かけて愛すだろう。それが男として何よりの幸せでなくて何だというのだ。そして今私に必要なのは、やがて私に代りこの女に惚れて愛し抜いてくれる人間なのだよ。私が今一緒に寝ているのは、誰もかつてみたことも、知ったこともない、全く新しい女なのだ」[58]。

石原が大久保に読み込もうとしているのは、国家を擬人化し、さらに女に喩えていることである。こうした比喩が現実化することについての論判もさることながら、あるひとりの個体にしかすぎないとさえ考えられる人が、なぜに国家というその普遍性にまで引き上げられることが可能なのかという点は重要である。はたしてそうしたことができる人には、その国家の普遍史を捉えることができるということであろうか。

若い柴にとっては、「あなたの言われるものは、歴史への資格などではない、あなたの傲慢の自惚れた言い訳だ。歴史が求めるものはあなたがそうやって否み、退けて来た盲で臆病で弱い人間たちでしかない。彼らもまた間違いなく歴史を作り上げたのだ。彼らいなくてどうして人間の歴史などあるものですか」[59]ということになるし、大久保以外の人たちにとっては、このほうがまっとうにも見える。大久保は、それほど選ばれし人だったということなのだろうか。

(イ) 社会という媒体

戯曲において柴は、大久保を暗殺するひとりとなり、さらにとどめも刺すことになっている。人の愛を踏みにじったことへの報復ということでもあろう。しかしながら、プロローグにおいて、彼に査問してくる声に対して柴は答えていた。

「私が殺めたものは、この国の歴史です。私たちの歴史だ。そして多分、私はそうすることで、歴史をとり戻し、作ったのです。(中略) 確かに、あの人は歴史でした。自分でもそう言いました。そして彼は私たちの前を塞いだ歴史でした。それほどあの人は偉大だった。私たちは彼を敬い、怖れ、愛しまでしたのです。しかし、あの人の巨きさと深さは、結局私たちを閉じこめるものでしかなかった」[60]。

大久保のスケールが、柴を超え、そして人々を超えていたというのである。このことゆえに石原は、大久保を政治家として高く評価しようというのであろう。

先述のように「不平士族との戦さの片がつけば、その先いつかこの国にも民選の議会が作られよう。その議会議

57 「若き獅子たちの伝説」二〇一頁。
58 「若き獅子たちの伝説」一一三頁。
59 「若き獅子たちの伝説」二三九頁。
60 「若き獅子たちの伝説」一〇八頁。

員が、私の作った官僚たちを小突き廻す日が来る。だがまだまだ、そんなものの前の地固めに必要なことが多すぎる。私はそれを行うつもりだ」[61]と大久保に言わせていた。

そして後年、石原はこの点についての説明をしている。すなわち「大久保の業績、特に近代国家として不可欠な官僚制度を創設した業績は比類がなく傑出している。しかしなお大久保自身は決して官僚的な人物でありはしなかった。その点は、彼の軌跡を踏襲し陸軍を作り上げ、自らそれに君臨する大官僚となりおおせた山県有朋などとは本質的に違う」[62]としている。

政治家石原が掲げてきたことには官僚政治の打破というのがある。たしかに、近代国家に不可欠な官僚制がいまだ育つまでもなく、不平士族という、その時代のある利益集団の不満をそらすための征韓論や武装蜂起という個別問題に妥協することなく、これらを断固として克服せねばならない。それこそが、育ちつつある近代日本への愛であり、それがその歴史を刻んでいく論理だと言いたいのであろう。その点で、大久保は、その後の山県とは決定的に区別されるということである。

しかしながら、官僚制の客観性とその中性性とが、はたしてどのように可能であるのかという問題は、大久保という人物の「巨大さ」を作っているブラックボックスに封じ込められてしまってわからなくなっているようでもある。というのも、官僚制そのものも、仮にひいき目に見たとしても、実は大久保が意図したであろうものとは違っていて、これこそ、そもそも本質的に再封建化していく運命にあったと言えるだろうからである。そしてさらには、大久保が作った官僚を小突く議会議員も、実際のところ藩閥官僚と同様に、再封建化から中立であることはなかったはずである。もちろん石原にすれば、大久保利通のみならず、賀屋興宣のような政治家は違うということになるのであろう。

ただし、再封建化してしまうことについての論理的必然性について石原は明快に指摘している。

「それは結局、政治という人間のための方法が、方法の効果効用として個々の人間に及ぶために必ず〈社会〉という媒体を介さなくてはならぬからに他ならぬ。当り前の公理だろうが、政治は孤なる人間の上には成り立ち得ない。二人以上、複数の人間の関係の間に初めて政治が存在し得るという俗な公理が、端的に政治の方法としての機能を証していよう」[63]。

社会が、個々の人を結ぶ媒体である。そしてそこにおいて政治が、ひとつの独特のつながり媒体、理論社会学でいうコミュニケーション・メディアを果たしているということである。そしてこのときに、その政治に、このひとつの個体の側が、今度はどのように関わるのかという問題である。

つながるための媒体は、政治以外にも多々ある。これは石原自身も主題にしてきたことであり、やはりその典型的なものは愛ということになる。貨幣などもそのひとつであるが、これは物欲の産業社会の一種の病理として、とりあえずは石原の場合には後ろに下げられている[64]。

西郷の秘書官であった理一郎は、挙兵とともに自由民権派の記者を辞めて鹿児島へ行く。父大久保以上に、西郷への結びつきが強かったということであろうし、また父への愛の屈折ということでもある。

父大久保にとっては、理一郎は、息子ではあるが、もう息子ではないということでもある。理一郎の母や、大久保が、近代日本と夫婦になったということを理解していたということである。血を分けた親子以上の国への愛ということである。そう考えると、実は政治というつながりを可能にする媒体と、愛という媒体との区別とが、時に同

61 「若き獅子たちの伝説」二〇三頁。
62 石原慎太郎『私の好きな日本人』（幻冬舎新書ゴールド　二〇〇九年）七四頁。
63 「〈政治〉における対極性について」（『信長記』あとがき）二四四頁。
64 第九章第二節「プルトクラシーの波に抗して」を参照。

型であるようにさえ思えるところがある。

たしかに石原は、明確に問題を定めている。すなわち「政治はそれを行うものが人間である限り、為政者自身の内にその方法の特質として、すでに個対全の相克をもたらすものなのである。そしてそこにこそ、方法とその対象の両者から疎外された為政者の孤独があるのである」65。

ゆえに大久保は、疎外された為政者の孤独でいられる選ばれた人であるということになろう。しかしながら、このときのこの人の日本への愛は、おそらくはアナロジーでしかない。それは独りよがりであると理一郎のように批判をすることも可能である。そうしたアナロジーであるように見える限り、政治は中性的客観的であり続けることがきわめて難しく、つねに個別的で、藩閥的な再封建化に陥る可能性にさらされ続けることになるはずである。

大久保が、このことを知り、これを拒否し国への愛を政治の貫徹として維持し続けたことが事実だとしたら、それは高く評価されねばならないのかもしれない。しかしながら、そのように見える視点は、再び個対全の相克をどこまで果たしているかにかかっているということでもある。そのように見える。そういうパースペクティブを備えている、そういう選ばれし人にしか、それはそうは見えないとも言えるのである。この意味で、石原は選ばれし人だということになる。

（二）選ばれし人

「狼生きろ豚よ死ね」では、みなうち果てて終わるとなっていたし、「若き獅子たちの伝説」においても、大久保暗殺、その部下処刑という点では同じようにうち果てたということになっている。この点は共通している。政治ということの難しさであり厳しさということであり、政治は命懸けでしかありえないということでもある。

二つの戯曲には、そうした共通した点があることもたしかであるが、決定的な違いもある。大久保が残した制度は今も存在していると言えるところがあり、その点で政治家松平帯刀に対して、政治家大久保利通の強さが浮かび上がって見える。このことは、石原が大久保を高く評価する理由でもあろう。

大久保は、松平帯刀同様、孤高の政治家として描かれている。さて、政治家石原は、どうであろうか。ヨットについては、弟裕次郎とは違いシングルハンターだと自らを見ている。政治についても、実はそうしたところがあるように見える。ただし、石原がその選ばれし人であり、孤高であるとしても、松平帯刀にも、大久保利通にも重ならないところがある。このことについて、続く二章で考察をしていくことになる。

65
「〈政治〉における対極性について」（『信長記』あとがき）二四七頁。

第八章　国の形象

一九六九年月刊『ペン』一一月号に掲載されている、三島由紀夫との対談において、石原は、日本という形象の原理について明瞭に語っているところがある。

「守るべき価値ということを考えるときには、全部消去法で考えてしまうんだ。つまりこれを守ることが本質的であるか、じゃここまで守るか、ここまで守るかと、自分で外堀から内堀へだんだん埋めていって考えるんだよ。そしてぼくは民主主義は最終的に放棄しよう、と。あ、よろしい、よろしい、言論の自由は最終的に放棄しよう、よろしい、よろしいと言ってしまいそうなんだ、おれは。最後に守るものは何だろうというと、三種の神器しかなくなっちゃうんだ」[1]と、三島が一九六〇年代後半、全共闘世代の学生運動が日本を変化させていったことに憂いを抱いてこう言うのに対して、石原は、次のように応答している。

「天皇だって、三種の神器だって、他与的なもので、日本の伝統をつくった精神的なものを含めての風土というものは、台風が非常に発生しやすくて、太平洋のなかで日本列島だけが非常に男性的な気象を持っていて、こんなふうに山があり、河があるということじゃないですか。ぼくはそれしかないと思うな。そこに人間がいるということだ」[2]。

日本について石原の原初的イメージは、こういうことでありシンプルである。しかしながら、人間は、人と国家について、言葉を用いて思い語りつながり、観念を想像していく。さらにはそれに制度や組織として形さえ与える。これが問題である。

「もはや戦後ではない」は、一九五六年の『経済白書』にあった言葉。「戦後政治の総決算」、これは中曽根内閣（一九八二年一一月から八七年一一月）のキャッチフレーズであったし、「戦後レジームから脱却」は、第一次安倍内閣（二〇〇六年九月から〇七年八月）のそれであった。これらは、官僚や与党政治家の側から、「日本」という国の形象を次の新しい位相へと変態させたいという意図の発露であった。他方での「戦後民主主義」という言葉もやはり別の視角からの自己規定である。

高度経済成長という時期があり、バブルとバブル崩壊、平成不況、金融危機という時期があり、日本社会は物質的に確実に変化してきたし、そこにいる人の内面生活に至るまで変化してきたはずである。官僚や政治家が認識し統御できていると思っていること、学者や文化人が正しく捉えていると思っていることは、たいていの場合、その一部にしかすぎない。これら言葉で語られる「国」は、語られるその都度、複雑になっていく。問題は、国をめぐる言説であり、それを操ろうとする観念である。

語らねば、すなわち発語せねば、応答もないが、議論をすることで合意に到達できる保障はないし、合意と妥協の相違は、また合意と妥協に絡み取られる関係になっている。

一、映像という媒体

石原が、大学卒業後、わずか一日だけだったが大映に助監督で入社したこと[3]、『太陽の季節』の映画化にも自ら密接に関わったこと、そしてこの映画をきっかけにして、弟裕次郎が映画俳優となり戦後日本のスターのひとり

1　石原慎太郎「守るべきものの価値—われわれは何を選択するか（一九六九年）」『三島由紀夫の日蝕』（新潮社　一九九一年）一七五頁。
2　「守るべきものの価値」『三島由紀夫の日蝕』一七九頁。
3　「同じクラスで同じゼミナールにいた北村だ。学生時代彼とは一緒に、昔出ていた大学での同人雑誌を復刊させたことがある。（中略）大学四年生の時、就職試験で行く先にあぶれていた私を、一緒に映画会社の試験を受けて将来映画監督にならないかと誘ったのは彼だった」（「夢々々」『やや暴力的に』（文藝春秋　二〇一四年）一七四頁）。

となっていったこと、さらに自身の原作でもある『狂った果実』をはじめ脚本をしてきたことなど、この人が映画と密接に関わってきたことは事実であり、作家であり政治家であっただけではなく映画制作者としても玄人であったことは確かである。

その石原が、二〇〇七年に脚本のみならず制作総指揮をし、映画『俺は、君のためにこそ死にに行く』を世に問うた。制作費用に対して興業成績はふるわなかったという。

この映画は、太平洋戦争末期、鹿児島県知覧を基地として出撃していった陸軍特別攻撃隊を題材にするものであった。石原が総指揮をしたことにより戦争美化映画と誤解された可能性はある。政治家石原慎太郎について生み出されたイメージが、そうさせてしまうことはあろうが、この映画ははたして戦争美化のそれであったのかどうか、そして石原自身はどういうふうなナショナリストだろうかと問うなら、その中身を言うのはそう簡単ではない。

「国家主義」や「右翼」などといろいろ言うことは可能である。戦争について表現するにおいても、また靖国神社について述べるにおいても、それらの立場はきわめて複雑な関係の中にあり、よく観察してこの人の位置を見る必要がある。

映画自体についても「戦争美化」だとして否定的な批評もあった。ただし「右翼映画」だとして単純に否定するには、たいへん惜しい作品であるとも私は考える。題名にある「君」も、「大君」という意味での天皇であったのかどうか。映画が制作されねばならなかった意味を解釈してみる必要があると思う。

(一)『俺は、君のためにこそ死ににいく』

この映画は二〇〇七年に公開されたが、重なる主題で降旗康男監督、高倉健主演で東映が創立五〇周年を記念して『ホタル』を二〇〇一年に公開している。この作品の方は、その年の第二五回日本アカデミー賞において一三部

石原慎太郎による慰霊碑（知覧特攻平和会館）

門にノミネートされ高倉健は辞退したが、主演男優賞にノミネートされていた。奈良岡朋子は、第四四回ブルーリボン助演女優賞を受賞した。無論この映画『ホタル』については、いわゆる保守派とされる論客からの批判的意見がある[4]。

さて、『俺は、君のためにこそ死ににいく』であるが、言葉だけで表現される物語とは異なり、映画であり、映像で表現されていることによりその効果が発揮されている事柄は少なくない。とりわけ『ホタル』の場合も同様であるが、飛ぶホタルを視覚で知覚することができる。主役が岸恵子であったことも、石原と同世代、とりわけ映画『君の名は』を知る世代には、往年の人気女優であるのみならず、戦後を改めて想い出させることに重要であったろうし、その熱演は多くのことを感じさせてくれる。そして、そうしたノスタルジー以上に、石原としては、若い俳優たちをつうじて、若い世代にもメッセージを送りたかったように私には見える。

4 八木秀次「平均的日本人—特攻という〈青春〉」『わしズム』（Vol.7）一八七—一九三頁。

この映画ができる、半世紀近く前に、石原がこの題材となる事実をこの映画の主人公となる鳥濱トメに取材していたことは、『巷の神々』の次の一節からわかる。

「余談だが、私はこの春早く、鹿児島県の薩摩半島の知覧と言う町にいった。嘗つて陸軍特攻隊の基地であったところである。

今は飛行場の跡かたもなく、冷たい春雨に菜の花が一面に咲き乱れていた。

私はそこで、鳥濱トメと言う老婆に会った。戦争中、若い特攻隊員に母と慕われ、親にも会えぬまま秘密裡に飛び立っていく彼らを、母として仰ぎ見送った人である。

高木俊郎氏の『知覧』と言う本にも詳しく記されているが[5]、彼女と言う人がいたことで、若い英霊たちがどれだけ気持ちの上で救われ、飛び立っていったかは測り知れない。

二十年前ながら、今日のように鮮やかだと言う想い出を、彼女は実に淡々と、それだけに一層、彼らへの深い愛情をこめて語ってくれた。

この二十年、特攻観音が建てられるずっと以前から、毎週日曜日、嵐の日も欠かすことなく飛行場跡にまいり祈って来たと言う彼女によって、英霊たちは、特攻隊が愚挙として非難された嘗つての時代にも、救われて来たに違いない。

雨の日の、粗末な宿の一室で、彼等の思い出を、聞きとりにくい鹿児島訛りで、淡々、訥々として語る彼女を眺め話に聞き入りながら、私は思わず涙したが、彼女の眼には、感傷や懐旧の涙など無く、おだやかな微笑の影だけがあった。

その時、私は彼女のその居ずまいの内に、菩薩を見た。彼女こそ、特攻隊員たちの前に現れた、菩薩に違いない。あの飛行場の一隅に祭られた特攻観音菩薩の姿こそ、彼女を表したものではなかろうか。

もとより、彼女自身には、そんな意識も自覚もなかっただろう。しかし、尚、彼女は菩薩であった、と私は思う。人間と言うものは、自ら知らずとも、そうした高貴な使命を帯びてこの世にあることが出来るものなのだ」[6]。

この文章は、一九六〇年代に書かれたものであり、石原がまだ三〇代前半、まだ駆け出したばかりの作家の頃のそれである。この時、鳥濱トメとのインタビューは衝撃的なことであったのであろう。そのことを半世紀を超えて、自ら映像化したということである。映画冒頭、石原の署名入りで、次のような文章が掲げられている。

私は縁あって、
特攻隊の母といわれた
鳥濱トメさんから、
隊員たちの秘められた、
悲しくも美しい話を
聞くことができました。
雄々しく美しかった、
かつての日本人の姿を伝えて

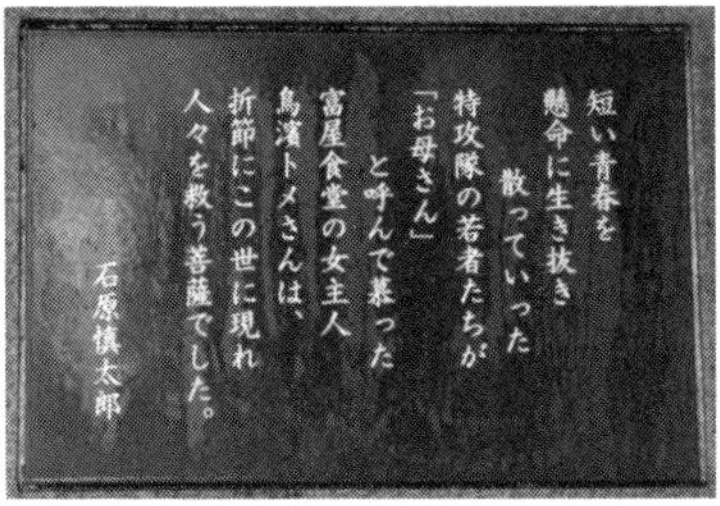

慰霊碑（305頁）碑文

5　高木俊朗『特攻基地　知覧』角川文庫　一九九五年（初出は、『週刊朝日』一九六四年一一月から一九六五年七月に連載）。

6　『巷の神々』二〇四―五頁（二五〇―一一頁）。この逸話については、石原慎太郎「挫折と虚妄を排す　―撞着と欺瞞からの脱出」『孤独なる戴冠―全エッセイ集』一九六六年、一五―六頁、および『孤独なる戴冠』一九八〇年、一二一―四頁にもある。

残したいと思います。

長編も多作な作家石原を思えば、小説ということも不可能ではなかったのであろうが、映像を媒体としたことの意味を考える必要がある。中村友也演じる河合惣一軍曹と鳥濱トメとの次のような場面が出てくる。

鳥濱トメ　は、河合さん、どげんしたと、そんなとこいて。なんね、どげんしたん。
河合　なんかね、ずっと見てたら、おばちゃんがおふくろに見えた。（スケッチブックを渡す）
鳥濱トメ　まぁ、ありがとう。ほんまこと、うまかねぇ。
河合　明朝、出撃します。いろいろとありがとうございました。
鳥濱トメ　あした……
河合　おばちゃん、ここってホタルはいるの。
鳥濱トメ　もうちょっと、暖かくならんと無理だね。なんでぇ。
河合　俺の故郷はホタルが名物でさ。季節が来て、ホタルが帰ると、川一面渦になってたくさん飛ぶんだよ。
鳥濱トメ　ふん、それはきれいかね。
河合　きれいだよ。見るたびに夢みたいだった。
（河合軍曹が浴衣を着て家族たちとホタル狩りをしている映像に変わる。）
河合　だから、俺、ホタルになってまたここに戻ってくるよ。
鳥濱トメ　ホタルになってぇ。

河合　うん。どこにだって行けるだろ。
鳥濱トメ　（声をつまらせて）うん
河合　ねぇ、おばちゃん、死ぬってどういうことかな。俺が死んでしまったら、みんな誰ももう俺のことは忘れてしまうんだろ。
鳥濱トメ　（首を振りながら）何を言いやっと。誰もあんたのこと忘れたりするもんですか。親御さんも兄弟の方々も、この私だって絶対に忘れたりしもわんど。このシロだって。
河合　ほんと？
鳥濱トメ　ほんとうだよ。ほんとうに。
河合　そうか、ありがとう。
河合　ほんとうだね。
鳥濱トメ　ほんとうだよ。ほんとうだよ。
河合　それなら、まだおばちゃん、おれまだ十九だから。あとの三十年の寿命、おばちゃんにあげるよ。だから長生きしてな。俺、約束するからさ。

見る者が涙する場面であろう。同様に、出撃を前に、訪れてきた家族と最後の夜を過ごす者、好きになった人と涙して別れる場面などが続いていく。映画においては、実際、出撃し戻って来なかった河合軍曹を意味するようにホタルが現れる。
先述のとおり『巷の神々』において、鳥濱トメのことを菩薩と石原は表現しているが、映画では終戦直後、接収してきたアメリカ軍が飛行機を焼く中で、「今日から、これが特攻でのうなった人のお墓の代わりだよ。誰もとむらったげもはんで、あんこらがお国のために、たったひとつしかない命を投げ打ったんだよ。それを忘れてはなりもはんど」と言って、棒を墓の代わりに立てて娘たちと拝む場面が出てくる。そこは、現在、知覧の平和会館、そして特攻観音としてある場所であろう。

窪塚洋介演じる板東勝次少尉は、最初の特攻で不時着し戻って来た。徳重聡演じる中西少尉の部隊とともに出撃することになる。会いに来た父、妹、弟に「わいなぁ。あいつら、みんな靖国神社の鳥居の前で待っとんじゃ。わいが行かんと、中に入られへんのんや」と言う。

出撃直前、中西少尉も部下たちに「それから確認しておくが、死んだら集合する場所は、靖国神社の拝殿の門を入って右から二本目の桜の下だ。誰が先に行っても必ず待っていろ。靖国神社に入るのは一緒だぞ」と言っている。

「同期の桜」にあるとおり、死後、靖国神社で再会しようということなのであろう。靖国神社の存在を敢えて問おうという意図は、『ホタル』にはないが、石原の映画では明瞭に彼の意見として提示されている。

靖国神社が必要であるということを示しているが、この映画の主題は、やはり鳥濱トメという人であり、そして若い彼らが、愛する人たちのために死んでいったということである。それは、犬死になどではなく、そこにある純粋さを見せたいということだと思う。

『ホタル』は、特攻隊員が、ホタルになって戻ってくるということであり、映像においてもそうなっている。『俺は、君のためにこそ死ににいく』においても、先述のとおりやはりホタルが飛ぶ。「惣ちゃん、河合の惣ちゃん、帰ってきたね。（中略）河合さんが、河合の惣ちゃんが、夕べ言うていたとおり、戦死して沖縄からホタルになって戻ってきたよ」と鳥濱トメ扮する岸惠子に言わせる場面がある。

戦後の回想シーンにおいても、知覧特攻観音前に並ぶ飛行服を着た隊員が彫られた灯籠並ぶ中に群れなすホタルとともに、出撃していった特攻隊員たちが霊として現れてくる。

　こうした石原の作品に対して、降旗康男監督による『ホタル』は、出撃をしたが故障のために帰還せざるをえなくなり、そのまま終戦を迎えた高倉健演じる主人公山岡秀治と、田中裕子演じるその妻とのその後の生活が軸になっている。

　しかしながら、今ひとり同じ特攻隊の生き残りであった、井川比佐志演じる藤枝洋二が、昭和天皇崩御に合わせて、冬山で遭難死する、昭和の終わり、そしてその天皇と戦争とを結びつけるものである。奈良岡朋子演じる食堂の女主人山本富子は、鳥濱トメがモデルであろう。彼女が、高齢で店をたたむことになるが、小澤征悦演じる朝鮮人である金山文隆（キム・ソンジェ）の遺品を韓国の家族に返すことを山岡に託し、山岡は釜山近くに届けにいく。山本が、店をたたむ際に集まった人たちに涙して叫ぶ言葉や、山岡が韓国で金山の遺品を家族に渡す場面は、朝鮮半島を植民地とした日本を問い糾すところである。この点では、日本の帝国主義が引き起こした戦争に対してきわめて厳しく批判を加えている。

　こうした立場に対して、『俺は、君のためにこそ死ににいく』も、けっして戦争肯定映画とは言えないだろうと理解したい。若い命を、何のために絶たねばならなかったのかを強く問うものである。題名にある「君」は、大君ではなく、「あなた」ということだと解したい。

　先のホタルが群れて出てくるシーンで、出撃に際して靖国神社で会おうと口にしたが、実は生き残ってしまった徳重聡扮する中西隊長の問いに、鳥濱トメ扮する岸は次のように語る。

鳥濱トメ　自分は何で生きて残されたかを、よーく考えてみなさい。
中西　それにしても私たちは、なぜあんなに思い込んでいたのでしょうかね。

鳥濱トメ　そりゃ、愛おしさでございもす。人の世がどんなふうに変わろうと、愛しかもんのためになぁ、誰もが夢を賭け、命も賭けられるもんでしょ。あん人たちはな、そげん生き抜いて若く早く散って行きもうした。生き残られたあんた、あん人たちの分もしっかりと、長ーく、生きていってくれやんせ。

ホタルとともに現れ出た、死んでいった部下たちに、最初は謝り、そしてともども「ありがとう」と口にする。この結末の美化シーンが、戦争そのものを肯定した美化とは言えないであろうと私は考えている。

(二) 靖国問題

しかしながら「死んだら集合する場所は、靖国神社の拝殿の門を入って右から二本目の桜の下だ」と口にした、その靖国神社があることの意味を、どう理解すべきかの問題は残っている。

哲学者高橋哲哉は、著書『靖国問題』において、江藤淳の論文「生者の視線と死者の視線」を取り上げて、靖国問題を文化問題として理解しようとする江藤の考え方を詳細に批判している。

江藤淳のこの論文は、中曽根政権下[7]、内閣官房長官の私的諮問機関として設けられた「閣僚の靖国神社参拝に関する懇談会」において江藤自身が委員として出した意見である。法律家が、総理大臣の靖国神社参拝が違憲かどうかという、まさに法律問題に限定して主題化しようとすることに対して、これがただ法律問題に限られることではなく、国内外の政治問題としても考え、そしてとりわけ文化問題としての意義を考えねばならないというのが、江藤の主張であった。

生者の視線と死者の視線、この共時性こそが、日本人社会の時空を構成する根本であり、日本独自特異なものであると言う。それゆえに靖國という日本の問題は、その文化問題として理解することを忘れてはならないというのが江藤の考えである。

これに対して、高橋はそうした共時性論を仮に認めたとしても、それがなぜに靖国神社でなければならないのかということは不明だとする。

「江藤の言うような〈死者の共生感〉が〈日本文化の〈根源〉にあると、あるおおざっぱな意味で認めたとしてみよう。だがその場合にも、根本的な疑問が残る。それは、〈死者との共生感〉がなぜ靖国という形をとらなければならないのか、その必然性がまったく不明であり、根拠に欠けるということである」[8]。

江藤自身の論文からはこの問いへの反論はよく見えてこないが、すでに見てきたように。この生者と死者のまなざしの共時性ということに至る考え方を、石原も、人間存在の宇宙論的存在として霊を主題にしてきたことを想い出さねばなるまい[9]。

江藤が関わることになった諮問委員会は、先述したように中曽根康弘が首相在任中に公式参拝をめぐって識者に意見を求めたものである。公式参拝が宗教的行為であり、それが憲法二十条の政教分離原則に抵触するという問題である。自由民主党は、一九六九年から七四年まで靖国神社を国の慰霊施設とする靖国神社法案を議員立法として提出したが七四年参議院で審議未了廃案となったのち、とりわけ内閣総理大臣はじめ閣僚が公的な立場で参拝することについて賛否が問題になり続けるようになった。

一九七五年当時の三木武夫総理大臣は私人として参拝する。この後、公用車は使わない。玉串料は私費とする。総

7　一九八二年一一月から一九八七年一一月まで。
8　高橋哲哉『靖国問題』二〇〇五年、一六三頁。
9　本書第二章第二節（二）（ア）「体験と因縁」六一頁以下参照。

理大臣の肩書きを付けず記帳する。公職者の随行を伴わない。これらが私的の条件とされたが、一九八二年から八七年まで総理大臣在職した中曽根は、公式参拝の限界性、可能性を明確にしようとした。諮問委員会は、これに関係する。この神社の歴史的な意味にそもそもの問題は起因しようが、日本と東アジアの国々との関係でも、また日本国内において政教分離についての意見相違でも、議論が残っている。

二〇〇一年内閣総理大臣となる小泉純一郎は、総裁選挙の公約に八月一五日参拝を掲げた。実際には、二〇〇六年だけ八月一五日参拝をしたが、二〇〇一年から二〇〇五年までは一五日以外に参拝をして、賛否両方の批判を、郵政民営化を軸にした行財政改革、不良債権処理、テロとの戦いでの対米協力など多様な争点を掲げ、かつ高い支持率維持を背景に、かわしつつやり通した。どの参拝についても、公的か私的かについては明確に表明しなかった。公約のひとつに掲げて総理大臣となった小泉の参拝については、二〇〇一年夏、小泉自身が意図していたとおり国内外で議論となった。『産経新聞』に連載された「日本よ」においても、これに関連して、石原が書いた記事を見ることができる。石原は、靖国という形式について次のように言う。

「〈靖国〉参拝はむしろ日本にとっては内面的問題であって、国家という次元における自己確認のよすがに他ならない。今日の日本という国家が形成される過程で、戦争を含めていろいろな出来事がありさまざまな犠牲が払われて来た。それを正確にたどり熟知することでのみ健全な自己認識が生まれてくるのであって、戦争という国家最大の出来事のために生命を賭した先人を悼み感謝するという行為が、国家経営のための基本行事であることを否定する者は誰もいまい」[10]。

戦前、陸軍省、海軍省が直轄していた神社であり、そして戦後、宗教法人となったという経緯があるが、靖国という形式でなければならないとしたら、それはまさしく過去の戦争により国のために死んだ人を祀る神社だという点にある。

江藤および石原の理論に従えば、日本国の現存在も、当然、死者のまなざしとの共時性の上にある。とりわけその中でも、近代国家成立、そしてその経営のプロセスで発生した最大の出来事である国家による戦争で、命を賭し、また落とした人々を悼み感謝することは必要だということである。

石原の文章においてはっきり言えることは、国家ということであり、江藤が死者の共時性ということで考えた文化問題は、そのまま国家論という形態へと拡張され流出しているということである。

ただし、『俺は、君のためにこそ死ににいく』にある「君」という語の意味にも関わるが、ここで考えられている国家論が、陸海軍を統帥する大元帥としての天皇主権の国家のことが想定されているのかどうかということについては確認しておかねばならない。というのも、石原の場合、必ずしも天皇制国家主義を支持してきたとは考えられないからである。

石原が霊友会と深い関係にあることは、すでに触れたが、小谷喜美に感服、傾倒したように見える石原もこの教団について批判的に見ているところがある。すなわち「戦前に於いて、霊友会の布教に関して天皇制帝国主義への積極的迎合[11]について石原自身はっきりと批判的に言及しているのである。例えば、次のような文章である。

「皇室自身がそれを希んだか希まなかったは別にして、当時の社会情勢を強く規制していた帝国主義の、言わば主神である天皇とその皇室をうやまうことが、結局は先祖供養による人の道へも繫がる、と言うような危う気な飛躍を、別段の反省もなく行っていた」[12]。

こういうのを危うい飛躍だと言っているのである。この点では、国家ということと、天皇ということは、石原の

10　「〈靖国〉を思う」石原慎太郎『日本よ』二〇〇四年、一一四頁。
11　『巷の神々』三三五頁（四〇九頁）。
12　『巷の神々』三三六頁（四〇九―一〇頁）。

場合イコールではないようにも見える。おそらく国家がどのようにあらなければならないのかということだけがまずは重要なのであろう。それゆえに、「日蓮宗に関して言えば、日本と言う国家に於ける国王としての天皇を、その全宇宙的な価値観の前には〈僅かな小島の主〉として片づけ、時には罵倒している日蓮の遺文を奉じれば、明治以降の天皇制下の天皇も同断である」[13]とも述べている。

生者と死者のまなざしの共時性が編み出す時空を固有なものとして捉え、そこに祖先、神への崇拝を見ようとはしているが、そこから、その神々が天皇と直接結びつくかどうかについては石原の場合、あまり重要ではないように読めるのである。次のような文章は、靖国神社崇拝者からは、おそらくは複雑に受け取られるであろう。

「子どものころ戦時中の軍歌に『九段の母』というのがあって、歌の文句は息子を戦死させた母親が靖国神社の大祭に招かれて田舎から東京へ出て来る。九段の坂を上がっていくと、頭上に天を突くような大鳥居がそびえていて圧倒され、その鳥居の奥のなんとも神々しい神社に死んだ息子が祀られている。

それを眺めていたく感動した母親が、

〽こんな立派な　おやしろに

神とまつられ　もたいなさよ

母は泣けます　うれしさに

という文句でした。

それを聞いたとき私は子ども心にも〈嘘をつけ〉と思った。いったい、どこに自分の息子が戦死して、それを国のために、よく死んだと喜んでほめる母親なんぞいるものか。私と私を生んだ母親の関わりなんてそんなものである訳はないと秘かに思っていました。

戦争要員の人口をふやすことが富国強兵につながるということで、かつては生めよ増やせよと言われたものだが、そうやって生まれてくる新しい子どもが兵隊という消耗品用であろうとなお、実際にその子を生んで育てた母親の心情はそんなことで済むものである訳はない。

　そうした人間の原点的心情も無視して、戦死した息子を母親がよくやったとほめるなどという、いまから思えば荒唐無稽とも言える心理的強制が、富国強兵という国家目的のために是ともされた考え方はもう御免だし、そんな時代はとうに終わりました」[14]。

　ベルリンの壁が崩壊してポスト冷戦の新世界が始まった頃に書かれたものにあるこの文章は、石原に、すでに触れてきたリベラルな方向性のあることを確かめてみることができる。

　しかしながら、そうであるのに、なぜ彼は参拝するのかである。その一〇年後、政治学者中西輝政の記述がある。

「あの日、石原慎太郎は本当に輝いて見えた。少なくとも、私の眼には、かつてなく輝いて見えたものだ。

　それは二一世紀最初の八月一五日、靖国神社の社頭に石原が到着し、車から降り立った瞬間だった。テレビのブラウン管を通じて、沿道の衆人の中から〈あ、石原さんだ〉、〈慎太郎が来た〉とのざわめきが聞え、ついで一斉に拍手が起こり日の丸の小旗が振られた。

　そして、足早に社務所へと向かう石原の背後で、なぜか〈バンザイ〉としか聞こえない声が、あちこちから沸き上がるように広がった瞬間だった」[15]。

13　『巷の神々』二六二頁（三二二頁）。「これに対して、例えば、石原完爾のような国柱会のように、「現人神天皇」を中心とする国体の宣揚をうたい、建国の理念と法華経の一致を説いたような時局粧は大なり小なり方々に数多くあった」『巷の神々』二六三頁（三二一頁）。
14　石原慎太郎『かくあれ祖国―誇れる日本国創造のために』（光文社　一九九四年）四〇―一頁。
15　中西輝政「解説」石原慎太郎『国家なる幻影』二〇〇一年、下巻四二九頁。

八月一五日に公式参拝をすると言ってきた当時の総理大臣小泉純一郎が一三日に参拝を済ませてしまったため、保守派はこれを挫折とも呼んだ。これに対して、石原の参拝は輝いて見えたと中西は言っているのである。

保守派の政治学者ゆえにそう見えたと言うのであろうが、中西自身言う。「『「NO」と言える日本』に、私も著しく嫉妬した。国際政治や日米関係を考える学者として、〈こんなことが正面切って言えるなら、俺もこんな苦労はするものか〉という」[16] 嫉妬が、その理由だそうだが、小泉にして一三日に前倒しせざるをえなかったのにということだろうか。

石原に嫉妬し、期待するのは、「ほとんど専ら中国大陸と朝鮮半島からの〈外圧〉によって、ズタズタになった日本の政治と日本人の心は、一体いつになったら、そして誰によって、その再生と回復の歩みが指し示されることになるのか」[17] という苛立ちに対してであろう。

石原にすれば、「九段の母」には「嘘をつけ」と思い、「富国強兵という国家目的のために是ともされた考え方はもう御免だし、そんな時代はとうに終わりました」と明言するも、実はそれゆえに敢えて八月十五日、外圧に抗して参拝せよということなのか。それが国の首都をあずかる公人としての矜持だということなのか。日本にとっては内面的問題であって、国家という次元における自己確認のよすがに他ならないゆえに、デモンストレーションをせねばならないということなのか、難しいところである。

(三) 信仰と自由

靖国問題を文化問題として取り扱わねばならないとする江藤も、日本ということと、そこにおける神概念について次のように言っている。

「日本人にとっての神というものは、God でなくて、deity であって、神はやはり人間とある意味で連続しているのですね。血縁において、記憶において連続しているけれども、他界へ行ってしまった魂であるが故に、一面において生者とは断絶している。断絶と連続とが同時に存在しているのが、日本人と死者との関係であって、だからこそ、日本という国土、日本人の嘱目する風景、日本人の日々の営みは、常に死者との共生感のうちにあるといわなければならない」[18]。

天皇が天照大神の子孫である。現人神である。あるいはあったとする考え方は、キリスト教やイスラム教における一神教的な絶対神という神概念をも連想させるところがある。実際、陸海軍を大元帥である天皇が統帥し、靖國神社は陸海軍が共同管理する神社であったという歴史的事実は、神からの序列階統があったことを示している。

これに対して、「巷の神々」という表現がはっきりと示しているとおり、石原が着目してきたことは、神々はたくさんいるということである。

「嘗つて二十年前日本が戦争に初めて敗れ、すべての価値観がひっくり返り、社会が動乱している頃には、時代の不安と言うものが、人間個々の不安としてあり、その条件に載って、多くの新興宗教が百花繚乱に咲き乱れ、今日の体を成すまでになった」[19]という基本認識が石原の前提であった。そして、問題は、むしろそうした巷に神々が、まさしくリアルに神々として湧出する、そんな世界にわれわれはいるということである。

それは、天才ライダーが、ある時、天使の奏でる音楽を耳にするというのと基本的には同じ状態にあるはずである。すなわち、「自分は、神の使徒である、或いは、自分は神の子である、神である、と言う強い自覚こそが、い

16　中西輝政「解説」『国家なる幻影』下巻四三二頁。
17　中西輝政「解説」『国家なる幻影』下巻四三〇頁。
18　江藤淳「生者の視線と死者の視線」江藤淳・小堀桂一郎『新版靖國論集—日本の鎮魂の傳統のために』二〇〇四年、一七頁。
19　『巷の神々』二七〇—一頁（三三〇—一頁）。

かなる偏見、圧力をもはね返して、信仰における自らの信念を貫き、一つの教えを作り出し、それを世に拡めるエネルギーの源となる」[20]ことにより、教祖が教祖たる状態にあることである。

こうした状態の生成はそれがいかなる様式の宗教においても、またいかなる真摯な生き方においても同じように現れ出ることだと言うのであろう。

それゆえに、次のような言い方にもつながっていくのである。

「例えば第二次大戦末期の、神風特攻隊のある若者たちの内面にあったものは、これとほぼ同質のものではなかったろうか。

確かに、あの特攻突撃に出発する瞬間、彼らは生きながらにして護国の神であった」[21]のだと。

しかしながら、映画『俺は、君のためにこそ死ににいく』の中には、出撃前、皇居遙拝をする場面がある。特攻により殉じる若者たちは、護国の神たちとなるとしても、天皇とどう関係するのか。それは大元帥だとされた現人神天皇のもとに配置されるということか。現人神とされた天皇という飛躍を危ういそれだとし、護国の神たちは、もっと純粋に湧出してくる神々だとして、現人神信仰とは切り離すことができるだろうということだろうか。

そうだとしても、そこでまさに護国ということで考えられている「国」とは、どのような形をしていたのかということに突き当たることになる。さらに今それは、この二一世紀、どのような形をしているのかということが問題となる。たしかに石原において、言うところの「国」と天皇とは、「大日本帝国ハ万世一系ノ天皇之ヲ統治ス」というイデオロギーとイコールではないということはわかる。では、どのような形象となっているのであろうか。

ベルリンの壁崩壊後、一九九三年政権から転落した自由民主党が「二十一世紀への橋」という党政策大綱案を石原のもとでまとめた頃、石原自身の筆だという文章の中に、天皇制について石原独特の意見を見ることができる。

「今後も天皇制が日本の文化の象徴として日本社会の見えざる核として存続するためにも、むしろ天皇の政治に関わる国事行為は軽減され形式的なもののみにしぼり、真の文化的象徴像をつくるべきではないでしょうか」[22]。

現行憲法にある天皇の国事行為をもっと削減すべきだと言う。文化の象徴は、いわゆる皇室外交や、開かれた皇室などというものではないと石原は言うのである。むしろ、天皇に備わっている霊験あらたかな特質をもっと発揮できるようにするべきだとする意見である。

「日本の天皇制は諸外国の王制とはまったく異なった歴史を持っています。日本の皇室が血の連続性によって継承されてきたのに対し、外国の王制は権力の連続性によって存在してきたのです。天皇は文化中心にした歴史の継承、血の継承の権威であって、けっして権力ではない。（中略）個々の天皇は生きそして死ぬが、天皇霊なるものは個人の生死を超えて生きつづけるということです」[23]。

天皇の場合、それは憲法により法的に担保された権力主体などではなく、信仰の対象である、その水準での共時性により支えられた存在性があるのだということである。そして、まさにその典型だということであろう。それゆえに、これに統治されるのではない。そうした典型性は、もっと霊的、神秘的な特質を発揮している必要があるとするのである。

「だから何十年に一度という昨年[24]の冷害による大飢饉の時には、天皇は災害地に御見舞いや、皇室外交などよりも、白装束で拝殿に何日間かおこもりして断食もし、国民のために収穫のために祈祷していただきたいと、私な

20　『巷の神々』一四八頁（一八〇頁）。
21　『巷の神々』一四八頁（一八一頁）。
22　『かくあれ祖国』一一〇—一頁。
23　『かくあれ祖国』一一一—二頁。
24　一九九三年日本は、米の大凶作となる記録的な冷害に見舞われた。

どは思います。
きらびやかな皇室外交よりも、国民に代わって祈祷の行を終えられた天皇が、ヒゲぼうぼうでやつれてしまったお姿を現わされることで、国民は理屈を超えた敬意と尊崇を抱くでしょうし、政治の及ばぬ信頼がよせられると思います」[25]。

天皇を政治から分離して、もっと神秘性、日本という宗教性を高めた象徴として存在してもらおうというのである。「神秘ならざるものに、永遠性などありはしない」[26]ということだそうである。現行日本国憲法第一条は「天皇は、日本国の象徴であり日本国民統合の象徴であって」とあるが、「霊なるものは個人の生死を超えて生きつづける」という点で、その象徴だというのである。

たしかに、こうした考え方は石原固有のそれであり、その点で、この人はナショナリストだとしても、そして天皇主義者だとしても、それは戦前の支配イデオロギーの統治主体である天皇主義者とは区別することができる。しかしながら、そうした「神秘」を、神秘として信仰の対象とすることができるかどうかは、信仰の自由にかかっているということにもなる。

二、言葉という媒体

江藤は、先述の論文において、成文憲法（Constitution）の原義は、まさしくconstitutionの意味であり、make-up of the nationだとしている。それは、そこでの言い方に従えば、国土、風景、日々の営みにより、独特の時空軸に共時的に練り上がったということである。そして天皇の神秘性と永続性がこのことを象徴しているということなのだろうが、そうした日本国を表現するに際して、社会的世界の霊的構成を言うにしても、言葉、日本語こそ、たいへん重要な機能を果たすはずである。

文芸批評家であった江藤、そして作家石原には、まさに日本語が何よりも重要である。それにより彼らは、国土、風景、そして日々の営みを描いてきたのだから。

しかしながら、そうした国家が美的形象として表現されるということは、国家とは一定の区切られた地域、すなわち領土を基礎にして、その領土に定住する人が、強制力を担保した統治権のもと法律により組織される社会であるとする、いわゆる社会学的な国家概念とは、異なった水準にあるはずである。

「日本の伝統をつくった精神的なものを含めての風土というものは、台風が非常に発生しやすくて、太平洋のなかで日本列島だけが非常に男性的な気象を持っていて、こんなふうに山があり、河があるということじゃないですか。ぼくはそれしかないと思うな。そこに人間がいるということだ」[27]ということを、例えば外洋ヨットに乗って、直接体験をすることができるのと、社会学的な国家概念に従い、さらにこれを法の専門言語で概念化し条文化していくこととは、別の水準の問題だと考えられる。

(二) 日本国憲法

日本国憲法は、日本国の国家制度を社会学的な国家概念に基づいて、できる限り形式主義により成文化したもののはずである。言い換えれば、その形式主義ゆえに、「日本国」とは何かという、その美的形象を含めた実質的な意味に

25 『かくあれ祖国』一一三頁。
26 『かくあれ祖国』一一四頁。
27 「守るべきものの価値―われわれは何を選択するか（一九六九年）」『三島由紀夫の日蝕』一九九一年、一七九頁。

ついては問わずにいるということでもある。法の普遍性を貫徹するために、これが必要な形式主義であるが、この形式主義そのものも、成文化することについての実質性を問うなら、その論理的な再帰性から逃れることはできない。

それゆえにそもそも成文化せずに、不文であってもよかったとも言えるが、大日本帝国憲法制定に至る憲法私案執筆がそもそも文章化の行いであり、敢えて成文化する近代主義を踏襲し今に至ったということなのであろう。ただし、成文化はつねにひとつの区別をする行為であり、力の行使だと考えることもできる。

国家が必ず経済、教育、科学など諸体系と関係する以上、これらを組織的に統御していく権力が効率的に発動し作用する仕組みが必要とされる。ただし、そうなるための法、規範、規則、ルールが必ず成文化されていなければならないというわけではない。実際、われわれが日常生活をする上で、そうした規範のある部分は、不文のままの慣習や日常慣習として機能していることもしばしばある。

形式的に意味を規定することは、それ自体がどれだけ形式主義の体裁になっていても、実はそれを規定する人の実質的意図を問うてみることが可能である。主体なく、言葉が発せられることはないからである。日本国憲法の場合、まさしく正真正銘、日本国民の総意により制定されているのであるとしたら、今に至るまでに少なからずある混乱は発生しなかったかもしれない。言い換えれば、日本国憲法はその制定過程に種々の特殊事情があったということである。

日本国憲法の草案を、そもそも誰がどのように書いたのかという問題である。議会での手続きを踏まえ、まさしく代表民主主義に則り国民がその総意で制定したとしても、そもそもの原起草者は誰かという問いがつねに向けられるということである。ゆえに、自主憲法制定という運動が、日本国憲法制定以来ずっと存在してきた。しかしながら、その「自主」なることさえ、総意をどのように代表しうるのかという問いを引きずり続ける。

二〇〇〇年一月衆参両議院に憲法調査会が設置され、憲法をめぐる調査と議論がなされることになった。その際に東京都知事であった石原は参考人として証言をしている。その中で、持論である前文の日本語について意見を述べている。

「日本の憲法、特にあの評判の高い前文というのは醜悪な日本語でありまして、私は文学者ですから、あの醜悪な日本語を文章としても許すわけにはいかない。（中略）本当に前文というのは醜悪。うたわれている理念はいいんですよ、ごく当たり前のことですよ。ですけれども、それを表現するに、翻訳としても非常に拙劣な日本語でありまして（中略）日本人の日本語に対する敬意というものの欠如、無神経はすでにこの前文から始まっているのです」[28]。日本語の文章として拙劣、醜悪であると非難しているのだが、注意が向くのは、他方で同時にその理念はよいとも述べていることであろう。

前文は、第一に国民主権。憲法を制定するのは日本国民だということ。第二に人権尊重により自由がもたらす恵沢、平和主義により戦争の惨禍からの解放がこの原理として書いてあり、第三に国政は、国民の信託と権威によって支持され、その権力は国民の代表によって行使される代表民主主義にあると宣されている。さらに、恒久平和祈願のために平和主義希求と、国家の独善性否定が言われ、最後に日本国民はこの日本国憲法の崇高な理想と目的を達成することを誓うとなっている。

ここに挙げられる国民主権、人権尊重、平和主義、代表民主主義などの理念は良いとされ、かつ当然のことだとする。しかしながら、日本語表現として拙劣であり醜悪だとしている。

それは、この憲法の起草者が、この参考人発言の中にもあるが、アメリカ占領軍であり、そこで用いられた英語の文章を翻訳したものだから拙劣なのだと言う。そしてそれが、今に至るまでそのままになっているからだと言う。わかりやすく言えば、一九四六年にアメリカが書いた日本について、日本が誓うのかという問題にもなる。戦争に敗れたのだから、それは仕方がない。詫び状だという言い方もある。

28 「石原慎太郎が語る二十一世紀の日本」田中良紹編『憲法調査会証言集　国のゆくえ』二〇〇四年、二二一—三頁。

しかしながら、そうは言っても、それでは「日本」というのは、いったいどのように描かれるのかという問いが残り続ける。映像においても、『俺は、君のために死ににいく』と『ホタル』では描かれ方は違っている。

前者においても戦争美化とは言えないと私の印象を繰り返した。描かれ方は違うが、ともに戦争がもたらした悲劇を描いている。そして、「希求されるべき」平和の描かれ方は異なっていよう。描くという行いで接近できるリアリティは、それ自体を不動のものとして確定することは難しい。法文による社会契約と、国の形象、とりわけその美的形象はまったく違う水準にある。

この齟齬は、国家と国民の象徴、民主主義、基本的人権、戦争放棄、平和、どの理念についても言うことができる。理念は、語らねば提起できないが、語れば、その瞬間から劣化する。書くことにより、これらにアプローチすることはできるが、文字だけによりこれらに到達することはできない。このじれったさに耐え、かつこれら理念は良いとして放棄せず保ち続ける所作が不可欠なのである。

ゆえに「うたわれている理念はいいんですよ、ごく当たり前のことですよ」ではあるが、「国民に代わって祈祷の行を終えられた天皇が、ヒゲぼうぼうでやつれてしまったお姿を現わされることで、国民は理屈を超えた敬意と尊崇を抱く」かどうかは不明であろう。

(二) 書いた主体

現行の日本国憲法改正か、それとも自主憲法制定か、この二つは違っている。石原の場合、次のように言っている。

「この憲法が起草された段階では、ほとんど日本人のイニシアチブは及んでいなかった。そういう占領下という特異の状況にあった。その憲法というものに私たちの自律性、意思というものが反映されていない限り、国家の基本法としてのレジティマシーがないんだということを国会全体で認めて、これは日本人の民族の尊厳のためにもみんなで求めて、後は国会でそれぞれの立場の代表が集まっているところで議論したらいいけれども、まず、これをやはり歴史的に否定していただきたい。

それは、内閣不信任案と同じように過半数の投票で是とされると私は思うし、そこで否決されれば私はもう何も異論を挟まない。そういう作業こそひとつ国会で積極的にお考え願いたい。これは非常に簡単で、国民が納得する一つの、国民を代表する国会の意思の表示だと思います」[29]。

現行の日本国憲法は、国会決議により停止し、歴史的に否定せねばならないというのは、現行憲法をその第九十六条に従って改正するのとは違う。

占領下、進駐軍のもとで押しつけられたゆえに、現行の日本国憲法に正当性がない。したがって破棄せよという論点があるのは、今までの整理に従うとよくわかる。現在ではこの後二〇〇七年「日本国憲法の改正手続に関する法律」として改正のための手続きが法制化されていくが、この手続きとは違う方法を石原は述べていた。

現行憲法も、「朕は、日本国民の総意に基いて、新日本建設の礎が、定まるに至つたことを、深くよろこび、枢密顧問の諮詢及び帝国憲法第七十三条による帝国議会の議決を経た帝国憲法の改正を裁可し、ここにこれを公布せしめる」として手続きされ、まさに形式主義により、大日本帝国憲法との連続性があるようにもされている。

もう一方で、「八月革命説」による、現行の日本国憲法の正当性が確保されるという宮沢俊義の考え方があり、それに現在は従っている[30]。八月革命とは、ポツダム宣言受諾ということであり、一種の革命により、大日本帝国憲法は停止されたという考えであろう。したがって、日本国憲法は新憲法であり、改正憲法ではないとされてきた。

29 「石原慎太郎が語る二十一世紀の日本」田中良紹編『憲法調査会証言集　国のゆくえ』二二五頁。
30 宮沢俊義「八月革命の憲法史的意味」『世界文化』一九四六年五月。

石原の意見は、今一度、現行憲法は国会決議で停止し歴史的に否定し、新憲法を制定するということであった。しかしそうやっても、そこに言われている理念が、どのようによしとされ続けるかは定かではない。これもある種の革命のような意味を持つことになる。

かつて八月革命説に対して、ノモス主権論というのを尾高朝雄は主張して、大日本帝国憲法と日本国憲法との非連続よりも、連続性を強調した。

こうした理論が出て来る背景は、「國體」ということをどう解釈したかにあろう。万邦無二の大日本帝国を万世一系天皇が統治する一種の民族共同体あるいは国民共同体として國體という形を維持できないゆえに革命だとしたのが、八月革命説でありえても、ノモス主権論は、天皇主権の場合も、国民主権の場合も、どちらをも包括する根本的な主権があって、それがノモスだというのである。ピンダロスに従い、ノモスは人間と神々の王だからだということになる[31]。しかしながら、これは無限遡及となる。いかなるノモスが支配すべきか、いかなる手続きでそうしたノモスを現実化することができるのかという問いには答えられまい[32]。

ノモス主権論は、尾高の師であったハンス・ケルゼンの実定法主義とは食い違う。すなわち法が法によって根拠づけられるとして、憲法が最高法規であり、そのもとに階統的に諸法が位置するということには従ったのであろうが、その最終審級が何かは難しい。ケルゼンに従えば、最高法規とされる憲法も、これを支える根本規範というものを想定しなければならないことになる[33]。

無論、根本規範が何かを明示することは難しい。ケルゼンにおいても、道徳と言及し留まっている。これとノモスとの違いは、道徳とすると、日本のそれがコンテンツとして入ってくる。これに対して、ギリシャ哲学についての蘊蓄で代替するかということになる。

ケルゼンの形式主義に対して、当然もっと実質的内容を問う議論をすることになる。このとき、「日本」という名詞が指し示す内容をどのように抽出し、そしてさらに言葉で、どのように表現可能か、そしてその表現主体は誰かということが問題となる。憲法制定議会において討議とそこで到達される合意により、その「日本」という実質内容が確定できるということなのだろうか。それはありえまい。

言葉を介したコミュニケーションにおいても、討議により合意に到達できる部分と、それ以外の事柄がある。「日本」ということが、法律、社会科学のみならず、文学、映像、音楽などさまざまな芸術によっても表現され続けることを思えば、合意はないだろう。

民主主義と言いながら、二〇世紀の急激な産業化と情報化は、平均寿命を長くした人間社会と、世代間、年代間の徹底分化を進行させた。事実の真偽、規範の善悪という二値論理で決着がつく事象は限られてきている。そして美醜は、そもそも討議によって合意に到達することはできない。信仰、信念の確実性も、それは言葉を介した相互のコミュニケーション関係とは別の水準にある。ゆえに、石原は、不可知性ということを主題とし続けてきた。新たに審議していく討議も、その前提自体多元的でしかないはずである。

言葉をめぐるコミュニケーションについて議論することが、すでに言葉を超え出た水準にある可能性は大いにある。ケルゼンに遡及すれば、「力の法への転化」[34]であり、「法秩序の妥当性と実行性の連関問題は、法と力の関係に対応する」[35]ということである。

31 尾高朝雄『国民主権と天皇制』（憲法普及会 一九四七年）六二頁。尾高朝雄『法の窮極に在るもの』（有斐閣 一九五五年）六三頁。
32 長尾龍一『日本憲法思想史』（講談社学術文庫 一九九六年）二二〇頁。
33 後述するが、丸山真男における文学の問題として考える。第一〇章第一節（一）「決断主義と裁量主義」四一四頁以下参照。
34 ケルゼン『自然法論と法実証主義』（木鐸社 一九七三年）九一頁。
35 ケルゼン『純粋法学』（岩波書店 一九三五年）一一三頁。

日本国憲法の制定は、占領軍によりなされた。これは力である。その原文である英語が、日本語訳文として「確定」されたのは、法の実定性というよりも、それを制定した力そのものである。

そこでの憲法制定そのものの権力主体が国民であったのかどうかは、形式主義的には、国民だったということにもなろう。しかしながら、そうだからとして現行憲法を廃止して新憲法を制定するとしても、あるいは憲法改正をするとしても、その制定力という力は、いったいどこに起因し、遡及させることができるかということになってしまう。大日本帝国憲法でもなく、日本国憲法でもない何かを、誰がどのように示し、言葉にするかについて生じる亀裂の修復は難しい。

三、反古典主義の誠実性

石原の多彩な活動が、第二章前半で扱った『亀裂』から始まっているとして見てきた。書くこと、行うことに代表されるこの人の行動主義は、それらをすることと、それらにより捉えようとしてきたリアリティとにある亀裂に支えられているし、これが原動力であり続けてきた。このことへの誠実性は、若い頃のこの作品以来一貫していたと考える。

消費社会化していく当時の日本を作家として敏感に捉えようとしたことは確かである。それが亀裂ということであった。政治家への道は、亀裂という分裂の架橋であり融和の試みであったとも取れるが、そんな古典的なヘーゲル主義が再び分裂に晒されることは十分承知していたであろう。しかしながら、皮肉なことに、日本の政治は、自立すべきであったそれ自体が、消費社会の内部で費消されていくことになっていった。

その結果は、第一章でポップチャートとして小括したとおりであるが、そうして至った結果に対して、この人の姿勢、言い換えればある種の誠実性がどのようにあるかについて整理をしておかねばなるまい。

(一) 書く主体

小説『亀裂』について、石原は後年、次のように述懐している。

「私が享受したあんなに際どいほど至福な青春など滅多にあるものではない。敗戦後の新生日本という社会の、高度成長期という国家の青春が、私たち世代の青春とまさに重なり合っていたのだった」[36]。

銀座のナイトクラブを舞台にしたこの小説は、実体験をもとに描かれた作品であり自画像である。書く石原が小説に出て来る登場人物と作品内で関係づけられているはずである。そのことは、弟裕次郎没後ベストセラーとなった『弟』に、弟の放蕩の季節のひとこまとして、自身もいろいろ体験したことを描いていることからも想像してみることができる[37]。

言うところの新生日本社会から、高度成長期という国家の青春を経て豊かになり「NO」と言える日本という主体にもなりえたとする経済大国と、アメリカが押しつけた憲法を停止し、自主憲法を制定できる自律した国民が国家の自立を達成するということとは微妙にずれている。ここにもすでに亀裂はある。

高度成長は批判すべき消費社会化であったが、そのプロセスに国家社会の青春があり、石原世代の青春と重なり合っていたと言ってみることができたとしても、それは今やもう遠い過去となってしまったはずである。一九八〇

36 「未曾有と未知の青春」『石原愼太郎の文学3　亀裂／死の博物誌』(文藝春秋　二〇〇七年) 五六八頁。
37 「放蕩の季節」『弟』一一一頁以降。

年代末に「NO」と言える日本であらんとしたことだけが、今もそのまま残っているにすぎない可能性がある。

たしかに、国会議員、東京都知事という公務に長く関わりながらも、二〇代から休みなく書くことを貫徹してきたことを知るなら、この強靭な一貫性は、リースマンが言うジャイロを備えた強い自我であったと言える。しかしながら、その強い一貫性は、高度成長期を経験したという経済日本の自己意識とは一致していないだろう。

石原のデビュー間もない頃を振り返ると、『亀裂』への三島由紀夫の評価は興味深い。「作者のいかにも反古典主義的姿勢によって、〈作品の可塑性〉以前の状態にある作品なのであろう」[38]。三島が、この小説とともに当時の石原を大変高く評価したことはよく知られているが、石原を「反古典主義」と呼んでいる。その理由は、次のようだとも言っている。

「もしここに於て、氏が西歐的な意味での古典的人間であったら、氏が生命とぢかに接觸し、生命の只中へ飛び込むことを、何ものが妨げることができるだろう。『しかし俺は現代人だ』と氏は自問自答する。かくて『亀裂』全篇にゑがかれた現代の諸現象、現代そのものは、生の阻害者、われわれを心ゆくまでの生命の燃焼から妨げる者として現はれる」[39]。

当時、石原は、始まる高度成長社会「日本」を「現代人」として体験とする。そういう青春だったということである。それは、すでに石原が幼少時代を過ごした小樽を作り上げた一九二〇年代の産業資本家勃興、日本の場合そこにどのようにどれだけ存在したか難しいが、教養市民層という意味での古典的市民の時代とは違っていた。それとは違う、戦後復興から始まる消費経済社会ゆえに「反古典的」と言うのであろう。石原自身が批判せざるをえない、消費文明進展が、日本においても始まったということである[40]。

ブルジョアがその台頭とともに、自らの同一性確認のために求めた文化が、すでにそれ以前の貴族社会にあったものの偽造や、そこからの密輸であり、焼き直しでしかない可能性があった以上に、消費文明の進展とは、何が本物なのかが、ますますわからなくなる複製文化の繰り返しということであった。そうした中で、自分自身がいったいどのように本物でありうるか、それを問わねばならないとしても、その答えは、つねに亀裂を伴わずにはない。リースマンに従えば、そうした種の現代人は、ジャイロを内蔵した自立した人格ではなく、レーダーで周りを見ながら周りに自らを合わせていく人格だということになっていた。

石原が書き続けていく姿勢は、ジャイロを内蔵しているようだという意味で古典的である。真摯であり本物の探求であったと言えるかもしれない。しかしながら、そうした探求はけっして終わることがない。というのも、それはどこまでも亀裂の修復であり、新たな亀裂の発生ということだからである。現代人として消費文明のもとにいるとは、そういうことである。

三島は、すでにそのことを見透していたようである。

「到達不可能なものだけが小説における現實の意義であり、そのアクチュアリティの本質であり、又同時に、その古典性の保證であるのかもしれない。（中略）小説というジャンルの主題はおそらく一定不變であって、小説の永続性とは、いつにかかはらぬ小説家の永遠のなげきぶしにひそんでゐるのかもしれない。何故なら小説家は、さまざまな仕方で現實に接觸するが、〈書く〉という行為が介在する以上、小説家は、永遠に現實そのものに化身することはできないからである」[41]。

38　三島由紀夫『現代小説は古典たり得るか』（新潮社　一九五七年）三八頁。
39　三島由紀夫『現代小説は古典たり得るか』四四頁。
40　「未曾有と未知の青春」『石原愼太郎の文学３　亀裂／死の博物誌』五六五頁。
41　三島由紀夫『現代小説は古典たり得るか』四九頁。

(二) 個の現実、国の現実

国会議員を辞して間もなく、一九九六年一月から『諸君』に連載された『国家なる幻影』という白身の政治への回想録の中に、作家でありつつ政治家となっていったきっかけが書かれている。

それは一九六六年ベトナム戦争におけるクリスマス停戦を読売新聞社の依頼で取材に行った体験であった[42]。重武装したアメリカ軍のヘリで前線に取材で移動する途中、森の中から銃撃を受けた。

「私たちの乗っていたヘリは知らぬ間に被弾して、積まれていた大きなアルミの箱に穴があいて中から何やら液が漏れ出していた。小さく窪んだ弾痕と、銃弾が箱の蓋から抜けたささくれて大きな傷を眺め、改めて自分が今迷い込んだ所が何なのかを悟らされた思いでいた。

そして被弾した箱の中身が実は前線の兵隊たちに運ばれた午後のおやつのフルーツカクテルと知らされて、この戦争の本質に触れたような気がしてもいた。

やがてみえてきたチャンバンの街の中学校のサッカー・グラウンドに敷設された野砲陣地に着陸の寸前、またしても思いがけないものを見た。

鉄条網の張り巡らされた陣地のすぐ隣の小学校の庭で、女の先生の指揮で子供たちがバスケットボールに興じていた。ヘリの爆音に加えてすぐ脇から殷々たる銃声が響いているのに、その一つ隣の校庭には一見平和で楽しい学園風景があるのだった」[43]。

フランス植民地からの解放、そしてアメリカの介入が本格化し、このときインドシナ戦争はすでに二〇年にもわたって続いていた。「一見平和で楽しい学園風景」という、こうした異常な極限状況の持続は、人も国も変えてしまったということであろう。

「私が訪れた時点であの国の大衆は上も下も、インテリも農民もみんな生活で、というよりもむしろ精神の中で疲弊しきっていて、もはや自分たちの住む所で行われている戦争にことさらの関心を持とうとはしていなかった。それこそが自らをせめて明日だけに繋ぐ術と心得ているように思われた」[44]。

この極度の疲弊と無関心の蔓延発見は、そこで生活する人々の疲弊と無関心であり、そしてそれを集合して考えられる国というものの疲弊と無関心にほかならない。取材した南ベトナムが、間もなく瓦解することもよく見てとれたのであろう。終わるまでにさらに一〇年がかかるが、ここでの取材体験は、石原にとっては決定的であったようだ。「おおよそただの野次馬として赴いたベトナムで私が体得した至上のものは、国家というものを人格になぞらえて考えるという習慣だった。結果としてそれが私を日本で政治に向かって曳いていったのだ」[45]。

個々人の人格と国家をひとつの人格として考えるという、一九世紀的な国民国家論の図式があるのは確かである。ただし、『亀裂』において「しかし俺は現代人だ」だと宣していたことを思い出すなら、いわゆる一九世紀的な古典的自我ではもうありえないはずでもある。そうではなく、けっして到達することのできない現実でありながら、それに限りなく到達しようというあがきの中に、生のリアリティを見出していこうという自我になぞらえて考えるべきである。そして、そういうふうにして、日本という「国家」を捉えようとし続ければ一貫していたはずである。

しかしながら、「ある場合には、ある種の観念の方が現実よりもはるかに現実的に見えてしまう性癖の日本人にとって、将来何がきっかけになってこの国に雪崩のような崩壊現象が起こらないとも限るまい」[46]と思い、それが

42 「ベトナム現地ルポ」と題して『週刊読売』一九六七年一月一三、二〇、二七日に連載。『祖国のための白書』一九六八年所収。
43 『国家なる幻影―わが政治への反回想』二〇〇一年、上巻一五―六頁。
44 『国家なる幻影』上巻一六―七頁。
45 『国家なる幻影』上巻一八頁。
46 『国家なる幻影』上巻三二頁。

政治家への出馬決意となる。

そこに至る伏線は、石原自身の当時の作家ノートにもある。すなわち、「小説は藝術である前に社会的方法なのか、どちらが先か、主か、というような論議は無意味であって、現代における藝術は、それが確固たる人間的社会的方法であるという資格ではじめて現代の芸術でもあり得るはずである。(中略)

私は最近自分のこうした主題をさらに具体的に、政治的な視点でつきつめて見ようと思っている。たとえば、社会対人間の問題を、国家社会対人間、国家の歴史対人間、あるいは歴史への作為者としての人間の資格、可能性という言葉で言い表わせると思う」[47]。

こうした作家としての石原による、作品、小説そのものへの問いは、政治家となった後も、作家でもあり続けることにより残り続ける。その上での政治家であろうということなのである。

「今、もし文学者が国家社会を志し、歴史への作為を欲し、政治へのコミットを試みようとするならば、新しいイニシアティブの確立のために彼のすべき仕事は、シニカルな政治への侮蔑ではなく、我々に到来している、新しい状況の分析と認識。そしてその上での、歴史的自覚を説くことでしか、あり得ない」[48]。

作家であると同時に、政治家となったことで、当時以来「タレント候補」と呼ぶ人たちの中に石原も含めてしまうこともできはするが、この青年石原が決心するにあたって固めた論拠は、理論的であり、誠実であったとさえ私は感じる。そういう点では、生半可な思いつきで立候補した「タレント」などとはまったく違うレベルにあるのかもしれない。プルトクラシーに抗し続けたのみならず、作家を続け、日本のクレバスを覗き続けたこと、このことは確かであろう。

ただし、その後二五年を経て国会議員を辞してその回想録としてまとめた題目『国家なる幻影』は、行動する政治家を目指し到達した結論をよく表現もしている。

すなわち、「国家なる幻影」と言うのは、国家はまさしくリアルではあるが、その本物性、真正性に到達しようにも到達しきれないということであった。

『亀裂』における書く主体と書かれた現実、書かれた現実からずれ、さらにそれを次の書く主体がいるという関係が、政治の水準へ移行して繰り返されるということであった。そういう運命から逃れることができないということであった。

「俺の人生はこんな苦労のためにあるはずじゃないんだ。書くにしてももっとやりがいのある仕事だけをしなくちゃなるまいに」49という思いが、週刊誌の連載一回分一六枚を一時間少しで書いてしまうという当時日本で一番高い原稿料をもらっていた流行作家から政治家へと転身させていった。

しかしながら、政治もその現実は、消費社会に抗していこうとした流行作家のそれと同様に、消費されるそれとなってしまったのが、現代日本政治だったということである。

「休息日であるはずの日曜日の午前中に、テレビ各局が政治家を呼びつけて政治論議をしているが、キリスト教社会だったら安息日に許されないことでしょう。ところが政治家はみな嬉々として出る。今日の情報社会の中で、テレビという舞台に出ることは戸別訪問より効果があるという現実が出てきたからみな競って出るようになる。そして、胸に議員バッジをつけてはいるが、それがなくては何党の誰かもわからない人間たちが大方画一的な話をしている。国民はそれを面白く見ているのか我慢して見ているのかは知らないが、見れば見るほど政治家が安っぽくなって、下意識に政治家への軽侮と不信感が増幅されていく。結果、国民と政治の乖離がますます激しくなっ

47 「作家ノート―虚構と真実」『祖国のための白書』一九六八年、二九―三〇頁。
48 『国家なる幻影』上巻三七頁。
49 『国家なる幻影』上巻三七頁。

てきて、小沢一郎氏のような拙劣だけど何か強引なことをする人間が頼もしく映る」[50]。

第一章で見たとおりだが、小沢一郎の位置は特異であった[51]。その政治家としての力は、彼への好感度とはまったく別のものであることが示されていた。国民大衆にはマイナスのイメージであっても、政治家の世界においてはきわめて大きな動員力を保持しているということを示していた。

たくさんいる政治家たちが、消費されるそれであるということは確かであり、テレビが、これに大いに寄与してきたことも確かである。そういう消費される政治家が、頼れる親分ということになろう。テレビはじめ映像メディアなしには、この特異な位置を保ち続けることができる政治家と、彼に従い消費されていく数の政治家たちからなる布置連関が、実は、現代日本の政治だったということであろう。

そうした移り行く外部世界に対して、ジャイロを内蔵した石原のような人間像は、おそらくシングルハンターのヨットマンとしては航路を見出しえてきたのだろうが、日本の国という相当に複雑なメンバーの乗り合わせたキャビンで、ホストをしていくことは難しく、よもや組織的に日本のために一致した行動を指導していくことは不可能だったということであろう。

金という強力な媒体でつなぎとめることができる範囲さえ、有力な派閥の領袖でも限られていた。消費社会にあって、理念を口にすることはできるが、結ぶリアリティは多様である。共約する媒体は限られている。

日本という存在のアクチュアリティに近づくごとに、それは逃げ去る。政治家たちは、メディアに映し出される自らの姿が時々刻々そのアクチュアリティを激動させることに驚き怖れずにはいられないまま消費されていく。日本ということのリアリティが、誰にも多様でしかなく、それについて言葉で確認しようとすること、ただそこにだけ方法の同一性が担保されるにすぎない。結ぶリアリティの像は、やはり多様である。

四、天使は再び羽ばたくか

さて、第六章で扱った『肉体の天使』のさる場面を思い起こしてみよう。「スタートフラッグがふりおろされ車が最初のコーナーにかかる頃から私は音楽を聞いていたのだ。生まれて初めてのことだった」[52]。

天才ライダーの耳には、あの時、たしかに天使の奏でる音楽が聞こえていた。私もそんな境地に立ってみたいものである。おそらくどんな人も、それぞれの道を選ぶなら、この境地に立てる可能性を持っているものだと考えたい。社会というものが人たちの集合で成っているとしたら、そして社会の自立、成長、運動を、人のそれとしてアナロジーで考えることができるのだとしたら、国という社会そのものも、天使の奏でる音楽を聞くことがあるのかもしれない。「日本」というイメージ、その「国家」という形象が、亀裂を伴わずに捉えられるとしたら、そういう状態にあるということなのかもしれない。

（一）『生還』

石原が、人の生き様と、国の姿とをしばしば重なり合わせてきたことは見てきたとおりである。二一世紀に入り、

50 『かくあれ祖国』二六頁。
51 一二頁図1-6参照。
52 『肉体の天使』四七三―四頁。第六章第三節（一）「天使の言葉」二三四頁以下参照。

日本の経済と政治の前途は、石原が思う以上に、多くの日本人にも明るくないかもしれない。

さて、小説『生還』は、一九八七年八月に雑誌『新潮』に発表されたものである。石原は、これにより翌一九八八年の第一六回平林たい子文学賞を受賞している。

末期癌患者の生還についてのストーリーであるが、私は、この創作は、日本について、また日本人について石原の冷徹な見方をあてはめ、可能性としての将来を考えるに際して、あることを教えてくれるようにして読んでみたい。

この小説も、『刃鋼』『肉体の天使』などと同様、「私」が語っていく構成になっている。主人公は、大学卒業後五年勤めた商社を辞め家業の製薬会社を継いでいた。その会社の失敗、成功によるストレス、そしてひとつの会社をあずかるというそれもあり、ある日のこと体の変調を覚える。

「時々一日の仕事を終えた後、今までに感じたことのない疲れを覚えることがありました。疲労は全身というより、いつも凝ってこわばったように背中にかかって感じられました。別段気にせず、自家製の健康薬と酒を飲んで通しましたが、それで翌日疲れが拭われている日も、二日三日背中のこりが続くこともありました。そんな時には夜飲む酒の量をふやしてしのいだものです。

しかしその内、背中の凝りは前に廻って胃にかかり、夕方の空腹時、痛みが感じられるようになりました。

（中略）

だが胃痛は、僅かずつだが確かにその度を増してき、医者の不養生に近く、薬屋ながら殆ど売薬も飲まず医者にかからずに過ごしました。それに痛みは酒を飲むと確かに消えましたし、もともと好きだった酒はその意味でも重宝ではありました。

しかし何カ月かすると痛みはビールやウィスキーでは消えなくなり、何故か同じ酒でも人肌に燗をした日本酒だけが効果がありました」53。

会社に出入りの生化学者田沼から、そんなことをしていてはならないと言われ、病院に行くことになり、間もなく胃癌であることがわかる。しかもすでに末期に至っていると。

ただしこの生化学者は、医者ではないが、ある療法でかつてひとり癌患者を救ったという話をしてくる。私はいくつかの大病院で検査を受け一年もしないうちに死ぬという同じ結果をもらうが、結局、さる病院に入院する。

しかしながら二週間もすると、田沼の言うとおり抗がん剤の副作用が現れ、胃痛は治まらず酒も飲めず顔と体が浮腫み出し口腔にただれが出て来た。

見舞いに来た田沼にその救ったという方法を改めて聞く。コハク酸の一種の活性化した酵素を飲み続ける。それ以外は今までのようでよい。ただし、効果が出てきたところで、強力な磁場を使った磁場治療をすることになると言う。

そして次のように言う。

「私のいうことで、一番むつかしいのは多分このことだ。決心した限り死んだつもりになりきること。どこでもいい、出来るだけ家族から離れた人気のないところで、一人きりになって暮らす。二年、三年、四年かかるかもしれないが、一人きりで、他の人間に会わずに通す。勿論、仕事もあきらめる。一切人にまかせて、自分一人で引きこもるのだ。それが出来るかね。いうは易いが、いざとなるとむつかしいよ。しかし、死んだ気になれば出来るだろう」[54]。

こうしてこの私は、奇蹟的に末期癌から回復し生還してくるのである。しかし三年半かかったのである。妻、子どもともその間、会うことなく、まさにひとり真夏だけ人が来る海のリゾートマンションに籠もり続けたのである。

53　石原慎太郎『生還』（新潮文庫　一九九一年）九―一〇頁。
54　『生還』三三一―四頁。

結果として再会はするが、妻とは元どおりとはならず離婚することになる。生還をしたが、すべてが違うふうに見え、違うふうな関係にならざるをえなくなる。

これはたしかに、そうした結末になることはわかるが、そこへの、そしてそこから得られた事柄は、いくつかのことを教えてくれる。

ひとつは、ひとり籠もり、死と直面している中で思ったことである。すなわち死ぬということである。

「私にとっても誰かの死がそうであったように、他人にとって私の死は客観的なものでしかないだろうが、この私にとっても客観的に何なのか、それを知りたいと懸命に願いました」[55]。

そのとおり、人はいつか自分の死を体験することになる。しかしそれ自体を人に客観的に語ることはできない。しかし、それを客観的に語りたいという思いである。おそらくは、そう思うのは、ひとり、まさしくただひとり籠もっているゆえであろう。言ってみれば、籠もって自分の死と直面しつつ、それと格闘しながら、主観的に体験する私と、それを客観的に体験せんとする、主客未分化な水準に到達しようということであろう。

敢えて言えば、本源的な自我へと省察により、あるいは行により遡及しようということなのであろう。

仮にこうした本源的な自我に帰着することができたとして、そして癌も制圧することができ生還した私だとすると、生還した後には、違ったふうに世界が見えるということなのであろう。必要とされた磁場治療も終え、いよいよ肉体的に戻って人恋しさに人のいるところに出て行って感じたことである。

「長い間一人きりで思っている間に、自分に霊感のようなものでも備わったかとまで思いました。目の前の客同士の会話に聞き入りながら、何故だか、彼らが実は心の中でそうは思ってもいずそんなことをいっているのがわかるような気さえするのです。そんなことはあり得ない、と自分にいい聞かせながらも、しきりにそんな気がしてなりませんでした。

自分と他人の関わりが今までと急に違ってしまっていて、彼らが私の身近になった、というよりも、気づかれぬまま、私が相手の間近にいて彼らを眺めるといった感じでした。

これがもっと徹底すれば、自分が神さまの視点になって彼らを眺めるというか、或いは、死んだ人間が霊魂だけになって別れて残した人間たちを彼らに気付かれずにどこかで眺めていると同じようなことになるのかも知れない、そんな気がしました。

そして何だろうと、そんな自分が眺めている他人が、何故かしきりに怖しいものに感じられてなりませんでした。まるで初めて人間なるものに出会ったように」[56]。

結果として、私は三年半の間、ただ生きるということのために、それ以外のすべてを断絶してきたことによって「人間の原型のような人間になってしまった」[57]ということである。そしてそれゆえに、他人たちが透けて見えてしまうのである。こういう境地に到達しえたということである。

しかしながら、このことは、一種の「病いぼけ」とでも言える状態であり[58]、すべてを捨て去ってくる中で、執着や欲望も洗い流してきてしまったということでもあった。そして、私は、新しく生きていくために、病にかかる前の自分にはもう戻ることはできないので、「ただ変ってしまった自分から、さらにまた変って生きていくために、三年半のしがらみを断ち切るには、まず日記を焼くことから始めようと思ったのです」[59]。

55 『生還』六七頁。
56 『生還』一〇五頁。
57 『生還』一三五頁。
58 『生還』一三六頁。
59 『生還』一四〇頁。

こうした創作物語は、すでに見た『巷の神々』の中の事例として出てきそうな話のようにも思えるが、人の生と現代文明との関係をよく示している。

癌に陥ったのは、過度のストレスであり、これは現代文明社会に原因している。大病院の医者による治療は、死はわかっているが、抗がん剤による「治療」である。しかしながら、前述のとおり、それは「抗癌剤を飲み、千に一つの奇蹟を期待しながら、いろいろ合併症の中で苦しみながらも、後数ヶ月の命を半年なり一年延ばすということ」[60]にすぎない。これを選択していたとしたら、この私は死んでいたであろう。

(二) 方法の限界

国家社会を、人を拡大した身体性のあるマクロ主体のように考えるとしたら、税収ではその年度の予算を到底まかないきれず、かつ不足分を埋める国債が、その年度の税収以上にも発行される日本の国家財政を考えれば、すでにその身体状態は末期状態だとも言わねばなるまい。

そういう中で、まだなお生きる道があるとしたら、何が可能か。『生還』を国家有機体に延長して想像すれば、やはり国が一種の行を行うということになろう。

思い出すのは、石原がかつて『亡国―日本の突然の死』において、某国の侵略によりいよいよ日本が身動きできなくなったとき、まだありうる可能性について議論していた場面である。

「人間はいつかは死ぬのだと誰もが知りながら、一方じゃまだこの若さで、俺に限ってと思っているのと同じことだ」「しかしそれが突然、癌だと宣告されたんだよ。治療不能の癌だとな」[61]。

これらは創作の上の話であり、また仮定だらけの話ではあるが、リアリティがないわけではない。こうした事態に至ったとして、「個人あっての国家社会」という論点を大事にするとしたら、消費文明化した社会を前に、日本人は一度、決心し死んだつもりで自らの生死を客観化する境地に立つ必要があるということになるやもしれない。実際、石原に従えば、「今私たちはこの国の若者たちを救い、この国そのものを救うために、まさに主要矛盾として在る、善悪そなえた文明をどう改修していくかという事でしょう。そのためには、節約、我慢、禁欲、自己努力といった、ありふれたようで実は忘れられているごくごく古い美徳について思い起こし、それを体得し直すしかありません」[62]と、毛沢東『矛盾論』を引いて亀裂の弁証法を説くことになるのである。

(ア) 家族と教育

さて、『生還』の主人公である「私」は、妻あり、そして二人子どももいた。生還するまでの三年半のまさしく行に似た過程で、この家庭を失うことになった。これは前節、物語の要約のとおり致し方のないことであろう。時と人との関係はそのようになっているとも言える。

ただし物語の最後で、離婚してから四年を経た春の話として、息子が高校に入学した祝いに再婚した妻と子どもたちと会食する場面が出てくる。元妻と娘が用事で遅れてくるまでの間、息子と私との心の通じ合うコミュニケーションの場面がある。行をしている間、放ったらかしとした家族ということを思えば、「私」はたしかに問題ある

60 『生還』二三頁。
61 『亡国』上巻四四一―二頁。第七章第二節（三）「国家の身体性―日常性の基底」二八四頁を参照。
62 石原慎太郎『新・堕落論』（新潮新書　二〇一一年）一三六頁。

父親であったとも見えるのであるが、息子に父と母とが別れることになった訳を話すのである。話をしている場面は描かれていないが、その直後が描かれている。


「わかってくれたかね」

私は微笑し直していい、

「わかったよ」

息子は私よりも淡々と、しかしはっきりと頷きました。

(中略)

「僕には信じられないことだけど、でもお父さんもお母さんもいろいろ大変だったんだね」

私は頷き返し、しばらくの間親子はただ黙って見つめあっただけでいました。

(中略)

「結局、誰も悪くなんかないんだよ、僕はずっとそう思っていたよ」

息子は励ますようにいいました。

何かが私の内でゆるやかに解かれ放たれていくのが感じられました。

(中略)

そして今ようやく、何かに代って、息子がそんな私を許してくれたのを私は覚っていました。

それを確かめるように、私は手をのべ息子の手をとりました。体の内でようやく放たれたものがさらに氾《あふ》れてこみ上げ、気づいた時眼蓋《まぶた》の内に涙が感じられました。

この瞬間にすがるように、私は手にしたものを握りしめ、息子もまたそんな私を促すように頷き、結ばれた手を握り返しました[63]。

家族崩壊ではなく記憶としてこの家族は残り、何よりも父親と息子との心の絆も回復されたという結末であり、物語としてはハッピーエンドになっていると言えるであろう。こうして記憶に残る家族は、『鴨』『化石の森』『嫌悪の狙撃者』などに描かれている家族にあった、どうにも重苦しい家郷を背負ったそれとはまったく違う。

それらにあった解放へのベクトルは、家郷からの脱出ということに向いていた。消し去りたい記憶であった。それは今一度記憶の中に心のつながりを追想できるこの場合とは違っている。

この違いは、日本のこの半世紀の家族イメージの目まぐるしい変化を示してもいる。疎ましき家郷からの脱出という極例が、家郷そのものが消えゆくものとなり、それと平行して、日本社会の個人主義化が徹底していくことで、茶の間にあったラジオ、テレビ、そして電話が、個人の趣味に合った商品になり、それに合わせて個の世界と、個と個のコミュニケーションの関係とが変化していったプロセスとも呼応していたはずである[64]。

その結果として、二一世紀初めの日本社会は、「死亡した親を弔いもせず食い物にして暮らす家族や、新しい愛人のために自分が産んだ子供を虐待して殺す稚拙な母親、あるいは衝動的に親を殺してしまう若者といった事例が証す、家族の中においても失われつつある〈人間の連帯〉の惨状の根底にある歪んで下劣な価値観、果てしない物欲、金銭欲、性欲の抑制のために今努めなければ我々はこの堕落のままにその内どこかの属国と化し、歴史の中か

63　『生還』一七六頁。
64　第四章第三節（一）『「NO」と言える日本』、とくに一四一頁以下参照。

ら国家民族として消滅しかねない」[65] という激しい言説も賛同を呼ぶ現実味を持つようにさえなってしまっている。

石原の場合、つながり合う各個の存立の前提は、つながりの基本としての家族にあると考えているようである。社会の基本単位は、個人というよりも、家族であり、そこでのつながり、家族のきずなが根本だというのであろう。

「人間は誰しも他人との関わりのなかで生きています。いかなる立場、いかなる職掌、あるいはいかなる個性を持った人間であろうと、この社会のなかで人間として生きていく限り、何らかの連帯、つまり他人との関わりのうちにあるのです。

この連帯という人間の関わりから、私たちは誰もはずれることは出来はしない。

その連帯の最小単位は、家族です。

自分を生んで育てた父母との関わり、あるいは兄弟姉妹、そしてまた自分が結婚してつくる家庭、子供、孫という連鎖の輪がどこまでも伸びていくという家族関係の存在や意義を否定することは、どんな理屈をもってしても不可能です」[66]。

こうしたモデルは、しばしば保守派のそれとされることもあろうし、社会学では最も古典的なオーギュスト・コントに遡る、社会の基本単位は核家族だという発想である。戦後日本の経済政策の前提とされてきた、いわゆる標準世帯という夫婦と子ども二人が、国民社会の基本単位だという発想とも重なる。

しかしながら、こうした形態の家族が、一九八〇年代前半をピークにして日本では急激に減少していったことを事実として知る必要もある（図6）。一九八〇年初めを頂点にして、いわゆる夫婦と子ども二人という世帯は減少していっている。今や、日本の社会の基本家族は、世帯数という点から判断すると、一人世帯、二人世帯が圧倒的に多数となり、「個人家族」という言葉さえ可能となったのである。

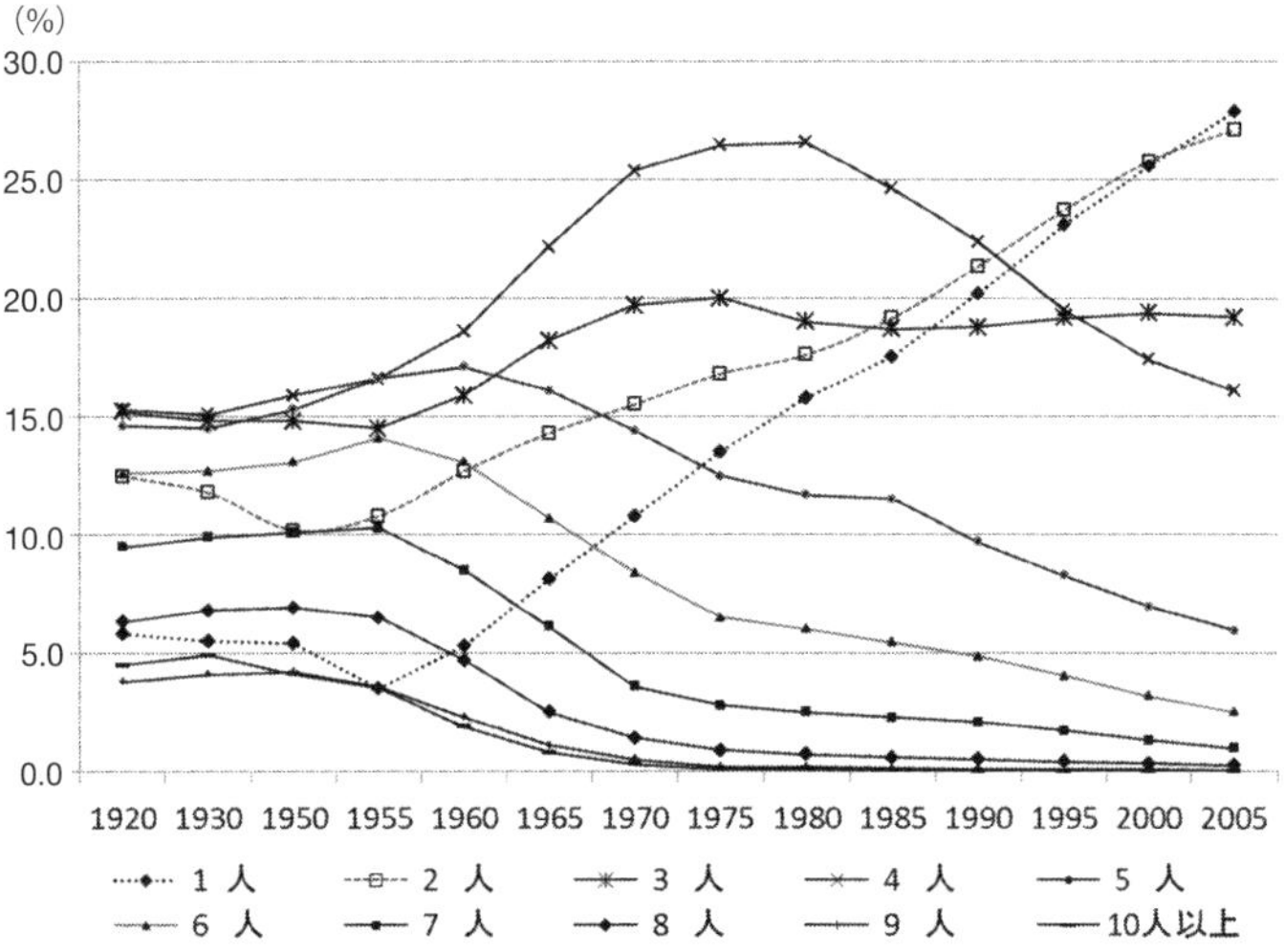

図6　世帯人員(10区分)別―世帯数―
全国(昭和35年、45年～平成17年)普通世帯の推移

総務省統計局　日本の長期統計系列　世帯から筆者が作成。

石原兄弟は、一九二〇年代に現れる日本社会の新中間層のまさにその原型で育った67。父親は、その時代に現れたサラリーマンの原初的典型である。彼は大学を出ていない。丁稚から、汽船会社で仕事をするが、苦労してまさしく実力で出世していった。そうした実力により道を切り開いていった人生経路は、その後の日本の猛烈サラリーマンの原型であり模範だと言うことができる。そういう父親は厳しかった。

たちまち父が現れ大声で怒鳴りつけたが、その声ですくんで私の後ろに隠れてしまった弟をその時だけは後ろ手でかばいながら、
「こいつは悪くないんです。僕が誘ったんですから、僕だけぶってください」
我ながら殊勝にいった。

65 『新・堕落論』一二二頁。
66 石原慎太郎『〈父〉なくして国立たず』（光文社　一九九七年）一五頁。
67 佐野眞一『てっぺん野郎―本人も知らなかった石原慎太郎』（講談社　二〇〇三年）第一部参照。

そのせいか、父の方にたじろぐ気配があって、三和土まで降りてきて私の頬を一度だけ張りはしたがその勢いは予期していたほどのものではなかった。そして私は、頬に当たった父の手の感触を痛いというより熱くて懐かしいようなものに感じていた[68]。

たいへん厳格である一方、他方で子どもたちの教育や趣味には、自らが苦労し出来なかった分、大いに理解あり無理も含めて奮発した。

「やがて二人兄弟の私たちには新しい別の絆が育まれていった。それは父にせがんで買ってもらったヨットを通じて耽溺した、海だ。

まだ昭和の二十年代半ばに、会社の重役とはいえ、ヨットでは一番小さなA級ディンギとはいいながら当時の金で二万五千円もの買い物は、まさしく分にすぎたものだったと思う。

私たちの要望を聞いてさすがに父は母に相談したそうだが、母は子供が女ならピアノを買ってやらなければならぬところだろうから、二人の望みをかなえてやったらといったそうな」[69]。

こうした一九二〇年代サラリーマンの原型の世代は、これのミニコピー、マイクロコピーである戦後の消費社会化とともに爆発的に増大していった世代の「サラリーマン」とはまったく違う[70]。その意味では、戦後ミニコピー、そしてマイクロコピーとして大量生産されていく市民的生活に対して、そのアヴァンギャルドに育ったということである。

先の図6のとおり、二〇世紀末になると、そうしたいわゆる「標準世帯」自体が数の上で少数派となってくると、石原が理想と考え、自らも経てきたいわゆる草創期の新中産層の家庭教育をそこに今一度あてはめていくことはたいへん難しい。実力のみで道を切り開いてきた草創期のサラリーマンが、裕福なブルジョアの教養教育を模したのと、その後の種々のコピーとでは本質的に違う。

石原の父親の職歴は、いわば「たたき上げ」である[71]。世代内の職業威信スコアの上昇という意味での階層移動であり、努力が道を拓いていった典型だということができる。戦後の日本社会も、工業化、消費社会化とともに第一次産業人口が減少していくこと、親子の世代間の階層移動は大いに確認されたが、それも一九九〇年代にもなると日本社会においては、急速に減退していくことになる。

この状況のもとで、一九二〇年代アヴァンギャルドにあった家庭教育の例が、これからの日本の教育の基本となりうることについては、残念ではあるが、私はたいへん悲観的にしか見ることができない。

（イ）新移民論

社会内の階層移動が活発であるというのは、まさしく社会が、その青年時代にあるということにほかならない。

68　『弟』五五頁。

69　『弟』六六頁。

70　村上泰亮は、その有名な『新中間大衆の時代』（中央公論社　一九八四年）第四章において、こうした現象を、独特の生活様式を備えた新中間層ではなく「新中間大衆」と名付けて説明をした。戦後爆発的に増大していく新中間大衆は、日本の近代産業化のプロセスで登場した新中間層とは違う。例えば前述の佐野眞一『てっぺん野郎』「第四章　坂の上の家」には、小樽に赴任した石原家の様子が描かれている。「肩書は小樽出張所主任だった。店童出身の潔に役職らしい肩書きがついたのは、これがはじめてだった。給料は本給の百四十九円に、二十五円の手当がついた。一年後の給与額は手当を含め二百円を超し、小樽を離れる昭和十八年には三百円となった。当時の公務員の初任給は七十五円だったから、潔はその四倍もらっていたことになる」（同書一二〇頁）とあり、これは戦後の棒給大衆である新中間大衆、いわゆる「サラリーマン」とは違う。

71　後に三島由紀夫との対談において、三島が「われわれは何かによって規定されているでしょう。これは運命ですね。日本に生まれちゃった。あるいは石原さんのようにブルジョアの家庭に生まれちゃった」と言ったのに対して、「ぼく？　とんでもない。三島さんと違って私はたたき上げですからね（笑）」と石原は答えている（「守るべきもの価値」『三島由紀夫の日蝕』）一七三頁。

職業、学歴、所得が世代内のみならず、世代間においても固定化してくるということは、社会の活動性が、物的な面のみならず心的なそれにおいて不活性になっていくということである。所得格差のみならず、将来への展望について希望格差さえもはっきりと刻印される社会というのが、二一世紀初頭の日本ということである。とりわけ、入学した学校によって、将来が見えてしまう、流動性やチャンスがない社会である以上に、若者の意識が「安定志向」という不活発なものとなったのは確かである。構成員のみならず、社会そのものが老齢化しつつあるということである。日本は老齢人口の増加のみならず、二〇〇七年から総人口そのものも減少していく社会となっている。

石原は、実は『産経新聞』に連載していた自らのコラム「日本よ」に次のような記事を書いていた。

私たちはそろそろ大幅、本格的な移民政策を考えるべき時に来ていると思う。

考えてみれば、実は日本人のルーツはこの小さな日本列島の四方八方あちこち、シナ、朝鮮、モンゴル、遠くは東アジア、さらには大洋州のメラネシアにまで及んでいる。

日本人なる人種は決して単一の血筋で出来上がっているものではなくて、実は今日のアメリカ以上の合衆国なのである。

日本という国土におけるオリジナルな民族とは、今は希少化してしまった北海道のアイヌの人々と、本質的に同じ沖縄の人々しかいない。

他民族同士の混血は大脳生理学が証しているように、特殊な酵素の働きによって優秀な人材を派生しやすい。それこそが、歴史が証す「日本人」の優れた特性でもある。

単に、現今のチープレイバー需要のためだけではなしに、国家民族の大計としての人口問題、年齢層の不均衡の是正などのためにも、そしてこの社会を治安の面で刻一刻とむしばみつつあるあまりに多くの不法入国不法滞在外国人問題の解決のためにも、我々は歴史的にも通用しない妙な民族意識の迷妄を断って、国家社会の新しい繁栄のために積極的な移民政策の実行に踏み切るべき時にきていると思われる[72]。

不法滞在外国人問題の解決のためにも、歴史的にも通用しない妙な民族意識の迷妄を断って、国家社会の新しい繁栄のために積極的な移民政策を実行する時にきていると言うのである[73]。

アメリカ合衆国のようにその建国の経緯のみならず、一九世紀後半から二〇世紀初めにかけて、そして第二次世界大戦後から現在に至るまで、つねに移民を前提にして国民社会を形成してきた社会、そして一九九〇年代のヨーロッパ諸国、例えばドイツのように、それまで堅い国籍法を維持してきた社会でさえ、移民のハードルを低くして、いわゆる世界社会化に対応していった社会を考えると、日本は世界で珍しいほど移民について閉鎖的な政策を採り続けてきた。

石原の考える新移民論は、文章をそのまま受け止めれば、日本も移民の道を開いて、国民社会の変化を政策的に実行すべきだということになる。しかしながら、石原を、「右翼」「天皇主義者」「日本単一民族説信奉者」という先入観で、捉えてしまうと、この文章の意味がよくわからなくなろう。そういう点でも、この人は、発言に比して孤高なる価値紊乱者であり続けるいうことかもしれない。実際、この文章について得られた自由記述された意見(調査3)を整理して[74]、二〇のカテゴリーにまとめてそれぞれ五点尺度で聞いてみると(調査Ⅵ)、表4のような結果になる。

72 「日本よ」『産経新聞』二〇〇三年八月四日。
73 『日本よ、再び』(産経新聞社 二〇〇六年)五五―六頁。
74 調査3のこの質問についての分析は、森元孝「ポピュリズムの変換―石原慎太郎イメージの分解」『早稲田大学大学院文学研究科紀要(第五二巻)』(早稲田大学大学院文学研究科 二〇〇七年)六五―七四頁参照。

表4　石原慎太郎の新移民論について

(%)

		大いにそう思う	そう思う	そう思わない	まったくそう思わない	わからない
1	グローバル時代を考えれば、当然の政策である。	7.3	**33.8**	**26.9**	11.4	20.6
2	石原知事が言うのであるから賛成。	1.7	8.9	39.4	39.4	14.1
3	石原知事が言うのであるから、やむをえない。	0.7	8.4	38.5	38.5	13.5
4	自発的な移動が原則であり、政策による移民や植民には反対。	16.5	**44.1**	18.9	6.3	14.3
5	移民は政策的に許容してもよいが、経済的利害関心ではなく、日本文化を十分に理解し身につけてもらうことが、その前提となろう。	13.5	**49.4**	15.4	5.9	15.9
6	政策としての移民である以上、法制度は厳格に整備して、市民権取得には高いハードルを設ける必要がある。	19.6	**43.3**	17.3	3.2	16.6
7	日本は、国土が狭いのでむずかしい。	8.8	**35.8**	**32.5**	7.1	15.9
8	現在の豊かさを維持するためには、人口増加が不可欠であり必要な政策であろう。	3.8	**34.0**	**30.9**	9.1	22.1
9	風俗・習慣の違いから、住みづらい日本社会となっていくであろう。	12.3	**39.8**	25.8	4.1	18.0
10	必ず民族差別が発生する。共存は不可能であろう。	9.4	**30.4**	**35.0**	5.3	20.0
11	治安を保つことがむずかしくなる。	23.2	**48.3**	15.5	2.5	10.5
12	現在発生している外国人の不法滞在対策を済ませるのが先である。	26.7	**45.1**	15.6	2.3	10.3
13	趣旨は理解できるが、時期尚早である。	9.3	**38.5**	**25.7**	6.4	20.2
14	少子高齢化対策（年金制度をはじめ社会保障制度を再生していくこと）を考えねばならない以上、必要であろう。	7.2	**40.9**	24.5	7.9	19.5
15	年金制度をはじめ社会保障制度が疲弊しつつあることを考えれば不可能である。	6.9	**30.5**	**33.3**	4.3	25.0
16	労働力確保を考えねばならない以上、必要であろう。	4.7	**39.1**	**29.2**	7.6	19.5
17	現在の労働状況、失業問題を考えれば、不可能なことである。	6.3	**32.3**	**33.8**	5.0	22.6
18	善良な人だけが来るのであればよい。	12.4	**37.7**	**25.2**	4.9	19.7
19	中国人ばかりなってしまうであろう。	13.0	**29.3**	**33.8**	7.1	16.8
20	引用した文章で言われていることがよくわからないし、疑問が多い。	8.4	**33.3**	**34.1**	7.2	16.9

＊太字は強調着目数値。

N=832

面白いのは、石原自身の新移民論に対して、回答者である東京都民の方が実は消極的、保守的であるように読めることである。石原の文言は、「我々は歴史的にも通用しない妙な民族意識の迷妄を断って、国家社会の新しい繁栄のために積極的な移民政策の実行に踏み切るべき時にきていると思われる」と結ばれていたように、日本人が、そもそもいわゆる単一民族だなどと考えるべきではないこと[75]。むしろ日本人のルーツは、民族間の混合にあることと。たんなる安価な労働力としての受け入れはよくないこと。それゆえの積極的移民政策を考えろと述べていた。

これに対して、移民政策に積極的であろうとするかどうかという点については、回答者の方が保守的でさえあると読み取れるのである。このコラムが出てから、もう一〇年が経過するが、実は日本社会というのは、こういう問題に無頓着なまま時を過ごしてきた。人口が減少し、それに伴い国富が減少することははっきり予測できていたのにである。

工業化、消費社会化、さらには国富の増大だけが人の幸せを可能にするかどうかについては、これまで見てきた石原作品の主題を思い起こせば、そうでないことはわかろう。

しかしながら、前節のとおり家庭教育の復活をしようにも、前提となるいわゆる核家族が急速に減少していっていること、そして仮にそれを是正する可能性のあった新移民政策についても、市民側の方こそ消極的であるということを考え合わせると、理論はあっても、それを実施するフィールドとリソースがない日本に立ちいたっていると

75　石原が日本単一民族主義者ではないと考えられるが、後述する石原が衆議院議員として立候補してきた東京二区で起こった事件との関係でひとつ触れておかねばならないのは、国会議員に立候補する際、学歴以上に、帰化の事実は開示すべきだという意見をしていることである。アメリカ大統領が、アメリカ人として生まれることが条件であることを挙げながら、日本国総理大臣が国会議員であることだけが条件になっていることについて問題提起をしている〔「国境」『新潮』七月号。『石原慎太郎の思想と行為８』（産経新聞出版　二〇一三年）所収〕。第九章注18を参照。

も言える。中間層の育成ということを政治家は口にするが、それは育成が可能なことではなく、過去をふり返ればわかるとおり、それは意図せざる結果であったということを知らねばならない。

一九八〇年代以降、産業化以後の社会にあって、そして二一世紀に入っての人口減少社会にあって、日本人の意識構造は、石原が自らを育んできた二〇世紀の産業化する日本と、それへの反発という図式は、その前提を失いつつあると考えねばなるまい。

日本社会に、天使の羽音が聞こえてくるとしたら、それはいったいどんなふうにであるのだろうか。それとも日本社会は、もう収縮していく一方で消滅せざるをえないということなのだろうか。

第九章　日本の星と舵

政治家石原慎太郎を見ると、自由民主党の国会議員としての二五年間というその前半期と、四期にわたる東京都知事というその後半期に大きく分けて考えることができる。無論、東京都知事辞任後、国会議員に復帰したことも考えねばならないのだが。

どの期間も、まさにこの人が抱いた「国」の形象にしっかり結びつこうとした活動であったと考えられる。そのことを、この人の書いた文章を手がかりにたどって見ておきたい。

一、艇としての政党

一九六八年一〇月二三日日本武道館において政府主催により「明治百年記念式典」が開催された。昭和天皇、香淳皇后はじめ常陸宮正仁親王、正仁親王妃華子、そして閣僚、国会議員[1]、在日の外交団、各界代表、青少年代表ら約一万人が出席したという[2]。当時の佐藤栄作総理大臣が音頭を取り日本国万歳三唱がなされた。

やがて司会のＮＨＫのアナウンサーが、

「天皇、皇后両陛下がご退席になります」と報せ、参加した全員がまた立ち上がって両陛下をお見送りした。そしてあのことが起こったのだった。

それが起こった瞬間に、私だけではあるまい。出席していたほとんど全員がこの式典に実は何が一つだけ足りなかったかを知らされていたと思う。

壇上から下手に降りられた両陛下が私たちの前の舞台下の床を横切って前へ進まれ、丁度舞台の真ん中にかから

れた時、二階の正面から高く澄んだ声が、

「テンノオー、ヘイカッ」

叫んでかかった。

その瞬間陛下はぴたと足を止め、心もちかがめられていた背をすくっと伸ばされ、はっきりと声に向き直って立ち直されたのだった。そしてその陛下に向かって声は見事な間をとって、

「バンザーイッ！」

叫んだ。

次の瞬間会場にいた者たちすべてが、実に自然に、晴れ晴れとその声に合わせて万歳を三唱していた。[3]

この場に国会議員として居合わせた石原は、「あれはつくづく見事な『天皇陛下万歳』だったと思う」と述べている。そして「〝ああ、かつて私たちはこうだった。なんだろうと、こういう連帯があったのだった〟と誰しもがしみじみと感じ直していた。あれはなんといおう、国家なり民族というものの実在への、狂おしいほど激しい再確認だったと思う」[4]と続けている。さらに「天皇はあの瞬間ご自身も忘れられかけていたことを思い出し取り戻しておられたのではないかとさえ思う。あの瞬間天皇はまさしく歴史の祭司としてあそこに立っておられたのだった。翻っ

1　社会党、共産党の国会議員は式典に反対して欠席した。
2　「両陛下を迎えて―明治百年式典」『朝日新聞』一九六八年一〇月二三日夕刊第一面。
3　『国家なる幻影―わが政治への反回想』二〇〇一年、上巻一六五―六頁。この模様描写は、「私の天皇」〔『諸君』一九八七年一月号、『石原愼太郎の思想と行為8』（産経新聞出版　二〇一三年）所収〕にもある。
4　『国家なる幻影』上巻一六六頁。

て現今の皇室の在る姿を眺めるほど、このユニークな国家がある喪失に向かっているのではないかと思うのは早計だろうか」[5]と書いている。

この式典、最前列にいた総理大臣佐藤栄作は戦後最長、連続では明治以来最長期間のその職に在った。一九六五年日韓の国交正常化、一九六七年小笠原諸島の復帰、そして一九七二年沖縄の復帰は、この佐藤政権のもとでなされた。高度経済成長が達成され、戦後日本は、ある歴史的な区切りにあった。

この明治百年の祭は、半世紀前であったからおそらくはありえたことであるかもしれない。そして佐藤政権の終息は、ある時代の終わりであり、次の時代の始まりであったのかもしれない[6]。

石原が、国会議員になるにあたって、またなった後も政治家として最初の指南を受けたのは佐藤であったと言える。佐藤派に属そうとはしなかったようだが、またしばしば佐藤を怒らせもしたようだが、逗子に住む石原は鎌倉の佐藤別邸をしばしば訪れたと書いている[7]。

沖縄の復帰後、佐藤は首相を退く。新たに首相となったのは、佐藤派五奉行と言われる中のひとり田中角栄であるが[8]、当初予想されていた福田赳夫が総裁選で敗れたところに、まさしく日本の政治が新しい局面を迎えたことを示していた。この総理大臣の登場は、吉田茂、岸信介、池田勇人そして佐藤とも、また鳩山一郎とも経歴においても、さらにその政治手法においても時代が大いに変わったことを示していた。

(二)「国」を思う

「俺の人生はこんな苦労のためにあるはずじゃないんだ。書くにしてももっとやりがいのある仕事だけをしなくちゃなるまいに」[9]という思いが、週刊誌の連載一回分一六枚を一時間少しで書いてしまうという当時日本で一番高い原稿料をもらっていた流行作家から政治家へと転身させていったということについては、すでに述べた[10]。とりわけ、ベトナムへの取材が、国家とその瓦解というものを体感させ、国を思う政治家への道を進ませる決心となった。国家の瓦解、とりわけそれが国民の意識面にどのように現れるのかは、ベトナムでの体験に始まるのだろうが、小説『亡国』ではデフォルメして繰り返し描写されていた。

戦争、軍隊という話題への関わりがいろいろにあるということで、石原はしばしば「右翼」と評され非難されるが、どういう国家主義であるかについては、細かい観察も必要である。そのことは、先述の天皇陛下万歳という事象についてさえも、ただちに天皇崇拝ということであるのか、とりわけ前章で論じてきたことを踏まえて、その異同を明確にしたいところである。

国会議員を四半世紀務め、自由民主党においても年長議員となった石原は、折しも一九九三年自由民主党が下野した直後、ポスト冷戦期一九九四年に書いた『かくあれ祖国』という啓蒙書において、「従来の〈国家あっての国民〉〈滅私奉公〉といった価値観のもとでの国家と個人の関わりを、じつはいまこそ逆転して考え直さなくてはならぬという政治の基本的な眼目について自覚しなくてはならない（中略）。かつては〈国あっての国民〉という公理が、これからの時代には〈個人あっての国家社会〉という新しい公理を併せて対等に踏まえられなければ、政治が政治として成り立たぬ時代に来ている」[11]という認識を明言している。

5　『国家なる幻影』上巻一六七頁。
6　小野俊太郎『明治百年―もうひとつの１９６８』青草書房　二〇一二年。
7　この経緯詳細は、前掲『国家なる幻影』にさまざまなエピソードが収められている。
8　田中は、その年の五月、佐藤派から独立して田中派を結成している。その直後六月『日本列島改造論』を発表する。
9　『国家なる幻影』上巻三七頁。
10　第八章第三節（二）「個の現実、国の現実」三三七頁参照。
11　石原慎太郎『かくあれ祖国―誇れる日本国創造のために』（光文社　一九九四年）三六―七頁。

「滅私奉公」からの脱却は、自由主義的な国家観への方向を意味していると読みたいし、敢えて言うなら『巷の神々』以来、石原の哲学はこの方向性をずっと持っていたと考えたい。ただし、先に見たように「あれはつくづく見事な『天皇陛下万歳』だったと思う」という体験への積極的肯定はたいへん複雑な気持ちにもさせてくれる。国家なり民族というものの実在への再確認が、あの瞬間、まさしくあの瞬間なされた妙技と一致して見えたと言っているのである。国の形象、その境界区別は、地図上の線により決まるというよりも、そこに生きる民の行いであり、連帯にあるということである。その確認が、ある瞬間に可能となり、その美的形象を大切にしようということなのであろう。そうした場合、天皇陛下の存在が絶対必要条件なのだろうか。オリンピックでの金メダル獲得であっても同様ということだろうか。12

一九〇五年五月日露戦争の勝敗を決した日本海海戦は、ドイツ語では「Seeschlacht bei Tsushima」、英語では「Battle of Tsushima」となっており、対馬沖海戦あるいは対馬海戦とでも訳すのが適当であろう。しかしながら、仮に対馬沖海戦だとしてもその結果以降、この海峡から日本列島北側海域の制海権を日本が支配することになったというのは事実である。それは太平洋戦争後半には、米国の潜水艦によりもう難しかったのかもしれぬが、一九四五年まではそうであったと言うことができるだろう。その意味で「日本海海戦」と言うことであろう。

しかし「日本海」という呼称の国際性についても、韓国と日本との間に齟齬があり続けている。日韓の国交正常化が、ようやく一九六五年になったことや、二一世紀に入り二〇一二年夏に李明博大統領が突然竹島を訪問し、日韓間の難問が再燃し、後述するが尖閣諸島の中国の領有権主張とともに、「日本」ということの世界的位置が著しく低下したことの裏返しを知ることができる。国際情勢という意味での客観化される地名もさることながら、この日本海海戦ということそのものが、日本人の主観的と思われる意識にも希薄になっていることも事実である。

表5は、二〇一二年二月の調査結果である。これを見ると、日露戦争の英雄である広瀬武夫、秋山好古、秋山眞之、児玉源太郎らについて「知らない・わからない」が六割にもなる。これに驚く世代の人は少なからずいるであ

ろう。ちょうどこの調査を行った時は、司馬遼太郎の小説『坂の上の雲』を原作に日本放送協会がスペシャルドラマとして三年にわたって三部作を放映してきた、その第三部は日本海海戦を舞台にした映像であったが、その放映からさほど時間を経ていなかった時であることを思うと、この数字はたいへん興味深い。

表6は、この放映ドラマを、そもそも視聴したかどうかを聞いたものである。巨額の費用を投入しての大作であったが、制作者の意図が、どこにどのように伝わったのか知りたいところである。

表5において「知らない・わからない」という結果も、まさしく知らないということであろう。「日本」ということのために、莫大な数の命が失われたことは事実だが、それを知らぬことは、平和主義というよりも、無知にすぎないようにも思える。司馬の小説の主人公三人のうちの二人は、前述の秋山兄弟その人たちであったことを思えば、ある立場、ある世代からは、明治は、本当に遠くなりにけりということになる。

石原が、好きな日本人に広瀬武夫を挙げていたこともすでに示したとおりであるし、石原がこの人を自らの小説の中でしばしば言及してきたことについても述べてきたとおりである[13]。自らも海軍兵学校に進みたかったが戦争が終わって海軍がなくなってしまったというその思いは、若い時代の石原が生きて進んでいくプロセスにいろいろに影響してきたはずである。

石原の父は、秋山兄弟と同郷伊予の山下亀三郎が作り上げた汽船会社に丁稚から働き、苦労してまさにたたき上げで取締役にまで出世していった人である[14]。山下汽船は、戦争とともに大きくなっていった会社のひとつである。石原家が北海道から越してきた逗子の家は、この山下の別邸を借り受けたものであったそうであり、日本海海戦大

12 本章第三節（二）（ア）「オリンピックの意味」四〇一頁以下参照。
13 第六章第一節（一）「戦士」二一三頁以下。第七章第二節（三）「国家の身体性—日常性の基底」二八四頁以下参照。
14 佐野眞一『てっぺん野郎—本人も知らなかった石原慎太郎』第一部参照。

表5　日本の歴史上の人物について

（%）

		よい	まあよい	あまりよくない	わるい	知らないわからない
1	徳川家康	17.1	56.3	14.5	2.5	9.6
2	豊臣秀吉	10.0	51.8	23.9	4.2	10.1
3	織田信長	18.9	50.6	17.1	3.2	10.2
4	高杉晋作	19.4	56.9	6.3	0.4	17.2
5	西郷隆盛	19.8	59.1	10.2	0.8	10.0
6	大久保利通	11.3	53.0	14.8	0.7	20.2
7	山県有朋	5.0	34.9	15.9	3.5	40.7
8	伊藤博文	15.6	56.1	13.0	2.5	12.7
9	広瀬武夫	8.5	27.4	7.5	0.8	55.8
10	秋山好古	9.6	23.4	5.0	0.8	61.1
11	秋山眞之	10.2	23.8	4.9	0.7	60.3
12	乃木希典	7.2	29.3	18.6	6.5	38.3
13	児玉源太郎	6.4	17.4	10.9	4.1	61.2
14	正岡子規	18.9	57.9	6.6	0.5	16.1
15	森　鴎外	19.0	57.2	7.5	1.2	15.1
16	夏目漱石	26.3	59.7	4.2	0.1	9.6
17	山本五十六	16.6	38.1	16.0	5.2	24.2
18	東条英機	3.6	19.1	31.5	25.2	20.6
19	吉田　茂	15.1	50.2	16.2	2.6	15.7
20	岸　信介	4.4	33.7	21.8	10.1	30.0
21	佐藤栄作	7.5	43.3	25.0	6.7	17.5
22	田中角栄	9.6	40.6	29.0	11.3	9.5
23	芥川龍之介	18.5	60.7	8.7	0.8	11.3
24	川端康成	16.9	59.1	8.4	1.1	14.4
25	三島由紀夫	8.3	44.1	27.0	5.4	15.1
26	司馬遼太郎	23.9	54.3	6.0	0.7	15.0

N=832

表6　NHK放映ドラマ「坂の上の雲」について

(%)

1	3年間(2009年から2011年まで)すべての回を見た。	12.7
2	すべての回を見てはいないが、3年間ほぼだいたいの回を見た。	6.4
3	1年目(2009年)の第1部は(すべて、あるいはほぼだいたい)見たが、その後は見ていない。	4.6
4	2年目(2010年)の第2部は(すべて、あるいはほぼだいたい)見たが、第1部と昨年の第3部は見ていない。	0.6
5	3年目(2011年)の第3部は(すべて、あるいはほぼだいたい)見たが、第1部と一昨年の第2部は見ていない。	1.0
6	第1部と第2部の2年間(2010年まで)は(すべて、あるいはほぼだいたい)見たが、昨年の第3部は見ていない。	1.3
7	第2部(2010年)と第3部(2011年)は(すべて、あるいはほぼだいたい)見たが、第1部(2009年)は見ていない。	0.1
8	第1部(2009年)と第3部(2011年)は(すべて、あるいはほぼだいたい)見たが、一昨年の第2部は見ていない。	0.2
9	1回、もしくは数回程度しか見ていない。	8.6
10	『坂の上の雲』というテレビドラマが放送されることは知っていたが、興味がなかったので見なかった。	27.5
11	『坂の上の雲』という小説は知っていたが、テレビドラマとして放映されたことは知らなかった。	3.5
12	『坂の上の雲』というテレビドラマの名称も、また小説もまったく知らなかった。	8.5
13	NHKの放送は見ない。	14.9

N=832

勝利を導いた作戦参謀秋山眞之は山下の小田原にあった別邸で亡くなっている。石原兄弟が幼少の頃を過ごした小樽は、父の赴任地であった。一九二〇年代北海道で最も栄えた町であり、樺太開発、大陸貿易の拠点であった。その銀行街に今も並ぶ立派な建物は、北のウォール街とも呼ばれ、その時代の日本の産業資本家たちの活躍の足跡を今も感じることができる。

こうした点では、石原の人生形成過程には、日本の第二次産業革命がもたらした光と影の多くが鏤《ちりば》められているとも言える[15]。産業資本家のリベラリズムが、そのまま国益であり、ナショナリズムとそのまま重なり合うことができた時代だったということである。

さて、そこにあったかもしれない独立自尊、先見の明など、その光の部分が二一世紀の日本において、どのようにまだなおありうるかは難しい。ただし、その場合の「日本」という国家社会が、日本海海戦の時のそれとは違っているし、明治百年祭での出来事とも、違っているはずである。そういう前提で、先に引用した「かつては〈国あっての国民〉という公理が、これからの時代には〈個人あっての国家社会〉という新しい公理を併せて対等に踏まえられなければ、政治が政治として成り立たぬ時代に来ている」ということを考えねばならない[16]。

富国強兵から、この個性化の時代に至るまでの過程には、もちろん敗戦という歴史がはさまっている。しかし敢えて、『坂の上の雲』にある英雄伝に従えば、日本という国家社会は、あの時、天使の奏でる音楽を聞いたのかもしれない。しかしそれはすぐに聞こえなくなってしまった。一九六八年明治百年祭においては、演出によってであったが、一瞬それを体感した人がいたということかもしれないということである。

しかしながら、「個人あっての国家社会」というとき、その社会は、どのようにこれをまた体感できるのか知りたいところである。というのも、まだ「日本」という意味の内包と外延は存在しているようにも見えるからである。

（二）行動の帰属点

一九六八年の参議院議員選挙全国区において石原は、三百万票を超える得票で当選する。当時の新聞を見ると、「いまの日本には政治やジャーナリズムが知らない大衆のフラストレーション（欲求不満）がいっぱいある。既成政党では、これは解消できない。ボクは体制内の革新を唱え、そうした政治への不満票に支えられたと思う」「参議院議員は派閥にくみすべきでない。ボクは院外で若い人たちを結集したい。ボクはその若い声を国政に反映させる橋頭堡になりたい」と石原の言として記事が書かれている[17]。

一九七二年一二月の総選挙において衆議院東京二区に転じて当選する。その時の記事によれば、「今の政治家は年齢はともかく、前頭葉が若くなければダメだ」「自民党は大都市の有権者の要求にこたえられる政策をもった候補が少ないから衰退するのだ」とある[18]。

15 佐野眞一の主題は、石原に見えるある種の陰影の部分である。

16 本章三六一頁。さらに、第八章第四節（二）「方法の限界」三四五頁参照。

17 『朝日新聞』（一九六八年七月八日夕刊）第七頁。この記事には、今ひとつ「議員として、まずやりたいことは核の問題。新しい生産手段を開発しない国民は一八世紀のスペインのように必ず衰微する。政治家として国民の核アレルギーを変えていきたい」ともある。

18 『朝日新聞』（一九七二年一二月一一日夕刊）第一一頁。中選挙区制で行われる最後の衆議院銀選挙（一九九三年）まで石原は、この東京二区から立候補し当選し続ける。社会党、民社党の有力議員も存在した定数五人の選挙区であった。一九八〇年の総選挙で一六万二七八〇票でトップ当選したが、それ以降の得票数は一〇万票前後となる。一九八三年自民党から今ひとり立候補が出る。この時は落選したが一九八六年には当選。この新人立候補をめぐりさまざまな確執があったと考えられる。「台風の目　前職食う勢いの新顔　保革とも競合強く警戒」『朝日新聞』（一九八六年六月一〇日朝刊）二〇頁、「衆院選2区　新井氏の当選　国際性示した有権者　海外マスコミも熱い目」『朝日新聞』（一九八六年七月一二日朝刊）二二頁、「ビートルズがきこえる　東京団塊人四〇歳　自由な時代の代表自負〈差別〉バネに政界へ」『朝日新聞』（一九八八年一月八日朝刊）二二頁。この候補との問題については、報道等に対する石原による反論がある（第八章注75参照）。

日本の経済社会が、工業化の進展で、第一次産業人口の減少、第二次産業人口の増加、そして第三次産業人口が後者を超えて増加し、東京をはじめ大都市とその郊外は大きく変貌していく時代にあった。そうした相貌は、石原の小説『化石の森』『嫌悪の狙撃者』などにおいても描かれていた[19]。この点を思い出すと、政治やジャーナリズムが知らない大衆のフラストレーションをよく観察でき、同時期に出現した多くのタレント議員とはずいぶん違った眼を持っていたと言えるかもしれない。

この人が、イデオロギーと観念主義に塗《まみ》れた社会党や共産党を選択しなかったことは容易《たやす》く理解できるが、体制内の革新をめざしたとしても、所属した自由民主党において石原が何を成し遂げたかについては辿ってみる必要がある。

この政党への石原の関わり合いの動機を再確認してみるのによい出来事があった。参議院に当選して二年後、一九七〇年六月一一日『毎日新聞』に掲載された、三島由紀夫からの公開質問状である。「士道について」という文章において、三島は、次のように書いている。

「私はごく最近、『諸君』七月号で、貴兄と高坂正尭氏の対談『自民党ははたして政党なのか』を読みました。そして、はたと、これは士道にもとるのではないかという印象が私を搏《う》ちました。私は何も自民党の一員ではありませんし、この政党には根本的疑問を抱いています。しかし社会党だろうと、民社党だろうと、士道という点では同じだというのが私の考えです」[20]。

当時すでに三島由紀夫は、楯の会という私兵とも思える組織を編成していた。左翼革命勢力から日本を守るという趣旨で作り上げられた組織だとされている。すでに見たとおり、石原が文壇で地歩を確かにしていくに際して、三島の援護は大きなものがあった。その言わば先輩からの苦言であった。

「私は貴兄のみでなく、世間全般に漂う風潮、内部批判ということをあたかも手柄のようにのびやかにやる風潮に怒っているのです。貴兄の言葉にも苦渋がなさすぎます。男子の言としては軽すぎます。

昔の武士は、藩に不平があれば諫死しました。さもなければ黙って耐えました。何ものかに属する、とはそういうことです」[21]。

こうした三島の潔癖で古風な士道論に対して、石原は「政党に籍を置くということは、武士が藩を選ぶのとは顕らかに、全く、違います。現代の政党は、中世封建期の藩という独立したエスタブリッシュメントとはおよそ異なるものであって、それは個個の政治家にとって、その政治を全うするための方便手段でしかありません。私が党につかえているのではなく、自民党が私に属しているのです。それ故に、政党は時代や情況に応じて、分裂もし合併もし、人間の入れ換わりが有り得ます。藩には、中央絶対権力のとり潰しでもない限り、そうしたメタモルフォルゼは有り得なかった」[22]と返した。

政党は、これをつうじて政治に人が関わる機能集団であり、それに関わる人が変わることにより、この機能集団自体、その性質や形態を変化させる媒介項だというのである。これは、私を滅し公に奉ずる藩と藩士の関係とはまったく違うものだと言うのである。

実際、自由民主党自体、一九五五年の保守合同で成った政党であり、その内実は官僚政治家と、地主、資本家、ジャーナリストを出自にした党人政治家からなる複合体であり、派閥が形成され、まさしく三島が指弾するように『単独政権ではなくそれ自体が連立政権』に他ならない性格」を帯びている[23]とも見えるところがあり続けた政党である。

石原は、これはこれで当然であり、それゆえ「私が党批判をする限り、私は、私の政治に対する自民党の効用は

19　第三章で詳しく扱った。
20　三島由紀夫「士道について」『毎日新聞』（一九七〇年六月一一日）夕刊五面。
21　「士道について」。
22　石原慎太郎「政治と美について」『毎日新聞』（一九七〇年六月一六日夕刊）六面。
23　「士道について」。

見限ってはいません」[24]と答えている。その批判可能性がまだ存することにより、政治への媒介項である政党が変容していく可能性がありえ、それがとりわけ自由民主党の場合、政権党であるゆえに直接に政治に影響していくことになると言うのである。

本節冒頭で触れたように、「いまの日本には政治やジャーナリズムが知らない大衆のフラストレーション（欲求不満）がいっぱいある。既成政党では、これは解消できない」「参議院議員は派閥にくみすべきでない。ボクは院外で若い人たちを結集したい。ボクはその若い声を国政に反映させる橋頭堡になりたい」「自民党は大都市の有権者の要求にこたえられる政策をもった候補が少ないから衰退するのだ」ということであった。これらは、彼自身が深く関わった「日本の新しい世代の会」をつうじて国会に議員を送り込もうとした試みにも現れていたと言えるのかもしれない[25]。

それゆえに「私はあなたのいうように、党に属したのではない。私がつかえたものは『政治』そのもの、つまり国家です」[26]として政治への機能、効果を考えて、すなわち権力にアクセスをして、国家を変化させるというために、それとの媒介項である自民党に所属するということであり、芸術的な政治など行うと思うなという三島の忠告を[27]、そのとおり実現していると返答しているのである。

二、プルトクラシーに抗して

石原は、この公開状の返答の最後のところで、三島に対して、まさに返答の題目である「政治と美について」、それらの錯覚による取り違えに注意せよと喚起さえしている。すなわち「三島さんも、その陥し穴に気をつけてください。そうでないと、あなたのプライベイトアーミー〈楯の会〉も、美にもならず、政治にもならぬただの政治的ファルスのマヌカンにしかなりかねませんから」[28]と強い調子で結んでいる。

三島が、楯の会隊員とともに自衛隊市谷駐屯地で東部方面総監を監禁し演説後、割腹自殺を遂げたのは、それから五ヵ月後のことであった。

たしかに石原が見るように、三島の場合、一種の陶酔、混同を国家改造に持ち込もうとしたところがあり、この方向での打開の道はどう見ても塞がれていたであろう。すなわち、ほとんどの人々には、その意味さえ理解できないものとなったということである。これに対して、石原の立論は、国家に直接アクセスする機能集団である自由民主党を変容させるという方法論であり、それに基づいた行動だったということである。

たしかに、明治百年祭によって例示されるような古色蒼然としてさえ見える国家顕彰を刷新、変容させて、新たな国家像を切り出す方法論であったのかもしれない。しかしながら、佐藤政権下、佐藤との関係で国会議員となっ

24 「政治と美について」。

25 この会については、『国家なる幻影』二〇〇一年、上巻一八六頁、および一九二頁以下参照。また「現代青年への提言」『祖国のための白書』（集英社　一九六八年所収）には、その前身と考えられる「日本の若い世代の会」に参加を求める文章がある。これによると、一九六五年暮、石原は請われて彼と同世代の経済人、経済官僚の勉強会の集まりにおいて「現代文学の現代的主題」ということで現代青年挫折論を話したが、これに大蔵省、通産省の課長補佐、係長クラスの少壮官僚から強い反論があり、これがきっかけとなって「現代政策研究会」という集まりができた。さらにそれを東京中心、エリート官僚のみならず、地方へも拡散しようということで「日本の若い世代の会」となったと書いている。ただし、この文章を読む限り自由民主党と関係しながらこの党を改良していこうという運動であり、そのことが現実性のある運動であるように見えると同時に、自由民主党という既存組織の保守性のゆえに、若い世代が期待したように当選し活動することを難しくもさせたということでもあろう。

26 「政治と美について」。

27 「士道について」。

28 「政治と美について」。

た石原には、予想もしていなかった自由民主党のもっと別の変容に遭遇させられることになる。

(一) 青嵐会

一九七二年の自民党総裁選挙において佐藤後継の本命とされていた福田赳夫が、田中角栄に大敗する。一二月に発足する田中内閣は、その少し前に刊行していた『日本列島改造論』に象徴される政治を実行していく。いわゆる列島改造ブームなるものが起こり開発候補地の地価が上昇、買い占めが行われ、狂乱物価と言われる物価上昇を引き起こし日本の経済社会は激しいインフレーションに見舞われることになる。田中政権はその途中、日中国交正常化を実現させるが、日本経済が一九七三年の第一次オイルショックを経験し、また当初、国民が平民宰相として田中角栄に抱いていた大きな期待は急速に萎《しぼ》んでいく。

翌一九七四年七月の参議院選挙で自民党は大敗、さらに一〇月『文藝春秋』が、立花隆らの「田中角栄研究」「淋しき越山会の女王」を掲載、その金脈問題が表面化し総辞職に追い込まれていく。

ミルトン・フリードマン『選択の自由』にはインフレの教科書的な事例として、このときの様子が書かれている。それによると一九七一年から日本の通貨供給量は増加が激しくなり、一九七三年には年二五パーセント以上の率で増加していったという。この結果として、一九七二年後半から消費者物価指数によるインフレ率が四パーセントから二五パーセントまで上昇していったことが示されている[29]。

この事実を別の面から立花隆は見ている。すなわち、ほぼ同時期について、立花はフリードマンのように通貨供給量こそ示していないが、消費者物価指数の上昇のみならず、卸売物価指数、さらに六大都市市街地価格についても、この期間、急上昇していることを示しつつ、それとは対照的に田中内閣の支持率が発足当時の六二パーセントから一八パーセント台にまで急降下していることを同様に図示している。

立花は書いている。「田中政治のもたらしたインフレは、終戦直後の経済混乱期をのぞいては、類例がないほどひどいものだった。特に注目すべきは、その卸売物価の上昇ぶりである。消費者物価は田中以前にも、一貫してゆるやかな上昇をつづけていたが、卸売物価は安定していた。六五年から七一年にかけて、わずか一・五パーセントの上昇である。特に七〇年から七二年前半までは、横ばいないし、下がり気味であった。卸売物価が安定しているかぎりにおいて、消費者物価のある程度の上昇は、インフレではなく、経済の発展にともなう生産性向上の度合いがちがう部門間の調整のための社会的に容認される物価上昇である。それに対して、田中が引金をひいたのは本格的な悪性インフレだった。

それが卸売物価の急上昇にあらわれている。田中が政権をとってから、八月に対前月比〇・七パーセント増、九月〇・九パーセント増、一二月三・三パーセント増、そして七三年に入ってからは、糸が切れたタコのようにとめどなくあがりはじめている。消費者物価も地価も暴騰をつづける」[30]。

こうした狂乱物価と内閣支持率の急落に呼応して、その年の一〇月『文藝春秋』に前述の田中角栄研究として金脈追及レポートが出される。国民がすでに愛想をつかしていたところに、狂乱物価の別の位相が見えてくることにより田中は退陣に追い込まれることになる。

この一連の混乱の中で、そもそもの総裁選での番狂わせ勝利の意味も含めて、金権政治ということがしだいに明らかになっていく。この一〇月後半、自民党内の反田中派の倒閣運動へとつながっていく。揺れる政局の中で、一〇月二三日青嵐会は、「文春問題」を討議の上、田中首相の疑惑解消の必要、それができない場合には首相退陣要求、

29 ミルトン・フリードマン『選択の自由』（日経ビジネス文庫　二〇〇二年）六〇七頁以下。
30 立花隆『巨悪 VS 言論』（文春文庫　二〇〇三年）上巻一七四―六頁。

新党結成の可能性を示唆した[31]。

石原が自民党政治家としてそこでの旗幟を鮮明にしたのは、この青嵐会という政策集団の結成だと見ることができる。

その結成は、こうした金脈問題が世間にまで表面化する前、一九七三年七月のことであった。石原自らが音頭をとり、会の幹事長となって青嵐会という派閥を超えた政策集団を作り出したのである。佐藤栄作と懇意な関係にあったが、積極的に佐藤派に属したわけではなかった。衆議院に転じて、体制内改革をして、政治に直接アクセスし日本を変化させようという趣旨の実践だったということであろう。

「〈青嵐〉というのは夏に多い、突然襲ってくる寒冷前線のことだ。特に夏に発生する寒冷前線はきらめく陽光を一瞬にしてかき消して襲うが、あの濃紺に連なる雲は夏の空に逆に映えて、濃く青く鮮やかに美しい。そしてそれが過ぎた後に残す清涼感はなんとも肌に心地好い」[32]。

命名した石原が結集するために思った趣旨は、この説明のとおりであろう。なんとも肌に心地好い清涼感を、政治の世界にも求めたということなのであろう。しかしながらその一方で、青嵐会が、右派、タカ派集団とメディアでも報じられたことも事実である[33]。

そういうふうに報じられる、ひとつのエピソードがある。正式発足前の準備会での、石原の発言である。

「こうして派閥を超えた政策集団は今までも雨後の筍みたいにたくさんあったが、どれも途中でいろいろな圧力がかかって霧散霧消していますな。われわれがこうして結集してきたきっかけはなんといっても現在の田中総理の政治に強い危惧を感じるからで、であったからにはことと場合によっては同じ党内にあっても正面からあの絶対権力とぶつからなくてはならないかも知れない。（中略）そんな時になってひるんで逃げ出したり裏切ったりするようなら、最初からいてもらわない方がいい。

いや、そんな奴は一人もここにはいないはずだ、おれは絶対に違うというなら、一つ男としての盟約の証しに明日は血判をしてもらいたい。何も指を詰めろといってるんじゃない。昔の武士が誓いの証しとしてしたように、僅かだが自分自身の血を流して誓い合って欲しいのです」[34]。

三島への返答を思い出しながら「昔の武士の誓いの証」という言辞を聞くと何とも複雑怪奇だが、このときさらなるエピソードがあり、血判などするなら参加しないという人もいたそうである。そして石原が脇差しならぬ、剃刀と消毒用オキシフル、脱脂綿を用意してそれは行われ、中には切りすぎて血がだらだら流れた議員もいたという。これらのややブラックユーモラスな話はともかくとして、たしかにこれはヤクザのようだ、右翼のようだと言ってみることはできる。しかしながら、他方で、法案をまとめるためにサインをし、陳情団のためにも、先生のサインを下さいと求められ応じる国会議員のサインほど無責任なものはないというのもたしかであろう[35]。それゆえの血判ということだそうである。

一方で金権政治において、民主主義は数の論理であり、政治家、議員の数とその票は、金により決まるという世界がまかり通っていることを思えば、血のきずなというのが、「純粋」だと思う人間もいるということであろう。とりわけ、

31　『朝日新聞』(一九七四年一〇月二四日朝刊) 二頁。
32　『オンリー・イエスタディ』(幻冬舎文庫　二〇一〇年) 一〇五頁。
33　例えば、『朝日新聞』(一九七三年七月一四日朝刊)二頁では、「自民、新タカ派集団が旗上げ、強硬路線への転換迫る。二十五人で〈青嵐会〉、改憲の明示も検討、あるいは同新聞 (一九七三年七月二七日朝刊」二頁では「青嵐会、野党が注視、〈右翼の中軸〉を懸念、ファッショ体質の分析を急ぐ」などの記事見出しを見ることができる。
34　『国家なる幻影』上巻三二〇頁。
35　石原慎太郎・玉置和郎・中尾栄一・中川一郎・中山正輝・藤尾正行・三塚博・森喜朗・渡辺美智雄『青嵐会―血判と憂国の論理』一九七三年、二一―三頁。

理念、観念、イデオロギーによる結びつきを排して、まず行動をと言うゆえに、こういうことになるのであろう。

(二) 派閥のきずな

田中政権はその年の末総辞職する。そして一九七六年、ロッキード事件が発生し、受託収賄、外国為替及び外国貿易管理法違反の容疑で逮捕されることになる。だがその政治手法は、その後自民党の主流派、すなわち総裁を送り出す派閥を象徴するものともなっていく。

実際「自民党の実態は、私自身も世話になったが参加しなかったかつての佐藤派の亜流の田中派さらにその後継の旧経世会が、隠然というよりほとんど歴然と支配しているというものでしかない。(中略)政治もまた実力勝負の世界なのだから、派閥という力学の中での競争に誰が勝ち抜いてきたかということでしかない」[36]ということでもあるが、日本の政治が、金から自由になれないこと、そもそも政治に関わるための人のつながりは、金のそれにほかならないという問題である。こんな一幕を石原は記している。

私の参院選出馬についての官邸での総理との話は簡単なものだった。(中略)会談の最後に佐藤氏が紙袋に入れた金を差し出し、私が躊躇したら、

「選挙には必ず金が要るんだよ。君みたいに今まで来た人は他人から金をもらうなどということに慣れてはいないだろうが、政治では別だ。全く気にすることはないんだよ。(以下略)」

といってくれものだ[37]。

一九六八年の佐藤の総裁三選に際して、石原はそのときの佐藤と二人の候補者に対して面会を求めて質問書を向

けたという。

「今でも覚えているが、佐藤総理の顔がたちまち険悪になって、こんなものにいちいち答えなくてはならないのなら、別に俺にいれてくれなくてもいいと言い放たれた。（中略）参院選挙でのいろいろな心遣いには感謝していたが、だからといって全く見ず知らずの前尾、三木という二人を頭から無視してかかる訳にはいかない。（以下略）（最終的に）私は佐藤三選を支持した訳だが、後で聞いたら、その時の総選挙で、三人の候補にそれぞれ気をもたせて三方から金をせしめた新人議員がいて後々秘かに評判になっていた。（中略）それまではせいぜい二人から金をせしめるやり方をニッカと読んでいたのに、これからはサントリーの時代に入ったという周りの慨嘆だった」38。

自民党総裁となることは、日本国首相になるということであり、総裁選挙は、日本での政治権力を求める人間には、何よりも重要だということである。しかし、それは金が動くことにより決まるということでもある。

「二年に一回の総裁選挙という恒例行事が議員たちにとってなんたるかを感じ取れたのはさらに二年たっての総裁選で、その時は佐藤、三木の二人の闘いだったが、今度は候補者へのアンケートを自粛した私に、佐藤陣営の誰であったかが黙ってお金を持ってきてくれ、私も黙って受け取った。後で開けてみたらなんと一千万という金が出てきて唖然とさせられたのを覚えている。

参議院時代には時間の余裕もあり、政治活動の傍ら物を書く時間の余裕もあって、それはそれなりの収入に繋がっていたから、政治家として政治の世界で金を集める必要に駆られることもなかったが、それがかえって政治家とし

36 『国家なる幻影』上巻一一一頁。
37 『国家なる幻影』上巻四八頁。
38 『国家なる幻影』上巻一七九―八〇頁。

ての私に、政界での金についての覚悟を培うことを遅れさせたともいえる」[39]。

物書きとして自らの筆で大きく稼いできたこと、そしてその上で政治家の道にも進み出したことを思えば、総裁選挙のみならず、あらゆる選挙が金なしにはありえないこと、そしてその額が桁違いであることを大いに知らしめたということである。

「確かに世の中金で何もかも買えるとはいわぬが、金で一番買い易いものは、政治家の、それも候補者の心とはいえるかも知れない」[40]。

政治家が、理念、信条ではなく金で動くという問題であり、とりわけ田中首相の誕生は、自民党政治を大きく変え、結果としてそれが日本の政治を大きく変化させることになった。

社会党や公明党のように、労働組合組織、宗教団体の組織があって、それらがそれぞれの党への支持基盤を形成しているのに対して、政治家個人の後援会しか持たぬ自民党の候補[41]における、党内での人の関係は、それぞれの派閥の領袖の力に依存することになる。

当時、衆議院議員選挙は、中選挙区制で行われていた。ひとつの選挙区に、保守派複数、無産政党ひとりという戦前からの配分が残されていたのだが、保守派、すなわち自由民主党自体、ひとつの選挙区に複数の候補が立つことになり、同じ党でありながら、激しい競争をすることになる。頼るべきは、党内の派閥であり、そこの領袖が授けてくれる軍資金ということであった。立花は「後ろ暗さの共有」と呼んでいる。典型的には田中であるが、一般化すれば派閥の領袖は、政治家に金をばらまき、それを受け取った人間だけを信用するというのである。その後ろ暗さを共有しあう関係だけを信用するという構造を作り上げるのである[42]。

そうした戦略の基本は、国会議員の過半数を制することによる民主主義的決定への考え方である。その時代、自由民主党は永久にも与党であると考えられていた。その与党の過半数を制すれば総裁になれるわけである。となると、与党の四分の一強の議員、すなわち子分を擁する派閥を経営し、総裁選挙に際しては、どこかと組んで過半を制すればよいという考えである。政策、理念などはあとからいくらでも作ることができるということであろう。民主主義は、数であり、数を決めるのは食客を擁するための資金力だということである。

その点では、ひとりひとりの政治家の能力や資質も、とりあえずはどうでもかまわないということにもなる。どこかでカンバン（知名度）がある人間を探し出せば、ジバン（組織力）を、カバン（資金力）でバックアップして手下を増やしていけるということである。

石原は、さる選挙応援でのこんなエピソードも書いている。

「演説会の壇上で聴衆に今度はなんとか当選させて下さいと哀願し、絶句して泣き出したと思って横から眺めなおすと、壇上の机に両手をついて顔を伏せたまま肩をふるわせてはいるが、その顔は泣いてはおらず、顔を伏せたまま上目づかいに会場を見回して（中略）。

しかし横から眺めていて私には生理的にいやな気がしてならなかった。千を超す聴衆の前でこういうことがぬけぬけと出来る人間は、他の何においても信用出来ない気がした。こんな人間までかき集めて作る政治の派閥というのはいったいどんな絆で結ばれた集団になりうるのだろうかと、ふと横に座った中川を顧みたものだ」[43]。

青嵐会の縁もあり、石原は、一九八二年の総裁選挙において中川一郎を候補として押し出す。中川派という派閥の

39『国家なる幻影』上巻一八一頁。
40『国家なる幻影』上巻三三四頁。
41『国家なる幻影』下巻六六頁。
42 立花隆『巨悪 VS 言論』上巻一〇五頁。
43『国家なる幻影』下巻一四五頁。

結成でもあった。生理的にいやな気がしたという話も、そのときの候補者応援だったのであろう。かつて青嵐会結成における血判という儀式さえも、こういう人間であれば、事もなく剃刀で切ってたやすく血判したのかもしれない。

この種の手合いは、政治家に限らずどこにでもいるものだと思えもするが、この種の人間さえも数のうちだということで、旧田中派、それに続く経世会に対決して、石原も加わって中川派を作ったときから、実は同種の「後ろ暗さの共有」に関わらざるをえなくなったのかもしれない44。

「私はかねがね青嵐会の中で、中川、渡辺、玉置といった代表世話人たちの若いながらも無類な集金能力に目を見張る想いでいた。そのために彼等がどんな無理をしたのか想像も及ばぬところだが、いずれにせよ彼等の仲間内での人望がその見識以上に、その羽振りの良さに所以しているのはよくわかった。それにしてもそのやり口の内訳は私の想像の及ばぬところだが、何しろ政治の大事な案件を左右するその元のさらなる元の原理が結局は金という構図はなんとも空しく恐ろしい気がしてならなかった」45。

物書きとして十二分に自立していた石原にしてみれば、またシングルハンターであらんとしたところを考えれば、こうした青嵐会の結成時の同士についてさえ、ある種の違和感があったということであろう。そのことを無論知った上での、総裁選への中川押し出しであり、その結果としての中川派の旗揚げということであったのであろう。そして、それは結局その派閥の領袖にしても、やはりどう軍資金を捻出するのかという大きな問題に向かわなければならなくなった。

「中川氏もそんなことは十分承知でなお自らの派を作る決心をしたのなら、それこそが派閥の領袖なる政治家の度量甲斐性ということなのかも知らぬが、そうした派閥の虚構というより、それが実質でしかないメカニズムの中での政治家の最も重要かつ必要な能力が集金ということならこの国の政治の質も見えてくるというものだろう」46。

この時一九八二年一一月の総裁選において、中曽根が当選をする。経世会がついたということもあるが、ある意味での順番であった。また、当然の帰結として、第六の最小派閥の領袖である中川は、選挙結果、最下位に終わった。そして、たいへん衝撃的な出来事であるが、それから三ヵ月弱ほどの後一九八三年一月、中川は死ぬのである。その死については、今も憶測がある。死そのものについては、ここではさらに触れることはできないが、石原の文章から、派閥を旗揚げして、そして領袖として資金を作っていくプロセスが、おそらくはたいへんなことだったということが推察される。

「権力という蜜が、同じ人間でしかない政治家から人間としての要件の何と何をいかに容易に奪いさり、人間としての価値の機軸、いわばジャイロコンパスをいかに狂わせてしまうかという政治の悪しき公理を私は中川の死の中に、そしてその周辺の人間たちや彼等がかもしだしたさまざまな出来事の内にあからさまに見せつけられた思いだった。それは何と強弁しようと一種の地獄絵としかいいようない」47。

中川の死後、この派閥を石原が面倒を見ていくことになる。しかしながら、これはこの人のこうした集金ということへの、ある種の無頓着さもあり、またそもそも政治がそんなものであるものではないとしている限り、長くは続かない。石原自身を含め、やがて福田派に合流していくことになる。

44 本章冒頭で「この人の書いた文章を手がかりに」と制約条件を付けたのは、政治家石原については、毀誉褒貶《きよほうへん》限りないからでもある。国会議員から、後述する都知事である間に、この人については数多の本が書かれている。真偽を論判できない出来事が多々あり、書をいくつか挙げておくに留める。本多勝一『石原慎太郎の人生―貧困なる精神N集』朝日新聞社　二〇〇〇年、石原慎太郎研究会『石原慎太郎猛語録』現代書館　二〇〇〇年、姜尚中・宮崎学『ぼくたちが石原都知事を買えない四つの理由』朝日新聞社　二〇〇〇年、志村有弘編『石原慎太郎を知りたい―石原慎太郎事典』勉誠出版　二〇〇一年、別冊宝島編集部編『石原慎太郎の値打ち。』宝島文庫　二〇〇三年、嶋田昭浩『解剖　石原慎太郎』講談社文庫　二〇〇三年、斉藤貴男『空疎な小皇帝―「石原慎太郎」という問題』岩波書店　二〇〇三年、一ノ宮美成＋グループK21『黒い都知事　石原慎太郎』宝島社　二〇一一年。

45 『国家なる幻影』下巻八三頁。

46 『国家なる幻影』下巻一四六頁。

47 『国家なる幻影』下巻一六四頁。

そのことについて、「私の合流を見て、安倍氏[48]と同期の議員でもあった金丸信氏が、一人最低一億としても、一度に代議士八人とは安倍もいい買い物をしたものだ」[49]と語ったという。所詮、議員、議席、そして権力、政治などというものは金次第なのだということなのかもしれない。日本政治についてのその最も歪《いびつ》な現象である、金権は、この金丸という政治家が出てきた田中の総理大臣誕生に象徴されていた。

立花隆は書いている。「田中内閣の誕生を思い出していただきたい。その男が史上空前の札ビラをまいて、票を買収することによって首相の座をかちえたのだということをみんなが知っていながら、この男を〈庶民宰相誕生、角さんおめでとう〉の大合唱で国を挙げて祝福してやったのである。田中内閣の支持率は戦後最高の六二パーセントを記録したことはまだ記憶に新しい。

総理大臣の座を金で買っても罰せられない国があるのに、ときたま木っ端役人がケチな汚職で捕まったりするのはほとんどブラック・ユーモアですらあった」[50]。

「平民宰相」は、原敬以来のキャッチフレーズであり、これは近年でも、菅直人、野田佳彦についても冠せられたものである。しかしながら、田中の場合、その庶民性は、もっとむき出しの物質性だったということであろう。「もっとも、民主主義政治という方法を数の確保によって動かす原理がしょせん金でしかない、ということが成り立つのは世の中が総じて太平ということの証しかもしれない[51]。そして、政治が経済政策、すなわち好景気湧出にだけ関わることを是としてきた日本の二〇世紀後半の深刻な問題でもある。その太平は、一九九〇年代を境に崩れていくことになる。

（三）兵士としての政治家

三島由紀夫との議論において、石原が、政党は、これをつうじて政治に人が関わる機能集団であり、それに関わる人が変わることにより、この機能集団自体、その性質や形態を変化させる媒介項だと考えていたことはすでに述べた。

政治は、人が人を動かす世界である。そしてそれを可能にする力を権力と呼ぶ。暴力と何が違うかと言えば、暴力が、身体を身体でもって毀損する力であるのに対して、権力は、これを極限に留めて、すなわちこれを行使することなく、人を従わせ動かすところにその存在理由がある。

ヴェーバーに遡れば、そうした力の源泉は、カリスマ性、伝統性、合法性ということになる[52]。暴力の行使は、支配する相手の身体を毀損することであり、これが著しくなればなるだけ、相手そのものが亡くなり、支配という目的を達成することが不可能となろう。ゆえに、暴力は潜在脅威としてあることが、権力行使の前提となる。

国家権力を求めるということは、国家社会を動かす、すなわちそこにある人たち、集団、団体、機関を統御しようとすることである。当然、国政に関わる政治家は、それが目的である。そのこと自体は、当然のことである。ただし、他方で権力という、人が人に何かをさせる力は、させる当人が何を意図しているかにより、その使われ方は大きく異なってこよう。人間が、理性の固まりでない以上、権力が我欲に起因していることも大いにありうる。

「政治が権力という大方の人間にとって最大の魅力ある目的獲得のための方法ともいえるなら、それに関わる者が目指すもののために手段を選ぶというのも、人間として当然のことといえる。故にも政治家の目的達成のための手

48 福田派（清和政策研究会）の継承者安倍晋太郎のこと。
49 『国家なる幻影』下巻一六六頁。
50 立花隆『巨悪 VS 言論』上巻三六―七頁。
51 『国家なる幻影』下巻一四七頁
52 マックス・ウェーバー『支配の諸類型』創文社 一九七〇年。

立て立ち居振る舞いがいかにグロテスクになろうと、それはいわば政治の摂理によるものといえるし、それこそが、政治という方法が人間にとってしょせん不可欠なものである証左ともいえる。

つまり変節や背信、恫喝、陰謀、あるいは裏切りといった非倫が政治という方法の公理、摂理として許されており、理念とか責任と同じように政治における必然、あるいは必要ともされるのだ。そしてその故にこそ政治という、他のいかなるジャンルにもまして興味津々たる人間たちの劇の展開能力があり、その中で各々の政治家の個性や能力が露呈もしてくる」[53]。

石原は、人間が持っているこうした変節や背信、恫喝、陰謀、あるいは裏切りといった非倫を所与、当然のものとして見てきた。これを飾りたてて隠す観念やイデオロギーを徹底的に排除し暴露することに、この人の仕事ははじめからあったということができる。政治においても「世の中に高貴な政治家などというものがあるはずもなし」[54]が前提となる。

石原は、当然ではあるが、たいへん多くの政治家とも関係があった。先述のとおり、派閥の領袖に押し上げた中川一郎とは青嵐会以来、深い関係があった。また、フィリピンのベニグノ・アキノとも、深い友人関係を築いていた。人間の性悪さを冷徹に見据えて世界に関わろうとする石原であるのに対して、彼らの関わりは、排すべき観念論を実は背後に持ち続け理念的な結びつきを大事にしようとしたところがあったように見える。つまり、前者であればよりよき日本に、後者であればよりよき政治にという理念を共有しようとするところがある。彼らは、民主主義は数だ、議席は金だという金権政治家とは違っていた。しかしながら、それが彼らの弱点でもあった。

アキノについては、石原自身『暗殺の壁画』（一九八四年）において、彼が暗殺されるまでのプロセスを、石原自らの生活、そして行動に重ね合わせた作品としてまとめているが[55]、そこで石原がアキノについて指摘していることは、アキノのあまりの理想主義であり、かつその無垢さである。

「私には彼が信じているデモクラシーなるものの虚構が見えすいていて、それをまともに信じようとする彼の観念主義は危ういという以上に愚かしくも思えた」[56]。

豊かな家庭に育ったアキノのそれは、まさに彼の命取りに結びついているのだが、ある時点では、石原自身が直接行動をして救出しようとさえ考えたのは、アキノの純粋さへの純粋行動での結びつきを求めようとしたことなのであろう。アキノとは違い、中川一郎の場合、その生い立ちは貧苦とともにあった。そこに根ざした政治への野心は、田中角栄のそれとはまったく違っていたということなのであろう。この点では、青嵐会以来、やはり石原は、中川に対して、非常に理念的な、言い換えれば純粋行為的な結びつきを期待したように推測できる。しかしながら、日本の政治は、すでにそれを許すことをしなかった。それが中川の死ということである。

「いずれにせよ政治という世界での人間同士の関わりの最たる絆がしょせん金でしかないということを、いろいろなことで教えてくれたのが兄事もしようとしていた相手だったのは、やはり政治の世界ならではの皮肉な摂理としかいいようない。

金が作り出す政治家としての人間関係の内実もまたしょせんその域を出るものでありはしない」[57]。

高度経済成長がその最終局面に至った一九七〇年代前半、すなわちそれは田中政権の誕生であり、そして破綻であったのだが、その後、日本の政治はそれに続く形で、自民党の主流がロッキード事件、佐川急便事件など同種の

53　『国家なる幻影』下巻七四頁。
54　『国家なる幻影』下巻二三四頁。
55　石原慎太郎『暗殺の壁画』『石原慎太郎の文学5　行為と死／暗殺の壁画』二〇〇七年所収。
56　『国家なる幻影』下巻一三一頁。
57　『国家なる幻影』下巻一〇七頁。

疑獄事件を経ても、この田中政治を源流にした派閥を軸にしたまま、同じことを繰り返していった。このことは、日本社会がまさに太平だったということでもある。その結果として、今となってみれば、日本は太平の夢見心地のうちに、政治が本来なすべきであったことをことごとく忘れ去ってしまい、時だけが過ぎていったということである。

「権力が最大最魅力の蜜であることは今さらいうべくもないが、権力の本質がしょせん金にしか集約されない政治というのはなんとも安っぽく危ういものでしかなかろうが。

そしてまたそうである限り、そうした権力の行使の幅も奥行きも安易で限られたものにしかなりはしない。権力がその露骨な、あるいは狡知な行使によって守るべき国家や民族の利益はことが大きすぎ、金という政治力学のメタファが安易すぎるだけに、本来の目的の想定も、それへの実質の働きかけも逆に疎外されてしまうのだ」[58]。

きわめて大きな対立軸としては米ソ冷戦というものがあり、これにより世界が決定的に割れていたにもかかわらず、高度経済成長期も、そしてその後も一九八〇年代後半まで太平だったということである。「決定的対立があった訳では決してない。いってみれば政治家たちのちっちゃな予見性がもたらした保身への衝動がその引き金だった」[59]。日本の政治家にとり最も重要であったのは、議席を持ってそれでメシを食い利益を誘導し仲間を作り、より大きな利権を獲得するという、そのための予見に右往左往するということである。国家権力を獲得するというのも、日本列島改造により自らとその仲間が利益を得るという、そういうレベルの問題だったということである。

「そうした錯誤の堆積が政治を腐敗させ、世間の関心を政治から遠ざけ、やがて不信を超えた絶望的情況を今日の政治全体にもたらしたとしかいいようない」[60]。

田中派を源流にした経世会が分裂し、その一方が自由民主党から離脱し新党を結成するのは一九九三年、ベルリンの壁が崩壊して三年、ソビエト連邦が崩壊して二年のことである。しかしながら、考えようによっては、世界の重大な転機に、日本の政治はそれに対応し行動していくリソースをすでに枯渇させていたとも言うことができる。

「イデオロギーの生んだ冷戦構造が崩壊した今、政治の対立軸の喪失によって私たちは新しい混乱の中にあります。新しい文明の造詣のために、多くの可能性に満ちているはずのこの日本の将来を毀損しかねぬような問題がいくつも露呈しているのに、現今の政治はそれにほとんど手をつけられぬままに、すべての政党、ほとんどの政治家は、今はただいかに自らの身を保つかという、もっとも利己的でいやしい、保身の目的のためにしか働いていません」[61]。

これは、一九九五年石原が、国会議員永年勤続表彰の答礼と議員辞職の弁に出てくる言葉である。ここには、日本の政治は、どうにも制御、刷新をすることすらできないという結論があると読みたい。しかしながら、この辞職は唐突であり、かえって無責任にも見えるところもあった。

というのも、自らの筆になる自由民主党の新政策大綱試案「二十一世紀への橋―新しい政治の針路」が出されて間もなくのことだったからである[62]。

三、指導者民主主義の風

多くの世人には唐突に見える仕方で、議員を辞職してのち、この人の政治への反回想として、ここまで傍証して

58　『国家なる幻影』下巻一六五頁。
59　『国家なる幻影』下巻三六九頁。
60　『国家なる幻影』下巻三〇四頁。
61　『国家なる幻影』下巻四二二頁。
62　第八章第一節（三）「信仰と自由」三二〇頁参照。

きた『国家なる幻影』が書き上げられた。四半世紀の国会議員への回想がまとめられているのであるが、まなざしは過去へというのではなく、未来に向けられているようにも読めるし、次のように結ばれている。

「〈政治〉とは政治家という兵士の屍を累々と築きながら、さらに後から来る者にそれを踏み越えさせて成就に近づいていくものに違いない。しかし当の政治家たちが敢えて自らの屍を晒すつもりがないというなら、政治はとても政治たり得まい」63。

何やら大伴家持の長歌に由来し、敗戦まで準国歌ともされた「海ゆかば」の歌詞を思い起こさせもするが、そうしたまとめで締められた反回想が上梓されてほどなく石原は、反回想の言葉に従ってか、東京都知事に立候補し当選することになる。

(二) 艇としての知事、そして批判の嵐

一九九九年の東京都知事選挙は、その選挙戦を前に自由民主党、民主党どちらも、現職の青島幸男に対抗できる候補を人選している最中、二月一日突然、青島自身が再選出馬しないと表明し、にわかに選挙戦の行方が不透明となった。

自民党は当初は現職青島優勢と見てか柿沢弘治元外相・自民党東京都連幹事長を予定していたが、青島不出馬ということで新たに明石康元国連事務次長を擁立する。民主党は副代表の鳩山邦夫が立候補。そして元参議院議員野末陳平、国際政治学者舛添要一、そして共産党から三上満が立候補し、乱立混戦となった。こういう状況をよく見てか、告示まで二週間余りとなった三月一〇日になって石原は立候補する。

多くの仲間、支持者に担ぎ上げられたようにも見えるが、やはり最強であった。ただし、一九七五年に同様に東京都知事選挙に立候補し美濃部三選に破れた時の二三三万六千票余の得票よりも、かなり少ない一六六万四千票余

にとどまった。

しかしながら、自由民主党の一国会議員であった時とは大きく異なり、知事というのは大統領と同種のポジションでもあり、直接選挙により選ばれて統領に就くことであり、とりわけ東京都知事は、東京のみならず、日本全体、さらには世界にも存在感を見せつける職であった。

国会議員を去るにあたって自らを兵士として表現した政治家は、大きな権限を手にすることになった。自由民主党のメタモルフォゼを企図して、これを艇として操舵しようとしていた国会議員の時代とは異なり、自らが知事なってその艇を操舵するということである。無論、こうした大統領制という指導者民主主義は、その指導性が顕著であればあるほど、強い支持者、信奉者を生み出す一方、他方できわめて強い反発と批判を生むことにもなる。

一九九九年というのは、一九九七年北海道拓殖銀行、山一證券、そして一九九八年日本長期信用銀行、日本債券信用銀行など大きな金融機関が破綻しバブル崩壊後日本の不況が最も深いところに沈み込んだところから、やや上向きになり出した気配はあったが、バブル後の淵に落ち込んでいた時であり、景気が良くなるとは誰も感じることができない時であった。

そうした中では当然とも言えるが、掲げられ実行される政策は、落ち込んだ税収により萎んだ財政を再建するということである。石原は、知事給与一割カットとともに就任し、都職員の給与削減、福祉施策の見直しから手をつける。ただし、例えば臨海副都心開発支援は続行、不況に喘ぐ中小企業救済として新銀行東京を設立（二〇〇三年）に感じられるように、一方向的な緊縮政策ではなかった。また、都立高校の学区制廃止、東京都立大学改編、ディーゼル車排ガス規制など、掲げるとともに強引に実施していった仕事は少なくない。

63　『国家なる幻影』下巻四二四頁。

しかしながら、東京都立大学が首都大学東京とその名称を変えたことに示されるように、「国」そしてその首都であることを強く意識した都政運営であることははっきりしていた。

財源確保のために、就任一年後、二〇〇〇年四月に導入した「東京都における銀行業等に対する事業税の課税標準等の特例に関する条例」は、そのひとつの例である。資金量五兆円以上の銀行業を営む法人に対して、その業務粗利益を課税標準とし三パーセントの税率で課税するとする特例条例は、以前からあったアイデアではあるが、一自治体が持ち出してきたところに、ある種の新奇性があった[64]。

長い不況の原因だと言える一九八〇年代末から一九九〇年代初頭の大きなバブルの責任を大銀行に問うというポピュリズムの性格を帯びていたこともたしかである。他方での新銀行東京の設立と重ねると、大企業・大銀行と、中小企業とその金融という対立図式が見えてくる。首都東京に本店を構える大銀行の業務粗利益に課税をするという発想を、自治体が独自に行ったことには、たしかにある種の正統性を調達できそうなところがあった[65]。最終的には訴訟により銀行側に和解をせざるをえなくなるが、その後、国と大規模自治体との関係について論議をしていく糸口となったということはたしかである。

こうした発想転換の可能性は、就任一年が経過して石原が都官僚の一部に強いリーダーシップを発揮でき、またそれに呼応するテクノクラートのチームが形成されていったということを示している。ただし、この外形標準課税導入について、もちろん当事者の大銀行の激しい反対もあったが、財務省と東京都庁との対立も当然あり、石原が強いチームを持って国ともやり合えるということを示す出来事であった[66]。これは衆議院議員ではできなかった大きな権限を手に入れたということを意味している[67]。

この石原による税制改革に見られるある種の新奇性は目を惹くが、他方でこの人が都知事となった一九九九年は、偶然にもと言えるが、世紀末、そして新世紀の始まりにありながら、アメリカの金融経済に席巻され、また中国の経済成長がはなばなしく、日本は、まさしく「エコノミックアニマル」という「日本」の形がぼやけてきたためでもあったのだろうか、「国旗及び国歌に関する法律」が制定され、日章旗が国旗、君が代が国歌であると法律により定められる。

制定をめぐる国会の審議過程では、学校における国旗・国歌の指導は、学習指導要領に基づくものであり、国民として必要な基礎的で基本的な内容を身につけることが目的だとされてきた。しかしながら公立学校における式典等における、とりわけ教職員の起立と斉唱実行についてきわめて大きな影響を与えることになった[68]。

64　青木宗明・神田誠司『東京都の〈外形標準課税〉はなぜ正当なのか』（地方自治ジャーナルブックレットNo. 26）公人の友社二〇〇〇年。これについて、二〇〇〇年一二月、石原と中曽根康弘の対談において、中曽根は次のように言っている。「東京は税金が足らない、カネが足らないというので、銀行から税金取ったね。あれで銀行はぶーぶー言ったけれども、あ、こういうやり方があると、全国の知事さんや市長さんが気がついて、今全国でそういう特別の税金を自分のところも取る、と言い出した。これは地方自治、完全自治への前進のテープをあなたが切ったようなものです」〔『東京の窓から日本を』（文春ネスコ二〇〇一年）三一一頁〕。

65　「高い給料を取りながら国民や都民の貯金をゼロに近い金利としたまま公的資金の援助を受けている銀行に対する猛反発があり、都民はその銀行に新税をかけることに一種の小気味よい快感を感じて喝采を送ったのである」山崎正『東京都知事の研究』（明石書店　二〇〇二年）七〇一頁。

66　『東京都主税局の戦い―タブーなき改革に挑む戦士たち』（財界研究所　二〇〇二年）。前注掲示の中曽根との対話において、石原は「都庁にはいろんなスタッフがいるから、国にひと泡ふかせる案を考えろと言ったら、いくつか持ってきたんですよ。国よりも策士がいます」と述べている（『東京の窓から日本を』三一一頁）。

67　『宣戦布告「NO」と言える日本経済』（光文社　一九九八年）、および『「アメリカ信仰」を捨てよ』（光文社　二〇〇〇年）は、一橋総合研究所との共著であり、これもチームでの勉強会での成果がもとになっているのだろうが、啓蒙書に終わっている。都知事と都主税局官僚たちとの関係は、批判啓蒙書に終わらず執行者ともなったということである。

68　村上義雄『暴走する石原流〈教育改革〉』（岩波書店　二〇〇四年）。斎藤貴男『空疎な小皇帝』（岩波書店　二〇〇三年）第七章二〇四頁以下。

東京都内の公立学校においても、二〇〇三年一〇月二三日「入学式、卒業式等における国旗掲揚及び国歌斉唱の実施について」の通達と、地方公務員法第三十二条、すなわち法令及び上司の職務上の命令に従う義務に基づいて、教職員の起立と斉唱が命令された。これまでの慣例を思えば、こうした「強制」は思想および良心の自由を保障する日本国憲法第十九条に違反するという反対意見が当然出てくるはずのものであり、思想信条に基づく拒否については憲法が守ってくれると考えられもした。

しかしながら、この命令に違反した教職員ということで、その処分は多数にのぼった。処分無効請求、損害賠償請求も可能だと考え、複数の訴訟が発生することとなったが、二〇一一年までの結果では、どこにおいても命令は妥当という判決が出ていくことになった69。

そうした判決が依拠する根拠は、

（一）国旗掲揚、国歌斉唱ともに全国公立学校の式典で広く実施されてきたし、入学式等への出席者に通常想定され期待されるものだということ。

（二）スポーツ観戦において自国、他国の国旗掲揚、国歌斉唱に観衆が起立するのは一般的となっていること。日の丸に向かって起立し君が代を歌ったとしても、特定の思想を持っていること表明したことにはならないと考えられること。

（三）式典の国旗掲揚、国歌斉唱は学習指導要領に基づいており、一方的な観念を子供に植え付ける教育の強制ではないこと。

（四）教職員は全体の奉仕者である地方公務員であり、法令等や上司の職務命令に従わなければならないこと。

（五）これらにより都の命令には合理性があるということであった。

ゆえに、思想・良心の自由を侵害したとは言えないということになっていった。こうした法的な確認は、二一世紀に入るところで、日本についての精神状況がはっきりと変化したことを、具体的に示す出来事だと言わねばならない。

鍵となる点は、公務員である以上、その官僚機構の上からの命令には従わねばならないという形式主義により処理をしているという解釈であり、そうする手法を選ぶ意図があろう。教員といえども、職務として官僚機構に没人格的に属している以上、命令は遵守せねばならないという形式論で、思想・信教の自由問題については直接問わずにこれを迂回していくということである。

しかしながら思うことは、たしかに職務について命令に服従するという関係は、これで明確になろうが、国旗掲揚や国家斉唱と、例えば都立高校の学区制を廃止し自由競争を涵養して、東京大学への進学をはじめその実績を上げるという教育制度改革が、その結果、いったいどういう効果を教育にもたらし、どういう日本人が出来上がっていくのかについてはまったく不明のままである**70**。

日章旗と君が代が特定思想の外部への表明につながらないという根拠に対して、それらがたんなる表示というデモンストレーションにすぎないものではなく、具体的な潜勢力が現前していることを見せつけた出来事が平行して発生もしていた。

69 二〇〇三年の通達以後、君が代伴奏拒否、起立斉唱に従わず処分された教職員による処分取り消し裁判は、二〇〇七年二月、二〇一一年五月と六月に相次いで最高裁において、校長の職務命令は、思想及び良心の自由を保障した憲法十九条に違反しないという判断が続いた。

70 これは印象だが、外形標準課税のアイデアとその制度化という出来事は、都が国、財務省に強く対抗するという関係が見えるのに対して、教育現場への法制度に基づいた命令は、教育長、教育委員会と、教職員組合との対立してきた力関係に原因があろう。前者にとって石原都知事誕生は、たいへん都合よく有利に働いたということである。学習指導要綱に基づいている等の先述の論拠は、そもそも文科省が挙げてきた内容であり、この点では都は、国に対して従順な下僕にすぎないということである。

二〇〇〇年九月三日の平成一二年度東京都総合防災訓練「ビッグレスキュー東京二〇〇〇」という「訓練」であった。東京都庁を本部に、銀座、白鬚西、葛西、木場、舎人、駒沢、立川、晴海、篠崎などで大規模な実動訓練が行われ、二万五千人が参加、自衛隊員が七千人参加するという前代未聞の大きな出来事があった。

翌九月四日『朝日新聞』朝刊は、「銀座上空に対戦車ヘリ　東京都の防災訓練に自衛隊七一〇〇人」という見出しで、銀座通りを走行する装甲車を写真入りで報じている。

さらに九月五日同新聞朝刊社説は「一番改善すべきは何?」と題して、災害に対して、消防、警察とともに自衛隊の協力を認めつつ、「対戦車ヘリまで動員しなければならなかったのだろうか」と問い、さらに次のように書いている。

そんな中で、違和感があったのは、石原慎太郎都知事のはしゃぎぶりだった。気分が高揚したからだろうか、訓練の講評で、あえて〈三軍〉と呼ぶ自衛隊の隊員らを前に、「想定されるかもしれない外国からの侵犯に対しても、まず自らの力で自分を守るという気概を持たなければ、だれも本気で手を貸してくれない」と述べた。

防災訓練に場違いなだけでなく、都知事という立場も忘れたかのような発言に、防衛庁でも「石原さんは自衛隊の長じゃないだろう」といった声が聞かれた。

訓練に取り組んだ人たちは、知事よりずっと冷静に映った。石原知事にとって、その〈落差〉の修正も改善点だろう[71]。

後日、石原は、このアイデアについて、かつて美濃部都知事時代に、当時防衛庁長官であった中曽根康弘長官が、持ちかけた話が元になっていると述べているが[72]、本書の前章までの流れと関連させて思い出すのは、石原氏と三島氏とのある対話である。

一九九〇年『新潮』一二月号に掲載された「三島由紀夫の日蝕—その栄光と陶酔の虚構」には、こんな想い出が書かれている。


「楯の会」一周年記念の国立劇場の屋上で行われるという式典に私も招かれたが、当然出席しはしなかった。欠席の通知を出した後三島氏と出会い、欠席をなじられたので私が出席の必要を感じないといったら氏がさらにそのいわれを質した。

「楯の会というのは軍隊ですか」

私が聞き直したら、

「民兵だ」

と氏はいった。

「だとしても、劇場の屋根の上でパレードするというのはやっぱり玩具の兵隊だな」

いったら憤然として、

「君にはあすこで式をするいわれがわからないのか」

「なんですかそれは」

「あそこからは皇居がみえるからだよ」

71 『朝日新聞』（二〇〇〇年九月五日）社説。
72 『Ｖｏｉｃｅ』ＰＨＰ研究所、一九九九年八月号。これについては、斎藤貴男『空疎な小皇帝』一二七頁にも記述がある。

氏は胸をそらせていったものだった。

「なら、皇居前広場でやればいい」

「あそこは許可がおりない」

「ならもっと人前の、銀座の大通りでしたらいい。いや、すべきでしょう。しかし、誰かに綺麗な制服に卵をぶつけられるのがいやなんでしょう」

私が笑っていったら、

「君の発想も貧しいもんだ」

と氏はいった[73]。


この時のことを思って、銀座通りに装甲車を走らせたわけではないだろうが、石原がかつて三島の「士道について」[74]に対して、三島の私兵を「政治的ファルスのマヌカン」[75]と呼び、ここでは「玩具の兵隊」と表現していることとイメージ連鎖してしまう。

すなわち、石原は、本物の兵隊を、実際に動かすときには動かすことができたということなのかもしれない。その実行力のあるところを見せたということであり、この点ではたんに形式的なことではなく、具体的な内容を動員できるということであり、首都における犯罪防止、治安維持に潜勢力を有しているということを示したということである[76]。

この実動演習に加わった「練馬駐屯地の第一師団は対テロ・ゲリラ機能を強化した『政経中枢型師団』への再編成を控えていました。ビッグレスキューは、そこへの格好の足がかりに位置づけられていた」[77]ともいう。

この実動演習は、そもそも今ひとつの出来事とも密接に関係している。二〇〇〇年四月九日陸上自衛隊練馬駐屯地において行われた第一師団創隊記念行事での都知事石原の挨拶である。

陸上自衛隊への期待を国民、都民を代表して述べるとして、日本の政治、経済の現状、国家社会に対する意識が弱まっていること、北朝鮮による拉致、そしてこれは石原の書物に繰り返し出てくる話であるが、アメリカの対日占領の手法の特異性について述べ[78]、来る九月三日の実動訓練への参加について話している。

「先程、師団長の言葉にありましたが、この九月三日に陸海空の三軍を使ってのこの東京を防衛する、災害を防止する、災害を救急する大演習をやっていただきます。今日の東京をみますと、不法入国した多くの三国人、外国人が非常に凶悪な犯罪を繰り返している。もはや東京の犯罪の形は過去と違ってきた。こういう状況で、すごく大きな災害が起きた時には大きな大きな騒じょう事件すらですね想定される、そういう現状であります。こういうことに対処するためには我々警察の力をもっても限りがある。だからこそ、そういう時に皆さんに出動願って、災害の救急だけではなしに、やはり治安の維持も一つ皆さんの大きな目的として遂行していただきたいということを期待しています。

73 『三島由紀夫の日蝕』一一二―三頁。
74 本章三六九頁注20参照。
75 石原慎太郎「政治と美について」『毎日新聞』（一九七〇年六月一六日夕刊）六頁。
76 三島への石原の後年のかなり辛辣な言及を、何度か見たが（第六章第三節（二）「自意識の魔」二三七頁参照、および第八章冒頭三〇二頁、本章第一節（二）「行動の帰属点」三六八頁など）、三島側に立った意見は、伊藤勝彦『三島由紀夫の沈黙―その死と江藤淳・石原慎太郎』（東信堂　二〇〇二年）に展開されている。
77 斎藤貴男『空疎な小皇帝』一二九頁。
78 友人である評論家の村松剛からもらった一九四五年八月一四日のニューヨークタイムズの論説と、同年五月のドイツ降伏についての論説。ドイツについては当たり前のこととして扱われているが、日本の降伏については、醜い大きな怪物が描かれ、その口からアメリカの兵隊が三人がかりで牙を抜いている。すなわち、怪物は倒したが、まだ牙と骨は抜き去っていないという話。これは、『新・堕落論』（二一八―九頁）などでも繰り返し述べられている。

どうか、この来る九月三日、おそらく敗戦後日本で初めての大きな作業を使っての、市民のための、都民のための、国民のための大きな演習が繰り拡げられますが、そこでやはり、国家の軍隊、国家にとっての軍隊の意義というものを、価値というものを皆さんは何としても中核の第一師団として、国民に都民にしっかりと示していただきたいということを改めてお願いし、期待して、本日の祝辞と皆さんに対するお礼と期待の言葉にさせていただきます」[79]。

これは、「三国人」発言として、国内のみならず海外からもきわめて多くの批判と抗議を受けるものとなった[80]。右挨拶文にあるとおり、国家の「軍隊」と明言している。これは東京都知事となったことゆえに、自衛隊員を前にして言えたことである。防衛庁長官、あるいは内閣総理大臣にならなければ国会議員では言うことができないことであったはずである。

ところで、この練馬駐屯地での石原の勇ましい場面も、一九七〇年に、三島由紀夫がやはり陸上自衛隊市谷駐屯地にあった東部方面総監部に立て籠もり総監を拘束、バルコニーから自衛官に演説を行い、のち割腹自殺をした事件と微妙に重なってくるところがある[81]。

しかしながら、三島の場合の悲劇的な結末に対して、石原は用意周到に組み立てた上で、確信して行っていることがよくわかる。よもやここからクーデターを起こそうなどということではないが、冒頭「今日の日本を眺めますと、残念ながらどうも国の外側も内側もタガがゆるんできたなと感じを否めません」[82]という自覚のゆえに、「日本」を立て直そうということである。

国家の「軍隊」という言葉以上に、この挨拶については「三国人」という言葉について批判と抗議が集中した。四月一〇日青ヶ島村への視察に際して記者団から「第三国人という発言が波紋を呼んでいるが」という問いに対して、「何かいけないことを言いましたか。戦後の混乱の中で、せっかく作った青空市場で、いわゆる三国人がその中には韓国系、朝鮮系、中国系、アメリカ軍もいて、不法なことをあえてする。我々に実害を与える外国人のことを当時の新聞は三国人と報じていた。おれはそのつもりで使った」[83]と応え、さらに一二日の都庁での記者会見において「それは辞書にはっきり出てますな。例えばね、私の使っている三省堂の大辞林にまず〈三国人〉〈第三国人〉の〈三国〉なるものは当事国以外の国、つまり戦争とか国際交渉ね、それに関係している相手国以外の直接関係を持たぬ国、つまり外国とされてますな。それから、同じ辞書に第三国人という項目もあって、一は当事国以外の国の人、次は第二次大戦前及び大戦中、日本の統治下にあった諸国の国民のうち、日本国内に居住した人々の俗称。べっ称とは書いてない。俗称と書いてある」など、記者たちと問答の応酬となった[84]。

結果として「もう懲りたので以後使わない」と発言するが、例えば彼の小説『てっぺん野郎』の中にも、この言葉はそのまま出てきていた[85]。そういう意味では「俗称」ということであろう。

しかしながら、この語を辞書から引いてきて、その意味を示すだけでは済まされない文脈、しかも社会的、歴史的文脈があり、さらにそこに反石原というパースペクティブを向けていくことで、この出来事は大きく問題化した。災害と騒擾事件の関係は、関東大震災における朝鮮人虐殺事件を間違いなく想起させるし、当然そこには日本における

79　「石原慎太郎都知事の自衛隊行事発言〈全文〉」『毎日新聞』（二〇〇〇年四月一一日）地方版東京、および「石原都知事「三国人」発言　九日の発言全文」『産経新聞』（二〇〇〇年四月一三日）二七頁。

80　内海愛子・高橋哲哉・徐京植編『石原都知事「三国人」発言の何が問題なのか』（影書房　二〇〇〇年）には、三人の編者の座談会のみならず、多数の識者の批判的意見、海外を含む非常に多くの抗議文とともに、石原自身の発言全文、記者会見記録などが収められている。

81　当時、石原自身がこの場所に駆けつけたことについて書いている。『国家なる幻影』上巻二六二―四頁。

82　前掲練馬駐屯地での挨拶全文。

83　前掲内海愛子・高橋哲哉・徐京植編著所収「視察先の青ケ島で記者団の質問に答えて」二〇二頁。

84　前掲内海愛子・高橋哲哉・徐京植編著所収「〈三国人〉発言をめぐる都庁での〈釈明〉会見」二〇四頁。

85　第五章第二節（三）「裏社会」一九三頁参照。

韓国・朝鮮人差別という事実が連関するし、さらに植民地支配、戦時中の従軍慰安婦という過去の歴史問題が存在する。

これらの連関が惹起する諸問題がまったくないとは考えていないのであろうが、国会議員の時代とは異なり、東京都知事となり、その意味での強い「リーダーシップ」を発揮して、この時、多くの抗議者、批判者たちが求めた謝罪はまったくなかった。むしろ、抗議者や批判者たちに対して、はっきりと自らの位置取りをすることができたようにさえ見えるところがある。これは、同種の諸事件についても言えることである[86]。

そうではあるが、二〇〇三年東京都知事選挙において、石原は再選される。しかもこの時の得票数は三〇八万七千票余となる。一九七一年美濃部亮吉が三六一万五千票余を取ったのには及ばないが、その数はきわめて巨大である。知事という指導者民主制の統領となったということによるリーダーシップ発揮の過剰な延長ということで起きる舌禍は、抗議者たちの抗議、批判者たちの批判、たくさんの毀誉褒貶の嵐も、相手とすることなく、自らの鉛直倫理に従い航行していくことに石原にはさほど不自由を感じなかったであろうと思われる。

その意味では、一度、政界から退いてはみたが、再び東京都知事に就任したということは、この人にとってはたいへんな好運であり強運であったと言える。一期目の過激な指導者民主主義の実践に対する厳しい抗議と批判にもかかわらず、二期目に入って間もなくのさる世論調査において、「次の首相に最もふさわしい人物」という問いに対して、石原慎太郎が二七・七パーセントで、当時現職の小泉純一郎二〇・四パーセント、同じく官房長官だった安倍晋三の八・一を大きく引き離していたのである[87]。

（二）ナショナリズムの航法

東京都知事という多忙な公務に就きながら、短編や評論、啓蒙書だけではなく、例えば『火の島』（二〇〇八年）のような壮大な長編小説を仕上げていることを知ると、この人の途轍もない能力を感じるが、国会議員のときには、自民党の党内政治という非常に深く厚い霧に包まれて、金権打破主張という点以外に、この人の進路が明確でなかったところがあったが、つねに持ち続けてきたナショナリズムをいかに貫徹するかということについて、都知事となることによって明瞭になっていった。

二つシンボル的な出来事を挙げることができる。ひとつは、すでに第一章でも触れたが、オリンピックの東京への招致というプロジェクトである。これは、二〇一六年については失敗したが、二〇二〇年についても再度招致を試み、都知事辞任後であるが開催が決定する。そうしたオリンピックにあるナショナリズムと、今ひとつの問題、すなわち尖閣諸島購入をめぐる問題に関わるナショナリズムと、その広がりである。スポーツをつうじたアリーナでのナショナリズムの発現とは異なり、この問題は一九世紀的な領土問題と紛争にまでつながるナショナリズムでありたいへん深刻なところがある。

（ア）オリンピックの意味

二〇〇七年の三期目の立候補においても二七〇万票を獲得したことはすでに述べたが、この時掲げた公約は、二〇一六年の夏季オリンピックならびにパラリンピックを東京に招致するというものだった。結果として、

86　斎藤貴男『空疎な小皇帝』「第四章　社会的弱者への冷たいまなざし」。ここでは、二〇〇一年一一月『週刊女性』記事におけるいわゆる「ババァ発言」と性差別問題が取り上げられている。これ以外にも、例えば「フランス語は国際語失格」発言もあり、どちらも訴訟となった。

87　第一章第一節「政治家ポップチャート」一五頁注6参照。共同通信世論調査（二〇〇三年五月一七、一八日実施）。本章注44で石原批判の書を挙げたが、石原支持の書も少なくない。井上頌一・河合秀仁『石原慎太郎入門』アールズ出版　二〇〇三年、福田和也編『石原慎太郎「総理」を検証する』小学館　二〇〇三年、早稲田編集企画室『石原慎太郎主義　賛同』データハウス　二〇〇三年。

二〇一六年のオリンピック招致には失敗したが、二〇二〇年の招致には成功した。

二〇一六年招致について、調査Ⅱ、調査Ⅲ、調査Ⅶの結果を整理すると、表7のようになる。「どちらとも言えない」という層を含めるとしたら、東京都が公表している七割程度の賛成という数字に近くなるということかもしれない[88]。しかしながら純粋に賛成だけを見るのが普通だろうから、二〇〇九年八月の数字を見ても、男女合わせると半数を少し超えるという結果であり、これらの数字からは、オリンピック招致について都民総体に高い賛成があったとはなかなか言いにくい。

もともと二〇歳台男性、七〇歳台男性の賛成割合が高かったのが特徴である。二〇〇八年に比べ二〇〇九年の賛成割合上昇は、都の活発なプロモーションの結果であろう。二〇〇九年八月、その秋一〇月に国際オリンピック協会総会が開催され、そこにおいて二〇一六年の開催地が決定することになっていた。その直前であり関心が高く賛成が全体としても上回っていることがわかる。

二〇一一年九月の数字は、二〇二〇年の招致についての賛成の割合である。東日本大震災と福島第一原子力発電所大事故後半年ほど経過しただけの時点であり、その賛成割合は低かった。これは第一章でその六月都議会での石原都知事の所信表明演説でのオリンピックへの言及への消極的反応とも対応している[89]。

ただし、オリンピックも含めて都市の将来設計というプロジェクトについて住民投票を含めた意向調査がどれだけ重要かどうかは、知事自身を直接投票で決定していることを考えると、その判断は難しい。

前述のとおり二〇歳台、七〇歳台男性の賛成割合がもともと高かったというのも特徴的である。このことは、文芸作品や裕次郎主演の映画という媒介の仕方とは異なった媒介性を、オリンピックが持っていることにあろう。スポーツが備えた媒介効果ということである。オリンピックの精神そのものが、そうであったわけだが、スポーツが人を結ぶということである[90]。

表7　オリンピック東京招致への年齢階級別賛成割合

(%)

	2008年1月 調査Ⅱ	2009年8月 調査Ⅲ	2011年9月 調査Ⅶ
男性/20-29歳	63.5	64.0	42.5
男性/30-39歳	40.4	67.7	40.3
男性/40-49歳	46.2	59.2	40.8
男性/50-59歳	45.1	55.3	33.0
男性/60-69歳	47.2	58.3	42.7
男性/70-79歳	61.5	58.3	47.6
合計	50.6	60.5	41.1
女性/20-29歳	46.2	51.6	43.5
女性/30-39歳	32.7	50.0	32.3
女性/40-49歳	30.8	57.3	35.9
女性/50-59歳	48.1	52.4	24.3
女性/60-69歳	53.8	55.3	33.0
女性/70-79歳	55.8	45.6	38.8
合計	44.6	52.0	34.6
	N=624	N=1444	N=1444

＊調査Ⅱ、調査Ⅲ、調査Ⅶのデータを使用。いずれも「大いに賛成」「どちらかと言えば賛成」「どちらかと言えば反対」「大いに反対」「どちらとも言えない」の５点尺度の質問で、ここでは「大いに賛成」「どちらかと言えば賛成」の合計を示した。2008年と2009年については、2016年の招致、2011年については2020年の招致について聞いている。

88　東京オリンピック招致委員会が、二〇〇七年一二月一一日発表した結果では、賛成六二%、反対二六%、どちらでもない一二%であったという〔『朝日新聞』（二〇〇七年一二月一二日朝刊）三五頁〕。同委員会が、二〇〇九年一月一五日発表した結果では、賛成が七〇・二%に上昇しているという〔『朝日新聞』（二〇〇九年一月一六日）朝刊二二頁〕。ともに全国三千人を対象にしたインターネット調査。私のものも同様のネット調査であるが、対象は東京都に限定していた。

89　第一章第三節「価値紊乱の見出し語」にある、所信表明第一二項目（二五頁）参照。

90　第六章第一節（二）「アスリート」二三二頁以下参照。

あるいは二〇〇七年の都知事選挙の争点がオリンピック招致となったのは、石原陣営が、選挙対策のために、もともと投票率の低い若年層の支持拡大のために、招致効果を計算に入れたとも考えることも可能だろうが、石原にとってオリンピック招致の意味は、もっと違うところにあったはずである。

二〇一二年五月二三日ケベックで行われたオリンピック委員会理事会で、イスタンブール、マドリードとともに東京が一次選考を通過し翌年九月の最終選考を残すのみとなった。ちょうど次節で扱う尖閣諸島購入問題と重なって、石原とオリンピックにあるナショナリズムの関係がよくわかる発言を拾うことができる。

IOCの調査では、東京の支持率は四七％どまり。石原知事は「いま日本人が何に胸がときめくかと言えば、ちまちました『我欲』の充実。痩せた民族になってしまった」と作家らしく分析し、「低ければ、それを上げる努力をするだけのこと」と、来年九月の最終選考に向けて世論を喚起していく考えを明らかにした[91]。

さらに五月二九日、外国特派員協会で尖閣諸島購入の講演後の質疑で、二〇二〇年招致への質問が出た際、五輪招致への支持率が低迷していたことについて「知事の人柄のせいでは」と問われると、「選挙で私は割と人気がある。私が辞めて支持率が上がるなら明日にでも辞める」と反論。「東京オリンピックが実現したら都民は来なくていい。日本中から国民が来るから」と皮肉を交えて応じたという[92]。

二〇二〇年開催が決定した東京オリンピック、そもそもは二〇〇八年夏から秋にかけて、すでに招致に名乗りを上げていた福岡、札幌と並んで東京が国内候補地として日本オリンピック協会に立候補することが具体化していったが、その経過中、石原のこんな一言もあった。

「『日本は周りの国からなめられている。日本をなめたらあかんぜよ』と言うために五輪を考えた」[93]。

オリンピック招致もやはり、石原にとっては、価値紊乱の実践であったということであり、開催がすでに国威発揚というナショナリズムの実践であった。

（イ）尖閣諸島

二〇一〇年九月中国漁船が、海上保安庁巡視船に故意にかつ露骨に追突してくるという事件があった。世論に対してこの時の映像記録を政府はひたすら非公開としようとしたが、ある海上保安庁職員によってインターネット上に公開される。

この映像流出について一一月、石原が「結構ですね。これは内部告発。みんな知りたいことなんだから。相手の実態を知るためにはそういう映像が一番確か。それに注釈を加えることをみんなが（映像を）見て判断すればいい」と新聞に語った[94]。

誠に石原らしい発言とも言える。この発言についてどのように考えるか、アンケートで聞いてみた（調査VI）。石原のこうした発言について「大いに理解できる」「ある程度、理解できる」という肯定的回答を合わせると、性別、年代を問わず七割を超えるほどにもなる（表8）。映像がショッキングであったということを示しているとも取れる。この映像流出により、当該海上保安官は公務員の守秘義務違反により懲戒免職となる。しかしながら、これにつ

91　『読売新聞』（二〇一二年五月二六日朝刊）三二頁。
92　『読売新聞』（二〇一二年五月三〇日朝刊）三〇頁。
93　『読売新聞』（二〇〇六年二月一日朝刊）三五頁。
94　『産経新聞』インターネット記事（二〇一〇年一一月五日一二時二九分掲載）。

表8　記事にある石原慎太郎東京都知事の述べたとされる意見について

(%)

	大いに理解できる	ある程度、理解できる	あまり理解できない	大いに問題がある	どちらとも言えない	合計
男性/20-29歳	41.2	38.2	7.4	4.4	8.8	100.0
男性/30-39歳	32.4	51.5	7.4	2.9	5.9	100.0
男性/40-49歳	44.3	34.3	7.1	8.6	5.7	100.0
男性/50-59歳	34.3	47.1	5.7	11.4	1.4	100.0
男性/60-69歳	32.9	50.0	10.0	5.7	1.4	100.0
男性/70-79歳	45.7	44.3	4.3	5.7	0.0	100.0
全体	35.3	46.0	7.6	5.5	5.5	100.0
女性/20-29歳	26.5	47.1	10.3	1.5	14.7	100.0
女性/30-39歳	29.4	45.6	8.8	5.9	10.3	100.0
女性/40-49歳	37.1	45.7	7.1	4.3	5.7	100.0
女性/50-59歳	25.7	62.9	4.3	4.3	2.9	100.0
女性/60-69歳	34.3	48.6	11.4	2.9	2.9	100.0
女性/70-79歳	40.0	37.1	7.1	8.6	7.1	100.0
全体	35.3	46.0	7.6	5.5	5.5	100.0

N=832

いて石原は、この保安官に対して次のように述べている。

「あなた（映像を流出させた元海上保安官）の愛国的な行動に、国民を代表して心からの敬意と感謝を申し上げます。愛国者を告訴したり、起訴したり、告発することができるわけない。私は国民の声なき声が政府をある意味で動かしたと思いますけど、それにしても、あなたが退職する残念な結果になったことは極めて遺憾であります」95。

「愛国者」とあり、そして石原は「国民を代表して」と自ら述べている。たしかにこれに違和感を抱いた人も少なくないであろうが、誠にもって石原らしい表現でもある。自らが国を体現しているということをよく表している。

さて、尖閣諸島について、日本政府は日本の固有の領土だとしている。これについて同じ調査結果を見てみると表9のようになる。年齢階級が高いほど男女問わず、固有の領土であるとする日本政府の言う意見傾向への同意が強まるが、年齢階級が低くなるとその程度が弱まっている。とりわけ二〇代女性の場合「どちらとも言えない」が三割を超えていた。だからと言って、二〇代女性には愛国者が少ないとは言えないだろうし、「固有の領土」という、そもそもの日本政府見解の妥当性も問わねばなるまい。

沖縄本島から西四百キロ以上離れたところにあり、実は多くの日本人にはその地についての実感がきわめて薄い場所である。しかしながら、小説『亡国』においても、そこでの日中合弁による石油採掘がすでに操業されていることになっていた。小説では、その時代、日本と中国とは、ある意味での蜜月関係として描かれていた。しかしながら、GDPにおいても中国が日本を上回り軍事的にも強大化していったのに対して、日本の世界的位置が急速に収縮していく二一世紀に入って、この島をめぐる、日本、中国、台湾の関係は、きわめて不安定なものとなった。

石原にとっては、小説の一コマにも使用したロケーションであり、また何よりもヨットマンとしても、青嵐会の

95　『朝日新聞』（二〇一一年一月一五日朝刊）三〇頁。

表9　尖閣諸島は、日本の固有の領土であるという考えについて

(%)

	大いに理解できる	ある程度、理解できる	あまり理解できない	大いに問題がある	どちらとも言えない	合計
男性/20-29歳	58.8	19.1	2.9	7.4	11.8	100.0
男性/30-39歳	57.4	22.1	8.8	1.5	10.3	100.0
男性/40-49歳	62.9	21.4	1.4	2.9	11.4	100.0
男性/50-59歳	57.1	34.3	7.1	0.0	1.4	100.0
男性/60-69歳	60.0	34.3	2.9	2.9	0.0	100.0
男性/70-79歳	80.0	15.7	4.3	0.0	0.0	100.0
全体	53.5	28.4	4.4	3.0	10.7	100.0
女性/20-29歳	35.3	22.1	4.4	4.4	33.8	100.0
女性/30-39歳	41.2	27.9	5.9	2.9	22.1	100.0
女性/40-49歳	42.9	38.6	2.9	2.9	12.9	100.0
女性/50-59歳	40.0	35.7	8.6	5.7	10.0	100.0
女性/60-69歳	44.3	41.4	2.9	4.3	7.1	100.0
女性/70-79歳	61.4	27.1	1.4	1.4	8.6	100.0
全体	53.5	28.4	4.4	3.0	10.7	100.0

N=832

組織者としても、この海域は爆弾低気圧の発生してくるところである。大部分の日本人にとって、そして多くの政治家、外交官が地政学的、社会学的な概念でしか捉えることができないのに対して、彼にとっては、まさしく体で自らの感覚器をつうじて、また自らの運動感覚が捉える世界として、日本の一部だと感じることができるということであろう。こういう意味での「固有」ということを考えることができるのかもしれない。

こうした能力は、国際政治学者であるとか、外交官であるとかの水準などではなく、国を体感できるということである。そして、それは中曽根の場合同様に、すでにその世代以上の希有な能力だということなのかもしれない96。

こうしたある種のじれったさが原因となったのであろう、二〇一二年四月アメリカの保守派のヘリテージ財団に招聘されワシントンで講演した際に、東京都が尖閣諸島を購入すると発言し、寄付金を募ることを打ち出した。そしてこの行動力は、目を見張るものがあり、九月には一四億七千万円にも達し、都は同諸島へ最初の調査船まで派遣した。

当然だろうが、中国との外交関係の悪化は避けられない。さらなる深刻化を回避しようとした政府が、地権者から、都よりも高い費用で買い取ることに成功し国有化する。石原は、当初の予定では、一〇月の現地調査には同行するつもりだったようだが、広瀬中佐ばりのそのヒロイズムは、残念なことにうまくいかなかった。

しかしながら、国が地権者から買い取るという意味での「国有化」は、中国政府との関係を決定的なまでに悪くし、中国各地で大規模な反日暴動が起こされ、日本の現地企業は厳しい状況に立たされることになった。経済という、国境とは独立して存立するシステムを、その外側から政治行為で制御、干渉した結果ということでもある。石原にしてみれば、体感できる日本についてその存在を主張したにすぎないことであっても、制度言語の枠組みでは

96　第二章第三節（二）（ア）「歴史主体としての青年」七四頁注71以下、および第一〇章第二節（一）「鉛直倫理」四二七頁参照。

別の問題へとつながっていかざるをえない結果であった。

すなわち、多くの政治家、そして多くの国民は、この人には残念なことかもしれないが、日本国を体感することなどは、もはやできないということである。

第一〇章　亀裂のリアリズム

石原の作家活動は、一九五四（昭和二九）年の「灰色の教室」に始まる。翌年『太陽の季節』を書き、一九五六年、最初の長編であり、その後展開していくこの人の生の基本モチーフを明確にした『亀裂』を書いている。

こうした作家活動が始まった時期は、政治学者丸山真男が、後に岩波新書『日本の思想』としてまとめる、今もなお読み継がれている諸論文「日本の思想」（一九五七年）、「近代日本の思想と文学」（一九五九年）、「思想のあり方について」（一九五七年）、「『である』ことと『する』こと」（一九五九年）が書かれた頃でもある。この人の、いわゆる戦後啓蒙の始まりである。

石原の活動が始まった頃、戦前戦中見ていた日本とは違う日本を、丸山が論じ始めたのだが、そういう啓蒙されるべき日本に、石原がどのように関係するのかを考えながら、石原を重ねてみたい[1]。

一九一四年生まれの丸山は、日本政治思想史という政治学の一領域のみならず日本の社会科学一般の泰斗でありその存在は独自であり続けている。今もなお、いわゆる輸入学問としての水準に沈潜する日本の多くの社会科学者をはるかに凌駕した位置を確保し続けることができたほとんど唯一の社会科学者だと言える。

このことは、『亀裂』において当時一橋大学の学生であった石原が抱いたと想像される理論経済学の講義に対する嫌悪感を思い出させる[2]。丸山の表現を見ると、「日本の進化（＝欧化）と立身出世主義とはいろいろな意味でパラレルな関係にある。田舎書生の〈進化〉の目標は、まさに〈日本の中の西洋〉である東京に出て大臣大将への〈段階〉を上昇することにあった。欧化は日本の〈立身出世〉であり、立身出世は書生の〈欧化〉である。二つのシンボルは〈洋行〉において文字通り合一する。日本の〈進歩〉の価値規準がヨーロッパの歴史的段階の先後に一元化されるとすれば、〈えらい〉人の規準は官僚制の階層の高下に一元化する」[3]ということになる。まことに辛辣な表現であるが、日本の「進化」は、こうした学校社会と表裏一体であり続けてきた。

こういう学問への考え方、あるいはそもそも大学とは、ということについて、日本におけるその意味を求め探り出してみるなら、それは今に至ってもさほど変わらぬままになっている。則《のっと》る標準がドイツ、フランスからアメリカへ移動し、アメリカン・スタンダードがグローバル標準とされるようになったのが相違だと言えば相違であろう。そしてかつての「田舎書生」そのものを探し出すことは難しくなったが受験マシンのような人間が偏差値で順序づけられ、官僚制の階層高下を尺度に、高位の僥倖に恵まれた者が日本の国家社会をいじりまわし、それに合わせてその他多くの日本人が人生設計していくという状態は昔の対応物と大きく変わっていない。

一、理論と実践

丸山は社会科学者であったが、その時代までの文学にもよく通じていた。この点は、文学者にして政治家である石原を考える上で重要である。

丸山は、文学に見られる思想性の中に、言い換えればキリスト教神学とそれと深く関わる近代哲学の関係を日本では欠いているゆえに、国家のいわゆる形式法機構に対して、その前提となる道徳と人倫の様態の関係を日本の場合にも探し求めようとしたひとりである。

1 丸山を取り上げる理由は、本文にあるとおり戦後啓蒙・批判されるべき日本というかたちを示そうというところにある。丸山自身のテキスト批判とコンテクストの関係については、私の能力を超える。中野敏男の労作〔『大塚久雄と丸山眞男―動員、主体、戦争責任』(青土社　二〇〇一年)〕での丸山論は、「動員」というタームのもと、丸山についても戦前、戦中の、ある種衝撃的なポジションをよく描き出してくれるものである。

2 第二章第一節(二)(ウ)「大学」四九頁を参照。

3 丸山真男『日本の思想』(岩波新書　一九六一年)二六頁。

もちろん文学についての論究は、彼のそれまでの文学青年としての関心もあったろうが、明治以来の国家制度が、輸入概念により移築されたものであることを知れば、その制度装置という枠に対して、それとは別の水準にあるだろうと考えられる人の生への関心がどのように捉えられるかということでもあり、文学を社会科学者が取り扱わねばならないということにもなる。

石原青年が、その時代にあっては社会科学そのものの成果にはさほど評価を与えず文学者となっていったことと、制度という概念装置の輸入のための、よく言えば換骨奪胎を宗とする社会科学に対して、人の生を表現する文学をその背景思想として問うこととは互いに関係し合う興味深い主題を構成するはずである。

(二) 決断主義と裁量主義

そもそも洋学から帰った結果として制定された大日本帝国憲法、これがまさしく現実化された日本の近代国家制度の基本概念整備の始まりであり、これぞ社会科学という本邦においては輸入移植された知識からなるものの典型である。その知も、そもそもはギリシャ、ローマ、そしてキリスト教に由来し経過してきた背景を備えており、それが欧米の法治国家制度を育てた土壌であるにもかかわらず、そこからつかみ取った制度概念だけが輸入移植されたものである限り、道徳、人倫、宗教との接合部分で日本のそれとは本質的に齟齬を起こしたとしても、それはおかしくないはずのことであった。

ここにありうる齟齬は、そうした輸入と移植の明治における張本人伊藤博文が考えたのと同じように、後年の社会科学者丸山にもやはり齟齬として知覚されたはずである[4]。それゆえに、日本語が豊かな感覚表現を有しているにもかかわらず、概念的思考を表現していく装置としては、その日本語こそがはなはだ不都合だと感じたとしても不思議ではない。政治制度という、人と人との関係を人が統御する仕組みに立ち入る限り、人の生を描き出してきた文芸に遡及せずには、社会科学も、社会制度もありえないということともなろう。

　この点は、石原が大学で体験した教養への思い、それゆえにか、作家として道を拓いていったことに関係しているはずである。学生時代の石原は、一橋人学で、例えばシュムペータの経済理論についての講義を受講したようだが、同時にそうした講義とそれをする教授について明らかな懐疑を抱いたのも事実だった[5]。

　つまり、そうした舶来の理論的知識の紹介を授けるだけの講義と、生活において対面する現実の経済とがどのように関わるのかという、今も日本の多くの大学生が抱く当たり前の疑問があったはずである。それゆえに、石原は、初期の大作『亀裂』に自らを描いて見せたように、社会科学というものとは別の道を選択することになったと考えられる。

　他方、ウェーバーはじめドイツの社会科学に通暁《つうぎょう》していた学者丸山は、概念知の披瀝という大学における社会科学による疑似実践などはるかに超えた学問を展開していったことも知られているとおりである[6]。

　例えば、昭和初年の文学者たちとマルクス主義との関係、すなわちプロレタリア文学は、輸入される制度概念に対して人の生きる世界描写をする文学という関係があることを思えば、奇妙な構えであり、文学に関心を持てる社会科学者には興味深い関係のはずである。

　プロレタリア文学というテーマ自体は、今となってはいささか時代性を帯びすぎて古いものとも言えようが、文学そのものも、文学理論として、それ自体理論的探究がなされるものであり、そうするための歴史的典型として考

4　丸山真男『日本の思想』二八―九頁。
5　第二章第一節（二）（ウ）「大学」五〇頁参照。
6　軍隊への関係について言えば、石原が海軍兵学校への進学を夢見た少年であったのに対して、応召を経験し厳しい体験をした丸山の軍隊への思いは違っている。

えてみる意義は今もあると考えられる。

いわゆる概念知の固まりだと考えられる法体系を典型に、社会科学のその知識は、その体系性を理想としてきた。こうした体系性は、一方でその衒学性ともつねに表裏一体となっており、それによって社会科学そのものへの嫌悪の源泉ともなるが、他方で実はその斉一性と論理性ゆえに好意的に迎えられることも少なくない。

そもそも体系化される概念ということの外にあると考えられる人の生をめぐる領域について、その生の全体性をポジティブに問う場合、その問いへの答えが過度に合理主義的に提示されることがある場合、必ずしも体系性ということが否定の対象とはなりえないということにもなるということである。

マルクス主義というものは、スミス、リカード、ミルといったイギリスの産業革命とその進展というイデオロギー的側面を備えた国民経済学という個別の説明原理、言い換えると個別の経験科学に対する、批判哲学として生成してきた。すなわち、国民経済学の体系性に対して、それにもかかわらず、それが全体を説かず部分の説明に留まるものでしかないことを批判対象としてマルクス主義は自らの原動力となる、全体性を求める哲学であろうとすることができたということである。個別科学の合理性に対して、哲学的にその外側の非合理性を主題化するだけであれば、それを示すだけで終わることにもなろうが、その哲学がさらに理性哲学であろうとする限り、この批判自体の理性性、言い換えるとそれ自体に再び合理性を求めることになっていく。

結果として、人が生きるという非合理とも思われる部分についても、再び体系性を保持して扱おうとしていくことで、全体性が体系性として維持されねばならないということになる。こうした理性主義的な観念論に帰着していくマルクス主義の哲学は、人の生についても、それがいかに革命的であるかという理性性を求めることになる。資本主義経済が進行し社会矛盾があからさまに吹き出した昭和初年には、人の内面的な心情へのアプローチは、それを拘束している社会的存在の糾弾ということにつながっていく。マルクス主義は、そこに生きる人の世界を文学するのみならず、人の生きる世界に体系性さえも与えることができると期待させ観念する可能性を拡げていく。この点でその当時、マルクス主義とは斬新な思想であったのであろう。

共産革命の実現、天皇制の廃止など、日本の共産主義への道も、一九二八年、一九二九年と厳しい弾圧が繰り返されるが、テーゼの形で実践のための綱領がコミンテルン指導のもと理論化されていく。しかしながら、こうした理論化こそがくせ者であるのは当然である。これは大日本帝国憲法が持つ概念論理による閉鎖性が、国家秩序の枠組みとなる法制度を作り上げたのと同様の皮肉な結果を生む。そうなってしまうのは、人の生きる世界の全体性と言いながらも概念論理を展開させ作動させようと考えるからである。生きる世界というのは、本来、そのように全体社会としてテーゼで指導することなどはできないはずであるにもかかわらず行いえたと考えたからである。

こうした難点は、そうした試みの草創期にすでに小林秀雄により明瞭に指摘されている。すなわち「マルクス観念学なるものは、理論に貫かれた実践でもなく、実践に貫かれた理論でもなくなっているではないか。正に商品の一形態となって商品の魔術をふるっているではないか。商品は世を支配するとマルクス主義は語る、だが、このマルクス主義が一意匠として人間の脳中を横行する時、それは立派な商品である」[7]。

ここで言われる意匠は、生きる世界に対して、生きる形式、型とでも言うのがよいであろう。大日本帝国憲法は、そうした型、枠組みを法律という言語により作り上げたものである。当然、この型で切り取られる外側にも、人の活きる生があろう。これを主題に描写していくと考えられた文学自体が、同じように抑圧の商品そのものとなってしまうということになるのである。

こうした小林の評論は、その時代状況のみならず現在においても、たいへん鋭い切れ味のあるものである。青年

7　小林秀雄「様々なる意匠」『小林秀雄　全作品1』（新潮社　二〇〇二年）一五三頁。

時代の石原にとっても、とりわけ高校途中で放校状態となって読みふけったランボーとともに、小林秀雄から受けた影響は、少なくなかっただろうと思われる。

貧困を見つめ資本主義経済の矛盾を知覚し、階級対立を理解し、時代精神を持って文学をせよと言うことはできる。これを規準にしてそれ以外の文学を、ブルジョア文学云々と指摘することもできるであろう。ただし、「芸術家にとって芸術とは感動の対象でもなければ思索の対象でもない、実践である。作品とは、彼にとって、已れのたてた里程標に過ぎない、彼に重要なのは歩くことである」[8]。

石原は、後年『私の好きな日本人』[9]のひとりに小林秀雄を入れているし、その影響を強く受けていることはわかる。実際、石原が選んだ文学への道も、歩くということであったことは大いにうなずくことができるし、『太陽の季節』以来、実に夥しい数の里程標を築いてきたことも確かである[10]。

石原によるこの道の選択はたしかにそのとおりであるが、こうした石原が選択するよりも前の時代の文学事情を知的経験として知っていた丸山は別の水準の問題を掘り出している。

ひとつは、昭和初年には見られたプロレタリア文学のベクトルに対して、昭和一〇年代以降には、それとは反対のベクトルが優勢になり報国主義に文学がなっていったという問題である。こうした転向、そして反転のメカニズムに内在するある種の容易さがなぜ可能かということが問題となる。

そして今ひとつは、いわゆる概念的な図式主義を、生の全体性という問題への関わりに適応させることなどできないとしたことにより、そもそも生には理論的な説明などありえず、あるのは直感と決断だけだという考え方に導かれていくという、やはり単純な結論である。いわゆる決断主義への道である。

文学が報国的に旋回していかざるをえなかった、その外在的な理由はむき出しの国家の暴力という形で明確にあった。そのことは、仮に転向していった人々に対しても、考慮せねばならないほどの巨大な国家の不可避な力であった。

生の世界を、概念的な図式主義の体系化から完全に遊離させてしまうと、それ自体は、浮遊する小世界の集合ということにもなるのかもしれない。これもまだなお図式主義の延長にある思考の可能性がある。

こういう浮遊する小世界と、法により強固に制度化されていった国家装置との関係は、前者があまりに脆弱にしか存立できないと考えるからでもある。結局、暫定的にさえ協力を拒絶する勇気のあった者たちは、その概念で作り上げられた強制装置から断罪を受けることになり、他の諸々の小世界はそれを見て見ぬふりでいざるをえないということになっていく。それゆえに丸山においては、「である」ことと「する」こととの違いが熱く説かれなければならないということになる[11]。

こうした、言い換えれば個人と社会との直接的な関係とともに、丸山がしつこく指摘していることであるが、国家制度を設計していく官僚は、まさしく法言語によりそれをなしていくわけであるが、出来上がる制度という体系と、現実の個別の諸事例とが、必然的にずれを生じるものでしかないということ、これも当然であろう。このことは、生の世界をめぐる全体性を、概念的に一対一に対応させて捕捉制御することなどできないということを物語るものである。

しかしながら、そうしたずれて食い違う関係にありながら、制度を運用していく限りは、現実とのずれを、どのようにかして決断によって縫合していくことになる。それが国家の官僚の仕事であり、政治家の仕事だということ

8 「様々なる意匠」一四五―四六頁。
9 『私の好きな日本人』二四一―六八頁。
10 亀井勝一郎「文学者の在り方の変化」への反論について言及した〔第六章第一節（二）「アスリート」二二三頁参照〕。
11 丸山真男「〈である〉ことと〈する〉こと」『日本の思想』所収。

になる。

言い換えれば、どのようにしても、最終的な結論を、作り上げた概念装置の演繹過程だけから導き出すことができなくなることがあるからである。このため、ときに法制度の側を変更することもあろうが、たいていの場合、現実を裁断して調整するということになる。そうした決断とその集積について、官僚は既定の例外適用の事例の枚挙とその延長として、まさしく新たに生じてくる現実にもそうした決断をすることで、さらなる課題解決をしていくことになる。

こうした一方での合法性と、他方での裁量主義とのごった煮は留まるところなく繰り返されていく。官僚が理性の担い手であろうとすることにより、そして立身出世の頂点にいるという自負によりそれは可能となる次第なのである。

(二)「私」の限界

こういう絶え間なく例外を含んだ制度の中で活きていく人の生は、どのように文学の題材とされていくのか。勧善懲悪小説もそうしたことへの適応のひとつであろうし、限りなく私的生活を私的に描写することもその症例のひとつであろう。しかしながら、これらとてもはっきりとした前提が必要である。善と悪それぞれの値がはっきりとしていればよいのだが、また私的生活そのものをどこまでも自明として疑うことなく信頼できればそれでよいことなのだが、人の生は、それほど明快に整理することはできない。

フローベルの小説に通底している理論と比して、すなわち「不幸を逃れる唯一つの道は、芸術に立籠もり、他は一切無と観ずるにある。僕は富貴にも恋にも慾にも未練がない。僕は実際生活と決定的に離別した」[12]という構えに比して、明治以来の私小説に由来し、そしてそれ対してなされたいくつかの反抗の流派について、小林は指摘している。

「これらの人々の反抗に共通した性格は、依然として創作行為の根底に日常経験に対する信頼があった事だ。反抗は消極的なものであった、即ち、日常生活を、各自が、新しく心理的に或は感覚的に或は知的に解釈し操作する事が反抗として現れたのである。無論こうした見方で、異った多くの個性的な仕事を割り切る事は困難だが、これらの不徹底な反抗が、従来の私小説の辿った同じ運命を様々なかたちで辿らざるを得なかった事に間違いはない。みな日常生活上の理論と創作上の理論とが相剋する危機に出会ったのである」[13]。

小林は、ここから横光利一『純粋小説論』へと論を進めていくが、拙論の趣旨は、小林の「私小説論」についての要点解説でも近代日本文学史のなぞりでもない[14]。むしろ問いたいことは、小林秀雄を敬愛した石原にしてみれば、当然こうした相剋について想定していたはずである。『亀裂』を軸にした初期の諸作品は、純粋行為とは何かということであったし、かつそれがただたんに何かということ以上にそれを行動せんとする私を表現していこうということであった。この点でも、ボクシングや酒場での私刑は、娯楽小説として書かれたものではないことは言うまでもない。

こうしたモチーフは、第六章で見たように行為から感覚論へと展開されて諸作品を生んでいくことになるが、この反抗がどれだけ個性的であったかという問いを向ける必要もあろう。もちろん石原作品という意味で大いに個性

12　丸山真男「〈である〉ことと〈する〉こと」『日本の思想』所収。
13　小林秀雄「私小説論」『Xへの手紙・私小説論』（新潮文庫　一九六二年）一五〇頁。
14　三島由紀夫は、『亀裂』という作品を、似ているとすれば新感覚派のそれとしている〔三島由紀夫『現代小説は古典たり得るか』（新潮社　一九五七年）四三頁〕。時代もそして舞台も大きく異なるが武田泰淳『風媒花』は、人の複雑な交わりという点で似た雰囲気があるように思う。

的ではあるのだが、個という自我の限界性が、どこまで徹底されえたかという問いを向ける必要がある。「私」「俺」の限界の問題である。

石原の主題は、晩年に至るまで青春、若者の生が主題として一貫している。これは誠にもって見習いたい生き方である。生きていくために、その生を賭けることが何よりも美的だということである。それゆえに、晩年と言っても、まだなおこの人は青年であり続けていようということでもあった。

このことは、『刃鋼』の主人公卓治や、あるいは『弟』に描かれている弟裕次郎のエピソードなどに理論的にさえ代表されるものであった[15]。言ってみれば、自我の存立の鉛直理論と呼んでみることのできるものであった。バランスよく出来上がったヨットは、荒波に揉まれても沈むことなく針路を究めることができるということである。初期の諸作品とは異なり、一種の成功譚あるいはその挫折のように読むことができる『てっぺん野郎』『挑戦』『日本零年』のような作品や、あるいは一人称で、いわばライフストーリーを語っていくように作られた『刃鋼』『肉体の天使』、『再生』「公人」『生還』などは、諸々の出来事が、ひとりの主人公の時間軸に整序されるように出来上がっている。

こうした時空論を採用するとき、それにより再構成される自我は、どれだけ自我であり続けることができるのかということを問うてみなければならない。

先述の小林はその『私小説論』において、この時空の解体を、ジイドの『贋金づくり』から引き出している。この小説は、一本道に整序されていくそういう時間軸を想定して、いわゆる人生経路を想定して読むと、小説の筋を追うのにも苦労するものである。かつ贋金の意味するところが、社会そのものがそれであるということにもなっている[16]。

実体として社会を捉えられるのか、そしてそれを捉える自我は実体としてあるのか、それらの関係がどうなっているのかわからないということでもある。言い換えれば、無邪気に、社会とはこうである、あるいは私とはこうであると、不用意に言うことなどできないということでもある。この葛藤が、石原の『亀裂』には内蔵されていた仕組みであった。

私ということを捉えるにあたって、多元的現実にさらされて、通約不能な諸々の世界を相互に跳躍し飛躍するという、そのことに依拠せねばならないということであった。『亀裂』における複雑な人間模様、とりわけその人たちの経験のリアリティが、けっして一本の時間軸で編まれているのではなかったこと、そして主人公都築明は、そうした多元的世界の中で、自らの生を決定していかねばならないということであった。こういうふうに捉えてみれば、ただちにどこかにこぼれ落ち、しかしながら、またどこかにあり続けるように見える自我、それが出発であった。

二、リベラルとナショナル

さて、そうした自我が、何により存立できるのか。鉛直倫理なるものは、次のようにまとめられていた。

「絶対の価値なるものが、この世に在り得るのかということですが、人間は感性がありそこから派生するそれぞれの情念がある限り、人間には他の動物とは違ってそれぞれの存在を反映させるそれぞれの価値観はあるといっても、なおその違いを超えた時代や立場をも超えて垂直な、というよりこの地上を生命的存在の場として与えられて

15 第五章第二節（二）「成功譚と悲劇」一九〇―一頁、第六章第一節「行為のジャイロ」二一二頁参照。
16 今村仁司『貨幣とは何だろう』（ちくま新書 一九九四年）一二五頁以下。

いる者としての絶対的な存在の軸、つまりジャイロが明かす鉛直な価値と真実が在るはずです。端的にいって、それが人間の道、つまり世の道徳ということでしょう」[17]。

とは言っても、相対主義も超え、時代や立場も超えて垂直にある絶対的な存在の軸、すなわちジャイロが明かす鉛直な価値と真実とは、どのようにあるのであろうか。

小林秀雄は、ジイドの『贋金づくり』にある自我の限界実験室を、「個人性と社会性との各々に相対的な量を規定する変換式のごときものの発見」[18]と書いているが、これがどんな式かはここではわからない。石原においては、これはジャイロだということになっている。これらが同じものだとは言い切れないだろうが、ジャイロそのものは、いわゆる時空をアナログの軸で編成していくことと違うのは確かなようである。鉛直と言いながら、その直線は、ある時間軸を言っているのではない。むしろ、そうした長さと方向性を備えたベクトルがつねにある点に向けて揺れ動いているということに着目せねばならない。

（一）鉛直倫理

例えば『ある行為者の回想』や『俺は、君のためにこそ死にに行く』などの作品に出て来る特別攻撃隊のシーンを、どう見るべきかという問題がある。そこにあるシーンにおいても、それを超えていく自我、そうしてその自我は、行為の純粋性を見ている必要があるということになるのかもしれない。

このことは、『てっぺん野郎』に出てくる上条英子、『刃鋼』の松井澄子、『火の島』の向井礼子など、石原が理想として描く人への純愛も、そうした純粋性の典型ということになるのかもしれない。純愛は、たしかに時空を超える。

他方『化石の森』『嫌悪の狙撃者』などでは、疎ましく唾棄すべきは他者であり自分である。これらを読めば、石原作品が一方向的に自我の美的存立を描いてきたわけではないことをよく顕しているであろうし、これらの作品に見える人とその関係の醜悪さは、一方で記憶としてある純愛のネガのように、あるいはその逆か、あるいはどちらがネガでどちらがポジかを不明にする相対主義にも陥る可能性のあることをよく示している。

しかしながら、特別攻撃隊をはじめ軍国日本へと連なる記憶イメージについては、どのように処理可能なのかが気になるところである。思い出されるのは、丸山真男の「超国家主義の論理と心理」の次の一節である。

「欽定憲法は天皇の主体的製作ではなく、まさに〈統治の洪範を紹述〉したものとされる。かくて天皇も亦、無限の古にさかのぼる伝統の権威を背後に負っているのである。天皇の存在はこうした祖宗の伝統と不可分であり、皇祖皇宗もろもろ一体となってはじめて上に述べたような内容的価値の絶対的体現と考えられる。天皇を中心とし、それからのさまざまの距離に於て万民が翼賛するという事態を一つの同心円で表現するならば、その中心は点ではなく実はこれを垂直に貫く一つの軸にほかならぬ。そうして中心からの価値の無限の流出は、縦軸の無限性（天壌無窮の皇運）によって担保されているのである」[19]。

明治憲法を、概念法学の枠組みとし、西洋においてはその外側にあるはずの倫理、道徳、宗教にあたるものが、國體という非宗教的宗教であり、これが臣民の無限責任の連鎖を可能にしてきたことは、『日本の思想』において詳述され教えられるところである。

この超国家主義の論理と、鉛直倫理の構成イメージは似ている。だが石原の場合、その軸の中心が皇祖皇宗も含め天皇だけに限らないという点で違っている。このことは、『巷の神々』以来、石原が天皇絶対主義者ではないと

17 『新・堕落論』二〇一一年、一六五―六頁。
18 小林秀雄「私小説論」『Xへの手紙・私小説論』一九六二年、一六七頁。
19 丸山眞男『増補版 現代日本の思想と行動』（未来社 一九六四年）二七頁。

いうことを確認してきたのを思い起こせばよいであろう[20]。しかしながら、こうした論理構成は、中心軸を鉛直方向に深化させていった彼方がさらに何かは、天使の奏でる音楽が聞こえる神の世界であれば、それは美しいだろう。とりわけ、それが多元的現実にさらされている孤高なる達人の自由主義の境地であれば美しいだろう。石原には、このリベラルへの方向が間違いなくある。

しかしながら、こうした天使の羽音は、いかにそれを真似しようとしても、それをする人をステージに立たせて耳を澄ましても聞こえてくるものではない。そうした物象化や組織化がありうるとしたら、そのときから怪しげな内容が現れ出ることになる。

すなわち「封建的割拠性は銘々が自足的閉鎖的世界にたてこもろうとするところに胚胎するが、（軍、官庁組織を貫流する）セクショナリズムは各分野が夫々縦に究極的権威への直結によつて価値づけられている結果、自己を究極的実体に合一化しようとする衝動を絶えず内包しているために、封建的なそれより遥かに活動的かつ〈侵略〉的性格を帯びる」[21]。

「政治主導」「官僚排斥」と、一九九〇年代以来繰り返し日本政治は標語にしてきたが、つねに縦割りの官僚組織の方が最終的には圧倒的な底力を持ち続けている。改革の理念がマニフェストされる瞬間は美しいように飾られているが、文字化されそれを組織化して執行となると、理念はどこかへ揮発し、決断するために決断するという裁量主義の波間にそれは消えていくことになる。

究極的権威は、今や「天皇」ではないと考えられるが、それが象徴しているとされる「日本国と日本人」に、そうした底力を見出そうとするセクショナリズムは現存している。自由民主党の派閥の論理も、こうしたセクショナリズムの典型であったし、民主党の場合にも、二〇一〇年政権党となり、公共事業見直し官僚政治打破を一時は大々的に行おうとしたが、消費税引き上げ決定を前に財務官僚の強い指導下に入らねばならず、「将来の日本」という不明瞭な象徴に結びついて決断するために決断するという裁量主義を選択するしかなかった。「日本」という表象が、きわめて多元的様相を持っているにもかかわらず、それを敢えて明示しようとすることの帰結である。

石原が、例えば中曽根康弘と対談をしているときに[22]、世代は異なるが、体で感じる「日本」というものがあるという、その表象は、今の時代に至っては、そうした多元的な様相のひとつだということでしかない。この表象に実感でつながることができる世代、そして人は、今や圧倒的に少数派である。

政治家になって間もなく、石原が音頭を取った青嵐会という試みが、巨大な派閥であった田中派の金権政治への義憤ではあったが、それがまさにそのうちに消滅する爆弾低気圧でしかなかったことは、政権与党において派閥、党派というセクショナリズムが、他方での官僚組織以上に、それぞれに「日本」という表象に結びついているゆえであろう。日本の政治風土が最悪になっていったのは、多様性の中にまみれることで、たとえば「日本」を体感できないゆえに、こうした派閥というセクショナリズムが金権により人のつながりを代替してきたということでもある。それゆえ政治家となったにもかかわらず、石原自身がこの種のセクショナリズムとはつねに距離を取らざるをえなくなっていったというのは、実は大いに頷けるところである。

石原は、一九八九年自由民主党総裁選挙に立候補するものの、それはリクルート事件後も最大派閥竹下派が海部俊樹を首相に擁立したことへの一種のプロテストでしかなく[23]、また二〇一二年にも政界再編の起爆剤として「石

20　第二章第二節（一）「巷の神々」五六頁以下、および第八章第一節（二）靖国崇拝についての言及三一五頁参照。
21　丸山眞男『増補版　現代日本の思想と行動』二三頁。
22　第二章第三節（二）（ア）「歴史主体としての青年」七四頁注71参照。
23　一九八八年に発生する贈収賄事件であり、多数の大物政治家が関係した。自民党内最大派閥の竹下派は、この事件との関連で自派から総裁候補を出すことができず、海部俊樹を擁立することになる。石原の立候補は、田中派を継承する竹下派の数による政治へのプロテストと見ることができる。

原新党」ということがまことしやかに言われたが[24]、その芽を自ら流し去ったことを思い出せば、よくわかる。ひとり行動はするものの、つねにまわりを超越した孤高でしかありえない。「日本」なるものをこの人と同じように体感することができ、つながることができる人間は、きわめて限られているということである。そしてたいていの場合、そうした人たちは、もうつながらなくても十分に生きていくことができるのである。

このことは、実は日本の政党内政治のセクショナリズムが、「真理と正義に飽くまで忠実な理想主義的政治家が乏しいと同時に、（中略）慎ましやかな内面性もなければ、むき出しの権力性もない。すべてが騒々しいが、同時にすべてが小心翼々としている」[25]ということにほかならないからであり、石原には、このことがよく見えていたからであろう。

すなわち、これぞ官僚組織のセクショナリズムならぬ、日本の政党内政治という「セクショナリズム」にある典型的な伝統主義である。こうした伝統主義とは、石原は明確に自らを区別してきた。それゆえに多くの支持者、信奉者、友人たちがいるが、政治舞台では、つねに孤高であり続けなければならなかったということでもある。

そういう点で、石原には、これらのセクショナリズムに対して孤高であり続けるというリベラリズムが、時に自らの記憶に由来する「日本よ」という具体的内容に結びつくことになる。これは、中曽根の場合とも、世代的に少し違った内容を持っている。

「江田島の予科兵に入ろうと思っていたが、一年前に負けちまったんだ」[26]という喪失感であり、戦争は終わったが進駐していた米兵に投げつけられたアイスキャンデーを払いのけた気概である[27]。これらは個人的体験でしかなく、自我の多元的世界の個々でしかないが、ナショナリズムへと旋回可能な体験内容である。これらは、いわゆる「戦後民主主義」という背景に重ねると、戦前の国家主義、反米右翼ということにもされてしまう逸話である。

この想いは彼個人のそれに留まり続けるか、せいぜい同じ体験をした、あるいは聞き知る世代に共感を呼ぶという範囲に収まっているときには、生きてきたという生を可能にする自由であるが、当然、理解不能な人たちはたくさんいる。孤高とは、そういうものであろう。

（二）伝統主義と日常性の罠

鉛直倫理を可能にするジャイロを内蔵した人間とは、リースマンの類型のひとつであるというのは繰り返し述べてきた。リースマンは、これを内部指向型と呼んだ。これに対するのは、伝統指向型と外部指向型というものである。リースマンがモデル化した一九五〇年代、まだ経済発展の論理を軸にして考えられた社会観のもとでは、人口の増加が前提に捉えられていた。経済発展の始動期から成長期、そして安定期というモデルが当然のことと思われていた。

内部指向型の人間は、始動期から成長期に入るときに、まさしく成長を推し進めていくスピリットの担い手として考えられている。冒険心に富んだ企業家が典型ということになる。日本で言えば、前に触れたソニーの創業者たちはその典型だと言うことにもなろう[28]。伝統型は、それ以前の人間類型であり、まさに伝統、しきたりに従って

24 自民党を離党した保守派の政治家を中心に「たちあがれ日本」が結党される。発起人のひとりには石原も名を連ね、この政党の名称は彼によるものとされている。この政党と、やはり小泉郵政改革において自民党を離党して出来上がった国民新党とを合わせて、来るべき総選挙をめざして「石原新党」が言われたが思惑だけが流れすぎ自ら白紙に戻した〔『読売新聞』（二〇一二年四月一三日朝刊）二頁および四頁〕。

25 丸山眞男『増補版　現代日本の思想と行動』一九六四年、一九頁。

26 『亀裂』二六頁（二八頁）。この箇所二〇〇七年版では「兵学校」とある。

27 第七章第一節（二）「行動主義は美的に可能か」二五七頁、注10参照。

28 第四章第三節（一）「『NO』と言える日本」一四二頁以下。

生きていく。外部指向型は、成長期から安定期に入っていく際に考えられた類型である。この類型の特徴は、内部指向型のジャイロに対して、レーダーだとされる。すなわち、他者の行動を見ながら、言い換えれば気にしながら生きていく私という人間類型である。

こうした類型論を踏まえれば、石原のそれは、『亀裂』の中では逡巡する若い時（始動期）の迷いを絶って、まっしぐらに生きていった内部指向型の典型なのだろう。しかしジャイロが、どのような形をしているのかについては、リースマンの説明においてもよくわからない。石原のテキストに沿えば、それはただ天使の羽音として聞こえる人にだけしか聞こえないということになろう。とりわけ、伝統なるものに対してそれがどのように独立し違っているのかは知りたいところである。

繰り返しになるが、石原の場合、主張する鉛直の軸が、いわゆる皇祖皇宗に向いているということではない。ただし、この人の日々の日常体験の集積が、ジャイロが機能するリソースだとした場合、それが実は伝統主義かられだけ自立しえたかということである。

そしてそれがいわゆる私小説にいう私秘の繰り返しとどう違うのかということになる。すなわち先述のとおり小林秀雄が日本の私小説およびそれへの反抗者たちへの批判において述べたこと、「日常生活が創作に夢を供給する最大なものであった事だ。反抗は消極的なものだった。即ち、日常生活を、各自が、新しく心理的に或は感覚的に或は知的に解釈し操作する事が反抗として現れた」[29]という論難から、どれだけ自立しているかということであろう。

そのことは、たしかに石原の作家としての活動性として、その行動力により現れているということであろうし、さらにたいへん長い政治家としてのキャリアと行動にもそれをあてはめてみることができるのかもしれない。とりわけ、国会議員という先に見たセクショナリズムという伝統主義で雁字搦《がんじがら》めになっていた時とは違い、東京都知事という統領となりリーダシップを発揮できるようになって、その一端を見ることができたのかもしれない[30]。

就任後間もなく出てきた、ディーゼル車排ガス規制、首都大学東京、外形標準課税、東京オリンピック招致などは、シュムペータに依拠すれば、一種の創造的破壊という技術革新をする企業家のイメージであり、内部指向型人間類型の典型かもしれなかった。

たしかに、こうした古典的な自由主義という意味でのリベラルな革新性を維持しようとしてきた実践は、日本の内部にまだあり続けるセクショナリズムという伝統主義や、日常生活に依拠した消極的反抗とは、おそらく異なるであろうし、創造的な破壊を可能にしてくれるものである。

しかしながら、その一方で「日本よ」とナショナルな方向性を掲げるとき、このリベラルな性質、すなわちジャイロの軸が、どのようになっているのかは知りたいところである。それは、いわゆる皇祖皇宗に向いていないとしても、何に向いているかである。

「国民とは国民たらうとするものである、といはれる。単に一つの国家的共同体に所属し、共通の政治的制度を上に戴いてゐるといふ客観的事実は未だ以て近代的意味に於ける『国民』を成立せしめるには足らない。そこにあるのはたかだか人民乃至は国家所属員であつて『国民（nation）』ではない。それが『国民』となるためには、さうした共属性が彼等自らによつて積極的に意欲され、或は少くも望ましきものとして意識されてゐなければならぬ」31。

これは、戦後啓蒙の旗手ではなく、戦中期の丸山の文章である。論文の主題は、明治以前のナショナリズムの成立事情再構成ということにある。その意味で、この国民も、臣民とは異なろう。しかし基軸が皇祖皇宗に向いてい

29　小林秀雄「私小説論」（『Xへの手紙・私小説論』（新潮文庫　一九六二年））一五〇頁。
30　第九章第三節「指導者民主主義の風」三八七頁以下参照。
31　丸山眞男「国民主義の〈前期的〉形成」『日本政治思想史研究』（東京大学出版会　一九五二年）三二一頁。

ないと考えても、「国民たらうとする」には、後年の「である」に対する「する」ということであろうが、そうなるための仕掛けが必要となる。そしてその仕掛けは、小さな反抗でしかない日常生活がもたらす夢を消し去るものとなることは許されまい。

「国民」は、すでに多義的であり、むしろその多元性こそ健全であろう。これを「あろう」とする意図で括ろうとすると、亀裂の繰り返しとなる。国民の共通項は、国家的共同体に所属し、共通の政治的制度を上に戴いているということ以上のことは今やない可能性がある。

三、ネーションのメタモルフォゼ

丸山が晩年その研究を注ぎ込んだ福沢諭吉は、『学問のすすめ』第三編の有名な「一身独立して一国独立する事」に次のように書いている。

「独立の気力なき者は必ず人に依頼す、人に依頼する者は必ず人を恐る、人を恐るる者は必ずに人に諛《へつら》うものなり。常に人を怖れ人に諛う者は次第にこれに慣れ、その面の皮鉄の如くなりて、恥ずべきを恥じず、論ずべきを論ぜす、人をさえ見ればただ腰を屈するのみ。いわゆる習い性となるとはこの事にて、慣れたることは容易に改め難きものなり」32。

幕末の開国、そして明治初年の国作り、西洋列強に対して、いかに日本が国として独立しえるか、これが福沢には最も重要な問いであった。この福沢にある古典的な個人主義、そしてそれに支えられる国民主義という意味でのナショナリズムは、『学問のすすめ』が著された明治初めは、それを共鳴させなければならない時局性を備えていた。戦後啓蒙という近代主義を標榜する丸山は、この福沢の育たんとする個人主義と対となった国民主義と、その後の軍国日本の国家主義、そして太平洋戦争敗戦を経た後に民主主義と対置される意味でのナショナリズムとを当然区別していたはずである。こうした奇しくも三段階の体裁となる国民主義の類型は、とりあえず形の上だけで比べれば、石原の青年将校の三段階論と対応させてみることもできる[33]。

ただし、一身の独立と一国の独立の類比は、一身が他者と関係するということを思えば、一国も他国と関係することを考えねばなるまい。こうした点では、国民主義は、同時に国際性と関係している。すなわち、ナショナリズムは、同時にトランスナショナルな問いを突きつけられなければならないということである。日清戦争、日露戦争での勝利は、この国際性と国民主義を、戦争と軍国主義に置き換えた。これは、日本という表象を、ひとつの有機体として考えればひとつの変態であった。『学問のすすめ』にあった近代化への潜在性は、まったく別の時局性として客観化された歴史となっていくことになった。

丸山は、福沢の『学問のすすめ』にある均衡状態の崩壊を見ていたようである。

「内の解放と外に対する独立とは一本の問題であり、個人主義と国家主義、国家主義と国際主義とは見事なバランスを得ていた。近代日本の置かれた国際的地位はいくばくもなくしてこのバランスをうちくずすことを福沢自らに強いたのである」[34]。

実際、このバランスは、急激に崩れていくことになった。しかしながら、太平洋戦争における敗戦、その後の戦後復興は、今一度、このバランスという問いについて日本に与えられた僥倖であったかもしれない。いみじくも後

32　福沢諭吉『学問のすすめ』（岩波文庫　一九四二年）三七頁。
33　第二章第三節（二）（ア）「歴史主体としての青年」七二頁以下参照。
34　丸山眞男「近代日本思想史における国家理性の問題」『忠誠と反逆』一九九八年、二六三―四頁。

年、石原は『亀裂』について書いていた。

「私が享受したあんなに際どいほど至福な青春など滅多にあるものではない。敗戦後の新生日本という社会の、高度成長期という国家の青春が、私たち世代の青春とまさに重なりあっていたのだった。その時代的な至福さを私たちの世代は満喫しきってきた」[35]。

戦後の高度経済成長がまさに始まる頃の、この「青春」日本も、そしてその至福も、かつて失ったバランスと同様に、過ぎ去ってみればやはり急速に色あせていったのかもしれない。

『太陽の季節』は成熟しきれぬ私、そうした俺の予兆のようにも読める。石原の文学諸作品が描こうとした人物像にあるリアルさは、基本的に私の私探しであり、俺の俺探しという反射性に照らし出されてくるが、人であるから当然のことだが、つねに失われるだろうバランスに、言い換えればそこにある亀裂により支えられていた。積極的に見れば、それゆえにきわどい至福な青春を享受することができたということである。

高度経済成長が行き着いた頂点は、『「ＮＯ」と言える日本』が書かれた頃ということになろう。それ以降、日本の経済社会は減衰していくことになった。これは、おそらくは内の解放と外に対する独立というバランスを真摯に問うよい機会を逸してしまったということでもある。

その数年後、一九九四年『かくあれ祖国』において、石原は福沢の『瘠我慢の説』の冒頭をひいて、「個人」あっての「国家」の創造を説いていた[36]。啓蒙書であるので、有名な冒頭だけを挙げたということなのかもしれないが、一九六八年に江藤淳との対談においても、石原はこれに言及しているし[37]、一九六七年「現代青年への提言」においては、こんなふうに書いている。

「福沢諭吉は『瘠我慢の説』の中でいみじくもいっている。

『立国は公にあらず。私なり』と。

それこそ、青年にとっての窮極の理想であり、純粋な私ごととして国を興すことのできた青年こそが、いかなる時代の状況を超えて、最も願わしい、幸福な、若ものらしく雄々しく美しい青年にちがいない。そう願うことが、青春にかかるべき熱病なのだ。青年の想像力は、その熱病にはぐくまれる。

わずか百年前、日本が近代国家として誕生し擡頭した明治という時代には、そうしたうらやましいほど至福な青年が多勢いた。あの時代は、最も青年らしく生きやすかったともいえる。

しかし、日本の社会が近代国家として年齢を重ねていくにつれて、青年が今のべた意味での幸せな青年として生きていける可能性はだんだん塞がれてきた。二・二六のクーデターの挫折はその道程をあきらかに示した例であり、以来今日、青年が自分の理念をかざして国家社会に参加しようとする試みは、せいぜいが無力な政治デモの突撃にしか見られなくなった、と我我は大方信じている」[38]。

政治デモの突撃とは、全共闘運動等を言っているのだろうが、その時代から半世紀以上の時が経過してしまった。石原自身、村上春樹の小説に出て来る登場人物を指摘しながら、青年、最近の若者の変わり様について言っていた[39]。さて、どんな青年に期待すべきかである。『てっぺん野郎』の朗太か、『刃鋼』の卓治か、『火の島』の栄造か、かつての「日本の新しい世代の会」への参加者たちか、あるいは政治家橋下徹か、実に多くの青年を見て描いてきた

35 「未曾有と未知の青春」『石原慎太郎の文学3　亀裂／死の博物誌』五六八頁。
36 『かくあれ祖国』四頁。これの元になっていると考えられる、石原がまとめた「二十一世紀への橋―新しい政治の進路―二十一世紀委員会からの報告（自由民主党新政策大綱試案）」においてもこのことが書かれている（板垣英憲マスコミ事務所『自民党教書・総選挙編』（データハウス　一九九四年）二五六頁）。
37 江藤淳『石原慎太郎論』二三八頁。初出は、江藤淳・石原慎太郎対談「人間・表現・政治」『季刊藝術』一九六八年一〇月。
38 石原慎太郎『祖国のための白書』（集英社　一九六八年）二〇〇―一頁。
39 第二章第三節（二）（イ）「青年主義」七五頁参照。

ことは間違いないし、八〇歳を過ぎてもなお強靱な青年主義であり続けているが、石原の青年観は、やはり明治の広瀬少佐や、秋山兄弟に向いている。一時的に、さる青年が代理補償することはあっても、それは同時に亀裂の進行と表裏一体になっている。亀裂を癒すことは、それ自体が次の亀裂ということになる。

さて、江藤が慶應義塾OBであることで福沢についても、そして勝海舟についてはその全集の編集委員でもあったゆえに、彼らをよく知っていたことは言うまでもない。その上で、江藤は「瘠我慢の説」について、福沢がそれを非常に古い心情で書いていること、福沢が勝とは違って情報の中心から離れたところにいたゆえの勝への言説でしかないことを言っている[40]。

というのも、この「瘠我慢の節」は、その後段において、幕臣であったにもかかわらず、勝と榎本が新政府の要職に就いたことを福沢がなじることにその意図があったとも読めるからである。ただし、ここでは、福沢が正しいか、それとも勝、榎本がそうか、どんな誤解があるか云々について論判を下すことにはそれほど重要ではない。

実際、江藤も石原も、勝の進歩性について大いに評価している。その勝はこう福沢について書いている。

「福沢がこの頃、瘠我慢の説というのを書いて、おれや榎本など、維新の時の進退に就いて攻撃したのを送って来たよ。ソコで『批評は人の自由、行蔵は我に存す』云々の返書を出して、公表されても差支えない事を言ってやつたまでサ。

福沢は学者だからネ。おれなどの通る道と道が違ふよ。つまり『徳川幕府あるを知つて日本あるを知らざるの徒は、まさにその如くなるべし、唯百年の日本を憂ふるの士は、まさにかくの如くならざるべからず』サ」[41]。

大いに瘠我慢をしていたのは、実は勝海舟であったということかもしれない。

さて、こうしたなじりについて思い出すのは、三島由紀夫が、石原に対して向けた「士道について」である。福沢は、まさにこの士道について勝と榎本に言っているのである[42]。

かつて織田、今川、武田と強大な勢力の合間にあっても質実剛健だった三河武士の伝統を思えば、その風上にもおけぬという具合に。そして鳥羽伏見で破れたくらいで、勝は戦わずして江戸城を明け渡し、榎本は五稜郭で多くの部下を失ったにもかかわらず、ともに明治政府に入ったという具合に、その非を責めているである。

主君に仕える、藩に仕える以上、もろともに果てよというのである。すでに見たように、三島は「士道について」で石原にその種のことを向けていた。

石原は三島に対して、政党に所属するということと、武士にとっての藩とはまったく違うものであること、政党は政治家がその政治を全うするための方便手段でしかないこと、ゆえに党に出仕しているのではなく、党が私に属している。それゆえに政党は時代や情況に応じてメタモルフォゼをするものだと返していた[43]。

この点では、勝や榎本が、明治政府、いや日本政府のメタモルフォゼに関与しようとしたとすれば、石原は彼らの方に似ているということにもなる。

しかしながら、「瘠我慢の説」の趣旨は、本当は官職に就きたいであろうが、そこは痩せ我慢せよというような意味ではない。「瘠我慢の説」で福沢が説いていることの重要な問題は、勝や榎本に向けてよりも、そこに話を展開するまでの前提にあろう。

すなわち「立国は私なり、公にあらざるなり」[44]という冒頭の文句であり、これは、たしかに「個人」あっての「国

40　江藤淳『石原慎太郎論』二三八頁。
41　勝海舟『氷川清話』（講談社　一九七三年）一三五頁。
42　ゆえに江藤は古風だとするのであろう。
43　第九章第一節（二）「行動の帰属点」三六八―九頁参照。
44　『福沢諭吉著作集　第9巻　丁丑公論　瘠我慢の説』（慶應義塾大学出版会　二〇〇二年）一一〇頁。

家」の創造というふうにも読み替えられるであろうが、これに続く二段落最後の「忠君愛国等の名を以てして、国民最上の美徳と証するこそ不思議なれ」という文章につながっているところである。

すなわち「都て是れ人間の私情に生じたることにして、天然の公道に非ずと雖も、開闢以来今日に至るまで、世界中の事相を観るに、各種の人民相分れて一群を成し、其一群中に言語文字を共にし、歴史口碑を共にし、婚姻相通じ、交際相親しみ、衣食衣服の物、都て其趣を同じうて、自から苦楽を共にするときは、復た離散すること能はず。即ち国を立て又政府を設る所以にして、既に一国の名を成すときは、人民はます〳〵之に固着して自他の分を明にし、他国他政府に対しては、恰も痛痒相感ぜざるが如くなるのみならず、陰陽表裏、共に自課の利益栄誉を主張して、殆ど至らざる所なく、其これを主張することいよ〳〵盛なる者に附するに、忠君愛国等の名を以てして、国民最上の美徳と証するこそ不思議なれ」[45]となっている。

国の起源は、そもそもそこにいる私のまさしく私情にある。しかしながら、それがいったん一国と成っていくや、不思議なことに忠君愛国などとも言われ、それが最上の美徳ともなってしまう、この不思議を言っているのである。「左れば自国の衰頽に際し、敵に対して固より勝算なき場合にても、千辛万苦、力のあらん限りを尽し、いよ〳〵勝敗の極に至りて初めて和を講ずるか若しくは死を決するは立国の公道にして、国民が国に報ずるの義務と称すべきものなり」[46]。

実際、こうした美徳が客観化され、さらに命題化される歴史を日本は邁進していった。丸山が、明治初年の福沢に見出した「個人主義と国家主義、国家主義と国際主義とは見事なバランスを得ていた」という状態は、日清戦争、日露戦争を経て変質していったというのは、確かなことである。福沢も、このナショナリズムにある陥穽を問うているのである。

ゆえに、論者はそうした国民史をいたずらに客観化し命題化していくことに対して、瘠せ我慢という行いこそ忘れてはならないと言いたいのだと読みたい[47]。例えば、当時のヨーロッパに目をやれば強国フランスとドイツに挟まれてオランダ、ベルギーのような小国が政府を維持していること、日本の封建時代を思い出せば百万石の大藩に隣する一万石の大名あること、武家の世の中、朝廷はあってなきが状態、にもかかわらず中山大納言が将軍家に対して吾妻の代官と放言したこと、そして織田、今川、武田の挟間にあって三河武士は、その士風の美を維持してきたことなどを列挙し、さらに説く。

「左れば、瘠我慢の一主義は、固より人の私情に出ることにして、冷淡なる数理より論ずるときは、殆んど児戯に等しと云はるゝも、弁解に辞なきが如くなれども、世界古今の実際に於て、所謂国家なるものを目的に定めて、之を維持保存せんとする者は、此主義に由らざるはなし。（中略）封建既に排して一統の大日本帝国と為り、更に眼界を広くして、文明世界に独立の体面を張らんとするも、此主義に由らざる可らず。故に人間社会の事物、今日の風にてあらん限りは、外面の体裁に文野の変遷こそある可けれ、百千年の後に至るまでも、一片の瘠我慢は立国の大本として之を重んじ、いよ〳〵ますます〳〵之を培養して、その原素の発達を助くること緊要なる可し」48。

「瘠せ我慢」という、しないようにするというパラドクスの行いは、藩に、士道に滅私奉公すると解すると、まさしく「かなり古風な心情」ということになる。しかしながらそうではなく、私とともに政党、党派が変わるということであり、さらにはそれにより国さえもメタモルフォゼするということである。

石原について考えれば、その立国の私情の原点は、「江田島の予科兵に入ろうと思っていたが、一年前に負けちまっ

45 『福沢諭吉著作集　第9巻　丁丑公論　瘠我慢の説』一一〇―一一頁。
46 『福沢諭吉著作集　第9巻』一一二頁。
47 花田清輝「〈慷慨談〉の流行」『もう一つの修羅』（講談社学芸文庫　一九九一年）二三頁では、福沢の結論では政治家としてはあまりに無責任である。勝のような外交家であることにより、切り抜けていく能力があることこそ重要だとして福沢を斥けているが、福沢の「瘠我慢」がイコール報国の義務で死を決することになるということではないと思う。
48 『福沢諭吉著作集　第9巻』一一四頁。

たんだ」[49]というところにあろう。このある種の欠損感覚は、その後の日本が日本という形を明確にしようとしなかったために、この人自身の終わることのない正真正銘の追求にもかかわらず、十全な像を結ぶことなく今に至っているし、これからもこれを満たすものはない。ゆえにつねにある種の代理補塡が必要となってくる。

すなわち、「戦後民主主義」というひとつのイデオロギーを信じる側からは、危険なナショナリズムの残党、「右翼」だとして見られるが、すでに見てきたように、この人のナショナリズムの概念は、敗戦により喪失されられたネーションはあるが、とりわけ天皇との関係は、八紘一宇のようなことに結びつけるのとはまったく違っている。さらに、この特異なナショナルなベクトルは、今ひとつのリベラルなそれと不即不離となっている。江田島といっても、それは広瀬や秋山という人にあるように読める。

ネーションとしての日本を問うに際して、石原においては少なくとも三段階の青年将校の類型があった。この人の理想型はまさしく広瀬や秋山があてはまる最初の型である。しかしながら、そうであってもこの道も、はるか遠の昔に切れてしまっている。まさしく『坂の上の雲』という歴史物語への望郷に終わる。

個人主義と国家主義、国家主義と国際主義とは見事なバランスを得るように痩せ我慢をせねばならない。石原においても、リベラルとナショナル、二つの方向への特異なバランスを見なければならない。亀裂のリアリズムを限りなく問い続ける私発見主義は終わることなく続いていく。戦争が終わってしまったという欠損感覚、「NO」と言えないという欠損感覚、そしてこれらを消却したとしても、次の亀裂があるということを知らねばならない。

他者とのむすびつきが、身体性とその延長のみならず、言語性も介しているのと同様で、ネーションも、その身体性の保持、すなわち護身という防衛、攻撃に特化して自己を確認する以外の方法を求めねばならないということである。そういう意味での痩せ我慢は実は美しいはずである。

日清、日露に勝利した後、日本は、その国家が、国際関係なしにはありえないことも真摯に問い返す必要があった。国際連盟からの脱退のような道は、国家を国際主義から分離して、その内部だけで完結させようとすることである。これは、ジャパン・アズ・ナンバーワンの後も、その経済は、国際関係なしにはありえないことと同様である。二一世紀、日本の経済社会は、高度経済成長期のそれとは異なり、中国、韓国をはじめとしたアジア諸国、アメリカ、ヨーロッパ諸国との関係なしにはありえない。いたずらに、国家の形象を、一九世紀に戻すことは、きわめて危険である。

法の進化が、経済活動よりも著しく遅く、タイムラグがつねに生じる。とりわけ国家間の関係は、今も一九世紀的である。日本のように国境が、そもそも海である国においては、起こりうる対立問題を、タイムラグのある国家間の法制度に解決を求めようとすることは、実はかえってリスクがある。権力と法という媒体は、まだなお一九世紀の国家主義に縛られ続けている。ここは瘠せ我慢をせざるをえない。

欧州連合のような国家連合システムが、メタ国家の体裁をとる状態は、ひとつの進化であった。このとき、法と権力は、違う水準でも作動が可能となってくる。しかしながら、これも模索と途上の段階にある。日本があるアジアにおいては、こうしたメタ国家の体裁は、今のみならず近い将来も難しい。ゆえに瘠せ我慢の方法以外に、国家主義と国際主義のバランスを維持することは難しい。

そして。国家のメタモルフォゼが可能だとしたら、その時間軸は、人のそれとは大いに違っている。すなわち「一個人の百年は、ちやうど国家の一年くらゐに当るものだ。それゆゑに、個人の短い了見をもつて、あまり国家の事を急ぎ立てるのはよくないョ。徳川幕府でも、もうとても駄目だと諦めてから、まだ十年も続いたではないか」[50]。

亀裂のリアリズムは、瘠せ我慢に徹せねばならない。

49　『亀裂』二六頁（二八頁）。この箇所二〇〇七年版では「兵学校」とある。
50　勝海舟『氷川清話』二〇八頁。

結びにかえて

二〇一二年総選挙を前に、石原は、「たちあがれ日本」[1]を改称して「太陽の党」[2]結成、さらに「日本維新の会」[3]に合流し代表に就任した。総選挙において比例東京ブロックから立候補、当選し衆議院に戻ってきた。しかしながら二〇一四年、意見の違い、とりわけ「結いの党」[4]の合流をめぐる対立から「日本維新の会」から分党。相棒として強く贔屓にしたかった、『刃鋼』の卓治の雰囲気やイメージが私には重なる、橋下徹とは袂を分かつことになる。「次世代の党」と命名され[5]、最高顧問という地位に就くが、年末解散総選挙前から政治家引退表明、敢えて比例順位最下位の立候補による落選をして退くこととなる。かつて「日本の若い世代の会」[6]という会を設立したが、その青年主義[7]があったということなのだろう。

文筆家としてこの人の活動性は終わることがない。二〇一四年に短編集『やや暴力的に』[8]、そして『私の海』[9]が出版され、さらに雑誌『文学界』九月号から一一月号まで「フォアビート・ノスタルジー　一九八〇年代記」が連載され、啓蒙書『エゴの力』[10]が出た。

『やや暴力的に』に収められた「青木ケ原」[11]が、二〇一三年新城卓監督により映画化されテレビでも放映された[12]。

富士山麓に広がる青木ケ原樹海で毎年行われる自殺者の捜索作業から始まる。成仏できない男が現れ、主人公の発見者に願いを託し、それをかなえてやるというストーリーだが、そこに織り込まれている主題は、死と生、そして愛ということである。文章、映像ともに伝わってくるものは、これら普遍性のある主題である。たしかに石原作品だと言わねばならないのは、霊的関係が前提にされているところであろう。『巷の神々』に収められた多々あるエピソードを思い出させる。あるいは医療という主題も、この映画にはある[13]。しかし、人が生きたということ、そしてなぜにそのように死なねばならなかったかという、生きたこと、そして死ぬことへの一筋の道を問うことは普遍的なそれのはずである。たいへん美しい話であると読むことができるし、映像もそのことをはっきり伝えてくれる。

こうした美しい世界の描写が一方にあって、他方で同じ『やや暴力的に』には、同名で「やや暴力的に」として短編が纏《まと》められた小品集がある。そのひとつ「計画」は、フィクションにすぎないが、国家改造論風のプランが物語になっている。

人と国との関係。とりわけ日本国が、どのように顕れるか、これがこの人の特徴である。『挑戦』『日本零年』『行為と死』『亡国』などに由来する主題である。

このナショナリズムを、今なお、その日本なるところで一方向的に問い求めようとすることに亀裂を伴うことは、

---

1 二〇〇五年郵政民営化反対で自民党を離党していた平沼赳夫を代表に二〇一〇年四月結党。石原も発起人のひとりであり、党名命名者は石原とされ、英語名は、「Sunrise Party of Japan」であった。

2 二〇一二年一一月一三日「たちあがれ日本」に、石原が加わり平沼と共同代表という形で「太陽の党」と名称変更をした。

3 地域政党であった「大阪維新の会」をもとに、二〇一二年九月に設立。一一月一七日、「太陽の党」が合流、当初は石原が代表となるが、二〇一三年一月には、石原と橋下徹が共同代表となった。

4 「みんなの党」を除籍された江田憲司を代表に二〇一三年一二月に結党。「結いの党」が護憲政党だということで、石原は合流に反対。分党ということになった。

5 二〇一四年八月一日結党。党首は平沼赳夫。

6 第九章第一節（二）三七一頁注25参照。

7 第二章第三節（二）「歴史主義的傾向」（イ）「青年主義」七五頁以下参照。

8 石原慎太郎『やや暴力的に』文藝春秋　二〇一四年。

9 石原慎太郎『私の海』幻冬舎　二〇一四年。

10 石原慎太郎『エゴの力』幻冬新書　二〇一四年。

11 この小説は、雑誌『新潮』二〇〇〇年新年特別号に掲載され、『生死刻々』に収められていたが、「夢のつづき―続　青木ケ原」『文学界』（二〇一〇年七月）と合わせて完結した。

12 二〇一四年、WOWOWでも放映された。石原慎太郎自身も一場面であるが出演している。

13 ヒロインは、子どもの時の交通事故後遺症、白血病の抗ガン治療、骨髄移植など、たいへん不幸な境遇の人である。本書では扱わなかったが、石原の関心は広く、石原慎太郎「脳死と臓器移植（1）（2）」『石原慎太郎の思想と行為4』（産経新聞出版二〇一三年）所収という論文もある。

石原もおそらく認めているのであろう。

例えば、村上春樹の作品について、「村上龍はいいけど、春樹はだめだな。ちっとも面白くない。無国籍、無個性のところが若い人をほっとさせるんでしょうね。（中略）なんか殴られたみたいなショックを受ける小説を読みたいと思うんですけどね。ないですね。なぜですかね。体を張って生きてないんだね」[14]。

村上春樹については、私も似た印象を持っているが、石原の政治と文学の実践は、「日本」という国籍から離れることができないということであろう。

すなわち「国境は理念からすればないにこしたことはなかろうが、人間がすべての面、すべての意味で画一化されない限り、消滅することはありはしまい。国境、或いは国境という観念への固執は、往々いろいろな誤解を招きかねぬし、多くの非難を容易に受けようが、しかし人間が自らの個性を信じ、自らの家庭に愛着する限り、国家や民族というアイデンティティも当然派生してくるはずである」[15]。

しかしながら、難しいのは、「日本」がどのような形をしていて、どのように捉えられるかということである。それは捉えようとすると、今や必ずそこから抜け出てしまうはずである。「国家や民族の特性、或いは、その矜持《きょうじ》は、決して一本の国境線によって表示されるものではないが、（中略）日本人における国境という観念の希薄化は、結局、自らが備え持っているものへの正当な愛着と誇りを相殺し、我々の抱いているもろもろの真に価値あるものを、ひょっとしたら毀損しかねまい」[16]。

「日本」という特性について、それを体感しさらに知覚することは可能であろう。そしてそれを言葉で表現することも可能であろうが、表現の受け手は、書き手のそれを、そのまま捉えることは難しい。戦後民主主義者が戦中戦前の否定で「日本」を捉えようとしても捉えきれずにいるのと同様に、石原は「江田島に行く」という思いを思いとして持ち続けたところがある。

この多元的世界にさまざまに顕れる亀裂から、身体感覚的には脱出できると感じても、過去一世紀、あまりに急激に変化し続けた日本を微動だにせずに捉えることができると感じること、それはどんなふうであっても歴史的望郷の可能性が高く、多元的世界のひとつでしかないはずである。この多元性の総合は不可能である。

そうであっても、なおその亀裂、けっしてつなぐことができないそれを、つなごうとし続けてきた長くそして真摯な実践には、誠に敬服すべきものがあると私は考えている[17]。

14 石原慎太郎、伊藤玄二郎「湘南と文学（下）」『かまくら春秋』五三四号（二〇一四年一〇月）二五頁。同様の記述は、第二章第三節（二）（イ）「青年主義」七五頁。
15 石原慎太郎「国境」『新潮』一九八五年七月号初出。『石原愼太郎の思想と行為8』（産経新聞出版　二〇一三年所収）四三一頁。
16 前掲書四三一頁。
17 石原慎太郎『私の海』（幻冬舎　二〇一四年）の扉には、「灯台よ　汝が告げる言葉は何ぞ　我が情熱は誤りていしや」（我が辞世）とある。

一次文献

石原慎太郎　作品

石原慎太郎の作品は、雑誌初出、その後単行本、文庫本となったもの、さらに全集に収められたものなど、同じ作品を複数の書籍で読むことができる。すでに絶版になり古書店をつうじても手に入らないものもあり、著者が集めることができたものを、本書での基本文献としている。

注において同一作品で複数の書誌情報挙示可能なものについては、前書の頁に続けて〔　〕をつけて後書の頁を記してある。

一九五四年　「灰色の教室」『一橋文藝』復刊第一号。〔『太陽の季節』新潮社　一九五六年。（のち新潮文庫　一九五七年）所収。〕

一九五五年　「太陽の季節」『文學界』七月号。〔『太陽の季節』新潮社　一九五六年。（のち新潮文庫　一九五七年）所収。〕

一九五六年　「処刑の部屋」『新潮』三月号。〔『石原慎太郎集　新潮日本文学62』（新潮社　一九六九年）所収。〕
「亀裂」『文學界』一一月号―一九五七年九月号。〔『亀裂』文藝春秋新社　一九五八年。（のち角川文庫）。〔『石原慎太郎の文学3　亀裂／死の博物誌』（文藝春秋　二〇〇七年）所収。〕

一九五七年　「完全な遊戯」『新潮』一〇月号。〔『完全な遊戯』新潮社　一九五八年。『石原慎太郎集　新潮日本文学62』（新潮社　一九六九年）所収。〕

一九五八年　『価値紊乱者の光栄』凡書房。
「乾いた花」（原題「渇いた花」）『新潮』六月号。〔『石原慎太郎集　新鋭文学叢書8』（筑摩書房　一九六〇年）所収。〕

一九五九年　「挑戦」『新潮』一一月号―一九六〇年七月号。〔『挑戦』新潮文庫　一九六一年。〕

一九六〇年　「日本零年」『文學界』一月号―一九六二年二月号。〔『日本零年』文藝春秋新社　一九六三年。（のち角川文庫　一九七四年）。〕

一九六一年　「鴨」『中央公論』四月号。〔『石原慎太郎の文学10　短編集Ⅱ　遭難者』（文藝春秋　二〇〇七年）所収。〕

一九六二年 「雲に向って起つ」『週刊明星』七月二日号―一九六二年九月一六日号。〔『雲に向かって起つ』上・下、集英社 一九六二年。〕

一九六二年 「てっぺん野郎」『週刊明星』八月二三日号―一九六三年一一月三日号。〔『てっぺん野郎』コンパクトブックス 集英社 一九六五年（青雲編一九六三年、昇龍編一九六四年）。〕

一九六三年 「狼生きろ豚は死ね」『狼生きろ豚は死ね・幻影の城』（新潮社 一九六三年）所収。

一九六四年 「刃鋼」『文學界』一月―一九六七年二月。〔『刃鋼』上・下、文藝春秋 一九六七年。（のち角川文庫 一九八〇年）。『石原慎太郎の文学1 刃鋼』（文藝春秋 二〇〇七年）所収。〕

「行為と死」『文藝』二月号。〔『行為と死』河出書房新社 一九六四年。（のち新潮文庫 一九六七年。）『石原慎太郎集 新潮日本文学62』（新潮社 一九六九年）所収。『石原慎太郎の文学5 行為と死／暗殺の壁画』（文藝春秋 二〇〇七年）所収。〕

『終幕』集英社。

一九六五年 「マルローの広角レンズ」『世界の文学 第41巻 マルロー』（中央公論 一九六四年）付録22。

「星と舵」『文藝』一月号―二月号。〔『星と舵』河出書房新社 一九六五年。（のち新潮社 一九六九年、新潮文庫 一九七八年）。「星と舵」『石原慎太郎集 新潮日本文学62』（新潮社 一九六九年）所収。〕

「巷の神々」『産経新聞』一一月一日―一九六六年一二月二〇日。（のち『巷の神々』産経新聞社出版局 一九六七年）。〔『石原慎太郎の思想と行為5 新宗教の黎明』（産経新聞出版 二〇一三年）所収。〕

一九六六年 『孤独なる戴冠―全エッセイ集』河出書房新社。〔『石原慎太郎の思想と行為8 新宗教の黎明』（産経新聞出版 二〇一三年）一部所収。〕

一九六七年 「待ち伏せ」『季刊芸術』四月号。〔『石原慎太郎の文学10 短編集Ⅱ 遭難者』（文藝春秋 二〇〇七年）所収。〕

「野蛮人のネクタイ」『週刊読売』四月一四日号―一九六八年五月一七日号。〔『野蛮人のネクタイ』読売新聞社 一九六八年。（のち集英社文庫 一九七二年）。〕

一九六八年　「若き獅子たちの伝説」『文藝』一一月号。〔『信長記』（河出書房新社　一九七二年）所収。〕
一九六九年　『祖国のための白書』集英社。
「野蛮人の大学」『週刊明星』八月三日号―一九七〇年一一月一五日号）。〔『野蛮人の大学』集英社　一九七一年。（のち集英社文庫　一九七二年）。〕
一九七〇年　「嫌悪の狙撃者」『海』二月号―六月号。〔『嫌悪の狙撃者』（中央公論社　一九七八年）。『石原愼太郎の文学5　行為と死／暗殺の壁画』（文藝春秋　二〇〇七年）所収。〕
『化石の森』上・下、新潮社。（のち新潮文庫　一九七二年）。〔『石原愼太郎の文学2　化石の森』（文藝春秋　二〇〇七年）所収。〕
「政治と美について」『毎日新聞』（一九七〇年六月十六日夕刊）六面。
一九七一年　「信長記」『文藝』四月号。〔『信長記』（河出書房新社　一九七二年）所収。〕
一九七二年　『信長記』河出書房新社。
一九七三年　「公人」（原題「桃花」）『文藝』一月号。〔『石原愼太郎の文学10　短編集II　遭難者』（文藝春秋　二〇〇七年）所収。〕
一九七四年　「院内」『文學界』一月号。〔『生還』新潮社　一九八八年。（のち新潮文庫　一九九一年）所収。〕
一九七五年　「光より速きわれら」『文藝』八月号。〔『光より速きわれら』新潮社　一九七六年。『石原愼太郎の文学6　光より速きわれら／秘祭』（文藝春秋　二〇〇七年）所収。〕
一九七九年　「亡国」『野生時代』一月号―一九八一年九月号。〔『日本の突然の死　―亡国』上・下、角川書店　一九八二年。（のち角川文庫　一九八五年）。〕
一九八〇年　『孤独なる戴冠』角川文庫。
一九八四年　『秘祭』新潮社。（のち新潮文庫　一九八八年）。〔『石原愼太郎の文学6　光より速きわれら／秘祭』（文藝春秋　二〇〇七年）所収。〕
一九八四年　『暗殺の壁画』河出書房新社。（のち幻冬舎　二〇一四年）。〔『石原愼太郎の文学5　行為と死／暗殺の壁画』（文

藝春秋　二〇〇七年）所収。〕

一九八五年　「脳死と臓器移植（1）（2）」『新潮』四月号、五月号。〔『石原慎太郎の思想と行為4』（産経新聞出版　二〇一三年）所収。〕

一九八七年　「国境」『新潮』七月号。〔『石原慎太郎の思想と行為8』（産経新聞出版　二〇一三年）所収。〕

「私の天皇」『諸君』一月号。〔『石原慎太郎の思想と行為8』（産経新聞出版　二〇一三年）所収。〕

一九八九年　「生還」『新潮』一九八七年八月号。〔『生還』新潮社。（のち新潮文庫　一九九一年）。〕

『「NO」と言える日本　―新日米関係の方策』（盛田昭夫共著）光文社。

一九九一年　『三島由紀夫の日蝕』新潮社。

一九九二年　「ある行為者の回想」『新潮』一月号。〔『石原慎太郎の文学10　短編集II　遭難者』（文藝春秋　二〇〇七年）所収。〕

一九九四年　『風についての記憶』集英社。

「歴史の改竄を排す―〈南京大虐殺〉の虚構」『諸君』七月号。〔『石原慎太郎の思想と行為8』（産経新聞出版　二〇一三年）所収。〕

一九九六年　『かくあれ祖国―誇れる日本国創造のために』光文社。

『肉体の天使』新潮社。〔『石原慎太郎の文学6　光より速きわれら／秘祭』（文藝春秋　二〇〇七年）所収。〕

『弟』幻冬舎。（のち幻冬舎文庫　一九九九年。）

一九九七年　『「父」なくして国立たず』光文社。

一九九八年　『法華経を生きる』幻冬舎。〔『石原慎太郎の思想と行為4　精神と肉体の哲学』（産経新聞出版　二〇一三年）所収。〕

『宣戦布告「NO」と言える日本経済』（一橋総合研究所共著）光文社。

一九九九年　『国家なる幻影』文藝春秋。（のち文春文庫　二〇〇一年）。

二〇〇〇年　『「アメリカ信仰」を捨てよ』（一橋総合研究所共著）光文社。

二〇〇一年　「僕は結婚しない」『文學界』七月号。〔『僕は結婚しない』文藝春秋　二〇〇一年。（のち文春文庫　二〇〇三年）。〕

二〇〇二年　『東京の窓から日本を』文春ネスコ。

『永遠なれ、日本』（中曽根康弘共著）ＰＨＰ研究所。

『東京都主税局の戦い　―タブーなき改革に挑む戦士たち』（東京都租税研究会共著）財界研究所。

二〇〇四年　『日本よ』サンケイ新聞ニュースサービス（のち扶桑社文庫　二〇〇四年）。

二〇〇六年　『真の指導者とは』日本経営合理化出版局。（のち幻冬舎新書　二〇一〇年）。

二〇〇七年　『日本よ、再び』産経新聞出版。

『石原愼太郎の文学1　刃鋼』文藝春秋。

『石原愼太郎の文学2　化石の森』文藝春秋。

『石原愼太郎の文学3　亀裂／死の博物誌』文藝春秋。

『石原愼太郎の文学4　星と舵／風についての記憶』文藝春秋。

『石原愼太郎の文学5　行為と死／暗殺の壁画』文藝春秋。

『石原愼太郎の文学6　光より速きわれら／秘祭』文藝春秋。

『石原愼太郎の文学7　生還／弟』文藝春秋。

『石原愼太郎の文学8　わが人生の時の時』文藝春秋。

『石原愼太郎の文学9　短編集Ⅰ　太陽の季節／完全な遊戯』文藝春秋。

『石原愼太郎の文学10　短編集Ⅱ　遭難者』文藝春秋。

二〇〇八年　『火の島』文藝春秋。

『私の好きな日本人』幻冬舎新書。

『オンリー・イエスタディ』幻冬舎文庫。

二〇〇九年　『生死刻々』文藝春秋。

二〇一〇年　『再生』文藝春秋。

二〇一一年　『新・堕落論　―我欲と天罰』新潮新書。

二〇一二年　『石原愼太郎の思想と行為1　政治との格闘』産経新聞出版。

『石原愼太郎の思想と行為2　「NO」と言える日本』産経新聞出版。

二〇一三年　『石原愼太郎の思想と行為3　教育の本質』産経新聞出版。

『石原愼太郎の思想と行為4　精神と肉体の哲学』産経新聞出版。

『石原愼太郎の思想と行為5　新宗教の黎明』産経新聞出版。

『石原愼太郎の思想と行為6　文士の肖像』産経新聞出版。

『石原愼太郎の思想と行為7　同時代の群像』産経新聞出版。

『石原愼太郎の思想と行為8　孤独なる戴冠』産経新聞出版。

二〇一四年　『私の海』幻冬舎。

『やや暴力的に』文藝春秋。

『エゴの力』幻冬舎新書。

映画原作

『俺は、君のためにこそ死ににいく』（制作総指揮　石原慎太郎、監督　新城卓）東映　二〇〇七年。

『化石の森』（監督　篠田正浩、原作　石原慎太郎）東京映画　一九七三年。

『秘祭』（制作・監督　新城卓、原作・脚本　石原慎太郎）新城卓事務所　一九九八年。

『青木ケ原』（制作総指揮　石原慎太郎、監督　新城卓、原作　石原慎太郎、脚本　水口マイク・新城卓）新城卓事務所　二〇一三年。

二次文献

◇欧文原書も参考にしているが、ここでは邦訳書だけ挙げてある。

青木　保「新宗教と共鳴する作品と言動―現世利益と生命至上主義。新宗教の論理と相似形の思想を分析する」『論座』（朝日新聞社　二〇〇一年五月号）六六―七五頁。

青木宗明・神田誠司『東京都の〈外形標準課税〉はなぜ正当なのか』（地方自治ジャーナルブックレット No. 26）公人の友社　二〇〇〇年。

赤羽礼子・石井宏『ホタル帰る―特攻隊員と母トメと娘礼子』草思社　二〇一一年。

石原慎太郎・江藤淳・橋川文三・浅利慶太・村上兵衛・大江健三郎「座談会　怒れる若者たち」『文学界』（文藝春秋　一九五九年十月号）一三二―四三頁。

石原慎太郎研究委員会編『慎太郎賛否両論』ミリオン出版　二〇〇一年。

石原慎太郎研究会『石原慎太郎猛語録』現代書館　二〇〇〇年。

石原慎太郎研究グループ、浅野史朗『石原慎太郎の東京発・日本改造計画』学陽書房　二〇〇〇年。

井上頌一・河合秀仁『石原慎太郎入門』アールズ出版　二〇〇三年。

板垣英憲マスコミ事務所『自民党教書・総選挙編』データハウス　一九九四年。

一ノ宮美成＋グループK21『黒い都知事　石原慎太郎』宝島社　二〇一一年。

伊藤勝彦『三島由紀夫の沈黙―その死と江藤淳・石原慎太郎』東信堂　二〇〇二年。

井深　大「私の履歴書」日本経済新聞社編『私の履歴書　第十八集』日本経済新聞社　一九六三年。

今村仁司『貨幣とは何だろうか』ちくま新書　一九九四年。

ウェーバー、マックス『職業としての学問』（尾高邦雄訳）岩波文庫　一九三六年。

ウェーバー、マックス『職業としての政治』（脇圭平訳）岩波文庫　一九八〇年。

ウェーバー、マックス『支配の諸類型』（世良晃志郎訳）創文社　一九七〇年。

ウェーバー、マックス『プロテスタンティズムの倫理と資本主義の精神』（大塚久雄訳）岩波文庫　一九八九年。

内海愛子・高橋哲哉・徐京植編『石原都知事「三国人」発言の何が問題なのか』影書房　二〇〇〇年。

江崎玲於奈『限界への挑戦―私の履歴書』日本経済新聞出版社　二〇〇七年。

江藤　淳『閉ざされた言語空間―占領軍の検閲と戦後日本』文春文庫　一九九四年。

江藤　淳『石原慎太郎論』作品社　二〇〇四年。

江藤　淳・小堀桂一郎編著『新版靖国論集―日本の鎮魂の伝統のために』近代文芸社　二〇〇四年。

尾高朝雄『国民主権と天皇制』憲法普及会　一九四七年。

尾高朝雄『法の窮極に在るもの〔新版〕』有斐閣　一九五五年。

小野俊太郎『明治百年―もうひとつの１９６８』青草書房　二〇一二年。

勝　海舟『勝海舟全集21　氷川清話』講談社　一九七三年。

加藤典洋「〈瘠我慢の説〉考―民主主義とナショナリズムの閉回路をめぐって」『岩波講座現代社会学24―民族・国家・エスニシティ』（岩波書店　一九九六年）一三九―一七五頁。

姜尚中・宮崎学『ぼくたちが石原都知事を買えない四つの理由』朝日新聞社　二〇〇〇年。

橘川武郎『出光佐三―黄金の奴隷たるなかれ』ミネルヴァ書房　二〇一二年。

栗原裕一郎・豊﨑由美『石原慎太郎を読んでみた』原書房　二〇一三年。

ケルゼン、ハンス『純粋法学』（横田喜三郎訳）岩波書店　一九三五年、
ケルゼン、ハンス『自然法論と法実証主義』（黒田覚・長尾龍一訳）木鐸社　一九七三年。

河野多恵子「文芸時評（上）石原慎太郎『葬祭』読後ひろがる作中世界」『朝日新聞』（一九八三年一月二四日夕刊）五頁。

小林秀雄『モオツァルト・無常という事』新潮文庫　一九六一年。

小林秀雄『Xへの手紙・私小説論』新潮文庫　一九六二年。

小林秀雄『小林秀雄全作品1　様々なる意匠』新潮社　二〇〇二年。

小林秀雄『小林秀雄全作品7　作家の顔』新潮社　二〇〇三年。

斎藤貴男『空疎な小皇帝』岩波書店　二〇〇三年。

佐伯啓思『正義の偽装』新潮新書　二〇一四年。

佐野眞一『てっぺん野郎―本人も知らなかった石原慎太郎』講談社　二〇〇三年。

ジェイムズ、ウィリアム『宗教的経験の諸相』岩波書店　一九六九年。

嶋田昭和浩『解剖　石原慎太郎』講談社文庫　二〇〇三年。

志村有弘編『石原慎太郎を知りたい　石原慎太郎事典』勉誠出版　二〇〇一年。

鈴木　斌『作家・石原慎太郎―価値紊乱者の軌跡』菁柿堂　二〇〇八年。

鈴木陸三「解説」石原慎太郎『野蛮人のネクタイ』（集英社文庫　一九七七年）五四五―五五〇頁
高木俊朗『特攻基地　知覧』角川文庫　一九九五年（初出は、『週刊朝日』一九六四年一一月から一九六五年七月に連載）。

高橋哲哉『靖国問題』ちくま新書　二〇〇五年。

高見順、堀田善衛、吉行淳之介、村上兵衛、三島由紀夫、石原慎太郎、木村徳三「座談会　戦前派、戦中派、戦後派」『文芸』（河出書房）一九五〇年七月号。

立花　隆『田中角栄研究　全記録』講談社文庫　一九八二年。

立花　隆『巨悪vs言論』文春文庫　二〇〇三年。

田中良紹『憲法調査会証言集　国のゆくえ』現代書館　二〇〇四年。

勅使河原純『絵描きの石原慎太郎』フィルムアート社　二〇〇五年。

東京新聞社会部「ウォッチング石原」取材班『石原慎太郎の東京大改革』青春出版社　二〇〇〇年。

長尾龍一『日本憲法思想史』講談社学術文庫　一九九六年。

中西輝政「解説」(石原慎太郎『国家なる幻影―わが政治への反回想 下』(文春文庫 二〇〇一年) 四二九―四三三頁。

日本経済新聞社『ソニーとSONY』日本経済新聞社 二〇〇五年。

日本経済新聞社編『私の履歴書 第十八集』日本経済新聞社 一九六三年。

萩原延壽・藤田省三『瘠我慢の説―福澤諭吉「丁丑公論」「瘠我慢の説」を読む』朝日文庫 二〇〇八年。

萩原延壽・江藤淳「時代の二つの顔―勝海舟と福沢諭吉」『勝海舟全集21』講談社 一九七三年。

花田清輝『もう一つの修羅』講談社学芸文庫 一九九一年。

浜田幸一『石原慎太郎くんへ きみは〈NO〉と言えない』ぶんか社 一九九九年。

百田尚樹『海賊と呼ばれた男』講談社 二〇一二年。

福沢諭吉『文明論之概略』岩波文庫 一九三一年。

福沢諭吉『学問のすすめ』岩波文庫 一九四二年。

福沢諭吉『明治十年丁丑公論 瘠我慢の説』講談社学術文庫 一九八五年。

福沢諭吉『福沢諭吉著作集 第9巻 丁丑公論 瘠我慢の説』慶應義塾大学出版会 二〇〇二年。

福田和也編『石原慎太郎「総理」を検証する』小学館 二〇〇三年。

フリードマン、ミルトン『選択の自由』(西山千明訳) 日経ビジネス 二〇〇二年。

PLAYBOY INTERVIEW「石原慎太郎 アメリカ人記者に語った『NOと言える日本』の真意」『日本版プレイボーイ』第一六巻一一号 (一九九〇年一一月) 三一―四一頁。集英社
別冊宝島編集部編『石原慎太郎の値打ち。』宝島文庫 二〇〇三年。

本多勝一『石原慎太郎の人生―貧困なる精神N集』朝日新聞社 二〇〇〇年。

松原新一「人間関係のくずれと回復」『読売新聞』(一九七〇年十月二十一日夕刊) 読書欄。

松本健一・福田和也「文学者の政治 政治家の文学―アンガージュマンの達成と挫折」『論座』(朝日新聞社 二〇〇一年五月号) 五〇―六五頁。

丸山眞男『日本政治思想史研究』東京大学出版会　一九五二年。

丸山真男『日本の思想』岩波新書　一九六一年。

丸山眞男『増補版　現代政治の思想と行動』未来社　一九六四年。

丸山真男『「文明論之概略」を読む』岩波新書　一九八六年。

丸山眞男『忠誠と反逆』ちくま学芸文庫　一九九八年。

三島由紀夫『現代小説は古典たり得るか』新潮社　一九五七年。

三島由紀夫「士道について」『毎日新聞』（一九七〇年六月一一日夕刊）五面。

見田宗介『まなざしの地獄―尽きなく生きることの社会学』河出書房新社　二〇〇八年。

水口文乃『知覧からの手紙』新潮文庫　二〇一〇年。

宮沢俊義「八月革命の憲法史的意味」『世界文化』一九四六年五月。

宮村治雄『丸山真男『日本の思想』精読』岩波現代文庫　二〇〇一年。

武藤巧・牧梶郎・山根猷『石原慎太郎というバイオレンス―その政治・文学・教育』同時代社　二〇〇三年。

村上泰亮『新中間大衆の時代』中央公論社　一九八四年。

村上義雄『暴走する石原流〈教育改革〉』岩波書店　二〇〇四年。

毛沢東『実践論・矛盾論』（松村一人・竹内実訳）岩波文庫　一九五七年。

森　元孝「代表制のリソース―〈東京都知事〉という人格連鎖が構成する公共性」『社会学年誌』（第四三号　早稲田社会学会）

　八七―一〇二頁。

森　元孝『貨幣の社会学―経済社会学への招待』東信堂。

森　元孝「ポピュリズムの変換―石原慎太郎イメージの分解」『早稲田大学大学院文学研究科紀要（第五二巻）』（早稲田大学大
　学院文学研究科　二〇〇七年）六五―七四頁。

八木秀次「平均的日本人―特攻という〈青春〉」『わしズム』Vol. 7（幻冬舎二〇〇三年）一八七―一九三頁。

山崎　正『東京都知事の研究』明石書店　二〇〇二年。

横光利一『愛の挨拶・馬車・純粋小説論』講談社文芸文庫　一九九三年。

リースマン、ディヴィッド『孤独な群衆』みすず書房　一九六四年。

早稲田編集企画室『石原慎太郎主義　賛同』データハウス　二〇〇三年。

渡辺治・新藤兵・醍醐聰・平山洋介・町村敬志・世取山洋介「特集　東京都政も転換を！〈石原時代〉の終焉」『世界』（一二月号）岩波書店　二〇〇九年。


〈**映像資料**〉

『化石の森』（監督　篠田正浩）東映　一九七三年。

『ホタル』（監督　降旗康男）東映　二〇〇一年。

〈**調査結果**〉
調査1　「東京都知事選挙投票行動に関する調査」（早稲田大学文学学術院社会学研究室　調査代表　森　元孝）一九九九年一〇月二七日（水）〜一一月九日（火）実施。対象者　選挙人名簿（足立区、大田区、国立市、江東区、杉並区、多摩市、練馬区、文京区）を対象に各選挙区を第一次抽出単位として選挙人（六四〇〇人）を選ぶ二段標本抽出。郵送法調査（回収率二五・八パーセント）。
調査2　「東京都知事選挙投票行動に関する調査」（早稲田大学文学学術院社会学研究室　調査代表　森　元孝）二〇〇四年一〇月二〇日（水）〜一一月一〇日（水）実施。対象者　ゼンリン住宅地図（杉並区、港区、新宿区、江戸川区、大田区、多摩市）から世帯名簿を作成し六三〇〇標本を抽出。郵送法調査（回収率一九・六パーセント）。
調査3　「東京都知事のイメージに関する調査」（早稲田大学文学学術院社会学研究室　調査代表　森　元孝）二〇〇五年一〇月二〇日（木）〜一一月一〇日（木）実施。対象者　ゼンリン住宅地図（品川区、豊島区、葛飾区、立川市）から世帯名簿を作成し四八〇〇標本を抽出。郵送法調査（回収率二二・二パーセント）。

調査Ⅰ　「東京都知事についてのイメージ調査」（インターネットリサーチ）二〇〇六年一〇月二六日（木）〜一〇月二九日（日）実施。対象者　東京都内居住四二〇人。

調査Ⅱ　「オリンピック誘致と東京都知事についてのイメージ調査」（インターネットリサーチ）二〇〇八年一月八日（火）〜一月九日（水）実施。対象者　東京都内居住六二四人。

調査Ⅲ　「オリンピック招致と東京都知事についてのイメージ調査」（インターネットリサーチ）二〇〇九年八月二〇日（木）〜八月二四日（月）実施。対象者　東京都内居住一四四四人。

調査Ⅳ　「オリンピック招致以後と東京都知事についてのイメージ調査」（インターネットリサーチ）二〇〇九年一二月一日（火）〜一二月二日（水）実施。対象者　東京都内居住八三二人。

調査Ⅴ　「オリンピック招致と東京都知事、ならびに日本の政治に関するイメージ調査」（インターネットリサーチ）二〇一〇年八月一日（日）〜八月四日（水）実施。対象者　東京都内居住一四四四人。

調査Ⅵ　「東京都知事選挙、ならびに日本の政治に関するイメージ調査」（インターネットリサーチ）二〇一一年一月二八日（金）〜一月三〇日（日）実施。対象者　東京都内居住八三二人。

調査Ⅶ　「東京都知事選挙、ならびに日本の政治に関するイメージ調査」（インターネットリサーチ）二〇一一年九月二二日（木）〜九月二五日（日）実施。対象者　東京都内居住一四四四人。

調査Ⅷ　「東京都知事選挙、ならびに日本の政治に関するイメージ調査」（インターネットリサーチ）二〇一二年二月九日（木）〜二月一二日（日）実施。対象者　東京都内居住八三二人。

調査Ⅸ　「東京都知事選挙、ならびに日本の政治に関するイメージ調査」（インターネットリサーチ）二〇一三年八月二二日（木）〜八月二四日（土）実施。対象者　東京都内居住六二四人。

調査Ⅹ　「東京都知事選挙、ならびに日本の政治に関するイメージ調査」（インターネットリサーチ）二〇一四年二月一三日（木）〜年二月一五日（土）実施。対象者　東京都内居住六二四人。

事項索引

人名索引

さ

た

な

は

ま

や

ら

著者紹介

森　元孝（もり　もとたか）博士（文学）

1955 年　大阪生まれ
1979 年　早稲田大学教育学部社会科学専修卒業
1985 年　早稲田大学文学研究科社会学専攻博士課程終了。早稲田大学第一文学部助手、文学部専任講師、助教授を経て
1995 年　早稲田大学第一、第二文学部教授
2007 年　早稲田大学文化構想学部社会構築論系教授

著書

1995 年　『アルフレート・シュッツのウィーン　―社会科学の自由主義的転換の構想とその時代』新評論.
『モダンを問う　―社会学の批判的系譜と手法』弘文堂.
1996 年　『逗子の市民運動　―池子米軍住宅建設反対運動と民主主義の研究』御茶の水書房.
2000 年　『アルフレッド・シュッツ　―主観的時間と社会的空間』東信堂.
2006 年　『フリードリヒ・フォン・ハイエクのウィーン　―ネオ・リベラリズムとその時代』新評論.
2007 年　『貨幣の社会学　―経済社会学への招待』東信堂
2014 年　『理論社会学　―社会構築のための媒体と論理』東信堂

石原慎太郎の社会現象学――亀裂の弁証法

2015 年 4 月 15 日　　初版第 1 刷発行

〔検印省略〕
定価はカバーに表示してあります。

印刷・製本／中央精版印刷株式会社
組版・装丁／有限会社ホワイトポイント

著者Ⓒ森元孝　発行者 下田勝司

東京都文京区向丘 1 ― 20 ― 6　郵便振替 00110 ― 6 ― 37828
〒 113-0023　TEL (03) 3818－5521　FAX (03) 3818－5514

発行所
株式会社 東信堂

Published by TOSHINDO PUBLISHING CO., LTD.
1-20-6, Mukougaoka, Bunkyo-ku, Tokyo, 113-0023, Japan
E-mail : tk203444@fsinet.or.jp　http://www.toshindo-pub.com

ISBN978-4-7989-1278-3 C3036